摇摆的叛逆

南帆 著

生活·讀書·新知 三联书店

Chinese Copyright © 2025 by SDX Joint Publishing Company.
All Rights Reserved.
本作品中文版权由生活·读书·新知三联书店所有。
未经许可，不得翻印。

图书在版编目（CIP）数据

摇摆的叛逆 / 南帆著. -- 北京：生活·读书·新知三联书店，2025.6. -- ISBN 978-7-108-08095-0

Ⅰ．I206.7-53

中国国家版本馆 CIP 数据核字第 2025703CD7 号

责任编辑	马 翀　朱利国
装帧设计	陶建胜
责任印制	卢 岳
出版发行	生活·讀書·新知 三联书店 （北京市东城区美术馆东街 22 号）
网　　址	www.sdxjpc.com
邮　　编	100010
经　　销	新华书店
印　　刷	北京启航东方印刷有限公司
版　　次	2025 年 6 月北京第 1 版 2025 年 6 月北京第 1 次印刷
开　　本	635 毫米×965 毫米 1/16 印张 33
字　　数	373 千字
定　　价	108.00 元

（印装查询：01064002715；邮购查询：01084010542）

目 录

导 言
    小资产阶级：阶级谱系与文化共同体……………………003

第一部分　历史文化的裂变
    第一章　转折：士大夫与知识分子………………………037
    第二章　知识与文学：现代性裂变………………………068
    第三章　革命的文学症候…………………………………101

第二部分　展开的基础
    第四章　身体作为起点……………………………………129
    第五章　美学：感性的洞见与盲区………………………169

第三部分　乡村的焦虑与城市空间
    第六章　文学的乡村：双重主题、知识分子及其叙事焦虑……207

第七章　农民叙事话语、文学修辞与数码语言……………251

第八章　城市：空间分割与文化区隔……………………283

第四部分　交叠的脉络

第九章　性别、女权主义与阶级话语………………315

第十章　青年、代际及其美学破裂……………………342

第十一章　家族与家庭：观念的交织…………………372

第五部分　想象的形式与风格

第十二章　虚构：现实主义与乌托邦…………………401

第十三章　危险的日常情调……………………………434

第十四章　大众、民族形式与抒情……………………462

第十五章　后现代与二次元……………………………496

后　记………………………………………………………522

导言

小资产阶级：阶级谱系与文化共同体

一

作为一个通俗的社会学概念，"小资产阶级"历史短暂，内涵清晰，各种版本的词典、百科全书可以查到大同小异的解释。然而，令人惊奇的是，这个概念的活动范围远远超出了社会学。20世纪相当长的一段历史时期，"小资产阶级"成为各种非议、批评乃至贬斥的万能代码，频繁露面于党派政治文件、个人品行鉴定、知识分子内部的激烈争辩以及文学批评之中。从狂热的"左派"幼稚病、激进的无政府主义到傲慢的待人接物、过分醒目的奇装异服，从面对血污产生的惧怕和软弱、公众场合不逊地口出狂言到抽象的人道主义主张、田间插秧之际伺机偷懒，所有的不良倾向均可纳入"小资产阶级"的辖区。许多时候，"小资产阶级"边界不清，覆盖的面积伸缩不定。作为咄咄逼人的阶级武器，这个概念拥有惊人的杀伤力，"小资产阶级"所形容的阶级异己乃是严厉批判、制裁甚至肉身清除的对象；作为日常的流行词汇，这个概念仅仅包含轻微的谴责，甚至潜藏了某种隐蔽的得意，似乎许多人曾经患有这种文化感冒，不足为奇了。

这个社会学概念并未深刻地介入西方文学批评史。在西方马克思主义社会历史批评学派的视域之中，"小资产阶级"并非一个举足轻重的范畴。这个概念大规模登陆中国现代文学滩头的时间是20世纪20年代末期。当时，郭沫若、成仿吾、冯乃超、李初梨、蒋光慈、钱杏邨等作家共同倡导"革命文学"。由于缺乏合格的激进姿态，鲁迅、茅盾、郁达夫等遭到了严厉谴责。这时，"小资产阶级"作为一个火药味十足的政治贬义词出场。到了20世纪40年代的延安整风，这个概念再度集中启用。《在延安文艺座谈会上的讲话》之中，毛泽东关于"知识分子小资产阶级习气"的论述逐渐成为经典论断，并且主宰了未来数十年的文学批评运思。20世纪50年代至80年代，各种遭受非议的文学作品多半被敲上"小资产阶级"的戳记。更大的范围内，这个概念如同一幅大幕隔开了思想史上的众多传统剧目。不论是儒家的修齐治平、陆王心学还是近代的康有为、章太炎、梁启超，各种曾经活跃的思想命题纷纷退出历史舞台。相对于这个带有现代意味的翻译新词，那些佶屈聱牙的文言迅速地沦为迂腐的陈年旧事。

考察表明，"小资产阶级"充斥文学批评之后，其若干特征愈益明显。作家的身份界定——而不是文本解读——成为文学批评的首选动作。如果说，浪漫主义文学批评围绕的轴心是作家的生平，那么，"小资产阶级"聚焦的就是作家的阶级血统。一种普遍的观念逐渐形成：所谓的"文学性"并不重要，重要的是作家是否拥有充当革命队伍中坚分子的资格。只有无产阶级的作家才能完成无产阶级文学；小资产阶级仅仅是革命的"同路人"，可能在某些关键时刻分道扬镳，绝尘而去，他们无法如实地再现工农革命的壮观景象。20世纪50年代之后，作家的阶级血统与固定的美学观念逐渐锁死：一个小资产阶级的作家必定借助文学的靡靡之音挑衅无产阶级，正如文学之中的非无产阶级思想必定是来自敌对阵营的暗箭。

这种情况之下，"小资产阶级"的鉴别与认定迅速地成为一个重大问题。因此，文学批评的另一个特征是，愈来愈倾向于将作家思想意识的某种状态作为"小资产阶级"的首要标志。传统的阶级划分涉及经济结构、生产关系和生产资料的占有，然而，小资产阶级分子的特征往往被形容为狂热、颓废、纤弱、左右摇摆、自以为是、过于丰富的内心和个人主义式的孤傲等等。总之，当"小资产阶级意识"频繁露面的时候，一个社会学概念不知不觉地遭到了精神分析学的置换。

尽管阶级分析是马克思主义擅长的解剖利器，但是，马克思与恩格斯为数不多的文学批评并未对作家的阶级血统表示超常的兴趣。他们更多地将文学置于"历史"和"美学"的矩阵之中，精辟地描述作家的阶级身份与相对独立的美学如何形成复杂的双轴互动。作为一个文学批评的范本，恩格斯在致玛格丽特·哈克奈斯的著名信件之中分析了巴尔扎克的文学成功与贵族阶级世界观之间的巨大矛盾。恩格斯深刻地指出："不错，巴尔扎克在政治上是一个正统派；他的伟大作品是对上流社会无可阻挡的衰落的一曲无尽的挽歌；他对注定要灭亡的那个阶级寄予了全部的同情。但是，尽管如此，当他让他所深切同情的那些贵族男女行动起来的时候，他的嘲笑空前尖刻，他的讽刺空前辛辣。而他经常毫不掩饰地赞赏的唯一的一批人，却正是他政治上的死对头，……这样，巴尔扎克就不得不违背自己的阶级同情和政治偏见；他看到了他心爱的贵族们灭亡的必然性，把他们描写成不配有更好命运的人；他在当时唯一能找到未来的真正的人的地方看到了这样的人，——这一切我认为是现实主义的最伟大的胜利之一，是老巴尔扎克最大的特点之一。"[1] 现实主义的伟大胜利——事实上，恩格斯获得这个精彩命题的分析路线与阶级血统的鉴定相反。恩格斯并未简单地将文学塞入阶级血统的框架；相反，他论证的恰恰是美学的强大反弹如何挣脱阶级血统的局限。

对于文学批评说来，"小资产阶级"遭受的讨伐甚至远远超过了"资产阶级"。这显然是由于小资产阶级的微妙位置。作为革命的铲除对象，无产阶级对于资产阶级的深仇大恨始终如一。许多时候，革命阵营甚至不屑于与资产阶级深入论战，战士们从事的是"武器的批判"。相对地，小资产阶级构成了一个令人烦恼的理论麻烦。在革命领袖的心目中，小资产阶级仍然栖身于革命阵营，弃之可惜。他们可以在革命的大潮之中奔走相告，呐喊助威，从事某种文化动员工作。但是，小资产阶级仅仅徘徊于革命阵营的外围，并且与资产阶级接壤。一旦气候适宜，他们可能悄无声息地滑过边界，堕落变质。因此，革命阵营对于小资产阶级心情复杂，态度暧昧。小资产阶级具有某种危险的腐蚀性，必须严加防范，否则他们可能蛀空革命大厦；小资产阶级时常表现为冒险盲动，以革命先锋自居，必须识别他们隐藏于狂热表情背后的个人主义根源；小资产阶级意志薄弱，口是心非，极有可能在形势不利的时候临阵脱逃，甚至反戈一击——叛徒往往比对手更为可憎，因

---

[1] [德] 恩格斯：《恩格斯致玛格丽特·哈克奈斯》（1888年4月初），见《马克思恩格斯文集》第十卷，中共中央马克思恩格斯列宁斯大林著作编译局编译，人民出版社2009年版，第571页。

此，革命领袖必须时刻发出警告，提前阻止这种情况的出现。由于这些或显或隐的观念和想象，小资产阶级遭受的鞭挞愈来愈严厉，终于成为一个可耻的存在。

二

不论"小资产阶级"概念最初出自哪里，马克思、恩格斯《共产党宣言》的表述具有不可比拟的权威。因此，革命阵营对于"小资产阶级"的界定通常会追溯至《共产党宣言》的这一段话语：

> 在现代文明已经发展的国家里，形成了一个新的小资产阶级，它摇摆于无产阶级和资产阶级之间，并且作为资产阶级社会的补充部分不断地重新组成。但是，这一阶级的成员经常被竞争抛到无产阶级队伍里去，而且，随着大工业的发展，他们甚至觉察到，他们很快就会完全失去他们作为现代社会中一个独立部分的地位，在商业、工业和农业中很快就会被监工和雇员所代替。[1]

一个举足轻重的概念通常运行在特定的理论场域，并且与另一批概念形成复杂的关系网络。除了概念与实体的联结，概念与概念之间存在的"表意链"同时介入了理论的表述。[2]这个意义上，

---

[1] [德]马克思、恩格斯:《共产党宣言》，人民出版社1997年版，中共中央马克思恩格斯列宁斯大林著作编译局译，第52—53页。

[2] 参见[法]德勒兹、加塔利:《资本主义与精神分裂（卷2）：千高原》，姜宇辉译，上海书店出版社2010年版，第152—154页。

"小资产阶级"并非精确地指称某些固定的社会成员——仿佛他们拥有某种相对于这个概念的"本质";事实上,"小资产阶级"与相邻的另一批概念——譬如"资产阶级""无产阶级"等——形成的相互制约、相互平衡同时隐蔽地限定了这个概念的含义。《共产党宣言》的著名论断深刻地再现了历史赋予这些概念的彼此关系:资本主义的持续发展正在使阶级对立简单化,整个社会日益分裂为两个敌对的阶级,即资产阶级和无产阶级。尽管二者之间仍然存在广阔的中间地带,但是,两大敌对阶级的强大压力必将瓦解这个地带的独立状态,置身于这个地带的小资产阶级亦将随之分化。因此,数目庞大的小资产阶级并不稳定,他们要么成为资产阶级的候补,要么跌落到无产阶级的行列。后续的革命领袖基本沿袭了这种观点,他们对于小资产阶级两重性的描述可以视为对这种观点的延伸——列宁曾经反复地谈论过这种两重性:

> 小资产阶级生来就是具有两面性的:一方面,它趋向无产阶级与民主主义;另一方面,它又趋向反动阶级,企图阻止历史行程,容易被专制制度的种种试探和诱惑手段所欺骗,它能为了巩固自己的小私有者的地位而和统治阶级结成同盟来反对无产阶级。
> ——《俄国社会民主主义者的任务》

> (小资产阶级)这种动摇绝不是一种偶然现象。这种动摇是由于小生产者的经济地位的实质而必然产生的。一方面,小生产者受压迫,受剥削,他不由自主地要反对这种状况,争取民主,实现消灭剥削的想法。另一方面,他是小业主。农

民身上存在着业主（如果不是今天的业主，那也是明天的业主）的本能。这种业主的私有者的本能促使农民脱离无产阶级，使农民幻想和渴望有出头之日，自己成为资产者，固守着自己的一小块土地，固守着自己的一堆粪便（如马克思愤慨地说过的），和整个社会对立。

——《俄国社会民主工党第五次代表大会》

小资产阶级的革命主义，也就是口头上来势汹汹、夸夸其谈、妄自尊大，实际上则是分离涣散、毫无头脑、空洞无物。这就是小资产阶级动摇的两大"流派"。

——《新时代，新形式的旧错误》

小资产阶级的动摇不是偶然的，而是必然的，是由小资产阶级的阶级地位产生的。

——《论革命的两条路线》[1]

毛泽东的《中国社会各阶级的分析》理所当然地论及小资产阶级。这一发表于20世纪20年代中期的名篇清晰地罗列了当时的中国阶级谱系：地主阶级和买办阶级，中产阶级，小资产阶级，半无产阶级，无产阶级，还有为数不少的游民无产者。小资产阶级位列第三，与半无产阶级共同被称为"我们最接近的朋友"：

---

[1]［俄］列宁：《俄国社会民主主义者的任务》，见《列宁全集》第二卷，人民出版社1959年版，第289页；《俄国社会民主工党第五次代表大会》，见《列宁全集》第十二卷，人民出版社1959年版，第452—453页；《新时代，新形式的旧错误》，见《列宁全集》第三十三卷，人民出版社1957年版，第1页；《论革命的两条路线》，见《列宁全集》第二十一卷，人民出版社1959年版，第397页。

小资产阶级。如自耕农，手工业主，小知识阶层——学生界、中小学教员、小员司、小事务员、小律师、小商人等都属于这一类。这一个阶级，在人数上，在阶级性上，都值得大大注意。自耕农和手工业主所经营的，都是小生产的经济。这个小资产阶级内的各阶层虽然同处在小资产阶级经济地位，但有三个不同的部分。[1]

毛泽东用风趣的口吻叙述了小资产阶级内部的三部分人的特征：第一部分有"余钱剩米"，经济地位靠近中产阶级，因而有点惧怕革命，属于小资产阶级的"右"翼；第二部分勉强保持经济自给，不愿意贸然参加革命，亦不反对革命，这一部分大约占据小资产阶级的一半；第三部分处于下行压力之中，"瞻念前途，不寒而栗"，他们是小资产阶级的"左"翼。《中国社会各阶级的分析》之中，地主阶级和买办阶级是国际资本主义和帝国主义的附庸，中产阶级指的是民族资产阶级，小资产阶级和半无产阶级皆为革命阵营争取的对象——现今的理论划分之中，民族资产阶级更多地归结为资产阶级；中产阶级或者半无产阶级均以小资产阶级统称。

革命阵营对于小资产阶级的评价，很大程度上即是中国共产党——无产阶级革命先锋的代表组织——对于这个群体的考察：小资产阶级将在革命形势之中扮演何种角色？《中国共产党第二次全国大会宣言》认为，中国共产党必须引导"工人和贫农与小资产阶级建立民主主义的联合战线"[2]；1927年的第五次全国代表

---

[1] 毛泽东：《中国社会各阶级的分析》，见《毛泽东选集》第一卷，人民出版社1991年版，第5页。
[2] 《中国共产党第二次全国大会宣言》，见《中共中央文件选集》第一册，中央档案馆编，中共中央党校出版社1989年版，第115页。

大会断定，没有无产阶级的联盟，小资产阶级无法找到自救的革命路径，因此，"五四运动最重要的建树，就是小资产阶级在客观上（不是自觉的），趋向于无产阶级去了"[1]。然而，第六次全国代表大会的《中国共产党中央执行委员会告全体同志书》提出"坚决反对各种非无产阶级的意识"，肃清"小资产阶级意识"是极其重要的一项内容——"尤其要坚决的反对小资产阶级的意识""全党的同志，应坚决的起来奋斗，肃清一切小资产阶级的意识"；从极端民主化、机会主义、个人意气到雇佣革命、消极怠工等十种现象均是小资产阶级意识的症候。如果说，考察小资产阶级扮演什么角色的依据是他们在经济结构之中的位置，那么，"小资产阶级意识"似乎相当程度地抛开了经济结构而构成某种独立的精神现象。《中国共产党中央执行委员会告全体同志书》指出，"小资产阶级意识"的来源并非仅限于"小资产阶级出身"，许多无产阶级成员和农民也染上了这种政治顽疾。[2]因此，清除弥漫于各个角落的"小资产阶级意识"成为革命阵营内部数十年反反复复的政治运动。

20世纪40年代，毛泽东的《在延安文艺座谈会上的讲话》又一次肯定了小资产阶级的革命身份："城市小资产阶级劳动群众和知识分子"是革命的同盟者；"小资产阶级文艺家在中国是一个重要的力量。他们的思想和作品都有很多缺点，但他们比较地倾向于革命，比较地接近于劳动人民"。尽管如此，毛泽东还是又一次

---

[1]《中国共产党第五次全国代表大会宣言》，见《中共中央文件选集》第三册，中央档案馆编，中共中央党校出版社1989年版，第98页。

[2] 参见《中国共产党中央执行委员会告全体同志书》，见《中共中央文件选集》第四册，中央档案馆编，中共中央党校出版社1983年版，第441、448—451页。

对文艺界小资产阶级顽强的自我表现提出了严厉的批评。"自己是从小资产阶级出身,自己是知识分子",因而仅对同类人物表示兴趣,"他们的灵魂深处还是一个小资产阶级知识分子的王国"。但是,毛泽东同时指出了阶级出身之外的传染源,"无产阶级中还有许多人保留着小资产阶级的思想"——换言之,这是一种跨阶级的精神流行病。[1]如果联系毛泽东相近时间的讲演《反对党八股》,这个观点更为明朗:

> 主观主义、宗派主义和党八股,这三种东西,都是反马克思主义的,都不是无产阶级所需要的,而是剥削阶级所需要的。这些东西在我们党内,是小资产阶级思想的反映。中国是一个小资产阶级成分极其广大的国家,我们党是处在这个广大阶级的包围中,我们又有很大数量的党员是出身于这个阶级的,他们都不免或长或短地拖着一条小资产阶级的尾巴进党来。[2]

可以从阶级谱系之中看到,小资产阶级仅仅逗留于资产阶级和无产阶级的过渡地段,左右不明,软弱涣散,用列宁的话说,这是一个"没有固定阶级特性"的群落。可是,为什么小资产阶级文化如此活跃,并且时常大面积侵入无产阶级的精神领域,左右逢源,甚至轻而易举地俘虏许多声名显赫的革命中坚分子?一个缺乏自己的旗帜和理论纲领的骑墙派为什么会突然成为不可忽

---

[1] 参见毛泽东:《在延安文艺座谈会上的讲话》,见《毛泽东选集》第三卷,人民出版社1991年版,第855、867、856、857、849页。

[2] 毛泽东:《反对党八股》,见《毛泽东选集》第三卷,人民出版社1991年版,第833页。

视的主角？

这如同一个奇特的社会谜团。

三

多年之前，我已经察觉这个奇特的谜团，并且在《五种形象》之中给予了初步阐述：

> 这是一个不得不面对的奇怪问题：小资产阶级为什么隐藏了如此巨大的美学能量和吸附力，以至于反复纠缠，屡禁不绝？许多时候，资产阶级和无产阶级都可能对小资产阶级产生奇异而隐秘的好感。相对于无足轻重的阶级地位，小资产阶级似乎占据了一个文化的中心位置。如果说资产阶级陷于物质再生产的循环而分身乏术，那么，小资产阶级似乎赢得了更多的文化自由。除了忧虑时政、恐惧革命的不安和惊惧，小资产阶级意识还同时包含了许多生产资料占有方式所无法解释的内容。阶级地位与文化之间的不对称表明，后者是一种奇特的话语——小资产阶级话语。[1]

我同时意识到，传统的解释似乎对于小资产阶级文化的美学能量视而不见。犹豫不决，患得患失，迷惘感伤，这些文化性格的特征通常被追溯至小资产阶级的经济地位——他们小心翼翼地维持脆弱的现状，生怕不断下滑的收入可能打破跻身资产阶级的幻梦。然而，这种观点是否忽略了小资产阶级复杂的心智结构，

---

[1] 南帆：《五种形象》，复旦大学出版社2007年版，第70—71页。

所谓的犹豫云云不是也可以视为这种心智结构的另一套语言形容吗？此外，小资产阶级文化性格的另一些特征似乎与经济地位并不相称，例如冒险，激进，狂热，不无幼稚的革命理想或者强烈的平等诉求，如此等等。总之，经济决定思想意识的阐释视野无法完整地覆盖小资产阶级的基本状况，某些剩余的特征令人困惑。

作为某种社会共同体的划分单位，"阶级"的含义、划分依据以及阐释的有效程度无不存在争论。"社会学家经常首先借助社会阶级这一概念来描述个人身份、人际关系和社会制度"，这是一个扼要的表述。[1]马克思主义学派无疑是这个概念的倡导者和捍卫者。马克思主义学派认为，经济地位、生产资料的占有程度决定了不同的阶级归属，精神意识、文化、政治制度和政权的执掌无一不是各种阶级关系的显现。对于阶级概念的质疑来自不同的方向，例如股份公司分解了资产阶级，劳动阶级分化为各种阶层，社会平等减缓了劳动阶级的贫困化，如此等等。[2]各种观点之中，文化教育有助于消除阶级距离的声音不绝于耳。某种程度上，经济地位与文化水平甚至构成了不同的社会学标准——何者更为适合社会成员的分类？一批身价过亿的企业家、一批流水线上的工人会比一批理工科博士拥有更多的共同情趣吗？——所谓的"博士"显然是一个"文化阶层"。

没有多少证据表明，经济地位或者生产资料的占有丧失了作为阶级首要标志的意义，但是，人们有理由认为，文化的意义正在持续地增加；愈是接近现代社会，这种倾向愈是明显。如果说，原始社会低下的生产力迫使人们不得不首先考虑生存的经济条件，

---

[1] [英] 理查德·斯凯思：《阶级》，雷玉琼译，吉林人民出版社2005年版，第1页。
[2] 参见[日] 渡边雅男：《马克思的阶级概念》，李晓魁译，社会科学文献出版社2015年版，第1页。

经济优势可以轻而易举地转换为政治优势和文化权威，那么，现代社会逐渐削弱了这种趋势。高度发达的科学技术带来了生产力的大幅度提高，物质财富的急速积累造就了人类生存方式的急剧改观。整个社会的视野之中，温饱问题所占的比重持续下降，以至于人类可以匀出更多的精力从事精神的生产。这即是文化愈来愈兴盛的历史原因。作为这种"兴盛"的伴随物，各种文化机构不断成熟。宗教机构、学院和大学、形形色色的研究团体、极其发达的大众传媒、独树一帜的企业文化乃至带有地域风情的城市风尚无一不对各种文化群体产生了强大的催生和塑造作用。

这种认识显然有助于重新解读小资产阶级。

《五种形象》中指出："许多时候，'中产阶级'与'小资产阶级'这两个概念可以互相指代。"[1]通常，二者均是指称资产阶级与无产阶级之间的中等人群，他们的经济地位以及收入状况十分接近。然而，当考察聚焦于文化层面的时候，二者开始出现巨大的差异。中产阶级意味着成熟、可靠、拘谨、克制，为了维护现有的社会地位，他们尽量避免各种冒险扰乱兢兢业业的财富积累规划；他们循规蹈矩，安分守己，包括对于正统机构发布的文化经典唯唯诺诺。这一幅中产阶级标准像的描述原则严格地遵循经济地位决定文化趣味以及精神意识的程序。革命领袖分析的阶级谱系之中，小工业家、小商人、手工业者，乃至自耕农均属这个方阵。由于中产阶级的保守主义倾向，他们时常被视为一个社会的稳定成分。到目前为止，一个流行的社会学观点正在获得越来越多的青睐：以中产阶级为主体的橄榄型社会很少出现大规模的动荡和骚乱。这个结论与持续已久的"斗争哲学"大相径庭，以至于人

---

[1] 南帆：《五种形象》，复旦大学出版社2007年版，第73页。

们对这个概念重现江湖感到陌生与惊奇：

> "中产阶级"又是怎么回事？——这个人口占比越来越大的群体，这个收入、财富、依存结构正在多元化的群体，是打了折扣的资产阶级，还是变了模样的无产阶级？抑或他们本是社会新物种，正悄然膨胀于传统的阶级分析框架之外，造成一种"橄榄型[1]社会结构"，使很多旧时的概念、逻辑、描述不够用？[2]

然而，令人意外的是，另一些经济地位相仿的群落具有远为不同的表现，例如被称为小资产阶级的那一批人。某种程度上，小资产阶级的激烈与不安分恰好与中产阶级的刻板与平稳相反。他们身上迥异的精神气质从何而来？如何解释这种状况——这是因为经济决定论的失效，还是因为另一些重要因素尚未进入考察的视野？

我企图重新考虑文化的价值——考虑文化如何左右小资产阶级的形成，以及二者之间存在何种隐秘的互动关系。这就涉及所谓的"中产阶级"以及"布尔乔亚"。

四

彼得·盖伊在《布尔乔亚经验》之中，对"中产阶级"与"布尔乔亚"两个术语的交织乃至巴别塔式的混乱进行了梳理。现代

---

[1] 原文作"橄榄形"。
[2] 韩少功：《"阶级"长成了啥模样？》，《文化纵横》2017年第6期。

汉语之中,"布尔乔亚"时常被译为"资产阶级"。布尔乔亚源于西方的市民阶层,他们中的少数人士曾经获得巨大的商业成功,继而成为富可敌国的"资本家",其中更多的人是现今所说的"中产阶级":"19世纪早期,歌德、黑格尔以及他们同时代的人将'中产阶级'视为体面的和富有的人群,包括在其上层中那些高级的政府公务员,还有其他一些受过良好教育的人;而到19世纪中叶,这个术语则用以指代小商人和制造商。"然而,19世纪70年代之后,"中产阶级"逐渐下降为"小布尔乔亚"(petty bourgeois),这个称谓通常包含两类人群:一类指的是那些竭力挣扎避免破产的小店主;另一类指的是那些前景黯淡的政府职员。

当然,17世纪以来的西方文化之中,德国、英国、法国对于"中产阶级"或者"布尔乔亚"之称各有所爱。英国人"偏爱本土的中产阶级,或者更准确地说是中产阶级的复数形式(middle classes),因其略带有严肃而理性的尊重"。但是,法国人更愿意使用"布尔乔亚"——据说这是王尔德的机智表述:"法国相对于英国的巨大优越在于:在法国每位布尔乔亚成员都想成为艺术家;而在英国每位艺术家都想成为布尔乔亚成员。"法国的某些中产阶级被形容为"勤奋的阶级"(the active class),另一些人被称为"懒惰的布尔乔亚"(the "idle" bourgeoisie)。当然,抛开德语、英语、法语之间微妙的语义差别,中产阶级显然指社会分化之中居于中间位置的社会阶层。

事实上,所谓中间位置的社会阶层仍然五花八门,标准不一。西方社会之中,律师、高级政府公务员、知名神职人员或者医生均为中产阶级,德国的社会学力图"以财产和受教育程度为标准给群体命名"。当然,这些标准从未画出一片清晰的社会版图。如何从诸多混杂的阶层或者职业之中认定中产阶级是一个统一的整体，并且赋予这个整体公认的定义？这甚至成为一个巨大的社会学焦虑。中产阶级定义的悬而未决将会产生某种认同危机——因为这些问题也将悬而未决，"即中产阶级的内部等级秩序、它在社会中的地位、与其他阶级的关系、政治前景以及其道德特征"。换言之，中产阶级定义的"不确定性以及捉摸不定、纷繁芜杂的多元主义氛围，也暗示了政治利益的冲突和无法化解的社会冲突"。

作为一种普遍的概括，19世纪中产阶级的两个社会特征给人留下深刻的印象。一是贫困——"中产阶级大众——无论是处于上层、中层或下层的中产阶级，无论是懒惰或勤奋的，无论是经商或专业人员，都在贫困的海洋中苦苦挣扎"。一是对于体面与文化教养的诉求。他们往往乐于炫耀获得的财产和社会地位，注重住宅装饰的富丽堂皇。这一切通常与中产阶级文化风格彼此呼应："许多中产阶级家庭还是真心实意地去珍视他们的教养。在大多数布尔乔亚成员的家中，或多或少都有墙上的挂画、客厅的音乐会和镶嵌玻璃的书架上摆设的经典名著。布尔乔亚男男女女，或唱歌，或素描绘画，或热衷聆听音乐会，或进行文学阅读和朗诵，甚至是写诗。"

当然，正如彼得·盖伊所感叹的那样，"简单化"是隐藏于理论描述背后的一个特殊诱惑。尽管何谓中产阶级言人人殊，但是，这个概念逐渐获得认可，并且开始大面积运用。各种话语坦然地使用这个概念解释众多的历史事件，甚至概括一个时代："我们终于认识到，19世纪是中产阶级的世纪。没有任何人会质疑这个结论。"在这个基础之上，一些知识分子对于中产阶级庸俗的生活姿态表示不屑乃至严厉批判："布尔乔亚以其麻木愚钝和冷酷的理性，把生活中的一切都转化成了商品，把所有的经历都转化成冷漠的加减运算。"另外，人们也可以看到一批中产阶级的辩护者。他们认为，中产阶级对于社会的文明进步做出了突出的贡献。例如，作为中产阶级的代表，那些心平气和、克勤克俭的商人令人敬重——他们是"自尊自强、百折不挠、为自己的职业感到荣耀的社会阶层"。

彼得·盖伊的《布尔乔亚经验》更多地关注布尔乔亚的内心经验。他援引弗洛伊德的精神分析学考察涌动于中产阶级生活躯壳内部的各种暗流。彼得·盖伊认为，社会的集体经验可以视为个体经验的放大："个体主义心理学能够应用于集体经验的研究之中，因而在对集体经验的研究中，传记可能成为历史。"尽管如此，人们必须意识到另一种迥异的分析模式——来自外部的社会学考察。这种考察更为关注中产阶级经济地位的演变，观察经济的剧烈分化如何瓦解中产阶级稳定的意识形态。显然，这种视角与革命运动遥相呼应。当历史设定为资产阶级与无产阶级两个阵营彻底决裂的时刻，所有的中间地带都将丧失存在的理由。两个端点的吸引力如此强大，中间地带庞大而松散的中产阶级很快解体，要么向"左"，要么向右。大量中产阶级形成的橄榄型社会安定而稳固，中产阶级的谨慎与理性——而不是狂热与冒险——是一种值得肯定的文化性格，诸如此类的观念最近才获得社会学的表彰，并且与市场经济法治体系相伴而行。

然而，中产阶级意识形态内部是否隐藏某种矛盾，以至于可能在某些时刻显现激进的一面？按照彼得·盖伊的形容，19世纪末的中产阶级面临三个对手："残余的贵族势力和声望；在富有战斗精神的（常常是革命的）意识形态刺激下成长起来的工人阶级团体；勇往直前的先锋派文学、艺术、戏剧和哲学思想则贬斥中产阶级丧失了品位、贪恋金钱、对文化充满敌意。"可是，彼得·盖伊同时补充说，"很多先锋派艺术家和作家也是中产阶级的中坚力量"。或许，后面这句话来自一个显而易见的事实——许多先锋派艺术家和作家的经济地位与众多中产阶级成员彼此相仿。这种状况带来另一个需要解释的事实：为什么他们会成为一个独特的群落——如何描述他们并且为之命名？[1]

五

布尔迪厄认为，"阶级"的考察必须与线性思想决裂。他反对单向的因果决定，即使是经济资本这种意义重大的因素。在他看来，阶级是一个多维的社会空间，阶级是由资本、性别、年龄、种族、收入、教育水平等诸多相关属性之间关系的结构决定的。[2]这个意义上，文化因素可能由于某种结构而成为阶级建构围绕的轴心。许多时候，布尔迪厄将文化因素形容为类似于经济资本的"文化资本"；文化资本之于阶级的聚合功能可以与经济资本相提并论。这时的文化仍然是经济基础的衍生物吗？——文化能多大程度地超越经济地位的限制，甚至产生与之抗衡的组织模式？不论布尔迪厄"文化资本"扩大的文化自主权存在多少争议，这个概念至少有助于将"小资产阶级"从普遍的中产阶级之中提取出来。

---

[1] 参见[美]彼得·盖伊：《布尔乔亚经验》的"总导言"部分的"概论"与第一章"定义的张力"，赵勇译，上海人民出版社2020年版，引文分别见第23、24、27、28、21、37、31、36、40、45、48、53、17、8页。

[2] 参见[法]皮埃尔·布尔迪厄:《区分：判断力的社会批判》（上册），刘晖译，商务印书馆2015年版，第177—182页。

"在高度分化的社会中,文化资本是某种形式的权力资本,布尔迪厄通过把经济分析的逻辑扩展到表面上非经济的商品与服务而把它理论化了。他的文化资本概念包括了各种各样的资源,比如语词能力、一般的文化意识、审美偏好、关于教学体系的信息以及教育文凭等。他的目的是想表明(在这个术语的最广泛的意义上)文化可以变成一种权力资源。"根据戴维·斯沃茨的概括,布尔迪厄所说的文化资本通常以三种形式存在。首先,这是一种培育形成的文化能力,例如一个人对于音乐、艺术作品或者科学公式的理解。这种理解可以轻易地"挪用"或者"消费"文化产品。漫长的培育显然已经将这种文化能力赋予个体;因此,这种文化资本以"身体化"的形态存在。当然,所谓的培育必须承担相当数额的成本开支,许多贫困的家庭无力承担。这个意义上,文化差异内在地包含了阶级差异。文化资本的第二种形式是某种客观化的实物,例如书籍、艺术品、科学仪器等。第三种形式来自机构和制度,布尔迪厄主要指教育文凭制度。在他看来,高等教育系统对于现今社会阶级结构的再生产具有决定性的意义。[1]

尽管布尔迪厄相信,文化资本对于经济的依从并未彻底改变,同时,文化资本的代际传递远比经济资本更具风险,但是,他的观点仍然显示了文化资本与经济资本的"历史性"对抗。正如戴维·斯沃茨犀利地指出的那样,文化资本对于工人阶级内部的分化不敏感[2]——或许,文化资本的多寡并非工人阶级内部分化的

---

[1] 参见[美]戴维·斯沃茨:《文化与权力:布尔迪厄的社会学》,陶东风译,上海译文出版社2006年版,第88—89页。

[2] 参见[美]戴维·斯沃茨:《文化与权力:布尔迪厄的社会学》,陶东风译,上海译文出版社2006年版,第92—95页。

首要原因，然而，这个概念与小资产阶级情投意合。如果说，作为中产阶级内部一个相对特殊的群落，"小资产阶级"多出了一点什么，那么，文化资本提供了独特的解释。从叛逆的激情和冲动、社会公平正义的关注、痛陈时弊的批判到天真幼稚、多愁善感、犹豫退缩，从超出了经济利益的出格之举——这些出格之举时常诱导他们迅速接近波澜壮阔的革命——到某些严峻时刻所扮演的逃兵形象，这些特征的描述无不曲折地溯源于文化资本：溯源于文化教育造就的求知欲与真理的探索，溯源于革命书刊的阅读和理论分析能力的形成，溯源于对庸常生活的厌倦和浪漫情趣的向往，也溯源于相对优裕的家境如何削弱乃至扼杀许多人铤而走险的意愿和勇气。

许多时候，这个群落获得一个通用的称谓：知识分子。小资产阶级知识分子已经是一个约定俗成的概念，没有多少人对于二者的衔接表示异议。

"小资产阶级知识分子"的约定俗成同时证明阶级与文化之间的紧密联系超过了人们的通常想象。布尔迪厄倾向于认为，阶级不存在某种"实体主义"的内容；阶级身份来自各种社会共同体之间相互"关系"的建构，这显示了现有的阶级之间存在的对立性质；[1]然而，如果说阶级斗争的常规领域被设置为经济、政治领域，那么，布尔迪厄的相当一部分精力在于考察这种对立性质如何显现于符号领域。他的《区分：判断力的社会批判》很大程度上即是描述"趣味预先作为'等级'的特别标志起作用"。布尔迪厄开宗明义地解释他的意图：

---

[1] 参见［美］戴维·斯沃茨：《文化与权力：布尔迪厄的社会学》，陶东风译，上海译文出版社2006年版，第168页。

存在着一种文化产品的经济,但这种经济有一种特定的逻辑。为了摆脱经济主义,应该指出这种逻辑。要做到这一点,首先要致力于建立文化产品的消费者及其趣味在其中产生的条件,同时要致力于描述将这样一些产品据为己有的不同方式——这些产品在一个特定的时刻被视为艺术品——以及描述被视为合法的占有方式形成的社会条件。

诚然,无论是日常生活方式还是艺术领域的审美,"趣味"的区分并非源于某种无可争辩的本能。所以,布尔迪厄继续指出这种"趣味"的描述如何与"阶级"的概念相互衔接:"科学考察反对将合法文化方面的趣味看作是天赋的超凡魅力观念,它指出文化需要是教育的产物:调查证实,所有文化实践(去博物馆、音乐会、展览会、阅读,等等),以及文学、绘画和音乐方面的偏好,都与(依学历或学习年限衡量的)教育水平密切相关,其次与社会出身相关。"[1] 简而言之,布尔迪厄并未放弃个人修养、文化趣味以及家庭出身与经济条件之间千丝万缕的关联,但是,这并不妨碍得出一个结论:某些以"趣味"为轴心的文化共同体可能完整地出现于历史舞台,并且显现出相对统一的特征和意志,小资产阶级知识分子即是一种典型。

现在可以将话题转移到一个新颖的方向了:小资产阶级知识分子的革命冲动、特殊能量以及他们置身于革命阵营遭遇的种种尴尬问题,这些情节无不可以追溯至一个重要原因——这个文化共同体与阶级共同体的复杂联系。

---

[1] 参见[法]皮埃尔·布尔迪厄:《区分:判断力的社会批判》(上册),刘晖译,商务印书馆2015年版,第1—2页。

六

不论知识分子卷入哪些阶级的纷争，各方的利益冲突无不显现为理念的冲突。知识分子长于论辩，他们的主要工作是阐述各种利益背后的理念依据，而不是以暴力夺取利益本身。必须指出的是，知识分子通常并非为自身辩护，他们的辩护对象是利益的合理拥有者。知识分子的称号并非授予那些仅仅拥有某种知识的专业人士，知识分子必须关注公共事务，阐述公理，承担一个社会的良知，勇于且善于发出批判的声音，这是19世纪末法国"德雷福斯"事件之后形成的传统。所以，爱德华·W.萨义德这一段话曾经赢得了广泛的赞叹：

> 我认为，对我来说主要的事实是，知识分子是具有能力"向（to）"公众以及"为（for）"公众来代表、具现、表明讯息、观点、态度、哲学或意见的个人。而且这个角色也有尖锐的一面，在扮演这个角色时必须意识到其处境就是公开提出令人尴尬的问题，对抗（而不是制造）正统与教条，不能轻易被政府或集团收编，其存在的理由就是代表所有那些惯常被遗忘或弃置不顾的人们和议题。知识分子这么做时根据的是普遍的原则：在涉及自由和正义时，全人类都有权期望从世间权势或国家中获得正当的行为标准；必须勇敢地指证、对抗任何有意无意地违犯这些标准的行为。[1]

---

[1] [美]爱德华·W.萨义德：《知识分子论》，单德兴译，生活·读书·新知三联书店2002年版，第16—17页。

摇摆的叛逆

然而，我曾经对知识分子的崇高操守表示某种疑惑：所谓的知识分子并没有选修某种特殊的道德课程，为什么他们可能拥有如此高尚的人格？人们甚至遇到一种广泛的舆论：完美的人格是知识阶层的独特徽记。然而，"人们无法否认，同样存在愿意承担这种使命的军人、政治家、企业家甚至补鞋匠。严格地说，任何一个公民都有承担这种使命的义务"。[1]我宁可认为，知识分子不是一个拥有特殊人格的道德团体——他们甚至远不如宗教团体。另一方面，知识分子屡遭迫害更多地是由于他们的知识，而不是处世气节。除了一套系统的科学话语，大多数知识分子并没有显出多少神秘的禀赋。因此，我对于知识分子人格范式的考察最终恰恰即是追溯至这一套科学话语。尽管科学话语存在不同的学科类别差异，但是：

> 这种话语的基本规则是统一的。进入这个话语系统首先必须遵循理性原则。这个话语系统内部，人们有义务坚持真理，怀疑权威，宽容异见，舍弃独断和迷信。为了有效地保持上述特征，这个话语系统通常在逻辑、论证、追问——而不是想象或者臆测——的轨道上运行。众所周知，这种理性原则是科学工作者的纪律，所有服从这一话语系统的都不能任意违背。事实上，这也就是知识对于知识主体的基本规定。许多知识分子的性格原型——例如理性、严谨、精确乃至刻板、保守——无不可以在这种基本规定之中得到解释。[2]

---

[1] 南帆：《札记、知识与人格》，见《敞开与囚禁》，山东教育出版社1999年版，第19页。
[2] 南帆：《知识、知识分子、文学话语》，见《敞开与囚禁》，山东教育出版社1999年版，第5页。

当然，由于科学话语的不断成熟，这些守则逐渐扩大，并且演变为各种场合相对固定的机制。刘易斯·科塞在《理念人：一项社会学的考察》之中概括了知识分子活动的八种制度化环境："沙龙和咖啡馆；科学协会和月刊或季刊；文学市场和出版界；政治派别；最后是波希米亚式的场所和小型文艺杂志。"[1]沙龙摆脱了宫廷社会的限制，沙龙和咖啡馆共同为知识分子的各种聚会提供了场所和平台；科学协会等科学社团形成了科学家与大众的沟通，有助于科学家成为常识渊博的知识分子而不是狭隘的专家；科学杂志的印刷使知识分子超越了直面接触的限制从而获得广阔的传播媒介；图书市场帮助知识分子脱离贵族庇护者，同时造就了整个社会更高的文化水准；对于那些反叛型的知识分子说来，波希米亚场所的存在是一个回旋的空间。总之，从知识伦理到逐渐成熟的学术机制，客观地追求真理和坦陈真理成为知识分子职业人格之中一个愈来愈清晰的表征。即使转身面对专业学科之外的社会历史，这些守则仍然构成知识分子发言的主要动力及其风格。换言之，尽管小资产阶级的利益诉求与中产阶级类似，但是，当他们以知识分子身份出场的时候——当他们显示出曾经遭受科学话语严格训练的时候，各种主张通常必须以公理为基础。

然而，迄今为止，各个阶级的阶级意识纷纷觉醒，这个世界的普遍公理是否存在？知识分子如何获知并且赞同这种公理？卡尔·曼海姆曾经试图阐述这个问题。在他看来，只有综合种种局部的政治观点，才能在某一个高度显示出历史的总体轮廓。当然，历史的总体轮廓绝非现存集团各种愿望的平均数相加，这种综合

---

[1]［美］刘易斯·科塞：《理念人：一项社会学的考察》，郭方等译，中央编译出版社2004年版，第4页。

必须保存历史的运动性质：

> 有效的综合必须立足于一种政治地位，这种地位将构成这种意义上的渐进的发展，即它能保持和利用大量积累起来的文化成果和前一阶段的社会能量。同时，新秩序必须渗透到社会生活最广泛的领域，必须开始在社会中自然生长，以便使其改造力量发挥作用。[1]

如果说，每一个阶级无不以宣示自己的利益为己任，那么，这种综合工作只能交付"无社会依附的知识分子"。他们是"相对不具有阶级性的，没有被太牢固地安排在社会地位上的阶层"。尽管这些知识分子分别存在自己的阶级出身和社会关系，但是，他们之间一个共同的"社会学纽带"是教育："分享一个共同的教育遗产，会逐渐消除他们在出身、身份（原文作'身分'）、职业和财产上的差别，并在各人所受教育的基础上把他们结合成一个受过教育的个人的群体。"[2]这个群体的开放和流动容纳了各种可能的观点，历史总体的综合因而得到了持续的更新。

这如同社会学给予知识分子最高的期待和褒奖——当然，这时的"小资产阶级"不再是一个阶级身份的限定。的确，当知识分子的表现拥有接受这种期待和褒奖的资格时，他们与无产阶级革命政党不谋而合；然而，当知识分子的表现再度使"小资产阶级"恢复了阶级身份的含义，双方的信任可能遭受严重破坏。

无产阶级革命政党的宗旨是摧毁剥削体系，伸张无产阶级利

---

[1]［德］卡尔·曼海姆：《意识形态与乌托邦》，黎鸣等译，商务印书馆2000年版，第157页。
[2]［德］卡尔·曼海姆：《意识形态与乌托邦》，黎鸣等译，商务印书馆2000年版，第157—159页。

益。然而，正如《共产党宣言》所说的那样，无产阶级必须废除全部现存的占有方式，这是为绝大多数人谋利益的独立运动，无产阶级没有自己的私利必须保护——无产阶级只有解放全人类，才能最后解放自己。因此，无产阶级不惮将自己的主张与全人类的普遍利益联结起来。对于知识分子说来，这难道不是历史总体轮廓的完美表述吗？还有什么比宏伟的社会政治理想与客观真理二者的统一更能打动人的？这一切激励了一大批小资产阶级知识分子争先恐后地投入革命阵营。《共产党宣言》指出："正像过去贵族中有一部分人转到资产阶级方面一样，现在资产阶级中也有一部分人，特别是已经提高到从理论上认识整个历史运动这一水平的一部分资产阶级思想家，转到无产阶级方面来了。"[1]这是文化共同体挣脱阶级共同体的生动例证之一。

然而，尽管小资产阶级知识分子心悦诚服地接受无产阶级革命政党的社会理想，二者在具体的革命实践中仍然时常出现各种差异甚至分歧。20世纪初期，启蒙主义和民粹主义的各种观念对知识分子产生了巨大的冲击。追求个人的精神自由与拯救穷苦大众于水火，两种理念交织地回响于知识分子的内心。尽管如此，知识分子的革命更多地始于自由、平等、公正和个性解放，他们对于漫长而激烈的阶级搏斗缺乏足够的思想准备。知识分子心目中的革命带有许多浪漫的意味，"革命加恋爱"成为他们心仪的模式。对于窒息在深宅大院的一代人说来，恋爱遭遇的阻力成为社会不平等的莫大象征。因此，他们的行动必须从争取两性的自由开始。许多时候，地下接头、散发革命传单或者飞行集会与秘密

---

[1]［德］马克思、恩格斯：《共产党宣言》，中共中央马克思恩格斯列宁斯大林著作编译局编译，人民出版社1997年版，第37—38页。

恋爱拥有相似的叛逆快感。不论这些知识分子接触过多少种乌托邦理想，许多人的实践区域仅仅停留于婚姻与家庭的变革——甚至连"娜拉走后怎样"这种实际的问题也没有赢得他们真正的严肃考虑。因此，这些知识分子往往陶醉于生活的表象及其美学效果，例如响亮而抽象的口号和价值观念，民主形式，自由辩论，蔑视礼俗的恋爱和同居，集体制造的庄严仪式感，光明磊落的坦荡襟怀，如此等等。知识分子时常疏于实际事务，天真地将阶级想象为一个同质的、纯粹的共同体，他们对于无产阶级内部的三教九流、良莠不齐惊诧不已。如同缺乏真正的阶级认识，知识分子同时缺乏夺取政权的雄心，缺乏度过革命低潮的耐心，更缺乏如何接管国家机器的筹划和精打细算。对于革命行动所不可避免的暴力、血污、无理甚至不可告人的谋略，他们久久无法释怀。一旦形势出现种种波折，这些知识分子立即显示出脆弱有余而韧性不足的品格。

毛泽东的《在延安文艺座谈会上的讲话》对于诸如此类的知识分子趣味提出了批评。虽然大多数知识分子口头上对工农大众保持理论的尊重，但是，他们的内心仍然偏爱小资产阶级生活。他们并未蜕变为无产阶级的"有机知识分子"。毛泽东所阐述的"干净"无疑是一种隐喻："拿未曾改造的知识分子和工人农民比较，就觉得知识分子不干净了，最干净的还是工人农民，尽管他们手是黑的，脚上有牛屎，还是比资产阶级和小资产阶级知识分子都干净。这就叫做感情起了变化，由一个阶级变到另一个阶级。"[1]毛泽东期待知识分子出现触及灵魂的变化，他们所接受的不再是一

---

[1] 毛泽东:《在延安文艺座谈会上的讲话》，见《毛泽东选集》第三卷，人民出版社1991年版，第851页。

个抽象的工农概念，而是真正融入工农的喜怒哀乐。这时，知识分子才能对无产阶级产生具体的认识。知识分子必须摆脱小资产阶级那种浪漫的、漂亮的、轰轰烈烈的革命，与"手是黑的，脚上有牛屎"的工农一起从种种琐事做起。

在毛泽东的心目中，"小资产阶级意识"实质上显示出对于工农大众潜在的阶级隔膜。换言之，"小资产阶级意识"并非单纯的"书生气"，所谓的文化共同体——尽管当时并没有这个概念——并非一个游离于阶级利益的避风港。如果说，文化资本的攫取从未脱离一定的经济条件和阶级身份，那么，所谓的教育或者文化知识无法剔尽意识形态。即使仅仅追溯文化的本源，小资产阶级意识仍然回到了两大阶级的夹缝之中，资产阶级的种种观念仅有一墙之隔，甚至已经相互渗透。作为一个高瞻远瞩的革命领袖，毛泽东必须及时地防微杜渐，制止小资产阶级意识的泛滥危及无产阶级的革命组织。革命阵营对于小资产阶级的警觉持续升温，批判的态度越来越严厉，毋宁说从中嗅到了敌对阶级的浓烈气息。尽管知识分子始终对革命一往情深，但是，当文化资本与经济资本尚未分离之前，当二者共同被视为小资产阶级乃至资产阶级的温床之际，他们几乎无法赢得无产阶级的彻底信任。许多时候，双方的隔膜成为悲剧的缘起。

七

20世纪80年代，文学批评之中的"小资产阶级"一词逐渐隐退，这显然是阶级话语隐退的附加效果。在"寻根文学""先锋文学""新写实主义"制造的文学潮汐之间，"小资产阶级"一词丧失了合适的历史语境。这个概念的再度露面大约是在 21 世纪初。一个文化轮回完成之后,这个概念再也没有当年咄咄逼人的攻击性了,它甚至拥有了一个亲切的昵称——"小资"。"小资"指的是某些时髦的流行文化,显得另类而富有情调。一方面,这些流行文化的主人公肯定比那些奔波于工地或者流水线的无产阶级悠闲优雅;另一方面,他们又暗自鄙视那些俗不可耐的暴发户对于财富之外的主题一无所知。"小资"通常出入于酒吧、咖啡馆和艺术圈。他们的孤独、感伤以及浪漫趣味令人联想到一个世纪之前的五四新青年,然而,当年踊跃的革命气氛已经转换为优裕的消费环境。"小资产阶级知识分子"不再是一个固定的组合,"小资"仅仅是一圈装饰生活的花边,"知识分子"的传统定义正在变质。当然,"知识分子"始终是一个世界性的话题。拉塞尔·雅各比《最后的知识分子》的第一章即是慨叹知识分子的消逝,"公共知识分子的衰落"或者"知识分子都到哪里去了"的疑问不绝于耳。无论这些命题是否有些夸张,人们必须承认一个事实:历史的确出现了某些前所未有的迹象。

与五四时期不同,现今多数年轻的知识分子几乎丧失了这种理论冲动:解释自己厕身的生活。如果说,五四新青年不得不在家庭、家族、民族、国家、政党以及各种政治主张之间自我定位——如果说,这些复杂的关系网络必然地指向了一个社会的公共生活,那么,现今的知识分子已经摆脱这种紧张。他们的周围社会结构稳定,各种微小的历史紊流波澜不惊,相对独立的学院成为无可争议的安身立命之处。所谓的学潮、"在路上"、"垮掉的一代"、嬉皮士或者"红卫兵"、知识青年已经是遥远的陈年旧事,20 世纪 80 年代呼啸而至的思想解放运动偃旗息鼓多时。现在的知识分子仅仅穿梭于学位、职称、图书馆或者实验室以及学术会议之间。有章可循的未来设计和中等水平的收入，一个迟早到手的中产阶级身份——的确，那个似乎患有文化神经质的"小资产阶级"终于回到了中产阶级。

小资产阶级瓦解的另一个原因是，这个文化共同体围绕的教育、知识或者文化趣味正在出现某些意味深长的动向。首先，严密的学院体制降伏了众多知识分子。严谨，规范，专业，皓首穷经，晦涩的术语和读者寥寥的学术期刊，长长的注释和参考书目。重要的不是尖锐的思想或者惊世骇俗的观点，而是思想或者观点的学术依据。游谈无根似乎为那些学富五车的教授所不齿。博闻强记和引经据典肯定比犀利的洞见更具价值吗？稳重、平庸还是精神冒险？学院体制对于后者没有多少好感。所谓的尖锐或者惊世骇俗往往卷入社会和大众，然而，学院体制的标志即是各种专业的栅栏。即使是那些貌似激进的"新左派"，他们仍然仅仅在若干专业术语圈定的区域驰骋。拉塞尔·雅各比甚至在《最后的知识分子》之中嘲笑过著名的"左"翼理论家弗雷德里克·詹姆逊："说杰姆逊（詹姆逊）是一位精力充沛、有责任感的思想家，没有人会反对。也没有人会怀疑他的天地是在大学中：大学的方言、大学的问题、大学的危机，等等。以前的马克思主义者和激进批评家——路易斯·芒福德、马尔科姆·考利——从未抛弃过公众。而杰姆逊却从未去寻找过公众。他的著作是为大学的讲习班而写的。"[1] 的确，那些"新左派"对于解构主义、意识形态话语或者大他者的各种观念如数家珍，但是，他们很少考虑放弃自己所依附的学院体制，包括学院体制规定的言行和思想方式。所以，伯曼

---

[1]［美］拉塞尔·雅各比：《最后的知识分子》，洪洁译，江苏人民出版社2006年版，第185页。

意味深长地说:"知识分子必须认识到他们自己——既在经济上也在精神上——依赖于他们所鄙视的资产阶级世界的深度。"[1]

必须承认,相对于五四时期乃至20世纪80年代,教育、知识乃至文化与财富的联系与日俱增。由于积极介入物质生产,工科教授理所当然地开始分享建筑业、汽车制造业或者无线通信业产生的巨额利润;金融专家或者总会计师掌握的知识对于现代社会如此重要,他们有理由收取令人羡慕的咨询费;大众传媒的发达甚至为那些人文学者提供各种机会,许多古典文学研究者乃至所谓的"国学"专家无不热衷于在电视台或者形形色色的互联网自媒体露面,完善的传播体系正在为符号领域的"淘金"制造多种可能。"文化产业"表明,传统的文化生产开始纳入经济学的产业模式。没有理由否认,大众传媒正在形成新型的公共领域,各个学科的专家可以借助电视台或者互联网与大众交换对于公共问题的观点;然而,也没有理由否认,商业逻辑可能潜在地支配专家的观点,商业与大众传媒的合谋可能对专家的知识及其表述方式形成某种压力。阿尔文·古尔德纳在《新阶级与知识分子的未来》中提醒说,"专业主义"的背后存在文化的政治经济学。他力图回到阶级的视角:知识分子拥有的教育、知识、文化会不会演变为某种"资本"?这时,所谓的小资产阶级可能脱胎换骨——阿尔文·古尔德纳所说的"新阶级"指的是"文化资本家":"正如新阶级并非过去的无产阶级一样,他们也不是过去的资产阶级。他们毋宁说是一些靠控制那些可以生财的文化产物,而不是靠拥有金

---

[1] [美]马歇尔·伯曼:《一切坚固的东西都烟消云散了——现代性体验》,徐大建、张辑译,商务印书馆2003年版,第153页。

钱来谋取利益的一种新型文化资本家。"[1]

各个学科的专家与大众交换观点的时候，他们还是被称为"知识分子"的那一批人吗？知识分子之所以对公共问题评头论足，甚至不惧挑战权威，是知识、理性、普遍的价值与公理赋予了他们巨大的勇气。然而，后现代文化的降临表明，知识不再是一个自洽的整体，理性不再是一个至高的原则，普遍价值和公理处于瓦解状态。按照让-弗朗索瓦·利奥塔尔的说法，后现代的特征是对于"元叙事"的怀疑，每一个语言群落无不按照自己的标准运转。[2]如果说，后现代的确是一种"状态"而不是一批好事之徒的虚构，那么，修复这种文化分裂的基础还未显现。对于知识分子来说，他们的身份、批判职能以及承担的历史责任无不需要重新认识。

阶级话语盛行的时代，"小资产阶级"概念的背后存在某种经典的阶级分析——经济地位，生产资料的占有——无法化约的内容。阶级话语衰退之后，这些内容进一步浮现，解放出不可忽视的独特能量。许多时候，人们用"文化"命名这种能量。文化可能承担一种共同体的组织，一种价值理想的原则，召唤一代青年的革命冲动，派生一套相对独立的运行机制，并且重新设计各种新型的利益，包括经济利益。许多人觉得，"小资产阶级"是一个枯竭的概念，如今可以忽略不计；然而，历史的考察可以证明，这个概念包含的阶级含义逐渐萎缩，文化能量却始终活跃，甚至变幻多端，制造种种不同的历史形式。

---

[1] [美]阿尔文·古尔德纳：《新阶级与知识分子的未来》，杜维真等译，人民文学出版社2001年版，第17页。

[2] 参见[法]让-弗朗索瓦·利奥塔尔：《后现代状态》，车槿山译，生活·读书·新知三联书店1997年版，第2页。

第一部分　历史文化的裂变

第一章　转折：士大夫与知识分子

一

作为一个著名概念，"小资产阶级知识分子"包含了一系列的理论和历史纠葛。"小资产阶级"与"知识分子"均为现代名词。二者的组合显示，一批专业人员开始纳入新型的社会定位坐标体系。当然，相对于崭新的阶级身份命名，这一批专业人员渊源有自；而所谓的"知识分子"并非地平线上陌生的社会群体。他们的前世今生复杂而曲折，两个现代名词的介入开启了何种理论视域？

如果说，知识分子现状的描述时常带来激烈的争辩，那么，知识分子的历史谱系并未吸引多少关注的目光。"小资产阶级"之所以构成了一个刺眼的定语，显然因为这种阶级身份与另一些共时的阶级身份存在持久的纠缠与磨合。"小资产阶级"聚居于资产阶级与无产阶级之间的尴尬地带；这个概念的构词方式仿佛显示，"小资产阶级"是从"资产阶级"的某个余脉之中派生出来的。事实上，"小资产阶级"与"资产阶级"的关系构成了一个危险的理论雷区。一大批小资产阶级前赴后继地投奔无产阶级革命阵营，这个现象被叙述为历史的必然,任何投身于历史洪流的知识分子迟早将意识到自己的真正归宿。尽管如此,资产阶级的频繁招手似乎隐藏了奇特的诱惑。许多小资产阶级知识分子恋恋不舍地徘徊于资产阶级阵营附近,藕断丝连,甚至暗送秋波。他们身上的多种文化症状无不可以追溯至资产阶级意识形态。无产阶级革命队伍不得不耗费大量的时间和精力追查二者之间的隐秘联系,力图彻底剪断资产阶级的文化脐带。高度戒备的精神姿态表明,资产阶级并不像通常预想的那么不堪,乃至气息奄奄,危在旦夕。"小资产阶级"制造的另一个症结是知识分子与大众的关系。相当多的时候,"大众"的词义接近"无产阶级";另一些语境之中,"大众"的主体即是具体地指称"工农兵"。然而,由于疆域广阔的"乡土中国",由于"农村包围城市"的革命战略,知识分子与农民的关系逐渐成为焦点。乡村是重塑小资产阶级灵魂的社会空间,农民是知识分子的真正导师,这种观念不仅转换为络绎不绝的社会运动,同时主宰了通常的文学想象。陈独秀五四时期激烈抨击的"贵族文学""古典文学""山林文学"很快声名狼藉,"赵树理方向"方兴未艾。相对于如此庞杂的现实内容,许多人仅仅将知识分子的身世追溯视为一个无足轻重的余兴节目。

然而,越来越多迹象表明,无视知识分子的文化渊源可能陷入某种盲区。现代知识分子是否拥有一个独一无二的开始?他们文化人格之中的勇气和激情是否亘古如斯?某些人倾向于认为,所谓的知识分子无异于中国古代的士大夫。[1]称谓的改变并不能证明什么。五四时期某些著名的知识分子言辞激进,甚至公然践踏

---

[1] 参见阎步克:《关于士大夫的"二重角色"》,见《20世纪中国知识分子史论》,许纪霖编,新星出版社2005年版,第45页。

士大夫所遵从的儒家文化传统，然而，他们的行动并未真正摆脱"温柔敦厚"的范畴，例如鲁迅和胡适，两位五四新文化的主将无不公开主张个人的独立和自由，呼吁年青一代必须拥有挣开各种传统枷锁的勇气和信念。然而，由于母命难违，他们共同委屈地向不如意的婚姻屈服。儒家文化人伦观念的规训如此强大，鲁迅和胡适并未完全抛弃士大夫形象的遗风。

或许必须承认，所谓的现代知识分子与古代的士大夫确实具有千丝万缕的联系。现代知识分子身上不可避免地流露出若干士大夫的气息。然而，这一批知识分子之所以登上现代社会舞台并且大有作为，摆脱士大夫原型的束缚显然是一个不可或缺的理由。一方面，某种程度上可以认为，孔子、屈原、杜甫或者苏东坡与鲁迅、胡适、郭沫若、茅盾一脉相承；另一方面又可以察觉，这是如此不同的两个社会群体。所谓的知识分子是否存在一个脱胎换骨的再生？由于哪些原因，这些情趣相似的文人居然划分在不同的文化段落，分别从属于古典和现代两种主题？这种再生来自强大的内在冲动，还是伴随身与心的痛苦煎熬？

许多人热衷于援引西方文化的"知识分子"观念作为"现代"阐释的标尺，俄文的词源追溯、左拉事件或者萨义德的观点得到再三陈述。"知识分子"观念的要义之一是，这一批专业人士的活动范围不再拘囿于某个具体的学科，沉溺于固化的学术工作；所谓的"知识分子"必须显现关注公共事务的良知，承担各种社会责任，同时具有强烈的批判精神。简言之，"知识分子"必须超越"专业分子"，拥有以天下为己任的情怀和视野。五四时期的众多知识分子显然吻合这种形象。无论这一批人的专业成就如何，他们肯定不是埋头于书斋故纸堆的腐儒。动荡的社会已经安放不下一张平静书桌的时候,他们及时地破门而出,仗义执言,甚至因此成为社会瞩目的公众人物。换言之,"知识分子"并非挪用一个新词置换"士大夫",而是标榜另一种新型的文化品格。

尽管多数人对于这种文化品格赞许有加,可是,人们又有什么理由断言,中国古代的士大夫缺乏关注社会、政治以及民众疾苦的责任意识?事实恰恰相反。按照钱穆的观点,春秋战国时期的中国知识分子"以历史性、世界性、社会性的人文精神为出发,同时都对政治活动抱绝大兴趣"。相对于西方文化内部隐含的专业分裂,他们显示了一种整体的"关切":

> 可知中国学者何以始终不走西方自然科学的道路,何以看轻了像天文、算数、医学、音乐这一类知识,只当是一技一艺,不肯潜心深究。这些,在中国学者间,只当是一种博闻之学,只在其从事更大的活动,预计对社会人生可有更广泛贡献之外,聪明心力偶有余裕,泛滥旁及。此在整个人生中,只当是一角落,一枝节。若专精于此,譬如钻牛角尖,群认为是不急之务。国家治平,经济繁荣,教化昌明,一切人文圈内事,在中国学者观念中,较之治天文、算数、医药、音乐之类,轻重缓急,不啻霄壤。[1]

余英时曾经考察士大夫如何在士、农、工、商的"四民"社会之中进驻中心位置:"知识人在古代中国叫做'士',而'士'的

---

[1] 钱穆:《中国知识分子》,见《国史新论》,生活·读书·新知三联书店2018年版,第135、136—137页。

出现则是和'道'的观念分不开的,所以孔子说:'士志于道'"[1]。春秋时期,周代的封建秩序解体之后,"士"成为"贵族下降和庶人上升的汇聚地带"。他们脱离封建秩序从而以"游士"的面目出现,一方面丧失了职位的保障,另一方面又甩开了职位和身份的束缚而获得思想的解放——"思出其位"可以视为这种解放的回馈。这时,"士"开始超越具体的"器",从而在"道"的普遍意义上全面而深刻地批判世界。所谓的"道"曾经具有宗教意义的"天道"成分,但是,孔子逐渐使"天道"转向了"人道":

> 春秋以来,中国文化已日益明显地有从天道转到人道的倾向。公元前五二三年郑国的子产即已明白地提出了"天道远,人道迩"的见解。孔子以后,百家竞起,虽所持之"道"不同,但大体言之不但都与诗书礼乐的传统有渊源,而且也都以政治社会秩序的重建为最后的归宿之地。[2]

如果说,"先天下之忧而忧,后天下之乐而乐"是中国古代士大夫秉持已久的传统,那么,人们无法将公共关怀视为士大夫转换为现代知识分子的独特标识。换言之,这仍是一个悬而未决的问题:哪些历史因素重塑了士大夫形象,赋予其前所未有的社会地位,进而加入"知识分子"之列?

这时,"小资产阶级"概念隐含了重要的理论线索。阶级身份不仅是一种名称,而且提供了一种视角——许多后续的问题将因

---

[1] 余英时:《中国知识人之史的考察》,见《士与中国文化》,上海人民出版社2003年版,第599页。
[2] 余英时:《中国知识分子的古代传统——兼论"俳优"与"修身"》,见《士与中国文化》,上海人民出版社2003年版,第107页。

为这种视角而逐渐浮现。

二

中国古代士大夫形象的考察之中，一个奇特的现象曾经引起广泛的注意：士大夫身上汇聚了双重角色——文人与官员。很大程度上，这是科举制度的杰作。那些饱读"子曰诗云"的儒生积极投身科举考试，成绩优胜者登科及第，继而转入仕途，从政为官。后人时常借助"学而优则仕"一语给予形容。对于士大夫兼任的双重角色，人们褒贬不一。一种观点认为，科举制度遴选的官员具有深厚的人文修养，这有助于他们体察人情世故，从而做出贤明的行政决策。"君子不器"——对于士大夫说来，"道"的领悟才是纲举目张的要义。如果士大夫同时负有以身作则的社会表率职责，那么，富有魅力的文人形象显然将增添他们的民间声望。这是他们教化民众的重要资格。另一种相反的观点认为，这些官员拥有的人文修养并非职业训练，深刻的哲理或者文采斐然的诗文与行政所依赖的制度、法规、组织、纪律存在很大的距离。学非所用往往造成志大才疏或者纸上谈兵的恶习，任意行政多半是这种恶习的典型症状。[1]总之，相当长的历史时期，独特的文官制度与行政体系组织方式构成了士大夫文化性格稳固的社会基础。士大夫的双重角色意味文化与行政的一体化。

当然，科举制度与士大夫的关系与"现代政治"相去甚远。在徐复观看来，科举制度将使"士大夫与政治的关系，成为'垂饵'

---

[1] 参见阎步克：《关于士大夫的"二重角色"》，见《20世纪中国知识分子史论》，许纪霖编，新星出版社2005年版，第47—48页。

与'人彀'的关系,这已不是人与人的关系,而是渔猎者与动物的关系"[1]。这时,朝廷代表的权力体系将严重侵害士大夫的独立精神、社会责任感以及知识的真理性质:

> 科举考试,都是"投牒自进",破坏士大夫的廉耻,使士大夫日趋于卑贱,日安于卑贱;把士人与政治的关系,简化为一单纯的利禄之门,把读书的事情,简化为一单纯的利禄的工具。……而科举考试下的士大夫与政治的关系,则全靠天朝的黄榜向下吊了下来。[2]

很大程度上,士大夫如同葛兰西所说的"有机知识分子"。有机知识分子的首要特征即是,内在地嵌入某种社会集团,甚至构成权力组织的组成部分。通常,有机知识分子并非社会集团的掌舵人,但是,他们与核心阶层保持深入的联系和沟通——这是有机知识分子与独立知识分子的重大区别。相当长的时间里,知识分子与上层社会集团以及权力组织的关系始终是一个争论的焦点。知识分子是置身于权力场域之外,作为独立的力量行使批判的职责,还是卷入权力的运作,依附权力组织,或者与权力组织进行各种程度的谈判、协商、合作?换言之,知识与权力体制之间的紧张决定了知识分子的活动半径。从彻底的叛逆、有条件的合作到尽职尽责的幕僚,人们可以从历史上发现知识分子的各种选择。

---

[1] 徐复观:《中国知识分子的历史性格及其历史的命运》,见《徐复观文集》第一卷《文化与人生》,李维武编,湖北人民出版社2002年版,第140页。

[2] 徐复观:《中国知识分子的历史性格及其历史的命运》,见《徐复观文集》第一卷《文化与人生》,李维武编,湖北人民出版社2002年版,第139页。

对于中国古代的士大夫来说，朝廷与皇帝通常是不可置疑的——这种观念解释了他们温和的政治姿态。

如果说，科举制度从外部社会预定了士大夫加入权力体系的基本路径，那么，儒家文化构成的意识形态严密地塑造了士大夫的内心世界。从克己复礼、内圣外王到修齐治平的理想，儒家文化逐渐从诸子百家之一晋升为历代朝廷称许的统治思想。三纲五常——君为臣纲、父为子纲、夫为妻纲和仁、义、礼、智、信——标志了道德伦理与社会制度的合围。如果没有出现特殊的文化意外，一个初出茅庐的儒生演变为一个成熟的士大夫，他的心智和学识无不围绕一个强大的信念：维护、巩固和实践现有的社会体制。许多时候，内心的规训甚至比外部的制度规定更为有效。人们可以看到，许多著名的古代诗人曾经屡屡遭受科举制度的粗暴拒绝，可是，沉重的挫折并未瓦解儒家文化铸造的社会理想，例如杜甫。杜甫无法敲开科举考试的大门，大半辈子穷困潦倒。虽然诗人犀利地洞察"朱门酒肉臭，路有冻死骨"，心事重重地"穷年忧黎元，叹息肠内热"，然而，由于科举考试的落第，杜甫只能游荡于行政体制之外，"青冥却垂翅，蹭蹬无纵鳞"，甚至不得不"朝扣富儿门，暮随肥马尘"。尽管饥寒交迫地徘徊于社会边缘，杜甫仍然初衷不改——他从未放弃"致君尧舜上，再使风俗淳"的渴求。事实上，恪守儒家的道德伦理是杜甫赢得后人崇敬的一个重要原因。苏东坡就曾表示："古今诗人众矣，而杜子美为首，岂非以其流落饥寒，终身不用，而一饭未尝忘君也欤？"[1]

众多士大夫心目中，朝廷权力体系、君王和他们所追求的"道"

---

[1]［宋］苏轼：《王定国诗集叙》，见《唐诗学文献集粹》（上）、陈伯海主编，上海古籍出版社2016年版，第283页。

通常三位一体。因此，忠君、求道与维护朝廷的权力体系相辅相成。然而，儒家文化始终意识到，三者存在分裂的可能。无论是行政方略还是个人言行，朝廷、君王可能与士大夫的观念分道扬镳。如果前者代表了显赫的权势，那么，士大夫有没有勇气站在"道"的立场独持异见？这即是尖锐的"势""道"之争。孟子已经多次触及这个话题：规劝君王的时候，大臣可能面临巨大的危险。一旦双方无法妥协，权柄的利刃可以残忍地斩断所有的滔滔宏论。某些场合，这是士大夫不得不承受的考验："势"与"道"的分裂突然出现，他们的选择是什么——屈从于权势，还是以身殉道？

孔子的尊称是"素王"，士大夫最高的自我期许是"帝王师"，儒家文化弘扬的气节是舍生取义，因此，"曲学阿世"是巨大的耻辱。"道统"与"政统"之间，士大夫必须捍卫前者的至高权威，尽管这种实践可能隐含令人生畏的代价。中国古代士大夫推出了许多直言无忌、不畏强权的"诤臣"形象。他们不惮激烈地痛陈利弊，甚至冒死犯颜极谏，刚正不阿的士大夫人格极大地激励了他们的胆识。多数时候，这些"诤臣"无法赢得权力体系的褒奖。疏远、孤立和遭受贬斥是他们的普遍待遇，个别人物甚至因为激烈的君臣冲突而死于非命。捍卫真理而挥洒一腔热血，如此悲壮的形式往往掩盖了另一个隐蔽的主题：这些士大夫拒绝以摧毁现行的政权体制为己任，他们的激烈言行背后隐藏的是"补天"的拳拳之心。多数士大夫缺乏"道不同，不相为谋"的洒脱。即使遭受君王及其宠臣的厌恶，他们仍然忠心耿耿地集聚于朝廷内部出谋献策，修复各种裂痕，甚至不计成败。个别士大夫或许会冒险地对君王出言不逊，但是，他们的谴责对象不会超出具体的人物而扩大到政权体制本身。士大夫的"内部"立场与视角如此明显，以至于时常收获"愚忠"之讥。尽管如此，无论是士大夫的双重角色还是儒家文化的纲常伦理，同质的意识形态不可能遗留任何"外部"空间。

因此，这个问题迟早会进入人们的视野：如何证明士大夫的"道"是颠扑不破的真理？"天道远，人道迩"，"天道"不再是士大夫的真正依据。如果说，宗教组织时常借助"天道"的名义弘扬某种信仰，那么，士大夫的基本兴趣指向了世俗社会的行政管理。他们无法援引某种强大的形而上学体系作为"道"的思想后盾，因而必须独立论证道统的合法性。余英时认为："中国'士'代表'道'和西方教士代表上帝在精神上确有其相通之处。'道'与上帝都不可见，但西方上帝的尊严可以通过教会制度而树立起来，中国的'道'则自始即是悬在空中的。"[1]因此，以道自任的士大夫必须以个人的人格尊严与公卿王侯分庭抗礼。"由于'道'缺乏具体的形式，知识分子只有通过个人的自爱、自重才能尊显他们所代表的'道'。此外便别无可靠的保证。中国知识分子自始即注重个人的内心修养，这是主要的原因之一。"[2]

当然，这种解释缺乏理论的完整。自尊的姿态仅仅显示了"道"的重要，而不能表明"道"的内容拥有至尊的价值。为什么"道统"至高无上，以至于可以挑战甚至统驭显赫的"政统"？《论语》记载的曾子名言众所周知："士不可以不弘毅，任重而道远。仁以为己任，不亦重乎？死而后已，不亦远乎？"人们可以觉察"吾侪所学

---

[1] 余英时：《道统与政统之间——中国知识分子的原始型态》，见《士与中国文化》，上海人民出版社2003年版，第91页。

[2] 余英时：《道统与政统之间——中国知识分子的原始型态》，见《士与中国文化》，上海人民出版社2003年版，第96页。

关天意"的非凡气概，但是，决心并不能证明"仁"的政治必然。孟子称赞士大夫是"无恒产而有恒心者"，士大夫甚至不惜以血肉之躯捍卫"道"的荣誉。尽管如此，内容的阙如可能模糊后续的评判：他们的刚烈是一种英雄气概，还是一种迂腐和顽固？

这个理论悬念一直持续到现代知识分子的崛起。

三

20世纪之初，科举制度的终结同时阻断了士大夫形象的最终合成。"学"与"仕"的殊途同归宣告中止。知识的积累与考试制度不再是生产政府官吏的必然程序，新型的学堂以及海外留学潮流造就了一批前所未有的现代知识分子。尽管如此，士大夫曾经面对的问题仍然改头换面地出现：现代知识分子所接受的"新学"为什么能够赢得社会的信赖？如果说，士大夫不惮公开承认朝廷的幕僚身份，那么，现代知识分子是否仍然扮演某一个统治阶层的发言人？相对于儒家文化的意识形态，所谓的"新学"具有何种政治效能？

卡尔·曼海姆的《意识形态与乌托邦》倾向于认为，现代教育解除了阶级利益对于知识分子的束缚。不论知识分子出身哪一个阶级，教育使他们不再局限于个别社会集团的狭隘追求。教育领域向不同的阶级开放，教育的基础可以容纳多种相互冲突的观念。因此，知识分子可能脱离自己的出身而加入任何一个阶级，适应各种观点——教育使他们不再固定地依附于某一个社会集团："关于现代生活中一个最令人印象深刻的事实是：与以往的文化不同，现代生活中的知识活动并不是由一个社会严格限定的阶级单独地来进行，例如牧师，而是由这样一个社会阶层来进行，这个阶层在很大程度上不附属于任何社会阶级，而且从日益广泛的社会生活领域里吸收成员。"[1]这个意义上，现代知识是摆脱了各种利益偏见的"天下公器"，是社会进步依赖的普遍真理；作为一个知识共同体，"知识分子"的特征是突破阶级或者社会集团的枷锁而展示客观公正的姿态。事实上，五四时期的许多知识分子坦然地接受了这种观念。他们活跃在报纸、杂志、大学等公共空间，撰写大量的文章和发表演讲，指点江山，批判时政。这些知识分子之所以保持了启蒙者的优越精神姿态，显然由于其真理在握的自信。如果说，鲁迅尚存一丝犹豫——《呐喊》的自序担心惊醒了铁屋子里的囚徒又无法拯救他们，《坟》的后记担心自己"未熟的果实偏偏毒死了偏爱我的果实的人"[2]——那么，胡适对于现代知识的意义几乎抱有一种天真的乐观。胡适是一个积极的社会活动家；同时又是一个勤勉的学者，长年累月钻故纸堆，并且奉劝学生不要轻率地卷入学潮，荒废学业，提倡少谈些主义，多研究些问题，甚至公然号召"努力做学阀"[3]——这些观念无不显现他对于知识意义的乐观判断。

然而，现代知识肯定是整个社会的"公器"吗？"自然知识"与"规范知识"的划分显然隐含了重大的怀疑。费孝通的《论"知识阶级"》将知识分为两类："一是知道事物是怎样的，一是知道应当怎样去处理事物。前者是自然知识，后者是规范知识。"[4]费孝通

---

[1] [德]卡尔·曼海姆：《意识形态与乌托邦》，黎鸣等译，商务印书馆2000年版，第159页。
[2] 鲁迅：《写在〈坟〉后面》，见《鲁迅全集》第一卷《坟》，人民文学出版社2005年版，第300页。
[3] 胡适：《我们应该努力做学阀》（1921年10月11日日记），见《胡适文集》第二卷，北京燕山出版社2009年版，第138页。
[4] 费孝通：《论"知识阶级"》，见《费孝通选集》，天津人民出版社1988年版，第410页。

论证说,占有"规范知识"的人往往不再直接参与劳动生产,他们是相对于"劳力者"的"劳心者"。"劳心者治人,劳力者治于人",而且,"劳心者"由于擅长操纵文字从而构成一个特殊的"知识阶级"。他们高高在上,分享了相当一部分统治权。《论"知识阶级"》中,费孝通的结论部分转向分析两种知识的实践意义——在他看来,"规范知识"是与传统社会联系在一起的,现代中国的诞生更需要"自然知识";尽管费孝通的"现代"标签只能赐予民族和国家,然而,"阶级"意识已经在他的论述中呼之欲出。从士大夫的"道"到知识分子的"新学",知识转换是在民族自强的名义之下完成的,"师夷长技以制夷"构成这种转换的重要动力。无论是倡导新民思想的梁启超还是"幻灯片事件"之中的鲁迅,他们忧虑的是民族整体的"国民性"质量。然而,由于俄国革命气氛的引导,席卷社会的"劳工神圣"思潮再度对知识分子形成冲击。知识与阶级的关系进入视野之后,许多知识分子对于自己的阶级身份自惭形秽——他们衣食无虞的生活状况与赤贫的劳工形成巨大的反差。王汎森曾经指出:"读书人的自贬、自我边缘化可以分为两个阶段。前一阶段是'士',下一阶段是'知识分子'。前一阶段是现实环境逼出来的,后一阶段则是在俄国革命思潮影响下读书人自我形象的改变。前一阶段意见是分散的,后一阶段的意见比较集中,前一阶段侧重'士'之无品无用,而第二阶段着重强调做一个知识分子是有罪的,或者说理想上不应该做个读书人,而应该是做个工人。'劳工'成为人们追求的理想,而不是知识分子。"[1] 显然,这种状况已经超出"自然知识"与"规范知识"的类型之争,

---

[1] 王汎森:《近代知识分子自我形象的转变》,见《20世纪中国知识分子史论》,许纪霖编,新星出版社2005年版,第115页。

进入知识与阶级相互制衡的复杂网络。不论阶级利益可能在多大程度上瓦解知识的客观与公正,曼海姆的观点至少无法被视为全称命题。

清代的龚自珍有"著书都为稻粱谋"的揶揄之词。许多人心目中,古代士大夫的经济收入更像若干无足轻重的花絮或者趣事。从各种形式的润笔到束脩的数目,从墓志铭撰写获得的馈赠到书坊刻书的利润,这些细节隐没于人们的视野之外,语焉不详。"李杜诗篇万口传",可是,又有多少人关注,两位唐朝的伟大诗人如何谋生?进入现代社会,许多人仅仅考察稿酬制度的经济意义——知识产权如何赢得稳定的收益,出版产业如何与知识分子共享利润,等等。然而,作为一个新型的社会事件,稿酬的支付制造了一种可能:一些知识分子不再委身某一个固定的机构,他们可以作为自由撰稿人为报纸杂志写作,依赖稿酬维持生活,例如鲁迅,不受固定机构的约束,自由撰稿的行文表述相对宽松,甚至使用各种笔名与报刊审查制度展开游击战。众多"稻粱谋"的事例为什么没有引起足够的研究兴趣?一个重要的原因显然是,多数人并未将作家的经济收益与作品的美学价值等同起来。高额的报酬令人惊喜,尽管如此,成交的价格并非作品或者作家的美学评判依据。换言之,知识的"公器"性质不会遭受经济背景的干扰。

然而,"阶级"概念的引入产生了前所未有的思想革命。阶级学说开始赋予经济分析深刻的意义——知识同时充当了分析对象。通常认为,饥寒交迫是"奴隶"愤然投身于革命的动因;作为既得利益群体,那些大腹便便的财主必然是剥削制度的卫道士。对于知识分子说来,情况远为复杂。没有人可以肯定,胡适的各种观点与他担任北京大学教授的280元月俸存在必然联系;鲁迅的稿酬收入不菲，这并没有阻止他持续向黑暗的现实掷出匕首和投枪。知识的客观公正与经济收入之间对冲的效果因人而异。尽管如此，人们没有理由否认"阶级"概念展现的某种宏观视野。统计资料显示，清末民初新型知识分子的分布显示清晰的地域差异，各个省份的富庶程度是造就这种差异的主要原因。例如，江苏、浙江、广东、福建这些省份经济发达，前往欧美以及日本的留学生众多，知识分子相对密集："新式教育兴起之后，知识分子出自得风气之先的省份比例甚高。富庶的省份，教育发展较快，知识分子亦多。"[1]如果说，经济状况、教育资源与知识的连锁关系显现了清晰的地域特征，那么，这一切是否同时隐蔽地规划了一个特殊的精神空间？这时，经济分析、知识分子与知识的性质、意识形态等各个方面由于"阶级"的概念而集聚到一起。某些相似的经济状况构成的社会共同体不仅体现为生产资料的占有程度，同时还具有相近的精神特征，甚至形成特殊的阶级意识。皮埃尔·布尔迪厄的《区分：判断力的社会批判》收集了众多实证材料证明，相似的经济收入、家庭出身以及教育背景如何形成共同的价值观念、生活趣味、消费态度和审美倾向。士大夫、"道"与科举制度共同式微之后，阶级身份成为描述知识分子部落的首要标志。阶级图谱之中，知识分子的经济地位赢得了"中产阶级"的冠名；相对地，"小资产阶级"更多地指称知识分子的文化特征，继而成为这个部落的通用定语。

阶级学说不仅带来了一套概念网络，同时还总结出若干情感原型。身为革命领袖，毛泽东发现知识分子时常在文学领域顽强

---

[1] 张朋园：《清末民初的知识分子》，见《20世纪中国知识分子史论》，许纪霖编，新星出版社2005年版，第228页。

地表现小资产阶级本性。知识分子的灵魂深处隐藏了一个小资产阶级王国。根据自身的经验，毛泽东认为众多小资产阶级知识分子可能不知不觉地彼此引为知己，同声相应，心领神会，同时对于工农兵大众冷漠无情。他劝诫知识分子必须将立场彻底地转移到工农兵大众之中来。作为无产阶级革命的主体，他们的利益才是知识分子为之殚精竭虑的目标。[1]由于神圣的"道"抽象而虚缈，士大夫的自尊姿态背后隐含了"高处不胜寒"的孤独；他们心目中的"民"仅仅是一个思想方位——士大夫不可能围绕"道"的主题与"民"产生广泛的交流。革命领袖倡导知识分子投身于工农兵大众。这时的大众不再是一个苍白的概念，"民"成为有血有肉的真实存在，他们"手是黑的，脚上有牛屎"，众声喧哗，充满了世俗的气息。作为一个新的坐标体系，"大众"范畴的引入使传统理论图景发生了一系列重大调整。此后，小资产阶级知识分子与大众的曲折关系成为再三回旋的历史主题。

四

由于科举制度的终结、新型教育的普及和儒家意识形态的解体，古代的士大夫逐渐陷入困境。"新学"的兴起，尤其是五四新文化运动的声势同时造就了另一批现代知识分子的形象。尽管如此，人们仍然从鲁迅、胡适等人的身上察觉到某些士大夫的影子。换句话说，尽管士大夫心目中的"道"与现代知识分子的政治追求格格不入——尽管士大夫的政治理想已经熄灭，但是，他们仍然共享某些外围的文化趣味，他们的审美观念、文化品位乃至处

---

[1] 参见毛泽东：《在延安文艺座谈会上的讲话》，见《毛泽东选集》第三卷，人民出版社1991年版。

世风格还将作为无形的传统弥漫于现代知识分子之中，仿佛某种庞大而不可名状的精神遗物。寄情山水、伤春悲秋、吟风弄月、赏花听雨，古典诗词仍然是五四时期知识分子抒情言志的熟悉形式，子曰诗云、四书五经乃至书法绘画作为文人的修养纳入现代知识分子的基本肖像。至于纵酒豪放、栏杆拍遍，或者归隐田园、渔樵耕读，这些情感范式制造的美学记忆已经在他们意识之中留下不可磨灭的烙印。

这时，古代士大夫形象的另一些组成部分可能逐渐进入人们的视野。正如考察发现的那样，儒道互补是古代士大夫精神结构的重要特征。许多时候，士大夫"兼济天下"的志向会遭到挫折，他们不得不退居"独善其身"的境地。相对于儒家文化的入世与积极进取，道家的无为、出世为士大夫的内心撤退提供了一扇后门。换言之，道家观念犹如士大夫的另一部分精神储备。道家思想认为，各种道德功名无非是有形无形的桎梏，只有摆脱一切"物役"才能赢得真正的自由。士大夫时常自如地往返于二者之间，左右逢源。无论是仕途受阻抑或是非不辨，他们可能突然轻松地告别儒家经世致用的信条，转而投身道家的"逍遥游"。更为超脱的时候，他们甚至皈依禅宗，不再执意遵循概念逻辑的分析而等待某种豁然的顿悟。这时，彼亦一是非，此亦一是非，或者拈花微笑、当头棒喝，所谓的齐家治国无非是虚幻的镜花水月。

或许，古代士大夫的山水之乐意味的是"出世"之后遁入的另一个精神空间。柄谷行人认为，"风景"的发现是某种"认识性的装置"的产物；在他看来，日本文学的"风景"19世纪末才被纳入取景框，社会文化这时刚刚形成特殊的"认识性的装置"。相对地，中国魏晋时期的山水诗已经开始自觉地再现自然"风景"，诗人、作家心目中的"认识性的装置"很大程度地源于士大夫构造"出世"空间的企图。外部世界的山水代替了他们曾经聚焦的社会政治，承接他们的情感寄托。中国古典诗词的"情景交融"乃至"意境"表明，二者的美学遇合很大程度地解除了士大夫"独善其身"之际的孤独意味。换言之，庄禅思想派生的隐逸意识形态终于获得了诗学的积极回应。

由于"意境"概念的佛家渊源，种种诗意仿佛涤净了世俗的烟火气息，流露出清冷的意味。从陶渊明的"采菊东篱下，悠然见南山"、王维的"明月松间照，清泉石上流"到杜甫的"水流心不竞，云在意俱迟"，挣脱了功名利禄的诗人自得地徜徉于山花水月之间。然而，人们同时还可以看到，另一些士大夫身上明显地保存了世俗的温度，例如苏东坡。无论是"大江东去，浪淘尽，千古风流人物""明月几时有，把酒问青天"，还是《前赤壁赋》《后赤壁赋》，文学史上的苏东坡是一个超凡脱俗、潇洒出尘的形象。事实上，苏东坡仕途坎坷，卷入"乌台诗案"险遭极刑。他的后半生被一贬再贬，天南海北，流离颠沛。尽管如此，苏东坡始终乐观地面对厄运。他不仅"诵明月之诗，歌窈窕之章"，同时积极介入日常生活；无论是文人交往、待人接物，还是亲情、友情乃至饮食烹调，苏东坡开朗豁达，气定神闲。或许，人们可以将清朝的袁枚和李渔视为性情相似的人物。由于仕途不畅，袁枚年富力强之际即已辞官隐居于江宁的随园，一面著书立说，一面游山玩水，享受人生；李渔并没有真正进入官场，科举的失利攫取了他接近仕途的机会——李渔只能逗留于民间从事戏剧演艺事业。然而，他的《闲情偶寄》不仅谈论戏曲艺术，同时还包含了园艺、饮食、室内装饰等日常生活指南。我想指出的是，士大夫并非仅有耿介刚直、正气凛然的一面，他们的形象之中同时包含了各种传统的文人情趣，古代文学批评时常称为"趣"——这是相对于坚毅、理性、严谨、庄重的另一种精神状态。

相对地，士大夫的文人情趣更多地传递到现代知识分子之间，形成了二者的相近气质。考察士大夫与现代知识分子之间文人情趣的复杂交织，我愿意提到周作人。作为五四新文学运动的主将之一，周作人在《人的文学》《平民文学》《新文学的要求》《中国新文学的源流》之中，严厉谴责了儒家与道家相互交织的古典文学观念，对于士大夫所遵循的"文以载道"流露出不可遏制的厌恶。然而，周作人20世纪30年代发表的一批散文并未显现强烈的批判锋芒。如果说，鲁迅对于"小品文"的期待是"挣扎和战斗的"——鲁迅对于"小摆设"表示公然的蔑视，[1]那么，周作人散文之中的"闲适"令人再度嗅到了士大夫的气息，尽管其中混杂了某些日本风味的清淡、冷寂和精致。相对于鲁迅"现代式"的激进乃至粗粝，周作人更为倾心"古典式"的雍容和典雅。

> 一切鸣声其实都可以听。蛤蟆在水田里群叫，深夜静听，往往变成一种金属音，很是特别，又有时仿佛是狗叫，古人常称蛙蛤为吠，大约也是从实验而来。我们院里的蛤蟆现在只见花条的一种，它的叫声更不漂亮，只是格格格这个叫法，可以说是革音，平常自一声至三声，不会更多，唯在下雨的早晨，听它一口气叫上十二三声，可见它是实在喜欢极了。
>
> ——《苦雨》[2]

---

[1] 鲁迅：《小品文的危机》，见《鲁迅全集》第四卷《南腔北调集》，人民文学出版社2005年版。
[2] 周作人：《苦雨》，见《周作人文类编》第九卷《夜读的境界》，钟叔河编，湖南文艺出版社1998年版，第497页。

第一章　转折：士大夫与知识分子

喝茶当于瓦屋纸窗下，清泉绿茶，用素雅的陶瓷茶具，同二三人共饮，得半日之闲，可抵十年的尘梦。喝茶之后，再去继续修各人的胜业，无论为名为利，都无不可，但偶然的片刻优游乃正亦断不可少。

——《喝茶》[1]

夜间睡在舱中，听水声橹声，来往船只的招呼声，以及乡间的犬吠鸡鸣，也都很有意思。雇一只船到乡下去看庙戏，可以了解中国旧戏的真趣味，而且在船上行动自如，要看就看，要睡就睡，要喝酒就喝酒，我觉得也可以算是理想的行乐法。

——《乌篷船》[2]

周作人的思想观念相当庞杂，他的附逆变节无疑进一步模糊了他的面目。尽管周作人反复强调，明清那些"独抒性灵"的小品文隐含的反抗意味与五四时期的散文遥相呼应，然而，他的从容意趣与悠然的节奏让人返回古代。如果说，鲁迅杂文的愤懑与尖刻必须追溯到现代社会压迫结构制造的紧张，那么，周作人散文背后的士大夫形象若隐若现。他的反抗意味毋宁说源于士大夫隐逸传统形成的美学记忆，而不是"阶级"意义上血腥的激烈抗争。

20世纪50年代之后，战火的洗礼、斗争的气氛和新型文化的展开，现代知识分子背后的士大夫形象愈来愈稀薄。尽管如此，

---

[1] 周作人：《喝茶》，见《周作人文类编》第九卷《夜读的境界》，钟叔河编，湖南文艺出版社1998年版，第268页。

[2] 周作人：《乌篷船》，见《周作人文类编》第六卷《花煞》，钟叔河编，湖南文艺出版社1998年版，第15—16页。

某些作家的特殊气质仍然会迅速地拨动尘封已久的美学琴弦，例如汪曾祺。汪曾祺参与《沙家浜》的写作是一个尴尬的话题，但是，汪曾祺的独特风格一开始就赢得了普遍的赞叹。许多人将汪曾祺的独特风格与传统文化联系起来，一些人用"中国最后一个士大夫"形容他。汪曾祺的语言韵味具有一种久违的平静和旷达。汪曾祺极为擅长勾画带有浓郁烟火气息的风俗画，然而，他的叙述口吻同时具有一种超然的风趣。对于古代的士大夫来说，"化俗为雅"的文人情趣时常成为刻板的儒家意识形态与人间烟火之间的美学调剂。因此，再现各种日常景象的时候，汪曾祺的叙述往往保存了身临其境与置身事外的双重视点交织：

> 北京城像一块大豆腐，四方四正。城里有大街，有胡同，大街、胡同都是正南正北，正东正西。北京人的方位意识极强。过去拉洋车的，逢转弯处都高叫一声"东去！""西去！"以防碰着行人。老两口睡觉，老太太嫌老头子挤着她了，说"你往南边去一点。"这是外地少有的。街道如是斜的，就特别标明是斜街，如烟袋斜街、杨梅竹斜街。大街、胡同，把北京切成一个又一个方块。这种方正不但影响了北京人的生活，也影响了北京人的思想。
>
> ——《胡同文化》[1]

捉到一个蟋蟀，我不能看出它颈子上的细毛是瓦青还是朱砂，它的牙是米牙还是菜牙，但我仍然是那么欢喜。听，

---

[1] 汪曾祺：《胡同文化》，见《汪曾祺全集》第六卷《散文卷》，邓九平编，北京师范大学出版社1998年版，第18页。

瞿瞿瞿瞿，哪里？这儿是的，这儿了！用草掏，手扒，水灌，噢，蹦出来了。顾不得螺螺藤拉了手，扑，追着扑。有时正在外面玩得很好，忽然想起我的蟋蟀还没喂呐，于是赶紧回家。我每吃一个梨，一段藕，吃石榴吃菱，都要分给它一点。正吃着晚饭，我的蟋蟀叫了。我会举着筷子听半天，听完了对父亲笑笑，得意极了。

——《花园》[1]

或许，董桥的散文与汪曾祺的大异其趣，但是，人们可以从他所倾心的"萧闲""品位"之中觉察士大夫的另一种美学基因。董桥写到了英国的下午茶，涉猎若干欧洲的文人逸事，言辞之间甚至穿插了一些英文单词，尽管如此，字里行间的韵味保存了明显的士大夫情趣：

一样是那张面壁的寻常书案，案头空酒瓶里才插上几枝疏疏落落的嫩黄小苍兰，情调韵味就浓了不少。两块粗粗壮壮的木头书档更见踏实了：木色又暗又沉，透着山乡林海中的湿气，黑黢黢的，连刻意雕出来的花纹都成了斑斑的斧痕。事情总是这般蹊跷：当初把二十来本德国袖珍画册夹在黑木书档之间，居然没有看出书档是那么阳、画册是那么阴，凑在一起平添了几分风月味道。

——《得友人信戏作》[2]

---

[1] 汪曾祺：《花园》，见《汪曾祺全集》第三卷《散文卷》，邓九平编，北京师范大学出版社1998年版，第3页。
[2] 董桥：《得友人信戏作》，见《董桥散文》，浙江文艺出版社1996年版，第96页。

"读园林","说品位",品鉴收藏的书法、绘画、书票、印石、古瓷,徜徉于寂寞与缠绵之间,"一种相思,两处闲愁",董桥的散文往往刻意渲染昔日的风雅。他的怀旧之思多半表现为寂寥、悠远、萧索的意绪,或者寓托在一幅工笔画的品位之中:

> 秋园杂卉所画尽是野生枝叶,除竹枝外余皆不识,只见勾绰纵掔,甚为细腻,同时又显得萧散闲逸,磊磊落落。双钩既精,每张画都淡色敷染,意态飞动,如梦如真,但灵秀的气韵却始终遮盖不住寂寥之情和孤傲之心,纷纷散作传统文人绝尘之想。
>
> ——《秋园杂卉小识》[1]

"绝尘之想"的潜台词之一是——应者寥寥。士大夫文化趣味的急剧衰减是历史的必然。什么时候开始,现代知识分子的另一种文化趣味逐渐风行,继而尘埃落定,成为稳定的主流?

五

"修身"是儒家意识形态为士大夫设置的基本功课。"修身"被视为齐家治国的基础。然而,家国一体的结构往往与古代社会联系在一起。置身于现代的民族国家,"阶级"构成了横亘于个人、家族与国家之间的另一个共同体。无论是经济生产、财富分配还是社会文化,阶级的存在不可化约。换言之,"修身"的个体道德完善无法完满地解决不公的生产资料占有产生的各种问题。民族

---

[1] 董桥:《秋园杂卉小识(代序)》,见《董桥散文》,浙江文艺出版社1996年版,序第5页。

国家内部乃至民族国家之间,阶级共同体制造的经济、政治分割愈来愈深刻。不言而喻,这种观念对于士大夫是一个剧烈的思想冲击。

晚清至五四时期,诸多"新学"纷至沓来,犹如一次大规模的启蒙运动。从"天演论""民主""科学"到康德、尼采、叔本华,知识分子不无惶惑地接受各种思想的塑造。驳杂而多元的文化场域之中,阶级的观念以及阶级斗争学说很快脱颖而出,继而征服了众多知识分子。鲁迅曾经用"轰毁"一词形容阶级观念如何驱走了他所信奉的"进化论"[1]。一方面,阶级观念提供了一种崭新的社会历史视野;另一方面,作为观察者的知识分子并未游离阶级谱系的定位。鲁迅承认"惟新兴的无产者才有将来",同时,他又自称"中产的智识阶级"。[2]当然,鲁迅还是一如既往的深刻和缜密。在《关于知识阶级》的演讲之中,他从不同的视角分析了知识分子的多种阶级特征,例如知识分子与大众的关系,知识分子与权力的关系,知识分子的犹豫不决和行动能力不足,等等。鲁迅阐述了知识分子的特殊痛苦:"像今天发表这个主张,明天发表那个意见的人,思想似乎天天在进步;只是真的知识阶级的进步,决不能如此快的。不过他们对于社会永不会满意的,所感受的永远是痛苦,所看到的永远是缺点,他们预备着将来的牺牲,社会也因为有了他们而热闹,不过他的本身——心身方面总是苦痛的。"[3]

---

[1] 参见鲁迅:《〈三闲集〉序言》,见《鲁迅全集》第四卷《三闲集》,人民文学出版社2005年版,第5页。

[2] 参见鲁迅:《〈二心集〉序言》,见《鲁迅全集》第四卷《二心集》,人民文学出版社2005年版,第195页。

[3] 鲁迅:《关于知识阶级》,见《鲁迅全集》第八卷《集外集拾遗补编》,人民文学出版社2005年版,第226—227页。

摇摆的叛逆

即使栖身于阶级共同体,知识分子的精神状态仍然左右摇摆,甚至彷徨无地——某些时候,士大夫的文化趣味是否构成了解脱苦闷的一个短暂出口?

相对地,另一批年轻气盛的知识分子显现出强大的乐观情绪,例如创造社的郭沫若、郁达夫、成仿吾、郑伯奇、李初梨、冯乃超等诸位。尽管"路漫漫其修远兮",但是,他们不再茫然地"上下而求索"。在他们看来,阶级观念不仅认定了每个人的席位,而且制订了清晰的历史规划。郭沫若的《革命与文学》考察了第一阶级、第二阶级王族与僧侣的斗争之后认为,以个人主义、自由主义为核心的资本主义逐渐成为压迫性的第三阶级,现在是受压迫的第四阶级——无产者——揭竿而起的时候了。"我们中国的民众大都到了无产阶级的地位了",因此,革命形势召唤的是"表同情于无产阶级的社会主义的写实主义的文学"[1]。尽管创造社成员之间曾经产生若干分歧——例如郁达夫的《无产阶级专政和无产阶级的文学》曾经引起某些不满,但是,他们的论证终于将文学的演变纳入历史逻辑的宏大叙述。《从文学革命到革命文学》中,成仿吾断言新文化运动"不上三五年就好像(原文作'好象')寿终正寝",只有创造社不懈地"以真挚的热诚与批判的态度为全文学运动奋斗"。他们不惮确认自己的"小资产阶级"身份。然而,阶级再选择的严肃时刻到了:"谁也不许站在中间。你到这边来,或者到那边去!"[2]成仿吾、郭沫若、李初梨、冯乃超等无不自信地表示,他们将彻底克服小资产阶级意识,加入无产阶级队伍,从而抵达无产阶级文学的彼岸。如果说,古代的士大夫不得不以"舍

---

[1] 郭沫若:《革命与文学》,《创造月刊》1926年5月16日第1卷第3期。
[2] 成仿吾:《从文学革命到革命文学》,《创造月刊》1928年2月1日第1卷第9期。

我其谁"的孤绝姿态守护"道"——士大夫深知朝廷之上的君王时常扮演临阵脱逃的战友,那么,他们的乐观不仅来自铁一般的"历史规律",而且坚信身后矗立着一个坚强的无产阶级团队。对于创造社的诸位说来,阶级观念不仅包含了一套构造复杂的学说,而且拥有"无产阶级"的昂扬激情。

因此,他们对于鲁迅"荷戟独彷徨"式的孤独与怀疑表示莫大的蔑视。有趣的是,虽然鲁迅与张资平、叶圣陶均被划归小资产阶级之列,但是,他们的批判锋芒似乎隐隐地指向了残留的士大夫情调:鲁迅无非在幽暗的酒楼"醉眼陶然地眺望窗外的人生","追悼没落的封建情绪","反映……社会变革期中的落伍者的悲哀"。[1]创造社诸位十分反感"趣味文学"——"趣味"一词多少隐喻了士大夫的文化渊源。成仿吾奚落鲁迅"坐在华盖之下正在抄他的'小说旧闻'","这种以趣味为中心的生活基调,它所暗示着的是一种在小天地中自己骗自己的自足,它所矜持着的是闲暇,闲暇,第三个闲暇"。"趣味"的动机无非是"好玩"或者"清雅",分别来自"寄生虫"或者"遁世者"。[2]相对于资本家不知餍足的利润追逐,闲适和趣味似乎更为接近士大夫情调。郭沫若讥刺鲁迅尚未了解资产阶级意识形态,斤斤计较籍贯、家族、年纪乃至"身体发肤"这些封建遗物,老先生(鲁迅)无非一个前资本主义的"封建余孽"罢了。[3]现今看来,上述评语的准确与否并不重要,这些言辞毋宁是他们自我塑造的激进策略。彻底甩下士大夫躯壳的遗

---

[1] 参见冯乃超:《艺术与社会生活》,《文化批判》1928年1月15日创刊号。
[2] 参见成仿吾:《完成我们的文学革命》,《洪水》半月刊1927年1月16日第3卷第25期;《文学革命与趣味——覆远中逊君》,《洪水》半月刊1927年5月16日第3卷第33期。
[3] 参见杜荃(郭沫若):《文艺战线上的封建余孽》,《创造月刊》1928年8月10日第2卷第1期。

迹有助于孵化"革命"的小资产阶级知识分子——一个新型知识分子的标准形象。认领"小资产阶级"这个头衔恰恰表明，他们业已在阶级学说描述的历史轨迹之中找到了自己的现今位置和未来归宿——尽管这种想象存在许多一厢情愿的成分。

如果说，鲁迅的特殊痛苦与创造社的强大乐观情绪存在针锋相对论战的意味，那么，朱自清的《那里走》[1]坦诚地陈述了小资产阶级知识分子身处文化旋涡的彷徨与犹豫。朱自清意识到历史正在从自我的解放、国家的解放转移到阶级斗争阶段——现在已经从"诅咒家庭，诅咒社会，要将个人抬在一切的上面，作宇宙的中心"转移到军事和政党斗争，文学或者哲学正在被更为全面的社会科学所替代，然而，他依然只能在国学或者文学之中寄托身心。这的确是小资产阶级的阶级气质决定的。他无法摆脱这种气质而充当激进的革命先锋。朱自清毫不顾忌地承认自己是一个"懒惰"而"自私"的人，同时，家庭的拖累也是一个不可忽视的原因。创造社诸位代表了小资产阶级内部"左"转的那一部分，朱自清代表了就地踏步的那一部分，尽管他深知小资产阶级终将随着资产阶级的消亡而消亡：

> 我虽不是生在什么富贵人家，也不是生在什么诗礼人家，从来没有阔过是真的；但我总不能不说是生在 Petty Bourgeoisie[2]里。……我彻头彻尾，沦肌浃髓是 Petty Bourgeoisie 的。离开了 Petty Bourgeoisie，我没有血与肉。我也知道有些年岁比我大的人，本来也在 Petty Bourdgeoisie 里的，

---

[1]"那里走"，现在一般作"哪里走"。
[2] Petty Bourgeoisie，小资产阶级。

第一章　转折：士大夫与知识分子

竟一变到 Proletariat[1] 去了。但我想这许是天才,而我不是的;这许是投机,而我也不能的。在歧路之前,我只有彷徨罢了。我并非迷信着 Petty Bourgeoisie,只是不由你有些舍不下似的,而且事实上也不能舍下。[2]

当然,阶级观念本身并非士大夫形象的休止符。阶级观念的诞生毋宁说表明了历史的巨大裂变。工业社会、商品关系、资本、压迫、剥削以及激烈的反抗——这些事实带来的阶级分化摧毁了士大夫栖身的古老秩序。他们进退失据,身心俱疲。儒家意识形态许诺的功名事业已经烟消云散,同时,庄禅式的出世日渐式微。作为受挫之后的精神解脱和短暂的麻醉,他们不再归隐田园,乐山乐水,而是更多地表现为颓废。我想指出的是,颓废并非人们熟悉的士大夫情调,而是小资产阶级知识分子的情感标志之一。换言之,颓废是一种新型的抒情方式。

正如解志熙所指出的那样,五四时期以来,颓废无形地弥漫于知识分子之间,尽管人们有意无意地以"反封建的战斗激情和个性解放的苦闷"[3]这种表述给予修饰。颓废情绪既有英、法以及日本文学的渊源、唯美主义的理论后援,又包含了各种浪漫主义的感伤。通常意义上,颓废总是与失意、颓唐、消极乃至绝望联系在一起的。然而,尽管解志熙将周作人视为颓废文学的代表人物,我还是倾向认为,周作人的"美文"更多地带有士大夫的文

---

[1] Proletariat,无产阶级。
[2] 朱自清:《那里走》,《一般》1928 年 3 月第 4 卷第 3 期。
[3] 解志熙:《美的偏至——中国现代唯美—颓废主义文学思潮研究》,上海文艺出版社 1997 年版,第 68 页。

化趣味。周作人散文始终保持古典的节制，保持冲淡和从容，人们没有读到颓废带来的放纵、疯狂、空虚和消沉；按照席勒的区分，周作人的散文更像"素朴的诗"而不是"感伤的诗"。更为重要的是，士大夫文化趣味的背景通常是农耕社会，隐逸山林的乐趣多半涉及农业文明意象，例如田园、山峰、清风、皓月、一叶扁舟、万顷波涛，如此等等。尽管周作人早就移居京城，但是，他的散文流露的是对乡野风味的眷恋和向往，这种情绪业已包含了对于城市的厌倦。相对地，颓废是绽放于城市文化的"恶之花"，性、毒品、酒吧、纵情声色、放浪形骸的风格成为颓废的基本特征。解志熙描述了十里洋场上海的一批颓废主义者。邵洵美充当轴心的"狮吼社"以及《金屋月刊》是一批极为活跃的角色，他们"公然打出'颓加荡'的旗帜，颓放恣肆地沉湎于'火与肉'的艺术征逐之中"[1]；李欧梵分析了施蛰存、穆时英、刘呐鸥等组成的"新感觉派"，认为他们的作品"完全是上海都市文化直接影响下的产品"[2]。显然，颓废不能仅仅解读为资产阶级财富操纵的游戏人生，颓废的放荡风格隐含了对于资本主义价值体系的不满和亵渎。对于那些兢兢业业地积累财富的资本家来说，这种风格只能造就一批令人失望的不肖子弟。很大程度上，这即是现代主义文学颓废主题的反抗意味。马泰·卡林内斯库的《现代性的五副面孔》将颓废视为"现代性"症候之一，现代主义文学涉及的颓废包含的种种反常的感觉：大难临头，没落感，腐烂感，歇斯底里和古怪的欣快

---

[1] 解志熙：《美的偏至——中国现代唯美—颓废主义文学思潮研究》，上海文艺出版社1997年版，第224—225页。

[2] [美] 李欧梵：《漫谈中国现代文学中的"颓废"》，见《现代性的追求》，生活·读书·新知三联书店2000年版，第151页。

感。他具体地阐述了西方的两种"现代性":资产阶级的现代性与先锋派产生的审美现代性。资本主义社会之中,后者恰是对于前者的文化反叛。[1]当然,这种文化反叛并非无产阶级砸碎资本主义体系的彻底革命,而是小资产阶级抛出的道德骚扰或者破坏性美学。批评家曾经轻蔑地将现代主义文学形容为小资产阶级的狂乱。在他们心目中,脆弱的小资产阶级文化不可能肩负改造历史的大任。

无论如何,这些事实表明,小资产阶级、革命和颓废之间存在某种奇异的联系。茅盾的《蚀》三部曲或者《子夜》中,一批小资产阶级知识分子时常辗转于炽烈的革命激情与失意的颓废之间。理想、形势、进步的刊物报纸和即将燃烧的社会气氛无一不是革命激情的酵母,屠杀、监狱和大革命的失败迅速地将他们抛入颓废。他们的颓废通常没有条件纸醉金迷,性、恋爱成为逃离恐惧和绝望的方舟。这是革命加恋爱的另一种版本。置身于如此剧烈的情绪跌宕之中,小资产阶级知识分子已经与士大夫形象离得很远了。不久之后,众多知识分子转入乡村,继而在农村包围城市的革命战略之中担任特殊的实践者。根据革命领袖的指示,小资产阶级开始按照无产阶级的标准修炼自己的灵魂。这时,那些不合时宜的士大夫趣味基本绝迹。

从古代士大夫到现代知识分子,二者之间的过渡是一条光滑的曲线,还是存在清晰的分界?"小资产阶级"——阶级身份意味了一个特殊标志的出现。众多迹象表明,士大夫偕同传统的君臣关系正在疾速退隐,社会布景展示了新的一幕,知识分子卷入

---

[1] 参见[美]马泰·卡林内斯库:《现代性的五副面孔》,顾爱彬、李瑞华译,商务印书馆2002年版,第48页和"颓废的概念"一章。

另一套概念叙述的历史。然而，尽管五四新文化运动倡导的革命理想大张旗鼓地覆盖了带有腐朽气息的"道"，但是，士大夫的文人情趣仍然潜伏于意识形态深处，隐蔽地决定某些知识分子的生活情调乃至精神风貌。作为一种美学记录仪，后续的文学屏幕显示着若干奇特的情感波纹。不久之后，当叛逆、反抗的激情与迷惘、放纵的颓废交替出现之际，士大夫形象终于悄无声息地渐行渐远。这时，现代知识分子的形象建构开始拐入另一个新的历史段落。

第一章　转折：士大夫与知识分子

第二章　知识与文学：现代性裂变

一

"知识分子"是一个引人瞩目同时又争议不断的社会群落。不论哪一批人被视为标准的"知识分子",这个称谓至少包含了一种初始含义:"知识"构成了这个社会群落精神生活环绕的轴心。因此,这个事实多少有些意外:何谓"知识"尚未产生一个公认的、言简意赅的界定。根据通常的语义,"知识"是对于某种对象或者某个领域的知悉、了解和认识;"知识"既可能是处理日常生活的琐细技术,也可能显现为严谨的理论语言——后者时常分门别类地组成各种学科。现今的语言之中,如何驱赶蚊子是一种知识,生物基因工程也是一种知识;佛教是一种知识,相对论也是一种知识。据考,19世纪到五四时期前后的双语词典"起用汉语旧词'知识'对译knowledge";"明治早期,knowledge意义上的'知识'一词由中国进入日本。由于古汉语中'智'通'知',19世纪亦偶有'智识'之说,19世纪末期开始增多,进入20世纪之后日渐频繁"[1]。事实上，这时的"知识"概念正在经历"现代性"制造的裂变。

古往今来，人们围绕"知识"形成了种种复杂的、不无矛盾的观念，甚至派生出迥异的文学形象。"朝闻道，夕死可矣"，知识追求不仅是一种巨大的快乐，而且具有崇高的意义。一方面，见多识广、饱读诗书、知书达理赢得了文学的充分肯定。经典著作的教诲不仅灌输种种知识，同时有助于塑造一个人的品质。从古老的《论语》开始，众多书生多半作为正面角色出场。从弘毅笃实的品格到彬彬有礼的言行，这些形象甩开草莽、粗鄙和狡诈之气而表现刚正诚信的性格。对于这些书生之中的佼佼者来说，知识可能与雄才大略联系起来。秀才不出门，能知天下事，广博的知识是驾驭历史形势的重要资本。《三国演义》中的诸葛亮是一个始终不褪色的人物。相对于关羽、张飞的忠义武勇，诸葛亮的足智多谋多半源于雄厚的知识积累。另一方面，文学同时对那些皓首穷经、不谙世事的冬烘先生报以嘲笑，尤其是众多科举制度的精神奴隶。尽管熟读经史子集，可是，拾人牙慧无助于解决生活遭遇的种种实际问题，知识的无效堆砌仿佛压抑了他们的行动能力，以至于坊间有"秀才造反，三年不成"之讥。众多迂阔的书生手无缚鸡之力，不识时务，他们扮演的生活角色往往是穷困潦倒的"书呆子"。从《儒林外史》中的"范进中举"到鲁迅《孔乙己》中那个写得出四种"回"字的主人公，诸如此类的文学形象不胜枚举。通俗的民间社会，"学而优则仕"的遗响与反智主义的舆论此起彼伏。许多贫寒子弟只能依赖教育改变命运，力图借

---

[1] 方维规：《概念的历史分量》，北京大学出版社2018年版，第370—371页。

助知识代表的智力资本补偿经济资本的匮乏；然而，相当一部分知识无法与尘土飞扬的现实相互衔接，强烈的挫败将再度诱发反智主义的泛滥。

尽管如此，正如"开卷有益"这个成语所表示的那样，人们对于知识的不懈追求具有持久的好感。长时段的历史分析表明，知识始终是社会进步的强大助力，"知识就是力量"成为家喻户晓的格言。相对于财富，知识仿佛存在公认的道德优越感。巨额的财富可以制造各种人间奇迹，然而，或显或隐的文化鄙视挥之不去。经济方面的成功——尤其是资产阶级暴发户——几乎无法避免文化诋毁的阴影。相对地，知识乃是文化的标志。当然，过量的知识不可能兑换为实际利益，而且，维持知识的持续增长必须牺牲各种日常的乐趣，但是，为知识而忘我工作的形象显现出圣徒般的光辉。一些人献身知识的行为的确与宗教不计功利的虔诚具有几分相似。总之，不遗余力地追逐财富可以赢得周围的理解乃至仿效，但是无法赢得广泛的尊敬和景仰；不遗余力地追逐知识可以赢得周围的尊敬和景仰，但是无法赢得广泛的理解乃至仿效。多数时候，文学显然站到了知识这一边。孔子或者司马迁的名声显然远远超过了陶朱公，胡雪岩的位置不可能摆在康有为或者梁启超之前。康德、黑格尔或者牛顿这些哲学家、科学家由于醉心知识曾经制造出种种笑话，但是，多数人心怀敬佩，善意地叙述这些逸事：一个崇高的目标可以原谅刻板、遗忘、张冠李戴、废寝忘食这些日常生活的瑕疵。20世纪80年代以来，痴迷于"哥德巴赫猜想"的数学家陈景润与渊博的陈寅恪、钱锺书已经被正式的文学作品或者非正式的文学传说编辑到这个偶像谱系。

跨入现代社会，知识的专业性质越来越明显。由于学科纵深形成的阻隔，许多知识与日常生活之间的直接联系隐没于各种专业架构背后。公众无法知悉一个物理实验室为什么关注那些项目，也不明白哲学家阐述某一个佶屈聱牙的概念具有哪些意图。尽管大多数知识的起源可追溯至某种功利的企图，但是，"为知识而知识"的呼声不绝于耳。好奇心——而不是某种获利的目的——驱动的研究似乎更具"纯粹"的意味。现代社会提供了知识获取和传授的保障机制，大学充当了这种机制之中最为重要的新型机构。许多人熟悉蔡元培的名言"大学者，研究高深学问者也"[1]，"高深学问"往往远离公众视域，既不能改善饮食起居，也不能悉数转变为可观的利润，因此，"为知识而知识"的呼声时常徘徊于大学的学术空间，成为某种不成文的信条。

蔡元培这一句名言出自1912年他主持制定的《大学令》。《大学令》第一条为："大学以教授高深学术、养成硕学闳材、应国家需要为宗旨。"[2]作为一个法律文件，这一句话同时表述了学术与国家的关系。事实上，大学是一种引进的文化机构，"教育救国"是促成这种引进的重要舆论背景。与传统的书院或者国子监不同，大学的课程设置显示了现代学术的基本范式。换言之，大学的"高深学术"已经隐含了从古典知识到现代知识的转移。这个转移与国家的前途命运息息相关。

佐藤慎一在《近代中国的知识分子与文明》中表示，中国传统的士大夫绝非"无知""无能"。相当多官员的"学问水准远远

---

[1] 蔡元培:《就任北京大学校长之演说》（1917年1月9日），见《蔡元培全集》第三卷，高平叔编，中华书局1984年版，第5页。

[2] 《教育部公布大学令（1912年10月24日部令第17号）》，见《中国近代教育史资料汇编·学制演变》，璩鑫圭、唐良炎编，上海教育出版社2007年版，第673页。

第二章 知识与文学：现代性裂变

地超出了单纯的教养领域"。经史子集构成了宏伟的古典知识体系，士大夫盘桓于这些"高深学术"，剔精抉微，"即使士大夫的态度有'尊大'的倾向，对于其自身的学问能力而言，他们的骄傲从客观上看的确具有充分的根据"。19世纪后期，这些士大夫遇到的问题是，他们精通的古典知识无法有效地处理现代性制造的各种麻烦。"摸索危机对策的士大夫们无非是从古典或先例中寻求答案。这如同试图在没有出口的迷途中寻找出路。他们越是尽其所能、倾其所学地去摸索正确答案，就越是浪费时间、加深危机。如果他们不是那种有能力的人，倒可能会及时注意到中国文明的积蓄及自身能力的界限而试图从完全不同的方向寻求出路。"[1]这种观点表明，知识并非多多益善；知识的意义和价值必须纳入历史的坐标给予评判。士大夫的"高深学术"与历史脱钩了。

然而，纳入历史坐标的评判以及古典到现代的转移充满了争论。罗志田概括说："从清季起，这一系列思想论争最显著的主线是（广义的）学术与国家的关系，在近三十年间大体经历了从保存国粹到整理国故再到不承认国学是'学'这一发展演化进程。"[2]"国学"与西方文化之间反反复复的拉锯战不仅显明了双方的歧异，同时暗示了内心的巨大焦虑。可以从罗志田著作《国家与学术：清季民初关于"国学"的思想论争》的引述中发现一个有趣的现象：三十年左右的时间，数以百计的文章介入这个话题，然而，这些文章涉及的内容相当有限。许多观点再三重复，文章

---

[1]［日］佐藤慎一：《近代中国的知识分子与文明》，刘岳兵译，江苏人民出版社2006年版，第12、13页。

[2] 罗志田：《国家与学术：清季民初关于"国学"的思想论争》，生活·读书·新知三联书店2003年版，第4页。

的作者犹如借助不断的论说持续地巩固遭受严重挑战的自信。因此，这种状况与其说是深思熟虑的论证，不如说是焦虑情绪的表征。事实上，这种状况迄今没有多少改变。

二

古典知识到现代知识的转移，"国学"首当其冲。知识社会学的视域之中，"国学"注定是一个特殊的概念。如何授权一种学术知识与国家形象相互指认？各种精致的学术考辨开始之前，罗志田著作反复指出一个简要的前提："国学"诞生于本国的土地，并且世代相传。[1]这时，学术的缜密、洞察力、深刻与否以及有效程度尚未获得足够的关注，重要的是"国学"隐含的象征意味。许多人认为，这种学术形式称为"国粹"，代表了国家的传统和未来，保卫"国学"即是守护国家。"国学"的首要意义是维系人心，"以国粹激动种姓"，"国学"的兴衰存亡与国家的兴衰存亡联系在一起，"一国有一国之学"，"学亡则国亡，国亡而学亦难保"，二者犹如一枚银币的两面。因此，放任另一些异质的学术泛滥，"国学"将遭受严重的威胁。"师夷"可能导致"亡学"，灾难性的后果不言而喻。至少在当时，许多人还无法引用生产关系、社会制度、经济总量、科技发展水平等指标体系描述国家形象。这时，文化中心主义的观念无形地遮蔽了另一些问题：即使某些传统文化束缚了新型社会制度或者经济、科技的发展空间，然而，由于冒领了国家的名义，所有对于"国学"的异议都可能被指控为不可饶恕

---

[1] 参见罗志田：《国家与学术：清季民初关于"国学"的思想论争》，生活·读书·新知三联书店2003年版，第72、75、203页。

的背叛。[1]

可以发现,"科学"一词已经出现于上述争论,例如"科学的国学"。然而,另一种观点倾向于认为,"科学"是"国学"之中的弱项——这时的"科学"更多地指涉物质层面的研究:"正是'科学'及其物质层面的效应改变了历史上'质难胜文'的常态。"整理国故并非当务之急,必须将精力从故纸堆转向"坚船利炮",国家的富强很大程度上依赖于发达的实业。[2]因此,不少人将"科学"的物质研究称为"实学",相对地,"国学"由于人文性质而被称为"虚学",二者的分歧在后来的"科玄论战"之中得到进一步的展现。"洋务运动"的失败证明,只要士大夫的"虚学"仍然以抱残守缺的方式顽强地占据文化空间,所谓的"实学"仅仅是一个无足轻重的点缀。直到五四新文化运动,"科学"作为一个标志性的口号正式登场,从而摆脱"国学"的纠缠而显示为另一种文化范式。

或许由于论述的内涵相对复杂,另一些观点的音量相对微弱,例如"复古"与"复兴"的辩证关系。将"复古"视为民族认同的策略常常沦为笑柄,然而,激进地割断历史与传统的决绝姿态隐含了另一种理论的草率。事实证明,文化与学术时常返回传统获得开拓未来的资源,例如欧洲的文艺复兴。"复古"或者"复兴"一字之差,二者南辕北辙。"复古"旨在回溯,从而以某些古代的历史景象为圭臬;"复兴"指向未来,温故知新可能成为"复

---

[1] 参见罗志田:《国家与学术:清季民初关于"国学"的思想论争》,生活·读书·新知三联书店2003年版,自序第5页、第60页、自序第20页、第64页、自序第10页。

[2] 参见罗志田:《国家与学术:清季民初关于"国学"的思想论争》,生活·读书·新知三联书店2003年版,第292、20、287页。

兴"的某种实践策略。[1]相对地，"复兴"的实践远比"复古"复杂，温故知新包含了传统、现实与未来的持久对话以及相互激发。传统仅仅是开始而非终点。何种程度地接受传统知识？改造传统知识的哪些内容？如何拒绝传统之中腐朽的主题借尸还魂？如何发现未来的方位？人们不可能依赖和等待任何现成的标准答案，必须置身于特殊的历史语境不懈地探索。譬如，某些人尝试划分"君学"与"国学"，并且扬此抑彼。朝廷与国家分而述之，这种观念业已展示出某种现代气息。[2]沸沸扬扬的争辩之中，另一些论点吉光片羽，语焉不详，例如既然无法"退房""送穷"，诗赋的意义是什么？汉语是不是一种没有历史内涵的传达工具因而可以任意更换？古代文化与现代文化能否兼容？可否从病理学的意义上整理国故？[3]然而，由于论争语境的内在峻急，这些论点的丰富内涵未曾获得从容的阐发。

当然，可以在更大的范围言及"清季民初"的历史语境如何在国家与学术关系之中打下了深刻的烙印。正如罗志田指出的那样，"国学"与西方文化之间不存在一个相互衡量的公正平台，后者事先拥有一个咄咄逼人的"入侵"形式，这仿佛已经暗示了"国学"的失利形势：

> 近代中西学术/文化的碰撞与竞争是与中外"国家"本

---

[1] 参见罗志田：《国家与学术：清季民初关于"国学"的思想论争》，生活·读书·新知三联书店2003年版，第90、219页。

[2] 参见罗志田：《国家与学术：清季民初关于"国学"的思想论争》，生活·读书·新知三联书店2003年版，第35页。

[3] 参见罗志田：《国家与学术：清季民初关于"国学"的思想论争》，生活·读书·新知三联书店2003年版，第214、215、226、334页。

身的冲突与竞争紧密相连的，西潮进入中国实际采取了入侵的方式，其中武力的作用尤大，而西人试图从思想观念到社会生活全面改变中国的愿望和努力也彰明较著，故无论西学给中国带来多少可借鉴的思想资源，其以入侵方式进入中国及其明确欲"以西变中"这两点在很大程度上又阻碍着中国士人坦然接受这些新来的思想资源。许多国粹学派士人在提倡向西学开放时不能不注意到近代新型国际关系与前不同的一大特点：过去国家之间的争夺主要是攻城略地，战胜者尚可接受被征服者的文化；近代则不然，国与国的竞争是从武力到文化的全面竞争，胜者不仅要掠地，而且要"灭学"。怎样在面临"灭学"威胁时向竞争对手的思想资源开放，这的确是个令人困惑、踌躇而又不能不思考的问题。[1]

民族文化来自本土的历史与经验，文化的价值评判由民族内部自决。文化观念与既定的社会历史相互适应、共生共荣，它将被普遍接受并且构成悠久的传统，反之，文化观念无视社会历史的发展甚至成为沉重的枷锁，那么，传统遭到废除，改革即将发生。世界范围内，不同民族形成了多元的文化生态，各种类型的文化观念不存在高低之别，犹如自然界品种繁多的植物各擅胜场。然而，现代性与全球化的到来不仅制造了不同民族国家相互交集的众多机会，同时瓦解了古典式的和谐。物竞天择，适者生存，优胜劣汰，残酷的丛林法则开始重构世界秩序。民族国家之间经济、军事、科技的竞争关系投射于文化层面，民族文化之间的紧张乃至冲突

---

[1] 罗志田：《国家与学术：清季民初关于"国学"的思想论争》，生活·读书·新知三联书店2003年版，第59页。

愈演愈烈。这个意义上，一种民族文化的评价往往首先考虑一个特殊的主题：是否有助于民族国家的强盛。文化观念愈是明显地汇入这个主题，赢得的肯定愈是广泛，反之亦然。这时，文化价值的评判开始超出民族内部自决，不同民族国家之间的强盛程度及其相互征服作为另一个衡量标准强势介入。如果这个衡量标准与民族文化的传统主题及其形式产生矛盾，民族文化的自律与他律之间将会出现复杂的纠缠。尤其是民族国家遭遇危机的历史关头，民族文化与民族国家强盛之间的关系几乎成为唯一的焦点。19世纪末到20世纪初，许多人认为，"国学"不仅无助于经济、军事、科技的壮大，甚至必须很大程度地为腐朽溃败负责，以致汉语不得不充当替罪羊——这个语种的繁难程度与大众蒙昧之间的连带关系成为兴盛一时的文化舆论。

强盛作为民族国家之间的竞争资本晋升为首屈一指的目的之后，民族文化传统的意义迅速衰减。无论是子曰诗云还是汉学或者宋学，"国学"不再是金科玉律，"师夷长技以制夷"的策略将制胜视为唯一的目的。仿效西方文化击败西方国家并非耻辱。事实上，从自然科学、军事对抗到体育竞技，那些仅仅注重"对"或者"错"、"胜"或者"负"的领域不再刻意维护民族文化形式。忧心忡忡的文化气氛之中，"国学"自称"国粹"并且代表国家，这种不合时宜的自负无法收获期待之中的响应。

对于许多知识分子说来，与其陶醉于"国学"认同民族国家，不如投身于民族国家强盛的新型实践——启蒙工作获得了广泛的认可。传播各种新型的知识开启民智，这是一批知识分子的共同志向。鲁迅无疑是众所周知的典范。《从百草园到三味书屋》表明，童年鲁迅的教材仍然是"仁远乎哉？我欲仁，斯仁至矣"，然而，

《藤野先生》之中的鲁迅已经在日本的仙台研习医学。医学是一种务实的知识，鲁迅的心愿是拯救如同父亲那种被庸医耽误的病人，或者踏上战场担任军医。医学课堂上的"幻灯片事件"再度改变了鲁迅：如果国民的灵魂羸弱而麻木，健壮的体格又有什么意义？这时，鲁迅决定弃医从文，发出尖厉的"呐喊"惊醒昏睡的大众。[1] 启蒙工作立足人文领域，廓清"吃人"的传统礼教及其意识形态。这种轨迹显示了隐藏于"知识"名义背后的一个文化转折。

三

"国家与学术"关系的论争之中，知识分子与民族国家充当了理论图景的主人公。然而，当一批知识分子脱离士大夫和"国学"的旧辙而开始担任启蒙者之后，另一个社会群体进入视野——被启蒙的大众。如何区分知识分子与大众？这时，"阶级"概念成为愈来愈强大的社会学标志。显然，阶级是异于民族国家的另一种社会分类体系，知识与阶级的关系终于浮出水面。

知识能否如同财富作为阶级划分的重要参考？卡尔·曼海姆显然表示异议。他之所以将知识分子描述为阶级之间"自由漂浮"和"非依附性"群体，恰恰因为他们所拥有的知识。在曼海姆看来，"利益动机并非社会群体与其知性立场之间惟一的关系"，"社会经验以许多可能的形式影响了心灵（psyche）对某种态度的采用，而利益动机只是其中的一种形式"。[2] 因此，曼海姆更愿意将知识分

---

[1] 参见鲁迅：《呐喊·自序》，见《鲁迅全集》第一卷，人民文学出版社2005年版。
[2] [德]卡尔·曼海姆：《知识社会学问题》，见《卡尔·曼海姆精粹》，徐彬译，南京大学出版社2002年版，第53、54页。

子称为"阶层"："显而易见的是，知识阶层并非一个阶级，也无法组成一个政党，其行动也不会步调一致。……没有哪个阶层比知识阶层更缺少目的专一和团结一致。"知识阶层处于阶级之间的空隙，知识分子可能分散到不同的阶级，加入各种政治联盟："它是存在于阶级之间、而不是阶级之上的集合体。"尽管如此，知识的宽阔视野使他们可能从多种视角考察问题，知识分子"不那么始终如一地从属于争论中的某一方，因为他能够同时经验关于同一事物的几种相互冲突的观点"；"他能够接触到同一问题的不同方面，也更易接触到对于环境的不同评价，这就使得他在一个两极分化的社会的较大范围内感到自得其所，但相比那些只在某个较小的现实范围内进行选择的人们而言，他又是一个不太可靠的盟友"。[1]

可是，这种观念并未在中文语境普及。根据方维规的考证，中文的"知识分子"与英文的 intellectual 不相匹配，而是近于 intelligentsia——鲁迅那一代人曾译为"印贴利更追亚"："'知识阶级'在中国产生的时候，似乎和'智识者'或曰左拉式的法国传统没有多大关系，却与俄国的'知识阶层'（知识群体）有着血缘关系"；"中国的'知识阶级'与俄罗斯的相同，是一个集体概念；然而，把中国的'知识阶级'结合在一起的，不是共同观念或社会理想，只是'受过教育的人'，当然也不是精英的"[2]。尽管如此，当"受过教育的人"被命名为"知识阶级"的时候，他们更多地领略的是政治的贬义。方维规指出，"知识阶级"概念遭受了来自

---

[1] ［德］卡尔·曼海姆：《知识阶层问题：对其过去和现在角色的研究》，见《卡尔·曼海姆精粹》，徐彬译，南京大学出版社2002年版，第172—174页。

[2] 方维规：《概念的历史分量》，北京大学出版社2018年版，第391—392页。

三个方面的压力：

> 首先是民粹主义，它是"知识阶级"概念登场时的"伴娘"，一开始就使这个概念失去了精英色彩。民粹主义与反智主义联手，造就了中国化的、民间俗称的"受过教育的人"的"知识分子"概念。第二是左派路线，视"知识阶级"为"社会蠹疣"，不但"没有真实的智识"，而且成了打击的对象。第三是自由派观点，多少给中国的"知识阶级"增添了一点光彩。然就总体而论，自由派"知识阶级"概念的精英色彩不涵盖整个知识阶级。[1]

20世纪之初的历史文化之中，民粹主义与"左"翼观念彼此呼应。"劳工神圣"，来自大学课堂上那些理论魔术一般的深奥概念能否拯救劳工于水火？一方面，如果知识分子所谓的"知识"无法反哺大众，使之丰衣足食，那么，神圣的光环褪去之后，知识分子往往如同江湖术士一般遭受嘲笑。"四体不勤，五谷不分"，许多知识分子由于缺乏田间的体力劳动而心存愧疚——复述各种书本知识的日子仿佛不劳而获。如果知识丧失了崇高的威望，知识分子的经济来源就会成为一个刺眼的问题——这个问题必然与阶级分析联系起来。一方面，他们的知识获取不得不依赖特定经济实力的保障。显然，贫困的工人、农民家庭无力负担不菲的学费，他们的子弟时常由于经济困窘而中断持续深造的人生设想。所以，瞿秋白指出，社会制度尚未提供平等的教育环境时，知识分子不

---

[1] 方维规：《概念的历史分量》，北京大学出版社2018年版，第378页。

存在自傲的理由，他们不过是幸运地享受了剩余价值，享受了"劳动平民的汗血，方能有此'智识'来代表文化。他应当对于劳动平民负何等重大的责任！"[1]换言之，当知识分子将阶级的窃取归功于个人才能的时候，阶级分析不得不出面澄清事实，甚至当头棒喝。

另一方面，知识分子完成了知识的自我塑造进入社会，曼海姆所说的"自由漂浮"和"非依附性"不得不依赖经济独立的基础。如果知识分子就职的部门机构要求与知识良知提供的判断产生分歧，他的立场面临严峻的考验——为了后者放弃职业的庇荫，知识分子如何维持体面的日常生活？这种追问之中，知识分子暴露出中产阶级的身份。他们通常以中产阶级的经济收入维持日常生活；取缔这一份收入，知识不可能自动转化为面包和牛奶。当然，所谓的"阶级身份"不仅表现为职位、收入、开销等各种经济数据，同时还表现为一套文化趣味。理查德·霍加特在《识字的用途》中描述了"奖学金男孩"的形象：工人阶级的子弟由于优秀的学业而获得奖学金，这不仅意味着他有望延续学术生活并且成为未来的知识分子，而且，他必须从工人阶级子弟的"粗鄙"之中"剥离"出来，离群索居，脱胎换骨，晚上不再簇拥在路灯杆周围参加街头游戏，改变自己的口音，不得无礼而放肆地开怀大笑，如此等等。[2]部门机构的职业要求、文化趣味、交往圈子和生活情调共同编织出一个无形但坚固的躯壳，人们是否还能坦然地认为，知识

---

[1] 瞿秋白：《政治运动与智识阶级》（1923年1月27日），见《瞿秋白文集·政治理论编》第二卷，人民出版社1988年版，第4页。

[2] 参见［英］理查德·霍加特：《识字的用途——工人阶级生活面貌》第十章"被释放的源泉：对断根离舷和忧虑不安之解释"，李冠杰译，上海人民出版社2018年版。

分子的"知识"能够将阶级的偏见完整地过滤出去？

很大程度上，这些观点来自政治家或者革命家。他们注视的是政治运动、革命以及历史演变或者某种社会制度的盛衰、国家政权的兴亡，阶级在这些主题之中扮演举足轻重的角色。由于专业壁垒和兴趣的隔膜，他们不关心知识分子的工作风格、学科的前沿课题或者一场学术论争的意义。当阶级斗争如火如荼的时候，这个社会群体的政治位置在哪里？——知识分子从属于哪一个阶级范畴？产生哪一种社会作用？这是政治家与革命家不可忽略的问题。如果说，众多芜杂的知识体系无法圈定知识分子的政治倾向，那么，相似的家庭出身以及相似的经济地位有助于锁定知识分子的阶级位置。20世纪20年代，这种观念越来越清晰："'知识分子的阶级成分，依其所属的阶级决定'，'地主出身的知识分子是地主，富农出身的知识分子是富农'。"另一种更为激进的观点是："知识阶级历来是资本阶级的附庸。"[1]当然，真正确认知识分子阶级身份的时候，他们的家庭出身以及经济地位与他们拥有的知识同时产生了作用。根据家庭出身与经济地位，知识分子从属中产阶级；根据知识赋予这个共同体的文化性格，知识分子从属小资产阶级。中产阶级与小资产阶级的经济地位基本重叠，但是，二者的文化观念迥然不同。家庭出身以及经济地位与文化性格之间的距离乃至矛盾构成了知识分子形象的复杂与深度。

文学和历史话语如何叙述革命队伍之中的知识分子？这个社会群体显现出多面的特征。知识分子擅长接受新思想，富于激情，憧憬革命，执着于社会的公正道义，热衷于种种社会分析，包括

---

[1] 方维规：《概念的历史分量》，北京大学出版社2018年版，第385、381页。

知识分子的阶级身份分析——"小资产阶级"称谓的理论内涵多半诉诸知识分子本身。多少有些矛盾的是，许多风格激进的理论家具有明显的"小资产阶级"特征，这些特征甚至在"小资产阶级"的批判中得到了充分的展现。必须承认，严厉的批判并未取得预期的成效，"小资产阶级"特征的相当一部分源于"知识"的增长和积累——围绕"知识"形成的理论辞令、言行举止、思维方式、价值认同以及刺眼的"个性"。换言之，知识分子身份完成隐含了与工农大众的距离，甚至隐含了格格不入的"鄙视"，尽管革命知识分子由衷地接受这个理论观念：工农大众才是社会历史真正的主人公。如果说，五四期间那一批启蒙知识分子的自信恰恰来自知识，那么，嗣后的数十年时间，"知识愈多愈反动"的舆论此起彼伏，知识分子不断地陷入愧疚、自责、嘲笑、世界观改造和疾言厉色的批判。即使许多作家提供的文学形象是猥琐的知识分子，他们本身也仍无法避免现实的厄运。

相对于拥有的"知识"，知识分子的家庭出身以及经济地位显现出衡量意义之际，往往意味着阶级搏斗进入更为严酷的时刻。贫农丧失了最后的立锥之地，无产阶级一无所有，他们揭竿而起以及革命的彻底性是一种必然；只有知识分子由于某种信念的启迪而抛开温饱的日子参加革命。革命进入纵深之后，所有的浪漫诗意消失殆尽，生死攸关的考验突然临近，这时，往昔温饱的日子会不会重新招手？对于知识分子说来，"中产阶级"埋藏着背叛革命的无意识。法捷耶夫的《毁灭》——鲁迅翻译了这一部苏联的长篇小说——生动地再现了密契克的叛变，这个出身于知识分子的游击队员终于逃离战场，返回安逸的城市；罗广斌、杨益言的《红岩》之中，不堪严刑拷打仅仅是甫志高叛变的一个原因，中产阶级衣食无虞的生活显然是另一个潜在的诱惑。这种情况下，曼海姆所形容的多种视角已经不可能获得完全正面的解释。

四

20世纪70年代末，知识分子的启蒙者身份开始恢复。"伤痕文学"的洪流之中，刘心武的《班主任》名动一时。"小流氓"宋宝琦的到来在班级里引起一阵骚动，他身上发达的肌肉和空洞的眼神令人联想到鲁迅《呐喊》自序之中灵魂与体格的表述。然而，《班主任》同时提供了一个新型的人物：团支书谢惠敏。她的无知隐藏于一系列革命辞藻背后，甚至从未听说过《牛虻》这类文学名著。对于班主任张俊石说来，知识分子的再启蒙任重而道远。"为中华之崛起而读书"的口号再度成为一代人的志向，民族国家的整体形象重新浮现，阶级的坐标渐行渐远。

尽管如此，知识与阶级之间的互动并未消失，只不过二者的复杂关系隐藏到幕后，寄托于教育机构、学科体系、专业设置、训练方式等一系列机制背后。福柯对于知识与权力关系显示出特殊的兴趣，权力之中的相当一部分涉及阶级。尽管没有人重提知识与阶级性这种"粗陋"的问题，知识通常以普遍公理的形式面世；然而，各方面的考察表明，阶级的幽灵仍然可能潜伏于各种学术制度的缝隙，无声地左右知识的生产与消费。

学科不仅提供了知识分类的基本架构，集合专业相同的研究人员相互协作，同时分别制定了工作方式、实验标准以及评价体系。大多数情况下，诸多学科不可通约，地质学、理论物理与历史学或者统计学依据的各种指标远为不同。因此，一项具体研究的意义、价值乃至突破与独创必须在学科的专业架构内部描述和评判。诸多学科分别拥有自己的初始意图与发展路径，历史各异，规范不一，社会文化如何提供一个公认的鉴别准则？某些知识的意义似乎不言而喻，例如医学研究、汽车发动机制造以及城市规划等，另一些知识正在撤出历史舞台，至少大学不再为之设立专门的学科，例如谶纬或者相面。事实上，二者之间存在许多模糊的领域。人们往往抽象地肯定科技的惊人发展，但对于种种具体课目——例如，若干奇妙的数学猜想、蝴蝶种类的统计、史前文明的考据乃至猜测或者研制真空管道高速交通体系——的社会效用不甚了然。众多人文学科历史悠久，但是，它们与现实社会的联系不得不成为一个反复论证的题目。尽管这些学科的辩护士不断地重申古老的使命，但是，世界范围内，人文学科大学生源的锐减是一个不争的事实，例如文、史、哲。作为一种普泛的衡量，一种知识的社会效用及其报酬决定了一个学科可能赢得的重视程度。

学科内部的学术逻辑与学科外部的社会响应存在复杂的张力。多数时候，学科的内部结构由学术逻辑控制，外部的社会响应针对学科整体。尽管社会需求的迫切程度可能干预学科内部不同研究项目的轻重缓急，但是，学术逻辑的核准不可或缺。总之，大众的期许、政府计划、财政预算、投资、利润、媒体的关注、科学家的声望与荣誉这些因素通常隔离于学科架构之外，填充学科内部空间的是各种实验数据、专业命题、资料档案以及紧张的争辩、晦涩的概念术语、调查资料或者严谨的理论概括。不同的研究分支、方向、领域交叉叠加，彼此配合，逐渐形成知识的有机体系。然而，学科内部兢兢业业的积累并非均匀地持续增长。某些特殊时刻，破壁而出的机遇突然降临——学术逻辑集聚和整合的内容突然际遇一个恰如其分的出口，从而与强大的社会需求一拍即合。由于社会机制的承接，学科包含的能量获得了千百倍地放大，大规模经济革命、文化革命或者社会革命的导火索点燃了。这时，学科内部漫长链条的每一个环节无不赢得丰盛的回报。

然而，这些描述仅仅勾勒出某种简化的理论图景；事实上，许多学科内部存在大量游移的成分。人们无法确认这些成分镶嵌于上述图景的哪一位置。对于文学研究来说，李白或者鲁迅的里程碑意义赢得了公认，然而，李白的酒量或者鲁迅牙齿的损坏程度是否适合学术课题？五四运动彪炳史册，有否必要耗费精力考证北京大学参加游行的准确人数？人们可能听到这种争辩：没有理由轻视任何知识。一条默默无闻的史料可能在某一个早上突然醒来，准确地插入一个特殊的论题，担任一块关键的拱石。狭隘的功利目的往往限制了学术的视野，没有理由顾虑一项研究可否成为另一项研究的台阶，更没有必要计算一个学术结论可以获利几许，或者解决多少实际的社会问题。托尔斯泰小说的历史主题是一种知识，《诗经》之中的"鸟兽草木"也是一种知识，现实主义文学主张的起源是一种知识，《红楼梦》之中的行酒令、谜语和中药、烹调术也是一种知识。学科内部的学术逻辑享有绝对的优先权，知识的社会效用更像学术逻辑的副产品。从卢卡奇、阿多诺到詹姆逊、齐泽克，这些西方马克思主义理论家尖锐地批判资本主义体制，力图唤醒大众的反抗意识，然而，他们那些晦涩的哲学语言往往令人不知所云。尽管"卢卡奇们"肯定知道，一套拗口的概念术语只能阻止他们的学说走得更远，但是，学术逻辑的要求享有不可动摇的威望。没有人考虑放弃哲学家形象而设计一套通俗的论述，即使损害革命的动员效果也不愿意违背学科传

摇摆的叛逆

统指定的表述方式。不论观点如何激进,他们心目中的哲学家身份远比革命家坚固。学术逻辑如此强大的时候,学科内部大量的游移成分往往由"学术自律"的不成文规定宽容地给予肯定。按照一些人心目中的学术等级,出土竹简的解读与工商管理案例的解读不可相提并论。前者拥有学术传统筑造的巨大权威,后者毫不掩饰获利的企图。知识分子认可的观念是,知识的回报并不重要,重要的是学术求知本身。就职法兰西学院文学符号学讲座教席时,罗兰·巴特在讲演的开始就公然表示,知识分子有权摆脱世俗的功利计较——在学术机构高谈研究梦想而不必判断、选择、推进,"这在目前来说是一种巨大的、几乎是不甚公平的特权了"[1]。

然而,某些奇特的历史时刻,巴特的梦想遭到了鄙视。1968年的法国学潮之中,优雅的巴特拒绝参加游行——结构主义的理论提供了一个专业化的托词:"结构不上街。"[2] 舆论哗然,表明阶级的幽灵可能在这种时刻出面质疑——知识分子沉湎于单纯的知识乐趣时,研究的成本从未停止开支。耗费纳税人提供的资金纵容一己的学术乐趣乃至贵族式的狎玩,这种对比在阶级的图谱之中显出不公的一面:劳苦大众胼手胝足地忙碌于田野、矿井和厂房,他们的劳动所得相当一部分惠及知识分子;然而,后者的专业研究却坦然地与他们的生活错开了。20世纪70年代拍摄的一部电影《决裂》曾经夸张地提出这个问题。"马尾巴的功能"是电影中的一个著名片段:大学教授在课堂上津津乐道"马尾巴的功能",然

---

[1] [法]罗兰·巴尔特(罗兰·巴特):《法兰西学院文学符号学讲座就职讲演》,见《符号学原理》,李幼蒸译,生活·读书·新知三联书店1988年版,第3页。

[2] 参见[法]路易-让·卡尔韦:《结构与符号——罗兰·巴尔特传》第八章"结构不上街",车槿山译,北京大学出版社1997年版。

而，他对生产队耕牛的疾病无动于衷。春耕农忙季节的耕牛是农业生产的重要工具，这种现实紧迫性丝毫不能修改按部就班的知识传授。因此，革命领袖提出的对策是"学制要缩短，教育要革命"，必须将知识从那些知识分子手中解放出来，敦促他们改造自己的小资产阶级世界观，甚至不惜关闭大学。

现今看来，这种对策并未成功。电影《决裂》并未意识到学术逻辑的相对独立意义：学科并非亦步亦趋地尾随五花八门的实用目的展开，相反，知识体系按照自己的内在规律建构。学科隐含的承诺是，课堂传授的是某个领域的基本原理，完整的知识体系有助于在更高的水平上解决各种实际问题。尽管许多人不相信学院构造的知识理想国——如同不相信富人的财产聚敛终将造福整个社会，然而，知识社会学愿意预支这种承诺。从政府固定拨款到私人捐赠，知识体系、学科、大学与财政之间的关系已经基本稳定；一些微弱的异议不可能撼动专业的配置及其知识传授方式。相对地，置身于革命队伍的知识分子更多地觉察到这种矛盾：一方面，他们的革命理念很大一部分来自理论知识；另一方面，理论知识的学术形式又是他们疏离革命的重要原因。事实上，这时常成为小资产阶级知识分子无法摆脱的紧张时刻。

迄今为止，阶级幽灵的质疑或显或隐地穿行于知识社会学内部，显现为种种文化症候，尤其是文学症候。例如，张承志名噪一时的小说《北方的河》。这一部小说隐藏着特殊的魅力。一个人文地理研究生不顾一切地扑向他的学术目标，但是，并不存在小心翼翼的知识膜拜。知识的渴望注入蓬勃的生命，与北方的大地、河流、灼热而又混浊的生活交织在一起。人们至少可以发现，知识并非每时每刻地压缩在学院制作的学科方格里，中规中矩，斤斤计较，而是兑换为汹涌的人生激情。这是对于知识分子形象的另类书写。《老桥》《大坂》《绿夜》《辉煌的波马》《凝固火焰》《九座宫殿》《静时》《黄泥小屋》等一批小说之中，质朴而又浓烈的北方景象缓缓升起，一种浑厚同时又单纯的人生不事张扬地展开。这些小说的叙述者仍然隐约地流露出知识分子的身影。许多时候，叙述者的描述表明了局外人的位置，美、斑斓的色彩、劳动的诗意、炽烈地燃烧的落日或者夜空清冷的残月有意无意地显示出知识分子的感知区域。然而，张承志的后续作品表明，他越来越远离学院知识分子，放弃精英的姿态开启另一种实践方式。由于大量置身贫穷底层与偏僻乡村的感性经验，文学、艺术——而不是理论语言——始终是张承志实践表述的重要形式。不论张承志的种种观点可能带来多少争议，他的实践力图洞穿知识形成的文化隔阂，摆脱知识分子的"小资产阶级"前缀。

五

作为知识分子的一个异类，张承志时常风尘仆仆地融入北方大地和穷苦的社会，充当其中的一员。相对地，大部分知识分子安居于中产阶级的经济躯壳。当资产阶级和无产阶级构成了社会的两大阵营之后，中产阶级是一个不无尴尬的位置。尽管如此，知识分子并未进退失据，无所归属。相反，他们带有充分的自信，他们的"自由漂浮"和"非依附性"状态内含稳定的重心。很大程度上，这种自信可以追溯到知识分子的"个性"或者"自我"。"个性"或者"自我"是小资产阶级不可放弃的概念。知识分子提出独特的观点，标新立异，并且从待人接物、言辞服饰、美学趣味等方面显示与众不同的生活姿态。许多知识分子心目中,"个性"或者"自我"的意义并非依赖阶级共同体,而是依赖知识与理性的建构。启蒙的主题之中,知识、理性与个体的觉醒联系在一起。知识和理性赋予一个人的成熟状态,正如康德所言:"要有勇气运用你自己的理智!这就是启蒙运动的口号。"[1]

从鲁迅的《狂人日记》《伤逝》、巴金的《家》《春》《秋》、丁玲的《莎菲女士的日记》到蒋光慈的《少年漂泊者》、茅盾的《幻灭》《动摇》《追求》,那些觉醒的知识分子无不表现出强烈的"个性",不论他们承担的使命是启蒙还是革命。觉醒的个体迅速地察觉到压迫和压抑,并且为捍卫自己的权利而理直气壮地反抗。这时常成为他们卷入革命的初始动机。但是,加入无产阶级革命队伍之后,这些不合时宜的"个性"仍然得到了顽强的维护,无论是文学之中的主人公还是作家本人。这逐渐形成了恼人的"小资产阶级气息"。通常,小资产阶级知识分子并未提出独特的政治主张,相反,他们更多地以不无浪漫的姿态拥抱革命理想;令人难堪的是,这些"小资产阶级气息"与无产阶级劳苦大众貌合神离,甚至带来各种冲突和摩擦。无论是言辞、形象风度、服饰、发型,还是强烈的自尊、对于公正的苛求、独立理性以及恃才傲物、享乐主义或者缺乏操作意义的书生之见,小资产阶级知识分子的骄傲、倔强和尖锐犀利的风格构成了一个频繁发炎的伤口。小资产阶级知识分子猛烈地反抗封建主义专制体系,同时尖锐地嘲弄资产阶级贪婪的财富掠夺,但是,建筑在知识和理性基础上的反抗仅仅催生觉醒的个体,他们并未自然而然地嵌入无产阶级大众,

---

[1] [德]康德:《答复这个问题:"什么是启蒙运动"?》,见《历史理性批判文集》,何兆武译,商务印书馆2009年版,第23页。

个体精神的过度活跃甚至成为许多人投身阶级共同体的无形障碍。当一系列差异被赋予阶级根源的时候，无产阶级大众与小资产阶级文化之间的鸿沟清晰地出现了。20世纪40年代至70年代，文学批评的一个重任即是铲除各种文学形象流露的"小资产阶级气息"，从文学人物的肖像、灯红酒绿的城市景观、靡靡之音的暧昧情调到狂热的个人表现、自以为是的清高、夸夸其谈的"思想深度"以及复杂而晦涩的文学艺术形式。

70年代末至80年代初，知识重新赢得了荣誉：知识不仅寄托了民族国家的期望，同时是摆脱浑浑噩噩庸俗生活的精神动力。张抗抗的《北极光》之中，陆芩芩即将陷入婚姻所代表的小市民沼泽地时，知识拯救了她。尽管她不知道日语的学习有什么实际意义，但是，知识引导她结识了另一批人。相对于未婚夫及其同伙关注的家具和副食品，这一批人显示出开阔的精神世界。他们身无分文，谈论的却是宏大的社会问题乃至人类命运。陆芩芩终于一跃而出，踏上了另一块人生的高地。从张抗抗的《夏》、王蒙的《春之声》到谌容的《人到中年》、铁凝的《哦，香雪》，当时的文学想象通常将知识设置为人物命运之中一个令人期待的驿站。然而，这种文学想象很快暴露出一厢情愿的一面。陈建功《飘逝的花头巾》或者铁凝《没有钮扣的红衬衫》[1]同时表明，知识也可能掩护虚伪、怯懦、争名夺利和各种可耻的交易。《飘逝的花头巾》中，发愤苦读赢得纯洁爱情的传统模式失效了，种种物质待遇轻易地击败了知识；《没有钮扣的红衬衫》中，主人公的父母是一对老知识分子，可是，他们的猥琐和自私突破了徒有其表的知识愈

---

[1] "钮扣"，现在一般作"纽扣"。

演愈烈。除了充当真理的镜像，知识同时还作为一个特殊的筹码进入社会关系网络流通，知识可以换取学术之外的众多内容。

然而，"开卷有益"也罢，"知识就是力量"也罢，忘我地追求知识而表现圣徒般的光辉也罢，摆脱庸俗生活的精神动力也罢，这些描述无不来自知识体系外部。相对地，知识体系内部远非荣耀和赞誉，而是包含种种严格的学科规训，并且构成残酷的竞争机制。作为内部与外部的能量交换，学科规训与竞争机制纳入一个社会的人格塑造：遵循学科规训并且在竞争之中胜出，这种人格通常被认定为"成功者"，同时享有"成功者"的应有待遇。这一切是否构成了另一个隐蔽的压抑结构——如同神学体系、封建宗族或者资本、物质财富曾经制造的压抑体系？这个意义上，20世纪80年代的两部小说引起广泛的关注：刘索拉的《你别无选择》和徐星的《无主题变奏》。《你别无选择》中出现了一批疯疯癫癫的音乐学院学生，他们在学院的空间与深奥繁杂的音乐知识相遇了。某些知识与他们气息相通，另一些知识犹如额外的巨大负担，包括押解这些知识的教授。这些学生不愿意囫囵吞枣地接纳知识，而是根据生命的形式取舍——疯疯癫癫毋宁是他们率性而为的表现形式。由于率性而为曾经属于小资产阶级作风而被禁绝多时，这一代人的坦然竟然奇怪地带有几丝矫揉造作的意味。《无主题变奏》对于矫揉造作的知识分子表示出不加掩饰的憎恶。对于他们来说，知识无非是装饰上等人生活的花纹，主人公自信地以厨师的身份进行冷嘲热讽，尽管这个厨师的口吻之中有意无意地流露出某些西方现代哲学的修养。这时，张抗抗《北极光》那种知识的乐观和景仰已经消失，《无主题变奏》显然具有若干颓废意味。

音乐，哲学，反主流，对于中产阶级的生活目标和价值观嗤之以鼻，这一切无不令人联想到20世纪60年代出现于美国的嬉皮士。尽管遭遇的历史情境远为不同，但是，它们撤出历史主流的姿态不无相似。知识的启蒙肯定了"自我"，然而，理性的"自我"背后尾随一个非理性的"自我"。作为完整的个体，力比多（又译里比多、利比多）具有突破理性表露自己的权力。力比多对于历史经验、社会制度、阶级或者阶层以及经济与科技的意义缺乏兴趣，种种限制生命本能的规训都将遭受亵渎和诅咒。力比多的冲击往往谋求生命冲动的短暂完成，无暇谋划可持续的社会形式，这一切远在凝结为清晰的理论语言或者社会关系之前已经消散。正如人们所看到的那样，相当一部分嬉皮士很快厌倦了反主流的边缘位置而返回学校完成学业，从而作为"雅皮士"投身社会，风度优雅，经济宽裕，从容地享用种种不无奢华的物质财富。对于嬉皮士以及准嬉皮士式的叛逆来说，一切无非过剩的力比多对于青春的滥用，时过境迁就不再有效。力比多的冲动不会在经济、科技或者社会制度方面留下哪些固定的遗产，而是作为一种美学造型耀眼地闪亮片刻，然后迅速衰竭。这个意义上，《你别无选择》和《无主题变奏》并没有走多远。

六

研究表明，20世纪下半叶的知识领域出现一种意味深长的裂变：商品供求关系开始有力地介入知识的生产与消费。知识、学术与社会之间按照市场形势衔接起来。知识的"应用研究"不仅获得了舆论的广泛支持，而且形成了可观的定价。费瑟斯通曾经

在"资本"的意义上论及知识分子、知识、市场与资产阶级共享的利益以及因此产生的所谓"区隔":

> 知识分子(占支配地位的阶级中处于被支配地位的成员)就运用符号象征系统的逻辑,在阶级之间及阶级成员之间,创建有利于加强业已确立的相互关系的区隔。在此,他们与资产阶级(占支配地位的阶级中处于支配地位的成员)在维持既存的实质性阶级联系方面,有着共同的利益,不过,资产阶级所要维持的,是经济资本享有高阶特权,当其转化为文化资本时,能同时也享有很高的转换率。这就难怪知识分子总是追求文化领域的自主性的增长,并总是想通过抗拒文化的民主化运动来强化文化资本的稀缺性。
>
> 在通货膨胀与不稳定性日益成为一种习惯常规的情境中,当作为符号产品专家的知识分子,在力图寻找对自己工作的领域加以垄断的途径时,存在着内外两种不同的动力:内在的艺术现代主义的先锋派动力推动着他们去创造能够带来特权的文化产品,而外在的消费市场的动力,则激发起大众对稀有艺术品的需求。[1]

希拉·斯劳特和拉里·莱斯利更为明确地聚焦技术与市场:"技术科学使科学和技术、基础研究和应用研究、发现和革新的分离成为可能。技术科学既是科学又是产品。它瓦解了知识和商品的

---

[1] [英]迈克·费瑟斯通:《消费文化与后现代主义》,刘精明译,译林出版社2000年版,第130—131页。

区别；知识成为商品。"[1]这种倾向带来了知识分子角色的微妙变化：他们在公共领域的影响逐渐减弱，经济贡献的一系列数据成为评判的依据。使知识进入市场成为商品，作为市场主体的知识分子成为增加收益的受惠者。对于他们说来，现在是中产阶级的稳重务实替代小资产阶级的浪漫憧憬与激情飞扬的时候了。

  知识、学术由市场负责经营，大学愈来愈接近知识生产的企业。这时，大学顺利地在经济链条之中谋求到一个理想的位置。由于知识产权的保护，某些高科技知识的专卖赢得了巨大利润，知识的营业额有效地弥补了教育资金和拨款的不足，所谓的"造血"功能相当程度地改变了办学模式。这显然与后工业时代的特征密切相关。"工业政治经济由新的能源和发明引起，使生产从农业地区移向城市；后工业政治经济由立足科学的知识的新进步引起，并由计算机和电信推动。……产品革新几乎总是依赖于受过大学教育的人员，通常是有高级学位的人员。管理职位也几乎总是由受过学院教育的人担当，他们许多人现在拥有高级学位。"[2]这种状况开始深刻地改造教学体系。如果说，传统教育注重的是知识的真理性质以及知识体系的完整，那么，现今大学开始强调知识的经济价值以及构造的产业链。由于市场的冷遇，基础理论研究和人文学科的经费屡遭压缩，职业教育和具有"实用"意义的学科获得愈来愈多的青睐。至少在目前，知识的商业价值急剧增加，甚至如同特殊的资本形成强大的市场竞争力，以至于希拉·斯劳特

---

[1]［美］希拉·斯劳特、拉里·莱斯利：《学术资本主义：政治、政策和创业型大学》，梁骁、黎丽译，北京大学出版社2008年版，第34页。

[2]［美］希拉·斯劳特、拉里·莱斯利：《学术资本主义：政治、政策和创业型大学》，梁骁、黎丽译，北京大学出版社2008年版，第27页。

和拉里·莱斯利将这种状况形容为"学术资本主义"。这种状况已经遭到人文知识的反击，譬如哈贝马斯对于互联网的批评。互联网无疑是当代技术的一个伟大杰作。它不仅成功地重构了工业生产与经济领域繁杂的信息传送模式，并且提供了一个新型的文化传播体系。正如哈贝马斯所言，印刷的出现使所有的人都可能成为潜在的读者，互联网的出现使所有的人都可能成为潜在的作者。这是文化民主跨出的历史性一步，无数亚文化的出口突如其来地打开了。尽管如此，种种无孔不入的商业企图还是带来了巨大的干扰。寄生于互联网的众多传播媒介公然以营利为目的，传播的内容不得不接受"眼球经济"的潜在编辑。惊悚、夸张、传奇性或者欲望再现成为吸引观众、制造点击率、信息流量的常规手段，而点击率与信息流量可以从广告商那儿兑换成相应数量的货币。始于技术知识的贡献，终于市场经济的慷慨回报，一个闭合的循环如愿完成。然而，这些传播内容显然与哈贝马斯关于公共领域的理想相去甚远。在他看来，知识分子似乎丧失了传统的话语空间，商业企图可能隐藏了另一种操控。这个"左"翼理论家毫不掩饰他的不满："让我感到恼怒的是，这是人类历史上第一次主要为经济目的而非文化目的服务的媒介革命。"[1]

那些未曾加入知识领域裂变的知识分子的确正在面临尴尬。他们只能徘徊于循环回流的边缘，无法真正介入。哲学的形而上学观念或者诗人、艺术家制造的审美无法插入技术与市场之间业已完成的商业逻辑。很大程度上，这是众多人文知识的共同境遇，文学当然深有感触，例如李陀的长篇小说《无名指》。《无名指》

---

[1] 西班牙《国家报》专访哈贝马斯，BORJA HERMOSO：《康德＋黑格尔＋启蒙＋去魅的马克思主义＝哈贝马斯》，沈河西编译，澎湃新闻2018年6月6日。

耐人寻味地将主人公——也是叙述者——设置为一个留学美国的心理学博士，他独自在北京经营一家心理诊所。这个人物的言行似乎与心理医生存在不少距离——这个职业毋宁说是情节的要求。首先，他获得了稳定的中产阶级收入，再也不必为经济来源而苦恼。精神分析学是最为时髦的知识，他的心理诊所并未遇到竞争对手。换言之，心理医生不必像企业家、官员或者小商贩那样疲于奔命，紧张地投身于职场的种种严酷争夺。相同的理由，围绕心理医生展开的情节相对松弛，他从未遭遇涉及个人安身立命的利益纠纷，某种程度上更像一个悠闲的局外旁观者。当然，心理医生的一个职业特征是，倾听纷杂的外部世界如何在人物内心留下种种声响。《无名指》不断地出现大都市车水马龙的豪华景观，但是，主人公的真正兴趣是分析这个历史时期精神世界的种种症候，甚至流露出追问这些精神症候来龙去脉的企图——这时，一个熟悉的小资产阶级知识分子形象再度复活了。

事实上，《无名指》刻意强调了主人公的小资产阶级文化习性：英文歌曲，酒吧，咖啡，就读于美国，并且在世界各地的漫游之中形成某种"男子汉"气质。当然，"男子汉"气质的标志即是对某些知识女性产生特殊的魅力，这如同"革命加恋爱"的另一种不无矫情的版本。意味深长的是，《无名指》赋予主人公的种种文化装备已然基本失效。无论是劝慰一个出家的红粉知己、辩论何谓好作家，还是与企业家的弟弟论证谁是"好人"、与年轻的女性钦慕者交流社会观感，主人公多半束手无策，不欢而散。他屡屡出现的感觉是"问题复杂"，三言两语无法阐述，《无名指》不断重复的修辞句式是：以反问的方式复述对方提出的问题及论点。这种修辞暗示了主人公遭受的意外挑战。反问既包含了不无犹豫的反驳，又包含了不无犹豫的反躬自问。也许，主人公所谓的"复杂"恰恰是后现代深为鄙视的品质——那一位年轻的女性钦慕者终于以后现代式的简明对主人公那种冒着"酸味"的知识傲慢表示不屑。

那么，那些更为传统的知识呢？人们很快想到了一批号称信奉儒家学说的现代知识分子。格非《欲望的旗帜》与阎连科《风雅颂》之后，李洱的《应物兄》再度将目光聚焦到学院。一批知识分子兴致勃勃地围绕在复兴儒学的主题周围，表演各自的人生故事。如果说，那些文绉绉的儒学命题犹如前台大戏，那么，《应物兄》关注的毋宁是后台化装室里种种眼花缭乱的情节。主人公应物兄遵循导师的训诫"君子讷于言而敏于行"，待人接物温和谦恭，几句激愤之词只能盘旋在自己的脑子里，无声地自言自语。这是否隐喻了表里不一甚至口是心非的文化风格？

应物兄受命筹建"太和研究院"，引进哈佛大学的新儒家程济世教授是筹建研究院的一个特殊节目。程济世的国际背景制造出微妙而持续的骚动：只有少数几个学者安之若素，潜心治学；更多的人闻风而动，试图分一杯羹。企业家、政府要员、演艺明星、传媒记者、科研人员以及江湖术士次第登场，各显神通。他们或者忙于考证程济世老宅的旧址；或者动用生物技术克隆程济世童年时代的蟋蟀，官员借助这个事件显示政绩；商人借助这个事件圈地获利；若干女研究生借助这个事件制造跨国爱情，并且以最快的速度怀孕。教授们重新开始一轮知识分子式的钩心斗角，或者讥诮对手才疏学浅，冒充泰斗；或者自我表彰，跃跃欲试地谋求研究院的一官半职。应物兄四面作揖，疲于应付，直至丧生于一场既偶然又必然的车祸。

摇摆的叛逆

作为筹建"太和研究院"的前提，复兴儒学是《应物兄》召集诸多人马的旗帜，又是没有人真正过问的事情。儒学是一门充满历史争议的学说，曾经在五四新文化运动中遭受重创。相当长的时期，儒学被视为封建社会的正统意识形态。在五四新文化运动的中坚分子看来，无论是封建社会后期的积贫积弱还是普遍的虚伪人格，儒学都难辞其咎。时过境迁，一些人开始质疑五四时期的评价，但是，现在是重返儒学的时候吗？这仍是一个悬案。人们已经指出，引经据典是《应物兄》的一个特色，许多冷僻的典籍出现于那些儒学传人的口中，密集的知识组成了一个文化甲胄。然而，这些典籍大部分与现今的生活中断了联系，出口成章毋宁说显示教授们的博雅风度。一方面，这几乎是一个不言自明的默契：没有哪一个教授打算严格地实践他们引述的名言，知行不一从未引起他们的不安；另一方面，复兴儒学的支持系统与儒学的宗旨形同陌路：副省长、校长以及一批企业家的"运作"显然将儒家的仁义道德视为一种累赘，新儒家程济世美国的得意门生——仿孔门弟子号为"子贡"——靠的是资本运作和卖避孕套发财。在这些人物那里，儒学犹如供起来的一个文化仪式，焚香祭拜之后可以各行其是。他们很少严肃地考虑儒学在现代社会可能遭遇的挑战，相反，所有的人都明白，儒学在各种"产业链"上的位置——一种新兴的文化资本已经正式登场。"文化资本"的内涵表明，人文学科终于找到了连接财富的通道。对于许多人说来，儒学的"义利之辩"已经是古老的迂腐之见，"儒学与资本主义"这些命题才是顺时应势之论。有趣的是，人们甚至无法判断这种状况是正解还是反讽。

无论是"学术资本主义"还是复兴儒学，知识的积累、淘汰以及回旋式的更迭始终处于历史坐标的监管之下。现代性提供的历史坐标包括民族国家、启蒙与理性、阶级、个人、市场经济以及拒绝种种规训的力比多，而且，这些坐标形成一个共时的网络，干预乃至决定知识的生产与消费——当然同时塑造知识生产者。由于诸多观念的交织、竞争、博弈、对话，现代性以多种形式烙印在现代知识分子的意识之中，形成了他们既相似又分歧的精神风貌。

第三章　革命的文学症候

一

概念史的考证表明，汉语的"革命"一词通常隐含了改朝换代、天道轮回的观念。20世纪之初，"革命"一词开始密集出现于报纸杂志。越来越多的迹象表明，温和改良的设想正在遭受抛弃，人们倾心的是彻底摧毁传统秩序，重塑一个崭新的社会空间。[1]这种气氛必然波及文学领域。五四新文学运动发轫之初，胡适的《文学改良刍议》尚且保存了商议的口气，但是，陈独秀的回应已经坦然地形容为"革命"——他在《新青年》发表的雄文即是《文学革命论》。日后回忆这一场文学运动的缘起，胡适沿袭了陈独秀的表述称为"文学革命的开始"，并且以"逼上梁山"为标题。

然而，"革命"与"文学"大规模的理论联盟发生于20世纪20年代末期，二者的互动形成了著名的"革命文学"论争。这是

---

[1] 参见《革命观念在中国的起源和演变》，见《观念史研究：中国现代重要政治术语的形成》，金观涛、刘青峰著，法律出版社2009年版；王奇生：《革命与反革命：社会文化视野下的民国政治》第三章"'革命'与'反革命'：三大政党的党际互动"，社会科学文献出版社2010年版。

中国现代文学史的一个重大事件,不同阵营的众多作家纷纷卷入。两年左右的时间,刊物上发表的论争文章超过一百五十篇:或者慷慨激昂,或者引经据典,真知灼见与意气之争同在,理论思辨与揶揄讥消共存。创造社的诸位勇猛地向鲁迅、茅盾掷出了挑战的白手套,鲁迅、茅盾的还击辛辣而犀利。尽管论争的内容头绪多端,脉络纷乱,人们仍然可以围绕"革命"与"文学"清理出若干清晰的理论支点。

第一,"阶级"被引入"革命"与"文学"的关系。郭沫若的《革命与文学》断言:"每个时代的革命一定是每个时代的被压迫阶级对于压迫阶级的彻底反抗。"赞成反抗或者否定反抗构成的文学性质截然相反:"文学的这个公名中包含着两个范畴:一个是革命的文学,一个是反革命的文学。"[1]

第二,革命文学的阶级内容:"革命文学是以被压迫的群众做出发点的文学!"——蒋光慈如此认为。[2]分析了这个历史阶段的文学特征之后,李初梨进一步阐述了这个命题:"革命文学,……它应当而且必然地是无产阶级文学。"[3]

第三,围绕于革命文学周围的作家拥有哪一种阶级身份?成仿吾坦然地承认,他们从属于"小资产阶级"。这是一个即将遭受"扬弃"的阶级。"我们远落在时代的后面。……发挥小资产阶级的恶劣的根性。"因此,作家自我改造的途径是:"克服自己的小资产阶级的根性,把你的背对向那将被奥伏赫变(扬弃)的阶级,

---

[1] 郭沫若:《革命与文学》,《创造月刊》1926年5月16日第1卷第3期。
[2] 蒋光慈:《关于革命文学》,《太阳月刊》1928年2月1日2月号。
[3] 李初梨:《怎样地建设革命文学》,《文化批判》1928年2月15日第2号。

开步走,向那龌龊的农工大众!"[1]成仿吾的判断似乎没有引起多少异议。不仅郭沫若等作家自称小资产阶级,他们所反对的鲁迅、茅盾亦是如此持论。[2]评价小资产阶级历史方位的时候,创造社的作家复述了革命领袖对于小资产阶级两重性的分析。例如,钱杏邨曾经指出:"这一个阶级里的人物,是可以革命可以不革命的,因为他们的生活介乎被压迫与不被压迫之间。"[3]总之,他们要么加入劳动阶级的阵营,要么投靠大资产阶级,只不过这些作家当时还没有对"小资产阶级"这个称号感到强烈的自卑。

第四,既然如此,一个后续的问题即是,这些摇摆不定的小资产阶级作家如何承担倡导革命文学——亦即无产阶级文学——的使命?换言之,他们如何弥补无产阶级的缺席?许多人看来,理念感召的知识分子无法与饥寒交迫的无产阶级等量齐观。这时,李初梨发表了一个引人瞩目的观点:"无产阶级文学的作家,不一定要出自无产阶级,而无产阶级的出身者,不一定会产生出无产阶级文学。"[4]反击种种怀疑的时候,李初梨援引列宁的论述证明知识分子如何充当革命先锋:无产阶级的社会主义意识并非自发地显现,而是由知识分子从外部注入。所以,"中国现阶段底普罗列塔利亚文学,本来是中国普罗列塔利亚特在意识战野这方面底一枝分队,所以严密地说来,它应该是无产阶级前锋底一种意识的行动,而且能够担任这种任务的,在现阶段,只有是革命的智识阶级。所以对于普罗列塔利亚文学底作家的批评,只能以他的意识为问

---

[1] 成仿吾:《从文学革命到革命文学》,《创造月刊》1928年2月1日第1卷第9期。
[2] 参见麦克昂(郭沫若)的《留声机器的回音》《桌子的跳舞》,鲁迅的《"硬译"与"文学的阶级性"》《对于左翼作家联盟的意见》,茅盾的《从牯岭到东京》《读〈倪焕之〉》,等等。
[3] 钱杏邨:《批评的建设》,《太阳月刊》1928年5月1日5月号。
[4] 李初梨:《怎样地建设革命文学》,《文化批判》1928年2月15日第2号。

题，不能以他的出身阶级为标准"[1]。然而，许多人有意无意地认为，观念的转换并非阶级血统的真正转换。小资产阶级投身革命的坚定性之所以令人怀疑，观念与阶级血统之间的差距是一个重要原因。实际上，这种怀疑从来没有消失。

第五，可以将这个追问视为上述怀疑的组成部分：小资产阶级知识分子的革命启蒙及其动力从何而来？如果说，持续的贫困是无产阶级揭竿而起的首要理由，那么，衣食无虞的小资产阶级知识分子为什么愿意承担牢狱之灾，甚至出生入死？李初梨认为，"中国一般无产大众的激增，与乎中间阶级的贫困化，遂驯致智识阶级的自然生长的革命要求"[2]。然而，许多事实证明，大批知识分子远在经济威胁真正降临之前已经投身革命。他们并非陷入生活的绝境而被迫应战。知识分子的新型思想如何发生，以至于他们可以克服警察和特务制造的恐怖，心甘情愿地将无数陌生人的解放视为自己一生的事业？"革命文学"的论争并未对这个追问表示更大的兴趣。

二

"革命文学"的论争相当一部分内容是争夺革命斗士的称号。小资产阶级知识分子皈依革命仿佛天经地义，他们无暇回忆自己的初始触动以及为什么接受激进的革命学说。相对于无产阶级的普罗大众，小资产阶级革命冲动的特殊原因遭到了遮蔽，包括他们的文化环境、革命的想象和期待以及实践方式。这个阶级的成

---

[1] 李初梨：《自然生长性与目的意识性》，《思想》月刊1928年9月15日第2期。
[2] 李初梨：《怎样地建设革命文学》，《文化批判》1928年2月15日第2号。

员如何挑选自己的历史角色？我试图从文学——亦即从虚构、想象乃至无意识之中——发现历史解读的线索。鉴于有一个世纪左右的时间跨度，我挑选了几个时间节点的若干小说。

茅盾的《蚀》三部曲——《幻灭》《动摇》《追求》——于"革命文学"论争的前夕在《小说月报》连载。如同标题所示，三部曲展现了一批小资产阶级知识分子如何沉浮于革命大潮。《幻灭》之中静女士从寂静乃至麻木的乡村来到喧嚣的上海，身不由己地卷入革命。然而，静女士的革命与其说来自深刻的阶级体验，毋宁说由于都市文化气氛的裹挟。她客居于上海的一个出租房，日常生活的内容无非是短暂的课程和几个青年友人的聚谈。她既厌烦上海灯红酒绿的纷乱，又无法忍受独居的孤寂。五四时期个性解放形成的一个观念是，自由恋爱乃是追求平等的一个组成部分。静女士及其周边的群体之中，恋爱与革命的确交织为一体，品尝禁果与叛逆的快感是二者的共有特征。无论是深宅大院之中的淑女、门当户对的传统婚姻还是碌碌无为的相夫教子；无论是大都市珠光宝气的市侩做派还是不无病态的颓唐消沉，恋爱与革命是甩开所有枷锁的通用手段。反常规，动荡，居无定所，不再有长辈喋喋不休的唠叨，这一切无不吻合青春生命的躁动节奏。无视世俗礼仪的性角逐，炽热的情话和接吻，不无危险的集会、游行和纪念活动，收集种种新名词辩论国家形势与人生的意义，进入医院照料前线下来的伤员，只有这些不同凡响的行为才没有辜负时代赋予的奇特人生。

当然，静女士的恋爱与革命背后混杂了多种时髦的观念，例如自由、浪漫、青春活力、进步和现代，如此等等，所谓的阶级话语并未占有多大的分量。静女士的恋爱与革命并非严格执行无

第三章　革命的文学症候

产阶级的指令，更像抒放年轻躯体积存的炽烈激情。人们可以在相同的意义上解释静女士的"任性"：她可以因为心情烦闷、身体不适、恋爱受挫以及各种琐碎的个人原因而擅自放弃工作。静女士并未承诺献身于某一个阶级的组织机构，"个性"可以堂而皇之地解释她的摇摆；同时，她的去留与未来的生计无关——这些现象无不显示了小资产阶级知识分子革命经验的性质：敏感、愤怒、尖锐、脆弱，疾速地燃烧和冷却。

路翎的《财主底儿女们》完成于20世纪40年代——胡风形容这一部小说的出现是"中国新文学史上一个重大的事件"[1]。这部小说中涌动着某种勃然的力量，犹如革命赋予的不驯激情。腰缠万贯的"财主"蒋捷三显然是一个巨富，但是，他的子女是新型教育的产物——毋宁说他们以小资产阶级的身份参加革命。《财主底儿女们》中，蒋家的下一代并没有正面卷入无产阶级与资产阶级的殊死搏斗。小说展示的焦点更多的是，他们如何冲出家庭乃至家族的囚牢，纵情呼啸于广阔天地。当财产、亲人转化为沉重的精神枷锁之后，革命不得不从身边开始。这时，革命制造的内心创痛远远超过阶级对决之际的激愤。《财主底儿女们》仅仅显现了小资产阶级革命的前半段，路翎并没有将蒋家的下一代真正送入无产阶级的队列。这仿佛再度表明，他们的革命远在清晰的阶级认识之前已经发生。

20世纪50年代，杨沫的《青春之歌》终于续上了小资产阶级革命的后半段。一身素白的林道静逃离后母设计的可鄙圈套，拒绝了婚姻背后的交易。毅然与家庭决裂是林道静革命的开始。尽

---

[1] 胡风：《序》，见《路翎文集》第一卷《财主底儿女们（第一部）》，安徽文艺出版社1995年版，序第1页。

管她的生母是穷山沟里的一个砍柴姑娘,但是,很长的时间里,林道静并未从母女的血缘关系背后觉察自己的阶级血统。经历短暂的爱情之后,她迅速地发现她的"诗人兼骑士"是一个庸俗的小人。地下党卢嘉川的教育促使她再度冲出了狭小的家庭。这时,林道静的理想逐渐从"一个高尚的灵魂"汇入无产阶级的队伍。始于个人反抗,终于阶级觉悟,一个完整的革命轨迹宣告完成。

然而,20世纪90年代,小资产阶级革命的文学想象再度出现了某些意味深长的改变。家庭乃至家族又一次挤到了阶级的前面,例如陈忠实的《白鹿原》。《白鹿原》的聚焦是,传统的宗族文化——儒家意识形态的标本——与现代革命之间的冲突。换言之,这是祠堂与"主义"的较量。对于冲出白鹿原投身革命的年青一代来说,新型学堂的知识启蒙远比阶级话语重要。如何跨入历史?白、鹿两家后人的第一步是挣脱家族内部长辈的专制掌控,而不是挥戈指向敌对阶级。至少在加入革命的初期,他们的共同敌手是本阶级的族长白嘉轩。事实上,不同阶级之间的重大分歧——从政治主张、斗争目标到具体任务、运行机制——并未引起他们足够的重视。白、鹿两家后人之中的一对情侣竟然以掷钱币的方式决定加入共产党还是国民党。他们心目中,共产主义和三民主义的差异似乎无足轻重。尽管阶级的选择决定了每一个人的结局,然而,是文化知识——而不是某一个阶级生产资料的占有方式——为他们推开了革命的大门。

当然,革命的主题从未从王蒙的文学写作中销声匿迹。事实上,《恋爱的季节》《失态的季节》《踌躇的季节》《狂欢的季节》——王蒙发表于20世纪90年代的四部带有自传意味的长篇小说——又一次开始回忆革命。描述一代年轻革命者的时候,王蒙不仅将打破家庭的桎梏置于阶级反抗之前,而且,他的各种例证引入了一个开阔的历史视野。我发现,考察王蒙小说的众多主人公为什么投身革命是一个相当有趣的问题:

> 一系列版本相近的革命故事之中,人们没有发现那种不堪忍受的阶级压迫和苦大仇深导致的激烈反抗。钱文之所以倾心于"左"倾、革命和激进的共产主义,首要原因是他父母的吵架斗殴:"他恰恰是从他的父母的仇敌般的、野兽般的关系中得出旧社会的一切都必须彻底砸烂,只有把旧的一切变成废墟,新生活才能在这样碎成粉末的废墟中建立起来的结论的";洪嘉的继父朱振东是因为遇上了一个"豁唇子"的媳妇而跟上了八路军;朱可发——曾经是小镇子澡堂里的跑堂——的革命经历更为可笑:因为窥视日本鬼子男女同浴而被发现,他不得不出走投奔八路军;章婉婉由于学业成绩突出而引起了学校地下党负责人的关注;郑仿因为反感絮絮叨叨的耶稣教义而转向了共产主义思想;饱读诗书的犁原是在大学里的一位青年老师的带领之下奔赴延安的……总之,王蒙的笔下没有多少人亲历剥削阶级的压迫和欺凌——许多人的阶级觉悟毋宁说来自一批进步读物。尽管如此,"条条大路通革命"仍然是一句意味深长的形容。这时,革命的内容已不仅仅是一个阶级推翻另一个阶级;更大的范围内,革命意味的是投身另一种全新的生活。无论每一个人的具体遭遇是什么,只要他企图冲出陈旧的生活牢笼,革命就是不可避免的选择。[1]

---

[1] 南帆:《后革命的转移》,北京大学出版社2005年版,第43—44页。

如果说，无产阶级的革命是一种必然——无产阶级革命赢得的是生存的空间，那么，小资产阶级革命赢得的是文化空间。至少在当时，革命、进步文化和青春、激情互为解读，互为震荡。中间地带的小资产阶级不由自主地转向"左"倾，转向无产阶级阵营，这种动向表明革命正在成为历史的大趋势。

三

根据德里克的考察，20世纪20年代初期，许多中国知识分子接受了马克思主义的唯物史观；但是，历史之中的阶级关系并未获得足够的重视。[1]或许可以补充说，即使开始娴熟地运用"阶级"这个概念，知识分子意识之中的个人不公待遇仍然远远超过了阶级的压迫。他们可能因为某些见闻、经历热泪盈眶或者拍案而起，但是，种种爱与恨并没有及时地转换为阶级的故事。换句话说，这些知识分子的"革命"接受的是启蒙话语的潜在支配，而不是遵循阶级话语。尽管他们时常激昂地谈论国家、阶级、劳苦大众，但是，他们真正关注的是个人的自由解放。启蒙话语与阶级话语之间的差距延续至今。蔡翔认为，没有理由混淆"革命"与"现代"。尽管"革命中国"拥有世界性的背景，但是，"这一国际或世界的根本性质是无产阶级的，这就决定了'革命中国'和'现代中国'的价值取向上的不同差异，包括它拒绝进入资本主义的世界体系。这一差异主要表现在它从'民族国家'力图走向'阶级国家'；下层人民的当家做主，从而创造出一种新的尊严政治；对科层制的

---

[1] 参见［美］德里克:《革命与历史：中国马克思主义历史学的起源,1919—1937》第二章"背景"，翁贺凯译，江苏人民出版社2008年版。

挑战和反抗；一种建立在相对平等基础上的新的社会分配原则，等等。这一切，又都显示出它的'反现代'性质"[1]。很大程度上，启蒙话语倾向于诉诸自由、平等、博爱或者人道主义观念，从而想象一个公正的现代社会；阶级话语强调以阶级搏斗为表征，以无产阶级的彻底解放和无产阶级专政为目标。显然，知识分子投入革命所遭遇的尴尬不得不追溯到这种差距。

五四新文化运动时期，知识分子常常不知不觉地以启蒙者自居。他们共同认为，开启民智乃是当务之急。鲁迅对于民众的愚昧和麻木痛心疾首，国民性的改造——尽管"国民性"这个概念存在争议[2]——是他孜孜以求的目标。鲁迅在《呐喊》的自序中回忆起刻骨铭心的"幻灯片事件"，并且接受了一个友人的观点：文学的启蒙或许有望惊醒铁屋子里昏睡的人们。尽管鲁迅以笔为旗不竭地呐喊，他的内心时常产生深刻的自我怀疑。鲁迅在《狂人日记》之中满怀疑惑地问道："没有吃过人的孩子，或者还有？"他不惮承认，自己或许曾经充当了"吃人"队伍中的一员。他的《一件小事》质疑的是知识分子的道德和人格：那些自私猥琐的知识分子有资格傲慢地充当民众的启蒙者吗？

然而，当阶级话语兴起以及盛行之后，诸如此类的怀疑无不纳入阶级谱系给予解读。无产阶级的大公无私、资产阶级的唯利是图以及小资产阶级的自私狭隘成为阶级解读的常用代码。由于小资产阶级的身份，知识分子不可能担任革命的领路人，相反，

---

[1] 蔡翔：《革命/叙述：中国社会主义文学—文化想象(1949—1966)》，北京大学出版社 2010 年版，第 5—6 页。
[2] 参见[美]刘禾：《语际书写——现代思想史写作批判纲要》第三章"国民性理论质疑"，上海三联书店 1999 年版。

他们必须将无产阶级视为楷模，甚至亦步亦趋。20世纪20年代的"革命文学"论争之中，郭沫若的《英雄树》使用了一个比喻：留声机——知识分子要尽快收起自己的"破喇叭"，认真地复述无产阶级革命者的声音。[1]《留声机器的回音》中，他又进一步阐述了这个观点：

> 我们现在处的是阶级单纯化，尖锐化了的时候，不是此就是彼，左右的中间没有中道存在。
>
> 中国现在的文艺青年呢？老实说，没有一个是出身于无产阶级的。文艺青年们的意识都是资产阶级的意识。这种意识是甚么？就是唯心的偏重主观的个人主义。
>
> 不把这种意识形态克服了，中国的文艺青年们是走不到革命文艺这条路上来的。
>
> ……
>
> 他先要接近工农群众去获得无产阶级的精神；
>
> 他要克服自己旧有的资产阶级的意识形态；
>
> 他要把新得的意识形态在实际上表示出来，并且再生产地增长巩固这新得的意识形态。[2]

20世纪40年代，毛泽东的《在延安文艺座谈会上的讲话》显示了革命领袖对于这个问题的政治关切：知识分子必须摆脱"灵魂深处"的小资产阶级王国，"一定要把立足点移过来，一定要在深入工农兵群众、深入实际斗争的过程中，在学习马克思主义和

---

[1] 麦克昂（郭沫若）:《英雄树》,《创造月刊》1928年1月1日第1卷第8期。

[2] 麦克昂（郭沫若）:《留声机器的回音》,《文化批判》1928年3月15日第3号。

第三章 革命的文学症候

学习社会的过程中，逐渐地移过来，移到工农兵这方面来，移到无产阶级这方面来"[1]。当然，这并非易事。严格地说，"立足点"转移的内在意义远远超出了收集和熟悉文学材料，促成若干文学杰作的问世。革命领袖对于知识分子的期待是，放弃小资产阶级文化，续接无产阶级的血统，从而成为革命队伍的组成部分。这时，人们可以觉察一个意味深长的历史颠倒：国民性改造已经变成了改造知识分子。文学不再赋予知识分子启蒙者的角色；相反，新型的文学主题是知识分子如何置身于工农大众脱胎换骨，赢得新生。丁玲的《太阳照在桑干河上》或者周立波的《暴风骤雨》均出现了遭受大众鄙夷的知识分子形象。许多小说或者戏剧中，那些脸上挂了一副眼镜的迂夫子时常因为不谙世事而闹出各种笑话；更为严重的时候，知识的增长成为他们蔑视大众的理由，甚至摇身一变充当卑劣的叛徒。如此集中的文学想象表明，很长的时间里，小资产阶级知识分子的改造并未达标。无产阶级阵营的栅门始终没有向他们完全敞开。文学想象之外的历史事实是：20世纪50年代下半叶开始，知识分子开始屡屡受挫。他们的小资产阶级身份始终是无法饶恕的罪过。王蒙、张贤亮、李国文、从维熙等一大批作家纷纷在反右运动之中陨落。20世纪60年代的"文化大革命"开始之后，众多知识分子迅速地被设置为革命的对立面；"工宣队"作为无产阶级的代表进驻学校，接管教学机构，并且主持"教育革命"。总之，尽管小资产阶级知识分子对于革命的口号充满敬畏，但是，他们只能游离于革命主力的圈子之外，可望而不可即。

为什么小资产阶级知识分子的革命意愿迟迟不能赢得充分的

---

[1] 毛泽东：《在延安文艺座谈会上的讲话》，见《毛泽东选集》第三卷，人民出版社1991年版，第857页。

摇摆的叛逆

信任？多数时候，理性分析是知识分子群体的首要特征。革命不仅涉及国家、民族、时代的理解和解释，而且决定每一个人如何自处——政治上的"左"倾或者右倾，行动上的叛逆或者安分。革命带来的是彻底的颠覆，他们不会轻佻地将如此高危的行为视为儿戏。因此，为什么革命以及如何革命，这些举足轻重的问题必然包含慎重的权衡而不仅仅因为一时激愤，只不过这些权衡依据的是个人境遇而不是阶级话语。或许，恰恰由于模糊的阶级身份无法提供天然的革命动力，20世纪二三十年代的知识分子曾经展开多向的思想探索，从事各种革命实践——他们首先必须获得说服自己的理由。《财主底儿女们》中，蒋少祖和蒋纯祖曾经拜谒陈独秀、汪精卫，追求不同的思想线索；同时，他们在写作、办报、教书、演出、看护伤员乃至心血来潮式的恋爱之中热烈地燃烧自己，竭力把自己塑造为一个挣开了传统枷锁的新型青年。当然，他们时常遭受自我怀疑的纠缠，怀疑自己的激进程度和不竭的革命动力，并且在忏悔中变本加厉地修复坚决的姿态。显而易见，这种自我怀疑来自知识分子的"原罪感"——人们可以在俄罗斯文学之中发现相似的苦恼，例如法捷耶夫的《毁灭》，阿·托尔斯泰的《苦难历程》，或者帕斯捷尔纳克的《日瓦戈医生》。尽管多向的思想探索和各种革命实践可以解读为知识分子力图为自己的行为负责，但是，他们仍然无法塑造一个坚定的革命者形象。小资产阶级的烙印表明，他们只能扮演革命外围的一些患得患失的动摇分子。对于一大批20世纪的中国知识分子来说，这个事实几乎是无法痊愈的精神创伤。

20世纪80年代之后，王蒙、张贤亮、李国文、从维熙等作家的小说显明，知识分子的精神创伤如此严重，以致他们基本丧失了思想探索的活力和知识资源。"阶级"逐渐成为证明一切的范畴，缺乏无产阶级的身份无啻一个致命的政治缺陷。"小资产阶级"亦即"准资产阶级"乃至"资产阶级"，这个概念的陡坡下面是一个可怕的政治深渊。巨大的恐惧之中，这些知识分子的故事仅仅剩下委屈的申辩和维持活下去的勇气。从改造的对象贬为革命的对象，他们再也没有资格考虑为什么革命以及如何革命了。

四

不论雷蒙·阿隆可否归入保守的右派阵营，他的《知识分子的鸦片》对于革命肯定持贬抑的态度。有趣的是，阿隆否定知识分子卷入革命的一个理由是，他们只能看到革命的"诗意"或者"审美"。在他看来，某些赞赏革命的知识分子缺乏理性而仅仅迷醉于意气风发的浮华表象："改革使人厌倦，而革命却令人激动。前者庸常乏味，后者却诗意盎然"；他们渴望革命"摧毁了一个平庸的或可憎的世界"，"更重审美而不是理性的思想"，总之，这些知识分子对待复杂的政治制度如同对待浪漫的艺术："艺术家揭露庸俗的人，而马克思主义者则揭露资产阶级。他们可能自以为会在反对共同敌人的共同战斗中团结一致。艺术上的先锋派与政治上的先锋派有时会梦想为了共同的解放而进行共同的冒险。"[1]

必须承认，阿隆的形容并非完全虚构。激进，狂热，冒险与盲动，任性与一意孤行，华而不实与草率的无政府主义，这些表征往往被视为小资产阶级知识分子的通病。然而，在我看来，与

---

[1] [法] 雷蒙·阿隆：《知识分子的鸦片》，吕一民、顾杭译，译林出版社 2005 年版，第 42、48、221、43 页。

摇摆的叛逆

其在阶级性质的意义上追溯这些表征与小资产阶级的联系，不如考察启蒙话语如何造就知识分子如此特殊的文化性格。

　　古典社会终结之际，启蒙话语催生的年青一代具有一种强烈的情结：拒绝平庸的人生。对于他们来说，人生的意义是一个绕不开的问题。年青一代必须冲出冰冷的深宅大院或者温情脉脉的小家庭闯进动荡的社会，否则，庸碌无为的一生是可耻的。毫无激情的苟延残喘乏味无比，灼亮地燃烧过的生命三十岁就够了。的确，他们迷恋诗，迷恋壮怀激烈，迷恋浪漫的风姿，迷恋理想祭坛上的牺牲。这时，革命风暴如期而至，一个异乎寻常的时代正在向他们提供实现种种壮举的机会。

　　这种解释没有涉及生产资料的占有、阶级地位和复杂的社会关系，而是从启蒙话语转向了精神分析学。政治权力与经济利益的博弈之外，革命同时是一个巨大的心理事实。一方面，革命的心理解读可能觉察丰富的内涵，例如怨恨、动员、舆论、催眠、群体与力比多、领袖的超凡魅力、狂热的模仿、集体暴力、个人力量魔术般地放大、创世的感觉，如此等等；另一方面，革命之后的厌倦感可能突如其来地降临，革命所驱除的传统观念又会悄悄地返回，例如宗教和古老的伦理观念。王安忆的《启蒙时代》——出版于21世纪之初——的一个片段描述了革命如何制造年青一代的心理升华。这个片段是一场父子交谈，他们严肃地交换对于革命的看法。父亲承认自己是一个小资产阶级知识分子，经常左右摇摆，进退失度；但是，提到"人民"给予知识分子的启迪时，他的表述迥异于传统观念：

　　　　这是个好问题！父亲说：我想，这是一个时代的际会，你知道,"人民"这个概念。你当然知道,这于你们是天经地义的概念,与生俱来,而在世纪初,简直是振聋发聩!那些烂了眼窝的瞎老婆婆、给牛踢断脚杆的老倌、饥荒年里裸着背上的大疮口要饭的乞丐、鸦片烟馆里骷髅似的瘾君子,那些像蛆虫一样活着的、称不上是人的人,忽然变得庄严起来,因为有了命名——人民,也可以说是民众。于是,我们的抑郁病——这是世纪初青年的通病,一种青春期疾病吧,我们的抑郁病就扩大成为哀悯,对人民的哀悯——抑郁病升华了。……父亲笑了笑,接着说:这也许可以说是一种幸运,亚热带湿润季风气候的幸运,它提供给青春期抑郁病更多的资料,来自于更广大的人世间,这有效地挽救了虚无主义;革命是虚无主义的良药,因为以人民的名义,"人民"将我们这些小知识分子的抑郁病提升到了人道主义;现在,人民也要来拯救你了。……当人民强壮起来,我们的哀悯没了对象,抑郁就又还原到病态的症状。[1]

如同抑郁或者哀悯打破了波澜不惊的凡俗日子,诗意或者审美是摆脱庸常人生的强大情绪。当诗意或者审美成为行动的指南时,小资产阶级知识分子仅仅注视革命显现的奇异景观,注视那些明亮瑰丽的乌托邦。他们对于革命实践之中众多烦琐的细节不屑一顾——只有前者才能吻合他们向往的奔放人生。所以,小资产阶级知识分子的狂热、冒险往往带有某种表演的成分;如果可以在舞台上展示一个惊世骇俗的精神姿态,慷慨赴死并不是多么困难的事情。作为启蒙话语的信徒,他们并没有真正意识到无产

---

[1] 王安忆:《启蒙时代》,人民文学出版社 2007 年版,第 307—308 页。

摇摆的叛逆

阶级的使命，从事一场漫长的革命：推翻一切剥削阶级，捣毁维护剥削阶级的国家机器，夺取并且巩固无产阶级自己的政权。如果说，无产阶级使命的实现既包含了气势如虹的汹涌浪潮，也包含了组织严密的无声行动，既有宏伟壮观的大战役，也有不计其数的具体事务，那么，小资产阶级知识分子往往倾心于令人瞩目的潮头而不是一块默默无闻的基石；换言之，他们热衷的是自己耀眼而崇高的人生，而不是革命工程内部的某个平凡无奇的基础项目。

因此，对于茅盾的《蚀》三部曲或者路翎的《财主底儿女们》，革命的主人公似乎有些焦点模糊。《蚀》三部曲的静女士、方罗兰、孙舞阳、王仲昭、曹志方、章秋柳或者《财主底儿女们》的蒋少祖、蒋纯祖不乏激情、勇敢和犀利的见识，但是，他们的性格是借助自由乃至放纵的私人生活给予证明，而不是严峻的阶级搏斗。这个意义上，《青春之歌》中林道静成长史的描述迈出了重要的一步。相对于茅盾和路翎塑造的那些启蒙话语的实践者，林道静拥有一个阶级战士的形象。虽然她卷入革命的路径与许多小资产阶级知识分子如出一辙，然而，她幸运地跨入无产阶级的门槛接受特殊的政治淬火。"阶级战士"这个称号表明，林道静不再迷恋启蒙话语包含的那些庄严的大概念，或者沉溺于个人英雄主义式的无谓冒险，无产阶级的使命成为她的远大目标。

《青春之歌》赢得的广泛赞誉表明，林道静的轨迹是文学为改造小资产阶级知识分子设计的标准路线。尽管如此，启蒙话语始终对于文学存在隐秘的诱惑。人们不时在文学之中嗅到某种奇特的气息，那些带有"小资产阶级"标记的人物出场之后通常不会被认错。茹志鹃的《百合花》在战地通信员的枪筒里插上一枝野菊花，作家的轻巧点缀流露出几丝不俗的"诗意"情调；王蒙的《组织部新来的青年人》（后更名为《组织部来了个年轻人》）允许林震喜爱《拖拉机站站长和总农艺师》这种小说，并且提到了夜色里槐花的香气；邓友梅的《在悬崖上》中，一个过分活跃的年轻女性竟然向有妇之夫显示出性的魅惑；宗璞的《红豆》表明，女革命家的内心并没有真正遗忘当年浮动于钢琴声中的那一段错误的恋爱……当然，相当长的时间里，文学只能战战兢兢地接纳小资产阶级人物的到访。每当这种奇特的气息悄然开始浮动，批评家恼怒的讨伐总是接踵而来，他们的职责是运用钢铁一般的词句阻止种种不良的文化物种混入文学领地。在阶级搏斗的大是大非面前，风花雪月不啻一种可耻的存在。如果说，粗犷或者豪爽更像劳动的副产品，那么，风花雪月已经与享乐乃至好逸恶劳一墙之隔。

20世纪80年代，"小资产阶级情调"的解禁必须追溯到一个重要的历史事实：知识分子的名誉开始恢复。这时，诗、音乐、绘画构成的文化气氛普遍流转于客厅、走廊、办公室和各种公共领域，工农大众的粗豪渐渐丧失了审美领导权。对于文学来说，若干风格独异的女作家扮演了解禁的先锋，例如舒婷、张辛欣、刘索拉；90年代之后，林白或者陈染似乎更为"放肆"——她们的作品不约地推出了一个孤独的女人：纤弱，敏感，神经质，拥有奇特的性观念或者不凡的恋爱经验，丝毫不在乎周围世俗分子的窃窃私语。这时，所谓的"诗意"或者"审美"的个人姿态不再成为忌讳，女性的温情、细腻、尖利以及出格的性爱方式形成了令人震惊的冲击。

如果说，启蒙话语推崇的个性解放可以普遍地解释这些女作家的醒目风格，那么，小资产阶级与革命的联系远为复杂。远在作为一员先锋作家的时候，格非就开始谋求革命历史与"小资产

摇摆的叛逆

阶级情调"的文学交织，例如《迷舟》。破碎的经验、不可知的神秘、命运之网、异常的性爱，诸如此类的元素散落在革命的历史之中，甚至隐蔽地改变了革命叙述一往无前的气势与节奏。尽管如此，格非的"江南三部曲"二十多年之后才开始大规模地处理这个主题：小资产阶级革命的激进与脆弱。《人面桃花》中的革命如同书生意气、畸恋与乡村版乌托邦的混合；《山河入梦》的谭功达迟迟无法投入轰轰烈烈的城市兴建，他梦游一般地徘徊于粗俗的婚姻与一段若即若离的爱情之间，直至身陷囹圄；《春尽江南》如同小资产阶级知识分子的后现代遭遇——他们在一个实利主义时代节节败退，继而颓唐地游荡在社会的边缘。回想一个世纪左右的历史，这是一个越来越清晰的事实：小资产阶级既没有完成所谓的启蒙话语，也没有成为合格的无产阶级战士。他们的大部分时间蹉跎于二者之间，左顾右盼，不知所措。

这时，人们已经没有理由回避另一个后续的问题：既然小资产阶级仅仅是革命边缘的同路人，为什么文学始终割舍不下？文学时常冒险越过批评家设置的防线接触可憎的小资产阶级趣味，这如同一种意味深长的文化症候。如何从这种文化症候背后解读理性压抑的无意识？在我看来，文学似乎一直断断续续地试图叙述一个隐晦的故事：那些天真幼稚的小资产阶级启蒙话语背后，是否存在阶级话语遗漏的某些重要内容？

五

革命多半是历史上震撼人心同时又线索分歧的巨大事件，各种视角的评论往往经久不息。某些来自事件外部的观点倾向于宏观的整体性描述，继而形成"告别革命"或者"反现代的现代性"这种大型命题；相对地，文学的视野更为适合革命内部的种种复杂经验，显现某些理论描述未曾企及的盲点。

气势磅礴的革命如何叙述渺小的"个人"？这是一个令人为难的理论纠葛。阶级是一个理所当然的共同体，阶级性无可非议地决定了个人性格。革命阵营内部，无视无产阶级共同体的个人性格时常被形容为危险的"个人主义"。脱离阶级队伍的"个人主义"意味落后、散漫或者模糊认识。人们往往从两个向度清算"个人主义"的原罪：首先，原子式的个人只能组成一盘散沙，民族与国家的积贫积弱很大程度缘于这种状态；其次，"个人主义"与私有财产密不可分——相当长的时间里，私有财产与无产阶级的追求南辕北辙。因此，无论是人物的脾性、言语措辞、服装款式还是独特的写作探索、"小众化"的精英趣味，"个人"代码所能涉及的现象无不可能面临革命的严厉谴责。王蒙的《恋爱的季节》中，当年机关里的年轻人甚至集体如厕，并排蹲在粪坑上商议工作和漫谈周围的人事。他们自觉地放弃任何私人空间，每一个人都生怕被排除在集体之外。他们甚至觉得，恋爱与婚姻制造的小家庭也会成为一个令人担忧的区域。

小资产阶级文学的一个不良标志即是"个人"。那些知识分子热衷向文学索取一个多愁善感的"内心"：忧郁、愁怨、伤春悲秋，犹豫不决、心胸狭隘、睚眦必报，或者自以为是地炫耀大众无法觉察的"诗意"。当然，这种审美式的个人主义时常遭到革命的鄙视。革命承诺的是阶级或者社会的普遍解放，呼啸而过的大众无暇停下脚步精耕细作，呵护那些面容苍白的落伍者。无产阶级革命相当程度地接受了这种观念：过多的"内心"犹如过多的私有财

摇摆的叛逆

产——这种心理财产可能成为资产阶级意识形态的藏身之地。资产阶级的私人财产来自商业、市场的经济体制，一个多愁善感的"内心"来自优渥的家境和良好的文化教育。如果强烈的革命光芒无法照亮这个死角，资产阶级意识形态即将乘虚而入，迅速地发酵。批评家之所以持续地打击所谓的"内心"、"孤独"、怪异的文学风格以及独树一帜的表述形式，真正的目的是杜绝个人主义的泛滥。

阶级话语成为不可冒犯的纲领——阶级成为不可抗拒的超级概念之后，个人丧失了所有的意义。阶级开始表达自己的意志时，个人不再充当思想的单位，不再拥有独立的人格以及独特的感受、情绪和欲望，也不再保留申辩的权利。个人的肉体之躯甚至成为一种可耻的存在。这时，一个举足轻重的问题不可避免地浮现出来：谁有资格代表阶级？他将以何种形式保证，阶级意志的名义以及巨大的否决权不会被错误地滥用？如何防范操纵阶级的声望满足卑鄙的一己之私？如果阶级话语对于任何个人权利不屑一顾，那么，另一种不平等很快会尾随而至。然而，相当长的时间里，这些观点遭到了理论的屏蔽。启蒙话语只能借助文学曲折地表露某种隐蔽的诉求：阶级的解放终将惠及个人的解放；那些伤春悲秋的"诗意"乃至低沉的忧郁和愁怨同样在解放的图景之中占有一席之地。

相对于屡禁不绝的"个人"，文学的另一个动向隐含了更为复杂的悖论：革命手段之中的道德问题。张炜的《家族》出示了一个似曾相识的故事：革命理想的感召之下，曲府和宁府两个家族的年青一代抛弃了祖先的财产而投身革命。从道义的声援、财物的接济到置身革命队伍，他们真诚地付出了一切。可是，周围的革命同人仍然报以怀疑的眼光。失信，欺瞒，秘密地拘禁他们的亲人作为诱捕的诱饵，逼迫他们签署文件处决抚养自己的长辈，他们不得不接受种种残酷的"考验"——许多时候，"考验"的另一个目的是封堵小资产阶级退出革命的后路。即使如此，他们并未在革命胜利之后赢得应有的荣誉。如影随形的怀疑依然如故，故事只能止步于感叹和唏嘘之中。不言而喻，形形色色的革命者曾经运用不同的策略和战术达到自己的目的。然而，许多革命者毫无忌讳地动用各种不可告人的权术对付并肩的战友，这时常成为一个难以启齿的暗伤。现今，文学对于道德问题的检索潜藏了某种精神质量的期待——启蒙话语的另一个主题。

当然，人们没有理由忽略漫长的革命必须承受的巨大压力。如果这种革命以夺取政权、推翻统治阶级为目标，革命者不得不对抗强大的国家机器。革命队伍的分化瓦解迫使革命者必须以百倍的警惕提防隐蔽的敌人。构思一个没有血污、暴力和种种谋略的革命，仅仅是小资产阶级一厢情愿的幻想。阶级对决的壮烈搏斗无法演绎为每一个步骤公平而透明的游戏。"兵不厌诈"，从经费筹措、人员考察到刺探情报、兵力部署，一个宏伟的历史目标允许容纳某些不宜公开的诡计。然而，那些始于启蒙话语的小资产阶级知识分子仍然不会忘记，平等与个人的道德完善曾经是他们革命的初始诉求。因此，这种疑虑不可能轻而易举地消失："如果革命实践的负面因素大幅度膨胀，革命的魅力会不会急剧缩减？如果革命的理想蓝图不断地延宕，如果残酷的操作手段逐渐形成司空见惯的日常，那么，持续的异化和颠倒终将危及革命的信念——人们根据什么相信，污浊的沼泽背后必定存在一片祥和的高地？"[1]

---

[1] 南帆:《文学、家族与革命》,《文学评论》2013年第1期。

革命内部的各种暗流多半会延续到赢得政权之后的第二天。种种不义之举由于曾经奏效而被引申为工作常规，革命的初衷、声誉以及后继的成效必将遭到严重的损伤。事实上，革命的合法性迟早必须由革命阶级的道德质量予以证明。手段至上的机会主义不可能走多远。如果革命队伍寄生了众多言不由衷的伪君子，他们无所忌惮地将公正、节操、襟怀坦白视为幼稚的书生意气，娴熟地利用谎言、投机和挟私报复争取名利，甚至构造新型的等级制度，这时，人们必然会重新想起启蒙话语设计的社会图景。

也许，现在是重提社会成员精神质量的时候。之所以使用"社会成员精神质量"的短语而不是简明地称为"人的精神质量"，力图避免的是"普遍人性"的理论陷阱。"社会成员"的称谓业已内在地包含了时间、空间和社会文化条件。社会成员的精神状态曾经是五四时期的重要话题，然而，迅速成熟的阶级话语很快接管了这个话题的论证方式——哪一个阶级社会成员的精神质量？

无产阶级革命的未来预期不仅是造就一个没有剥削和压迫的崭新社会，同时还致力造就一代新型的社会成员。如果没有新型的社会成员助阵，传统的痼疾很快会复萌。当然，这种预期包含的一个设想是，革命必定是教育大众的不可多得的形式。一些人觉得，所谓的"救亡压倒启蒙"显然是一种偏见，革命不就是最好的启蒙吗？远大的革命理想，苦其心志，劳其筋骨，这些因素无一不是社会成员磨砺精神的特殊条件。社会成员的精神质量必将在革命之中成熟。

现今看来，这个设想仅仅获得有限的兑现。文学提供的例子是乡村和农民。农村包围城市的革命策略获得了举世闻名的成功，土地革命颠覆了历代因循的古老制度。然而，大半个世纪的时间里，农民的精神质量并没有预想之中的飞跃。不论理论表述曾经预定了多么伟岸的农民形象，文学仍然暴露了他们卑微的一面。不计其数的农民抛下土地涌入城市务工的时候，农民的身份并没有因为曾经作为革命主体而显露令人自豪的主人公姿态。作为"乡土文学"的一个著名的当代继承者，贾平凹的农民形象与鲁迅的农民形象不存在明显的精神距离。当乡村的"空心化"愈演愈烈的时候，贾平凹忧心忡忡的是，乡村还有多少合格的人才可以承担重建的职责？

可以从贾平凹的《带灯》中觉察这种忧虑。一个年轻漂亮的知识女性"带灯"进驻乡村，作为一个乡镇干部负责协调种种琐碎的乡村事务。20世纪以来，大规模进入乡村的知识分子——无论是动员农民的工作队、接受改造的阶级异己还是下乡插队的知识青年——无不表示，面容黝黑的农民不仅充当了他们由衷敬佩的政治导师，而且，农民的纯朴、淳厚同时是他们为人处世的文化楷模。然而，带灯不愿意故作谦逊地认同乡村的生活观念。她不仅流露出家长式的居高临下，而且从不掩饰小资产阶级知识分子的习性——闲暇的时候她喜好阅读，一个人逛到山坡上观赏天上的浮云、遍地的野花和村子里的炊烟。诗意与审美——人们再度遇到了熟悉的顽症。可以预料，带灯与乡村无法兼容。身心俱疲之后，她的精神分裂症几乎是一个无法避免的结局。批评家当然可以拐入屡见不鲜的解读方式：这个自以为是的小资产阶级知识分子一手策划了自己的悲剧；然而，贾平凹或许期待的是另一种相反的解读：农民与启蒙话语的彼此拒绝是否同时证明了乡村的某种匮乏？

不久之后，贾平凹的《老生》再度从另一个方位注视农民的精神状态。相对于《带灯》的抒情意味,《老生》的叙事风格远为沉重。《老生》不仅窥见了历史内部某些讳莫如深的线索,而且痛苦地发现了凶悍、残忍、自私和暴虐背后的文化基因。贾平凹栩栩如生地再现了革命的艰险、酷烈与泥沙俱下的一面。敌对的阵营具有远为不同的政治远景设想,但是,双方的斗争手段彼此相似。无产阶级远大的理想决定了革命的最终胜利,同时,双方相似的斗争手段隐蔽地沉淀下来,烙印在农民的精神状态以及乡村秩序的维护之中,构成了某些令人不安的隐患。因此,对于贾平凹来说,纯朴、淳厚仅仅部分地描述了农民的精神状态,人们没有理由对于农民的狭隘、自私、猥琐和无知视而不见。的确,阶级话语论证了革命的历史必然,但是,描述社会成员的精神质量,人们不得不重返启蒙话语。历史不仅显示出社会成员的精神质量正在成为一个不可忽视的主题,同时还显示出阶级话语的阐述存在盲区乃至缺陷。这时,启蒙话语又一次补充了思想的给养。

作为启蒙话语的受惠者,小资产阶级知识分子并非革命的主力。他们毋宁是革命洪流之中表现特殊的一批人。人们熟悉的阐述中,沉浮不定的经济地位造就了小资产阶级知识分子左右摇摆的两重性,文化结构的内在矛盾往往遭到了忽视。在我看来,阶级话语与启蒙话语的交汇、纠缠与冲突显然是必须追溯的另一个重要原因。尽管阶级话语始终作为一种效力惊人的魔咒为革命护航,然而,启蒙话语从未彻底退出——至少还有文学。小资产阶级知识分子顽强地将启蒙话语植入文学,这个意味深长的症候不能仅仅解释为没落意识形态的残留物。历史似乎从来没有停止另一种需求的表达,络绎不绝的文学迹象不断地提醒人们正视这一点。

第二部分　展开的基础

第四章　身体作为起点

一

身体始终是一个人最先接受与最后抛弃的物质材料。由于各种文化角逐的震荡，围绕身体形成的认识不断遭到颠覆。物质材料的稳定与认识观念的多变构成奇特的对照。特里·伊格尔顿在《后现代主义的幻象》中说过："后现代主义的主体，和它的笛卡尔（笛卡儿）前辈不同，它的身体是它的身份所固有的。"[1]这种表述隐含的历史事实是，西方文化对于身体的认识曾经发生巨大的转折。[2]柏拉图曾经轻蔑地将身体视为灵魂探索真理的累赘，笛卡儿的理性主义刻意区分了精神与肉体的本质差异，"我思故我在"表明只有前者才能代表"自我"。尼采无疑是反叛这个哲学传统的重要人物，他在《权力意志》中声称"以肉体为准绳"。反对笛卡儿精神与肉体二元论的时候，梅洛-庞蒂的"知觉现象学"多方论

---

[1]［英］特里·伊格尔顿：《后现代主义的幻象》，华明译，商务印书馆2000年版，第81页。

[2] 这个转折的概述可参见：《身体转向》，见汪民安著，《尼采与身体》，北京大学出版社2008年版。

证了身体是意识和感知的内在组成，须臾不可分离："在成为一个客观事实之前，灵魂和身体的结合应该是意识本身的一种可能性，问题在于了解有感觉能力的主体是什么，如果有感觉能力的主体能感知和自己的身体一样的一个身体的话。"20世纪之后，身体及其内部涌动的非理性主义欲望赢得越来越多的关注，这个主题周围出现了一大批著名思想家的名字，诸如巴塔耶、罗兰·巴特、福柯、德勒兹等，同时，"身体"的反抗意义愈来愈强烈，以至于伊格尔顿半是调侃地说："身体既是一种激进政治学说必不可少的深化，又是一种对它们的大规模替代。"[1]

中国古代思想家并未强调精神与肉体的剧烈冲突。许多时候，他们更为注重神形交融，身心兼修。"天人合一"的观念通常想象天地万物为大宇宙，人的意念、身体组成小宇宙，二者声息相通，内外互动。孟子、王充等一些思想家同时提出了"养气"，"浩然之气"或者"养气自守"既涉及精神，也涉及身体，这种观念隐含了"形—气—心"的三元结构。[2]当然，这些观念仍然预设了精神与身体的矛盾与离异。某些场合，精神的崇高目标恰恰以身体的毁灭为代价，譬如"舍生取义"。一方面，"心有余而力不足"，身体并非时刻听从精神的召唤，实现种种崇高的目标；另一方面，许多宗教戒律即是压抑身体的各种骚动，摆脱欲望的奴役——这恰恰证

---

[1] 以上各种观点可参见[古希腊]柏拉图：《斐多：柏拉图对话录之一》，杨绛译，辽宁人民出版社2000年版，第13—17页；[法]笛卡尔（笛卡儿）：《第一哲学沉思集》，庞景仁译，商务印书馆1986年版；[德]尼采：《权力意志》，张念东、凌素心译，中央编译出版社2000年版，第22页；[法]莫里斯·梅洛-庞蒂：《知觉现象学》，姜志辉译，商务印书馆2001年版，第134页；[英]特里·伊格尔顿：《后现代主义的幻象》，华明译，商务印书馆2000年版，第82页。

[2] 参见周与沉：《身体：思想与修行——以中国经典为中心的跨文化观照》，中国社会科学出版社2005年版，第一章、第二章。

明了身体的软弱、不驯与易于堕落的性质。

《荀子·性恶》指出:"人之性恶,其善者伪也。今人之性,生而有好利焉,顺是,故争夺生而辞让亡焉;生而有疾恶焉,顺是,故残贼生而忠信亡焉;生而有耳目之欲,有好声色焉,顺是,故淫乱生而礼义文理亡焉。然则从人之性,顺人之情,必出于争夺,合于犯分乱理而归于暴。故必将有师法之化,礼义之道,然后出于辞让,合于文理,而归于治。"[1] 荀子认为,礼法的意义是约束人性之"恶"——相当一部分"恶"植根于身体内部。尽管如此,约束性的礼法很快超出身体本能的否定而拓展出开阔的"文化"空间。正如人们所言,赤身裸体的后撤带来了服装乃至建筑的繁荣,直面交流的后撤带来了文本的繁荣;生活在河流纵横的水乡,"人建造了船而不是通过进化长出潜水的脚蹼"[2]——这种俏皮的对比形容隐含了一个意义深远的结论:压抑身体而转向"文化",这恰恰是人类从动物界脱颖而出的首要条件。如果将观察时段设定为五千年,各种动物显现的进化微乎其微,人类社会的进步天翻地覆。依赖身体或者依赖文化——截然不同的发展与传承路线产生了极为悬殊的后果。

当然,所谓的文化从未真正甩下身体而形成自己的独立逻辑。相反,身体时常潜伏于文化的中心地带,散发出的独特气息不知不觉地织入各种观念。维柯《新科学》表示,古代的许多词语保存了拟人化的隐喻,古人时常以身体以及身体的各种属性比拟考

---

[1]《荀子·性恶》,方勇、李波译注,中华书局2011年版,第375页。
[2] 参见[美]阿路奎·露珊娜·斯通:《现实的身体果真站得住脚吗?:有关虚拟文化的边缘故事》,徐晶译;[英]布莱恩·特纳:《身体问题:社会学理论的新近发展》,汪民安译;均见《后身体:文化、权力和生命政治学》,汪民安、陈永国编,吉林人民出版社2003年版,第469、11页。

察的对象。许多神话式的想象认为，身体的各个部位对应宇宙的不同事物，例如呼吸与风，骨骼与岩石，肉体与泥土，毛发与植物，等等。约翰·奥尼尔声称要追随维柯"文化基型"（matrix）概念，将"生物文本的历史"转换为"社会文本的历史"，利用身体意象阐述世界和历史。[1]中国古代批评家时常将身体与文体相互比拟："文之有体，即犹人之有体也。"[2]从属于身体范畴的"主脑""血脉（脉）""骨"以及"形""神""颈""气""肥""瘦""筋""腱"这些字眼都曾经频繁出现。某些时候，身体可能突然在文化之中露面，专横地表现出所谓的"智慧"所无法扭转的逻辑，譬如"血统论"。不论真实情况如何，"血统论"坚定地对身体的血缘关系表示无条件信任。这时，人们已经觉察一种文化矛盾：一方面，严厉地训诫身体，收缩身体，灵魂和精神试图抛下这一堆低级的物质自由飞翔，无论快乐还是痛苦，身体时常扮演灵魂和精神的对手，阻止人们仰望和实践宏伟目标；另一方面，灵魂和精神不得不寄存于身体，所有的观念必须以身体可能接收的语言表述。文本构造的鸿篇巨制无法抗拒身体的衰老，无法免除疾病耗费数额巨大的身体维修成本，而且，死亡的恐惧并不会因为哲人的睿智名言而消减多少。总之，身体与文化以相互冲突的形式紧密纠缠在一起，彼此塑造与彼此成就：

> 躯体的存在并不是与庞大的现实世界相对而望。躯体周

---

[1] 参见[加]约翰·奥尼尔：《身体五态——重塑关系形貌》，李康译，北京大学出版社2010年版，第30、7页。

[2] [明]沈承：《沈君烈小品·文体》，见《晚明二十家小品》，阿英编校，河北人民出版社1989年版，第405页。

围的人工宇宙日复一日地精密和完善，然而，这个人工宇宙的哪一处没有烙上人类躯体的尺度？在我的眼里，这个人工宇宙犹如人类躯体的不断放大和延长——它是人类躯体的回声。人类的体型和体温决定了服装式样，人类的身高和体重决定了建筑结构和家具款式，人类的步行速度决定了交通工具的性能，人类的视听感官决定了种种艺术门类的方向。恋人之间苦不堪言的分离也就是两个躯体的距离，两情长久并不能代替躯体的如胶似漆；仇人之间举枪相持的危险也就是躯体的危险，一发子弹仅仅想打碎头颅而不是击毙思想。谁能够预测，躯体内部的一个恶性肿块或者一根血管的栓塞又会改变多少重要的社会关系？如果人类消失了痛感，多少刑罚将会失效？如果人类某一根神经的变异导致了性爱模式的改换，这个社会又会有多少风俗和制度将被废弃呢？躯体甚至制定了人类想象力的边缘，谁能够构思出没有躯体的社会？无庸置疑，人类的躯体是人类文化的基石之一；甚至连死去的躯体也未曾丧失意义。死去的躯体虽然退出了往日的社会处境，但是，尸体却产生出种种额外的社会学价值。生命的遗迹，恐惧的对象，再生的梦想，哀思的寓托，医学的分析，案件的线索，尸体汇集了种种丰富的意义。对于躯体说来，"失踪"是一个古怪的表述。一副躯体无缘无故地消失在透明的空气之中——还有什么比这样的事情更为奇怪吗？[1]

精神与身体貌合神离，一个漠不相关的灵魂袖手站在一张脸背后，这种笛卡儿式的二元论想象已经遭到抛弃。但是，灵魂和

---

[1] 南帆:《躯体的牢笼》，见《叩访感觉》，东方出版中心2004年版，第171—172页。

第四章　身体作为起点

精神从未与身体完美重叠。二者的距离之大可能超过想象。自我、个人、欲望或者阶级、解放、历史这些概念将进入这个空间，形成种种交错的辩论和博弈。这些主题正在吸引诸多学科的考察。当然，文学不会莽撞地提供标准结论——文学热衷的是展开这种主题的丰富形式。

首先，身体形象如何出现在文学之中？

二

文学热衷于显现各种身体形象。从刘备、关羽、张飞、宋江、李逵、武松到贾宝玉、林黛玉、阿Q、孔乙己、梁生宝、三仙姑，这些人物不仅拥有一个名字，若干不可替代的性格特征，而且拥有独一无二的身体肖像。肖像描写是文学的重要修辞术之一，我曾经称为"躯体修辞学"。人们可以回忆起文学史上各种著名的人物肖像范例。几乎所有的人都知道刘备"两耳垂肩，双手过膝"，关羽"面如重枣""丹凤眼，卧蚕眉"，张飞"豹头环眼，燕颔虎须，声若巨雷"；此外，宋江是一个矮子，皮肤黝黑；林黛玉弱不禁风，娇喘微微；阿Q头上一个癞疮疤；三仙姑热衷于涂脂抹粉；如此等等。除了真实景象及其气氛的还原，肖像描写的意义同时暗示出文学的基本组成单位：个体人物形象。个体人物形象犹如文学的地平线。文学认可的前提是，身体形象构成自足的"自我"；身体形象标志的"自我"可以上演一个又一个相对独立的故事。身体外部的社会制度、法律体系或者身体内部的某个器官、某些细胞毋宁是协助组织身体形象的各种文化部件。

衣食住行，生老病死，恩怨情仇，悲欢离合，文学从未将身体形象从这些熟悉的情节原型之中删除。文学叙述种种带有体温的经验和遭遇。勇敢或者圣洁并非人云亦云的形容词,而且同时配置了主人公的生动表情与言行;压迫或者剥削并非一些账本的数字,而是由饥肠辘辘或者衣不蔽体给予的注释。总之,无论是充当明显的戏剧性元素还是作为隐蔽的情节基础,身体形象始终交织于文学之中,成为组织的轴心。许多时候,文学史留存的各种爱情故事业已默认乃至标榜身体形象的主题。从柳梦梅与杜丽娘、贾宝玉与林黛玉到罗密欧与朱丽叶、安娜与渥伦斯基,身体形象显然构成了生死之恋不可或缺的因素。如果哪一个主人公变换一副尊容,炽烈的爱情可能顷刻之间销声匿迹。

迄今为止,现代知识的诸多学科并未对于身体形象表示足够的兴趣。即使将"人"以及"身体"作为考察对象,"形象"并未成为聚焦——没有哪一个学科愿意像文学那样津津有味地再现一个人物的服饰、语气、眼神乃至脸上的一颗痣或者一条皱纹。理性主义哲学强调精神和灵魂的时候,宗教的禁欲主义压抑肉体快感的时候,身体犹如沉重负担乃至罪恶的臭皮囊。生物学专注于身体的细胞与基因,医学关心身体的病理,人工智能力图将意识的某些功能引入计算机;然而,文学拒绝将身体形象视为冗余的层面。文学力图证明,身体形象之所以成为单独的描写对象,恰恰由于这个主题包含另一些学科无法觉察的内涵。帕斯卡尔的《思想录》留下一句名言:"克利奥巴特拉的鼻子;如果它生得短一些,那末整个大地的面貌都会改观。"[1]——如果埃及女皇并非如此美艳,历史可能改弦易辙。一个人的相貌可能介入历史的轨迹吗?这是文学深感兴趣的一个视角。从古希腊的海伦到汉代的王昭君,

---

[1] [法]帕斯卡尔:《思想录》,何兆武译,商务印书馆1985年版,第79页。

第四章　身体作为起点

从武则天到慈禧太后，她们的容貌诱发的事件如此重要，以至于或多或少地改写了历史。如果说，现代史学远为关注各种宏观的脉络，譬如国民生产总值、科学技术水平、社会制度、战争与革命等，那么，文学的个体人物形象喻示了另一种微观历史。他们的"人生"、命运与遭遇提供了另一种历史解释。当然，所谓的"宏观"或者"微观"不存在主从关系，犹如天文学无法统辖基因分析或者分子结构描述。二者之间可能互相证明，也可能彼此紧张——彼此紧张通常表明历史内部深刻异动的征兆。文学对于肖像描写的重视无形地认可一种观念：身体形象是历史图景之中一个主动的元素。

肖像描写不可能按照生理构造完整地复制身体。"躯体修辞学"意味着突显哪些部分，聚焦哪些部分，同时隐去哪些部分，省略哪些部分。这时，身体形象的文学重塑时常接受各种文化观念的隐蔽编码。许多作家有意无意地遵从"相由心生"的观念：外在的相貌再现一个人的性情以及内心修为，甚至由后者决定。从服饰、表情到言行举止，身体形象涉及的诸多因素无不折射出主人公的经济收入、文化教养、家庭氛围以及因此形成的各种情趣。费瑟斯通曾经引用布尔迪厄的研究证明，一个人的"阶级品位嵌入在身体上"，成为身体形象的重要组成部分——"习性"："习性是个体对他在文化产品与实践（艺术、食品、假日、嗜好等等）方面的品位是否'得体'、是否有效的证据。习性不仅在日常生活知识层面上运作，而且还铭刻在人们的身体上，强调这点很重要。它流露于身体及其活动的各个方面：身材、体积、体形、姿势、步态、坐姿、饮食的方式、个体可以宣称的对社会空间与时间的占有量、对身体的尊重程度、声腔声调、说话方式的复杂性、身

摇摆的叛逆

体姿态、面部表情、对自己身体的安静感。"[1]某些时候,"相由心生"的观念甚至跨出合理的范围而试图覆盖生理现象。孟子曾经认为:"胸中正,则眸子瞭焉;胸中不正,则眸子眊焉。"[2]常识可能对于这种论断提出疑问——目光清朗与否的很大一部分原因必须追溯到生理状况。尽管如此,生理状况与道德伦理的想象性对应仍然沉淀于无意识,道德教化主宰肖像描写的特殊策略是,身体形象隐蔽地纳入道德评判的编码链条。这时,堂堂正正的相貌通常被赋予正面英雄人物:目光炯炯,声如洪钟;奸佞之徒一副贼眉鼠眼,神情猥琐。无论是古代的戏曲脸谱还是现代革命传奇小说,这个标准如同固执的传统持续沿袭。

道德范畴的褒贬之外,肖像描写保存了各种中国古代复杂的识人之术:各种相貌的生理特征与仕途、事业、财富、寿命构成或隐或显的隐喻关系。例如,刘劭《人物志》的"九征"即是建立五行、五体、五质、五常之间的对应联系,从而在木、火、土、金、水与骨、筋、气、肌、血以及弘毅、文理、贞固、勇敢、通微和仁、义、礼、智、信之间编织成一幅彼此证明的网络。诸如此类的观念可能改头换面地潜入各种肖像描写,成为显现某种哲学思想的"躯体修辞学"。《庄子》之中奇特的畸人形象很大程度上成为庄子思想的代言人。《世说新语》的众多人物相貌清奇,神采不俗,我行我素,放诞不羁,他们的肖像无言地表达了对于世俗礼仪的蔑视。多种观念的交汇之中,建功立业的正统形象与异端人物的异常相貌构成特殊的张力。那些世外奇人往往癞头眇目,衣裳褴褛,

---

[1] [英]迈克·费瑟斯通:《消费文化与后现代主义》,刘精明译,译林出版社2000年版,第131—132页。

[2] 《孟子·离娄章句上》,见《十三经注疏》(下册),[清]阮元校刻,中华书局1980年版,第2722页。

甚至形如乞丐。《红楼梦》中，大观园众多明眸皓齿的公子小姐，但是，洞悉冥冥之中命运安排的毋宁是携带通灵宝玉的一僧一道，他们"癞头跣脚""跛足蓬头"的相貌出其不意地点破了"白玉为堂金作马"的荣华富贵幻象。当然，即使所谓的"异相"隐喻了人物的奇才异禀，正襟危坐的标准形象仍然拥有不可动摇的中心位置。《西游记》中的唐僧见识平庸，不谙武功，可是，唐僧的端庄容颜与"师父"的称号以及领袖身份彼此匹配。孙悟空骁勇善战，猪八戒憨态可掬，尽管如此，他们的相貌无法进驻庄严的宫殿——人们无法想象，坐镇核心位置的头领拥有一副如此怪诞的肖像。

现代文学对于现实主义风格的推崇彻底改变了文学的"躯体修辞学"，僧人、道人以及各种江湖术士、民间隐士越来越少。然而，文化观念与人物肖像之间的联系并未中断，只不过阴阳五行、奇人异相这些古老的传统遭到了阶级、教养、时尚、地域文化等现代认识的取代。家庭出身、文化氛围以及审美品位投射于人物的言行举止，隐秘地提供身体形象的秘密范本，赋予某种独有的气质。费瑟斯通发现："与资产阶级对自己的身体感到安静与自信相反，新型小资产者对他的身体总是感到拘束不安，总是有意识地反复检点自己，观察与校正自己。……他们把身体当作是面对他人的记号来看待，而不是一件工具。新型小（资）产阶级者是一个伪装者，渴望自己比本来状况要更好，因而一味地对生活投资。他拥有很少的经济或文化资本，所以他需要得到它们。因此，新型小资产者采取向生活学习的策略，他有意识地在品位、风格、生活方式等场域中教育自己。"[1] 换言之，这种观念迄今仍在隐秘地延续："躯体修辞学"仍然包含文化观念与五官四肢之间的

---

[1]［英］迈克·费瑟斯通:《消费文化与后现代主义》，刘精明译，译林出版社2000年版，第132页。

相互组织。

20世纪的中国文学显明，现实主义的名义并未青睐照相式的肖像描写。底层大众的文化视角很大程度地重构各种肖像原型：劳动人民和革命战士通常气宇轩昂，他们浓眉大眼、脸膛黝黑、身材高大、神情坚毅；相对地，阴险刻薄的地主往往戴一顶瓜皮帽，脑满肠肥的资产阶级西装革履、大腹便便，羸弱的知识分子面容苍白，脸上架一副眼镜，声誉不佳的交际花以及毒如蛇蝎的女特务通常拥有两根细细的眉毛和血红的嘴唇，甚至愈丑陋愈风骚。总之，各种人物的戏剧性冲突开始之前，他们的肖像冲突已经提前启动。显而易见，阶级派生的各种社会学概念——例如劳动人民、战士、怯懦的小市民、瞎晃荡的二流子——充当了各种肖像原型的依据。

三

这些肖像原型显示，文学提供的身体形象摆脱了五行等古老的神秘主义而汇入革命与反抗的谱系。革命与反抗是现代历史段落的重要特征，也是一个越来越洪亮的主题。五四新文学是这个主题的正面回应。尽管如此，当人们以"启蒙"概括五四新文学的时候，身体并未成为一个令人关注的范畴。"启蒙"更多地指谓一种精神解放，譬如主体如何展开理性主义的思考。康德的《对这个问题的一个回答：什么是启蒙？》是回答何谓"启蒙"的名篇，这个问题的争论持续盘旋于20世纪的哲学领地。[1] 五四新文学的

---

[1] 参见［美］詹姆斯·施密特：《启蒙运动与现代性》，徐向东、卢华萍译，上海人民出版社2005年版。

"启蒙"性质指的是,一批知识分子挣脱令人窒息的传统文化,赢得开阔的思想空间。从《新青年》、白话文、自由恋爱到个性解放,种种新型的文化觉醒无不可以解释为前所未有的精神事件。

身体形象汇聚到革命与反抗的谱系是与历史唯物主义观念联系在一起的,并且获得了"阶级"范畴的转换。一个自然的物质存在终于成为思考的起点。"起来,饥寒交迫的奴隶"——身体已经在《国际歌》的第一句唱词之中出场。论述马克思的杰出贡献时,恩格斯《在马克思墓前的讲话》的这几句表述极为著名:"正像达尔文发现有机界的发展规律一样,马克思发现了人类历史的发展规律,即历来为繁芜丛杂的意识形态所掩盖着的一个简单事实:人们首先必须吃、喝、住、穿,然后才能从事政治、科学、艺术、宗教等等"[1]。"吃、喝、住、穿"的强调显然预设了身体的存在与强大需求。如果人类可能放弃身体以及身体的需求,历史的面貌将发生彻底改变。马克思和恩格斯在《共产党宣言》中证明,如此之多的工人陷入赤贫状态,仅仅维持最低水平的生活;枯竭的物质待遇使他们产生了相似的观念和情感倾向,无产阶级共同体终于形成。生产资料一无所有,剩余财产一无所有,一个相同的阶级特征如此明显,以至于另一些微弱的个性差异显得无关紧要。这种分析路径很快成为普遍的模式,身体是不言而喻的前提。例如,描述乡村贫农的时候,毛泽东的《中国社会各阶级的分析》也是从生活物质的保障以及经济收入入手:

贫农是农村中的佃农,受地主的剥削。其经济地位又分

---

[1] [德]恩格斯:《在马克思墓前的讲话》,见《马克思恩格斯文集》第三卷,中共中央马克思恩格斯列宁斯大林著作编译局编译,人民出版社2009年版,第601页。

两部分。一部分贫农有比较充足的农具和相当数量的资金。此种农民，每年劳动结果，自己可得一半。不足部分，可以种杂粮、捞鱼虾、饲鸡豕，或出卖一部分劳动力，勉强维持生活，于艰难竭蹶之中，存聊以卒岁之想。故其生活苦于半自耕农，然较另一部分贫农为优。其革命性，则优于半自耕农而不及另一部分贫农。所谓另一部分贫农，则既无充足的农具，又无资金，肥料不足，土地歉收，送租之外，所得无几，更需要出卖一部分劳动力。荒时暴月，向亲友乞哀告怜，借得几斗几升，敷衍三日五日，债务丛集，如牛负重。他们是农民中极艰苦者，极易接受革命的宣传。[1]

毛泽东的《湖南农民运动考察报告》曾经以更为形象生动的笔墨表现乡村的贫农革命。这些贫农上无片瓦，下无卓锥，只要一根火柴就能炽烈地燃烧起来。"更为形象"的重要原因是，一方面，乡村的贫农革命没有兴趣纠缠高头讲章，草拟种种宣言，考辨若干命题，而是直奔生活物质，筹划与盘算柴米油盐；另一方面，这种革命之所以富有冲击力，是因为革命的锋芒直接指向身体——身体的打击、伤害、惩戒乃至消灭。"他们举起他们那粗黑的手，加在绅士们头上了。他们用绳子捆绑了劣绅，给他戴上高帽子，牵着游乡（湘潭、湘乡叫游团，醴陵叫游垅）。他们那粗重无情的斥责声，每天都有些送进绅士们的耳朵里去。他们发号施令，指挥一切。"毛泽东同时指出，暴力是革命之中不可避免的现象："革命不是请客吃饭，不是做文章，不是绘画绣花，不能那样雅致，那样从容不迫，文质彬彬，那样温良恭俭让。革命是暴动，

---

[1] 毛泽东:《中国社会各阶级的分析》，见《毛泽东选集》第一卷，人民出版社1991年版，第7页。

是一个阶级推翻一个阶级的暴烈的行动。农村革命是农民阶级推翻封建地主阶级的权力的革命。农民若不用极大的力量,决不能推翻几千年根深蒂固的地主权力。"[1]总之,如果说"启蒙"注重于精神领域和纸面上的言辞交锋,那么,革命与阶级斗争之中的基本语汇是身体——争取和保卫身体的生存权利,摧毁与消灭另一些试图剥夺这种权利的身体。正如爱抵达身体,仇恨也将抵达身体。

20世纪后半叶,身体形象的意义悄悄地发生了改变。由于经济状况的改善,阶级矛盾开始缓和。尽管贫富的差距并未缩小,但是,社会财富总量的扩大使愈来愈多的人摆脱了生存的威胁。换言之,穷人与富人之间的财富比例可能更为悬殊,穷人仍然比他们的先辈获得了更好的生活待遇。生存权利逐渐巩固之后,身体的主题开始显出了丰富与多元性质。身体作为血肉之躯赢得了进一步的关注。批判或者反击窃取剩余产品的阶级对手不再那么急迫,隐藏于血肉之躯内部的欲望力图挣脱现代性制造的种种理性主义牢笼。最近几个世纪的历史表明,理性主义做出了举足轻重的贡献。理性主义、科学技术与物质生产之间的正向关系构成了公认的良性循环。虽然合理的财富分配制度并未降临,但是多数人的生活水平仍然稳步提高。尽管如此,正如许多思想家意识到的那样,理性主义积存的弊端愈来愈明显,以至于形成一个巨大的压抑体系。这种压抑体系与琳琅满目的物质产品结合在一起,如同一副重轭深深勒进人们的血肉之躯。现在已经是提出疑问的时候了:人类的物质财富是否需要无限增长?那些物质财富的堆积是否正在从必要的生活条件转变为沉重的负担?消费主义的不

---

[1] 毛泽东:《湖南农民运动考察报告》,见《毛泽东选集》第一卷,人民出版社1991年版,第18、17页。

摇摆的叛逆

竭渴求是否一种意识形态幻象？血肉之躯是否从物质财富之中获得真正的快乐？这些疑问同时开始向一整套正统的价值观念蔓延，譬如恪守传统，循规蹈矩，安分守己，勤勉工作，等等。很大程度上，这种疑问带来的反抗不再遵循政治经济学指引的阶级分析，而是返回一个简单的目标：身体快乐。

"身体"范畴以及快感、欲望、力比多、无意识均包含了对于理性主义的反叛，解除理性主义的压抑无疑是许多理论家的战略目标。这些理论家看来，工业文明、机械、商品社会并没有为身体制造真正的快乐；数额巨大的物质财富和发达的社会体系仿佛与身体日益脱节了。身体必须为一些遥不可及的渺茫远景从事种种苦役，社会生产似乎在某种神秘的逻辑支配之下自行运转。许多时候，人们无法发现二者之间的必然联系。如果没有一些陈陈相因的复杂推理，人们无法说明为什么必须召集世界上一流的智慧和工艺生产核弹头、生物武器或者航空母舰，尤其是在许多地区甚至还无力解决一系列医疗费用或者生态环境问题的时候。如同不少人察觉到的那样，现代社会是"非身体"的。卡夫卡小说之中冷漠的城堡意象可以视为这种社会的象征。在这个意义上，重提身体是对于异化的理论抵抗。当然，一些"左"翼理论家还进一步将身体想象为一座小型的活火山。他们眼里，现代社会的专制体系——不论是源于极权政治还是源于资本和消费主义的强大控制——日益完善，大规模的革命并没有如期而至。经济领域的不平等似乎无法掀起撼动这个体制的风暴。这时，理论家的目光收缩到身体内部——他们发现，无意识领域沸

第四章 身体作为起点

腾不已的力比多似乎积聚了无尽的能量。对于发达工业社会的意识形态，只有身体内部不驯的欲望才是一个致命的威胁。身体不仅是一个由骨骼、肌肉、内脏和五官组成的实体——身体不仅是医学或者生物学的对象，在无意识领域发现之后，身体再度被赋予特殊的理论分量。[1]

从身体的"吃、喝、住、穿"到血肉之躯的"欲望"，身体内部的转移似乎没有走多远；但是，从财富分配制度的阶级分析到理性主义的文化批判，这是一个重大的理论转折。

四

巴赫金曾经在他的拉伯雷研究之中描述过民间筵席形象。在他看来，大量食物、肥胖的身躯以及开怀说笑的筵席话语具有强烈的狂欢性质。这是肉体战胜世界的胜利庆典。"人战胜了世界，吞食着世界，而不是被世界所吞食"；可以看到"吃食形象同肉体形象、生产力形象（肥沃的土地、生长、生育）有着多么密不可分的联系"。这是令人陶醉的尘世幸福。[2]民间筵席洋溢着底层的豪迈与粗犷。《水浒传》的梁山好汉大碗喝酒、大块吃肉，这种快乐包含蔑视一切权威等级的狂欢精神。《红楼梦》中王熙凤向刘姥姥炫耀"茄鲞"精美绝伦，但是，钟鸣鼎食之家的炫富恰恰缺乏民间的生气蓬勃。

---

[1] 南帆:《双重视域——当代电子文化分析》，江苏人民出版社2001年版，第184—185页。
[2] 参见［俄］米哈伊尔·巴赫金:《弗朗索瓦·拉伯雷的创作与中世纪和文艺复兴时期的民间文化》，见《巴赫金全集》第六卷，李兆林、夏忠宪等译，河北教育出版社1998年版，第325、323页。

鲁迅的《狂人日记》对于"吃人"历史的控诉并非完全隐喻。食物匮乏的日子里,"吃人"是一个隐然逼近的威胁,"吃"甚至成为一个遭受否定的生理机能。鲁迅的《风波》对于"吃"的反感已经转到日常生活范畴——九斤老太气冲冲地抱怨孙女"吃穷了一家子!"然而,"吃"不仅是身体无法摆脱的原始需求,而且成为历史的重要组成部分,充当诸多社会制度的起始原点。剥削的起始往往是不公的食物分配,革命与反抗试图解决的首要问题即是饥饿。当然,革命与反抗必须迅速超越起始原点而注视更为宏大的景象。由于"吃"仅仅惠及个人身体而不是哺育阶级共同体,革命道德无法将崇高的评价赋予这个行为。这是一个普遍的观念:"吃"的标准意义是维持身体的存活,但是,存活的身体必须远离享受食物的诱惑而转向真正的事业。柳青的《创业史》中,梁生宝进城买稻种的片段成为二者转换的典范:

>他头上顶着一条麻袋,背上披着一条麻袋,抱着被窝卷儿,高兴得满脸笑容,走进一家小饭铺里。他要了五分钱的一碗汤面,喝了两碗面汤,吃了他妈给他烙的馍。他打着饱嗝,取开棉袄口袋上的锁针用嘴唇夹住,掏出一个红布小包来。他在饭桌上很仔细地打开红布小包,又打开他妹子秀兰写过大字的一层纸,才取出那些七凑八凑起来的,用指头捅鸡屁股、锥鞋底子挣来的人民币来,拣出最破的一张五分票,付了汤面钱。这五分票再装下去,就要烂在他手里了。……
>
>尽管饭铺的堂倌和管账先生一直嘲笑地盯他,他毫不局促地用不花钱的面汤,把风干的馍送进肚里去了。他更不因为人家笑他庄稼人带钱的方式,显得匆忙。相反,他在脑子

里时刻警惕自己：出了门要拿稳，甭慌，免得差错和丢失东西。办不好事情，会失党的威信哩。[1]

对于阿城的《棋王》来说，"身体的存活"与"存活的身体"二者关系不再如此紧张。相对于志向高远的梁生宝，《棋王》的视角毋宁是"平了头每日荷锄"的"俗人"。"俗人"的两个阶段更像一个光滑的过渡："衣食是本，自有人类，就是每日在忙这个。可囿在其中，终于还不太像人。"由于长期的饥饿威胁，《棋王》的主人公王一生对于"吃"具有畸形的渴求。他会迅速吃完自己的分内伙食，吸干漂浮在洗碗水表面的油花，决不放过落在桌面的任何一颗饭粒。他的身体和精神可以爆发巨大能量——王一生曾经与县城的10名象棋高手同时以盲棋对弈，并且逐一获胜。尽管如此，"吃"是不可动摇的前提："一天不吃饭，棋路都乱。"《棋王》以现实主义的冷静按照日常观念处置"吃"、身体、精神三者的先后关系。饥饿并不能仅仅视为"苦其心志，劳其筋骨，饿其体肤，空乏其身，行拂乱其所为"的励志训练，解决饥饿问题毋宁是生与死的分界。某些特殊人物的强大精神或许无视身体的基础性存在而构建巍峨的空中楼阁，然而，如果认为"知识分子"不像"俗人"那样存在一个渴求食物的胃，那就会遗忘许多重要的生活真理。张贤亮的《绿化树》中的主人公章永璘是一个不甘沉沦的知识分子。即使身陷偏僻的山村遭受监督、批判和"改造"，他仍然兴致勃勃地沉浸于高深的理论著作。当然，那些艰涩的哲学概念只能满足章永璘充当"精神贵族"的幻觉，只有可怕的饥饿才能真正调动起他的知识、聪明和智慧，例如利用不同容器的视觉误差多

---

[1] 柳青：《创业史（第一部）》，中国青年出版社1960年版，第128—129页。

盛一些稀饭，节省糊窗户的"糨子"摊成煎饼，在数字与实物的转换之中占便宜多买一些黄萝卜，如此等等。尽管章永璘时常鄙视自己的卑下，但是，抵御饥饿是不可抗拒的前提。事实上，他的爱情萌发于女主人公马缨花烙在白面馍馍上的一个指纹，而不是动人的花容月貌。性爱来自食物的启迪。性爱与饥饿均植根于身体，并且是众多文化门类的基础。

身体的存活如此依赖"吃"，以至于革命与反抗不得不防范一个尴尬的事实：隐含于"吃"以及食物背后的自私倾向愈来愈强烈，并且逐渐与口腹之乐相互混合。自私与口腹之乐导致的食物占有欲将严重干扰公平分配，同时，筵席上的享乐主义气氛可能瓦解坚定的革命意志。觥筹交错之间，还有多少人愿意拍案而起，赴汤蹈火？因此，文学只能曲折而谨慎地转述"吃"与食物制造的陶然情趣，例如陆文夫的《美食家》。《美食家》中出现了一个饕餮之徒朱自治。除了嗜好苏州美食，此人一生别无所长。数十年的革命改造马不停蹄，这种嗜好屡遭重创，随后又顽强地死灰复燃。革命道德与剥削阶级意识形态的长期对抗之中，奢靡的口腹之乐如此不合时宜，以至于《美食家》不得不套上一个"革命者"微讽的叙事口吻和转借历史悠久的苏州文化名义。尽管如此，身体对于美食的向往仍然成为革命中途一个不大不小的困惑。食不厌精显然带有剥削阶级的渊源，雄厚的经济条件与贪图享乐绝非无产阶级孜孜不倦的追求；但是，正如小说之中一个人物"丁大头"所言，资产阶级味觉与无产阶级味觉没有区别，一道好菜可以获得双方的共同认可。相似的嗜好会多大程度地干扰迥然相异的阶级目标，混淆阶级界限？这个疑问始终没有消除。

然而，莫言的《酒国》将《美食家》的小心翼翼一扫而空。

第四章　身体作为起点

所罗门的瓶子终于打开。《酒国》中的所有人物无不沉浸于放肆的暴饮暴食，疯狂程度远远超出口腹之乐。这并非民间筵席，而是官员行使权力乃至正常履职。小说设置了一个案件侦破的框架：大侦探丁钩儿奉命赴"酒国"侦破一个可怕案件——据说"酒国"的筵席竟然吃"红烧婴儿"。尽管这个主题与鲁迅的《狂人日记》遥相呼应，但是，鲁迅的激愤与深邃已经荡然无存。醉态带来的癫狂充斥叙述的字里行间，出没于各种筵席的人物要么面目狰狞，要么放浪形骸。一场又一场的酩酊大醉之中，所谓的案件不了了之，大侦探丁钩儿醉醺醺地跌入粪坑，一命呜呼。与《酒国》夸张戏谑的笔墨相对，小说的"代后记——酒后絮语"沉痛而无奈——二者之间的对照令人联想起《狂人日记》序言与正文的差异。"酒后絮语"提到了莫言少年时代嘴馋而偷酒的经历，这种经历背后是一个食不果腹的饥饿岁月。很大程度上，《酒国》的纵欲可以视为长期禁欲的强烈反弹。只有饥饿的漫长折磨才能形成如此强烈的欲望，如此强烈的欲望才能维持如此极端又如此粗陋的酒肉狂想曲。身体远非理念那么稳定——对于革命与反抗来说，饥饿与欲望、解放与放纵之间的辩证转换始终是一个难题。

五

莫言的《红高粱》对于活剐罗汉大爷的描写令人骇异：

> 父亲看到了一个被打烂了的人形怪物。他被架着，一颗头忽而歪向左，忽而歪向右，头顶上的血嘎痂像落水的河滩上沉淀下那层光滑的泥，又遭太阳曝晒，皱了边儿，裂了纹儿。

摇摆的叛逆

他的双脚划着地面,在地上划出一些曲曲折折的花纹。……
……

父亲看到孙五的刀子在大爷的耳朵上像锯木头一样锯着。罗汉大爷狂呼不止,一股焦黄的尿水从两腿间一蹿一蹿地呲出来。父亲的腿瑟瑟战抖。走过一个端着白瓷盘的日本兵,站在孙五身旁,孙五把罗汉大爷那只肥硕敦厚的耳朵放在瓷盘里。孙五又割掉罗汉大爷另一只耳朵放进瓷盘。父亲看到罗汉大爷那两只耳朵在瓷盘里活泼地跳动,打得瓷盘叮咚叮咚响。
……

罗汉大爷脸皮被剥掉后,不成形状的嘴里还呜呜噜噜地响着,一串一串鲜红的小血珠从他的酱色的头皮上往下流。孙五已经不像人,他的刀法是那么精细,把一张皮剥得完整无缺。罗汉大爷被剥成一个肉核后,肚子里的肠子蠢蠢欲动,一群群葱绿的苍蝇漫天飞舞。人群里的女人们全都跪到地上,哭声震野。……[1]

这些描写很快令人联想到福柯《规训与惩罚:监狱的诞生》开头行刑的那一著名段落。福柯力图论证的是,法律对于身体的惩罚并非"怒不可遏、忘乎所以、失去控制",相反,这些惩罚如同精心设计的语言表述了种种含义,例如犯罪者的肉体既表示他的罪行,也是惩罚的对象,"为了战胜犯罪而对犯罪的暴力使用暴力",显示君王拥有的无上裁决权力,如此等等。因此,惩罚制造的肉体痛苦可以被精确度量和计算,极刑是一种延续生命痛苦的

---

[1] 莫言:《红高粱》,见《红高粱家族》第一章,当代世界出版社 2003 年版,第 26—29 页。

艺术，让生命分割为"上千次的死亡"，制造"最精细剧烈的痛苦"。[1]莫言的《檀香刑》是另一个重要的例子：刽子手将一根长长的檀香木橛小心翼翼地从肛门打入犯人的身体——这种如同艺术一般的古老刑罚不是让犯人速死，而是尽量延长他们死前的痛苦。

但是，惩罚制造不同级别的肉体痛苦——这些观念毋宁说局限于法律范畴。法律范畴之外，一种强大的暴力冲动泛滥成灾。这种冲动往往毫无节制地虐待和消灭他人的身体，以至于自称"正义"的惩罚远远超出了应有的界限。福柯同时描述了断头台周围制造骚乱的大众。大众之所以热衷于观看残酷的行刑，很大程度上必须追溯至某种嗜血欲望。拉塞尔·雅各比的《杀戮欲——西方文化中的暴力根源》指出这种欲望如何隐藏于西方文化的幕后。由于宗教的差异等，许多信徒不惜大开杀戒，血流成河；而且，这种杀戮往往发生于彼此相识的人之间，譬如兄弟、邻居或者民族内部具有亲属关系的社区。雅各比借助弗洛伊德的概念"对细小差异的自恋"解释这种嗜血欲望，然而，他同时沮丧地承认，这些解释对于阻止暴力冲动的泛滥几乎没有什么意义。[2]

伍子胥"鞭尸"是一个著名的典故。《史记·伍子胥列传》记载："及吴兵入郢，伍子胥求昭王。既不得，乃掘楚平王墓，出其尸，鞭之三百，然后已。"[3]刻骨的仇恨必须凝聚到对手的身体。即使对手业已去世，仍然必须掘开坟墓，鞭尸泄恨。通常，文明社会严

---

[1] [法]福柯：《规训与惩罚：监狱的诞生》，刘北成、杨远婴译，生活·读书·新知三联书店1999年版，第38、56、37页。

[2] 参见[美]拉塞尔·雅各比：《杀戮欲——西方文化中的暴力根源》，姚建彬译，商务印书馆2013年版，第218页。

[3] [汉]司马迁：《史记》卷六十六《伍子胥列传第六》，见《史记》第七册，中华书局2014年版，第2647页。

禁任意攻击与虐待他人身体，因此，正如许多批评家指出的那样，嗜血欲望与暴力冲动时常进入文学之中谋求象征性满足。广为流传的武侠作品即是例证。武侠作品普遍遵从的故事模式是：主人公遭受强烈的不公待遇，乃至久久匍匐在地；漫长的压抑之后，不可遏制的反抗终于爆发，酣畅淋漓的复仇大快人心。这种故事模式必须挟带身体形象。身体的压抑、受虐、隐忍、蛰伏与卧薪尝胆直至对决带来的大获全胜贮存了故事的真正魅力。如果改换为某种学说突破重重偏见而征服众多专业人士，这种故事索然无味——人们的兴趣是血肉之躯的胜负而不是思想交锋。这是来自远古的动物本能吗？很长一段时间，身体对决的胜负决定生存与否。进入文明社会，这个事实仍然潜伏于众多观念背后，例如正义，或者英雄气概。"壮志饥餐胡虏肉，笑谈渴饮匈奴血"，正义之师不会与"野蛮"联系起来。某些批评家曾经抱怨《水浒传》血腥与野蛮，嗜杀如李逵者怎么能成为令人景仰的英雄？[1]然而，当梁山泊竖起"替天行道"的杏黄旗之后，多数人不再将"杀人"作为一个负面的戳记烙印在一百零八个梁山好汉身上。

革命与反抗并未改变这种状况。无产阶级坚定地认为，暴力是推翻剥削阶级的重要手段。所以，列宁对于"托尔斯泰主义"进行了尖锐的嘲讽。列宁慷慨地肯定了托尔斯泰的天才：托尔斯泰"是一个天才的艺术家，不仅创作了无与伦比的俄国生活的图画，而且创作了世界文学中第一流的作品"，但是，所谓的"托尔斯泰主义者"是一个"颓唐的、歇斯底里的可怜虫"。他信奉"伪善"的基督教，鼓吹不以暴力抗恶，力图以个人的道德自我完善改变

---

[1] 参见刘再复：《我为什么不喜欢〈三国演义〉与〈水浒传〉——答韩国〈朝鲜周刊〉记者李东勋问》，见《随心集》，生活·读书·新知三联书店2012年版。

第四章　身体作为起点

不平等的世界。这种"托尔斯泰主义"代表了很大一部分俄国农民的态度——他们"则是哭泣、祈祷、空谈和梦想,写请愿书和派'请愿代表'"[1]。革命家相信以阶级为单位的政权掌握与制度设计而无法信任宗教对于道德或者"人性"的改造。

更为宽泛的范围内,宗教、道德或者"人性"这些范畴都被贴上"小资产阶级"的封条——这些范畴可能从不同的方向干扰无产阶级与资产阶级的决战。20 世纪 80 年代之后,由于小资产阶级概念的逐渐失效,革命与反抗内部的某些问题开始显露,例如身体与暴力。重新考察周立波的《暴风骤雨》时,唐小兵曾经不满地表示:"'革命'这样一个极复杂极丰富的历史经验,在作品中简捷地转述为'革他的命'"。剥夺生命的暴力成为《暴风骤雨》叙事内在的"组织性功能"。因此,暴力对于身体的摧残成为醒目的一幕:"因为身体已经成为唯一的意义层面:身体语言取消了主体及其任何内在性的同时,也粗暴地把人类历史经验减缩到对暴力的纯粹体验,把作为历史存在的个人抽空成暴力语言中的一个随意的符号。"然而,剥夺生命的暴力并非无缘无故的仇恨。"诉苦"的农民展示的"伤疤"证明了他们曾经遭受的身体侵犯,他们表现出的暴力不过是还以颜色。唐小兵的感叹令人深思:"所谓'解放'并没有释放出新的、摆脱既定循环的意义。"[2]不过,我更愿意稍稍调整一下视角:从压迫、剥削到革命与反抗,两个体系分别产生五花八门的概念命题;尽管如此,身体从未真正消失。种种复杂

---

[1] 参见[俄]列宁:《列夫·托尔斯泰是俄国革命的镜子》,见《列宁选集》第二卷,中共中央马克思恩格斯列宁斯大林著作编译局编译,人民出版社 2012 年版,第 241—246 页。

[2] 唐小兵:《暴力的辩证法——重读〈暴风骤雨〉》,见《再解读:大众文艺与意识形态(增订版)》,唐小兵编,北京大学出版社 2007 年版,第 122、117、122、123 页。

的思辨与意识形态博弈背后,身体之间的暴力语言仍然是彼此对话的最终层面。

六

身体的血肉之躯以物质形式确证了"自我"的存在。革命与反抗的谱系由各种社会范畴组成。物质形式的"自我"与各种社会学范畴的对接、协调是一个精细而复杂的工程。相对于民族、国家、种族、性别以及反复强调的阶级,血肉之躯的"自我"是一个由最小单位构成的坚硬支点。如果说,"阶级"共同体来自政治经济、文化观念与意识形态的复杂构造,那么,血肉之躯是生物组织与文化规训的混合体。阶级共同体拥有个人身体不可比拟的能量,并且与民族、国家这些社会学的大概念遥相呼应;但是,身体的血肉之躯远为稳固。每一个阶级的阶级成员并非凝固静止的组件;作为文化人造物,阶级共同体可能由于种种原因而分化、瓦解、变异、重组,个人与共同体的联系可能减弱,遭受各种干扰,甚至改弦易辙;相对而言,血肉之躯的生物组织作为一个有机体存在,每一个器官——从五官、四肢到内脏——决不会轻易地背叛身躯整体。即使在不可抗拒的疾病与衰老之中,每一个细胞仍然恪尽职守,不懈不怠。因此,对于个体来说,来自血肉之躯的指令往往是内在的、先天的,顽强地代表"自我"的强烈渴求,生物组织的稳固结构依据自然指令。自然指令往往缺乏文化指令的"崇高"性质,但是,前者通常比文化规训的后天习得更为顽强,以至于拒绝理性的干涉。当血肉之躯的诉求、"自我"的意愿与阶级意志以及阶级利益彼此协调之际,革命与反抗形成步调一致的强大合力；然而，如果某些阶级成员沉湎于个人的特殊经验，个人与共同体之间的分歧就会暴露出来。很大程度上，身体的血肉之躯成为前者不可祛除的根源。因此，无论是正面还是反面的意义上，身体始终存在：身体提供个人的永久动力，也造就个人的永久负担。刘小枫的《沉重的肉身》借助若干世界文学名著展开了思想辨析的纵深。

《沉重的肉身》在"引子：叙事与伦理"之中开宗明义地区分了两种叙事：

> 现代的叙事伦理有两种：人民伦理的大叙事和自由伦理的个体叙事。在人民伦理的大叙事中，历史的沉重脚步夹带个人生命，叙事呢喃看起来围绕个人命运，实际让民族、国家、历史目的变得比个人命运更为重要。自由伦理的个体叙事只是个体生命的叹息或想象（原文作"想像"），某一个人活过的生命痕印或经历的人生变故。自由伦理不是某些历史圣哲设立的戒律或某个国家化的道德宪法设定的生存规范构成的，而是由一个个具体的偶在个体的生活事件构成的。

《沉重的肉身》言及罗伯斯比尔、丹东与昆德拉《生命不能承受之轻》的萨宾娜，这些人物之间的差异无法掩盖一个共同的前提："以身体作为个体身体在世的属己性为依据"。群情激昂的革命气氛之中，这个前提可能隐没于暗处——革命时常带来忘我的时刻，任何涉及个人的考虑都可能遭受鄙视。尽管如此，身体始终占据起点的位置。另一些相对松弛的场合，身体代表的"自我"悄然浮现，以曲折隐晦的形式转述一己之私，甚至挪用革命的情节躯壳——《沉重的肉身》提到了小说《牛虻》。许多人觉得,《牛虻》的主人公是一个坚定的革命者,尽管他从亚瑟转变为牛虻之后性格有些冷酷,这种冷酷终于断送了他与琼玛的爱情以及他与神父的父子亲情。然而,《沉重的肉身》认为,牛虻的"革命理想"背后隐藏的是"私人的痛苦"。神父的"私生子"带给他巨大的屈辱,琼玛的一个耳光让他心如死灰,革命为他"私人的痛苦"提供了复仇的机会。他的死将使这些伤害过自己的爱人终身无法摆脱痛苦。无论是向教会宣战还是慷慨赴死,这些崇高的形式是自私的"肉身"顽强表演的舞台吗?

更多的时候,身体干脆放弃伪装而坦然地享乐:放纵各种感官的快感,包括性的欲望。然而,欲望和享乐是否必然承受堕落的恶名?显然,《沉重的肉身》不愿意无条件依附"禁欲主义":"享乐的生存原则的正当性基于身体的自然感觉,身体是'永恒不变之体',感觉是它的渴念和撷取。就个人的身体感觉来说,没有人民的公意道德插手的余地,身体的享乐本身没有罪恶可言。"[1]没有理由将革命与反抗的理想构思为苦行僧的日子,正当的享乐恰恰是题中应有之义。但是,革命与反抗承担的工作本身并非享乐,而是艰苦卓绝,甚至牺牲生命。可恶的"肉身"时常会不合时宜地提前出场,从而将未来的理想与当前的工作混淆起来。这时的身体享乐时常建立在剥夺他人利益的基础上,甚至不惜伤害他人。事实上,只有当"每个人的自由发展是一切人的自由发展的条件"[2]时,祥和而充分的真正享乐才能完整地实现。

---

[1] 刘小枫:《沉重的肉身》,上海人民出版社1999年版,第7、89、67、18页。

[2] [德]马克思、恩格斯:《共产党宣言》,中共中央马克思恩格斯列宁斯大林著作编译局译,人民出版社1997年版,第50页。

第四章 身体作为起点

从历史愿景的设立到理想的最终实现，身体获得快乐之前必须绕一个遥远的圈子。革命与反抗的谱系之中，那些试图逾越这个阶段而提早返回身体与"自我"的往往是小资产阶级的典型特征。《沉重的肉身》之中叙述的几个革命故事无一不是以小资产阶级知识分子为主人公。他们的革命姿态时常被身体的存在所破坏，从而在激进与放纵之间忽左忽右地摇摆。"吾所以有大患者，为吾有身，及吾无身，吾有何患？"《沉重的肉身》引用的老子的这句话，恰恰是标题的解释。

现在可以指出，20世纪的中国文学持续关注身体的双重主题：革命与反抗的逻辑展开的时候，身体既构成行动的起点，又构成脱轨的诱惑。

七

"沉重的肉身"表明，身体是一个无可置疑的物质存在。然而，这个物质存在分别卷入不同的文化脉络，被赋予多重含义。身体首先是一种生物，要求配给种种的存活条件；同时，身体又是一种劳动生产工具，相当一部分存活条件源于自己的创造。进入更为复杂的社会历史，身体既是压迫与剥削的对象，也是革命与反抗的资源。古往今来曾经出现各种形式的博弈，形成不同的社会制度。与阶级之间的整体对抗不同，身体遭受的压抑纷杂散乱，效力各异，同时，来自身体的抗争尖锐、激烈、诉求零碎、强弱不均。换言之，绕过阶级范畴组织的宏大战役往往陷于个人主义的游击战。

作为维持身体存活的基本条件，"吃、喝、住、穿"分别延展出各种生产领域、产业链与销售网络，生产资料的占有和劳动产品的分配意义重大。与此同时，社会必须训练出足够的合格人才从事上述工作。福柯的《规训与惩罚：监狱的诞生》考察了军队、工人、学生对于身体的严格规训。这些规训不仅按照某种"标准"控制身体的每一个动作乃至每一块肌肉，要求身体及时准确地回应接收到的各种信号，并且精细地分割时间与空间，从而使身体可以有效地完成各项工作。[1]悬殊的财富拥有与不公的分配制度之外，各种规训体系造成不同的身体负担显现为另一种不平等。所以，剥削阶级与"劳动人民"的巨大差别包含了身体享乐与身体劳累的强烈对照，而且，付出与收益之间恰恰构成反比。换言之，生产资料、劳动产品与身体的工作强度同时包括在阶级范畴之内。"吃、喝、住、穿"构造的生产体系以及身体规训获得普遍关注之际，性的问题时常游离于人们的视野之外。然而，按照伊格尔顿的说法，后现代主义已经开始从"外在的"劳动身体转向"内在的"力比多身体了。[2]换言之，现在到了考察性与欲望的时刻。

  如果说，劳动、战斗或者学习的身体规训要求做到什么，那么，性的规训往往是禁止做什么。性的首要功能是人类的繁衍。繁殖很大程度地来自动物本能，人类身体的两性结合几乎"无师自通"而没有必要另行研习。作为繁殖后代的奖赏，两性结合伴随强烈的快感。这种快感甚至驱使人们不知餍足地追求异性，以致严重扰乱家族、家庭的血缘关系。因此，从乱伦禁忌、淫秽的惩戒到烦琐的婚礼、性行为保持的私密性质，禁欲是性规范的主旋律。

---

[1] 参见［法］福柯：《规训与惩罚：监狱的诞生》第三部分第一章"驯顺的肉体"，刘北成、杨远婴译，生活·读书·新知三联书店1999年版。

[2] 参见［英］特里·伊格尔顿：《后现代主义的幻象》，华明译，商务印书馆2000年版，第83页。

第四章　身体作为起点

相对于"吃、喝、住、穿"的物质财富，性领域的不平等较为缓和。除了古代皇宫里的帝王，一个人拥有的性伴侣通常不可能比另一个人多出一百倍；然而，经济领域的一百倍差距比比皆是。尽管如此，性关系涉及大面积的社会关系波动乃至震荡，同时，性纠纷往往作为一个醒目的社会事件招徕群众围观。身体对于"吃、喝、住、穿"的物质需求远为恒久，可是，围绕性的冲突远比食物或者居住处所的争夺产生更大的影响。

爱情是繁殖基础上形成的精神现象，并且与家庭形式彼此呼应。爱慕一个异性的感情包含的内在含义表示：与这个异性终身厮守，生儿育女。因此，现代社会认可的性道德是，一对性伴侣组成家庭并且相互忠诚，共同抚养子女长大成人。一对性伴侣结为夫妻不仅表明爱情的法律保障，同时意味着社会学意义的平等。夫妻必须同甘共苦，共享主持家庭的权利，共有家庭的财富，共同承担维护家庭的职责。古代社会的一夫多妻制度不仅造成两性之间的失衡，而且造成同性之间的不平等——各种身份的男性妻妾数量不同，各种女性或者为妻或者为妾。作为启蒙思潮的号角，五四新文学对于爱情的赞颂建立在人格平等的前提之下。一个人可以拥有五套西装或者六双鞋子，相对而言，投入爱情的一个身体只能拥有另一个异性身体；不忠同时表明情感欺诈与社会权利的僭越。然而，这种启蒙主义的理想时常遭到物质财富的挑战。许多人将性作为物质财富的交换资源，多数社会普遍存在各种形式的性交易；男权中心主义主导的社会通常将女性作为交易的商品。无论是依赖年轻美貌嵌入男性已有的家庭还是充当娼妓提供片刻之欢，性的买卖令人不齿。尽管围绕身体已经建立成熟的劳动力市场，但是，性只能成为爱情的互证而不能卷入物质交换。

因此，如此繁荣的性交易令人尴尬——这种特殊的身体贸易通常归咎于消费主义社会对于灵魂的戕害。

然而，另一些时候，围绕爱情、婚姻、家庭建立起来的性道德被视为一种压抑。世界文学经典出现了众多力图挣脱性道德约束的作品。从异性之间精神差距导致的弃旧图新到肉欲之欢引起的出轨，从迫不得已因而令人同情的性交易到风月场上寻欢作乐的性游戏，从风趣诙谐的性角逐喜剧到遭受社会残酷扼杀的性爱悲剧，从殉情、背叛、暴力胁迫到偷情、思念、巧取豪夺，违背性道德制造的文学情节远远超过了遵从性道德。耐人寻味的是，许多作家不愿意像道德卫士那样发出严厉的谴责。他们时常在这些文学情节面前流露出同情乃至赞同的姿态——作为世事洞明的智者，作家肯定意识到身体内部不安分的基因蠢蠢欲动。

五四新文学对于性道德的开放态度并未延续多久。阶级作为一个强大的范畴成为组织革命的轴心，性道德的遵循与破坏逐渐成为一个次要问题。当"吃、喝、住、穿"迫在眉睫的时候，性道德仅仅是"上层建筑"的一个"文化"问题。如果放任爱情、家庭或者性自由带来的争论进入前台，阶级的目标可能退到幕后。身体的背叛以及所谓的"贞操"可能动摇家庭、血缘基础上的社会关系，但是，这种改变与阶级革命的设计——譬如政权、社会制度和生产资料的占有——相去甚远。20世纪50年代之后，中国文学无微不至地关注阶级斗争动向，对于性领域的各种波折、冲突视而不见。禁欲主义的原则遮蔽乃至删除了围绕性的主题可能展开的各种情节。20世纪80年代，爱情终于获得公开的宣示，文学很快开始向性领域开放。张贤亮的《男人的一半是女人》成为第一扇惊世骇俗的窗口。当然，这一部小说并未与阶级革命的背景脱钩——男主人公的性无能不是身体机能的丧失，而是缘于严酷的政治压抑。王安忆的《小城之恋》绕过诗意的爱情而展示性如何在茁壮的身体内部苏醒，继而不可遏制地燃烧，直至一个母亲形象穿过炽烈的欲火清晰地浮现。一批带有现代主义风格的小说中，"性"不再是一个郑重其事的字眼。许多主人公玩世不恭地调侃这个世界，包括曾经讳莫如深的"性"。作为现代主义的文化背景，"嬉皮士"精神长期保持潜在的影响，性解放是"嬉皮士"亵渎资本主义文化秩序的一个保留节目，对于性大惊小怪的姿态本身就是保守主义的象征。性解放通常诉诸观念的突破而无须配备强大的物质基础——所有的人都拥有一套性器官；相对地，人的全面解放不得不依赖经济发展、社会制度以及种种社会条件，而社会条件的展现更多地成为现实主义文学的追求。

20世纪90年代初期，贾平凹的《废都》引起轩然大波。《废都》的主人公庄之蝶是一个名动一时的文人。尽管才高八斗，但是，他无法从人欲横流的社会突围。身陷名利场的各种纠纷，庄之蝶转向众多女性仰慕者寻求精神抚慰。庄之蝶的自卑情结与颓废心态由于女性仰慕者的投怀送抱而获得短暂的解脱，庄之蝶的名声同时让女性仰慕者产生巨大的满足。当然，另一些纠纷由于庄之蝶的多角性爱接踵而至，以致他身败名裂，众叛亲离，盲目出行之际独自倒毙于火车站。除了知识分子与市场经济的遽然相遇形成的巨大不适，《废都》的另一个争议焦点是露骨的性爱描写。尽管作家仿照中国古代小说删节本"作者删去某某字"——这亦可视为某种无中生有的修辞术，小说的性爱展示仍然远远超出通常的边界。与批评家的谴责形成对照的是，《废都》的销量居高不下，各种盗版蜂拥而至。如果说，《男人的一半是女人》《小城之恋》

摇摆的叛逆

以及一批带有现代主义风格的小说分别赋予"性"不同的文化隐喻，那么，《废都》的性爱展示迫使人们正视欲望与快感的本身。对于文学史说来，这是《金瓶梅》等一批作品长期遗留的问题。

源于身体的欲望与快感通常是文化力图克制乃至压抑的内容，正如弗洛伊德对于"现实原则"与力比多关系的表述。然而，不懈的克制乃至压抑恰恰显示出欲望与快感隐藏的巨大能量。如果说，传统的革命与反抗往往将视线聚焦于经济生产与不公的社会财富分配带来的愤怒，那么，马尔库塞的《爱欲与文明》试图引申欲望与快感背后的能量。"性"是马尔库塞使用的一个比拟，也是引申的起点。马尔库塞承认身体快感是一种享乐，只不过文明秩序阻止身体快感无节制地泛滥。工作或者劳动之所以剥夺了身体的享乐，恰恰是维持社会文明的需要。然而，工作或者劳动不是无休止的西绪福斯苦役，生产出来的社会财富没有必要无休止地积累，发展必须区分为"合理"的与"过度"的。这时，一种新的革命想象出现了："以前的革命导致了生产力的更大规模、更为合理的发展，但今天在过度发达的社会里，革命将逆转这股潮流，它将消除过度的发展，消除其压抑的合理性。"换言之，这将解放而不是继续压抑"生命本能"。按照马尔库塞的设想，更为成熟的文明阶段，工作不再是获取维持生存的薪酬，而是获取各种创造带来的快乐，这时的工作快乐与力比多欲求的快乐往往"重合"——工作不再给身体带来痛苦的折磨；马尔库塞的比拟之中，工作的享乐与性爱的享乐如出一辙。未来的某一天，身体的工作与身体的享乐界限不复存在。马尔库塞的"力比多"概念来自弗洛伊德，但是，他的论证对象远远超出了狭隘的性器官——他将"性欲"换成"爱欲"，生理意义的性吸引转向社会关系意义的挚爱：

第四章　身体作为起点

"把它从限于生殖器至上的性欲改造成对整个人格的爱欲化。这是力比多的扩展,而不是爆炸。"因此,"整个身体都成了力比多贯注的对象,成了可以享受的东西,成了快乐的工具。"[1]尽管这些思想目前仍然是一个乌托邦——尽管伊格尔顿曾经以嘲笑的口吻形容这是"左派能够为它自己的政治瘫痪找到一种精致复杂的逻辑依据"[2],但是,身体、性的欲望及其制造的快感成为这个乌托邦的起始构想。

八

阶级意义的革命与反抗拥有一幅宏大的蓝图。无产阶级只有解放全人类,才能最后解放自己,这是一种总体性的构思。经济与政治,文化宣传,武装斗争夺取政权,各个领域遥相呼应,向一个共同的目标汇聚。当然,这种总体性构思不仅任重道远,而且充满曲折与牺牲,某些意志薄弱的小资产阶级往往伺机临阵脱逃。乡村与城市底层大众从逐步苏醒到组织起来需要琐碎而漫长的历史积累,然而,作家的文学想象往往倾心传奇情节,倾心炽烈的浪漫风姿。这时,身体形象再度引人注目地进驻文学的视域中心。身体话语带来的兴趣仿佛表明,文学绕开政治经济学的历史叙述,专注地将目光收缩到身体形象——历史图景之中,身体形象拥有的能量被超常地放大了。

不言而喻,19世纪末"东亚病夫"这一具有污辱性的称号是身体话语的一个可耻烙印——这种身体形象往往由吸食鸦片的羸

---

[1] [美]马尔库塞:《爱欲与文明》,黄勇、薛民译,上海译文出版社1987年版,第6、161、147页。
[2] [英]特里·伊格尔顿:《后现代主义的幻象》,华明译,商务印书馆2000年版,第81页。

弱"烟鬼"给予注解。作为一种反弹，强壮的体魄是近现代许多著名思想家的关注主题，例如梁启超、严复、毛泽东。当然，这种强壮不仅是生理的、个人的，而且是文化的、民族的。儒家与道家对于和谐与安静的推崇"慢慢吞噬了中国人的身体能量与力量"，正如王斑所言："中华民族的集体身体被看作'东亚病夫'的耻辱形象，而重振民族羸弱的躯体所迫切需要的素质正是健康、力量、活力与勇敢。"诚然，鲁迅对于这个主题的认知相对复杂。一方面，他的《摩罗诗力说》激情四溢地赞颂"尼采式的超人和浪漫诗人的庞大身体"，另一方面，"幻灯片事件"同时表明，鲁迅于缺乏灵魂、麻木不仁的健壮躯体痛心疾首。按照王斑的观点，英雄人物壮美的崇高形象恰恰来自这一段历史时期"美学与政治的纠结互动"[1]。轰轰烈烈的革命大潮兴起之后，鲁迅的顾虑仿佛成为过时的历史。很长一段时间，"强壮"是革命者标准的文化肖像。繁重的体力劳动塑造了"劳动人民"的健壮身体，酷烈的革命斗争塑造了英勇善战的战斗者形象。从坚定的眼神、饱满的脸庞到粗大的胳膊、坚硬的铁拳，"强壮"灌注于身体的各个部位。由于食物匮乏并缺乏医疗保障，年复一年的辛苦劳作严重摧残劳动人民的健康——气势如虹的革命宣传之中，这种问题逐渐被遮蔽。

一些文类之中，文学对于身体形象的想象开始游离历史坐标而独立成章——我指的是武侠小说。宏大而纷繁的历史图景之中，文学单独提取出身体形象，赋予超常的功能。围绕"精武门"的李小龙、"迷踪拳"的霍元甲或者"宝芝林"的黄飞鸿、"咏春拳"的叶问，华夷之间的武术较量构成武侠小说的一个特殊部落。

---

[1] [美]王斑：《历史的崇高形象——二十世纪中国的美学与政治》，孟祥春译，上海三联书店2008年版，第44、46、1页。

第四章 身体作为起点

身体形象寄寓了民族文化的象征，擂台比武的身体对决意义非凡。这一批武侠小说——包括形形色色派生的电影或者电视连续剧——通常采用先抑后扬的模式，最后一役扬眉吐气，擂台上健硕的西方躯体与东洋鬼子的"武士道"溃不成军，"李小龙们"终于昂然地甩下"东亚病夫"这一耻辱称号。

华夷之间的武术较量同时还包含道德观念与技击观念的较量。一方面，"李小龙们"深受礼仪之邦的熏陶，先礼后兵，他们往往在占据道德制高点——故事情节上往往体现为忍辱负重，或者饶恕对手之际遭受暗算——之后不得已出手，继而大获全胜；另一方面，中华武术强调技击的"技术"含量，以精巧的技术动作设计击败对手。这种观念与西方拳击依赖的力量、速度、体重、抗击打能力远为不同。对于西方拳击来说，肌肉与体魄的战斗力很大程度上建立在物理学分析基础之上；相对地，中华武术之中后发制人、四两拨千斤的技击观念与道家文化、佛家文化具有密切联系。

饶有趣味的是，中华武术对于身体形象存在某种奇特的想象，这种想象的神秘主义远远超出了物理学范畴。无论少林为主的"外家拳"还是武当为主"内家拳"均有"气功"之说，挟带"气功"的拳脚招式拥有异常强大的威力，可以轻易地摧木裂石。尽管义和团"刀枪不入"的口号曾经严重受挫，但是，金庸、梁羽生以来的新武侠小说再度以"气功"作为想象的重要元素。这种想象已经广泛流行于现今的武侠电影或者电视连续剧。一僧一道两掌相抵比试内功，两个大侠离地三尺空中论剑，诸如此类的景象无不可以视为这种想象的延伸。"气功"源于某些特殊的修炼。这些修炼打通了身体内部的经络系统，以至于可以积聚数十倍的能量，轻取敌手。所谓的特殊修炼并非仅仅指勤勉的日积月累，更重要的是依赖某种"奇缘"，例如不慎跌入崖洞墓穴，发现武功秘籍；或者无意之间吞服千年灵芝，幸运地获得天地之精华，如此等等。现今的许多武侠小说更乐于在这个节点上大做文章：设计一个近乎奇幻的情节，将无限运气突如其来地抛到某一个身陷厄运的小人物身上，这是"白日梦"对于欲望象征性补偿的经典模式。这时，现实主义文学对于社会历史的冷静分析遭到了冷落，欲望的补偿选择了另一条路径：改造世界如此之难，不如改造自己的身体。一个神奇的身体形象不仅可以为自己制造理想的生活环境，还可以及时出手铲平世间不平事。至少在文学想象之中，这是一个令人向往的方案：

> 如果人类拥有自我设计的权利，他们想有所作为吗？这时可以惊讶地发现，人类的热情意外的强烈。他们一反马虎和慵懒的习气，提交了一张张别致的设计图，对于躯体的每一个局部和细节进行了反复的推敲和琢磨。于是，人们看到了一大批特殊的躯体在虚构的故事和传说之中实践种种别具一格的人生。[1]

改造自己的身体是文学想象的一个古老传统。我曾经在《虚拟与变幻》一文考察过若干文学想象改造自己身体的例证。著名的"千里眼"与"顺风耳"之外，一些超现实的身体或者飞翔于空中，或者钻入地表，或者分身，或者隐身，或者变形为动物，或者复制为无数个自我，或者膨胀而为巨人国，或者收缩而为小人国，

---

[1] 南帆：《虚拟与变幻》，见《叩访感觉》，东方出版中心2004年版，第148页。

第四章　身体作为起点

每一种改造无不暗示出人类对于自己的身体形象存在哪些不满。

从姣好的容颜、性能力的增强到长生不老或者智商的大幅度提高——如果说，改造身体的各种生物学设计显示出逃离历史的不同方向，那么，武侠小说对于身体形象的期待仍然与壮美或者崇高保持某种联系。然而，"寻根文学"与现代主义的冷嘲热讽混合发表了另一种"躯体修辞学"。与武侠小说流露的英雄崇拜相反，"寻根文学"提供的另一些身体形象显得诡异、怪诞、乖戾，例如韩少功《爸爸爸》的丙崽、王安忆《小鲍庄》的捞渣、莫言《透明的红萝卜》的黑孩以及多年之后贾平凹《古炉》的狗尿苔。那些高大凛然的英雄侠客步履坚定，行色匆匆，但是，他们的足音愈来愈空洞，形单影只地融入苍茫的暮色。嘲讽、亵渎与反讽作为后续的现代主义美学趣味尾随而来。这种文化想象之中，阴郁、玩世不恭与传统的神秘观念"异相""异禀"彼此衔接。丙崽眼目无神，行动呆滞，畸形的大脑袋如同倒竖的青皮葫芦，他一生只会说两句话"爸爸"和"×吗吗"。然而，这个畸形的傻瓜是山寨之中一个顽强存在，无嗔无喜，大难不死，"爸爸"和"×吗吗"两句话被猜测为阴阳二卦。正如巴赫金所言："怪诞现实主义的主要特点是降格，即把一切高级的、精神性的、理想的和抽象的东西转移到整个不可分割的物质—肉体层面、大地和身体的层面。""怪诞现实主义的人体是某种畸形的、丑陋的、不成体统的东西。"[1]当然，丙崽、捞渣、黑孩、狗尿苔均无法真正有力地介入情节，他们毋宁是以怪诞的身体形象表示来自历史外部的嘲弄：

---

[1] [俄] 米哈伊尔·巴赫金：《弗朗索瓦·拉伯雷的创作与中世纪和文艺复兴时期的民间文化》，见《巴赫金全集》第六卷，李兆林、夏忠宪等译，河北教育出版社1998年版，第24、35页。

崇高激情已然落空，只有弱智与傻瓜安之若素。[1]这种感叹暗合革命失利之后小资产阶级的复杂心绪。

相对于以江湖为空间的武侠小说，以宇宙为活动范围的科幻文学不仅利用生物学改造身体，同时还追加了材料学、机械学与电子数码芯片。科学知识与文学想象珠联璧合的时候，身体形象首先受益。譬如，电影《终结者》之中终结者液态金属的身体令人骇异。这种身体不仅拥有巨大的杀伤力，而且可以在各种摧毁性打击之中即时复原。许多科幻文学热衷于按照超级战士的模式改造身体形象，无论来自精密的机械改造还是基因突变。这种身体形象保存了种种熟悉的身体外形，同时拥有不可思议的战斗技能，无论徒手搏击还是使用各种型号的武器。科幻文学暴露的一个结论意味深长：人类最大的渴望仍然是战斗技能的升级。尽管身体相貌的美学不满引起了大规模的美容运动，尽管这种运动势不可当地演变为利润惊人的消费主义浪潮，但是，科幻文学对于貌若天仙不屑一顾。杀戮欲不仅远远超过人类的互助精神，也远远超过"为悦己者容"背后异性相吸的欲望。这种想象遗留的另一个疑问是：既然专注于战斗技能，又有什么必要保存人类的外形？为什么不愿意放弃上帝或者女娲造人之际提供的原型，而将身体形象改造为更具攻击性的一柄利刃、一辆坦克或者一条蛇、一只马蜂？

正如"忒修斯悖论"显示的那样，全面改造之后的身体形象是否仍然可以称为"人"？合金的机械手臂、视觉屏幕、胸腔内部的电缆、数据的快速运算与瞬间的判断，或者，基因的改变、异常的细胞与特殊药物，这一切逐渐依附人的身体形象，同时与

---

[1] 参见南帆:《傻瓜的反讽美学》，见《虚构的真实》，福建人民出版社2017年版。

第四章　身体作为起点

人的距离愈来愈远。"人"与"机器人"之间是否存在不可逾越的界限？文学至少将这个问题提出来了。许多科幻小说或者电影同时表现出沉重的忧虑：一旦这些人工产品摆脱了"人"——这些产品的制作者——的控制，真正的人类将面临巨大的威胁。这些人工产品的各种能力均是人类的身体所无法比拟的。

　　胳膊的肌肉、五脏六腑和意识置换为机械、电子零件与数据之后，身体的需求与欲望随之彻底改变。这种身体形象还会在阶级共同体或者意识形态构成的解释框架之中活动吗？对于机器人来说，生产资料的把持、粮食以及水资源的垄断、矿山与宝藏的占有或者异性的抢夺丧失了意义。因此，许多科幻文学的殊死搏杀动机不明。规模空前的宇宙大战之中，利润追逐提供的叙事动能过于薄弱。一些作品仿佛表明，身体形象的差异即是不同阵营的构成理由。"人"与"机器人"拥有相同的外观，如何辨识乃至相互残杀成为戏剧性的焦点。这种曲折的情节往往掩饰了主题的简单。身体必须"吃、喝、住、穿"，这种起点展开的历史愈来愈复杂，继而演变为种种社会制度，催生相关的经济与政治，形成等级制度。当革命与反抗脱离这些问题而转向身体形象改造的时候，围绕社会制度、经济与政治的历史将陆续关闭。这时，现代科学知识配置的文学想象之中仅仅剩下杀戮欲与统治欲的单调回声。

第五章　美学：感性的洞见与盲区

一

对于当代文化来说，"美"的范畴拥有非凡魅力。"美"可能是一个哲学术语，可能是艺术性质的认证，也可能是自然景观的称许；更多的时候，"美"充当了日常生活的种种令人惊喜的形容，包括众多的隐喻和比拟。由于各个场合的频繁使用，"美"派生一系列相近的家族概念，例如"审美""美感""美学"，如此等等。这些家族概念的边界不无模糊，概念的内涵存在种种微妙的差异或者一定程度的重叠。围绕"美"的范畴形成的分析、阐释与争辩诱发了持久的理论兴趣，尾随的诸多论述源远流长，脉络纷杂。

根据考察的区域、思想方位、命题的内容以及术语体系，可以从诸多论述之间区分两个相对的谱系：一批论述更多从属于哲学话语，一系列命题涉及"美"的范畴及其家族概念的本体意义，"美"如何介入人们对于世界的认知；另一批论述源于众多艺术门类的具体研究，显示这些艺术门类与"美"的普遍渴求存在种种联系方式，并且依赖不同的符号体系持续充实"美"的范畴。事实上，哲学家心目中的"美学"隐含不同的理解倾向。"美"的范畴分别拥有哲学话语谱系与艺术研究谱系。例如，康德阐述的"审美"接近前者，黑格尔的"美学"接近后者。[1]

《说文解字》对于"美"的阐释是"甘也，从羊从大"——"美"字的出现意味对于一种特殊感觉的捕获、命名与固定。这个概念既可能形容大快朵颐这种快乐的日常体验，也可能形容文学或者艺术的审美愉悦。尽管先秦时期人们已经对音乐发出"美哉"的感叹，但是，很长的时间里，古代思想家心目中的"美"与文学或者艺术并未相互重叠。一方面，墨子说"食必常饱，然后求美；衣必常暖，然后求丽；居必长安，然后求乐"，孟子说"充实之谓美"，老子说"天下皆知美之为美，斯恶已"，庄子说"天地有大美而不言"或者"毛嫱、丽姬，人之所美也；鱼见之深入，鸟见之高飞，麋鹿见之决骤"——这些观点之中的哲学命题没有必要向文学或者艺术求证；另一方面，无论音乐风格的类型、绘画的形与神还是诗词的遣词造句或者书法的笔势点画，艺术研究带来的众多庞杂观念并未清晰地汇合到"美"的范畴。超脱具体的考察进入形而上的思考，古代思想家关注的焦点毋宁是文学或者艺术如何指向"道"。《文心雕龙》开宗明义阐述"原道""征圣""宗经"，"文以载道"几乎是所有批评家耳熟能详的命题。将"美"作为文学或者艺术纯粹与否的衡量，这种观念直至晚清才获得王国维的隆重推介。

西方的许多古典哲学家热衷于"美"的思辨，以至于"美"的范畴成为哲学话语内部一个长盛不衰的专题。苏格拉底、柏拉图、

---

[1] 高建平：《当代中国美学的历史评述》，见《中国美学（第1辑）》，包兆会主编，上海古籍出版社2010年7月。

摇摆的叛逆

170

亚里士多德之后，康德、黑格尔的观点在汉语文化圈获得广泛的传播。当然，人们同时还熟悉席勒、叔本华的若干观点。鲍姆加登的《美学》一书是美学学科的奠基之作，他的名字成为一个绕不开的学术地标。克罗齐将直觉作为美学的轴心，他的激进和片面几乎是令人难忘的首要理由。一批现代哲学家征用美学作为反抗资本主义体系的特殊资源，例如阿多诺或者马尔库塞。哲学家确认了世界本体之后，文学或者艺术被视为显示本体的一个特殊例证。所以，柏拉图认为，艺术与真理隔了三层——艺术作品模仿工匠的产品，工匠模仿某种范式，代表终极真理的理念藏身于这种范式之后。尽管艺术作品千姿百态，哲学家没有兴趣考察过多的美学范畴。例证的增加或者减少不会改变本体的光辉。崇高，悲剧，喜剧，丑，多半是哲学家的传统主题，这些考察更像偶尔为之的理论试水，担任补充说明的注脚。海德格尔的《艺术作品的本源》一文对凡·高绘画的一双农鞋进行独到的阐释。种种解读与其说聚焦于绘画技艺，不如说寄托他的哲学观念。[1]伊格尔顿认为，英国的宗教式微之后，文学及时地填补空缺，部分地行使宗教职能："'英国文学'被构成为一个学科，从而接过维多利亚时代的这一意识形态重担。"[2]显而易见，这种观点只能存放于哲学话语谱系，不论伊格尔顿的宏论多大程度地吻合历史状况。他谈论的是文学的哲学意义，而不是文学作品本身。

马克思在《〈政治经济学批判〉导言》中指出，"艺术精神"

---

[1] 参见［德］M.海德格尔：《诗·语言·思》，彭富春译，文化艺术出版社1991年版。
[2] ［英］特雷·伊格尔顿（特里·伊格尔顿）：《二十世纪西方文学理论》，伍晓明译，陕西师范大学出版社1987年版，第26页。

第五章 美学：感性的洞见与盲区

是人类掌握世界的四种重要方式之一。[1]相当一部分哲学话语试图在"掌握世界"的意义上阐述"美"。这是鲍姆加登创立"美学"的学科意义，也是美学学科首先从属于哲学的理由。理性被认定为掌握世界的首要能力之后，"美学"力图肯定感性认知的意义，审美愉悦是世界对于感性认知的褒奖。这时，"美"的范畴描述了主体与客体的一种联系方式。然而，"美学"的覆盖范围远远超出了哲学，同时活跃在艺术研究谱系。另一些场合，"美学"概念的展开是与艺术作品的分析评判结合在一起的。恩格斯给斐迪南·拉萨尔的一封信谈道："我是从美学观点和历史观点，以非常高的、即最高的标准来衡量您的作品的……"[2]这个"美学观点"的语境不是哲学话语，而是对一部作品——拉萨尔的剧本《济金根》——的深刻考察。

"把艺术和美联系在一起的现代看法反映了 19 世纪把艺术理论合并于美学的倾向。这就自然而然地把艺术等同于艺术中的一个门类，即所谓'审美艺术'，或 fine arts、beaux arts、Schoene Kunst。"[3]无论 19 世纪这个时间节点的认定会不会引起争议，可以肯定的是，艺术和美或者艺术理论与美学并非始终是同一枚硬币的两面，二者的会师是不久以前的事情。当然，人们没有理由认为，艺术研究谱系缺乏足够的理论含量。许多艺术研究的论述不仅迅速抵近哲学关注问题的深度，而且，这些论述擅长阐发种种犀利的、更多与经验互动的观点——哲学话语的形而上性质往往对于

---

[1] [德] 马克思:《〈政治经济学批判〉导言》，见《马克思恩格斯选集》第二卷，中共中央马克思恩格斯列宁斯大林著作编译局编译，人民出版社 2012 年版，第 701 页。

[2] [德] 恩格斯:《恩格斯致斐·拉萨尔》(1859 年 5 月 18 日)，见《马克思恩格斯全集》第二十九卷，人民出版社 2016 年版，第 586 页。

[3] 陈嘉映等译:《西方大观念》，华夏出版社 2008 年版，第 51 页。

这些观点无动于衷。西方的文学批评不仅涉及再现、模仿、自然与真理、语言、主体、天才、无意识这些可能与哲学话语共享的问题，同时还包含读者反应、含混与多义、非个人化与作者之"死"、修辞风格与视点、文本结构、阶级与性别等相对微观的问题。[1] 艺术研究谱系之中，各种命题的证明材料远非停留于概念的思辨，而是包含众多的作品和艺术家。

相当一段时间，一种理论状况引起了广泛的焦虑：大量涉及文学或者艺术的论述堆砌了众多晦涩拗口的概念术语，然而，作品消失了，审美也消失了。这种理论状况可以追溯多种原因，譬如学院的崛起及其学术风格的规范，理论旅行与翻译的影响，一知半解带来的故弄玄虚，如此等等。相对地，哲学话语谱系与艺术研究谱系的差别并未获得足够的关注。概念术语的思辨是哲学话语的普遍状态，作品或者审美往往充当提供图解的认识阶梯。很大程度上，那些派生于哲学领域的题目共同显现出这种特征，例如文学表象背后的道、欲望、荒诞、主体、存在主义、语言结构等，晚近时髦的"空间"或者"事件"正在以相近的方式组织另一批话题。这些概念术语共同指向某种玄奥的哲学结论，过多的审美可能扰乱严谨的逻辑架构。试图从哲学话语谱系获得作品审美的指南，人们往往空手而归。得兔忘蹄，得鱼忘筌，引用之后的作品时常被作为多余的思想辎重而抛弃。这种思辨涉及的作品往往拥有巨大的审美声望，但是，思辨不再对审美负责——不再丝丝入扣地论证审美的形式、成因或者隐含的种种微妙的波动。思辨的结论必须抵达世界本体，而不是乐而忘返地逗留于作品之

---

[1] 参见［英］拉曼·塞尔登编：《文学批评理论——从柏拉图到现在》，刘象愚等译，北京大学出版社2000年版。

上,"错认他乡是故乡"。

作品审美的指南委托于艺术研究谱系。审美几乎涉及作品构造的全部因素,脱离作品的空谈言不及义。迄今为止,从人物、情节、意象、风格、语言、韵律到抒情、叙事、结构、文本、文类、互文,作品的诸多因素无不获得专题考察。理论语言层面上,作品形式的规范图谱已经基本完成。这带来一个隐蔽的倾向:活跃于艺术研究谱系的批评家通常热衷于维护作品形式规范。无论是诗、词、曲、赋还是小说、戏剧,他们时常存在一种正统观念——似乎各个类型的作品无不拥有标准范本。愈是接近这个标准范本,作品的审美位阶愈高。摆脱甚至破坏这个标准范本犹如不恭的艺术冒犯。因此,那些渴求独创的艺术家往往返回哲学话语谱系谋求思想支持。他们并非从事某种琐碎的艺术修补,而是返回"艺术地掌握世界"这个思想原点,重新规划自己的艺术路径。

二

对于当代文化来说,"美"的范畴隐藏了种种矛盾。"美"不仅意味着魅力,同时还潜伏着危险。"信言不美,美言不信",传统文化时常警觉地防范"美"的诱惑。古代批评家不断复述一个共识:沉溺于"美"的形式可能放弃"道"的追求。从服饰、化妆、家居装修到商店橱窗、宫廷建筑、城市广场,相当一部分"美"的形式依赖金钱的支持,甚至奢华无度。这时,"美"留下剥削阶级的烙印。当艺术形式将"美"作为唯一目标的时候,"唯美主义"由于剥削阶级的文化渊源而成为贬义词。从抽象画、无调性音乐到现代主义文学的形式实验,只有衣食无虞的人才能悠闲地侍弄这些"不知所云"的玩意儿，无视大众疾苦的典雅和艰涩显然是小资产阶级的文化痼疾。尽管如此，疾言厉色的谴责并未真正扑灭"美"的追求。只要气候合适，"美"的渴望会立即炽烈地燃烧起来。因此，这种疑问迟早会浮出水面："美"为什么必须依附种种外在的异己标准——"美"拥有自己的独立性格吗？这时，康德的美学观点赢得了广泛的谈兴。无论是晚清王国维的介绍还是20世纪80年代李泽厚的述评，历史气氛将康德从玄奥的哲学思辨拖到当代文化之中。

当然，众多引用康德作为思想后援的论述之中，只有少数人真正通晓"三大批判"体系的内在构造。如同许多思想家所赢得的待遇那样，康德的观点不仅被大幅度简化，而且，简化恰恰是这些观点大规模扩散的重要条件。汉语文化圈内部，康德的介绍、接受、挪用或者误读业已构成饶有趣味的学术史脉络。当然，康德"审美无利害"的思想是众目睽睽的焦点。这种思想不仅带来反复的激烈辩论，而且或显或隐地潜入美学史或者文学史的叙事，与另一些观念或者艺术评价发生各种形式的化合。王国维摆脱了"文以载道"的古老束缚接受康德"审美无利害"的思想，提出"天下有最神圣、最尊贵而无与于当世之用者，哲学与美术是已。天下之人嚣然谓之曰无用，无损于哲学、美术之价值也"[1]。尽管如此，一方面，很长一段时间，王国维的观点犹如空谷足音；另一方面，"文以载道"的强大传统仍然赢得新的表现形式，譬如与王国维同一个时代的梁启超。梁启超充分意识到审美的特殊功能，但是，他竭力将审美的特殊功能引入"新民"的轨道。对于梁启超来说，

---

[1] 王国维:《论哲学家与美术家之天职》，见《王国维全集》第一卷，谢维扬、房鑫亮主编，浙江教育出版社2009年版，第131页。

第五章 美学：感性的洞见与盲区

国家、民族和现代政治是学术以及文学、艺术环绕的荦荦大者。当年的历史气氛显然选择了梁启超——而且，这种主张同时延续至接踵而来的五四新文化运动。五四时期，陈独秀、胡适、鲁迅等人均为新文学摇旗呐喊，然而，他们的最终目标并非单纯的审美，而是拯救国民灵魂。20世纪上半叶，无论启蒙、救亡还是革命，审美的位置仅仅是冲刺终点之前的一段跑道。

20世纪80年代，这种状况开始改变。文学或者艺术仅仅是某种社会观念的附庸吗？审美能否以自身为目的？审美独立的声浪愈来愈高涨。王国维在这种思想背景之下重新出场。美学的争论很快转向文学史，"重写文学史"成为一个引人瞩目的重大事件。许多声名卓著的现代作家获得了重新评价，一些遮蔽已久的作家重见天日，例如钱锺书、张爱玲、沈从文。追溯起来，审美独立的观念很大程度上支配了这些重新评价。当然，除了康德或者王国维，司马长风的《中国新文学史》与夏志清的《中国现代小说史》同时提供了别一种视角。夏志清在《中国现代小说史》初版序言中显示了"新批评"理论姿态。在他看来，文学史评判的首要依据是注视作品审美性质："本书当然无意成为政治、经济、社会学研究的附庸。文学史家的首要任务是发掘、品评杰作。"[1]

更大的范围内，20世纪80年代文学存在一种普遍认可的二元论：审美／政治。这种二元论大部分源于20世纪上半叶的文学总结。不论是"听将令"式的迎合还是来自行政机构或者社会舆论的强制干预，首当其冲的是文学审美。审美拥有独特逻辑，图解某种

---

[1] [美]夏志清：《〈中国现代小说史〉出版序言》，[美]王德威《重读夏志清教授〈中国现代小说史〉——英文本第三版导言》引用；见《中国现代小说史》，[美]夏志清著，刘绍铭等译，复旦大学出版社2005年版，导言第33页。

摇摆的叛逆

外在观念或者充当口号的传声筒牺牲了文学的本质。许多批评家的期望是,剥离种种不合理的控制,获得一元的"纯文学"。我曾经如此描述"纯文学"的方位:

> 大约在八十年代,"纯文学"这个概念开始露面。相对于古典现实主义的叙事成规,相对于再现社会、历史画卷的传统,特别是相对于五六十年代的"战歌"和"颂歌"的传统,人们提出了另一种文学理想。人们设想存在另一种"纯粹"的文学,这种文学更加关注语言与形式自身的意义,更加关注人物的内心世界——因而也就更像真正的"文学"。这也许就是"纯文学"的基本构思。[1]

当然,即使"纯文学"也无法否认文学与思想、道德、社会、心理、作家生平以及种种艺术门类的联系。然而,这一切通常被视为文学的外围因素。正如作家必须坚守审美的独特逻辑,文学研究必须清除外围因素的干扰,进入文学内部——文学的"内部研究"与"外部研究"来自韦勒克的著名划分。如果愿意再度衔接康德的思想,那么,必须放弃外围因素制造的"利害"关系,审美的真正秘密只能隐藏于文学内部。文学的背景和环境仅仅是"外因"。韦勒克强调说:"文学研究的合情合理的出发点是解释和分析作品本身。无论怎么说,毕竟只有作品能够判断我们对作家的生平、社会环境及其文学创作的全过程所产生的兴趣是否正确。"[2]

---

[1] 南帆:《空洞的理念》,《上海文学》2001年第6期。
[2] [美] 勒内·韦勒克、奥斯汀·沃伦:《文学理论》,刘象愚、邢培明、陈圣生等译,江苏教育出版社2005年版,第155页。

第五章 美学:感性的洞见与盲区

如果说，康德式的"审美无利害""纯文学"或者韦勒克的"内部研究"对于传统的"文以载道"或者社会历史批评学派形成了严重的挑战，那么，后结构主义、新历史主义或者"文化研究"重新恢复了社会历史以及意识形态的意义。将审美划定为一个孤芳自赏的文化特区，拒绝人间烟火的污染和参与，或者，将审美设定为某种特殊的禀赋，对审美的痴迷接近于宗教皈依，那些粗俗的大众几乎无法染指，诸如此类文化贵族加知识精英主义的姿态被视为新型的保守主义。理论层面上，若干问题因为论证薄弱乃至相互矛盾而显得十分刺眼。

首先，文学的哪些因素展示了真正的审美光芒？当思想、道德、社会历史等被视为次要的外围因素之后，所谓的"内部"指的是什么？对于许多呼吁审美主义的人来说，这甚至是一个暧昧不明的问题。一种观点不假思索地将目标锁定作品之中人物的内心世界。幽深的内心层次，纤毫毕现的意识流，审美的业绩仿佛将这一切从社会历史的滚滚红尘之中拯救出来。然而，"内心的深度"这种形容已经带有明显的弗洛伊德主义。韦勒克不愿意将"心理学"纳入文学的"内部研究"："即使我们假定一个作家成功地使他的人物的行为带有'心理学的真理'，我们仍可提出这样一个问题：这些'真理'是否具有艺术上的价值？"[1]作为"新批评"阵营的一员，韦勒克所谓的"内部"聚焦文学形式。他主张在文学形式的诸多因素之中鉴定"艺术上的价值"。韦勒克认定的"内部研究"包括谐音、节奏、格律、文体、意象、隐喻、象征、神话、叙事模式、文类，如此等等。他倾向于接受英伽登对于作品层次

---

[1] [美]勒内·韦勒克、奥斯汀·沃伦：《文学理论》，刘象愚、邢培明、陈圣生等译，江苏教育出版社2005年版，第99页。

摇摆的叛逆

的分解，继而按照上述内容重新充实这些层次。这种观念与俄国形式主义遥相呼应，并且在结构主义学派之间持续升温。结构主义的很大一部分来自索绪尔的语言学。结构主义文学研究沿袭了语言学的雄心壮志：描述文学形式的总体图谱，犹如语言学描述完整的语法体系一样。

然而，这种意图并未实现，甚至遭到怀疑。迄今为止，文学研究无法证明某种特殊的"文学语法"——无法证明某种文学专属的语言或者文本结构，二者拥有近似于语法的固定性质，而且，这种固定性质不会因为历史背景的转换而产生重大改变。事实恰恰相反：任何文学形式均拥有自己的历史起源，并且终将衰亡；不同历史时期，文学形式获得的审美评价亦非始终如一。中国古典诗词格律曾经聚沙成塔，继而盛极一时，现今正在进入尾声。众多例子表明，既定文学形式的审美指数始终保持浮动状态。

文学形式的盛衰扰乱了"纯文学"的设想。种种文学类别的演变交织于每一个历史时期的文化版图内部，错综纵横，并且由于哲学、史学、经济学、新闻学乃至自然科学的复杂互动而潮涨潮落。另一方面，文学形式新陈代谢的节奏愈来愈快。文学与史学的分野、诗与歌的离异曾经催生一批新型的文学形式。从造纸技术的成熟到互联网的崛起，科学技术的飞跃不仅造就另一种艺术符号，并且带动前所未有的文学题材，甚至酿成不同的文学阅读方式。总之，亘古不变的"纯文学"与"纯哲学""纯史学""纯经济学""纯新闻学"分疆而治的文化图景显然是一厢情愿的设想。换言之，审美并非某种"纯粹"的内心波澜荡漾于一个指定的区域；审美的展示方式、活动层面以及种种功能远比"纯文学"设想的状况复杂。

退出江湖仅仅是"纯文学"的一种简单构思。"内部研究"描

第五章　美学：感性的洞见与盲区

述的文学形式演变仍然证明，审美不可能与世俗的日常生活彻底分割。放弃这种简单构思，遭受遮蔽的事实很快浮现：审美以及带动的文学或者艺术并非悬浮的装饰或者点缀，而是穿插于社会历史的肌理内部，隐含尖锐甚至激进的锋芒。这恰恰是美学与种种哲学、史学、经济学、新闻学乃至自然科学比肩而立的理由，也是进一步阐释的起点。

三

"美"的命名与"审美""美感""美学"等一系列家族概念陆续登场表明，美学事实拥有遥远的历史。然而，作为一个正式学科，"美学"来自1750年鲍姆加登的著作《美学》。鲍姆加登力图解决的问题是"感性"的意义："美学的目的是感性认识本身的完善（完善感性认识）。"[1]感官认知能够走多远？一些严谨的哲学家甚至从未信任感官的功能。相对于西方文化强大而坚固的理性主义传统，鲍姆加登力图赋予感性相近的认知价值。感性并非理性主义逻辑架构下的一片污浊的沼泽地，而是人类另一种可以与理性主义相提并论的世界认知。雷蒙·威廉斯试图描述感官认知背后的"感觉结构"，感性认知并非杂乱无章的印象片段，而是隐含结构的凝聚力量。特里·伊格尔顿以一个"左"翼思想家的身份锐利地指出：如果理性主义放弃感性生活的管辖与控制，所谓的"政治秩序"必将落空。[2]"美学"，Aesthetica——中文通常音译为"埃

---

[1]［德］鲍姆嘉滕（鲍姆加登）：《美学》，简明、王旭晓译，文化艺术出版社1987年版，第18页。
[2] 参见［英］特里·伊格尔顿：《美学意识形态》，王杰、傅德根、麦永雄译，广西师范大学出版社1997年版，第1页。

斯特惕卡"——可以解释为"感性学"。哲学接纳了这个学科,并且颁布如下标准表述:"'美学'一词的含义在过去的两个世纪里发生了巨大的改变。最初(根据它的希腊文词根)它与一般的感情相关,而后变成了对感性知觉的研究,再后来变成了对美的欣赏。到了今天,……它不仅研究美好的事物,而且也研究崇高的、引人注目的,甚至是愚蠢的和丑恶的事物(例如在喜剧中)。"[1]因此,考察审美的意义,首先是考察感性认知的意义。感性认知获得了什么?这时,文学或者艺术已经成为标准的范例:"在西方文化和亚洲文化中,关于艺术的一个持久的信念是:艺术揭示了世界的某种深层实在,甚至是科学和哲学无法阐明的实在。"[2]——艺术的独特揭示方式,首先追溯至感性认知的独特视域。

理性主义的运行通常依赖概念、命题、逻辑、推理以及综合思辨。无论是古老的哲学、日新月异的自然科学还是大部分日常事务的处理,理性主义构成了行之有效的工作平台。尽管如此,审美唤醒的感性认知及其激情、直觉、独特的个性仍然存在不可替代的意义,这一点是美学的前提。感性认知所接受的个别形象时常与理性主义预设的"普遍性"构成张力。美学的一个内在主张是,感性认知可能呼应或者补充理性主义肯定的"普遍性",也可能构成挑战或者反抗。如果说,审美摆脱了通常感性认知的零碎、片面、短暂,那么,巨大的审美愉悦同时伸张了感性认知隐含的价值观念——个别的意义。进入审美视域的对象与预设的"普遍性"存在不可忽略的差距时,感性认知并未软弱地屈从理性的逻辑强制,而是顽强地表示怀疑。审美愉悦通常表明感性认知的深刻发现,

---

[1] [美]所罗门:《大问题:简明哲学导论》,张卜天译,广西师范大学出版社2008年版,第386页。
[2] [美]所罗门:《大问题:简明哲学导论》,张卜天译,广西师范大学出版社2008年版,第387页。

这时，需要补课的毋宁是预设的"普遍性"。哲学之所以愿意为美学腾出空间，主张"哲学王"的柏拉图之所以无法真正驱逐诗人，恰恰是由于美学与文学隐含来自感性认知的反思机制："理性主义预设的普遍性是从哪里来的？这种预设必然正确吗？理性主义强调个别证明一般的规律，审美秉持个别挑战一般的观念，这种分野表明了相异的价值体系，甚至表明了审美对于理性主义霸权的反抗。这时，审美力图证明，文学之所以兴趣个别，恰恰因为发现了理性主义的预设难以察觉的内容。"[1]

理性主义与审美的感性认知均已提供众多成功的文化产品。尽管如此，区分二者的意义远远超出了文化生产范畴而进入政治、道德或者社会管理领域。譬如，中国古代思想家认为，诗乃至艺术的审美风格与政事民俗存在神秘的互动。这是古代社会道德教化依据的前提。《毛诗序》指出："情发于声，声成文谓之音。治世之音安以乐，其政和；乱世之音怨以怒，其政乖；亡国之音哀以思，其民困。故正得失，动天地，感鬼神，莫近于诗。先王以是经夫妇，成孝敬，厚人伦，美教化，移风俗。"[2]现代社会拥有远为复杂的意识形态构造，然而，鲁迅的沉郁、郭沫若的奔放、赵树理的乡土气息或者"大跃进"民歌的明朗单纯、"朦胧诗"的低回凝重无不纳入政治或者道德的阐释方阵。许多时候，"现代性"——现代社会的种种基本属性——与美学之间构成复杂的双重联系。

美学曾经是启蒙的号角。人道主义、欲望、感官的权力、解放的个体，这些启蒙主题无不获得美学的全面响应。美学与感性天然地组织于人的完整形象之中。种种启蒙主题的完成是现代社

---

[1] 南帆：《审美的重启》，《中国文学批评》2016年第1期。
[2] 《毛诗正义》，见《十三经注疏》（上册），[清]阮元校刻，中华书局1980年版，第270页。

会诞生的文化温床。罗贝尔·勒格罗分析了西方等级制度与宗教权威的脱钩如何导致现代个体的诞生,他同时解释说:"早在被政治计划明确承认之前,它们已被引入习俗,开始构成人际关系。在打算把个人平等、自主和独立视作共同生活的原则之前,人们已经开始互相平等对待,以自主的方式行事,使彼此独立了。"[1]托多洛夫和福克鲁尔分别介绍了西方文化的个体如何摆脱上帝形象的笼罩,从而在绘画、文学与音乐之中陆续出场。美学与启蒙的联合成为"现代性"完成的重要条件。[2]

然而,所谓的现代社会并未逃脱"启蒙辩证法"。当"现代性"由于异化逐渐显露出压抑性的时候,美学再度表现出超常的历史敏感。如果说,审美的感性认知同时积存了强烈的浪漫精神、追慕自由自在的天性以及叛逆与冒险,那么,这一切正在遭受"现代性"的鄙夷乃至驱逐。经济或者财富不仅成为普遍追求的目标,而且,现代社会同时形成一套与之适应的管理体制和意识形态,无论是统治自然的"技术理性"还是统治社会的"社会理性"。[3]相对于严密的科层社会、"祛魅"、循规蹈矩以及精于计算的利己主义、市侩哲学,审美如同一种格格不入的文化异数。这个意义上,审美并非设置若干无关紧要的文学或者艺术门类容纳剩余精力表现出的"高雅"文化修养,而是隐藏特殊的反抗能量。人们曾经

---

[1] [法]罗贝尔·勒格罗:《现代个体的诞生》,见《个体在艺术中的诞生》,[法]茨维坦·托多洛夫、[法]罗贝尔·勒格罗、[比]贝尔纳·福克鲁尔著,鲁京明译,中国人民大学出版社2007年版,第126页。

[2] 参见[法]茨维坦·托多洛夫:《个体在绘画中的表现》,[比]贝尔纳·福克鲁尔:《音乐和现代个体的诞生》,见《个体在艺术中的诞生》,[法]茨维坦·托多洛夫、[法]罗贝尔·勒格罗、[比]贝尔纳·福克鲁尔著,鲁京明译,中国人民大学出版社2007年版。

[3] [美]约亨·舒尔特-扎塞:《英译本序言:现代主义理论还是先锋派理论》,见《先锋派理论》,[德]彼得·比格尔著,高建平译,商务印书馆2002年版,第14页。

第五章 美学:感性的洞见与盲区

以"资产阶级现代性"与"审美现代性"命名"现代性"内部压抑与解放的矛盾。拉康、福柯、德勒兹这些思想家无不觉察到理性与技术正在结合为巨大的管理体制，他们的无意识、生命政治、欲望均对于"资产阶级现代性"形成的压抑表露强烈的恶感。那些著名"左"翼思想家心目中的审美甚至充当了反抗的资源从而与政治经济学相提并论——譬如阿多诺援引美学反抗资本主义社会的"同一性"，或者，马尔库塞试图结合马克思主义与精神分析学，论证美学如何形成"快乐与自由""本能与道德"的和解，从而挑战"现代性"的产物"单向度的文化"——"法兰克福学派此时正致力于恢复个人生活中被压抑的潜能"[1]。对于他们说来，审美承担解除压抑的革命手段。

四

马尔库塞设想在美学基地孵化革命的主体。这个主体的特征是拒绝传统的感性认知方式，"新感性"必将召唤一个崭新的社会天地。他意识到"新感性"的形成是与语言革命联系在一起的："一场革命在何种程度上出现性质上不同的社会条件和关系，可以用它是否创造出一种不同的语言来标识，就是说，与控制人的锁链决裂，必须同时与控制人的语汇决裂。"[2]这个重任显然与文学形式息息相关——很大一部分即是韦勒克"内部研究"所指的文学形式构成。当然，这些文学形式构成不再视为审美独立与自律的坚

---

[1] [美]斯蒂芬·埃里克·布朗纳：《批判理论》，孙晨旭译，译林出版社2019年版，第20页。
[2] [美]马尔库塞：《论新感性（1969年）》，见《审美之维》，李小兵译，生活·读书·新知三联书店1989年版，第114—115页。

固壁垒，而是规范和召唤主体的感性认知——看到什么，听到什么。诗的铿锵节奏或者小说的视角、结构、修辞风格无不涉及主体以何种方式洞察世界。

这种设想是否与现代艺术存在矛盾？那些激进的现代主义艺术家时常从事极端的艺术实验，许多作品由于怪异的形式而惊世骇俗。无论是晦涩的诗句、纷乱跳跃的叙事话语还是内涵不明的线条与色块、混沌难解的音响、丧失任何原型的几何形状，这些艺术实验广泛分布于诗、小说、绘画、音乐、雕塑。人们无法认定这些艺术形式力图再现什么。许多时候，现代主义往往被解释为审美独立与自律的范本——为艺术而艺术，艺术的本质即是形式语言，不要试图给形式语言附加意义。

彼得·比格尔认为，所谓的审美自律是资产阶级社会生产方式的必然产物："从'为艺术而艺术'开始到唯美主义结束的作为一个独特的子系统的艺术的进化，必须与资产阶级社会中劳动分工倾向联系起来考虑"；"仅仅在19世纪的唯美主义之后，艺术完全与生活实践相脱离，审美才变得'纯粹'了"[1]。这时，文学与艺术丧失了反思以及改造乃至反抗社会的实践意义。想象王国之中的一切已经不可能真正实现，人们又有什么必要维护这种失败的艺术？的确，现代主义破除和瓦解了文学或者艺术的传统程式，但是，这一切仅仅局限于艺术体制内部，更大范围的社会文化波澜不惊。比格尔所说的"艺术体制"指的是"一个特定社会或社会的某些阶级或阶层中规范它与同类作品交流的方式"；"既指生产性和分配性的机制，也指流行于一个特定的时期、决定着作品

---

[1] [德] 彼得·比格尔：《先锋派理论》，高建平译，商务印书馆2002年版，第100、88页。

接受的关于艺术的思想"[1]。比格尔力图摧毁审美自律形成的桎梏，穿透传统的"艺术体制"，重新将艺术与生活实践联系起来。他寄望于"先锋派"，并且论证了"先锋派"与唯美主义的差异：

> 唯美主义者在生活实践与作品内容之间造成了距离。唯美主义所指的、并加以否定的生活实践是资产阶级日常的手段——目的理性。现在，先锋主义者的目的不是将艺术结合进此实践之中。相反，他们赞同唯美主义者对世界及其手段——目的理性的反对态度。与唯美主义者的不同之处在于，他们试图在艺术的基础上组织一种新的生活实践。[2]

从抛开传统的文学或者艺术形式到抛开传统"艺术体制"，感性认知获得了何种解放？这时，朗西埃的"感性分配"显然是一个意味深长的概念。在他看来，感官感觉的事实构成的自明系统认定了世界存在的方式。这不仅决定哪些是人们共同感知的事物，同时还决定各种事物的位置及其界限。然而，世界并非天然如此，感官感觉的组织原则具有特殊的作用。感性认知开始的时候，感官并非孤立地行动。语言、符号及其运行模式始终介入感性认知的组织结构，鉴定什么是正统的知识，什么是无聊的噪声。诗人的世界必须接受诗词格律的修剪，小说、戏剧乃至历史的叙事力图按照因果关系编辑感官接纳的众多形象，绘画的色彩、线条或者音乐的乐器、曲调从未离开画家和音乐家的感性认知，电影或者电视的影像符号隐蔽地支配人们的视觉。可以在这个意义上阐

---

[1] [德] 彼得·比格尔：《先锋派理论》，高建平译，商务印书馆2002年版，第76、88页。
[2] [德] 彼得·比格尔：《先锋派理论》，高建平译，商务印书馆2002年版，第121页。

释文学或者艺术形式举足轻重的意义。例如，文学形式展示的视野、风格事先规定了感性认知的范围，很大程度地决定作家只能看见什么、表述什么。由于"诗言志"的传统，那些卿卿我我的婉约缠绵不得不待到词的成熟之后方才赢得大规模表现；古希腊的崇高悲剧仅仅接受王公贵族担任的主角，平民百姓的悲壮和崇高不得不淹没在喜剧风格的编码背后。任何一种文学形式既意味了聚焦，又意味了束缚。一旦这种束缚严重地限制了感性认知的活跃，作家将会发动文学形式革命。文学形式革命可能以暴风骤雨的方式降临，例如五四新文学运动；也可能显现为一部作品内部静悄悄地解放，例如朗西埃曾经分析福楼拜《淳朴的心》和《包法利夫人》之中的细节再现。众多细节溢出了传统小说编码设定的框架，显示出独立的生命，这恰恰是感性认知的扩大。于朗西埃看来，这种状况废除了寄托于传统文类内部的权力机制，甚至重新设定艺术机制——重新决定艺术与非艺术的边界。当文学形式革命带动了感性秩序重新分配的时候，美学再也不是温顺地局限于某一个超然角落的无关紧要的知识。对于朗西埃来说，感官感觉的组织原则如何分配世界，这是一个不可忽视的焦点：

> 要理解朗西埃所谓感性的分享/分配的关键在于理解：具体的感知行为与对它所预先建构的值得感知的客体的隐含依赖之间的张力关系。这种张力关系通过与之相关的异见（dissensus）概念得以表达，歧义不但是对不平等的异议，而且是对不可感知性（insensibility，亦即无法被感知、注意或者证明）的异议。当社会中的某些被认为是感知不到的元素开始挑战占据统治地位的政治秩序时，民主政治就发生了。政治

行动的任务是有关审美的（aesthetic），因为它需要重构意义感知的条件，只有这样，感知和意义之间的主要结构才会被社会中那些不但要求存在，并且要求被感知到的元素、群体或个人所打乱。因此，感性的分享／分配是一条脆弱的分界线，这条分界线为政治共同体及其异见设下了感知条件。[1]

从鲍姆加登的美学到马尔库塞或者朗西埃，这些思想与"审美无利害"背后安宁祥和的独特区域距离很远。20世纪后期的美学重新从各个方向卷入动荡的社会革命，美学的"个人"与社会革命之间的关系再度成为焦点。

五

从作品之中形形色色的主人公到诸多个性迥异的艺术家，"个人"概念在美学之中占有重要的地位。美学范畴的"个人"并非围绕个人尊严、名誉等个人权利，亦非道德层面可鄙的"利己主义者"，个人的经济利益乃至健康状况并未纳入视野——美学范畴的"个人"首要特征显现为独异的展示方式：栩栩如生的个别形象诉诸感性认知。譬如，没有哪一个学科如同文学那样巨细无遗地复制"个人"形象。从执行公务风格、个人社交范围到脸上的皱纹、服饰的款式、说话口吻乃至内心掠过一道若有若无的波纹，文学愈是详尽地再现种种细节，"个人"形象愈是逼真独特。当然，文学之中同时涌现了大量山川草木或者都市景观，但是，作家并非

---

[1]［加］大卫德·帕纳基亚：《"Partage du sensible"：感性的分享／分配》，见《朗西埃：关键概念》，［法］让-菲利普·德兰蒂编，李三达译，重庆大学出版社2018年版，第120页。

提供客观的地图，这些景象毋宁说来自某一个主人公视野——包括抒情主人公——的组织与编辑。如果说，电冰箱或者汽车的商品利润很大程度上依赖共同型号的批量生产，那么，文学或者艺术的原则是，没有哪一部作品彼此重复。作品之中"个人"形象之所以逼真独特，显然可以追溯至文学家或者艺术家独树一帜的个性与风格。文学或者艺术的另一条原则仿佛不言而喻——作者的个性与风格怎么强调也不过分。

然而，个人、个性与风格必须显示普遍性的归宿。这仿佛是不可或缺的指标。否则，为什么社会公众挑选这一部作品或者这一个艺术家进入文化舞台的聚光灯，更多的作品或者艺术家迅速退场？哪一个人或者个性与风格获得普遍关注显然事出有因。美学很早意识到这个问题，并且对于审美获取普遍性的理论路径提出了多种设想。孟子解释说："口之于味也，有同耆焉；耳之于声也，有同听焉；目之于色也，有同美焉。至于心，独无所同然乎？"[1] 康德将"人同此心，心同此理"的普遍性归结为先验主体。聚焦主体结构的另一个批评学派显然是精神分析学。批评家借助"无意识"概念阐述作家、作品主人公与读者之间相同的内心频道。尽管每一部作品情节各异，然而，"无意识"之中遭受压抑的内容构成无形的精神联盟。相对于主体结构的普遍性，"典型"概念的普遍性指向了社会历史——典型人物个性与共性的转换是显现普遍性的解读机制。作品之中一个马车夫、一个贫农或者一个资本家隐喻千百个马车夫、贫农或者资本家的共性。认识这些共性是进一步解读阶级社会历史状况的前提。当然，主体结构的普遍性

---

[1]《孟子注疏·告子章句上》，见《十三经注疏》（下册），[清]阮元校刻，中华书局1980年版，第2749页。

与社会历史之间的呼应仍然存在诸多暧昧未明之处。一个"自我"与另一个"自我"的分裂与抗衡,灵魂与肉身的搏斗,理性与无意识的纠缠,欲望的燃烧与熄灭,这些内心秘密属于"个人"的内部事务,还是社会历史的敲击制造的回声?精神分析学的恋母情结以及阉割焦虑将家庭关系作为阐释的前提,但是,这种家庭关系脱离了社会历史而仅仅是一个抽象的框架。换言之,恋母情结以及阉割焦虑与阶级社会历史状况无法相互解读,二者之间的普遍性无法通约。精神分析力图进一步打开主体的内部纵深——即使抛开外部的社会历史,内心以及无意识领域仍然波涛起伏,并且拥有强大的动力。相对地,社会历史的考虑显然带有决定论倾向:内心即是社会历史的产物,而不是某种神秘的精神自我生产。如果说,政治或者经济仅仅是一些宏观的范畴,那么,意识形态与符号体系的考察有助于揭示社会历史塑造内心的隐秘方式。

迄今为止,普遍性并未成功地完成个性与风格的规训。没有哪一种普遍性完整地展现于特定的个性,正如没有哪一种个性完整地展现了特定的普遍性。二者之间的差距无法彻底消除。如果说,自然科学揭示的物质结构、运动规律已经将无数个别现象归结于分子式或者力学定律公式,那么,个人的社会存在远非如此规范。尽管社会科学提供了种种命名社会共同体的概念,但是,个人的社会存在始终遗留除不尽的余数。从民族、国家、阶级、性别到童年、青年、中年、老年,从科学家、艺术家、运动员、演员到自然人、理念人、经济人、法人,来自各个方位的称谓仍然不可能一网打尽个人的所有品质。显然,这些社会共同体的概念愈来愈密集地覆盖历史状况的描述,那些无法消化的个人品质时常作为多余的边角料遭到删除。这时,文学或者艺术的感性认知固执地表示，理性主义根据这些概念设计的历史调查问卷存在许多疏漏与空白。那些"左"翼思想家警觉地发现，"现代性"可能依赖理性主义生产种种概念，以普遍性的名义构造一个强大的压抑体系。因此，除了传统的政治经济学清算，他们共同倡导感性认知的突围，这是审美擅长的。审美不是复述概念的图解，而是发现概念之外的新型形象。文学或者艺术收获异乎寻常的审美对象，解读机制无法领取现成的概念表述事先规定的"普遍性"；相反，"普遍性"的发现、命名和阐释必须依赖富于洞察的思想再创造。

"仰观宇宙之大，俯察品类之盛"，审美的感性认知驳杂错落，林林总总，理性主义无法为之指定一成不变的"普遍性"，继而恰当地组织到某种观念体系。尽管如此，理性主义的失效并未取缔审美愉悦。审美的感性认知不再依赖观念体系的协助，审美愉悦的欣快以直觉的形式诉诸感官。《毛诗序》已经充分意识到，诗歌不仅显现为语言产品，而且诉诸身体感官："诗者，志之所之也，在心为志，发言为诗。情动于中，而形于言，言之不足，故嗟叹之，嗟叹之不足，故永歌之，永歌之不足，不知手之舞之足之蹈之也。"[1]我想引申的观点是，身体感官的到场寓示了美学的个人不可化约。"了却君王天下事，赢得生前身后名，可怜白发生"——身体的个人归属不会由于种种社会共同体的信念而改变。身体必须独自承担生老病死，维持日常生命的存活和体验快感与痛感。没有人可以抛开自己的身体扬长而去。身体的经验无法彻底融入个人栖身的社会共同体；相反，相当一部分的个人利益不得不追溯至身体的保存、渴求、激情与冲动。如果说，个人的精神存在可能形成个性与共性的完整重叠，那么，身体参与的个性极大地增

---

[1]《毛诗正义》，见《十三经注疏》（上册），[清]阮元校刻，中华书局1980年版，第269—270页。

第五章 美学：感性的洞见与盲区

添了变数。大部分社会成员的个性来自身心共同维护，少数人的个性内部隐藏身心的分裂。后者或者以双倍的坚毅抵达精神目标，或者精神遭受身体的背叛。精神分析学的"无意识"进一步描述了精神与身体之间种种表里不一的复杂故事。无论是信仰、责任还是欲望冲动，身体的存在是个人精神状态的重要组成部分。因此，尽管理性自信地断定，众多社会共同体如同步伐整齐的方阵共同执行某种信念，但是，审美察觉的事实是，社会共同体内部众多人员参差不齐，面目各异。美学的"个人"表明，感性认知并未将身体作为微不足道的物质从精神视域剔除。

罗蒂曾经说过："在尼采之前的哲学家看来，与此普遍的印记相比，个体生命的特殊偶然都是不重要的。""尼采相信，大概惟有诗人才能真正体悟偶然。"[1]换言之，当种种号称"必然"的普遍性概念掌控了历史描述之后，审美的感性认知是划开理性主义话语之网的利器。美学抵制乃至拒绝专横的形而上学，力图保留个人的呼吸空间。这并非盲目对抗，而是坚信理性主义遗弃的某些内容恰恰隐含特殊的秘密。由于感性认知与理性主义话语之间的视域错动，某些历史新大陆可能出其不意地显现。这时，人们很快会回想起文学提供的例子：从《庄子》中的各种残疾人，曹雪芹《红楼梦》的贾宝玉、林黛玉到鲁迅《阿Q正传》的阿Q，从塞万提斯《堂吉诃德》中那个疯疯癫癫的骑士、加缪《局外人》中那个冷漠的囚犯到卡夫卡《城堡》中那个莫名其妙的土地测量员K，这些逃离普遍性概念的人物无不透露出某种意味深长的动向。"形象地再现未曾解释过的生活，这是现实主义文学观念的朴素含

---

[1] [美]理查德·罗蒂：《偶然、反讽与团结》，徐文瑞译，商务印书馆2003年版，第42、44页。

义,也是现实主义文学观念迄今不曾过时的一面。"[1]很大程度上,现代主义的文学形式实验设置了相似的目标。对于审美的感性认知来说,个性与普遍性之间的差距恰恰隐含了再发现的巨大空间。

然而,对于社会革命来说,美学隐含了某种令人不安的成分。

六

美学的保驾护航并未消除"个人"概念隐含的各种危险;相反,美学似乎沾染了某些异常的气息。首先,审美愉悦往往与放纵感官、目迷五色近在咫尺,宗教修持乃至"悟道"秉持的禁欲主义可能将审美视为不洁的享受。托多洛夫考察绘画时重申了教徒的观念:"肉体属于撒旦,精神属于上帝。""感官享受不适合真正的基督徒生活"[2]。其次,艺术家的个性与风格通常无法汇入大众的普遍认知,特立独行的艺术家可能与投身于社会革命的大众脱钩。无产阶级作为整体与旧世界决战的时候,个性与风格的过火表现往往被纳入可鄙的小资产阶级个人主义。从醒目的服饰、能言善辩的语言风格到冲动过激的冒险行为、出人头地的表演欲无不来自小资产阶级气质的怂恿。对于小资产阶级激进分子来说,革命组织成为累赘,纪律和命令犹如额外负担,他们甚至不惮独自面对牺牲。这种孤芳自赏令人钦佩,也令人忧虑。当革命从自发的个人反抗转入集体行动之后,个人主义往往演变为一个亟待铲除的政治病灶。这种病灶是否获得美学的隐秘支持?富于艺术家气

---

[1] 南帆:《后革命的转移》,北京大学出版社2005年版,第251页。

[2] [法]茨维坦·托多洛夫:《个体在绘画中的表现》,见《个体在艺术中的诞生》,[法]茨维坦·托多洛夫、[法]罗贝尔·勒格罗、[比]贝尔纳·福克鲁尔著,鲁京明译,中国人民大学出版社2007年版,第9页。

质的反抗时常来自灵机一动的创造,来自别出心裁的灵感,对于变化多端具有特殊的好感。这些当然存在强大的艺术或者美学渊源。然而,如同革命者唾弃的私人财富,艺术家又有多少理由将个性与风格作为精神的私人领地?事实上,这是许多批评家滔滔宏论背后隐秘的逻辑转换。譬如,弗·詹姆逊就表示,恐惧自我的消失是一种"反革命的意识形态",是法国大革命"可怕的暴民场面"与"大规模的反抗中对私有财产的极端愤恨"留下的精神创伤后遗症。[1]所以,他倾心于"第三世界"那些以"个人"充当"民族寓言"的作品:"第三世界的本文,甚至那些看起来好像是关于个人和利比多(力比多)趋力的本文,总是以民族寓言的形式来投射一种政治:关于个人命运的故事包含着第三世界的大众文化和社会受到冲击的寓言。"[2]这已经回到黑格尔的观念——只有共性饱和的个性才能获得肯定。

美学以特殊的展示方式维护了"个人"存在。在康德、王国维那里,或者,在阿多诺等一批"左"翼思想家那里,审美及其感性认知闪耀出激进的革命锋芒;然而,在黑格尔、梁启超那里,在卢卡奇或者詹姆逊等另一批"左"翼思想家那里,更多的担忧是感性认知成为革命的障碍。20世纪80年代之后,两支思想脉络交错出现,"个人"概念带动的对话时常针锋相对——从美学外部到美学内部。

独立的个体时常被视为现代社会与传统社会"断裂"的标志[3]——至少在西方社会,这个历史事实回荡在美学的外部与内

---

[1] 参见[美]弗雷德里克·詹姆逊:《乌托邦作为方法或未来的用途》,王逢振译,见《科幻文学的批评与建构》,[美]詹姆逊等著,安徽文艺出版社2011年版,第99页。
[2] [美]弗雷德里克·詹姆森(弗雷德里克·詹姆逊):《处于跨国资本主义时代中的第三世界文学》,见《新历史主义与文学批评》,张京媛主编,北京大学出版社1993年版,第235页。
[3] 参见顾红亮、刘晓虹:《想象个人——中国个人观的现代转型》,上海古籍出版社2006年版,第1—6页。

部。譬如，托多洛夫相信，文学对于个人形象的精雕细琢源于文化观念对于个人意义的特殊器重。谈论西方文学之中个体的诞生，托多洛夫区分了两个类型："一方面是'表现主体'的文学或广义的自传，另一方面是虚构的文学。"前者始于蒙田的《随笔集》，后者始于笛福的《鲁滨孙漂流记》，二者之间的时间相差大约两个世纪。"笛福使文学的个人主义得到了充分的表现，因为从头到尾我们与之打交道的，是对一个始终处于一定的可识别的时空中的特殊人物的生活所作的现实主义的叙述。"[1]更早的时候，伊恩·P.瓦特的名著《小说的兴起——笛福、理查逊、菲尔丁研究》阐述了经济个人主义与美学个人主义之间的深刻联系——他同样以鲁滨孙为例：

> 小说对普通人日常生活的深切关注，似乎依赖于两个重要的基本条件——社会必须高度重视每一个人的价值，由此将其视为严肃文学的合适的主体；普通人的信念和行为必须有足够充分的多样性，对其所作的详细解释应能引起另一些普通人——小说的读者——的兴趣。也许直至最近才广泛获得了小说赖以存在的这样两个基本条件，因为，它们都赖于一个各种因素相互依存的巨大复合体——个人主义——为其特征的社会的建立。[2]

---

[1][法]茨维坦·托多洛夫等：《个体在艺术中的生活和命运》，见《个体在艺术中的诞生》，[法]茨维坦·托多洛夫、[法]罗贝尔·勒格罗、[比]贝尔纳·福克鲁尔著，鲁京明译，中国人民大学出版社2007年版，第156—157、160页。

[2][美]伊恩·P.瓦特：《小说的兴起——笛福、理查逊、菲尔丁研究》，高原、董红钧译，生活·读书·新知三联书店1992年版，第62页。

第五章　美学：感性的洞见与盲区

然而，尽管启蒙与"现代性"主题分别从各个领域嵌入晚清社会，文学并未亦步亦趋地复制这种理论路径。"表现主体"挣脱了古典的含蓄、节制、"主文谲谏"之后，睥睨天下、舍我其谁的浪漫主义抒情主人公仅仅昙花一现，诗人的俯视很快转换为仰望；"现实主义"的客观、精确赢得大批作家与批评家的共同青睐，客观、精确的再现对象是以阶级面目出现的劳苦大众整体和社会历史的构造，而不是西方个人主义隆重介绍的"个人"。从古老的志怪传奇、讲史和神魔小说转向现实主义，个人形象穿过空虚渺茫的神话传说或者"分久必合，合久必分"的古老逻辑降落在真实的大地，但是，凡俗的张三或者李四并非文学形象的终点。梁启超热衷倡导"新小说"，他的目标却并非"个体"而是"群治"。梁启超对于西方小说的兴趣集中在社会政治："在昔欧洲各国变革之始，其魁儒硕学，仁人志士，往往以其身之所经历，及胸中所怀，政治之议论，一寄之于小说。"[1]梁启超对于个体的肯定附加了先决条件——他逐渐"将个体自由解释为公民享有的有限自由，而达成这种自由的目的是促使个体对集体利益作出贡献，特别是为中华民族的生存和富强而奋斗"，并且确认"过度的个人自由会有害于民族利益并因此转为对个人主义的激烈抨击者"[2]。即使20世纪90年代市场经济大面积降临之后，这种观念仍然十分普遍——个体并非自决的，而是如同阎云翔所言："个体身份仍然是经由个体与某个集体的关系界定的，尽管所隶属的集体可以由个体选择，如

---

[1] 任公（梁启超）：《译印政治小说序》，见《二十世纪中国小说理论资料》第一卷，陈平原、夏晓虹编，北京大学出版社1997年版，第37页。
[2] 上述概括来自阎云翔：《导论：自相矛盾的个体形象，纷争不已的个体化进程》，具体见《"自我"中国——现代中国社会中个体的崛起》第六章"中国知识分子思想意识中的个人自治与集体自由"（鲁纳），[挪]贺美德、鲁纳编著，许烨芳等译，上海译文出版社2011年版，第25页。

更为民主化和私人化的家庭。"[1]这时,美学个人主义——文学聚焦的个人形象与社会历史之间的联系远比想象的复杂。阎云翔曾经引述欧洲汉学家对于20世纪90年代中国文学的基本观感:"90年代,新趋势转向个人化和私密化;个体被主要描述为一个自由运行的孤独主体,充满欲望和痛苦。然而,物质主义的和私密化的个体的内在力量只能源自于家庭和朋友网络的纠葛,这显示了在脱离集体之后,个体难以承担独立自主的重担。"[2]这种概括言简意赅。我愿意补充的是,如此简洁的概括或许恰恰表明,另一些更为复杂的理论纠葛遗留于概括之外。

如果追溯到作为物质构造的身体,"个体"从未消失。这个事实构成社会历史的前提。从儒家、道家、墨家、佛家到朱熹的理学或者阳明心学,从康有为、谭嗣同、梁启超、严复到胡适、周作人、鲁迅,古今诸多思想家曾经从不同的层面对于"个体"给予定位。[3]无论是"大我""小我"的区分还是道德人伦、知识主义、良知之学或者无政府主义、民族国家谱系,围绕"个体"设置的各种论述框架恰恰证明"个体"的坚硬存在。当然,所谓的"个体"并非从天而降,独立自足;家庭、社会、教育、阶层等无不以意识形态"询唤"的方式塑造个体,使之成为合格的社会成员,

---

[1] 阎云翔:《导论:自相矛盾的个体形象,纷争不已的个体化进程》,见《"自我"中国——现代中国社会中个体的崛起》,[挪]贺美德、鲁纳编著,许烨芳等译,上海译文出版社2011年版,第32页。

[2] 上述概括来自阎云翔:《导论:自相矛盾的个体形象,纷争不已的个体化进程》,具体见《"自我"中国——现代中国社会中个体的崛起》第五章"在自我和社会团体之间:中国当代文学中的个人"(魏安娜),[挪]贺美德、鲁纳编著,许烨芳等译,上海译文出版社2011年版,第24页。

[3] 参见许纪霖:《大我的消解:现代中国个人主义思潮的变迁》,见《中国社会科学辑刊(第26期/2009年春)》,邓正来主编,复旦大学出版社2009年3月,第1—21页。

第五章 美学:感性的洞见与盲区

顺利地获得某社会共同体的接纳，甚至扮演代表人物。尽管如此，"个体"的性质不可能消失殆尽，从而驯顺地充当某一种型号的标准零件。我愿意重复的一个比喻是：即使对于一部鸿篇巨制，每一个字眼仍然存在不可约简的意义——"个体"亦然。每一个字眼无不镶嵌于指定的位置，共同指向既定的主题，但是，每一个字眼的内涵仍然独立自主，并且在上下文之中显出不可替代的作用。如果说，历史的演变从来不是以平均数的方式齐头并进，那么，许多时候，恰恰是活跃的"个体"挣开同质整体的沉闷束缚，制造出令人惊异的，甚至是意义重大的历史缺口。美学个人主义不仅显示感性认知接收到"个体"存在的信息，而且提供了"个体"与各种观念对话的起点。尽管"典型"概念构造的解读机制有意无意地将"个体"消融于某种"共性"，然而，美学特殊的展示方式顽强地证明了"个体"的活力，并且赋予异质话语的形式。因此，当阿多诺或者马尔库塞开始揭露"现代性"与理性主义的隐蔽共谋之际，美学及时地成为他们手中的资源。

七

美学对于"个体"的审美肯定绝不意味着否定先秦以来众多思想家的睿智之见。美学的出现并未解决"个体"带来的难题："个体"与另一些"个体"的关系，"个体"与社会的协调——或者说"大我"与"小我"的统一。托多洛夫和福克鲁尔谈论个体的崛起与绘画、音乐、文学的联系时，罗贝尔·勒格罗以"现代个体的诞生"为主题助阵。然而，涉及"个体"与"个体"、"个体"与社会的时候，他的论证引向了美学之外。勒格罗反复强调，"个体"与"个体"之间的平等是个体独立的前提。平等的破坏往往成为外在权威凌驾于个人的条件。在他看来，平等的追求是一种不言而喻的"人性"，这种"现象学"的感觉甚至不必诉诸观念引导：

> 自从人性作为比任何特别的属性都更原始的东西，作为人类生活方式的根源被感知时，有关人原本就是自主体的思想便开始被接受了，并因此把别人当人对待，也就是作为自主的人对待，这一必要性开始被迫切感受到了。[1]

然而，众多历史事实恰恰证明，这种"现象学"的感觉远未获得普遍的认可。由于各种原因，平等或许是人类社会最为匮乏的内容之一。美学对于个人的展示方式是否包含平等主题？相对于理性的综合与概括，感性认知的高分辨率付出了代价——感性认知的视野远比理性狭窄。号称一部作品的几个人物或者若干家族完整地喻示了宏大的历史，这种黑格尔式的比拟往往名不副实。《红楼梦》不可能替代《清史稿》。全景式学科并未诞生，美学没有显现承担全景式学科的潜能。审美视角既包含洞见，也存在盲区。换言之，美学的展示方式并未对所有个人提供一视同仁的舞台。

事实上，审美的洞见与盲区可能破坏"感性分配"的平等。例如，一部叙事作品将主人公送到舞台中心，次要人物只有少许露面的机会，"路人甲"或者"路人乙"无足轻重，旋生旋灭。尽管叙事学通常被视为美学的内部事件，但是，美学的外部世界仍

---

[1] [法]罗贝尔·勒格罗：《现代个体的诞生》，见《个体在艺术中的诞生》，[法]茨维坦·托多洛夫、[法]罗贝尔·勒格罗、[比]贝尔纳·福克鲁尔著，鲁京明译，中国人民大学出版社2007年版，第136页。

第五章 美学：感性的洞见与盲区

然表示严密关注——这种美学设计可能成为意识形态的工具。正如后殖民理论所揭露的那样，许多作家有意无意地将正面主人公赐予欧洲白人，另一些肤色的人种只能领取配角和反面人物。如果说，后殖民理论的意识形态批判将欧洲白人中心主义与叙事学的展示方式视为同一件事情的两种面相，那么，另一些作品即会显示令人困惑的复杂性。从《水浒传》《西游记》《红楼梦》《狂人日记》到《包法利夫人》《安娜·卡列尼娜》《罪与罚》《洛丽塔》，许多著名作品对于正统道德所无法容忍的"问题人物"情有独钟。这些人物占据了主人公位置，理所当然地收获更多的同情、谅解乃至振振有词的辩解。对于这些主人公的对手来说，同情、谅解乃至辩解是否公平？白居易的《长恨歌》是一出痛彻心扉的悲剧："六军不发无奈何，宛转蛾眉马前死。花钿委地无人收，翠翘金雀玉搔头。君王掩面救不得，回看血泪相和流。"[1]可是，退出《长恨歌》的语境，制造悲剧的"六军"是不是比"君王"和"蛾眉"更为可悲？加缪《局外人》中的莫尔索赢得了充分的理解，那么，海滩上那个遭受枪杀的阿拉伯人拥有愤怒和复仇的理由吗？美学可能从种种"问题人物"身上觉察某些不可忽视的文化基因、叛逆的资源乃至未来的社会想象，但是，道德或者法律没有理由提供另一些视角吗？

审美自律的观念倾向于屏蔽这种问题。审美自律的观念往往派生一种幻觉：所有的问题都将在美学范畴内部获得答案，超出美学范畴的事务因为粗俗而不值得认真对待。审美即是终点，审美愉悦之后的持续分析令人厌恶。然而，这种问题坚硬地存在，以至于可能对审美自律的观念形成同等的反击——道德或者法律

---

[1] [唐]白居易：《长恨歌》，见《白居易集》（第一册），顾学颉校点，中华书局1979年版，第238页。

试图屏蔽审美。道德或者法律的质疑方式通常是，文学不能在审美的名义下"诲淫诲盗"或者"草菅人命"。这时，审美的文化防线形同虚设。日常经验显明，许多作品的审美愉悦始终与道德或者法律交集，这恰恰是"左"翼思想家如此器重美学的理由。从独往独来的豪杰、不屈的勇士到凡夫俗子乃至窃贼、妓女，这些文学形象首先是美学的产物。然而，美学无法将这些文学形象锁进密闭的保险箱，拒绝世俗的道德或者法律骚扰；美学之所以独具一格，恰恰因为另一些学科的存在。这些学科激烈地竞争，彼此改造，从未停止扩张内在的价值观念。投身于社会生活，人们既可能扮演审美主体，也可能扮演道德主体或者法权主体，后者的时间多半超过了前者。因此，抛开各种观念而构思一种万能的审美，狂热的自以为是与可笑的自我蒙蔽仅有一纸之隔。洞穿这种自我蒙蔽的有效策略通常是，抛开观念的交锋而转入作家和艺术家的日常生存：他们能否彻底甩开子女教育、版权纠纷或者人身安全这些道德或者法律问题，仅仅寄居于审美构造的空间？

美学的感性认知聚焦于人类社会。通常的作品之中，一只蚂蚁、一块岩石乃至一个星球均无法与人类竞争——它们的归宿是生物学、地质学或者天文学。然而，进入人类社会，审美没有赢得独断的资格，正如道德或者法律也没有赢得独断的资格。史蒂文·卢克斯曾经简要地整理西方社会"个人主义"的语义史。他不仅论及"人的尊严""自主""隐私""自我发展"这些含义，而且分析了"抽象的个人""政治个人主义""经济个人主义""宗教个人主义""伦理个人主义""认识论个人主义""方法论个人主义"。[1] 尽管如此，美学个人主义并未进入他的视野。如果说，这

---

[1] 参见［英］史蒂文·卢克斯:《个人主义》，阎克文译，江苏人民出版社2001年版。

第五章　美学：感性的洞见与盲区

种状况表明美学与思想前锋的疏离，审美自律的观念显然负有若干责任。晚清以来，个人观念逐渐成为中国知识分子持续争辩的论题，"伦理的个人""政治的个人""历史的个人"分别展开纵深的理论线索。[1]然而，审美并未获得一个独立的区域，而是以感性认知的方式卷入启蒙、救亡与革命。五四新文学开始，审美始终作为启蒙、救亡与革命之中一个特殊的声音回响在多声部的历史叙述之中，包括审美的洞见与盲区。

相对于审美自律的观念，另一种观念强调审美的开放与积极对话。从审美愉悦、感性认知到形象的再现，审美的独立意义并未削弱。但是，所谓的独立不是构造一个封闭体，阻止文学或者艺术的外溢。相反，积极对话鼓励审美不断地向各种理性主义话语敞开独特视角，显示感性认知隐含的价值观念，保持与各种社会科学概念系统的紧张与协商。审美可能证实各种社会科学的命题，也可能形成补充、修正甚至反驳。另一方面，积极对话包括接受社会科学的启迪和纠偏——警示审美的执迷不悟可能遭遇的陷阱：

> 必须坦率地承认，审美评判存在错误的可能。感性的狭隘视域，激情的偏执，悲天悯人混杂的软弱，迷醉于辉煌的形式而无视真正的牺牲，甚至真诚地颂扬暴行，陶醉于历史罪行，等等。这时，社会科学的诸多学科可能出面质疑、辩论、修正，改换不同的视角和叙述方式，甚至激烈地否定。当然，审美始终拥有申辩和反驳的权利——这一切无不显现为各种

---

[1] 参见顾红亮、刘晓虹：《想象个人——中国个人观的现代转型》，上海古籍出版社2006年版，第25页。

话语系统的持续博弈。[1]

"博弈"是审美与各种社会科学的关系,也是感性认知与理性主义工作平台的关系。博弈的形式广泛多变,不存在事先设定的意义发布中心,不存在各种话语图谱的比例配置。很大程度上,博弈恰恰显示出历史对于各种话语图谱的调度。相当长的历史时段,审美仅仅在博弈之中占有微小的份额。古典社会的终结与现代性乃至后现代的降临,审美的耀眼光芒与不合时宜的言行时常交错出现。美学的意义会不会被高估了?无论是捍卫"现代性"的阵营还是批判"现代性"的阵营,这个疑问一次又一次地冒出来。审美与启蒙曾经成功地合作,这种合作在后续的阶级与革命之中遭受不同程度的挫折。然而,哪怕审美仅仅占有微小的份额,这个起始之点已经不可淹没:审美是一种不可或缺的存在。

---

[1] 南帆:《理论的半径与审美》,《东南学术》2016年第1期。

第三部分　乡村的焦虑与城市空间

第六章　文学的乡村：双重主题、知识分子及其叙事焦虑

一

　　文学、乡村、知识分子，三个概念拥有各自的理论谱系，分疆而治。20世纪历史的巨大涡流扰乱了三个概念的传统疆域，它们之间开始出现复杂的交集、纠缠和多重组合。这种状况表明，新型的历史可能性开始浮现。如果说，五四时期是这些概念大规模交集的开始，那么，迄今为止，分歧、冲突和争夺远未结束。尽管每一个历史阶段分别抛出了不同的术语，聚焦的领域不断转移，但是，某些内在的矛盾固执地再三重现，并且派生各种主题。对于文学来说，乡村始终是不可舍弃的主角——不论后现代主义文化如何炫目地膨胀，乡村叙事从未出现衰竭的迹象，相反，众多文化元素似乎还在持续地卷入。许多时候，城市的繁华扮演了乡村叙事之中的"他者"，即使未曾露面，城市仍然作为某种隐性的压力存在。作为来自城市的使者，知识分子亦非孤立地降落乡村，他们的小资产阶级身份如影随形。换言之，小资产阶级、农民阶

级以及他们从属的阶级图谱始终隐匿于乡村叙事的背后。

相对于悠久的农耕社会，乡村并未从中国古典文学之中赢得足够的篇幅。文学史通常认为，《诗经》之中的《七月》以及若干农事诗是文学版乡村的首次登陆。如果说，这一批农事诗多半淳朴地再现当时的农耕、祭祀以及寒来暑往、秋收冬藏的四时风俗，那么，陶渊明的田园诗业已隐含了内在的紧张。不论是"少无适俗韵，性本爱丘山""晨兴理荒秽，带月荷锄归""采菊东篱下，悠然见南山"，还是脍炙人口的《桃花源记》，陶渊明的闲适、淡泊隐藏了某种决绝的姿态——与逼迫他为"五斗米折腰"的官场"樊笼"决裂。

"人生在世不称意，明朝散发弄扁舟"——谢绝高官厚禄的诱惑，抛弃炎凉世态，驾一叶扁舟逍遥于波涛浩渺的江湖，这是后世大批文人墨客共享的文化梦想。从仕途受挫、官场失意到寄情于山水田园，他们轻车熟路地转换于二者之间，山水之乐或者归隐之趣作为某种另类文化充当了精神平衡器。从孟浩然、王维、李白、杜甫、白居易到柳永、苏东坡、辛弃疾、陆游，怀才不遇是他们的共同烦恼，沉湎于风花雪月是他们一脉相承的解脱形式。景仰庙堂之高来自儒家的规训，置身江湖之远源于道家的自得。穷则独善其身，达则兼善天下；清风明月不用一钱买，独善其身的特殊策略即是游历山水。"白马非马""离坚白"或者"名理""言意"之类玄学命题仅仅短暂地成为文人墨客的思辨对象，科学实验以及自然构造的考察几乎无人问津，他们的才情很大一部分显示为品山鉴水的精微趣味。当然，这种趣味不仅包含"开轩面场圃，把酒话桑麻"的世俗温情，更多的是带有庄禅意味的"山路元无雨，空翠湿人衣"或者"行到水穷处，坐看云起时"。

古典文学结束之后，乡村与城市、财富、权力体系或者功名利禄之间的对立仍然作为一种主题原型保存了下来。当然，所谓的"乡村"是一个宽泛的概念，"乡村"不仅包含青山绿水和田园风光，同时包含农耕社会相对单纯的社会关系。宦海沉浮，红尘滚滚，乡村被想象为远离世俗是非的另一种空间。因此，乡村制造的美学享受往往隐含了无言的社会学批判：那些来自城市的奸诈、猥琐、奢靡、商业交换或者纸醉金迷令人厌恶。沈从文的《边城》为什么沁人心脾？清澈的河流，河边的吊脚楼，白色小塔，大片石头的河床，缆绳牵住的渡船，竹篁之中的啾啾鸟鸣，沉默的老船夫，黄麂般的翠翠，半夜高崖上传来了悠扬情歌……这些明净的山水和天真淳厚的民风仿佛就是为了反衬外部世界的污浊而存在。对于许多作家来说，这种文学构思不言自明：乡村的山水田园多半与古道热肠、忠诚守信联系在一起；他们将种种虚伪、矫饰乃至尔虞我诈的剧情慷慨地奉送给城市文化。从汪曾祺的《受戒》《大淖记事》、何立伟的《白色鸟》到贾平凹的"商州纪事"系列、阿城的《树王》《遍地风流》，人们可以察觉这种文学构思持续不断地顽强重现。

20世纪80年代之后，高峰、峡谷、森林、田野、江河、海洋、草原、戈壁陆续在文学之中苏醒。开阔、宏伟、瑰丽或者清朗、静谧、温厚，种种乡村的山光水色与人文情怀遥相呼应。相对于古典的"诗意"，文学开始从各个视角触及大自然的严酷险峻。不论是孔捷生的《大林莽》、叶蔚林的《在没有航标的河流上》，还是郑万隆的"异乡异闻"系列及洪峰的《生命之流》《生命之觅》，人们不断地触及山川河流内部隐藏的原始伟力。对于这些作家来说，再现深山老林以及蛮荒之地力图召唤的是古老的勇敢、血性、信义与强壮的体魄——现今那些精致、繁杂、珠光宝气的城市正在渐渐地将这些品质消磨殆尽。如果这种原始主义的观念往前一步，文学的乡村可能显示出神秘的，甚至令人恐惧的魔幻性质。科幻小说热衷于把种种异形生物藏匿于城市寓所的下水道，文学的乡村擅长将魔怪、鬼魂或者幽灵安顿于森林、沼泽地和山坡上的坟场。古典文学之中，诗词赋予魔幻仙境般的迷人气氛——"千岩万转路不定，迷花倚石忽已暝。熊咆龙吟殷岩泉，栗深林兮惊层巅"，"霓为衣兮风为马，云之君兮纷纷而来下。虎鼓瑟兮鸾回车，仙之人兮列如麻"；相对而言，那些可怖的魔怪、鬼魂或者幽灵多半隐身于小说，勾魂摄魄，或者吸去人们的精血，例如《聊斋志异》。《聊斋志异》之中那些花妖狐魅时常出没于荒郊野岭的废弃院落，或者往来于古墓坟茔。无论是野性、神秘还是魔幻，这些性质或明或暗地源于原始主义——原始主义始终是乡村隐含的某种文化含义。乡村的荒凉、偏僻、人迹罕至显然有助于造就各种惊悚的情节。

"乡愁是一方矮矮的坟墓／我在外头／母亲在里头"，余光中的《乡愁》曾经将坟墓作为"乡愁"的寄托。这是坟墓的另一种解读，也是坟墓背后乡村的另一种解读。"乡愁""故乡""故土""乡村"构成了一批彼此呼应的词汇。这是一种普遍同时不无模糊的想象：所谓的故乡总是在某一个遥远的乡村。"乡村"的另一个文化含义即是故乡。

对于文学说来，故乡几乎是乡村的同义语——城市几乎无法扮演故乡的形象而进入文学舞台，城市毋宁说是移民者的驿站。这同时还可以从"家园"这个词语得到证实：在通常的文学想象中,"家"并非一套高层公寓,"家"更多地和茅屋、田园、竹篱联系在一起。这或许是农业文化历史为"故乡"概念所作出的美学诠释。由于这种逻辑转换,从"怀乡"至"乡土文学"则是一个必然的过渡。在《〈中国新文学大系小说二集〉序》一文中,鲁迅所概括的"乡土文学"明显地包含了这方面的涵义:"乡土文学"是城市寓居者对于遥远故乡的情感记忆。[1]

因此,故乡时常被视为一个人的文化根系——这个植物意象再度回到了"乡村"的主题。20世纪80年代的"寻根文学"是一个醒目的文学事件。众多作家不约而同地将目光转向了广袤的乡村,这种集体性的想象方式并非偶然。"为什么我的眼里常含泪水?因为我对这土地爱得深沉。"换言之,这时的故乡、土地成为乡村巨大的情感烙印。通常,所谓的"乡土文学"包含两个基本的特征:"风俗画描写"和"地方色彩"。[2] 20世纪30年代,茅盾在谈论"乡土文学"的时候补充说,所谓的"风俗画"并非单纯的异域情调,"在特殊的风土人情而外,应当还有普遍性的与我们共同的对于运命的挣扎"[3]。这个意义上,文学之中的故乡不仅是叙述者的出生地,同时还是一种活跃的文化实体;故乡不仅作为思念的对象潜在地护佑游子离人的漂泊灵魂,同时,故乡还要包含反抗与斗争的内涵。

乡愁是温柔的,缠绵的,魂牵梦萦的。然而,某些时刻,乡

---

[1] 南帆:《冲突的文学》,上海社会科学院出版社1992年版,第38页。
[2] 参见丁帆:《中国乡土小说史论》绪论,江苏文艺出版社1992年版,第1页。
[3] 茅盾:《关于乡土文学》,见《茅盾全集》第二十一卷,人民文学出版社1991年版,第89页。

第六章 文学的乡村:双重主题、知识分子及其叙事焦虑

愁可能会带有强烈的反抗意味——尤其是异族入侵之际，即使是文化的入侵。例如，无论是赖和还是陈映真、黄春明，台湾省的"乡土文学"始终包含了对于现代主义的拒绝。现代主义被视为西方的，外在的，具有相当程度的侵略性和压迫性；乡土文学是民族的，内在的，充满本土的气息。"本土"这个词的形象诠释往往是乡村。这时，"乡村"将在民族主义、全球化的对抗关系之中扮演一个重要的文化角色。

二

雷蒙·威廉斯在《乡村与城市》中抱怨，乡村与劳动、生产以及财产分配的关系时常遭到了遮蔽，所谓的"诗意"或者田园风光成为形容乡村的陈词滥调：田园诗成为乡村与城市对比的美学产物之后，乡村的劳作及其财产关系消失了；乡村的动物、肉食、果树仿佛不是来自农民的生产，而是塞在"老爷们"手中的自然之物；一些作家"把土地和地产神秘化为黄金时代和天堂诗意的计量器"；"地产被描写为上天所赐予；它没有明显的起源，正如看不到其中有明显的劳作一样"。[1] 对于中国古典文学来说，劳动、生产与财产制造的乡村社会等级结构几乎未曾进入视野。"老农家贫在山住，耕种山田三四亩。苗疏税多不得食，输入官仓化为土""春种一粒粟，秋收万颗子。四海无闲田，农夫犹饿死""仓廪无宿储，徭役犹未已。方惭不耕者，禄食出闾里"，这些尖锐的诗句为数寥寥。雷蒙·威廉斯表示，人们没有理由沉醉于虚幻的美

---

[1] [英]雷蒙·威廉斯:《乡村与城市》，韩子满、刘戈、徐珊珊译，商务印书馆2013年版，第65、47、57页。

摇摆的叛逆

学享受而遗忘乡村生活的辛劳、贫困与巨大的不平等。乡村的"诗意"或者美往往被华而不实的小资产阶级知识分子奉为图腾，以至于他们不屑深入乡村复杂乃至琐碎的社会关系。如果说，《边城》之中忧伤的爱情挽歌仅仅回旋于翠翠、爷爷以及天保、傩送兄弟之间，他们的故事纯洁得犹如一湾清水，那么，相近的时间里，茅盾发表的《春蚕》《秋收》《残冬》"农村三部曲"开始注视乡村背后隐藏的各种相互博弈的经济势力。从老通宝的幻想破灭到多多头的揭竿而起，茅盾力图在民族与阶级的坐标之中重新衡量乡村的位置。20世纪20年代末的"革命文学"论争带来了一个重要观念：阶级意识。知识分子不仅领取到小资产阶级头衔，而且，拥有阶级意识是小资产阶级作家加入无产阶级队伍的必要条件。沈从文迟迟未能赢得文学史的认可，阶级意识的匮乏显然是一个不可忽视的理由。

作为阶级大搏斗的空间，乡村曾经正式开辟为战场。无论是崇山峻岭、湖泊芦荡还是一望无际的青纱帐，广阔的乡村土地曾经为各种形式的战争提供了舞台。《林海雪原》《敌后武工队》《烈火金刚》乃至《地道战》《地雷战》，炽烈的战火摧毁了"暧暧远人村，依依墟里烟"的祥和宁静。由于"农村包围城市"的革命战略，乡村时常成为革命根据地，接受战火的考验。无论是遭受敌军的屡屡围剿还是决胜三大战役协助最后夺取中心城市，乡村无不充当了战争的有机组成部分。某些时候，文学仅仅将乡村设置为两军交战的场地，乡村的地形地貌很大程度地嵌入战争情节，山沟、悬崖或者郁郁葱葱的森林左右了双方的胜负；另一些时候，文学再现的战争缘于乡村社会关系的剧烈震荡。乡村内部的压迫、反抗与复仇、争夺无不诉诸致命的武器。打土豪，分田地，衣衫褴褛的农民手执大刀、梭镖呼啸而过的场面成为这种战争的重要特征。这时,文学再现的战争往往与富于地域特征的风俗民情融于一体,例如梁斌的《红旗谱》,或者莫言的《红高粱》。

另一些作家进入乡村的日常生活,他们试图再现交织于劳动、生产、经济活动内部的社会关系以及阶级的角逐,从而证实乡村的历史演变。这时,乡村不再是某种遥远的"他者",乡村即是主角,乡村社会的各种人物以及纷杂的日常细节赢得了正面的精雕细琢:

> 路两旁和洋河北岸一样,稻穗穗密密的挤着。谷子又肥又高,都齐人肩头了。高粱遮断了一切,叶子就和玉茭的叶子一样宽。泥土又湿又黑。从那些庄稼丛里,蒸发出一种气味。走过了这片地,又到了菜园地里了,水渠在菜园外边流着,地里是行列整齐的一畦深绿又一畦浅绿。顾老汉每次走过这一带就说不出的羡慕,怎么自己也有这末一片好地呢?
>
> ……
>
> 地势慢慢的高上去,车缓缓的走过高粱地,走过秋子地,走过麻地,走过绿豆地,走到果园地带了。两边都是密密的树林,短的土墙围在外边,有些树枝伸出了短墙,果子颜色大半还是青的,间或有几个染了一些诱人的红色。听得见园子里有人说话的声音,人们都喜欢去看那些一天大似一天、一天比一天熟了的果实。
>
> ——丁玲《太阳照在桑干河上》[1]

七月里的一个清早,太阳刚出来。地里,苞米和高粱的

---

[1] 丁玲:《太阳照在桑干河上》,人民文学出版社1952年版,第2—3、5页。

确青的叶子上,抹上了金子的颜色。豆叶和西蔓谷上的露水,好像无数银珠似的晃眼睛。道旁屯落里,做早饭的淡青色的柴烟,正从土黄屋顶上高高地飘起。一群群牛马,从屯子里出来,往草甸子走去。一个戴尖顶草帽的牛倌,骑在一匹儿马的光背上,用鞭子吆喝牲口,不让它们走近庄稼地。这时候,从县城那面,来了一挂四轱辘大车。轱辘滚动的声音,杂着赶车人的吆喝,惊动了牛倌。他望着车上的人们,忘了自己的牲口。前边一头大牤子趁着这个空,在地边上吃起苞米棵来了。

"牛吃庄稼啦。"车上的人叫嚷。牛倌慌忙从马背上跳下,气乎乎地把那钻空子的贪吃的牤子,狠狠地抽了一鞭。

——周立波《暴风骤雨》[1]

显而易见,这些乡村景象不再延续古典诗词之中的山光水色,亦非原始主义的荒野或者硝烟弥漫的战场;这些乡村景象毋宁说作为朴素的劳动场所和生产工具而出现。如果说,劳动、生产是乡村最为基本的含义,那么,文学接受这个命题的时间并不长。20世纪50年代迄今,劳动、生产的乡村占据了文学的绝大部分篇幅。从赵树理的乡村、柳青的乡村、李準的乡村到高晓声的乡村、路遥的乡村、贾平凹的乡村,这个空间的美学性质基本不变。不论土地革命、农业合作化还是家庭联产承包责任制,乡村从未脱离粮食生产的主题。只有围绕这个主题,"糊涂涂"、"常有理"、梁生宝、梁三老汉、李双双、李顺大、陈奂生、孙少安、孙少平、金狗、夏天仁这些不同时期的农民形象才可能站立在文学舞台的聚光灯下,充当众目睽睽的主人公。对于20世纪的中国文学来说,

---

[1] 周立波:《暴风骤雨》,中国青年出版社2015年版,第5页。

这一批农民形象可能形成或者组织各种重要的话题，包括知识分子与农民的关系。

什么时候开始，乡村与生态环境的观念联系起来了？显然，蕾切尔·卡逊《寂静的春天》产生了振聋发聩之效。这本著作出版之后，生态环境的保护问题愈来愈频繁地进入人们的视野。即使没有读过这一部经典作品，悠久的文学传统仍然驱使许多作家接近自然，投入自然。文学如何再现苍茫而深邃的大地？作为生态环境的组成部分，"鹰击长空，鱼翔浅底"，森林之中的百兽出没，虎啸狮吼；然而，如今这一切正在消失，钢铁、工业、枪支和种种奇怪的化学药品驱走了人类之外的所有生灵。这时，文学开始显现出痛心的表情，哪怕面对的是以凶残著称的狼——姜戎发表了《狼图腾》，贾平凹发表了《怀念狼》。相对于城市，乡村之所以充当生态环境的正面标本，显然必须追溯至"自然"的观念。如果说，城市是工业、商业以及各种社会组织汇聚而成的人工产品，那么，乡村无疑保存了更多未经人工雕琢和工业污染的山川河流。许多时候，生态环境的保护即是返璞归真，恢复自然的本性。

从失意文人的"江湖"、奢靡城市的对立面、原始主义的荒野到故乡和乡愁、战场或者劳动生产的场所以及生态环境保护的基础，文学的乡村曾经穿梭于众多观念体系，显现出各种不同的面目。这些观念体系或清晰或模糊，或强大或微弱，但是，它们共同左右众多作家对于乡村的想象和描述。根据这些观念体系，我试图从文学的乡村内部概括出不无矛盾的双重主题：

一方面，作为一个社会空间，乡村的特征是经济薄弱，商业凋敝，物质匮乏，许多地方的农民甚至衣不蔽体，食不果腹，以至于"乡下人"始终与"贫苦"联系在一起；另一方面，作为这

摇摆的叛逆

个社会空间的主人公，大多数贫苦农民——标准的称谓是"贫下中农"——拥有高尚的道德情操，他们不仅据守于乡村战天斗地，同时，他们的政治觉悟以及世界观构成了城市居民尤其是知识分子仿效的范本。如果说，工人阶级时常被西方的激进文化预设为革命先锋队，那么，20世纪的中国文学之中，贫下中农担任革命主角的机会远远超过了工人阶级。

相当长一段历史时期，双重主题时而相互呼应，彼此合作，时而相互分离，甚至产生冲突。投入乡村的小资产阶级知识分子时常置身于二者之间，甚至无所适从。尽管双重主题的紧张并未赢得理论的正视进而获得充分阐述，但是，文学的乡村不断地遭受两方面观点的纠缠，乃至左右摇摆，进退失据。解读这种紧张如何制造不同时期的文学潮汐，并且分别赋予特殊的美学特征，亦即解读文学、乡村、知识分子如何汇聚为一段复杂而独特的历史。

三

考察文学、乡村、知识分子的相互交集，革命是一个不可忽视的社会背景。革命形势不仅赋予上述三个领域特殊的耀眼光芒，而且，革命摧毁了陈陈相因的成规，各个领域的传统边界突然敞开了。对于革命来说，乡村奉献了什么？某一个时期，这是文学试图表述的内容，也是知识分子自我改造、甩下小资产阶级身份的机遇。

作为现代文化的启蒙者，鲁迅的《祝福》《阿Q正传》《风波》《故乡》等一批小说重现了当年阴郁沉闷的乡村："渐近故乡时，天气又阴晦了，冷风吹进船舱中，呜呜的响，从篷隙向外一望，苍黄的天底下,远近横着几个萧索的荒村,没有一些活气。"[1]这些乡村不仅贫穷落后,而且,祥林嫂、阿Q、九斤老太、闰土仍然是一批逆来顺受的形象,他们的反叛精神仍然冻结在沉重的枷锁之下。然而,20世纪20年代后期,一个巨变到来了:争取与捍卫自身经济利益的时候,农民性格之中的革命精神迅速地苏醒。毛泽东在著名的《湖南农民运动考察报告》中记录了生动的一幕:"反对农会的土豪劣绅的家里,一群人涌进去,杀猪出谷。土豪劣绅的小姐少奶奶的牙床上,也可以踏上去滚一滚。动不动捉人戴高帽子游乡,'劣绅!今天认得我们!'"作为一个革命领袖,这些记录无疑相当程度地转换为毛泽东对于革命的源泉、主力以及发展方向的想象与规划。毛泽东认为:"农村革命是农民阶级推翻封建地主阶级的权力的革命。"他对于农民的所作所为给予高度的赞颂:

> 如前所说,乃是广大的农民群众起来完成他们的历史使命,乃是乡村的民主势力起来打翻乡村的封建势力。宗法封建性的土豪劣绅,不法地主阶级,是几千年专制政治的基础,帝国主义、军阀、贪官污吏的墙脚。打翻这个封建势力,乃是国民革命的真正目标。孙中山先生致力国民革命凡四十年,所要做而没有做到的事,农民在几个月内做到了。这是四十年乃至几千年未曾成就过的奇勋。[2]

传统的马克思主义观点认为,大规模的商业贸易和资本的持

---

[1] 鲁迅:《故乡》,见《鲁迅全集》第一卷,人民文学出版社2005年版,第501页。
[2] 毛泽东:《湖南农民运动考察报告》,见《毛泽东选集》第一卷,人民出版社1991年版,第16、17、15—16页。

摇摆的叛逆

续积累加剧了乡村与城市的分离,同时,资产阶级与无产阶级的尖锐对立开始在城市愈演愈烈。尽管乡村成为现代性历史演变的牺牲品,但是,革命的中心只能设置于城市。莫里斯·迈斯纳甚至表示:传统的马克思主义从未将这个时期的农民视为独立的、具有创造性的力量:"现代史的舞台是城市,而城市的主要角色是城市的两大阶级——资本主义大生产已不可避免地将整个社会划分为资产阶级和无产阶级。在现代史这一概念中,农村和它的居民充其量只扮演了一个微不足道的角色,而且可能还是反面角色。"[1]然而,农耕社会的本土历史结构驱使毛泽东始终注视广袤的乡村。在他看来,封建社会的深刻矛盾主要存在于农民阶级与地主阶级之间,农民阶级斗争、农民起义和农民战争"才是历史发展的真正动力"[2]。毛泽东对农民阶级的革命能量寄予厚望。事实上,"土地革命"和"农村包围城市"的成功无不证明了他的洞见。革命口号、乡村的贫瘠现状与农民主体的政治觉悟合而为一,乡村逐渐沸腾了起来。

迈斯纳同时认为:"毛泽东主义总是倾向于在那些最少受到资本主义影响的社会领域中寻找社会主义的源泉,例如,在较少涉及资本主义社会经济关系的农民阶层中,或在没有受到资产阶级思想侵蚀的知识分子中。""马克思把资产阶级和无产阶级看成是现代历史中的两个最活跃的阶级,而毛泽东则关心农民与知识分子的关系。"[3]考虑到阶级分布的意义,农民与知识分子并非等量齐

---

[1] [美]莫里斯·迈斯纳:《马克思主义、毛泽东主义与乌托邦主义》,张宁、陈铭康等译,中国人民大学出版社2005年版,第32页。

[2] 毛泽东:《中国革命和中国共产党》,见《毛泽东选集》第二卷,人民出版社1991年版,第625页。

[3] [美]莫里斯·迈斯纳:《马克思主义、毛泽东主义与乌托邦主义》,张宁、陈铭康等译,中国人民大学出版社2005年版,第56—57页。

第六章　文学的乡村:双重主题、知识分子及其叙事焦虑

观。贫下中农与孕育这个革命阶级的乡村构成了社会的政治重心，相对地，城市并未赢得革命领袖的真正信任。如果说，城市拥有的物质生产力并非社会主义的必要条件——如果说，革命大众的道德和思想觉悟足以驱动历史的车轮，那么，城市的财富以及奢靡、保守、腐败就会成为刺眼的缺憾。[1]由于知识分子身份赖以完成的教育机构通常设立于城市，因此，他们性格之中隐藏的城市文化烙印时常会危险地发作。许多时候，这种烙印即是小资产阶级的可耻标志。不论是患得患失、"个性"名义下的自由主义、故作渊博的"文艺腔"，还是不合时宜的同情心、自以为是的批评讽刺或者所谓的"美学情调"，这些症候背后的城市文化渊源同时纳入了阶级谱系给予解读。"小资产阶级"的命名不仅划出既定的社会学区域，同时指定了文化范畴。如何消除小资产阶级顽疾？毛泽东为知识分子提供的范本通常是农民。他反复表示，那些"脚上有牛屎"的农民远比知识分子干净和聪明。农民阶级以革命主体的形象赢得了规训小资产阶级的资格。20世纪50年代之后，他一次又一次地将各种类型的知识分子送到乡村，"接受贫下中农的再教育"，这种决策包含了深思熟虑的历史判断。

20世纪50年代上半叶，农业合作化运动形成了"土地革命"之后的又一次巨大震荡。如果说，"土地革命"纠正了畸形的土地私有状况，初步废除了乡村社会不平等的剥削和压迫，那么，农业合作化具有远为激进的意图：彻底祛除传统的土地私有制。只有将土地——一种极其重要的生产资料——归公，乡村的小农经济才能真正改造为社会主义集体经济。农业合作化运动不仅依赖集

---

[1] 参见［美］莫里斯·迈斯纳：《马克思主义、毛泽东主义与乌托邦主义》，张宁、陈铭康等译，中国人民大学出版社2005年版，第58—62页。

体经济大幅度地增添乡村的公共财产，而且有助于将松散、碎片化的乡村社会逐步纳入一个有机结构——这是农耕社会组织远比工业社会低效、落后的一个重要原因。然而，令人意外的是，这个意图遭到了相当一部分农民的抵制。他们的道德和思想觉悟并未及时跟上。换言之，革命口号、乡村的经济水平与农民主体之间出现了脱节。农民内部存在改善乡村经济的巨大冲动，但是，由于悠久的历史惯性，许多农民的想象、构思乃至无意识始终未曾摆脱土地私有的形式。当然，来自农民的阻力遭到了清除，农业合作化运动如期完成。尽管如此，农业合作化运动后续的经济成效以及集中的社会管理方式远未获得预期的结果。许多乡村无法摆脱饥馑和极度贫困，出外流浪和乞讨的现象屡见不鲜。多年之后，事情的严重程度已经远远超过通常的想象，以至于农民内部开始自发地酝酿另一场变革。20世纪70年代末，小岗村——安徽省的一个小乡村——十八户农民秘密结盟，从事一个惊人的社会学实验：分田到户承包耕种。至少在当时，这是一个巨大的政治冒险。令人惊异的是，相同的生产条件下，以家庭为单位承包农田，粮食产量竟然出现了不可思议的增长。迄今为止，这一项社会学实验赢得了广泛的肯定，家庭联产承包责任制业已作为一项土地制度拥有了权威的法律形式。这一项制度重新对大多数农民的意愿表示尊重。然而，不可否认的是，这一项制度同时显示了当年的一个误判：农业合作化运动高估了农民"大公无私"的道德情操。只有当个人的付出与收入成正比时，农民的积极性才能真正地涌现——这个心照不宣的社会学结论几乎迟到了三十年。

显而易见，知识分子并没有在农业合作化运动之中担任重要角色。考察知识分子如何参与这个巨大的历史事件，一个特殊的

第六章　文学的乡村：双重主题、知识分子及其叙事焦虑

重要视角是,考察他们如何描述这个历史事件。这时可以发现,当年的文学曾经无意地捕获这个社会学结论——尽管美学形式很大程度地掩盖了这个结论的锋芒。

四

现在,我试图重新论及柳青的《创业史》——围绕这一部长篇小说出现的一场激烈争论迄今仍然具有再度解读的意义。"阶级"概念曾经在这一场争论之中担任举足轻重的筹码,然而,农民的阶级状况描述似乎出现了某些误差。

20世纪60年代,《创业史》曾经被视为纪念碑式的巨著。这一部长篇小说的巨大声望不仅来自作品本身,而且由于柳青一丝不苟的写作姿态。为了熟悉乡村的人情世故,收集足够的素材,柳青曾经定居皇甫村十多年,介入村庄之中的种种事务,甚至身体力行地投入田间生产劳动,《创业史》中的乡村景象以及带有泥土气息的细节无不证明了柳青的严谨和扎实。《创业史》隐含了梁家三代人的"创业史":梁三父亲是蛤蟆滩最为守信的一个佃农,他依靠自己的辛劳留给儿子三间正房,并且为他娶了媳妇。然而,由于命运不济,灾荒连连,梁三不仅失去了房屋,而且媳妇早逝。饿殍遍野的年代,梁三从饥民之中收留了一对母子,并且重新点燃了创业发家的梦想。然而,尽管夙夜操劳,穷困仍然一如既往,梁三的收获仅仅是背上的"死肉疙瘩"和"咳嗽气喘病"。事实上,真正有效的"创业"始于他收留的儿子梁生宝。长大成人之后,梁生宝率领蛤蟆滩的农民走上集体化的道路;在他心目中,农民的集体致富才是真正的"创业"。他的全部心思都投入集体事业,

摇摆的叛逆

他所领导的互助组获得极大的成功，粮食亩产是单干户的两倍之多。当然，梁生宝的"创业"并非一帆风顺。小农经济的汪洋大海之中，他不断地与来自各个方面的私有观念展开不懈的斗争，社会制度、政策和无私的个人品格是梁生宝赢得成功的基本保证。不止一个批评家用"史诗"一词赞颂《创业史》，这一部长篇小说的确包含了呼应宏大历史叙事的动机。

出人意料的是，一些批评家对于《创业史》中的梁生宝形象产生了重大分歧。严家炎是非议梁生宝形象的始作俑者。严家炎曾经由衷地赞赏《创业史》中的梁三老汉"惟妙惟肖、令人禁不住要拍案叫绝"；他同时表示，相对于梁三老汉的生动性格，梁生宝逊色了许多："还没有充分以其形象的高大丰满和内容的深厚而令人深深激动和久久不忘。"梁生宝的形象很大程度上以王家斌为原型，但是，过度的政治修饰反而使梁生宝形象显得生硬单薄，甚至成为——如同恩格斯所批评的——"时代精神的单纯的传声筒"。严家炎不无讽刺地说，梁生宝显示出如此之高的理论水准，甚至是拥有若干年革命经历的干部难以企及的。梁生宝身上的气质已经脱离了农民的范畴：

毋庸置疑，作家在塑造梁生宝形象时，曾经力图运用革命现实主义和革命浪漫主义相结合的艺术方法，把人物写得高大。只要对农村情况稍有了解的人，都会知道：在土改后互助合作事业的初期，实际生活中梁生宝式的新人还只是萌芽，而像他这样成熟的尤其少。从好些事件和经历看，如有些同志已经指出的，梁生宝都像作家在散文特写中所写的王家斌。然而较之这个生活原型，艺术形象的梁生宝有了许多变动和

第六章　文学的乡村：双重主题、知识分子及其叙事焦虑

提高，政治上显然成熟和坚定得多。……加以概括提高，突出了一些在后来历史发展中逐渐普遍成长起来的新因素、新品质，从而塑造了梁生宝这个相当理想的正面形象。这个方向不能不说是完全正确的。然而，也正是在实践这个方向时，方法上发生了问题：是紧紧扣住作为先进农民的王家斌那种农民的气质，即使在加高时也不离开这个基础呢，还是可以忽视这个基础？是让人物的先进思想和行为紧紧跟本身的个性特征相结合呢，还是可以忽视其个性特征？是按照生活和艺术本身的要求，让人物的思想光辉通过活生生的行动和尖锐的矛盾冲突来展现呢，还是离开（哪怕只是某种程度上的离开）这个规律，让人物思想面貌在比较静止的状态中来显示呢？

就我读《创业史》所得的印象，作家在塑造梁生宝形象方面似乎并不是时刻都紧紧抓住人物的性格和气质特点的。为了显示人物的高大、成熟、有理想，作品中大量写了他这样的理念活动：从原则出发，由理念指导一切。但如果仔细推敲，这些理念活动又很难说都是当时条件下人物性格的必然表现。[1]

严家炎的观点不仅遭到了许多批评家的斥责，甚至柳青本人也打破了沉默的习惯，撰写《提出几个问题来讨论》一文给予严厉的反驳。有趣的是，柳青不惮承认梁生宝的气质脱离了农民范畴："批评者提出小说里所描写的梁生宝的气质'不完全是属于农民的东西'。难道不应该有些是属于无产阶级先锋战士的东西吗？我的描写是有些气质不属于农民的东西，而属于无产阶级先锋战士的

---

[1] 严家炎：《关于梁生宝形象》，《文学评论》1963年第3期。

东西。这是因为在我看来,梁生宝这类人物在农民生活中长大并继续生活在他们中间,但思想意识却有别于一般农民群众了。"[1]

严家炎无法想象一个农民如何逾越自己的阶级范畴从而晋升为无产阶级先锋战士,这种迟钝再度显现了小资产阶级知识分子的通病:迷恋所谓"真正深入洞悉人物的灵魂,并且紧紧抓住人物独特的、确实属于'这一个'的动作和语言来加以表现"[2]。他天真地按照这种美学观念衡量梁生宝,以至于忽视了这个人物的政治召唤功能。或许,必须重新阐述一个悠久的文学传统——人物性格的塑造。这并非不言自明的命题。亚里士多德的《诗学》认为,情节的重要性超过了性格。马克思主义批评学派对于人物性格的特殊关注源于一个重大的理论期待:借助人物性格考察社会历史,尤其是典型性格。精神分析学的描述力图打开心理的内部空间:无意识隐于人物性格的深部犹如冰山隐于海面之下,某些貌似遗忘的童年经验或者精神创伤将会曲折地浮现,介入乃至干预人物的当前言行;尽管如此,社会历史对于人物性格的塑造仍然是决定性的。摒弃周围的社会环境,人们无法完整地解释某一个性格为什么奸诈或者吝啬,另一个性格为什么豪爽或者严谨。这个意义上,马克思提出的一个命题显示了非凡的理论概括:人是社会关系的总和。梁三老汉的形象之所以饱满、生动,如此自然地镶嵌于蛤蟆滩的背景之中,恰恰因为这个人物植根于乡村多重社会关系的中心,自如地与各色人等互动,并且在互动之中持续地自我塑造与自我展现。通常,一个人物汇聚的社会关系愈多,储存的历史信息愈丰富。相对地,梁生宝周边具有互动性质的社会关

---

[1] 柳青:《提出几个问题来讨论》,《延河》1963 年 8 月号。
[2] 严家炎:《梁生宝形象和新英雄人物创造问题》,《文学评论》1964 年第 4 期。

系稍显稀少，按照严家炎的观点，《创业史》甚至有意让梁生宝回避各种人事纠纷的旋涡："从矛盾冲突中展开具体描绘不够，成为这个形象艺术上的一个弱点"，"作家并没有在现有故事范围内充分利用梁生宝这种处在斗争第一线上的已有条件来展开正面描写，这点却是难以讳言的"。[1] 显然，这同时是《创业史》不得不以抽象的理念活动以及插入抒情议论语言补充这个形象的原因。

反驳严家炎的时候，许多批评家强调：一个人物性格的饱满、丰富程度并不能完全等同于这个人物的重要程度。相对单薄的文学形象可能举足轻重，我愿意有条件地赞同这个观点。我的条件是，这个人物的性格必须某种程度地预示历史的未来。一个新型的人物或许无法迅速地进入社会关系的轴心，但是，他必将在历史的演变之中逐渐赢得主角的位置，他所代表的阶级或者共同体将充当社会的领导者。事实上，柳青正是按照这种标准塑造的梁生宝。遗憾的是，这种预期并未兑现：梁生宝与未来的历史错开了。二十多年之后，他的个人素质并未阻止农业合作化运动的终止。激进的理论构思试图绘出一幅宏伟的蓝图，可是，这个构思的社会实践成为一个早产儿。当年严家炎对于梁生宝形象的美学非议与其说短视，不如说隐含了某种社会学的不安。一个重要的文学史事实是，20世纪80年代之后，文学之中持续再版的形象是梁三老汉而不是梁生宝——例如李顺大、陈奂生，还有《平凡的世界》中的孙少安。

《平凡的世界》与《创业史》的比较意味深长。路遥亦属陕西人，《平凡的世界》再现的民情风俗与《创业史》相差无几。相对于《创业史》的精致凝练，《平凡的世界》一百多万言稍显芜杂，甚至虎

---

[1] 严家炎：《关于梁生宝形象》，《文学评论》1963年第3期。

头蛇尾。尽管如此,这一部小说迄今仍然具有相当大的影响——《平凡的世界》迄今仍然保持相当高的发行量。孙少安、孙少平两个农家子弟的曲折人生令人唏嘘嗟叹,他们的故事成为许多年青一代的内心镜像。

没有任何理由证明,乡村和农民必须始终为现代性的展开偿付代价。然而,孙氏兄弟的奋斗遇到了各种额外的阻力。极度的物质贫困使他们寸步难行,甚至最为基本的个人需求也无法维持。另外,由于文化与社会身份形成的强大阻隔,他们无缘问津某些家庭、场合以及社会关系。尽管孙氏兄弟相貌英俊,但是,他们的爱情无不因为城乡差距而遭受重创。孙少安明智地与润叶分手,尽管润叶始终对他一往情深。农家子弟的所有经验告诉他,炽烈的浪漫激情无法填补社会身份制造的深刻鸿沟。孙少平与田晓霞似乎逾越了这个鸿沟,尽管他们双方都清晰地意识到,城乡差距可能浮现于未来生活的每一个角落,产生各种意想不到的矛盾。田晓霞的牺牲中断了这个悬殊的爱情交往,孙少平再也没有勇气将爱情的触角伸入城市。耳濡目染,城乡的不平等业已深入他们的骨髓。

《平凡的世界》再度显现了乡村双重主题的相互纠缠。可以看到,物质的匮乏不仅破坏了乡村的正常生活,而且极大地摧毁了农民的人格。口粮、衣裳和住所时刻成为问题的时候,自尊和庄重仅仅被视为一种多余的奢侈品。许多农民显得猥琐、吝啬、目光短浅,他们甚至因为微薄的物质利益明争暗斗,大打出手,或者卑躬屈膝地出卖自己的尊严。这时的乡村丧失了勃勃生气而仅仅是一地的鸡零狗碎。或许,孙少安与梁生宝的性格存在某些共同之处。他不仅吃苦耐劳,而且挚爱家人,关心乡亲,热衷集体

第六章 文学的乡村:双重主题、知识分子及其叙事焦虑

事务。然而，很长一段时间，孙少安对乡村的集体经济丧失了信心。他所渴求的家庭致富毋宁说更为接近梁三老汉的理想。穷困限制乃至封锁了他性格的光芒。自顾不暇的日子里，孙少安的善良和勤劳仅能惠及一个狭小的范围。20世纪70年代末期，世道为之一变。与梁生宝不同的是，孙少安最终依赖的是个人创业积累的财富资助村子里的乡亲。梁生宝的形象似乎过时了，历史把绣球抛到了孙少安手里。

孙少平的性格具有更多的内涵。物质的匮乏并非孙少平无法安居于乡村的唯一原因，知识的启蒙使他萌生了闯荡世界的强烈愿望。仅仅是几年的中学生涯，平淡的乡村再也关不住一个不安的灵魂。城市的繁闹令人震惊，但是，孙少平的真正收获是开阔的视野——显然，这也是恋人田晓霞给予的最大馈赠。一个甚至缺少一套体面服装的农家子弟如饥似渴地追求知识，他向往的是平等的人格和宏大的精神空间。尽管底层出身形成了巨大的阻碍，但是，他的内心从未低头就范。这个性格的丰富性显现为孙少平反复遭受的精神煎熬。他既有知识分子式的自尊与多愁善感，又怀念乡土人情的温暖淳厚；既担心遭受城市文明的轻蔑，又厌倦乡村的粗陋与鄙俗。孙少平并未穿过最后的樊篱，真正融入城市，然而，人们仍然发现了一个徘徊于乡村与城市之间的知识分子灵魂胚胎。从梁三老汉、梁生宝到孙少安、孙少平，这个形象系列某种程度地改写了农民阶级的长期预设；如果说，阶级视野对于梁三老汉与梁生宝之间分歧的解读已经收缩为一个文学史典故，那么，孙少安与孙少平之间的差异更多地显示出另一种历史矛盾：乡村与城市的痛苦博弈。

五

也许，文学之中乡村与城市的痛苦博弈早在20世纪80年代初期就开始了，只不过这种博弈聚焦于知识分子而不是农民。初步描述了一场巨大灾难遗存的精神创伤之后，第一波"伤痕文学"开始退潮，许多作家的视野开始超出家庭范围的恩怨而力图展示某种历史的跨度。不长的时间之内，一批经历相似的作家集结为某种文学方阵：他们多半在20世纪50年代遭受重大的政治挫折，继而流落于边远的乡村；数十年的沉寂之后，这些作家重返文学领地，开阔的思想和见识无不使之成为格外活跃的一群人。事实上，他们的经历造就的集体想象几乎形成了某种情节"原型"：主人公以戴罪之身发配边陲之地，历经磨难；由于乡村农民的庇护，他们度过了最为困难的人生阶段，收获了情感的抚慰乃至顿悟人生的深邃哲理。他们不仅与农民结下了深厚的情谊，而且锤炼出一种坚毅的性格。雨过天晴，他们重返正常的现实生活，这两者成为享用不尽的精神财富。显然，这些作品是化险为夷、痛定思痛的产物，因此，抚今追昔的回忆与沉重的嗟叹、感慨构成了频繁出现的修辞。具体地描述乡村、城市与知识分子复杂纠葛的时候，我将围绕李国文的《月食》、张贤亮的《绿化树》和王蒙的《蝴蝶》三篇名动一时的小说展开分析。

《月食》的基本内容是主人公的精神返乡之旅。伊汝是一名活跃的记者。抗战时期，他与老上级毕竟曾经长年奔走于基层与乡村。伊汝在一个叫作羊角垴的小村子认识了郭大娘和她的干闺女妞妞，并且订下了终身大事。20世纪50年代，伊汝因言获罪，被贬到了柴达木盆地。担心连累妞妞，伊汝给她写了诀别信之后一去不返，

第六章 文学的乡村：双重主题、知识分子及其叙事焦虑

直至二十二年之后方才重访羊角垃。尽管昔日的乡村发生了巨变，郭大娘去世多时，但是，妞妞仍然平静地等待他的归来——伊汝途中遇到的女司机恰巧是他订婚之夜遗留下的女儿。相对于伊汝身边另一些因为势利而出尔反尔的知识分子以及所谓的"城里人"，妞妞的质朴、忠诚才是伊汝真正信赖的精神支柱。

《绿化树》中的马缨花远比妞妞复杂。马缨花是大西北乡村的一个标致寡妇，她不惮利用姿色换取若干赖以生存的口粮。有趣的是，落难主人公章永璘——一个送到乡村改造的犯罪"诗人"——竟然战胜了另一个强壮的农工而赢得了她的欢心。马缨花不仅在各个场合袒护他，更重要的是她愿意分享自己极为稀少的口粮给他。置身于饥馑年代，这几乎是无以复加的恩惠。如果说，妞妞的质朴隐喻了农民的淳厚本分，妞妞对于伊汝的忠贞很大程度地源于革命根据地的拥军传统；那么，马缨花的机灵和狡黠来自底层的生活历练，她对于诗人的怜爱之情可以追溯至农民对于书生的古老崇拜。马缨花提供的口粮不仅恢复了章永璘的体能，重塑了他的男性尊严——章永璘终于如同一个勇士向自己的强悍对手掷出了锋利的铁叉；更为重要的是，马缨花复活了章永璘的知识分子身份：他不仅用童话和诗打动了马缨花，同时，他还时常躺在破成网状的棉絮里阅读高深的《资本论》。对于章永璘来说，知识和智力带来的优越感从未真正熄灭。只要摆脱饥肠辘辘的状态，他立即对自己竟然如此卑微地屈从于物质世界而感到羞愧。无意识的优越感表明，章永璘无法清除顽强地盘踞于精神深处的小资产阶级知识分子习性，他始终无法与物质生产者形成亲密无间的关系。

"小资产阶级"一词曾经出现于《蝴蝶》中，主人公张思远用于形容自己的前妻海云:"海云还是一个未经事的,没有得到足够的改造和锻炼的小资产阶级知识分子。他们的思想往往是空虚的,他们的行动往往是动摇的。"[1]不出所料,名牌大学的文学专业丝毫无助于纠正海云的多愁善感。成为"右派"之后,她与张思远的分道扬镳是不可避免的结局。意料之外的是张思远的奇特遭遇:他一帆风顺地晋升为市委书记,继而被突如其来地宣布为阶级敌人,最终又荣升为张副部长。如同所有相似的故事:儿子冬冬以"革命小将"的身份打了张思远两记无情的耳光,他的精神终于被摧毁了。这时,仍然是乡村拯救了他。这种拯救并非恢复名誉或者职务,而是让他发现了自己。相当长的时间里,张思远仅仅将自己视为职务的化身,蔑视各种日常的琐碎情感。海云即是由于无法迅速地摆脱丧子之痛而被他视为"小资产阶级"。张思远的种种头衔背后是否存在一个"本真"的自我?发现自己是张思远在乡村的最大收获。《蝴蝶》中出现了耐人寻味的一段:

> 在登山的时候,他发现了自己的腿,多年来,他从来没有注意过自己的腿。在帮助农民扬场的时候,他发现了自己的双臂。在挑水的时候他发现了肩。在背背篓子的时候他发现了自己的背和腰。在劳动间隙,扶着锄把、伸长了脖子看着公路上扬起大片尘土的小汽车的时候,他发现了自己的眼睛。过去,是他坐在扬尘迅跑的小车的软座上,隔着车窗看地头劳动的农民的。
>
> 他甚至发现了自己仍然是一个不坏的、有点魅力的男人。……

---

[1] 王蒙:《蝴蝶》,见《王蒙文集·中篇小说》(上),人民文学出版社2014年版,第113页。

> 他甚至在这里发现自己的智慧，自己的觉悟，自己的人望。……
>
> ——王蒙《蝴蝶》[1]

人们无法断言，这种发现包含了多少尖锐的政治命题；可以肯定的仅仅是，张思远不再为各种炫目的头衔蛊惑，所有的职务之下无非一个肉身凡胎。一个激进的革命者穿过了权力制造的幻象而回归解放的初始起点。由于这种发现，张思远与儿子开始和解，开始忏悔自己对于海云及所谓"小资产阶级"文化的粗暴态度，开始自如地与乡村的芸芸众生融为一体并且认识了秋文医生——他日后的精神伴侣；也由于这种发现，重新晋升为副部长的张思远获得了一种饱满而又清醒的工作态度。这个意义上，乡村仿佛是一个起死回生的熔炉。

然而，如此解读乡村肯定备受质疑。事实上，乡村的意义远为暧昧——即使在20世纪80年代的文学之中。李国文、张贤亮、王蒙这一批作家从未企图回避乡村的物质匮乏。低矮的草房，泥泞的山路，挥汗如雨的原始劳作，缺乏最为基本的粮食保障……这一批知识分子并非以"建设者"的身份抵达乡村；他们无法拥有主人翁的资格——他们移居乡村的目的是接受监督和改造。《月食》《绿化树》《蝴蝶》中，主人公的身份甚至不再是暧昧的"小资产阶级"，而是滑入了敌对阶级的阵营。尽管没有人正式使用"流放"这个术语，然而，各方面默认的事实是，这些知识分子不能继续逗留于繁华的都市，享用舒适的楼房、便利的交通以及发达的商业网络和文化气氛；乡村的偏僻、荒凉和贫瘠的生活条件是

---

[1] 王蒙：《蝴蝶》，见《王蒙文集·中篇小说》（上），人民文学出版社2014年版，第129—130页。

对他们的必要惩罚。这时,乡村实际上等同于负面的潜台词——"恶劣的生存环境"。

这时,农民与这个社会空间的矛盾更为明显:作为革命的主力军,贫下中农迟迟未能彻底地改善乡村社会。尽管如此,他们还必须担任知识分子的政治导师,行使监管的职责。不可否认,贫下中农的吃苦耐劳以及真淳、忠厚的品格时常让知识分子感叹乃至羞愧,但是,他们没有显现独到的思想。乡村不再是催生思想的沃土,《白鹿原》中白嘉轩奉行的乡土传统业已寿终正寝,《创业史》中梁生宝的雄图大略逐渐落空。换句话说,农民征服知识分子的方式毋宁是朴素的情感。无论是《月食》《绿化树》,还是《蝴蝶》,伊汝、章永璘和张思远并未聆听某种特殊观念的教诲,他们的收获更多地显现为情感的净化。这三篇小说之中,主人公都在乡村的逆境之中萌发了动人的爱情,这绝非偶然。知识分子与贫下中农之间未曾出现激烈的阶级搏斗,异性之间的吸引如期发生,政治身份的差异并未构成双方之间的情感障碍。

这种状况当然远远超出了设计者的初衷。那些牛鬼蛇神不再敛声屏气,战战兢兢;被监督者嚣张地与监督者谈情说爱,这显然是一个反讽。人们从这种文学想象之中解读出一个隐蔽的前提:与其说知识分子与贫下中农存在不可弥合的阶级对立,不如说存在强大的阶级认同。所谓的"阶级敌人"恰恰是那些迫害知识分子的阴谋家。尽管如此,人们仍然不可避免地觉得,文学对于来自乡村的爱情想象得过于乐观。即使没有理由否认这些爱情的萌生,爱情的牢固程度仍将引起广泛的猜疑。瓦解这种爱情的腐蚀剂与其说是"阶级政治",毋宁说是城乡之间的文化分裂。《月食》中,伊汝与妞妞二十二年不通音信,一个叙述学制造的空白避免

第六章 文学的乡村:双重主题、知识分子及其叙事焦虑

了两个人可能产生的文化摩擦。城乡之间的价值分歧并未介入妞妞的坚贞与伊汝的感恩。《蝴蝶》中，张思远爱慕的是乡村女医生秋文。秋文来自上海，但是，她已经自如地融入乡村："她把头发盘在脑后，表面上像是学农村的老太太梳的纂儿，然而配在她的头上却显得分外潇洒。衣服总是一尘不染，走在山路上，健步如飞。"张思远的心目中，秋文"既清高，又随和，既泼辣，又温良"。然而，他试图说服秋文赴京担任张副部长的夫人时，意外地遭到了拒绝。秋文坦率地表示，她更习惯乡村而无法适应部长楼。这种担忧并非多余。《蝴蝶》中出现了一个意味深长的细节：宣布张思远可以官复原职的第一刻，他立即就无意识地拉长声调打官腔："这个——"[1]

相对地，《绿化树》正面地展开了知识分子与农民之间的文化冲突。张贤亮并未沉溺于20世纪80年代初期大和解的温情气氛，他犀利地洞察到隐藏于温情气氛背后巨大的社会落差。由于马缨花的接济，章永璘不仅摆脱了生存危机，同时迅速地还原各种知识分子的感觉。知识分子身份复苏的一个重要标志是，章永璘开始意识到马缨花的粗俗。在我看来，《绿化树》的草率结局如同一个仓促的转弯——《绿化树》仿佛试图回避另一种惨痛的结局：章永璘和马缨花——一对知识分子与农民组成的恋人——将在未来的共同生活之中逐渐产生不满、隔阂乃至相互鄙视。热泪盈眶、貌合神离与分道扬镳几乎是他们之间必然的三部曲。我在另一个场合分析《绿化树》的时候曾经指出：

> 章永璘愈来愈多地恢复知识分子的感觉和思想方式，他

---

[1] 王蒙：《蝴蝶》，见《王蒙文集·中篇小说》（上），人民文学出版社2014年版，第140、159、137页。

就愈来愈清楚地衡量出自己与马缨花的距离。马缨花扶持章永璘渡过生存的难关,但是,这不是知识分子之间的交流。马缨花的坚贞、机灵以及无视痛苦同时也无视责任的人生理念都与章永璘所受到的书本训练迥然不同。不能不承认,马缨花与海喜喜更般配。马缨花与章永璘的距离分布在生活的每一个角落。即使在表示情爱的时候,他们也很难再靠近一步。马缨花的土坯房里,章永璘所熟悉的拜伦诗句全都用不上了。马缨花擅长的是"河湟花儿"的情歌。当章永璘称她为"亲爱的"的时候,马缨花坦然地纠正他——情人要互相称呼为"肉肉"和"狗狗"。张贤亮在《绿化树》之中洞察到,马缨花与章永璘之间的性别关系不可分割地交融于知识分子与大众的关系之中。这两重关系互相纠缠又彼此冲突。一切都在20世纪50年代种种政治口号的左右之下曲折地发生。于是,这种交融获得了特定的历史表现形式。

革命的理论号召知识分子与工农大众打成一片,否则,他们就无法认同无产阶级的立场。然而,《绿化树》揭示了另一个隐蔽的问题:即使知识分子义无反顾地认同无产阶级立场,即使章永璘虔诚地诵读马克思——全世界的无产阶级领袖——的《资本论》,彻底的脱胎换骨仍然不可能。对于章永璘说来,知识分子已经无条件地投奔到工农大众的阶级旗帜之下。《绿化树》里的知识分子早就丧失了独特的政治观念。章永璘与马缨花的根本分歧不在于政治理想,而是在于日常生活趣味。也许,这时的张贤亮还没有勇气坦言知识分子对于大众的轻蔑,但是,《绿化树》形象地将这种分歧显现得如此丰富、如此广泛,章永璘和马缨花之间几乎不可能对于家庭、

第六章 文学的乡村:双重主题、知识分子及其叙事焦虑

爱情、生活方式或者人情世故产生共同想象。这是潜伏在章永璘与马缨花之间的巨大隐患。[1]

章永璘与马缨花之间的"阶级"观念失效了，但是，知识分子与农民之间的距离从未消失。未来的日子里，乡村与城市将再度分离他们。《绿化树》不无勉强地将结局扣留在20世纪80年代时髦的情节"原型"之中，这个主题只能若隐若现。然而，在相近的时期，另一批往返于乡村与城市的作家更为深刻地卷入这个主题。

六

"农村是一个广阔的天地，在那里是可以大有作为的"；"知识青年到农村去，接受贫下中农的再教育，很有必要"。20世纪六七十年代，革命领袖的"两条指示"家喻户晓。完成了中学教育之后，众多年轻的知识分子纷纷奔赴乡村，他们被称为"知识青年"；作为一项国策，"上山下乡"运动涉及千家万户，范围广泛的迁移延续至80年代初期才逐步终止。尽管如此，如今的理论话语并未对这一项大型的社会实验做出全面的评估，赋予正式结论；事实上，知识青年这个身份更多地活跃在文学之中。80年代之后，一批知识青年意外地成为作家，进入文学领域。尽管这一代人的文学天分并未超过平均数，然而，乡村与城市的巨大转换带来的内心跌宕形成了丰富的文学资源。文学史通常将一批再现知识青年乡村生活的作品命名为"知青文学"。

数量众多的知识青年脱离城市而进驻乡村，这是依据阶级图

[1] 南帆:《后革命的转移》，北京大学出版社2005年版，第61—62页。

谱制订的一个战略计划。由于教育机构充满资产阶级文化遗留的印记，初中、高中毕业的学生从属于小资产阶级范畴，这些知识分子必须接受贫下中农的"再教育"，力争思想观念的脱胎换骨。对于知识青年来说，乡村建设的物质成效仅仅被视为某种附带作用，重要的是造就一代革命事业的接班人。因此，至少在"上山下乡"运动的范围之内，这是一个相当模糊的观点：知识青年作为一支生力军投入乡村的劳动生产，从而改善乡村的经济面貌；双重主题之中，贫下中农的高尚品德与导师身份赢得了再三的强调。对于那些知识青年来说，年轻气盛与若干课堂上的知识往往成为自以为是的资本，蔑视面容黝黑、语言粗鄙的乡村农民是隐藏于小资产阶级文化内部屡见不鲜的冲动。不论是科学、知识还是经济生产的运筹与效率，农民的确乏善可陈。尽管如此，知识青年之所以必须将乡村视为另一个课堂，是因为他们的首要任务是重塑自己的世界观，铲除知识分子根深蒂固的"高贵者"观念。

然而，什么是贫下中农"再教育"的内容？许多知识青年始终语焉不详。可以看到，相当一部分知青文学仅仅将农民设置为一群面目模糊的背景人物。梁晓声的《今夜有暴风雪》《这是一片神奇的土地》中，乡村的农民甚至未曾到场。这些故事发生于北大荒，知识青年的另一个身份是兵团战士。他们按照兵团的建制集体生活，共同生产劳动。换言之，这些知识青年并未真正拜农民为师，他们的思想观念更多地在繁重的劳作之中自我净化。这种集体生活形成的社会关系局限于知识青年之间，"青春"成为一个耀眼的主题。堂皇的流行言辞与炽烈的激情，争强好胜与荣誉感，不可压抑的美的追求，还有萌动在冰天雪地之中的爱情……这一切共同组成青春的交响曲。许多知识青年的后半辈子黯淡无光。他们拥有的那些内容单薄的记忆之中，青春的光焰照亮了一段凹凸不平的乡村岁月，以至于他们往往倾向忽略各种社会学理论投下的阴影。青春的热烈、天真和幼稚是否可能置入某种错误的形式，产生令人扼腕的故事情节？如此复杂的权衡通常被拒之门外。青春不再，还有什么不能谅解？梁晓声的《今夜有暴风雪》《这是一片神奇的土地》之所以让人唏嘘再三，显然是因为集聚了大面积的青春感慨。

然而，如果耀眼的青春主题插入朴实、憨厚甚至木讷的乡村农民形象，那么，知青文学将摆脱单纯的感叹与抒情，开始显现复杂与深度。于是，人们可以从知识青年与乡村之间的紧张之中重新听到"五四"以来文学传统的回响。这时，阿城《树王》的冷峻风格显出了特殊的意味：一批知识青年抵达山区，并且在革命口号与青春激情的驱使之下放手砍伐原始森林。当地的农民试图守护山区的自然生态，但是，他们无法抵挡知识青年犀利的政治批判言辞，一个绰号"树王"的农民因此郁郁而终。阿城的《棋王》《孩子王》无不包含了相近的主题：尊重世俗，尊重常识，摒弃那些小资产阶级的狂热与书生意气。对于阿城的主人公来说，乡土文化的质朴、宽厚恰是对各种高头讲章的矫正。当然，世俗与常识并非无所作为的平庸，真正的民间伟力寓于那些凡人之中，例如《棋王》之中的王一生；这种伟力只能在某一个特殊的时刻集中喷发。《树王》中有一段富有象征意味的描写：

山上是彻底地沸腾了。数万棵大树在火焰中离开大地，升向天空。正以为它们要飞去，却又缓缓飘下来，在空中互相撞击着，断裂开，于是再升起来，升得更高，再飘下来，再升上去,升上去,升上去。热气四面逼来,我的头发忽地一下立起,手却不敢扶它们,生怕它们脆而且碎掉,散到空中去。山如烫伤一般,发出各种怪叫,一个宇宙都惊慌起来。

——阿城《树王》[1]

如果说,阿城的《棋王》《树王》《孩子王》叙述的是知识青年如何在乡村感悟不同的人生真谛,那么,王安忆、史铁生、张承志的小说之中,知识青年的感悟多半发生于他们远离乡村之后。王安忆的《本次列车终点》捕获了返城知识青年的某种微妙情感征兆:主人公费尽心机返回上海,然而,他只能在繁华的大都市占有一个极为狭小的空间。逼仄的寓所迫使亲人开始钩心斗角,以至于主人公不得不扪心自问——返回城市偿付的代价是不是太大了?更为普遍的意义上,小说的标题显然隐含了一个反问:这个城市可以视为一辈子期盼的"终点"吗?史铁生《我的遥远的清平湾》开始陷入回忆:清平湾的黄土高坡,破老汉、"留小儿"、亮亮妈以及老黑牛、红犍牛、小牛犊构成一幅穷困而又亲切的乡村风俗画。这一曲缓缓的抒情小调插入一个令人动容的细节:主人公因病返城治疗,破老汉托人捎来了一张十斤的粮票,"粮票很破,渍透了油污,中间用一条白纸相连"[2]。这是忍饥挨饿的破老汉卖了十斤上好小米换来的,他甚至不明白北京无法使用陕西的粮票。一起放牛的时候,主人公曾经与破老汉相互戏谑,揶揄调侃,然而,由于这一张粮票,破老汉以及他身后的那个穷困的乡村突

---

[1] 阿城:《树王》,见《棋王》,作家出版社2000年版,第73页。
[2] 史铁生:《我的遥远的清平湾》,见《史铁生作品集》第一集,中国社会科学出版社1995年版,第128页。

然成为一个暖人的背景。

这显然是知青文学的一个转向：不再将土地、乡村和农民视为陌生的异己。作家开始设身处地地体察农民的疾苦，进而在贫穷、吝啬、保守的外表背后发现一个个真诚的灵魂。当然，这只是一份情感收获而不是社会实践方式——没有多少作家愿意重启"上山下乡"运动，并且再度移居乡村。尽管如此，文学觉察到往昔与现在之间存有某种秘密的衔接——文学展示了这一份情感收获如何隐秘地修正知识青年现今的各种生活姿态。可以从张承志的《绿夜》中察觉这个情感弧线。主人公回到草原寻访昔日插队时的故人，然而，粗鄙的草原生活无情地击碎了他返回城市之后的诗意幻觉。记忆之中天真无邪的奥云娜成了一个冷漠而粗野的少女，巨大的失望甚至让主人公惊慌失措。然而，草原的古老节奏终于让主人公醒悟：真正的生活绝非纯净的梦。事实上，奥云娜"比谁都更早地、既不声张又不感叹地走进了生活"[1]。这个发现让主人公眼神柔和，呼吸均匀，他带着安详、平静同时又成熟的内心再度回到喧嚣的城市。无论是《黑骏马》《北方的河》《金牧场》还是《大坂》《黄泥小屋》《辉煌的波马》，这种成熟的内心回旋于张承志的众多小说，不动声色地纠正主人公的浮躁、偏激和精英式的骄傲。

大规模的"上山下乡"运动业已成为历史。然而，知青文学的记录表明：当年那些贫瘠的乡村正在成为某种情感对象收藏于那一代人的精神档案之中。当然，阶级图谱并未充当历史的范本；贫下中农、乡村、田野与城市、教育机构、文化知识的排列分布

---

[1] 张承志：《绿夜》，见《美丽瞬间——张承志草原小说选》，北京师范大学出版社1993年版，第95页。

方式远远超出了无产阶级与资产阶级两大阵营的划分。知识青年并未从虚拟的阶级大搏斗之中获得预定的身份认同,也不再以社会实践的方式续写自己的插队故事。尽管如此,乡村与农民仍然牢固地植入知识青年的意识,成为解释历史的一种不可消散的文化背景。如果说,那些身居学院的知识分子——包括拥有"左翼桂冠"的知识分子——不可避免地在夸夸其谈之中显露小资产阶级的文化性格,那么,乡村的存在有助于矫正各种浮夸的气息。那些激进而夸张的革命辞藻视而不见地掠过低调而笨拙的梯田、晒谷场或者冒出炊烟的茅屋,但是,农民形象时常执拗地打断理论话语的轻率评判。的确,农民的故事从未彻底摆脱衣食住行的基本主题,然而,知识青年始终愿意充当这些故事的忠实读者。"拥有知青记忆的人倾向于认为,干旱煎熬之后的丰收喜庆与一场足球赛获胜的激动眼泪不可同日而语;解决青黄不接时的饥肠辘辘与教授们国际学术会议上种种社会制度的争论不可同日而语。尽管最为时髦的那一部分当代文化无视如此'低级'的诉求,但是,知青记忆顽强地证明这些诉求的真实存在。"[1]

这几句话来自我的论文《记忆的抗议》,论文的内容是分析韩少功的小说《日夜书》。韩少功是知青文学阵营的重要一员。从20世纪80年代初的《回声》《月兰》《远方的树》到远为成熟的《马桥词典》,乡村是韩少功始终不懈的关注对象。《日夜书》对于轻佻的当代文化显露出明显的反感。在我看来,知青记忆是主人公识别现今各种伪装的利器——尽管新型的革命辞藻包装的叛逆者形象可以轻而易举地赢得美国大学的验收,但是,知识青年对于各种口是心非的浮华之词具有特殊的免疫力。我在阐述《日夜书》

---

[1] 南帆:《记忆的抗议》,《南方文坛》2013年第6期。

第六章　文学的乡村:双重主题、知识分子及其叙事焦虑

的时候指出，这部小说展现了一个特殊的转折——真正的乡村景象曾经让那些幼稚的复述革命口号的知识青年羞愧地住口：

>《日夜书》曾经描述了一批知青"栏杆拍遍"和"拔剑四顾"的英雄情怀：关注东南亚革命形势，考察北约和华约的隐患，充当格瓦拉与甘地的崇拜者，研究可能发生的街垒战斗，某些朋友已经打入革命委员会，另一些朋友正在进入新闻界和哲学界，某某部队看来很有希望，他们想象可以凭借一首《国际歌》在世界的任何一个角落找到同志，彼此相见的时候行礼如仪：一个人举起右拳："消灭法西斯！"另一些人举起右拳回应："自由属于人民！"如果说，"文化大革命"点燃的政治激情主宰了知青的早期想象，那么，乡村生活的逐渐熟悉意味着衡量出这种政治激情与农民疾苦之间的距离。相对于黯淡的乡村景象，如此书生意气近乎笑料。没有口号的青春是乏味的，只有口号的青春是幼稚的。对于多数知青说来，历史无法提供二者之间的平衡。可以预料，炽烈的政治激情受挫之后，冰冷的虚无主义尾随而至。二者的共同形式是夸张。时过境迁，当知青出身的作家启用文学形式抚今追昔的时候，农民的质朴言辞以及田野之中的辛苦劳作构成了无声的反衬。现今看来，"知青文学"开始了一个转折：放弃"文艺腔"的人生姿态，正视农民形象隐含的饮食起居或者人情世故。作为生活内容的基本承担，这一切缓缓地从种种漂亮的辞藻背后浮现出来。[1]

---

[1] 南帆：《记忆的抗议》，《南方文坛》2013年第6期。

从豪迈、幻灭到乡村的再认识，知青文学包含了一个完整的情感结构。某种程度上可以说，幻灭的失望与再认识的收获彼此引申，没有前者也就没有后者。对于知识分子来说，这是乡村制造的一次剧烈震荡。知青文学不仅记录了这一次震荡带动的各种内心波澜，同时还启示人们重构组成认识背景的若干关键概念：例如乡村、城市、阶级、革命，如此等等。

七

乡村不仅是现代文学念兹在兹的主题，而且，许多知识分子时常为自己介入这个主题安排一个文学角色。没有哪一个知识分子敢于公然声称，甩开落后的乡村而仅仅愿意注视城市与学院。事实上，许多知识分子时常跨出自己的活动区域进入乡村，试图与乡村进行各种形式的对话。这一段时间，所谓的"返乡书写"显然是文学知识分子的特殊行动。他们不约而同地开始书写自己的故乡，分别展现乡村的一隅。当然，这个文学事件的策划并非行政指令乃至强制性遣送，而是一批文学知识分子对于乡村的自觉关怀。对于他们来说，"故乡"意味着一个初始的情感召唤，"返乡书写"的乡村故事无不包含了写作主体与乡村之间内在的相互权衡。梁鸿的《中国在梁庄》可以视为"返乡书写"的一个代表作；王磊光的《一位博士生的返乡笔记》和黄灯的《一个农村儿媳眼中的乡村图景》曾经在互联网上广为传播，三者的一个共同企图是再度将乡村从"天聋地哑"的沉默之中解放出来。

如同大部分的"返乡书写"，这三部均为"非虚构"作品。叙述熟悉而破损的故乡是一种不由自主的迫切冲动，作者甚至放弃了精雕细琢的"文学性"。繁复的叙述或者奇异的修辞被弃置不顾；讲述返乡的所见所闻，明朗的语言风格似乎更为吻合作品表露真情实感。然而，我愿意提前指出这种可能："明朗"的表象可能隐含了另一种遮蔽，"如实记录"显现的未必是无可非议的"真实"。

很大程度上，梁鸿、王磊光、黄灯聚焦的仍然是乡村的经济、文化双重主题。对于一个发展缓慢的社会空间，经济、文化的双重主题通常与基本的生存方式联系在一起。考察乡村的虚拟经济或者酒吧文化显然文不对题。显而易见，梁鸿、王磊光、黄灯均对乡村的现状流露出强烈的失望情绪。王磊光观察到，乡村农民的婚姻、住房以及汽车拥有量并不理想；许多人由于经济窘迫而匆匆成婚，如此草率的婚姻埋下了各种隐患。事实上，现今乡村的离婚率与日俱增。作为一个农村家庭的儿媳，黄灯的观察更为细腻：相当一段日子里，这个乡村家庭维持了安居乐业的表象，几个子女或者外出打工，或者居家种田，或者承揽工程，或者博士毕业之后留校任教，总之，经济的自足保证了家庭亲情的基本稳定。然而，好景不长。政府的工程欠款和妹妹出家两个变故迅速打破了脆弱的平衡，这个乡村家庭从此一蹶不振。在她看来，这种状况并非偶然。农民的半生劳作"仅仅只是维持了一种最简单的生存，并没有给自己留下半点养老的资本。贫穷和贫穷的传递，已经成为这个家庭的宿命"。她的感叹包含了深重的无奈："财富和希望并没有多少途径流向他们，但社会不良的触角，诸如政府拖欠工程款、信仰危机所导致的价值观混乱、基层执行计划生育的粗暴和失责，却总是要伸向这些普通的农家，种种无声的悲剧最后总是通过各种渠道渗透到他们的日常生存，唯有认命，才能平复内心的波澜和伤痕。"[1]

梁鸿试图多维地描述自己的故乡梁庄。她不再局限于家庭范围,而是将整个村庄纳入视野。言及乡村经济,梁鸿的结论相对温和:尽管肥料、种子与人工费用持续上涨,但是,由于取消农业税,务农可以维持温饱。事实上,梁鸿的担忧毋宁是乡村的"空心化"。青壮年纷纷撤离乡村进城务工,夫妻分居,儿童留守,老人孤独,乡村的未来又在哪里?

> 村庄里的新房越来越多,一把把锁无一例外地生着锈。与此同时,人越来越少,晃动在小路、田头、屋檐下的只是一些衰弱的老人。整个村庄被房前屋后的荒草、废墟所统治,显示着它内在的荒凉、颓败与疲惫。就内部结构而言,村庄不再是一个有机的生命体,或者,它的生命,如果它曾经有过的话,也已经到了老年,正在逐渐失去生命力与活力。
>
> ——《中国在梁庄》[2]

梁鸿、王磊光、黄灯三个人共同察觉,乡村不再具有文化生产能力。许多人心目中,乡村犹如前现代的一个残余空间,各种乡土文化传统仿佛象征了保守与落后。无论是《创业史》中的梁生宝还是《平凡的世界》中的孙少安,他们身上植根于乡村的理想、信念和伦理已经消耗殆尽。乡村的年青一代不仅被城市经济所吸引,而且,从服装款式、娱乐节目到消费理念,都竭力保持与城市文化同步——用梁鸿的话说,乡村"正朝着城市的模本飞

---

[1] 黄灯:《大地上的亲人:一个农村儿媳眼中的乡村图景》,台海出版社2017年版,第12、10页。
[2] 梁鸿:《中国在梁庄》,江苏人民出版社2011年版,第21页。

奔而去，仿佛一个个巨大的城市赝品"[1]。梁鸿同时敏锐地指出，以姓氏为中心的乡村正在转变为以经济为中心的聚散地。这个发现有助于解释某些乡村习俗的消亡。王磊光曾经惋惜地觉得，乡村的传统亲情关系已经徒有其表，春节期间的相互拜访与馈赠礼物如同完成礼仪规定和老一辈交办的任务；老一辈离世之后，这种联系将或迟或早中止。相对于乡村宗亲之间的疏远，父母与子女的长期分离更为痛心。许多进城务工的子女甚至无法及时地为父母送终。很大程度上，这是不可挽回的必然。乡村文化传统的消亡与经济模式的改变密切相关。宗族姓氏不再构成劳动生产的组织轴心，不再规定财产分配的等级，乡村的亲疏关系必将重新定位。事实上，围绕劳资双方的人情世故正在重塑乡村年青一代的感情史。如果说，进城务工意味着纳入企业或者工厂的生产关系，城市不可阻挡地肢解或者覆盖了乡村萎缩的生产关系，那么，后者显然无力孵化新的文化观念。令人奇怪的是，淳朴、单纯的乡村文化似乎突然休克，以至于基本丧失了解毒或者自净的功能。正如黄灯的作品所记录的那样，赌博、吸毒以及闪电般的网恋和草率的婚姻迅速地侵入乡村，这些现象的普遍程度甚至超过了城市文化。乡土文化枯竭的另一个后果是，各种宗教观念乘虚而入，乡村宗教文化的兴盛程度超出了许多人的想象。

  王磊光与黄灯的作品俱是根据返乡的一己见闻娓娓道来。他们的亲历增添了叙述的可信程度。然而，由于一己见闻的狭窄与局限，个人观感挤占了必要的历史维度。文本的修辞分析可以发现，叙述流露的失望口吻隐藏了某种不在场的参照坐标：乡村如此不堪的结论背后存在一个未曾浮现的前提——相对于城市；换

---

[1] 梁鸿:《前言：从梁庄出发》，见《中国在梁庄》，江苏人民出版社 2011 年版，前言第 3 页。

摇摆的叛逆

言之,乡村描述的字里行间闪动的是城市的影子。无论是王磊光对于农民住房与汽车拥有状况的不满还是黄灯对于乡村家庭的绝望,他们的负面评价显然将城市的发展现状作为不言而喻的标杆。这个标杆无可非议,没有任何理由否认农民平等地享有城市居民的一切福利待遇。尽管如此,人们也没有理由无视乡村的曲折历史。乡村曾经极度贫困,而且,这种贫困赢得了理论的强烈肯定——这种贫困被视为抵制城市腐化的意识形态防线。谋求乡村与城市拥有平等的权利,这毋宁是刚刚开始书写的历史故事;如果没有家庭联产承包责任制的初步积累,如果城镇行政机构仍然拒绝农民工进城,这种故事几乎不可能实践。王磊光的内心保存了温馨的一幕:他曾经与众多乡村的表哥"上山捉鸟,下河摸鱼",相对地,如今冷漠的乡村令人心寒。[1]他的某些叙述似乎抱怨,农民外出务工无形地瓦解了乡村社会。在我看来,援引短暂的记忆屏蔽乡村的历史演变可能产生危险的幻觉。王磊光似乎没有兴趣追问,进城务工为什么形成如此强大的冲动,以至于许多农民宁愿承受背井离乡的痛苦?数十年前,多数农民几代同堂,他们的活动范围从未超出数十公里,父子兄弟终老于同一块田地。然而,由于缺乏足够的口粮,家人之间的亲情不得不承受饥饿制造的痛苦考验。许多时候,远亲近邻可能因为一碗米饭、一个鸡蛋反目成仇、六亲不认。更为可怕的是,物质利益的争夺会迅速地演变为乡村版政治,各种阶级斗争的口号毋宁是掌控经济分配的权力借口。根据梁鸿对于"梁庄"的观察,乡村版政治的残酷程度丝毫不亚于城市。黄灯自信地认为,"以前的乡村""是一个能够自我生长、孕育精神和有着内在生机的场域,本身就是一个自足的能量场,

---

[1] 王磊光:《呼喊在风中:一个博士生的返乡笔记》,复旦大学出版社2016年版,第6页。

可以让一个生命获得内在的自足和圆满。换言之，以前农村的人，他的生命价值不需要城市提供的观念来衡量，他自有一套在生活中行得通的观念"[1]。这种描述来自真实的数据和情节，还是一厢情愿的遥远想象？乡村考察时常遭遇的陷阱是，由于一个局外人的视角，考察者不知不觉地沉溺于廉价的田园诗而遗忘了令人清醒的政治经济学。

这些"返乡书写"的另一个显著特征是写作主体的焦虑。知识分子的身份加剧了他们的不安。黄灯表示，"返乡书写"试图"与同呼吸、共命运的亲人建构一种文化上的关系"[2]。他们时常回望自己的故乡，唯恐与那一块土地的文化血脉无声无息地中断。可以察觉，他们的"乡愁"之中隐含了某种负疚感。乡村的生活含辛茹苦，可是，他们抛下亲人远走他乡，置身于城市的一隅，享用繁华、舒适与高雅。这种"独善其身"的方式并未带来内心的真正安宁。许多知识分子就学期间必须接受父母乃至整个家庭的经济资助，但是，他们毕业之后无法加倍偿还这种资助——他们的收入远不如另一些乡村"能人"，这是他们觉得羞愧的另一个原因。

王磊光和黄灯共同提到知识分子的"无力感"。学院赋予的知识如何回馈故乡的那一片热土？这是一个令人困惑的问题。黄灯坦然地承认，来自学院的理论话语散发出"塑料"的气味，那些艰涩的概念与现实世界存在不可弥合的距离。她甚至开始怀疑知识分子身份的意义。"进入学院体制后，内心的虚空感特别强烈，好像每天就在文字里面刨食，学术的要义好像仅仅是为了换得生

---

[1] 黄灯的发言，见《青年文艺论坛》第六十六期"返乡书写：事件、症候与反思"，第6页。
[2] 黄灯的发言，见《青年文艺论坛》第六十六期"返乡书写：事件、症候与反思"，第4页。

存条件的改善，总感觉自己在过一种不接地气的生活。"[1]这或许是相当多知识分子的普遍感觉。无论知识分子关注的内容已经出现多大的差异，知识分子嵌入世界的独特方式仍然悬而未决。

　　人们可以从这种表述之中发现知识分子的良知、责任感和反省精神。尽管如此，我还是联想到一个时常陪伴知识分子的概念：小资产阶级。当然，现今的"小资产阶级"不再是一个强烈的政治贬义词，而是如同一种文化性格的标识——我试图表明的是，小资产阶级文化性格的特征之一似乎正在以另一种形式重现：个人英雄主义。个人英雄主义往往无视阶级的整体力量，企图以一己之力建功立业。个人英雄主义与其说源于知识分子的虚荣心，不如说源于认识世界的方式。脱离阶级结构而单枪匹马地冲锋陷阵，这种"壮烈"的故事隐藏了若干负面的主题：低估了形势的复杂程度，夸大了个人的冒险能力，同时缺乏长期斗争的韧性。不无相似的是，"返乡书写"的知识分子对于知识体系的总体意义缺乏信心。他们迫切渴望手中的知识显现立竿见影之效，期待各种晦涩的理论话语立即转换为注入乡村的财富。这个意义上，所谓的学科建制犹如累赘。他们试图一击奏效，既没有耐心考虑各个学科如何构造知识体系的完整图景，也没有耐心发现学科内部的积累如何由于某种特殊机遇兑现为乡村社会可能接纳的知识能量。能否在"互联网+"的背景下重新构思新型的乡村文化或者乡村经济？这些具有某种"专业"含量的构思并未引起足够的兴趣。许多人心目中，学术仅仅是流动于某一个专业槽模的孤立知识，乡村振兴战略仅仅是一个悬浮的口号，乡村仅仅是社会底层的人间烟火。无法想象这些领域的交集机制，或者将这些领域的交集

[1] 黄灯的发言，见《青年文艺论坛》第六十六期"返乡书写：事件、症候与反思"，第5页。

第六章　文学的乡村：双重主题、知识分子及其叙事焦虑

机制想象得过于简单，知识分子只能拘囿于某一个狭小的专业角落而不可能真正摆脱"无力感"。乡愁之中的自恋成分超过了一定的比例，观察、分析和批判将被感叹式的抒情淹没。[1]学院训练的是知识分子的理性与清晰，他们缺乏处理松散、纷杂乃至混乱的经验与耐心。某些时候，大量感叹式的抒情恰恰是束手无策的症候。对于知识分子来说，只有增添文化性格之中宽厚与坚韧的元素，他们才能进入乃至投身乡村的多元空间，发现自己的恰当位置。

---

[1]《青年文艺论坛》第六十六期"返乡书写：事件、症候与反思"，第15页，一些人已经在返乡书写的文本之中意识到这个问题。

第七章　农民叙事话语、文学修辞与数码语言

一

"为人性僻耽佳句，语不惊人死不休"——文学史流传许多作家殚精竭虑地推敲文学语言的逸事。"推敲"即是一个著名的典故：贾岛专注地斟酌诗句的动词"推"抑或"敲"，以至于冲撞了韩愈的仪仗队。两个诗人商议良久，拟定"僧敲月下门"，橐橐的敲门声反衬出月夜的幽远意境。许多时候，小说叙事的语言考究不亚于诗人。莫泊桑曾经不无极端地认为，无论描写什么，只有一个合适的词汇可供使用，作家必须全力以赴地寻找这个词汇。[1]很大程度上，这显示了现实主义文学语言遵从的逼真原则。

相对于作家孜孜不倦地字雕句琢，大规模的语言潮汐产生的意义远远超出了美学范畴，例如白话文之于五四新文学。按照胡适的观点，白话文的倡导形成了两个核心命题："一个是我们要建立一种'活的文学'，一个是我们要建立一种'人的文学'。前一

---

[1] 参见［法］莫泊桑：《谈"小说"》，柳鸣九译，见《外国名作家创作经验谈》，石尔编，浙江人民出版社1981年版，第84—85页。

个理论是文字工具的革新,后一种是文学内容的革新。"[1]显而易见,美学无法完整地容纳五四新文学主将的宏图大略——两个命题的意义无不进一步涉及盛行一时的启蒙观念。当然,所谓的语言潮汐并非空泛的口号和主张,一种新的语言性质渗透于文学的修辞体系,无论是遣词造句、叙事结构还是独一无二的强烈风格。例如,胡适的"八不主义"即是白话文的修辞实践。传统的意义上,"修辞学"即是劝说的语言艺术;"修辞学"不仅指排比、隐喻、反讽等具体的表述技术,同时包括文本结构、叙事视角、时间与节奏的处理以及叙事、描写、抒情、议论的比例等更为基本的叙事问题。布斯《小说修辞学》的研究表明,文学修辞的特殊意义是,无声地劝导读者站到作者暗示的"价值领域"(the world of values)之中。[2]

20世纪80年代之前,如此之多成熟的作家积极向文学的外围人士——尤其是有志于投身文学的"文艺青年"——传授文学语言的成功秘诀。郭沫若、茅盾、赵树理、老舍、曹禺、艾芜、周立波、梁斌等无不引用自己的作品现身说法。这种状况包含了两个原因。首先,由于课堂的文学教育相对匮乏,这些作家不得不担任文学教练,文学语言是文学写作的入门课程;其次,可以从这些作家的发言之中察觉,文学的意识形态功能时常成为考虑的前提。换句话说,意境或者描写的"逼真"原则仅仅是次要问题,文学修辞暗示的"价值领域"已经从美学革命转换为社会革命。按照毛

---

[1] 胡适:《导言》,见《中国新文学大系1917—1927·建设理论集》,胡适编选,上海文艺出版社1980年影印本,第18页。
[2] 参见[美]W·C·布斯:《小说修辞学》,华明、胡苏晓、周宪译,北京大学出版社1987年版,第83页。

泽东的观点，作家要将文学"为什么人的问题"作为衡量文学语言的准绳。例如，《反对党八股》中，毛泽东对于语言生动与否的关注是与工农兵大众的接受程度联系在一起的：

> 党八股的第四条罪状是：语言无味，像个瘪三。上海人叫小瘪三的那批角色，也很像我们的党八股，干瘪得很，样子十分难看。如果一篇文章，一个演说，颠来倒去，总是那几个名词，一套"学生腔"，没有一点生动活泼的语言，这岂不是语言无味，面目可憎，像个瘪三吗？一个人七岁入小学，十几岁入中学，二十多岁在大学毕业，没有和人民群众接触过，语言不丰富，单纯得很，那是难怪的。但我们是革命党，是为群众办事的，如果也不学群众的语言，那就办不好。现在我们有许多做宣传工作的同志，也不学语言。他们的宣传，乏味得很；他们的文章，就没有多少人欢喜看；他们的演说，也没有多少人欢喜听。为什么语言要学，并且要用很大的气力去学呢？因为语言这东西，不是随便可以学好的，非下苦功不可。[1]

作为一个极具个人风格的诗人与书法家，毛泽东具有深厚的美学造诣；然而，作为革命领袖，他更多地期待文学在革命的动员结构之中形成更大的宣传能量，从而成为"团结人民、教育人民、打击敌人、消灭敌人的有力的武器"[2]。显然，当时的许多作家无

---

[1] 毛泽东：《反对党八股》，见《毛泽东选集》第三卷，人民出版社1991年版，第837页。
[2] 毛泽东：《在延安文艺座谈会上的讲话》，见《毛泽东选集》第三卷，人民出版社1991年版，第848页。

第七章　农民叙事话语、文学修辞与数码语言

法企及如此高瞻远瞩的政治视野。他们慨然走出古老的深宅大院，离开平静的校园图书馆，纵身投入革命风暴；尽管如此，他们往往将文学视为个人的抒情言志，甚至向往"为艺术而艺术"，这一切不得不追溯至他们的小资产阶级身份。所以，毛泽东的《在延安文艺座谈会上的讲话》犀利地指出，拥有一套大众喜闻乐见的文学语言绝非易事，而是包含了思想感情与语言风格的双重锻造：

> 我们的文艺工作者不熟悉工人，不熟悉农民，不熟悉士兵，也不熟悉他们的干部。什么是不懂？语言不懂，就是说，对于人民群众的丰富的生动的语言，缺乏充分的知识。许多文艺工作者由于自己脱离群众、生活空虚，当然也就不熟悉人民的语言，因此他们的作品不但显得语言无味，而且里面常常夹着一些生造出来的和人民的语言相对立的不三不四的词句。许多同志爱说"大众化"，但是什么叫做大众化呢？就是我们的文艺工作者的思想感情和工农兵大众的思想感情打成一片。而要打成一片，就应当认真学习群众的语言。如果连群众的语言都有许多不懂，还讲什么文艺创造呢？英雄无用武之地，就是说，你的一套大道理，群众不赏识。在群众面前把你的资格摆得越老，越像个"英雄"，越要出卖这一套，群众就越不买你的账。你要群众了解你，你要和群众打成一片，就得下决心，经过长期的甚至是痛苦的磨练。[1]

《在延安文艺座谈会上的讲话》很快成为众多作家景仰的革命

---

[1] 毛泽东：《在延安文艺座谈会上的讲话》，见《毛泽东选集》第三卷，人民出版社1991年版，第850—851页。

经典。为了响应革命领袖的号召，尽快融入大众的语言阵营，许多作家积极进行各种尝试，例如广泛吸收方言、俗语、歇后语作为装饰元素。周立波曾经将文学的语言风格与阶级身份联系起来："我们小资产阶级者，常常容易为异国情调所迷误，看不起土香土色的东西。"[1]方言、俗语显然具有"土香土色"的气息。然而，正如许多批评家指出的那样，这些尝试收效有限。老舍曾经批评一部小说过分倚重歇后语，仿佛"一个村子都是歇后语专家"[2]；涉及方言的时候，批评家的态度更为谨慎。茅盾并未对方言提出明确的异议，但是，他含蓄地表示："地方色彩的获得不能简单地依靠方言、俗语，而要通过典型的风土人情的描写"；茅盾同时指出，汉语规范化"不但是提高写作能力的必要的措施，而且是一项政治任务"。[3]茅盾在另一个地方告诫不要滥用方言和歇后语，这种状况可能导致文学语言的"粗糙庞杂"："我们要丰富我们的'语汇'，但同时也要注意保持我们祖国语文的纯洁。"[4]这些观点意味深长。首先，尽管地方性知识或者地域传统有助于增添日常的民间气息，但是，二者并非重叠的文化空间。地方或者地域相对于"全国"，民间相对于所谓的"上流社会"或者权力体系；更为重要的是，地方性或者地域传统的过度强调可能潜在地威胁现代民族国家的整体认同，甚至成为文化分裂的口实。[5]规范而统一的标准语言通

---

[1] 周立波：《生活、思想和形式》，见《周立波文集》第五卷，上海文艺出版社1985年版，第285页。

[2] 老舍：《关于文学的语言问题》，见《出口成章》，作家出版社1964年版，第77页。

[3] 茅盾：《关于艺术的技巧》，见《茅盾全集》第二十三卷，人民文学出版社1996年版，第417、416页。

[4] 茅盾：《新的现实和新的任务》，见《茅盾全集》第二十三卷，人民文学出版社1996年版，第280页。

[5] 参见汪晖：《地方形式、方言土语与抗日战争时期"民族形式"的论争》，见《汪晖自选集》，广西师范大学出版社1997年版，第341—375页。

常是现代民族国家的标志之一。如果方言的盛行无形地削弱了民族国家的标准语言,另一些问题可能接踵而来。因此,肯定民族语言的规范始终存在特殊的政治含义。当然,地方性、现代民族国家认同、规范统一的标准语言、方言等诸多因素之间时常存在复杂的博弈、权衡与组合,围绕"阶级"范畴或者"民族"范畴形成的不同聚焦,具体的历史情势往往左右这些因素的此消彼长。

相对于具体的方言、俗语,文学史更多谈论的是"大众化"观念——文学语言的改造毋宁是"大众化"观念的一个实践项目。五四新文学诞生之后,"大众化"的要求几乎没有停止过。几乎没有停止恰恰证明,"大众化"的设想并未获得令人满意的成效。尽管文学不断地宣称向大众敞开,但是,文学语言貌合神离。"对于工农兵群众,则缺乏接近,缺乏了解,缺乏研究,缺乏知心朋友,不善于描写他们;倘若描写,也是衣服是劳动人民,面孔却是小资产阶级知识分子"[1]——革命领袖的批评并非无的放矢。追根溯源可以发现,"价值领域"的差异可能隐蔽地潜入遣词造句、叙事结构乃至个人风格,从而造就小资产阶级知识分子与大众之间文学语言的差异。

二

考察"大众化"文学语言资源的时候,城市无产阶级的语言生活曾经进入革命理论家的视野。例如,陈独秀曾经表示:"中国近来产业发达人口集中,白话文完全是应这个需要而发生而存在

---

[1] 毛泽东:《在延安文艺座谈会上的讲话》,见《毛泽东选集》第三卷,人民出版社1991年版,第856—857页。

摇摆的叛逆

的。"[1] 20世纪30年代"大众文艺"的论争之中,城市产业工人对于文学语言的贡献引起了瞿秋白的关注:

> 这就要一切都用现代中国活人的白话来写,尤其是新兴阶级的话来写。新兴阶级不比一般"乡下人"的农民。"乡下人"的言语是原始的,偏僻的。而新兴阶级,在五方杂处的大都市里面,在现代化的工厂里面,他们的言语事实上已经在产生着一种中国的普通话(不是官僚的所谓国语),它容纳许多地方的土话,消磨各种土话的偏僻性质,并且接受外国的字眼,创造着现代的政治技术科学艺术等等的新的术语。这种大都市里,各省人用来互相谈话演讲说书的普通话,才是真正的现代中国话,这和知识分子的新文言不同。[2]

瞿秋白的观点高屋建瓴,但是,付诸文学实践可能遭遇各种意想不到的问题。茅盾随后进行了一些小小的挑剔、辩论和补充,譬如这种"中国的普通话"的来源是"南方"方言还是"北方"方言?茅盾认为,如此理想的"中国的普通话"并不存在,同时,所谓的"新文言"亦非所说的那么不堪。[3] 尽管如此,这些问题的争辩似乎没有大规模地展开。文学史仿佛形成另一个不无模糊的观念:文学语言的"大众化"总是有意无意地与乡村的农民语言联系起来。

---

[1] 陈独秀:《答适之》(1923年12月9日),见胡适等《科学与人生观》上册,亚东图书馆1924年版,第40页。

[2] 宋阳(瞿秋白):《大众文艺的问题》,《文学月报》1932年6月10日第1期,见《中国新文学大系1927—1937·文学理论集二》,上海文艺出版社1987年版,第351—352页。

[3] 参见止敬(茅盾):《问题中的大众文艺》,《文学月报》1932年7月10日第1卷第2期,见《中国新文学大系1927—1937·文学理论集二》,上海文艺出版社1987年版,第361—365页。

或许，人们可以从农村包围城市的著名革命构想与文学语言之间察觉明显的呼应关系。《湖南农民运动考察报告》表明，毛泽东对于中国农民的革命激情寄予厚望。这一份考察报告不仅再现了轰轰烈烈的湖南农民运动，同时，生动的描述与颂扬的口吻流露出毛泽东的向往之情。《湖南农民运动考察报告》中有专门一节提到了农民的"文化运动"。农民对于"洋学堂"深为厌恶，乡村小学教师对待农民态度恶劣，使用的教材说的无非是城里的事情。乡村的地主势力垮台之后，农民生气勃勃地办起了夜校，取得了文化主动权。相形之下，那些"知识阶级和所谓'教育家'者流，空唤'普及教育'，唤来唤去还是一句废话"[1]。一旦农民的革命主动性真正调动起来，文化革命乃是题中应有之义。教育如此，文学艺术也是如此。

世界范围内，农村包围城市是一个成功的革命创举。"左"翼阵营不得不重新认识农村与农民的革命意义。毛泽东心目中，农民绝非尾随革命历史的散兵游勇，无论是政治还是经济、文化。莫里斯·迈斯纳认为，由于帝国主义的入侵，城市往往成为侵略者统治的领地，李大钊、毛泽东等革命家对于城市革命缺乏信任，"因此，中国革命的特点必然是以农村为基础向外来势力控制的大城市发动进攻"。那些身居城市的各方人士可能沉湎于安乐而丧失革命锋芒，因此，"解决问题的方法在于让那些富有潜力的'革命人民'脱离城市的腐化生活，到革命力量聚集的农村中去。在历史和政治情况截然不同的情况下，即使1949年后，毛泽东一直用'到农村去'这种方法解决问题"。如果说，盘踞于城市的资产阶级具

---

[1] 毛泽东：《湖南农民运动考察报告》，见《毛泽东选集》第一卷，人民出版社1991年版，第39—40页。

摇摆的叛逆

有强大的腐蚀性，那么，农村的社会结构与朴素原始的消费方式避开了纸醉金迷的腐朽气氛。因此，革命的希望"寄托在对农村的相对纯洁和对农民天生的社会主义（或可能转向社会主义）倾向的信赖上"。[1]这些观念和主张经过一系列意识形态环节的加工、护送和转换，终于抵达文学领域，进而悄悄地改变了文学语言。

五四新文化运动仿佛开启了一个崭新的历史舞台。"贵族文学""古典文学""山林文学"被冠以阿谀陈腐、雕琢晦涩的罪名，启蒙主义浪潮与白话文的相互交汇试图造就一代崭新的文学。一批意气风发的年轻作家会聚到城市，他们的浪漫主义情怀引发了强大的文学震荡。这里有鲁迅忧愤的呐喊，有郭沫若激情的呼号，也有冰心纯洁的爱或者郁达夫的苦闷与渴望……然而，这种合唱很快显出了轻与浅的一面。相对于含辛茹苦的工农大众，这一批小资产阶级知识分子似乎只能徘徊于外围。尽管"革命文学""大众文艺""民族主义文学"等论争相继发生，但是，知识分子内部的观念交锋并未带来彻底的改造。20世纪40年代，毛泽东的《在延安文艺座谈会上的讲话》号召基本立场的转移——作家必须把小资产阶级的立场转移到工农兵方面来，"大众化"的文学语言可以视为这种转移的一个标志。从赵树理的《小二黑结婚》《李有才板话》，丁玲的《太阳照在桑干河上》，周立波的《暴风骤雨》到孙犁的《荷花淀》，一批气息迥异的作品陆续登场。无论文学史如何评估这一批作品的成就，没有人可以否认一个事实：赵树理的出现具有特殊的意义。许多人迅速意识到，赵树理作品的叙事语言与众不同。如果说，之前的多数作家通常按照知识分子的语言

---

[1] ［美］莫里斯·迈斯纳：《马克思主义、毛泽东主义与乌托邦主义》，张宁、陈铭康等译，中国人民大学出版社2005年版，第60、61、94页。

第七章　农民叙事话语、文学修辞与数码语言

风格记述农民的故事，那么，赵树理独辟蹊径。如同周扬所说的那样，赵树理不是使用方言、土语、歇后语从事外在的语言装饰，他追求以农民的语言作为叙事话语。周扬阐述了这种叙事话语带来的效果：

> 作者处理人物上，还有一个特点，就是明确地表示了作者自己和他的人物的一定的关系。他没有站在斗争之外，而是站在斗争之中，站在斗争的一方面，农民的方面，他是他们中间的一个。他没有以旁观者的态度，或高高在上的态度来观察与描写农民。农民的主人公的地位不只表现在通常文学的意义上，而是代表了作品的整个精神，整个思想。因为农民是主体，所以在描写人物，叙述事件的时候，都是以农民直接的感觉、印象和判断为基础的。他没有写超出农民生活或想象之外的事体；没有写他们所不感兴趣的问题。（当然写别的主题的作品，又是另外一回事）。[1]

可以补充的是，这种叙事话语同时产生了另一个效果：农民被设置为文本的隐含读者。换句话说，作者不仅站在农民的立场叙述以农民为主人公的故事，而且邀请农民共同阅读。叙述者、主人公、读者的三者合一意味着农民叙事话语产生的最大效应：新型的文学语言带动之下，一个农民共同体逐渐浮现出来了。事实上，三者合一形成了某种不成文的传统。日后许多身居城市的作家从事乡村题材写作之前，"深入生活"之中往往包含一个专项

---

[1] 周扬：《论赵树理的创作》，《解放日报》1946年8月26日，见《周扬文集》第一卷，人民文学出版社1984年版，第494页。

工作：熟悉乃至收集当地农民的语言习惯。例如，梁斌的《红旗谱》写作之前不仅记录了大量的农民语言，甚至注意到农民的语法结构。[1]这个不成文的传统无形地巩固和完善了农民叙事话语。

无论是文学表述还是理论阐释，各种话语体系的差异往往不如想象的那么清晰。许多时候，各种话语边界模糊，甚至相互交织。例如，许多人心目中，现代性话语与后现代话语往往混为一体——如果不是明确地设立某些相互比较的指标体系。相似的理由，所谓的农民叙事话语仅仅是一个相对的概念——相对于知识分子叙事话语。五四新文化运动以来，知识分子叙事与农民叙事先后出现；20世纪40年代之后，后者逐渐从前者的轨迹之中分离出来。启蒙与革命曾经制造了某种知识分子与广大农民共享的历史氛围：他们共同显现出改变历史的渴望与冲动；然而，由于关注的区域如此不同，两个族群分别派生相异的话语体系。鲁迅显然是知识分子阵营的代表人物。尽管鲁迅始终对乡村的农民葆有特殊的兴趣，一些著名的农民形象陆续出现于其小说之中，然而，文本分析显示，鲁迅心目中的隐含读者并非农民。《阿Q正传》的反讽式叙事显示出一个外部视角——反讽不是催促读者俯身与阿Q同甘共苦；相反，反讽隐含的智力优越感提供了一个贬抑与批判的高度。《祝福》中，祥林嫂的哀怨很快丧失了感染力而只能换取周围的嘲弄，叙述者"我"的忐忑不安显然是知识分子目睹一个悲苦的灵魂而产生的自我惶惑。鲁迅的《故乡》残酷地展示了知识分子与农民之间巨大的文化鸿沟：叙述者"我"与童年的伙伴闰土饱含期待地相遇，然而，闰土恭恭敬敬地叫了一声"老爷"之后，两个人

---

[1] 参见梁斌：《漫谈〈红旗谱〉的创作》，见《创作经验漫谈》，人民文学出版社1979年版，第61—62页。

相对无言——"他大约只是觉得苦，却又形容不出，沉默了片时，便拿起烟管来默默的吸烟了。"[1]近在咫尺而丧失了沟通的语言，叙述者这一刻遭到了强烈的精神震撼。如果说，小说主人公的身份显示了作家的注视对象，那么，反讽或者外部视角等文学修辞表明，鲁迅的小说更多地将知识分子设置为隐含读者。换言之，这些文学形象登场的动机之一是知识分子之间的交流，甚至成为他们反省灵魂的镜子。对于当时的启蒙思潮来说，知识分子本身才是最为重要的主人公。

赵树理清醒地认识到这个特征："鲁迅先生的文章读者对象很明确，就是写给知识分子看的。因为那时的工农大众还在敌人统治下，别说学文化，连吃饭也说不上，群众还没有掌握文化，能左右舆论界和思想界的人是知识分子，所以鲁迅先生选择的读者对象也是知识分子。"[2]不仅如此，赵树理更为全面地将五四新文学区分为两个不同的脉络，知识分子叙事话语与农民叙事话语可以视为二者的产物：

> 中国文艺仍保持着两个传统：一个是"五四"胜利后进步知识分子的新文艺传统（虽然也产生过流派，但进步的人占压倒优势），另一个是未被新文艺界承认的民间传统。新文艺是有进步思想领导的，是生气勃勃的，但可惜也与人民大众无缘——在这方面却和他们打倒的正统之"文"一样。民间传统那方面，因为得不到进步思想的领导，只凭群众的爱

---

[1] 鲁迅：《故乡》，见《鲁迅全集》第一卷，人民文学出版社2005年版，第508页。
[2] 赵树理：《从曲艺中吸取养料》，见《赵树理文集》第四卷，工人出版社1980年版，第1612页。

好支持着,虽然也能免于消灭,可是无力在文坛上争取地位。[1]

阐明这种区分的时候,赵树理坚定地表示,他的个人位置处于民间传统的脉络之中。

三

20世纪20年代,周作人《人的文学》产生了广泛的影响。他主张以"人道主义为本,对于人生诸问题,加以记录研究",这种人道主义"乃是一种个人主义的人间本位主义","所谓利己而又利他,利他即是利己"。相对于传统的儒家精神,这些观念具有强烈的个性解放意味;随后发表的《思想革命》之中,他再次阐述了文学对于思想改革的意义——白话文仅仅是转述思想的工具。[2]鲁迅在《呐喊·自序》中记录了"幻灯片事件"带来的思想冲击:他如何从一个立志拯救病人身体的医生转变为拯救国民精神的作家。对于五四时期的知识分子来说,观念革命构成了首要任务,内心枷锁的解放往往从自己开始。所以,在李泽厚看来,五四时期的作家那些反抗的呐喊与爱的倡导很大程度上渊源于个体的感性:"二十年代的文艺知识群开口宇宙,闭口人生,表面上指向社会,实际是突出自己;提出似乎是最大最大的世界问题,实际只具有很小很小的现实意义"[3]。这并非谴责五四时期的作家置身于社

---

[1] 赵树理:《"普及"工作旧话重提》,见《赵树理文集》第四卷,工人出版社1980年版,第1544页。

[2] 参见周作人:《人的文学》《思想革命》,见《中国新文学大系1917—1927·建设理论集》,胡适编选,上海文艺出版社1980年影印本,第196、195、200—201页。

[3] 李泽厚:《中国现代思想史论》,东方出版社1987年版,第225页。

会波涛之外，而是表明启蒙的起点是从关注国民乃至自我的精神状况开始。

如果说，一定的历史距离有助于形成相对宏观的视野——摆脱细节纠缠有助于察觉各种话语体系的观念源头，那么，复述这些众所周知的文学史事件，目的是再现知识分子叙事话语背后的"价值领域"：个性解放、浪漫精神以及思想观念的觉悟。这些内容与农民叙事话语产生清晰的反差。作为农民叙事话语的一个标本，赵树理具有无可比拟的典型意义。赵树理曾经使用"农村性"这个概念；[1] 在他心目中，农民不仅是一个独特的群体，而且，他们拥有独特的语言：

> 我既是个农民出身而又上过学校的人，自然是既不得不与农民说话，又不得不与知识分子说话。有时候从学校回到家乡，向乡间父老兄弟们谈起话来，一不留心，也往往带一点学生腔，可是一带出那等腔调，立时就要遭到他们的议论，碰惯了钉子就学了点乖，以后即使向他们介绍知识分子的话，也要设法把知识分子的话翻译成他们的话来说，时候久了就变成了习惯。[2]

因此，对于赵树理来说，口语句式的简明扼要并非投合某种美学风格，而是力求吻合农民的接受趣味。如果说，所谓的方言土语仅仅是无足轻重的语言表象，那么，隐蔽地主宰赵树理文本

---

[1] 参见赵树理：《农村剧团的地方性与农村性》，见《赵树理文集》第四卷，工人出版社1980年版，第1401—1403页。

[2] 赵树理：《也算经验》，见《赵树理文集》第四卷，工人出版社1980年版，第1398页。

修辞特征的"价值领域"包含哪些内容？文本分析显示，具体的经济利益描述在赵树理的叙事之中占有特殊的分量；许多时候，所谓的经济利益即是食物，或者扩大为粮食以及与粮食生产密切相关的生产工具，特别是农田土地。《李有才板话》中，阎家山贫富不均状况的描述即是诉诸一个食物制造的比喻：

> 模范不模范，从西往东看；
> 西头吃烙饼，东头喝稀饭。[1]

《李有才板话》中，农村干部的霸道威风或者和蔼亲民首先表现为如何接受食物。譬如，形容一个与农民离心离德的农会主席得贵是"烙饼干部"："谁有个事到公所说说，先得十几斤面五斤猪肉，在场的每人一斤面烙饼，一大碗菜，吃了才说理。得贵领一份烙饼，总得把每一张烙饼都挑过。"[2] 相对地，形容另一个深入群众的县农会主席老杨仍然借助食物：

> 小顺家晚饭是谷子面干粮豆面条汤，给他割谷的都在他家吃。小顺硬要请老杨同志也在他家吃，老杨同志见他是一番实意，也就不再谦让，跟大家一齐吃起来。……老秦听说老杨同志敢跟村长说硬话，自然又恭敬起来，把晌午剩下的汤面条热了一热，双手捧了一碗送给老杨同志。[3]

---

[1] 赵树理：《李有才板话》，见《赵树理文集》第一卷，工人出版社1980年版，第46页。

[2] 赵树理：《李有才板话》，见《赵树理文集》第一卷，工人出版社1980年版，第22页。

[3] 赵树理：《李有才板话》，见《赵树理文集》第一卷，工人出版社1980年版，第49—50页。

食物不仅成为衡量农村干部品行的道具，而且是农村日常生活各种纠葛、矛盾围绕的轴心。《李有才板话》中，外来户马凤鸣遭受的不公惩罚是"杀了一口猪给阎五祭祖，又出了二百斤面叫所有的阎家人大吃一顿，罚了我五百块钱，永远不准我在地后砍荆条和酸枣树"[1]；《李家庄的变迁》叙述一场农村诉讼时，耗费许多笔墨说明参与者的烙饼分配方案。不论是《李家庄的变迁》《地板》还是《福贵》《邪不压正》，农民生活的各种起伏无不显现于粮食、土地以及房屋，他们几乎不存在其他浮财。无论与情节存在多少联系，赵树理的叙事总是乐于告知主人公的伙食状况，开会、谈话、聚众闲聊或者婆媳纠纷、母女私聊的前前后后往往有一笔如何吃饭的交代。作为伙食状况的一种扩大，赵树理的小说时常罗列家庭开支的经济账目，例如《传家宝》乃至《小经理》。相对于线条简练的故事轮廓，一五一十的伙食费用、各种票据的兑换、分红、工钱、粮食换工、农田收入等琐碎而杂乱。然而，这种罗列不仅显示了赵树理对于农村生活的谙熟，更为重要的是，农民乐意充当这种经济账目的读者。

《小二黑结婚》中，"三仙姑"的忌讳"米烂了"与二诸葛的忌讳"不宜栽种"仍然是围绕粮食派生的逸事；尽管小二黑与小芹的婚事一波三折，但是，作为一对恋人，他们未曾展现出多少曲折缠绵的心事。"三仙姑"人老珠黄，风光不再，她甚至对女儿小芹的魅力产生不无忌妒的复杂心绪，然而，《小二黑结婚》轻轻放过了这些段落而没有兴趣大做文章。赵树理涉及爱情与婚姻的小说为数不多，《登记》隐含了特殊的情趣和风味。尽管如此，无

---

[1] 赵树理:《李有才板话》，见《赵树理文集》第一卷，工人出版社1980年版，第28页。

论老一辈的"小飞娥"、张木匠还是年青一代艾艾、燕燕、小晚、小进，这些人物的内心并未因为不如意的婚姻而千回百转。很大程度上，他们仅仅作为固定齿轮负责情节持续而均匀地运行。故事的关键转折与其说取决于他们的性格，毋宁说取决于外部世界的干预——政府颁布的婚姻法成为消除最终障碍的尚方宝剑。"为什么愿嫁他？"或者"为什么愿娶她？""因为他能劳动！"[1] 尽管这种对白仅仅作为反面的笑话，但是，婚恋之中的人物性格并未显现出更多的内涵。相对于鲁迅的《伤逝》、郁达夫的《沉沦》，或者张爱玲的《金锁记》及曹禺的《雷雨》《日出》，赵树理的人物性格显出了浅白乃至粗糙的一面。

这并不能证明赵树理缺乏洞察人物内心的犀利目光，相反，这种状况毋宁说有意为之。赵树理曾经表示："我过去所写的小说如《小二黑结婚》《李有才板话》《李家庄的变迁》等里面，不仅没有单独的心理描写，连单独的一般描写也没有。这也是为了照顾农民读者。因为农民读者不习惯读单独的描写文字"[2]。显然，这种美学追求是农民叙事话语的重要组成部分。现在，我试图引申出一个意味深长的结论：对于赵树理来说，或者，对于农民叙事话语来说，内心世界并非支配情节运行的主要动力。"情节是人物性格的发展史"这种名言似乎更适合那些叱咤风云的主动型人物；相反，许多农民更像被动的角色，他们无法主宰生活，而是依赖外部世界的推动。

粮食或者土地作为"价值领域"的核心内容投射于农民叙事话语，甚至形成特殊的文学修辞——与其说这是论证充分的理论

---

[1] 赵树理：《登记》，见《赵树理文集》第一卷，工人出版社1980年版，第322页。
[2] 赵树理：《做生活的主人》，见《赵树理文集》第四卷，工人出版社1980年版，第1732页。

主张，毋宁说是一种无意识。很大程度上，赵树理并未意识到二者之间的联系：他从未在哪一篇文章之中阐明这种联系。尽管如此，相似的修辞甚至频繁地分布在赵树理的理论表述文字之中。例如，可以从多篇谈论农村生活的小政论之中发现赵树理的算账癖好。农民的日常开销与经济收益是否相当？赵树理罗列的账面一目了然，有时甚至婆婆妈妈，鸡零狗碎——赵树理从不忌讳暴露自己身上农民式的"小气"；[1]论述农村的文化与艺术生活时，赵树理仍然不知不觉地沿用熟悉的修辞方式——借助食物制造比喻，譬如"农村有艺术活动，也正如有吃饭活动一样，本来是很正常的事；至于说农村的艺术活动低级一点，那也是事实，买不来肉自然也只好吃小米"；谈到作家如何接触社会时说："即使自命为感觉比较敏锐一点（待考），可是能摆到桌上的菜只有那么几味，其余不常吃到的东西，就不容易品得仔细，至于不曾见过的食品，那就更难猜测得出是酸的还是甜的了"；[2]如此等等。

对于农民叙事话语来说，为什么粮食或者土地形成如此显眼的压力？——二者是农民最为常见的事物吗？恰恰相反。我宁可按照精神分析学的观点猜测，这种状况恰恰由于二者的匮乏。匮乏导致的心理恐慌压缩为某种强大的欲望，文学语言有意无意地成为这些欲望的象征性满足。当然，所谓的"心理恐慌"并非虚拟性的精神事件，甚至无事生非，而是伴随不可抗拒的生理威胁：饥饿。

---

[1] 赵树理:《一张临别的照片》《论"吃社果"说法的错误》《给长治地委××的信》《在大连"农村题材短篇小说创作座谈会"上的发言》等，均见《赵树理文集》第四卷，工人出版社1980年版。

[2] 参见赵树理:《艺术与农村》《谈群众创作》，见《赵树理文集》第四卷，工人出版社1980年版，第1360、1408页。

四

毛泽东的《湖南农民运动考察报告》高度评价农民革命的莫大能量："其势如暴风骤雨，迅猛异常，无论什么大的力量都将压抑不住。他们将冲决一切束缚他们的罗网，朝着解放的路上迅跑。一切帝国主义、军阀、贪官污吏、土豪劣绅，都将被他们葬入坟墓。"[1]历史经验表明，夺回土地——农村不可或缺的生产要素——是多数农民参加革命的首要动机。土地革命时期，"打土豪，分田地"的口号产生了不可比拟的号召力，所谓"收拾金瓯一片，分田分地真忙"。拥有土地是农民的古老梦想，也是"翻身"解放的标志。

从《小二黑结婚》开始，赵树理几乎没有离开农民"翻身"解放的主题；无论革命涉及哪些"主义"或者社会理想的阐述，粮食与土地也几乎没有离开赵树理熟悉的农民叙事话语。推翻土豪劣绅的统治势力，一个重要的目的即是废除农村不公的财产占有方式，譬如减租减息或者分田分地。大多数贫苦农民无不期待革命带来经济状况的改善。事实上，即使是领导革命的农村骨干也无法摆脱经济利益的困扰。无论是《李有才板话》《邪不压正》，还是《表明态度》或者《三里湾》，农会干部不得不考虑付出的精力与时间兑换为哪些经济收益。《李有才板话》中的小元很快把权力兑换为劳动力，《邪不压正》的几个干部曾经为分配多少"斗争果实"而激烈争吵，《表明态度》的王永福干脆表示不想当干部了："什么群众影响呀，进步呀，积极呀，都不过是开会时候说说好听，

---

[1] 毛泽东:《湖南农民运动考察报告》，见《毛泽东选集》第一卷, 人民出版社1991年版, 第13页。

肚子饿了抵不得半升小米!"[1]农业合作化运动来临之后,经济利益仍然是加入互助组或者人民公社的衡量指标。多数农民接受了动员的观点:互助式的劳动生产可以大幅度提高产量;少数富裕中农斤斤计较的是,他们拥有条件较好的农田、强劳动力以及耕牛和驴子,贸然加入劳动集体,优厚的回报会不会淹没于无差别的平均数之中。农村日常生活之中的家长里短、锱铢必较是赵树理笔墨之中最为生动的部分。然而,无论是兄弟分家、父子龃龉,还是妯娌不和、邻里纠纷,经济利益之争几乎是唯一的动机。无论是权力争夺、名声与威望、情人之间的微妙角逐,还是忌妒与仇视、南辕北辙的人生志向以及不懈的家族搏斗或者个人抗争,诸如此类的动机并未出现于赵树理的小说之中。作为农民叙事话语的特征,经济利益既是情节的初始开端、激烈的戏剧矛盾,也是起伏和延宕制造的悬念以及争讼平息之后的故事结局。

然而,尽管一批农民形象活灵活现地进入舞台中央,人们仍然逐渐意识到,这种农民叙事话语可能后继乏力。仅仅围绕粮食或者土地的主题能够走多远?没有宏大的理想和深邃的心智,作家甚至无法将这些人物安放在历史的重要位置上。丰衣足食,夫复何求?经济利益的初步满足即是人生的尽头。故事很快中止,这些人物没有兴趣瞻望更为远大的社会图景。到手的经济利益表明,"翻身"解放大功告成。还有哪些思想观念需要清理?——这即是相对于"翻身"的"翻心"问题。正如路杨指出的那样:"'翻身'并不只是一个经济目的,还涉及整个政治上和精神上的主奴关系的打破";作为革命主体,农民必须"认识自己所处的经济关系、政治地位以及组织自己经济生活的能力。它最终指向的是打

---

[1] 赵树理:《表明态度》,见《赵树理文集》第二卷,工人出版社1980年版,第608页。

破压迫性的经济关系以重建政治秩序的革命实践"。[1]如果说,"翻心"问题已经在土改运动时期浮出水面,那么,进入农业合作化运动时期,农民的精神状态与思想观念遭遇更为深刻的冲击。这一场革命果断地甩开了许多农民世代复制的土地私有观念。农业合作化不仅改变了传统的小农生产劳动方式,更为重要的是取缔生产资料私有制,从而使小农经济转换为生产资料公有制的集体经济。尽管新型的生产模式与集体化管理许诺了远为丰盛的经济收益,但是,这一场运动的意义远远超出了经济范畴。作为农业合作化运动的产物,人民公社不仅是一个经济组织,同时是一个政治单位和行政单位,并且在缩小城乡差别、脑力劳动与体力劳动差别、工业与农业差别方面承担特殊的义务。按照迈斯纳的观点,人民公社的政治意义可以追溯至巴黎公社,因而还可以视为行使"无产阶级专政"的机构。[2]由于农业合作化运动,农村生产资料私有制的解体不啻铲除贫富分化的土壤,随之而来的剥削关系同时丧失了存在的基础。然而,对于相当一部分刚刚从土改运动之中获得土地的农民来说,这种构想背后的政治远景过于模糊,以至于他们无法心悦诚服地放弃手中的资产,特别是土地与耕牛。至少在当时,许多农民并未完成跨过历史门槛儿的思想准备,所以,毛泽东的《论人民民主专政》提出了"严重的问题是教育农民"的命题。[3]

---

[1] 路杨:《"斗争"与"劳动":土改叙事中的"翻心"难题》,《中国现代文学研究丛刊》2019年第12期。

[2] 参见[美]莫里斯·迈斯纳:《马克思主义、毛泽东主义与乌托邦主义》,张宁、陈铭康等译,中国人民大学出版社2005年版,第123—124页。

[3] 参见毛泽东:《论人民民主专政》,见《毛泽东选集》第四卷,人民出版社1991年版,第1477页。

赵树理显然意识到农民的"翻心"问题，但是，他所操持的农民叙事话语是否适合历史情势的要求？赵树理早已察觉农村的不同阵营构成。如果说，《李有才板话》《李家庄的变迁》或者《邪不压正》中的不同阵营很大程度上即是对立的阶级阵营，那么，农业合作化运动之中的不同阵营更多地被界定为"先进"与"落后"。《三里湾》中的"糊涂涂""常有理""惹不起""翻得高"，《锻炼锻炼》中的"小腿疼""吃不饱"，或者《孟祥英翻身》《传家宝》中的婆婆及《杨老太爷》中的杨大用，乃至《福贵》中的福贵，均为"落后"阵营的人物。他们或者目光短浅、牢骚满腹，或者好吃懒做、自私自利，某些时候甚至利用职权兴风作浪。尽管如此，他们并非冥顽不化的敌对势力；一旦时机与气候成熟，他们会及时承认错误，继而移出落后阵营，甚至反戈一击。赵树理垂青的正面角色通常是党员、团员或者积极分子，他们年轻有为，朝气蓬勃，不仅如同海绵似的吸收科学文化知识，坚定不移地投身于农业合作化运动，并且自觉地清除周围各种传统观念，批判滋生于农村的资本主义萌芽。当然，这种批判更多地发生于他们与因循守旧的老一代人之间。换言之，赵树理小说之中"先进"与"落后"的斗争往往转换为子女与父母的分歧，而不是按照阶级观念演绎为不可调和的冲突。即使处理土改时期尖锐的阶级对立，赵树理也显示出宽厚的一面，例如《地板》。一些人曾经指出，《地板》是以"算账"的方式动员农民革命。地主王老四的观点遭到了小学教员王老三亲身经历的批驳：粮食来自佃农的劳动生产而不是土地出租。[1]这是从法理意义上为贫农与雇农的经济利益辩护。相

---

[1] 参见路杨：《"斗争"与"劳动"：土改叙事中的"翻心"难题》，《中国现代文学研究丛刊》2019年第12期。

对于血与火的洗礼，法理意义上的辩护只能形容为和风细雨。

清除了思想观念领域的杂音之后，社会主义农村的未来寄托于劳动与知识。赵树理心目中，农村那些埋头苦干的人物具有很高的地位，例如《套不住的手》中的陈秉正，《实干家潘永福》中的潘永福。他们由衷地热爱劳动，无所事事甚至是一种折磨。当然，先进的农业生产必须依赖科学技术，《三里湾》中的玉生是农村热爱科学技术的代表人物。尽管没有条件接受良好的教育，然而，玉生丰富的农村实践将自己培养成能工巧匠，并且收获理想的爱情。由于他们的辛勤劳动，农村的将来是一幅令人向往的远景。《三里湾》中老梁为三里湾绘了三张图。第一张是"现在的三里湾"，第二张是"明年的三里湾"，第三张是"社会主义时期的三里湾"。第二张图与第三张图为三里湾增添了大水渠和汽车——如同城市的"楼上楼下，电灯电话"，水渠与汽车成为农村想象力可能抵达的物质终点。从"先进人物"改造"落后人物"、辛勤的劳动与科学技术的成就到理想的生活图景，农民叙事话语无形地完成了一个内在的循环。一切俱已解决，还有什么因素被这一份文学蓝图遗漏了吗？

相对于土改运动与农业合作化运动隐含的政治抱负，农民叙事话语显然带有小生产的狭隘性。赵树理多次遭受右倾与保守的批评，这种状况并非偶然。现代性方案与革命结合之后，农村被赋予远为深刻的社会功能。一方面，农村必须是一片燃烧的土地，革命的烈焰不仅要焚毁隐藏于小生产内部自私自利与剥削压迫的种子，同时还要阻挡城市资产阶级腐朽生活的蔓延；另一方面，农村的内部问题也远远超出这种叙事的覆盖范围。例如，农村的贫困与城乡关系、工业与农业的关系存在千丝万缕的结构性对应，辛勤的劳动仅仅解决部分问题——甚至不是最为重要的那部分。

勤劳几乎是历代农民不变的品质，反讽的是，他们的贫困如影随形。总之，农民叙事话语的逻辑运转与想象力的飞翔高度无法负担历史的重量。

这绝非低估农民精神空间的开阔程度，而是力图指出他们始终未曾摆脱的一个重负：饥饿。粮食、土地与农村存在天然的联系，然而，二者恰恰是历代农民可望而不可即的物质。作为一个文化产品，粮食以及加工的食物拥有丰富的主题。从烹饪与家庭经济，亚洲与欧洲烹调史比较，生食、半生食、熟食的结构主义三角形，玉米栽种与资本主义的发展，到不同饮品谱系的角逐、餐具的符号意义、宴会的恩典与阴谋、麦当劳快餐的生产管理机制如何成为社会学隐喻，围绕粮食及其周边产品的文化研究曾经多向地展开。然而，返回农民叙事话语，粮食通常固执地对付一个简单的主题：饥饿。"仓廪实而知礼节，衣食足而知荣辱"，许多主题的空缺恰恰因为粮食的匮乏。作为一个文化症候，饥饿时常对一些出身于农村的作家造成特殊的精神压力。莫言曾经坦言，吃得上饺子是他从事文学写作的动力；[1]《吃事三篇》回忆了饥饿重压之下少年时代的种种耻辱，《酒国》如同漫长的饥饿之后报复性的文学饕餮。这个意义上，粮食与土地的确承担了农民叙事话语的轴心。尽管赵树理没有显现出充当历史书记员的宏图大略，但是，他是当之无愧的农民代言人。

五

张贤亮的《绿化树》有一个震撼人心的片段：主人公章永璘

---

[1] 参见《作家莫言坦言初写作兴趣：为每天三顿都吃饺子》，《青年报》2008年8月15日。

饥饿难耐，他尽量利用视觉误差和逻辑转换形成的短暂迷惑争取更多一点劣质的食物："我的文化知识就用在这上头！"填饱肚子的晚上，他小心翼翼地钻入破成棉花网套的被子，开始阅读马克思的《资本论》。对于知识分子来说，吃饱之后的精神生活才是真正的享受。不无夸张地说，如果粮食成为农民叙事话语的结局部分，那么，知识分子叙事话语时常从这里开始。五四新文学的一批骨干作家如此，20世纪80年代一批叙述知识分子命运的作品也是如此。知识分子关注的是经济与物质基础背后的精神领域。

这个意义上，我倾向于将20世纪五六十年代一批描述农业合作化运动的长篇小说视为知识分子叙事话语的产物，例如周立波的《山乡巨变》、柳青的《创业史》、浩然的《艳阳天》。尽管农民担任这些作品的主人公，但是，作家考虑的主题迅速地越过粮食与土地而涉及农民的历史角色。例如，柳青表示，《创业史》"就是写新旧事物的矛盾。蛤蟆滩过去没有影响的人有影响了，过去有影响的人没有影响了。旧的让位了，新的占领了历史舞台"[1]。耕者有其田，农民的梦想终于实现；然而，这是一个前所未有的历史开端，还是一个似曾相识的历史循环？因此，这些长篇小说无不围绕一个问题展开想象：如果没有废除农村的私有制，那么，新型的贫富分化将会很快重现；那个时候，另一轮剥削和压迫关系会不会沉渣泛起？不言而喻，大多数农民无法自发地思考如此复杂的历史演变；孜孜矻矻的劳作挤占了大部分思想意识，以至于他们没有富余的精力规划自己的未来。然而，这些问题迅速纳入知识分子叙事话语的视野——他们拥有处理这些问题的文化资

---

[1] 柳青:《在陕西省出版局召开的业余作者创作座谈会上的讲话》(1973年2月27日下午)，见《柳青文集》(下)，陕西人民出版社1991年版，第810页。

本：知识分子的文化教育支持他们接受社会发展史的种种学说，接受农业合作化运动的种种政策法规。20世纪五六十年代，阶级意识业已成为知识分子叙事话语的重要内容。赵树理的《三里湾》中，"社会主义道路"与"资本主义道路"之间的冲突更多地显现为两代人的思想观念差异；《山乡巨变》《创业史》《艳阳天》均设置为阶级斗争。《山乡巨变》的落后中农、蜕化干部背后存在一个国民党特务联络人龚子元，《创业史》的富农姚士杰从未熄灭阶级仇恨，《艳阳天》的马之悦是曾经出卖革命者的阶级异己。如此统一的文学想象与其说源于不同作家的农村经验，不如说来自统一的政治教科书。

统一的政治教科书不仅规训想象力，同时责成文学修辞协同意识形态完成生活经验的重塑。柳青的《创业史》中，叙述者的抒情与议论大量交织于情节的叙事缝隙，这种修辞曾经产生激烈的争论。批评家认为，《创业史》的梁生宝被预设为过于理想的英雄人物：他不仅坚定坦诚、大公无私、顾全大局、不骄不躁，而且具有过人的理论颖悟力，可以迅速从种种平凡无奇的事件之中总结出富于"哲学的、理论的"结论。由于文学修辞的加工，梁生宝似乎不像长期居留于穷乡僻壤的农民；如此高大形象仿佛无法真实地卷入农村社会带有乡土气息的日常纠葛——《创业史》中，某些关键的戏剧性冲突降临之际，梁生宝往往因为"另有任用"而避开了。因此，梁生宝并非情节演变的完整产物，这个形象的相当一部分依赖抒情与议论的充实，"若干地方给人的感觉是客观的形象描绘尚未到达，主观的抒情赞扬却远远超过，显得不很协调"[1]。换言之，《创业史》的主角犹如一个政治教科书语言修补过

---

[1] 严家炎：《关于梁生宝形象》，《文学评论》1963年第3期。

的性格；作为一种文学修辞，抒情与议论的滥用恰恰是作家力不从心的证明——作家的形象构思无法带动更为充分的生活经验。

尽管现实主义美学更多地肯定人物形象的自我显现而不是附加种种理论鉴定，但是，抒情与议论并非禁忌，这种文学修辞甚至成功地成为某些现实主义大师个人风格的组成部分。因此，我更愿意认为，如同文学的虚构与想象，作家有权利使用抒情、议论补充黯淡的形象原型，提前实现隐藏于生活经验内部的未来可能。重返《创业史》遗留的争论，我宁可聚焦于抒情与议论所赢得的未来呼应——如果抒情与议论预告了生活经验即将酿造的人物性格，预告了历史逻辑的延伸方向，那么，这种文学修辞显现了知识分子叙事话语的前瞻意义；相反，如果抒情与议论遭到了生活经验的反击，甚至成为失误的历史判断，那么，这种文学修辞就会成为刺眼的缺陷。时至如今，出于种种历史原因，农业合作化运动不再持续，当初的预想并未如期实现。柳青在皇甫村安家落户多年，这些历史原因是否曾经与他的生活经验相遇？或许，他并未意识到生活经验的反击，以至于另一批迥不相同的作品仿佛突如其来地出现，几乎迎面相撞——例如张一弓的《犯人李铜钟的故事》。20世纪50年代末，农村基层的工作语言愈来愈浮夸，很大程度地脱离了农村社会的真实状况。为了一个极其虚幻的政治口号，公社书记在大旱之年征收李家寨的十万斤口粮；春荒来临的时候，全村断粮七天，众多农民奄奄一息。作为村支书，李铜钟伙同昔日战友——粮仓管理员——违法开仓借粮五万斤，拯救了全村老少的性命。事后李铜钟迅速被捕，并且因为过度饥饿而逝世。李铜钟曾经多次向公社、县委求救，但是，他的声音很快被众多堂皇的概念淹没。显然，梁生宝与李铜钟的身份相近，

第七章　农民叙事话语、文学修辞与数码语言

但是，梁生宝信赖的语言系统成了李铜钟无法突破的屏障。如果柳青的生活经验曾经遭受李铜钟式故事的惊扰，《创业史》的抒情与议论是否依然如故？

尽管如此，人们没有理由认为，新型贫富分化以及另一轮剥削和压迫属于无稽之谈。解决方案的失效不能证明问题的无效。20世纪80年代之后，农村普遍实行家庭联产承包责任制，粮食产量大幅增加，饥饿主题渐行渐远，农民手中开始存留与积累一定的财富。这时，蛰伏已久的渴望、冲动以及争夺诱发的仇恨重新涌现，甚至更为炽烈。张炜的《古船》形象地再现了这一切。《古船》不仅回顾了迫使李铜钟身陷囹圄的可怕饥饿，而且上溯芦青河畔更为久远的历史：当年隋家的粉丝厂曾经拥有相当可观的财富，但是，由于良知带来的某种神秘感悟，隋家的老一代遣散了这些财富。尽管如此，隋家的后代并未在残酷的阶级斗争之中避免家破人亡的厄运。《古船》的镜头转向20世纪80年代的时候，这一带农村已经变成洼狸镇，阶级之间的剧烈搏斗演变为隋、赵、李几个家族的竞争。赵家利用权势承包粉丝厂，继而全面控制了洼狸镇。隋家的次子隋见素不甘示弱，他试图利用家族的技术优势与经营管理优势夺回粉丝厂。这是阶级本能可鄙的复苏，还是争取合法的经济利益？

令人意外的是，隋家的长子隋抱朴不赞同隋见素的所作所为。秉承了父亲的忏悔意识，隋抱朴对于财富争夺带来的仇恨记忆犹新。他的强烈意愿是，让财富从少数人的手中回到大众之间，财富的共享是消弭仇恨的理想途径。赵家因为多行不义而遭到大众的唾弃，隋抱朴最终出任粉丝厂总经理，犹如找到了实践自己意愿的机会。然而，市场经济的历史环境之中，隋抱朴的意愿仅仅是脆弱的海市蜃楼。作为企业的基本原则，利益最大化的经济冲动以及资本运行逻辑将迅速摧毁个人一厢情愿的构思。社会财富无法满足"各取所需"的时候，"均贫富"如果不是一种权力的强制，就是建立于"贫"的社会基础之上——"贫"取缔了任何剩余财富，所有不公的分配方式随之破灭。世事洞明，人情练达，张炜无疑看到了隋抱朴的意愿与历史环境之间的巨大裂缝。尽管如此，他仍然坚持点亮那一盏理想之灯；此刻与历史远景之间的张力时常是知识分子叙事话语的特征。这时，人们可以再度从《古船》中发现那种熟悉的文学修辞：抒情与议论。隋抱朴长年累月地躲在河畔的古堡之中阅读《共产党宣言》，孤独地在一个本子上演算一代人经手的历史账目，十六章、十七章爆发式的倾诉——对于《古船》的情节来说，这些片段并未进入严密的因果链条，成为戏剧性冲突的有机部分，而是带有强烈的象征意味。象征意味不仅表明对知识分子叙事话语的重视程度，同时表明这是一个未竟的问题。显然，象征仅仅是一个不无软弱的美学方案，而不是成熟的社会学方案——在我看来，二者之间的落差恰恰解释了《创业史》与《古船》之间的距离。《创业史》认可指日可待的社会学图景，《古船》仅仅赋予若干象征性的审美意象。

　　农民叙事话语或者知识分子叙事话语无不间接地显示，考察农村的视野持续地出现或微妙或激烈的转移，文学修辞的差异证明了种种观念的交锋乃至争夺。现在的文学是否又面临改弦更张的时候了？一种主张认为，"对今天的中国而言，如果语言不能更新，充满无可名状的活力和问题的乡村就会成为我们不可理解的怪诞之物，对它不能准确描述是文学的失败和失职"[1]。让人略感意

---

[1] 李音：《账单、文学与乡村》，《文艺报》2020年2月19日。

外的是，作者推荐的是数码语言。数码语言正在按照自己的语法重新叙述各个领域，包括重新设置一套文学修辞。正如"印刷资本主义"揭示了印刷文化配置的语言体系与民族形成之间的联系，人们也没有理由低估数码语言的强大潜力。目前为止，数码语言提供的一套农村文学修辞正在由"网红"李子柒代言。李子柒的农村叙事如此成功，以至于她可以与育种专家袁隆平相提并论。[1]当然，她的个人遭遇即是一个范例：李子柒出身于穷困的农村，进入城市之后的求职谋生充满了艰辛与挫折。李子柒的农村叙事是返乡之后的产物，如今她所拥有的个人财富已经令人咂舌。

李子柒目前的主要作品是一批农村生活的小视频。如果说，粮食与土地主题限制了农民叙事话语的纵深，那么，李子柒的主题进一步大幅度收缩：这些小视频的影像语言仅仅涉及某些风味食品的制作。清新的乡村山水，清纯的姑娘，简单的手工劳动，删除一切多余的社会关系——尽管这些社会关系曾经是赵树理、柳青、张炜这些作家苦恼不已的问题；删除哪怕最为简单的经济收支考察，例如这些手工劳动产品耗费的经济成本与市场定价之间的比值。因此，数码语言提供的文学修辞带来了强烈的美学炫惑，政治经济学的账单暂时丧失了意义。

屏蔽政治经济学账单时常是小资产阶级美学的重要特征，这一次似乎也不例外。从农村的小桥流水、荷塘、竹林、山间野花到小院里的石磨、猫和狗，这些意象以及李子柒人设的美学风格

---

[1] 据报道，近日中国农民丰收节组织指导委员会正式设立"中国农民丰收节推广大使"，水稻之父袁隆平、全国劳动模范申纪兰、相声演员冯巩、主持人海霞、作家冯骥才及"网红"李子柒受聘担任首批推广大使。（龙新：《中国农民丰收节设立推广大使》，《农民日报》2020年5月20日第1版。）

摇摆的叛逆

为什么悄悄拨动了许多人的心弦？一些批评家已经察觉，这些意象隐约地影射某些西方的油画构图、茶道馆的陈设、日式审美和Ins风静物，李子柒身穿古色古香的汉服恍如置身仙侠情景。总之，月白风清，田园静好——这一切同时镶嵌于一个特殊的背景：对于一代年轻人来说，城市幻梦终于破灭。高不可攀的房价成为无法甩下的沉重压力之际，李子柒的田园静好突然显出了令人惊奇的魅力。[1]

对于赵树理或者柳青的农民说来，这些意象形同虚设。这些意象是一代年轻人文化知识的对应物：精致优雅，纯真自然——但是，必须与烈日、寒风、泥土以及大汗淋漓的劳作切断联系。换言之，这些意象投合的是一种"小资"的文化品位。所谓的文化品位仅仅沉积于无意识，没有足够的能量敦促他们迁居农村，而是敦促他们拿起手机购买那些携带了农村气息的农产品。事实上，这即是一种新型合作模式的开启。小视频影像语言、网络空间的广泛传播、年轻知识分子的审美趣味、发达的物流、农产品与市场的衔接，如此等等；某些时候，李子柒甚至可以亲自出场"带货"。无论如何，赵树理或者柳青无法想象农村与城市居然以这种方式合作；更为重要的是，他们无法预料商业与市场——曾经饱受诟病的城市附件——仍然充当了农村富裕的前提。

数码语言制造的文学修辞业已构成一套完整的"文化产业"。"文化"以"产业"的形式与农村合作时，资本、技术、文化与农业生产劳动之间的利润分配不言而喻。显然，赵树理或者柳青器重的田间劳动者不可能拥有利润的大头，他们的贡献率相当有限。当手机被称为"新农具"的时候，锄头、扁担或者镰刀代表的传

[1] 参见《李子柒的人设，集中了这个流量时代的全部痛点》，凤凰网读书2020年1月6日。

统劳动只能隐身幕后从事后勤工作。事实上，政治经济学的账单从未消失，而是在合适的时刻以合适的形式出现。当然，"文化产业"绝非不劳而获，李子柒也要在烈日酷暑之下工作，或者冒雨出行，但是，她的工作内容是拍摄美轮美奂的影像镜头，而不是插秧或者割稻。

这种情节已经带有强烈的后现代风格，沿袭已久的阶级身份以及种种文化观念与经济成分开始按照另一种图式重组。但是，这并非幻象，而是正在合成的现实。数码语言以及科学技术可能多大程度地冲击传统的社会学设想？这个问题的演变似乎超出了传统的路线图，一些令人吃惊的可能性闪烁不定。这是劳动空间的拓展、社会财富的快速增长，还是资本以及商业的联袂表演、科技与文化霸权对于分配方式乃至社会结构的重新洗牌？许多作家显然察觉到，生活背后某种庞然大物正在临近。对于文学语言来说，或许这恰恰是开创的时刻。

第八章　城市：空间分割与文化区隔

一

"空间"话题引起广泛的兴趣，显然与一种认识密切相关：所谓的空间不再仅仅被视为一种物理区域的分割与度量，一种有待填充的空洞容器，一种客观的、冷漠的舞台；仿佛所有进入空间从事各种表演的角色都将获得一视同仁的对待。相反，空间始终与文化观念存在互动。别尔嘉耶夫认为，俄罗斯的空旷空间让俄罗斯人精神能量内转，擅长直觉与内省，心胸宽广同时缺乏形式；德国人空间狭窄，一切都发生于原地，因而带来自律和严谨的责任。[1]这种观念强调了空间对于精神的形塑。相对地，另一种观念更为强调空间的文化生产。空间并非均质的、恒定的、事先设置的，不同的历史主体可能生产出不同的空间。高速公路、铁路和航空公司出现之后，人们拥有的空间感觉抛下了马车时代的基本设计。现今，一个农民心目中的空间与一个外交家心目中的空间迥然相

---

[1] 参见［俄］尼·别尔嘉耶夫：《论空间对俄罗斯灵魂的统治》，见《俄罗斯灵魂——别尔嘉夫文选》，陆肇明、东方珏译，学林出版社1999年版。

异,一个家庭主妇熟悉的厨房空间、一个煤矿工人深入的矿井空间与一个舞蹈演员挚爱的舞台空间无法相提并论。某些特殊的职业可能形成若干他人无法清晰认知甚至无法察觉的空间,例如银行家描述的金融空间,或者官员发现的职务晋升空间。按照亨利·列斐伏尔的形容,这种认识表明"我们已经由空间中事物的生产转向空间本身的生产"[1]。各个历史时期的社会关系支持乃至决定这种空间的生产。列斐伏尔指出,古典哲学以及启蒙时期的认识将空间认定为"透明的、清晰的"纯粹形式:"它的概念排除了意识形态、阐释、非知(non-savoir)。在这一假设中,空间的纯形式,被掏空了所有的内容(感性的、物质的、真实的、实践的),而只是一种本质,一种绝对的理念,属于柏拉图哲学。笛卡尔哲学和康德的批判哲学保留了这一观念。"[2]然而,现在可以放弃这种静止而抽象的空间观念了:"自然空间(natural space)已经无可挽回地消逝了。虽然它当然仍是社会过程的起源,自然现在已经被降贬为社会的生产力在其上操弄的物质了。"[3]所以,现今的空间内部填满了各个历史时期的社会关系。

从福柯、哈维到雷蒙·威廉斯、弗·詹姆逊、爱德华·萨义德,众多思想家不仅围绕这种认识展开工作,而且带动这种认识迅速扩散到文学研究领域,形成一批特殊的聚焦点。无论是作品内部还是文本外部,空间始终是一个活跃的积极因素。从殖民与后殖民研究、性别研究、经典、身体、监视到文化地理、公共空

---

[1] [法]亨利·列斐伏尔:《空间:社会产物与使用价值》,王志弘译,见《现代性与空间的生产》,包亚明主编,上海教育出版社2003年版,第47页。
[2] [法]亨利·列斐伏尔:《空间与政治》,李春译,上海人民出版社2015年版,第21页。
[3] [法]亨利·列斐伏尔:《空间:社会产物与使用价值》,王志弘译,见《现代性与空间的生产》,包亚明主编,上海教育出版社2003年版,第48页。

间、民族与地方性体验、全球化、多点透视,诸如此类的考察陆续汇聚于所谓"空间转向"的概括之下。[1]罗伯特·塔利提到了文学写作与空间绘图的比拟关系:"写作行为本身或许可以被看作某种绘图形式或制图行为(cartographic activity)。就像地图绘制者那样,作家必须勘察版图,决定就某块土地而言,应该绘制哪些特点,强调什么,弱化什么,比如,某些阴影或许应该比其他阴影颜色更深,某些线条应该更明显,诸如此类。作家必须确立叙事的规模和结构,就好像绘制叙事作品中的地方的刻度与形状。文学绘图者,即便是以非现实主义模式写作的神话或奇幻作家,都必须决定,对某个地方的表征在多大程度上与地理空间中的'真实'地方相关。"他甚至具体描述了若干表征的策略:选择与省略,传统与规约,纳入与排序,赋形,直觉与意图的平衡,等等。[2]

城市是文学持续关注的一种特殊空间。"'城市'就像一个专有名词,提供了一种在稳定、可孤立、互连的有限数量的所有物基础上构建空间的方式。"[3]——显然,这种抽象的概念表述令人迷惑。对于社会学来说,城市空间的表征策略往往是,乡村空间被预设为无形的"他者"。换言之,两种空间的不同性质很大程度上由两套迥异的社会关系演绎。从乡土中国的历史背景、农村包围城市的革命战略到乡村振兴的理念,20世纪以来的中国文学流露出对于乡村的特殊眷顾。相对地,城市扮演了一个不无尴尬的角色,犹如罹患某种文化隐疾。有趣的是,这种状况同时造就文

---

[1] 参见[美]菲利普·韦格纳:《空间批评:批评的地理、空间、场所与文本性》,见《文学理论精粹读本》,阎嘉主编,中国人民大学出版社2006年版。
[2] [美]罗伯特·塔利:《空间性》,方英译,北京大学出版社2021年版,第57—58、64页。
[3] [美]米歇尔·德·塞都:《城中漫步》,苏鹭译,见《城市文化读本》,汪民安、陈永国、马海良主编,北京大学出版社2008年版,第166页。

第八章 城市:空间分割与文化区隔

学考察的城市视角,若干意味深长的结论将向这个视角敞开,正如理查德·利罕在《文学中的城市:知识与文化的历史》的前言之中所说的那样:"当文学给予城市以想象性的现实的同时,城市的变化反过来也促进文学文本的转变。"[1]——尽管利罕关注的是西方文学名著之中的城市。

"城"的早期形象是与城墙联系在一起的。作为一种坚固的建筑设施,古代社会的城墙具有特殊的防御功能。这种建筑设施往往配置了必要的武装力量。聚居于城墙包围的内部空间,通常可以获得较高的安全系数。帝王、贵族或者官员的聚集不仅深刻地影响了这个空间的社会组织,同时带来某种身份的优越感。"城里人"与"乡下人"之间的鸿沟至今犹存。"市"的主要含义是市场。众多人口聚居伴随的大规模商品交易不得不诉诸市场形式。马克斯·韦伯对于城市的社会学描述指向了居住形式与社交的关系:城市是一个住所空间封闭的聚落,居民之间缺乏交往;他的经济学观察首先考虑市场的意义:"城市就是一个其居民主要是依赖工业及商业——而非农业——为生的聚落。""在聚落内有一常规性的——非临时性的——财货交易的情况存在,此种交易构成当地居民生计(营利与满足需求)中不可或缺的一个要素。换言之,即一个市场的存在。"[2]

从先秦至晚清,中国的城市历史与古希腊城邦制存在重大差异。尽管如此,作为"现代性"的突出表征是,一方面,世界范

---

[1] [美]理查德·利罕:《文学中的城市:知识与文化的历史》,吴子枫译,上海人民出版社2009年版,第3页。
[2] [德]韦伯:《非正当性的支配——城市的类型学》,康乐、简惠美译,广西师范大学出版社2005年版,第2、3页。

围的大城市正在提供愈来愈相似的城市经验；另一方面，乡村与城市的矛盾进入纵深，并且多向地展开。正如人们看到的那样，城市始终显现出强大的吸引力，大量人口持续涌入城市定居，脱胎换骨，重新设计生活方式。超大型城市的住宅、交通、医疗、教育、就业正在承受愈来愈大的压力。涌入城市并非心血来潮的大规模盲动。由于活跃的市场，城市经济的繁荣程度远远超过乡村；依附于城市的庞大行政体系提供了众多就业岗位，大部分职业不必由汗流浃背的重体力劳动完成。学院、研究机构、文学艺术人才通常集聚于城市，知识的广泛流通塑造了城市的文化品位。没有人可以否认，城市已经或者正在滋生各种腐败，涌现众多针对这个空间特征而构思的阴谋诡计。贫民窟，污浊的空气和水源，逼仄的居住环境，欺诈与盗窃，色情行业，黑社会，行政体系内部的官僚主义，资产阶级对于工人阶级、小资产阶级的剥削，这些负面现象比比皆是。某些城市的历史表明，传统经济的分化瓦解迫使大量人口迁入城市，他们获得的待遇几乎是"非人"的。根据恩格斯《英国工人阶级状况》对于19世纪中叶伦敦的描述，这种"大城市"内部"违反人性"的例子触目惊心。同时，这种状况的背面隐藏了另一个绝望的事实：贫穷的工人阶级已经丧失了返回乡村的可能。

令人意外同时又在意料之中的是，对于城市各种负面现象的批判并未削弱多数人对于城市的向往。一种普遍的舆论认为，城市的经济、文化以及严密的社会管理体系大幅度改善了生活质量，而且，相对公平的环境可能使各种社会服务惠及大部分城市居民。例如，路易斯·芒福德不仅肯定城市商业可能压缩野蛮与暴力，谈判达成的协议更为文明、公正和人性化，他同时解释了城市生活组织方式背后的文化意义：

> 城市的存在意义就是为各种力量的聚集、内部交换、储备提供固定场所、庇护所及设施；城市的社会意义在于区分社会劳动，它所提供的不仅仅是经济生活，更是文化进程。整体而言，城市是一个集合体，涵盖了地理学意义上的神经丛、经济组织、制度进程、社会活动的剧场以及艺术象征等各项功能。城市不仅培育出艺术，其本身也是艺术，不仅创造了剧院，它自己就是剧院。正是在城市中，人们表演各种活动并获得关注，人、事、团体通过不断的斗争与合作，达到更高的契合点。
>
> ……城市生活是多样的、多面的，城市生活在社会的分歧和斗争中总是充满着机遇，城市创造了戏剧，而这些正是乡村生活所缺乏的。[1]

耐人寻味的是，社会学给予城市的乐观评价并未获得文学的同等响应。城市提供的文学燃料仅仅燃起暗淡的火苗。许多文学作品毫不吝惜地贬损城市，时常流露出强烈的厌倦。大部分作家跻身城市，然而，他们热衷对城市空间的各种人情世故冷嘲热讽，怀念乡村甚至成为一种文化时髦。农业文明训练的美学趣味业已根深蒂固——对于相当一部分诗人来说，只有湖光山色才能召唤心旷神怡之感，城市的街角、楼道、电梯、饭铺无法如同清风明月那样带来清新脱俗的诗句。二者之间的落差意味着什么？进一步考察将会表明，城市空间接纳了各种矛盾的文化观念，彼此冲

---

[1] [美]路易斯·芒福德:《城市是什么？》，张艳虹译，见《帝国、都市与现代性》，许纪霖主编，江苏人民出版社2006年版，第194页。

突带来的震荡迄今仍在延续。

二

无论是踞守城市、维护城市还是尖锐地批判城市,乡村往往成为一个参照坐标。农业的历史远远超过工业与商业,城市时常被视为可憎的暴发户。布罗代尔甚至以"殖民"比拟欧洲城市对于乡村的欺压:"城市居高临下统治乡村;世界上未有殖民地以前,乡村对城市已起到类似殖民地的作用,而且受到类似殖民地的对待。"[1]也许,这并非简单的比拟,而是考虑到历史悠久的经济盘剥。马克思与恩格斯的《共产党宣言》曾经指出资产阶级的崛起与城市压迫乡村的关系:"资产阶级使农村屈服于城市的统治。它创立了巨大的城市,使城市人口比农村人口大大增加起来,因而使很大一部分居民脱离了农村生活的愚昧状态。正像它使农村从属于城市一样,它使未开化和半开化的国家从属于文明的国家,使农民的民族从属于资产阶级的民族,使东方从属于西方。"[2]

令一些思想家更为痛心的是文化遭受的破坏:如同外来的民族粗暴地摧毁本土文化,乡村生活之中某些依附于自然和土地的习俗传统正在被彻底断送。例如,西美尔《大都会与精神生活》明显流露出"人心不古"的感叹。西美尔指出,城市人精神状态的主导是理性而不是激情。这种理性是处理经济事务的需要,因

---

[1] [法]费尔南·布罗代尔:《十五至十八世纪的物质文明、经济和资本主义》第一卷《日常生活的结构:可能和不可能》,顾良、施康强译,生活·读书·新知三联书店1992年版,第605页。
[2] [德]马克思、恩格斯:《共产党宣言》,中共中央马克思恩格斯列宁斯大林著作编译局编译,人民出版社1997年版,第32页。

为城市之中人与人的关系很大程度上换算为金钱关系："都市通常都被认为是金融中心，在此，经济交换的多样性、集中性，赋予乡村贸易所不允许的交换方式以重要意义。"现代社会愈来愈精于计算："准时、工于计算、精确是由于都市生活的复杂和紧张而被强加于生活之中的，而且它不只是最密切地与货币经济、理性性格有关。这些特征也使生活的内容变得丰富多彩，并且有利于排斥那些非理性的、本能的、极端的特征，也有利于排斥这样的冲动：从内在决定生活的模式，而非从外在接受生活的一般的和模型化的形式。"因此，"都市人——当然他以成千上万的变体出现——发展出一种器官来保护自己不受危险的潮流与那些会令他失去根源的外部环境的威胁"。西美尔的记忆之中，小城镇居民之间的关系积极而活跃，然而，"城市生活已经将人为了生计而与自然的斗争变成了人为了获利而与其他人的斗争"。城市的劳动分工割裂了完整的个性；置身于城市纯然物质的生活形式之中，个体仅仅是一个固定的齿轮。[1] 显然，这种感叹以及乡村的怀念已经在许多作家那里转换为文学作品。可以从文学史上收集到众多相似的主题。文学对于城市的态度摇摆不定，甚至矛盾重重。利罕概括狄更斯的结论具有普遍意义："狄更斯笔下的城市既是诱惑，又是陷阱：说它是诱惑，是因为对那些像被磁铁一样吸引而去的人来说，城市为他们实现更高的自我构想提供了途径；说它是陷阱，是因为它的运作最终会摧残人性。"[2]

---

[1] [德]格奥尔格·西美尔：《大都会与精神生活》，费勇译，见《城市文化读本》，汪民安、陈永国、马海良主编，北京大学出版社2008年版，第133、134、133、139、141页。

[2] [美]理查德·利罕：《文学中的城市：知识与文化的历史》，吴子枫译，上海人民出版社2009年版，第49页。

摇摆的叛逆

如果说，城市的大规模发展与现代性密切相关，那么，20世纪之后的中国文学愈来愈强烈地意识到"乡土中国"与城市、工业、现代社会之间的复杂纠缠。相对于城市的嘈杂、市侩习气乃至尔虞我诈的算计，古典文学反复出现的田园意象令人心旷神怡。"久在樊笼里，复得返自然""绿树村边合，青山郭外斜"——置身于令人沮丧的城市，村庄河流、落日炊烟、牛羊成群、鸡鸣犬吠这些乡村景象犹如梦想之中的桃花源。然而，愈是悠然自得地吟咏唐诗宋词的名篇佳句，一个持久不变的历史事实愈是刺眼：古往今来，为什么效仿陶渊明返乡事农的人寥寥无几？城市的持续膨胀表明，多数人的选择恰恰相反。田园意象入选古典文学的时候，必要的美学程序滤掉了各种难堪的乡村生活细节。"庄老告退，而山水方滋"——尽管刘勰的论断存在争议，但是，田园山水是古典文学热衷的题材。相当一部分古典文学作品出自古代士大夫，他们构造一个特殊的文学空间寄存自己的出尘之想。这些田园意象是"人生在世不称意"之际精神散步的场所，而不是谋生的田野：

> 古代士大夫不事农耕，眼中的村庄仅是一幅水墨画的远景。他们的诗文之中很少出现农耕劳作之中的诸多细节。除了象征性地提到锄头、镰刀和犁铧，其他种类繁多的农具从未出现，至于田埂、水渠、肥料以及土地的肥沃程度更不是士大夫关心的对象。……
>
> 人们可以在古代诗文乃至山水画之中察觉某种静谧的意境，纷扰的世事不再烦恼内心的清净。空间关系的分析可以显明，作者或者画家置身于局外，站在远处的一个窗口眺望。他们拥有一个旁观者的位置，不必作为一个角色卷入情节。空

山无人,水流花谢,这才是真正的情趣,士大夫不屑于也写不出以农耕活动为题材的叙事作品。[1]

当古典文学的乡村景象作为"他者"的时候,城市暴露了诸多负面因素;一旦恢复乡村的真正面貌——恢复乡村的贫瘠以及繁重的田间劳作,城市再度迅速地赢得竞争。很大程度上,乡村的山光水色毋宁是城市居住者的"象征之风景"(landscape of symbols)。许多时候,文学乃至绘画的乡村景象恰恰是城市文化的组成部分。"象征之风景"这个术语来自温迪·J.达比的《风景与认同:英国民族与阶级地理》。达比致力于阐述这种观念:"风景的再现并非与政治没有关联,而是深度植于权力与知识的关系之中。""空间与权力概念相互联系。无论是将其作为话语形式、现实的再现,还是实存的现实来审视,风景和领土都浸透于权力与知识关系之中。"按照她的描述,18世纪的英国文化曾经借助风景从事某种意识形态构造:"文化精英们共有一个想象的共同体,即图绘的,印刷的和实有的'无人风景'。"达比从18世纪的各种风景画、书籍插图、旅游宣传册、高端杂志之中发现,作品之中的画面往往由田园风光或者乡村别墅构成,多数画面空无一人;即使农耕季节,田野上的劳动者仍然杳无踪影——偶尔出现的当地人更像乡村风景的点缀或者装饰。总之,人们仿佛看到了"纯粹"的大自然,这是训练人们欣赏自然、培育纯正品位的美学基地。相对于日常感官接收的各种事实,这些"土地修辞学"包含了一系列隐蔽的诠释和建构,"遮蔽掉的东西可能如其显示的东西一样多"。

---

[1] 南帆:《历史拐角的水泥骑楼》,见《村庄笔记》,江苏凤凰文艺出版社2021年版,第141、142页。

一系列"无人风景"的存在反衬了城市的鄙俗:"其镜像意象是狂欢的、集市的城市世界,一个具有颠覆等级秩序的强大潜力的世界,一个充满了俗人、劣迹斑斑的近距离的世界,看热闹者的天堂。"城市不再延续从容闲适、优哉游哉的状态,而是陷入忙碌、琐碎和功利主义,只有乡村才能抚慰城市居民疲惫不堪的身心。然而,乡村是一个怡然自乐的社会吗?事实上,"无人风景"构筑的乡村神话恰恰是城市中产阶级的文化消费品。这种乡村神话抛开乡村生活的基本层面:胼手胝足的繁忙耕种、微薄的经济收入、单调乏味的文化品种;很大程度上,这种乡村神话更多地与古典文学相互衔接:"那些受到良好教育的人感受到古典文学所描画的那种城市与乡村的对立关系。要么把农业生产艰巨的现实转换成理想的田园风光,要么赋予乡村世界的劳作一种道德纯正性,古典作品提升了乡村生活的层次。"[1]相当长的时间里,城市与乡村的空间关系分别显现于不同的文化想象之中——城市的喧闹与乡村的宁静、城市的富庶与乡村的贫瘠分别在不同的脉络之中获得认可。

不同版本的乡村神话隐含了某种相似的观念:乡村的气氛安宁、迟缓、祥和,也可以说沉闷、闭塞乃至蒙昧。然而,这些观念低估了乡村的革命能量。谈到《共产党宣言》的时候,大卫·哈维指出:"即使在当时,忽视乡村、农业和以农民为基础的运动的革命潜能看起来肯定也不成熟。"[2]中国的现代历史很快打破了乡村神话,"农村包围城市"与土地革命翻开了新的一页。这时,文学的城市与乡村开始按照另一种剧本重新书写。

---

[1] 参见[美]温迪·J.达比:《风景与认同:英国民族与阶级地理》,张箭飞、赵红英译,译林出版社2011年版,第9、15、12、13、44、129、28页。

[2] [美]大卫·哈维:《希望的空间》,胡大平译,南京大学出版社2006年版,第37页。

三

五四新文学运动依托城市空间展开，报纸、杂志无疑是城市文化的组成部分。五四新文学的启蒙主题业已隐含城市的视角。鲁迅的《故乡》《阿Q正传》《风波》以及"乡土文学"名称之下的一批作品再现了压抑的乡村生活，同时，人们往往可以从作者的叙述之中察觉城市文化观念与知识分子意识。二者显示了启蒙者俯视的精神姿态。作为现代性意识形态的源头，启蒙与城市彼此呼应，民主、科学以及作为基础条件的知识、教育、翻译工作、大众传媒、工业生产只能与城市生活相互匹配；无形之中，乡村被认定为经济文化的落后区域。新/旧、古老传统/时尚现代、农业/工业、封建蒙昧/个性独立、宗教/理性，诸如此类清晰的或者模糊的二元对立之中，城市与乡村的归宿不言而喻。20世纪20年代后期，革命文学、"普罗"等概念与启蒙观念形成或显或隐的分歧，但是，分歧的双方并未出示相异的空间轨迹——譬如城市与乡村的对立。按照哈维的说法，人们更愿意将时间与历史凌驾于空间与地理之上。[1] 1928年，钱杏邨发表的《死去了的阿Q时代》对鲁迅提出严厉批评。饶有趣味的是，钱杏邨展开论证的核心概念是时间——"时代"。他反复指出，鲁迅已经与时代脱节："所以鲁迅的创作，我们老实地（原文作'的'）说，没有现代的意味，不是能代表现代的，他的大部分创作的时代是早已过去了，而且遥远了。"尽管阿Q代表了辛亥革命初期乡村乃至城市一部分大众的思想，但是，"十年来的中国农民是早已不像（原

---

[1] 参见［美］大卫·哈维：《希望的空间》，胡大平译，南京大学出版社2006年版，第24页。

文作'象')那时的农村民众的幼稚了"。考察鲁迅落伍的原因时，钱杏邨仍然根据时间与历史寻找线索——鲁迅太老了，"不知有汉，无论魏晋"，他再也无法跟上日新月异的潮流。[1]时代与年龄——两种时间表——的机械互证显然僵硬掣肘，以至于鲁迅写了一篇《我的态度气量和年纪》给予嘲讽。尽管一个读者意识到阿Q的空间问题——意识到中国的南方农民较为成熟，北方农民仍然与阿Q相差无几，[2]然而，革命文学、"普罗"与空间的关系并未获得广泛重视，乡村的真正状况并未进入多数作家的视野。相近的时间，人们已经听到"到民间去！"的呼吁[3]，但是，所谓的"民间"仅仅是一个笼统称呼，"民间"内部的城市与乡村尚未被视为相异的革命空间，两种空间拥有不同身份、不同生产方式的"普罗"大众，他们的革命诉求及其反抗形式远非一致。至少在当时，这些争辩和呼吁刊登于文学杂志，仅仅构成城市文化的内部事件。而且，恰恰由于乡村的缺席，城市仿佛成为理所当然的空间环境，以至于没有必要给予特殊标记。

或许可以认为，20世纪30年代"海派"与"京派"之争的一个意外后果是，城市开始作为一种空间形态担任文学角色。无论是周作人、沈从文等人对于上海文化气氛的不满、攻击，还是"京派"文学风格的概括，城市历史文化的差异显示出令人瞩目的文学意义。始于作家的籍贯、定居地域、南方或者北方的地域风貌以及人文历史，继而扩展到作品的题材、人物、风土人情、文学风格类型，"海派"与"京派"的区分纵深延伸，源远流长，呼应

---

[1] 钱杏邨：《死去了的阿Q时代》，《太阳月刊》1928年3月1日3月号。
[2] 参见青见：《阿Q时代没有死》，《语丝》1928年6月11日第4卷第24期。
[3] 参见香谷：《革命的文学家！到民间去！》，《泰东月刊》1928年1月1日第1卷第5期。

了文学史上著名的"双城记"模式。

尽管如此,五四新文学运动以来的文学史显明,乡村赢得的文学成就远远超过了城市。相对于乡村、土地以及阿Q、朱老忠、梁生宝以来几代农民形象,围绕城市的文学叙述乏善可陈。20世纪中国文学存在一个醒目的乡村形象谱系。这个谱系隐含的多种主题显示出乡村进入现代文化网络遭遇的复杂博弈。人们可以从文学之中读到产粮基地的乡村,战火燃烧的乡村,作为精神标杆的乡村,读到城乡对立之际的乡村,文化传统深厚的乡村以及含义模糊乃至相互矛盾的乡村。很大程度上,文学试图表述历史赋予乡村的不同角色。尽管历史同时将各种重任分配给城市,但是,文学却显出笨拙无能的一面。20世纪上半叶,"无产阶级"概念的引入并未转换为深刻的文学形象。叶圣陶《倪焕之》的主人公仅仅停留在革命的大门之前,茅盾的《蚀》三部曲是失意的城市小资产阶级如何在革命失败之后进退失据,老舍《骆驼祥子》的祥子最终还是沉没在城市的污泥浊水中。除了学潮、罢工、飞行集会、撒传单与咖啡屋、小弄堂接头这些片段,城市革命、工人与无产阶级历史命运的扛鼎之作始终阙如。20世纪下半叶,城市进入无产阶级政权的管辖范围,开始从"消费城市"转向"生产城市"。[1]这个转型不仅负有振兴社会主义工业的使命,同时负责多方面清除资产阶级消费意识形态和颓废堕落的生活方式。然而,文学对于城市和工业十分陌生,许多作品拘谨僵硬。当文学成为社会学描述的图解时,人们既无法体验灼热的、富有活力的城市,也无法看到独特而复杂的人物性格。追溯这种状况的原因,一种观念

---

[1] 参见徐刚:《"生产的城市"、共同体与社会主义新城——1950至1970年代工业题材小说的城市想象》,《东吴学术》2020年第6期。

摇摆的叛逆

对于文学的束缚可能超出了预想：城市是不洁的，狡诈的，充满风尘气息乃至邪恶的诱惑，城市的享乐主义与不劳而获是资产阶级和小资产阶级的温床，如同茅盾的《子夜》或者曹禺的《日出》所表现的那样。对于相当一部分作家来说，这种观念甚至沉淀为某种无意识。许多围绕乡村展开的文学叙述之中，城市通常扮演一个带有贬义的空间坐标。那些试图进入城市谋生的农民往往事先与虚荣浮夸、贪图享受、忘恩负义、好逸恶劳这些道德瑕疵联系在一起，尽管这一切并未形成明晰的理论表述。总之，城市本身即是来自资产阶级和小资产阶级，而不是城市内部社会成员区分为资产阶级、小资产阶级以及另一些阶级或阶层。

作为"海派"与"京派"之争的主角，上海时常被视为更为典型的现代都市代表。文学考察表明，上海带动的文学叙述可以引申出多个迥异的方向。20世纪20年代以施蛰存、刘呐鸥、穆时英、叶灵凤为首的"新感觉派"对于上海现代景观的魅惑抱有夸耀式的赞赏。他们的现代主义叙述技术很大程度地成为大都市经验的呼应，譬如梦、抒情、意识流的叙述，欲望和死亡体验，跳跃的语言节奏对于城市速度的模拟，细微的肉体与感官经验捕捉，视觉经验制造的眩晕感，电影视角、蒙太奇、色情偷窥结构的挪用，如此等等。"如果去除了西方风格的剧院、舞厅、咖啡厅、赛狗场、进口轿车和好莱坞电影，上海的都市风景还能剩下什么呢？"——由于上海的现代景观包含"西方和日本的都市文化"渊源，这种夸耀式的赞赏被视为对于殖民地或者半殖民地文化的屈从。[1]

然而，作为上海文学叙事的一部代表作，茅盾的《子夜》已

---

[1] 参见[美]史书美：《现代的诱惑：书写半殖民地中国的现代主义（1917—1937）》，何恬译，江苏人民出版社2007年版，第261—265页。

经自觉地将夸耀式的赞赏替换为批判。《子夜》的开头即是一段奢华的、光怪陆离的大都市夜景:

> 太阳刚刚下了地平线。软风一阵一阵地吹上人面,怪痒痒的。苏州河的浊水幻成了金绿色,轻轻地,悄悄地,向西流去。黄浦的夕潮不知怎的已经涨上了,现在沿这苏州河两岸的各色船只都浮得高高地,舱面比码头还高了约莫半尺。风吹来外滩公园里的音乐,却只有那炒豆似的铜鼓声最分明,也最叫人兴奋。暮霭挟着薄雾笼罩了外白渡桥的高耸的钢架,电车驶过时,这钢架下横空架挂的电车线时时爆发出几朵碧绿的火花。从桥上向东望,可以看见浦东的洋栈像巨大的怪兽,蹲在暝色中,闪着千百只小眼睛似的灯火。向西望,叫人猛一惊的,是高高地装在一所洋房顶上而且异常庞大的霓虹电管广告,射出火一样的赤光和青燐似的绿焰: Light, Heat, Power![1]

茅盾的雄心是在《子夜》之中解剖 20 世纪 20 年代的中国经济结构,再现民族工业如何在帝国主义经济的侵略和压迫之下可悲地破产。这一段大都市夜景不再仅仅是纸醉金迷的表征,而是隐含咄咄逼人的侵略性。刚刚踏上上海地面的吴老太爷——封建老中国的代表,口口声声《太上感应篇》——即是被这些闪亮的灯光、轰鸣的机械和洋房里的红男绿女击倒,一命呜呼。显而易见,茅盾所描绘的船只、洋栈、广告以及"Light, Heat, Power"无不象征经济帝国主义的全面渗透,各种物质意象内部交织着西方文化与民族传统的冲突。这个意义上,《子夜》与"新感觉派"夸耀

---

[1] 茅盾:《子夜》,见《茅盾全集》第三卷,人民文学出版社 1984 年版,第 3 页。

摇摆的叛逆

式的赞赏恰好相反。

正如批评家已经指出的那样,茅盾的《子夜》属于"海派"文化之中的"左"翼传统。"左"翼传统并未淹没于上海的强大消费气氛,而是演绎出一系列历史事件和文学作品——"五卅、工人武装起义、'左'翼文化、孤岛谍战,以及抗战后的民主运动,等等一条硬派传统。在文学上相应的是,郁达夫的《春风沉醉的晚上》、蒋光慈《短裤党》和《丽莎的哀怨》、茅盾的《虹》和《子夜》、巴金的《灭亡》和《新生》、丁玲的《韦护》、夏衍的《上海屋檐下》,以及陈独秀、鲁迅、瞿秋白、郭沫若等文化大家在上海期间创作的大量杂文"[1]。很大程度上,上海的文学叙述拥有丰富的资源,《文学中的上海想象》略作盘点:"晚清时代的国家想象、'左'翼文学的殖民地国家意义与'社会革命'发生地的想象、海派的物质乌托邦想象、20世纪50—70年代社会主义新中国与国家工业化想象、80年代国家僵化体制下的想象以及90年代全球化图景下的想象,等等。"[2]这种考察提供了普遍的启示。多数城市的繁华程度不及上海,但是,从城市经济、工业、现代性冲动到阶级分化、庞杂的文化成分,复杂的矛盾综合体必将造就城市对于文学的强大吸引。

然而,20世纪80年代之前,城市的文学叙述远远低于预期。各种"想象"资源并未成功地转换为作家的文学构思,并且赋予特定的美学价值。相当长的时期,城市的文学叙述沉闷乏味,线条粗糙。张爱玲与钱锺书的重见天日——张爱玲的小市民刻画或者钱锺书的《围城》引人入胜——恰恰反衬出城市的文学叙述停滞不前。

---

[1] 陈思和:《序》,见《文学中的上海想象》,张鸿声著,人民出版社2011年版,序第2页。
[2] 张鸿声:《文学中的上海想象》,人民出版社2011年版,第15页。

第八章 城市:空间分割与文化区隔

四

20世纪80年代之后，远在"城镇化"的观念开始恢复名誉之前，城市已经开始在文学之中尝试种种登陆方式。城市的文学叙事并未从工人阶级或者工业化的图景之中获得足够的能量。蒋子龙的《乔厂长上任记》昙花一现，植根于城市结构和工业社会的文学续篇默默无闻。从刘心武、邓友梅、陆文夫到陈建功、池莉、刘震云，城市成为一批市民形象的空间背景。相对于这些市民形象的温厚、凡俗、庸常无奇，他们身后的城市更多显示的是烟火气息。程乃珊、陈丹燕、叶辛的"上海"透露出某种特殊的城市文化格调，这种格调对于势利的崇拜或者精明的算计引起了若干模糊的反感。城市社会特征并非王朔关注的主题，王朔那些主人公别具一格的生活姿态毋宁是部队"大院"子弟的写照。王朔成长于斯，对于出身相仿的人物信手拈来。王朔的主人公并未跻身城市的富庶阶层或者权贵家族，可是，他们没有必要真正操心温饱问题。他们的父母或许来自乡村，然而，漫长的革命生涯和令人羡慕的军衔无形地积累为蔑视城市的文化资本。他们理所当然地传承了"大院"的优越感，尤其是在财富制造的威望还无法与政治身份抗衡的时候。王朔的主人公如鱼得水地穿行于街道、校园或者餐厅，坦然而自信地泡妞、议论时局或者打抱不平。他们不必如同巴尔扎克的拉斯蒂涅那般费尽心机，也不像本雅明的游手好闲者那般落落寡合。王朔的主人公——正如许多批评家所言，这些人物基本上面目雷同——大大咧咧，嬉笑怒骂，犀利的言辞背后隐藏着对于城市芸芸众生的俯视。这一批人物的文学寿命不算很长。当城市结构愈来愈严密，财富乃至资本形成愈来愈强的控制时，这个阶层开始分化瓦解，继而无声地消失了。

城市的众多人口和庞大的消费需求时常引起经济学的关注。城市之所以赢得文学的注视，城市意象的历史文化纵深与美学光芒往往是更为重要的原因。城市的时尚和商品并非仅仅表示虚荣和浮浅。当时尚与商品获得另一种历史文化注释的时候，当楼房、桥梁、金属架构被视为另一种现代美学风格的时候，城市不再是背景而开始充当独立的角色。对于李欧梵的《上海摩登——一种新都市文化在中国1930—1945》来说，20世纪上半叶充斥上海市面的杂志、画报、商品广告、月份牌这些日常物品开始显现出历史的光泽，甚至可以充当怀旧的对象。外滩的银行大楼、饭店、教堂、俱乐部、电影院、咖啡馆、餐馆、豪华公寓、跑马场这些建筑不仅标志了西方的霸权，同时还表明现代性的降临："它们不仅在地理上是一种标记，而且也是西方物质文明的具体象征，象征着几乎一个世纪的中西接触所留下的印记和变化。"[1]换言之，现代性名义下的描述开始暴露上海内部遭受遮蔽的另一些文化空间。为什么是上海而不是北京？或许，伯曼形容俄罗斯彼得堡的一句话也适合上海："彼得堡人热爱涅夫斯基大街，乐此不疲地赋予它以各种各样的神话，因为在一个欠发达的国家的心腹地带，它为他们敞开了现代世界的所有令人炫目的祈愿的前景。"[2]相似的意义上，上海的角色比北京更为适合。

---

[1] [美]李欧梵:《上海摩登——一种新都市文化在中国1930—1945》,毛尖译,北京大学出版社2001年版,第6页。

[2] [美]马歇尔·伯曼:《一切坚固的东西都烟消云散了——现代性体验》,徐大建、张辑译,商务印书馆2003年版,第253页。

第八章 城市：空间分割与文化区隔

上海如何重新叩开文学之门？对于城市的文学叙事，王安忆的《长恨歌》是一部不可忽略的作品。主人公王琦瑶早早当选"上海小姐"，继而成为一个大员包养的"金丝雀"。20世纪50年代之后，王琦瑶始终生活在小小的弄堂，周旋于若干男性之间，几起几落，终于因为几枚珍藏已久的首饰命丧黄泉。暴风骤雨般的革命主导文学的时候，这种情调暧昧的故事仅仅是奔涌的洪流遗留的沉渣，但是，城市的弄堂埋伏了许多如此这般的人情世故。如果说，《子夜》、"新感觉派"和《上海摩登》无不聚焦上海外滩那些标志性的建筑物，那么，《长恨歌》的眼光落到城市的底部，一本正经地开始考察弄堂、流言、闺阁这些处所。农耕文化造就的美学趣味将风花雪月或者青峰、扁舟、小桥、黄叶组成"诗意"图景的基本元素，现在是城市的独异风貌迈进美学门槛儿的时刻。因此，《长恨歌》的这些描写流露出城市的独特情趣：

> 上海的弄堂是性感的，有一股肌肤之亲似的。它有着触手的凉和暖，是可感可知，有一些私心的。积着油垢的厨房后窗，是专供老妈子一里一外扯闲篇的；窗边的后门，是供大小姐提着书包上学堂读书，和男先生幽会的；前边大门虽是不常开，开了就是有大事情，是专为贵客走动，贴了婚丧嫁娶的告示的。……

> 流言的浪漫在于它无拘无束能上能下的想象力。这想象力是龙门能跳狗洞能钻的，一无清规戒律。没有比流言更能胡编乱造，信口雌黄的了。它还有无穷的活力，怎么也扼它不死，是野火烧不尽，春风吹又生的。它是那种最卑贱的草籽，

风吹到石头缝里也照样生根开花。它又是见缝就钻,连闺房那样帷幕森严的地方都能出入的。……[1]

尽管上海号称国际大都市,但是,城市的纹理仍然由众多细部一笔一画地绘出来。当然,《长恨歌》的主题渊源有自。金碧辉煌的浮华背后,这一脉故事始终是上海的城市内里,令人感喟再三。正如王德威所言:"早在1892年,韩邦庆就以《海上花列传》打造了上海/女性想象(原文作'想像')的基础。韩的《海上花》写彼时青楼女子,如何在十里洋场上遍历风尘。她们的虚荣与怨怼,她们的机巧与蒙昧,令百年后的读者,也要为之动容。而《海上花》最精彩处,在于点出了这些前来上海淘金的女子,终要以最素朴的爱欲痴嗔,来注解这一城市的虚矫与繁华。"接续的是"精警尖诮、华丽苍凉"的张爱玲。"张爱玲不曾也不能写出的,由王安忆作了一种了结。在这一意义上,《长恨歌》填补了《传奇》《半生缘》以后数十年海派小说的空白。"[2]

相当一部分批评家认为,茅盾的《子夜》一丝不苟地按照社会学描述设计人物命运,"阶级"属性的扩大挤压了人物性格的丰富内涵,人们只能看到一个片面的上海。有趣的是,现今的一些作家正在推出另一个片面的上海——只不过"阶级"的概念被替换为商品与消费。批评家曾经从郭敬明的《小时代》中整理出一份时尚生活指南:各种英文标签的手包、鞋子、手机、香水、唇彩、发带、西装、沙发,如此等等。恋人争吵的时候,这是一句经典台词:

---

[1] 王安忆:《长恨歌》,作家出版社1995年版,第5、10—11页。
[2] [美]王德威:《现代中国小说十讲》,复旦大学出版社2003年版,第291、292、293页。

第八章 城市:空间分割与文化区隔

"你脚上那双 D&G 的靴子,是我给你买的!"[1]这种叙事的一个潜在预设是,无论是浪漫、忧伤还是怨恨、愤怒,商品与消费是表白一切的语言。这时,城市仿佛仅仅是一个堆放商品的空间。更有甚者,城市与商品汇聚为光怪陆离的交易会,构成诱发欲望和激情的狂欢场所。费瑟斯通认为,人们可以在这种"世外桃源般的环境"之中放纵与宣泄情感,"成年人在这里也可像(原文作'象')儿童那样为所欲为"。[2]

然而,商品与消费也可能转瞬演变为烟花一般的幻觉。如果试图从城市堆放的商品背后寻找历史文化的微言大义,人们很快会扑空。金宇澄《繁花》的题词是:"上帝不响,像一切全由我定……"尽管如此,从弄堂、市场到饭局,林林总总的城市表象后面既没有宏大的精神冲动,也没有强烈的财富攫取。上海滩曾经豪强林立,英雄辈出,但是,真正不可忽略的存在恰恰是那些庸常之辈。他们无法企及上帝的高度,支撑他们的精神内核又是什么?《繁花》转到了日常生活的洪流背后,察觉的是五花八门又千篇一律的基本架构。金宇澄在小说的"跋"中表示,"我的初衷,是做一个位置极低的说书人",放弃"西方式"的心理挖掘,顺从事件的延伸脉络,平铺直叙,"一股熟悉的力量,忽然涌来"。[3]很大程度上,这种叙述调低了起伏的幅度。如果说,王朔的反讽加新式京腔表现出某种政治出身的优越,那么,《繁花》沪上方言内含的市民气息增添了娓娓道来、亲切抵近之感。小弄堂、小包

---

[1] 参见黄平:《大时代与小时代》,北京大学出版社 2014 年版,第 259 页。
[2] 参见[英]迈克·费瑟斯通:《消费文化与后现代主义》,刘精明译,译林出版社 2000 年版,第 116 页。
[3] 金宇澄:《跋》,见《繁花》,上海文艺出版社 2013 年版,第 443—444 页。

间、小庭院等众多切割出来的小空间，小风月、小情欲、小试探印染而成的流水一般日子，爱情若有若无，生意若有若无，婚姻若有若无，阴谋若有若无；一次晤面别有深意，又一次晤面别无深意；职场或者饭局的幕后，每一个人仿佛拥有某种独立的空间，拥有不为人道的个人情结，然而，各种小小的谋求和机心如出一辙，以至于相遇的时候几乎面目雷同。然而，《繁花》不厌其烦地将诸如此类之东西汇合起来，构成一个规模可观的格局。如果说，茅盾的《蚀》三部曲、《子夜》力图再现的是革命的、高调的、激流涌动的上海，那么，从《长恨歌》到《繁花》，城市生活的纹理愈来愈细密，既嘈杂喧哗，又不动声色。尽管如此，人们愈来愈强烈地意识到：很大程度上，城市的内在力量以及城市的基本精神恰恰凝聚于日复一日的世俗逻辑之中。这是另一种历史文化的纵深。

五

如果说，种种文化观念积极参与空间的生产，那么，生产城市空间的文化观念内在地包含了乡村文化——城市之为城市，很大程度来自乡村的对比和反衬。城市的富足、高贵、辉煌，恰恰由于乡村的贫瘠、猥琐和黯淡。追溯城市文化与乡村文化的二元对立，正视两种空间的经济、社会鸿沟是不可忽略的前提。茅盾的《子夜》或者李欧梵的《上海摩登》无不涉及西方霸权的殖民文化烙印，然而，城市与乡村的差异构成另一种性质的文化等级顽强地保存于本土内部。当城市与乡村的差异成为行政机构不得不维持的空间结构时，户籍制度以及粮食配给规定严格地锁住了两种空间的流动渠道。本土内部城市与乡村的差异通常不会产生严重的对抗,这种差异广泛渗透于经济、文化、情感指向以及日常生活的诸多领域。

20世纪80年代初期,高晓声的《陈奂生上城》名动一时,以至于延伸出一个"陈奂生"系列故事。对于一个默默无闻的农民来说,城市的经济、文化高不可攀。陈奂生刚刚摆脱饥饿的威胁,试图利用城市进一步改善经济生活和文化"待遇"——陈奂生步行30里进城,计划在火车站卖掉自己制作的小吃"油绳",动用这一笔利润添置一顶帽子。陈奂生的另一个隐秘期待是从城市获取若干新奇的谈资,见多识广有助于提高他在村子里的声望。至少在当时,陈奂生与城市存在不可弥合的距离。由于没有"粮票",陈奂生没有资格在城市吃饭;他无力偿付旅馆的昂贵价格,陈奂生几乎不会产生留宿城市的念头。无论是刚性的限制还是经济条件的差距,陈奂生只能扮演城市的异己。陈奂生遭遇的"意外"构成这一篇小说的戏剧性——他突然病倒了,并且在县委书记的帮助之下进入旅馆住了一夜,住宿的费用是一顶帽子价格的两倍。如果将住宿费与农民的田间劳动换算,两种空间悬殊的经济待遇暴露无遗:"从昨半夜到现在,总共不过七八个钟头,几乎一个钟头要做一天工"。[1]《陈奂生上城》以喜剧的口吻叙述城市与乡村的落差:陈奂生对于旅馆设施——譬如床铺、地板、沙发——的惊奇令人莞尔。然而,喜剧的笑声毋宁说来自城市视角。置身于乡村文化,主人公的更多感受是鄙视、排斥和屈辱。相对于20世纪50年代至70年代,文学开始坦率承认一个事实:乡村文化并未成功地提供一套抵制乃至反抗城市的价值体系;相反,乡村文化翘

---

[1] 高晓声:《陈奂生上城》,见《陈奂生》,花城出版社1983年版,第51页。

首期盼城市的发达与繁荣，并且对于乡村的封闭和保守流露出愧疚之意。从路遥的《人生》《平凡的世界》到贾平凹的《废都》《秦腔》，乡村出身的主人公始终遭受城市文化的折磨。他们并未安居乡村，而是竭力移民城市，镶入另一种生活格局，然而，城市文化从未放过他们的乡村出身——城市的种种习俗始终隐藏了对于乡村的鄙视。即使清晰地意识到这种鄙视包含的势利之心，他们仍然没有勇气我行我素；相反，骨子里的自卑迫使他们迅速站到城市文化这一边，以模仿的方式扮演一个合格乃至标准的"城里人"。

城市对于乡村的户籍限制已经结束，乡村移居城市的经济制约正在减弱。相当一部分农民进城务工，他们的收入足以维持日常开销。尽管如此，城市文化与乡村文化的隔阂远未消除："城里人"与"乡下人"之间的区别很大程度上显现为文化身份。从肤色、言辞、表情、服装到室内装饰、消费倾向、职业选择、艺术评价，"城里人"与"乡下人"无不存在明显或微妙的区别。如果说，长期滞留乡村的"陈奂生们"与城市格格不入，那么，年青一代的乡村子弟——他们之中的一部分可能在童年时代跟随进城务工的父母移居城市——的品位仍然无法企及"高雅"的城市文化，例如"杀马特"。"杀马特"为 smart 的音译，已经与 smart 的原义相去甚远。"杀马特"通常指称介于城市、乡村之间的年轻族群。与那些带有小资产阶级情调的都市青年不同，这个族群的装束夸张甚至光怪陆离。他们试图模仿时尚，但是，他们无法掌握城市文化时尚的微妙、得体、刻意修辞与风轻云淡之间的平衡，种种奇装异服透露出不可去除的乡土气质。"杀马特"往往停留在一个尴尬的文化地带：乡村文化拒绝这种风格，城市文化嘲笑这种风格。

第八章　城市：空间分割与文化区隔

乡村文化与城市文化的一个重大差异是，前者仍然按照生存的基本需要衡量物质的价值，后者根据多重标准评判物质的功能——物质在很大程度上成为符号。鲍德里亚的《符号政治经济学批判》强调，物质不仅作为实用器具加入日常生活，同时还以符号的形式存在，并且服从符号的差异模式，"物在任何地方都是作为某种力量（幸福、健康、安全、荣誉，等等）的承载而被给予和接受的"，物是一种符号，因此，"物正是在这一基础上，而不是由于其所具有的使用价值或者内在的'特性'，才得以展现其自身的迷人魅力"。[1]一件名牌服装或者一辆豪车的意义远远超出了保暖与代步，主人的身价将在物质的符号形式之中获得展现。但是，鲍德里亚的分析仅仅适合高度消费主义的城市文化。只有当强大的城市经济完全超越生存的基本需要之后，物质与符号之间的转换才可能顺利发生。物质以符号形态存在的时候，城市文化的各种复杂传统错综交织，形成默契。只有城市文化才能解释，时装之中缺乏实用功能的大翻领或者长腰带意味了什么。以饱暖为首要乃至唯一主题的乡村文化对于这一套悬浮的符号魅惑茫然无知，茫然无知的表征首先显现为"土气"。

从大众传媒到各种文化机构，城市文化的重要特征是大规模的符号生产。由于复杂的专业知识训练，符号生产往往甩开"乡下人"而成为城市文化的垄断。某种程度上，这些符号充当了城市拒绝"乡下人"的文化城墙。然而，正如费瑟斯通意识到的那样，城市文化的"后现代"风格开始混淆符号体系内部的传统等级："超负荷的信息与符号生产，使得有序地解读身体呈现、时尚、生活方式与闲暇消遣更为困难。人们能够从一个汇聚有来自世界范围

---

[1][法]让·鲍德里亚：《符号政治经济学批判》，夏莹译，南京大学出版社2015年版，第105页。

摇摆的叛逆

308

内的符号产品与风格的大'库存'中，随时提取他们之所需，这样，要从品位与生活方式来判断阶层特性就更加困难了。"[1]一个耐人寻味的比较是：借用符号改造"乡下人"的身份显然比具备足够的物质经济条件容易得多。

作为一种极为成功的大众传媒，互联网带动的符号生产迅速地将这种状况戏剧化了。由于互联网符号生产的惊人规模与不可比拟的传播速度，传播范围开始改写各种传统空间的界限，包括城市与乡村的空间分割。如果说，鳞次栉比的大楼、繁华的街道与开阔的田野、偏僻的山区是城市与乡村的首要区别，那么，互联网设立的虚拟空间之中，这种区别遭到轻松的解构。只要简单地配备光纤和信号发射塔，荒山野岭也可以立即享用大都市所拥有的符号产品。这时，虚拟空间的城市与乡村开始退隐，另一些数字社区迅速出现。人们的文化身份、社会关系、经济来源以及消费方式将在数字社区经历深刻的震荡与调整；而且，虚拟空间与传统的城市、乡村之间的复杂互动甚至开始改写一系列耳熟能详的社会学范畴。

相当一段时间，林那北对于虚拟空间带来的日常生活改变保持特殊的兴趣——她的《双十一》几乎聚集了这些改变的各种元素。所谓的"双十一"即是虚拟空间人造的消费狂欢节。利用手机和互联网促销——利用鼠标点击代替柜台前面烦琐的购物环节，这是数码时代成功的商业策划。令人惊奇的是，传统商业远远无法企及手机与互联网制造的消费规模。这恰恰表明一个症候：两种通信器材的意义已经远远超出了通信。许多人如此熟悉，甚至深深沉湎于来自屏幕的符号信息，以至于丧失关注身边社会现实

---

[1]〔英〕迈克·费瑟斯通:《消费文化与后现代主义》，刘精明译，译林出版社2000年版，第161页。

的兴趣。目前为止，人们可以使用各种虚拟的文化身份登陆虚拟空间，"城里人"或者"乡下人"的区别不再是一目了然的表象。摆脱"乡下人"的身份烙印，利用虚拟空间的特征谋利——这恰恰是《双十一》主人公的人生设计。一对来自乡村的年轻夫妻居住在城市的破败出租房里，熟知互联网生态的丈夫将妻子的相片贴到征婚网站，怂恿妻子以未婚的身份与诸多征婚对象约会，从而谋取若干不义之财，例如微信"红包"，或者各种礼物。如同许多不成熟的小冒险，丈夫的设计终于在一系列悲喜剧的交替之中崩溃——妻子在约会之中渐生外心，征婚对象察觉到骗局而大打出手，如此等等。尽管如此，《双十一》情节展开的另一个空间显现出种种前所未有的可能，甚至发现某些重构生活形态的节点，例如社会身份。对于《双十一》主人公来说，虚拟空间的另一种身份注册意外的简单，以至于他们无师自通地冒充各种人物，尝试另类的生活可能。即使身为"乡下人"，他们仍然迅速意识到一个问题：虚拟空间可能重置现实空间的各种传统区隔——众多社会地带的重新划分包含了改善自身待遇乃至反抗不公的可能。换言之，由于虚拟空间提供的新型诱惑，蛰伏于人物内心的各种欲望突然摆脱了冬眠状态，开始蠢蠢欲动。

　　互联网虚拟空间的诞生是一个重大的历史变故。这个转折动摇了传统空间生产的各种原则，譬如城市与乡村的区隔，或者商业与文化的区隔。很大程度上，上层与下层、边缘与中心以及国界、语种、专业知识的门槛儿、地理距离等界线的效力正在削弱。更为重要的是，互联网从技术意义上开放了空间生产的权限，以至于许多人可以兴致勃勃地参与虚拟空间的生产。尽管文学尤其是电影造就的虚构空间可以产生身临其境之效，但是，传统情节的完成式叙事无形地阻止局外人进入——即使在心醉神迷的时刻，人们仍然可以意识到，这个虚构空间存在于遥不可及的彼岸。没有人可以介入《红楼梦》大观园扰乱宝、钗、黛的三角关系，或者跻身《包法利夫人》，将不解风情的包法利挤到旁边去。布莱希特式的"间离效果"甚至阻止人们忘我投入剧情。互联网虚拟空间不仅是物理空间的电子模仿，而且，这个空间接纳局外人。局外人允许一定程度地改变虚拟空间的内部构造，物理空间不尽如人意时常以颠倒的方式投射到虚构空间——例如，《双十一》的主人公试图为自己再造一种新型的社会身份。

当然，传统的空间并未消失，种族、阶级、性别、国民以及职业、职务等传统的身份标志并未过时，但是，虚拟空间的浮现重新划定各种边界，数码身份的诞生触动各种既定身份标志的再度排列与组合。从反抗、革命、冒险、犯罪到组织动员、发现商机、社会监管、制造新的工作岗位，一批迥异的情节呼之欲出。众多迹象表明，新的空间绘图正在酝酿。

第八章 城市：空间分割与文化区隔

第四部分　交叠的脉络

第九章 性别、女权主义与阶级话语

一

"最漫长的革命"——这句话曾经用于形容女权主义对于父权制的反抗。[1]相当长的时间里,汉语之中的"革命"很少与性别联系起来。阶级、民族或者国家时常充当革命的主体;作为一个反抗的共同体,性别很迟才浮出水面。英文之中的"女权主义"一词19世纪80年代首次出现,旨在支持男女平等的法律和政治权利,[2]尽管如此,女权主义者多半坚决地认为,男性对于女性的压迫是最为古老的压迫,只不过大多数"性别盲"的思想家视而不见罢了。她们强烈主张,性别必须成为历史分析之中一个有效的范畴:"我们觉得有必要将性别划定为一个分析域";"性别成为破译意义、理解各种复杂的人际互动的一种方法"。琼·W. 斯科特进

---

[1] 参见[英]朱丽叶·米切尔:《妇女:最漫长的革命》,陈小兰、葛友俐译,见《妇女:最漫长的革命》,李银河主编,生活·读书·新知三联书店1997年版。

[2] 参见[美]瓦勒里·布赖森:《女权主义政治理论引论》,李银河译,见《妇女:最漫长的革命》,李银河主编,生活·读书·新知三联书店1997年版,第2页。

一步解释说,撰写历史的时候,"性别"与"阶级""种族"拥有同等的意义:"许多具有强烈政治意识的妇女学学者们都认为,在编写新史学著作中运用这三个分类概念(即'阶级''种族'和'性别')尤为重要。首先这意味着学者们对历史的重视,这一历史反映了受压迫的状况、压迫含义的分析和压迫的本性,其次,这意味着从学术的角度来理解以上述三个概念为轴心形成的不平等的权力结构。"[1]

各种权力体系形成的不平等结构之中,阶级、种族、性别构成了三种最为重要的压迫类型。而且,不同类型的压迫往往相互声援,彼此补充。从男尊女卑的陋习到生产资料的超额占有,二者之间存在隐秘的通道。这个历史事实残酷地打破了温情脉脉的幻象,两性之间的社会关系不得不接受经济收支的限定,无论是浪漫的男欢女爱还是悲愤的妇女解放运动。鲁迅的《伤逝》是一份悲凉凄婉的爱情忏悔录。两个无畏的年轻人冲出家族樊篱,自由地恋爱和同居。"我是我自己的,他们谁也没有干涉我的权利!"[2]女主人公子君的铿锵表白闪烁着五四时期启蒙精神的光芒。然而,这一对恋人最终劳燕分飞。他们的爱情并未遭受外部事件的重创,种种琐碎的家庭事务不知不觉地瓦解了最初的勇气和精神追求。由于无视世俗礼仪,"我"丧失了工作,食品、燃料等各项家庭开支迅速地成为问题。陷入经济窘境之后,子君的精神境界很快下降为庸俗的小市民,以至于"我"开始对乏味的婚姻生活感到厌倦。他们的分手成为必然,后续的真正问题是——子君往何处去?《伤

---

[1] [美]琼·W.斯科特:《性别:历史分析中一个有效范畴》,刘梦译,见《妇女:最漫长的革命》,李银河主编,生活·读书·新知三联书店1997年版,第167、171、153—154页。
[2] 鲁迅:《伤逝》,见《鲁迅全集》第二卷,人民文学出版社2005年版,第115页。

摇摆的叛逆

逝》之中简单地交代,子君回到了她父亲身边,而后很快死去——没有人知道怎么死的。"我是我自己的",这种女性形象可能被标榜为五四时期的一个勇敢叛逆者,然而,至少在当时,没有多少人意识到女性的解放与经济解放之间的联系。没有独立的谋生手段和经济地位,摆脱了父亲乃至家族威权的女性只能依赖丈夫的庇护;一旦爱情和婚姻亮起了红灯,她们不得不重返家族的囚笼,再度向父亲乞求一个栖身之所——再度向父权制投降。

《伤逝》发表的前两年,鲁迅曾经在北京女子高等师范学校做过一个演讲,成文为《娜拉走后怎样》。这篇演讲提前涉及《伤逝》的主题。娜拉是易卜生著名戏剧《玩偶之家》的女主角,她长期在幸福之家扮演主妇的角色,直至一个变故的出现。丈夫的卑劣行为终于让娜拉意识到,她仅仅是幸福之家一个无足轻重的玩偶。于是,娜拉毅然出走,大幕在关门声之后落下。这一部戏剧曾经被称为"妇女解放运动的宣言书"。然而,鲁迅的犀利目光延伸到娜拉出走之后的遭遇。按照鲁迅的想象,出走之后的娜拉要么堕落,要么返回,因为她无法进入社会谋生。"所以为娜拉计,钱,——高雅的说罢,就是经济,是最要紧的了。自由固不是钱所能买到的,但能够为钱而卖掉。"因此,鲁迅倡导女性必须为"经济权"而战斗。[1]

考察"经济权"对于妇女解放的意义,这种视野已经将"性别"与"阶级"衔接起来了。如果说,《伤逝》的叙事视角仅仅有限地展现子君的遭遇,那么,鲁迅的《祝福》全面地再现了乡村女性的悲惨境地。摧毁祥林嫂精神的不仅是父权制派生的夫权与族权,同时,她的阶级地位无法提供逃离夫权与族权控制的经济

---

[1] 鲁迅:《娜拉走后怎样》,见《鲁迅全集》第一卷,人民文学出版社 2005 年版,第 168 页。

条件。换言之，没有阶级意义上的经济解放，"祥林嫂们"的独立人格和社会权利仅仅是一些空头支票。

恩格斯认为，男性奴役女性的根源是财产的掌握。私有制、父系社会的出现与保护私有财产的一夫一妻制家庭相互依赖。[1]马克思主义女权主义者不赞成孤立的女性权益伸张，女权主义必须从属于整个社会的解放运动。夺回生产资料，建立合理的劳动和报酬制度，在共产主义社会重构传统的家庭结构，这是女性解放和独立的基本路线。因此，至少在现今的历史阶段，女性的权利只能是阶级斗争全面获胜之后的战利品：

> 在阶级社会中，这种权利只能使少数中产阶级妇女受益；而大多数妇女就像大多数男人一样遭受压迫，直到资本主义的经济体系被共产主义所取代。这一观点认为，妇女解放的关键在于妇女进入有偿劳动市场，在于妇女参与阶级斗争；只有到了共产主义社会，妇女受压迫的基础——她们对男性的经济依赖性才能消失，孩子公共抚养和家务劳动的公共承担将免除妇女的家务负担，使她们能够充分就业。仅仅通过寻求正义并不能实现这一变革，因为这一变革是经济发展的特殊阶段的产物。因此，性别之间的平等不是意志的产物，而是特殊历史环境的产物。[2]

---

[1] 参见[德]恩格斯:《家庭、私有制和国家的起源》，见《马克思恩格斯文集》第四卷，中共中央马克思恩格斯列宁斯大林著作编译局编译，人民出版社2009年版。
[2] [美]瓦勒里·布赖森:《女权主义政治理论引论》，李银河译，见《妇女：最漫长的革命》，李银河主编，生活·读书·新知三联书店1997年版，第3—4页。

当然，20世纪之初的五四时期，"阶级"主导"性别"——"女权主义"一词当时尚未广泛流行——的主张远未明朗之前，一批独立自主的女性形象已经尾随启蒙主义的"个性解放"联袂抵达文学。庐隐、冯沅君、冰心、凌叔华、丁玲、白薇、萧红、苏青、张爱玲等分别奉献了她们心爱的女主人公。无论是清雅脱俗还是叛逆独立，这一批女性形象已经远远甩下了古典文学之中深闺思春或者空房怨妇的女性主题。她们勇敢地破门而出，踏入广阔的社会，对于传统的"三从四德"不屑一顾；她们的身上涌现了前所未有的激情和理想。激荡的时代气氛之中，这种女性形象同时赢得了男性作家的垂青。例如，人们可以在茅盾的《蚀》三部曲中遇到相似的知识女性。她们与意气相投的男性同伴纵论人生理想，大胆地自由恋爱，甚至放纵自己的性欲。但是，她们与父权制家庭的冲突不再构成主要矛盾，茅盾驱遣她们投身革命，展示她们进入阶级大搏斗之后"幻灭""动摇""追求"的精神三部曲。"革命文学早期的作家常常把革命个人化，或者把浪漫的性冒险革命化，因为这些全都基于乌托邦愿望。"[1]或许可以说，革命是性别反抗与阶级反抗的交会领域。革命的目的不仅在于推翻一切剥削阶级的统治，同时也是为女性开拓一个崭新的空间。

若干年之后，茅盾发表了《"革命"与"恋爱"的公式》一文。茅盾指出，文学之中正在盛行"革命+恋爱"的公式。许多作品之中的主人公既热衷于革命，同时又积极恋爱，二者之间存在三种不同的比例构造。第一种类型为恋爱妨碍了革命，作品的结局多半是主人公牺牲恋爱成全革命，一己之私不能成为宏伟事业的绊脚石；第二种类型是"革命决定了恋爱"，"几个男性追逐一个

---

[1]［美］刘剑梅：《革命与情爱》，郭冰茹译，上海三联书店2009年版，第30页。

女性,而结果,女的挑中了那最'革命'的男性",二者"相因相成";第三种类型是"革命产生了恋爱",革命环境催熟了年青一代的爱情,他们在斗争之中自然而然地走到了一起。尽管茅盾对于"'恋爱'穿了件'革命'的外套"或者将"恋爱"与"革命"相提并论颇有微词,但是,他的作品并未彻底拒绝"革命+恋爱"的公式。[1] 当时文学想象之中,"革命"之所以允许"恋爱"占有如此之大的份额,女性的解放作为一个隐蔽主题构成了阶级解放推波助澜的内在动力。

然而,"性别"与"阶级"的联合远不如想象的那么顺利。一方面,女权主义普遍抱怨,阶级"这一范畴无助于分析妇女受到的特殊压迫,或者哪怕是验证。阶级概念的确是性别盲"[2]。即使在革命队伍内部,女性仍然无法避免男性战友的歧视,她们往往扮演等待男性拯救的弱者。另一方面,阶级话语谱系无法对女权主义给予高度评价。对于胼手胝足、饥寒交迫的无产阶级劳苦大众来说,那些主张"个性解放"或者弥漫着荷尔蒙气息的革命又有多少意义?阶级大搏斗,血与火,打碎国家机器,革命战争与夺取政权——这一幅图景之中,所谓的女权主义仅有微弱的冲击力。无产阶级革命斗争崇高而坚定,具有强悍的男性气质;相形之下,女权主义暧昧而阴柔,只能用感伤、颓废或者刻薄的辞令对付坚硬乃至残酷的现实,这种革命带有明显的小资产阶级性质。

的确,当阶级分析逐渐覆盖启蒙主义继而被认定为普遍的话

---

[1] 参见茅盾:《"革命"与"恋爱"的公式》,见《茅盾全集》第二十卷,人民文学出版社1990年版,第337—339页。

[2] [美]艾里斯·扬:《超越不幸的婚姻》,王昌滨译,见《妇女:最漫长的革命》,李银河主编,生活·读书·新知三联书店1997年版,第84页。

语之后，女权主义与无产阶级革命的复杂纠葛令人再度想到这个概念：小资产阶级。女权主义如同小资产阶级话语的一个分支；女权主义拥有的魅力以及遭受的非议无不可以围绕这个概念获得重新解释。

二

西蒙娜·波伏瓦的《第二性》发表了一个著名的观点：女人与其说是"天生"的，不如说是"形成"的。换言之，女性的生理性别仅仅是一种表象；一系列传统观念、意识形态具体地规定了女性的言行准则和社会地位。这亦即 sex 和 gender 的区别。前者为"性别"，后者为"社会性别"——gender 的词义包含了社会文化对于性别的建构和规范。许多场合，后者的标识意义远远超过了前者。证明一个人性别归属的时候，服装、举止、表情、肢体语言、修辞风格以及知识结构、精神视野等构成了主要证据，生理特征的意义远没有想象的那么大。某些男性进入互联网的虚拟空间别有用心地伪装年轻的女性，奏效的策略不过是模仿女性的言辞和口吻。女权主义力图揭示和批判的是，父权制和男性中心主义即是将种种歧视女性的观念压缩于这些传统观念和意识形态之中，公开或者隐蔽地迫害女性。这些迫害的基本手段是，社会文化不仅将女性训练为合格的"女人"，而且将"女人"束缚于卑贱的位置之上，心甘情愿地接受男性的统治。

女权主义显然包含了性别平等、反抗歧视的诉求。从 1850 年至 1920 年，第一拨女权主义运动发生于几个西方国家，最终以女性获得选举权而宣告结束。20 世纪 70 年代，英国的妇女解放运动

第九章 性别、女权主义与阶级话语

已经制定七项清晰的诉求清单；前四项诉求首先获得妇女解放运动大会通过，另外三项诉求几年之后在另一次妇女解放大会之上达成共识：

1. 同工同酬；
2. 同等接受教育的权利和机会均等；
3. 自由避孕和堕胎；
4. 24小时免费儿童看护；
5. 女性在法律和财务上的独立性；
6. 终止对女同性恋者的歧视；
7. 全体女性享有不受男性威胁或暴力胁迫的自由；终止维护那些以男性为主导的现象和男性对女性的侵害的法律制度。[1]

　　一个世纪左右的时间，女权主义的主张业已完整涉及性别独立的各个方面；女性为自身设计的社会学规划逐渐成熟。上述的各项诉求无一不是向父权制形成的男性中心主义发出挑战。另一个性别整体开始发言。然而，如何评价这个性别整体的阶级内涵？事实上，纳入阶级话语谱系的女权主义令人意外地丧失了激进的锋芒。女权主义的种种诉求与启蒙话语具有密切的渊源关系，自由、平等、人权充当了这些诉求背后的基础理念。女权主义没有兴趣聚焦悬殊的生产资料占有以及财富分配的严重不均，更没有设想这些诉求遭受拒绝之后的暴力斗争。将实现这些启蒙主义的理念寄托于普遍的"人性"，企求良知的觉悟或者企求文化知识唤醒公

---

[1]［英］西尔维亚·沃尔拜：《女权主义的未来》，李延玲译，社会科学文献出版社2016年版，第45—46页。

摇摆的叛逆

正意识，这是典型的小资产阶级幻想症。的确，女权主义的性别基地即是设置于小资产阶级辖区。女权主义不可能充当合格的无产阶级主体，不可能在激烈的阶级斗争之中扮演坚定的正面主人公。徘徊于资产阶级与无产阶级两大阵营之间的灰色地带，小资产阶级往往左顾右盼，倾向于放弃"阶级"的范畴从而以某种温和协商调停矛盾。他们不愿意如同无产阶级那样义无反顾地从事"最后的斗争"，赢得一个彻底的胜利。

无论是理论远景还是实践方式，性别之战与阶级斗争存在重大差异。无产阶级预设的斗争目标是，消灭一切剥削阶级，并且铲除一切阶级赖以产生的土壤，缔造一个崭新的社会空间。尽管这是一项复杂的工程，但是，工程的设计主旨清晰，所有的措施坚决而彻底；相对地，女权主义对于男性态度游移，色厉内荏。女权主义追求的是与男性平等相待，和睦共处，彼此扶持，而不是完全摧毁男性的生存基础。抛弃男性的"雌雄同体"无法获得生物学的真正支持。尽管反抗的主题将性别之战与阶级斗争汇聚在一起，但是，二者之间的性质差异时常尴尬地暴露出来。无产阶级主持的革命大合唱之中，人们时常察觉到某些不合拍的腔调。无产阶级革命家时常以"小资产阶级"命名这些腔调的声源；许多时候，女权主义构成了"小资产阶级"代码背后的具体内容。

例如，丁玲身上就汇聚了"革命""无产阶级""小资产阶级""女权主义"多重线索。从《莎菲女士的日记》《韦护》到《我在霞村的时候》《三八节有感》，这些作品之所以持续地成为争论的对象，恰恰因为这些线索之间的分裂和矛盾。丁玲始终将无产阶级阵营作为自己的归宿，但是，无产阶级阵营始终对于她时常流露的小资产阶级气息啧有烦言。许多时候，丁玲并非迷恋私有财产或者贪图安逸的享乐生活，她的"个人主义"毋宁是女性如何保持独立人格的文学想象。她的心愿是作为一个坚定的无产阶级战士，然而，她的性别意识时常将她的文学想象出卖给小资产阶级。必须承认，《莎菲女士的日记》或者《韦护》之中，丁玲塑造的独立女性衣食无忧地生活在灯红酒绿的都市环境里，她们仿佛理所当然地免除了"娜拉走后怎样"的问题。换言之，丁玲有意无意地将这种环境认定为独立女性必然享有的待遇。孟悦和戴锦华的文本分析敏锐地发现这种观念形成的叙述学冲突：

> 你可以从叙述中看到两种视点的交迭、交战过程。一种是残留的女性的视点，即丁玲力图很忠实地表现这一段爱情时保留下来的视点：譬如这一视点写出了革命阵营对丽嘉和韦护的敌意。这敌意或许并不是对他们个人的，但却无疑是针对他们的生活方式而发的。而他们那种自由的都市味的生活方式，却正是当年"五四"子一辈叛逆们艰苦斗争争取来的。而且叙事者暗示，这种敌意并非出于政治觉悟，而是出于怨憎，出于下层阶级常有的偏狭阴暗的嫉妒心理，这可以说是某种国民劣根性。[1]

在我看来，这种"敌意"与其说来自"国民劣根性"，不如说是无产阶级对于小资产阶级趣味的厌恶。由性别话语频道转入阶级话语频道，前者的主旋律可能成为后者的杂音。若干年之后，刘剑梅对于"革命与情爱"的考察进一步印证了孟悦和戴锦华的

---

[1] 孟悦、戴锦华：《浮出历史地表——现代妇女文学研究》，河南人民出版社1989年版，第128页。

发现——刘剑梅的考察对象是20世纪20年代末至30年代初的一批"左"翼作家：

> 沉溺于革命化的浪漫和浪漫化的革命，"左"翼作家力图将小资产阶级色调的爱情转变为无产阶级的革命英雄主义。然而，这一转变仅仅在政治概念和标语口号层面上实现，而在爱和欲的叙述中则是失败的。在这一历史时期，爱情的概念，即使被用来传递反资本主义的意识形态，也仍旧包含着浓厚的小资产阶级趣味。[1]

对于当时的不少"左"翼作家来说，他们的文学想象时常依赖"爱情"或者"性"启动革命，而不是围绕严酷的阶级斗争。他们心目中的革命内容茫然而模糊，"爱情"或者"性"才是触手可及的目标。刘剑梅在分析洪灵菲的小说时指出："过度的情爱描述不可避免地将崇高的革命带入物质性的、肉体的、感官存在的陷阱中。"[2]这种革命甚至具有"花花公子"的风格：

> 叙述者对英雄的主体性和内心世界的持续的关注，将革命转换为个人的浪漫事件，充满了个人的性幻想和性幻灭、性本能和种种令人困惑的想法。崇高而庄重的革命事业被这个富于想象力的花花公子演绎成一出闹剧，混杂着爱情游戏和他对马克思主义幼稚的理解。实际上，他的行为在文本的意义上模糊了革命与颓废之间的边界。……我们可以间接地感

---

[1] [美]刘剑梅：《革命与情爱》，郭冰茹译，上海三联书店2009年版，第61页。
[2] [美]刘剑梅：《革命与情爱》，郭冰茹译，上海三联书店2009年版，第90页。

第九章　性别、女权主义与阶级话语

受到"左"翼知识分子所处的社会政治语境:他们深深陷入现代自我与革命理想的两难困境。[1]

性别解放汇入革命,并且与阶级解放殊途同归,这是许多女权主义者预设的理想方案。然而,无产阶级与小资产阶级——女权主义的阶级归宿——的距离宣告了这个方案的破裂。革命领袖如何设计无产阶级的妇女解放路径?这时,人们将遇到另一种方案。

三

鲁迅的《祝福》之中,祥林嫂是一个著名的文学形象。但是,女权主义对于祥林嫂命运的关注远不如《伤逝》的子君。许多时候,女权主义热衷于谈论的是小资产阶级的知识女性。忧郁感伤、骄傲自尊、苦闷放荡、身世飘零,炽烈的"革命"或者"爱情"只能是她们的故事。祥林嫂式的乡土女性很难与这两个关键词联系起来。她们是逆来顺受、忍气吞声的沉默群体,甚至不存在构成叛逆的醒目个性和独立的行动能力。这个意义上,她们的解放必须诉诸阶级共同体。

对于无产阶级革命领袖来说,祥林嫂式的乡土女性更为典型地显现了这个命题:作为劳苦大众的组成部分,妇女的苦难与阶级的命运结合在一起。20世纪30年代,毛泽东已经形成这个结论:"劳动妇女的解放与整个阶级的胜利是分不开的,只有阶级的胜利,

---

[1] [美]刘剑梅:《革命与情爱》,郭冰茹译,上海三联书店2009年版,第91页。

妇女才能得到真正的解放。"[1]回顾昔日的革命生涯时，康克清表示，毛泽东与她的一次对话曾经产生了巨大的启示意义。康克清在交谈之中告诉毛泽东，她有两个母亲。刚刚出生四十天，生母就将她送给别人；她是由养母抚养成人，尽管她曾经遭受养母的打骂。当康克清抱怨生母的时候，毛泽东用阶级观点开导她：

> 毛委员很耐心地听着，循循诱导我，不要怪生母把我送人，那是叫地主老财逼的，没法养活孩子；也不要怪养母，她也是受压迫受剥削的劳苦人民，她打骂我，是受封建思想的毒害。我和生母、养母都是一根藤上的苦瓜，同一个阶级的战友。同我一样受苦受难的妇女，中国何止千万！而帝国主义、封建主义、官僚资本主义才是我们劳动妇女的真正敌人。不推翻三座大山，砍断四条绳索，不消灭一切剥削阶级、铲除私有制，劳动妇女就不能彻底解放。[2]

如果说，"革命"之中的"恋爱"显示了强烈的小资产阶级个人主义意味；而且，"恋爱"带动的"革命"时常以新型的家庭组织为结局，那么，无产阶级的妇女解放必须指向生产资料的占有和新型的社会关系。这时，无产阶级政权实施的一个特殊策略产生了卓有成效的作用：劳动。劳动不仅被视为无产阶级成员的特殊品质，同时还是妇女摆脱经济依赖、获得独立人格的根本手

---

[1] 毛泽东：《中华苏维埃共和国人民委员会训令第六号——关于保护妇女权利与建立妇女生活改善委员会的组织和工作》(1932年6月20日)，见《毛泽东主席论妇女》，中华人民共和国全国妇女联合会编，人民出版社1978年版，第4—5页。

[2] 康克清：《毛主席率领我们走妇女彻底解放的道路》，见《中国妇女运动重要文献》，中华全国妇女联合会编，人民出版社1979年版，第233—234页。

段——劳动将为无产阶级内部男女平等提供经济、法律和社会地位的基本保障。20世纪40年代末,《中国共产党中央委员会关于目前解放区农村妇女工作的决定》中已经指出:

> 由于旧社会遗留下来的重男轻女观念,和各样封建习俗的束缚,特别是旧社会遗留下来的妇女在经济上要依靠男子,不善于从事各种劳动,甚至鄙视劳动的弱点,妨碍了妇女迅速实现法律上已规定了的权利。因此,要贯彻实现妇女的权利,还必须进行必要的工作。首先是必须使妇女不仅与男子一样获得平等的经济权利与地位,在农村获得并保有同样的一份土地和财产,而尤其必须使妇女充分认识劳动的重要,把劳动看成光荣的事业,而积极地去参加在体力上可以胜任的各种劳动生产工作,成为家庭和社会上财富的创造者。只有妇女积极起来劳动,逐渐做到在经济上独立并不依靠别人,才会被公婆丈夫和社会上所敬重,才会更增加家庭的和睦与团结,才会更容易提高和巩固妇女们在社会上和政治上的地位,也才会使男女平等的各项法律有充分实现的强固基础。[1]

由于田间的集体劳动,妇女的家庭地位迅速提高,开始获得土地,继而汇入阶级队伍——这是与小资产阶级"革命+恋爱"迥不相同的发展模式。后续的一系列社会报告显示,众多乡土女性不仅很大程度地提高了各种社会待遇,同时,她们的文化性格开始出现某些前所未有的元素。20世纪40年代至60年代,文学

---

[1]《中国共产党中央委员会关于目前解放区农村妇女工作的决定》(1948年12月20日),见《中国妇女运动重要文献》,中华全国妇女联合会编,人民出版社1979年版,第15页。

摇摆的叛逆

察觉到这些元素并且给予记录。新型的乡土女性形象陆续出现于赵树理的《小二黑结婚》和《三里湾》、周立波的《山乡巨变》或者柳青的《创业史》中。李準的《李双双小传》中的"李双双"曾经是20世纪60年代家喻户晓的新型乡土女性。离开了灶台和琐碎的家务，乡土女性的性格之中迸发出令人惊奇的巨大能量。李双双的泼辣、爽朗和积极参与公共事务、反抗大男子主义无一不是大胆地背离古老的生活传统。尽管李双双投身的社会运动——50年代的"大跃进"——曾经产生广泛的争议，但是，一个不争的事实是，"李双双们"已经与当年的"祥林嫂们"不可同日而语了。

按照阶级话语的叙述，性别压迫的根源必须追溯至生产资料私有制和剥削阶级的形成。二者构成了决定与被决定的关系。相当长的时间里，这种强大而普遍的理论观念深刻地支配了文学想象。孟悦曾经以《白毛女》的传说如何改造为"翻身"故事的经典之作为例，细致地分析了"性别"的对立如何逐渐驶入"阶级斗争"的轨道，继而成为后者的证明。孟悦认为，杨白劳、大春、黄世仁与喜儿的故事更多的是性别之间的角逐：要么是大春与黄世仁两个男性情敌对于女性的争夺，要么是作为父亲的杨白劳如何保护女儿免遭黄世仁蹂躏的故事。然而，两个男性因为女性而激烈地正面冲突并未出现于情节之中，《白毛女》仅仅剩下喜儿与黄世仁的对峙。这种对峙并非女性与传统的男性秩序之间的矛盾，而是替换为阶级的对立：

> 摈除所有"性"及"性别"冲突的可能性，正是为着使《白毛女》的整个叙述完全纳入"阶级斗争"的发展线索。喜儿与黄世仁之间强暴被强暴的性别压迫事实一旦被抽空，便只剩下

压迫被压迫的关系式——刚巧符合我们关于"阶级"概念的简单化理解,我们从一开始就习惯于把生产方式上的阶级简单化为任何一种群体性的对立及差异,或是贫富差别,或是社会等级,或仅仅是"我们"与"他人"。为了潜抑性别压迫以便为"阶级压迫"留出空间,喜儿的形象甚至在反复修改中逐渐淡化了身体特征:她逃入深山变成世人眼中没有肉身的"仙姑"还不够,还必须从一个受凌辱的母亲变回未失贞节的处女。随着喜儿"身体"标记的完全消亡,她的性别处境已被抹却,痕迹不剩,但留下的那个空位,却被名之为"阶级"。一个不再有身体的"受压迫女人"就这样在被剥除了性别标志之后,变成了"受压迫阶级"的代表。[1]

根据古老的性别角逐模式,男性争夺女性的动力源于雄性的生物本能密码;孟悦似乎拒绝认可《白毛女》剧组将这种争夺显现的恃强凌弱移植到阶级压迫之上。然而,如果考虑到生物本能进入不同的社会文化可能造就种种复杂的历史境遇,阶级身份至少可以部分地解释,某些男性之所以可能肆无忌惮地抢夺和主宰某些女性,并且可以轻而易举地战胜那些女性的保护者。因此,我更为关注的毋宁是另一个后续问题:阶级身份是否可能完整地叙述女性的全部苦难?

置身于苦难深重的劳苦大众,女性不得不接受双重的压迫:阶级与性别。文学曾经显示,女性身边的"阶级兄弟"从未放弃根深蒂固的男性中心主义,而且,那些强烈地主张反抗压迫的男

---

[1] 孟悦:《性别表象与民族神话》,见《人·历史·家园:文化批评三调》,人民文学出版社2006年版,第236—237页。

性从未意识到这一点。很大程度上,这即是刘禾谈论萧红的《生死场》时得出的结论。《生死场》是萧红的成名作,出版之后得到了鲁迅和胡风的肯定——二人分别为这本新作撰写了序言和读后记。在刘禾看来,两位男性大师的评价均未意识到《生死场》之中的女性身体体验。"民族兴亡的眼镜"造成了他们的阅读盲点。鲁迅和胡风仅仅热衷于以"民族寓言"——弗·詹姆逊的著名概念——解读《生死场》。无独有偶,多年之后另一位著名的男性批评家茅盾面对萧红的《呼兰河传》时,他"同样是依据投身民族主义阵营的程度来判断作者的成就"。刘禾对于鲁迅、胡风和茅盾的男性中心意识形态表示尖锐的异议:"萧红并非不想抗日或对民族命运不关心——她的困境在于她所面对的不是一个而是两个敌人:帝国主义和男性父权专制。"刘禾的观点是,所谓的民族国家很大程度上是一个男性的空间,置身其间的女性仍然无法摆脱奴隶的命运。相对于萧军《八月的乡村》,这个特征清晰可见。《生死场》或者《呼兰河传》中出现了大量女性的特殊苦难,但是,沉溺于"民族国家"的男性批评家通常视而不见。[1] 相同的理由,当"阶级"在另一些场合替代了"民族"成为衡量标准的时候,女性仍然是一个遭受窒息的群体。

四

当然,这个问题的提出已经到了 20 世纪 80 年代之后。阶级话语的衰退逐渐为性别话语腾出了空间。这时的性别话语力图解

---

[1] [美]刘禾:《文本、批评与民族国家文学》,见《语际书写——现代思想史写作批判纲要》,上海三联书店 1999 年版,第 196—211 页。

释：即使拥有相同的生产资料和阶级地位，为什么女性仍然是一个备受歧视的屈辱群体？

莫言的《丰乳肥臀》之中，"母亲"所遭受的苦难时常溢出"阶级"的概念之外。"母亲"无疑属于乡村最为贫困的底层。然而，除了担负贫农阶级的所有痛苦，她还要同时承受父权与夫权的重压。迟迟无法生出一个传宗接代的儿子，这是"母亲"的一个不可饶恕的罪过。生养了八胎女儿之后，儿子的出生终于让"母亲"拥有了活下去的理由。事实上，由于丈夫没有生育能力，"母亲"生养的八女一男都是"借来"的种——儿子是她与村子里传教士马洛亚私通的产物。儿子的无能与混血儿的身材遭到了普遍的嘲笑，"母亲"只能以双倍的溺爱作为补偿。对于多数女性来说，母爱比父爱拥有远为强大的生物本能依据；母爱往往是她们的一个特殊情结，也常常造就特殊的痛苦。"母亲"身上源源不竭的母爱扩展至第三代：动荡的时局之中，众多女儿追随各位女婿加入不同的政治势力，她们不断地将自己的后代扔给"母亲"抚养。对于"母亲"来说，庇护每一个子孙的生命犹如天经地义。然而，她的心愿不断地遭受重创。种种政治势力的激烈角逐之中，"母亲"的后代一个又一个地早夭。作为一个女性，"母亲"的汹涌母爱被"阶级"的坚硬棱角撞得千疮百孔，她那破碎的内心并没有从阶级的胜利之中获得足够的抚慰。

无产阶级的胜利并没有彻底祛除父权制和男性中心主义。政权的颠覆无法真正地颠覆父权。父权制和男性中心主义时常分解为种种具体的生活观念，融汇于普通的日常现实之中。张承志的《黑骏马》设置了一个男性的叙事视角。"我"与草原上的恋人是青梅竹马。当"我"进城参加兽医培训的时候，恋人遭到了一个草原流氓黄毛希拉的强奸并且怀孕。"我"在返回之后发现了这个事实，但是，恋人并没有预期之中的愤怒和悲伤。她的主要精力毋宁说警觉地守护自己腹中的胎儿。他们共同的奶奶觉得，这不是多么严重的事情。奶奶甚至说："女人——世世代代还不就是这样吗？嗯，知道索米娅能生养，也是件让人放心的事呀。"然而，这个事实如此严重地伤害了贞操观念装配的男性自尊，以致"我"坚决地放弃了索米娅只身离开了辽阔的草原。如果说，索米娅与奶奶身上共同隐藏了女性的坚韧，那么，贞操观念是"我"、黄毛希拉以及索米娅的丈夫达瓦仓——一个年轻的知识分子、一个草原流氓和一个豪爽的赶车人——共享的男性中心意识形态。

20 世纪 80 年代骤然解除了"阶级斗争"的魔咒，解放的叙事带动各种主题一涌而出。作为压抑已久的主题，性别解放重新提上议事日程。然而，与五四时期略为不同的是，"女权主义"——一个新颖的概念——正式出面助阵。如果说，莫言、张承志仅仅偶尔对女性投去关注的一瞥，那么，作为世界范围女权主义运动的一个文学呼应，一批女性作家迅速集结为具有强烈性别风格的文学团队。由于五四时期的文学积累，80 年代文学之中的女性主题加快了探索的速度。人们可以清晰地看到这个主题展开的跨度。

20 世纪 80 年代之初，"寻找男子汉"的口号曾经短暂地掠过文学。张抗抗的《北极光》或者张辛欣的《我在哪儿错过了你》等小说无不流露出这种女性憧憬：未来的某一天，一个魁梧、智慧同时又风趣幽默的"超级男子"可能突如其来地出现，神奇地将她们引渡出庸碌不堪的日子。然而，密不透风的世俗社会很快折断了想象的翅膀。所谓的"男子汉"仅仅是一个虚幻的表象，女性的期待迅速地被巨大的失望淹没。也许，张洁的转折是一个

第九章　性别、女权主义与阶级话语

重要的例子。张洁的短篇小说《爱,是不能忘记的》曾经名动一时。女主人公只能一辈子伫立在远处打量自己的爱情偶像。他们甚至没有拉过一次手,但是,他们无时无刻不在相互思念,刻骨的痴情填满了生命的每一个缝隙。小说叙事选择的女性视角仿佛表明,女性的爱情姿态之中隐含了对于男性的钦慕和无限期待。然而,张洁不久之后发表的《方舟》愤怒地抛弃了这种痴情。三个没有婚姻庇护的知识女性组成了"寡妇俱乐部",她们周围的所有男性无一不是庸俗乃至无耻的角色——她们的期待已经被拒绝所替代。《祖母绿》意味着张洁又跨出了一步。一个风流倜傥的男人打动了女主人公,超尘拔俗的"爱情"再度发生。可是,未来的岁月逐渐证明,这个徒有其表的男人仅仅是周旋于两个女性之间的一个软弱的可怜虫。意味深长的是,《祖母绿》的女主人公并没有因为这个发现而愤世嫉俗,她恰是在摆脱男人之后真正发现了自己的人生意义。从《爱,是不能忘记的》到《祖母绿》不过数年,这个时间跨度暗示了文学女权主义崛起的迅猛之势。

如果说,张洁的小说迅速完成了精神意义的女性性别独立,那么,王安忆大胆地涉入女权主义的另一个尖锐主题:女性的性欲。相当长的时间里,女性的性欲只能隐藏于生殖的故事背后,讳莫如深;公开这种欲望通常是与"放荡"或者"淫秽"联系在一起的。然而,王安忆的《小城之恋》描述了两个小人物的纵欲生涯。小城文工团两个年轻的男女演员自小一起练功,他们的性意识终于在身体的反复厮磨之中觉醒了。小说展示了两个年轻的躯体如何在欲火之中尽情地焚烧,甚至无师自通地出现了虐待或者受虐的变态行为。《小城之恋》不加掩饰地再现了女性躯体的旺盛欲望,这犹如女权主义对于男性中心意识形态的一个剧烈冲击。

摇摆的叛逆

传统文化之中，男性的性欲时常充当正面的语言修辞；无论是"坚挺""雄劲""雄起"还是将作家手中的笔杆比喻为阴茎，男性的性器官仿佛拥有一往无前的进攻性格或者无尽的创造力。与此同时，男性中心意识形态对于女性的性欲隐含了无言的恐惧：后者的绵长和宽阔终将瓦解男性霸权的表象。当然，《小城之恋》仍然将女性的性欲导入母爱的归宿——小说的结局是，伟大的母性涤净了性欲之中的不洁成分。不久之后，王安忆的另一部小说《岗上的世纪》终于大胆地甩下了这一副观念的枷锁。为了返回城市，女知青李小琴精心设计了与生产队长的性交易。意外的是，两个人蛰伏于躯体之中的性欲同时被唤醒，巨大的欢悦不可遏制地淹没了他们。他们之间的交易并未成功，生产队长锒铛入狱；然而，脱离羁押之后的生产队长再度在一个荒凉的山岗找到了李小琴。他们又一次陷入性的迷狂，为时七天七夜。《岗上的世纪》这个标题隐喻的是，女性制造的性狂欢竟然如同至高的上帝让男人获得重生。这时，男性中心意识形态垄断的创造力已经让渡给女性。

从"寻找男子汉"、性别独立到女性的性欲，文学女权主义的另一个前沿主题呼之欲出：同性恋。拒绝男性中心意识形态的后果之一是，男性被视为一个令人厌恶的群体。某些激进的女权主义不再将这个群体作为生活的合作对象。这时，"姐妹情谊"的新型理想成为女性之间相依为命的联结枢纽。当这种"姐妹情谊"代替了异性恩爱而构造出同性的两人世界之后，同性恋无声地浮出水面。虽然这个令人惊惧的概念并未获得文学的正式标榜，但是，人们已经从林白的《回廊之椅》《瓶中之水》或者陈染的《破开》之中嗅出了特殊的试探气息。

如火如荼的文学女权主义拥有自己的逻辑，仿佛已经与阶级

第九章　性别、女权主义与阶级话语

谱系脱钩。然而，我试图重新指出女权主义背后隐秘的阶级背景。对于女权主义来说，"娜拉走后"问题的消失显然与阶级地位的演变存在特殊关系。从张抗抗、张辛欣、张洁到林白、陈染，她们心爱的女主人公均为城市小资产阶级。文化知识和经济自主是人格独立的两个必要条件。换言之，知识女性、中产阶级的收入和城市文化构成了女权主义的基本框架。"阶级斗争"的缓和不仅造就了小资产阶级的大面积滋生，而且，小资产阶级话语内部的一个重要主题开始解禁：城市文化。相当长的时间里，小资产阶级与城市文化共同沦为无产阶级革命的批判对象，二者的交会往往被视为孵化资产阶级的温床。由于持久的贬抑和责难，许多人——包括女权主义拥戴者——往往忽略了一个重要事实：城市的兴起以及工厂、企业、商业、服务行业将为女性提供众多就业的岗位。相对于乡村繁重的田野劳作，男性拥有的强壮体魄将在城市就业之中大幅度丧失优势。女性就业以及经济独立带动了女性群体的特殊消费，诸如服装、化妆、发型、美容等——曾几何时，这些项目无一不是小资产阶级情调的标记。因此，尽管女权主义极大地启示了20世纪80年代的文学，但是，这种观念的成功移植依赖于经济与文化运作形成相宜的社会土壤。王安忆很快发现了城市——经济与文化的联结轴心——对于女权主义的特殊意义：

人类越向前走，越离土地遥远了。离开柔软的土地，走进坚硬的水泥与金属的世界。这却是比人类出生地更富有生存源泉的世界。机器代替了繁重的劳动，社会分工全过程解体成为琐细的、灵巧的、只须少量体力同智慧便可胜任的工作。谋生的手段千差万别，女人在这个天地里，原先为土地所不屑的能力却得到了认可和发挥。自然给女人的太薄，她只有到了再造的自然里，才能施展。还由于那种与生俱来的柔韧性，使得她适应转瞬万变的生活比刚直的男人更为容易而见成效。更由于农业社会里，生产方式给予男人的优势，他们担任家长的角色，他们是社会正宗子孙的角色，使他们比女人更沉重，更难以脱卸地背负着历史、传统、道德的包袱，在进入城市这一违背自然的自然道路上，便有了比女人更难逾越的障碍。[1]

如果说，许多人倾向于将"直觉""浪漫"或者"细腻""温柔"形容为女性的本能特征，并且将这些特征视为男性不可企及的弱项，那么，王安忆冷静的社会学分析转向了经济基础和生产方式——城市文化、小资产阶级与女权主义的连锁关系开始明朗。然而，这个事实同时显现了另一个事实：那些无法纳入小资产阶级群体的乡土女性并非按照文学女权主义设计的解放逻辑争取自己的权利。

这时，文学提供的另一些女性形象将会进入视野。

五

两部描述乡土女性诉讼官司的小说曾经产生广泛的影响：一部是陈源斌的《万家诉讼》，这部小说发表之后改编为由张艺谋执导的电影《秋菊打官司》；另一部是刘震云的《我不是潘金莲》。两部小说之中共同出现了一个倔强而执拗的女主人公，她们不约

---

[1] 王安忆：《男人和女人，女人和城市》，云南人民出版社2000年版，第89—90页。

而同地为一个不算严重的理由坚定不移地奔走于各级法律机构反复诉讼,甚至耗竭后半辈子的全部心血。多数人觉得,两个女人多少有些小题大做,斤斤计较,但是,她们不屈不挠的精神几乎令人咋舌。显然,她们的性格背景不可能追溯至小资产阶级的经济收入以及接受教育的程度,集体劳动以及广阔的社会接触面是造就这种性格的主要原因。当年的祥林嫂仅仅勤劳地忙碌在鲁四老爷的宅院里,由于无知和懦弱,她不得不胆怯地回避外部世界,甚至任人宰割。相对地,如今的乡土女性见多识广,甚至不惧权贵。《万家诉讼》中的何碧秋控告的是霸道的村长,尽管后者拥有管辖一方的大权;《我不是潘金莲》中的李雪莲从县、市的法院直至闯入人民大会堂,撞得各级官员人仰马翻。即使屡战屡败乃至企图寻短见,她的大胆和泼辣仍然丝毫不减。从李双双到"妇女耕山队"或者"铁姑娘",她们是何碧秋或者李雪莲的前身。乡村田野的广阔天地不仅调动了她们躯体的活力,而且开放了她们的精神。半个世纪的乡村历史沧海桑田,但是,这种性格原型获得了一代又一代的承袭。

相对于城市的小资产阶级女权主义者,这些乡土女性的性别意识远非那么"纯粹"。她们渴望的毋宁是普通人的社会权利。何碧秋顽强地为她的丈夫讨一个"说法",她针对的并非男性而是权力体系。李雪莲无所畏惧地周旋于官员、警察、法官之间,但是,她孜孜不倦地维护的女性荣誉竟然是拒绝被比拟为"潘金莲"。换言之,她们对于妇女解放的贡献并非女权主义的意识和观念,而是敢于呼风唤雨的性格特征。

或许,这些性格特征表明是男性对于妇女解放的实际体会与观感?——《万家诉讼》和《我不是潘金莲》均出自男性作家之手。我即将提到的另一部小说仍然来自男性作家：莫言的《蛙》。某种程度上可以说，这是从另一个侧面再度接近"母亲"和"母爱"的主题。《蛙》的女主人公"姑姑"是一个乡村妇科医生。她曾经为家乡的无数孩子接生，她也因为执行计划生育政策而扼杀了许多未曾出生的小生命；而且，几位逃避计划生育的母亲由于不正常的人工流产死于非命。有趣的是，"姑姑"仍然是那种风风火火、豪迈爽朗的女人，精力旺盛，酒量过人，她身上既有生育之神地母娘娘的气息，又有指挥千军万马的大将军气概。某一个闷热的夜晚，"姑姑"经过一个洼地时遭到了无数青蛙的包围。遍地的蛙鸣犹如初生婴儿的啼哭。巨大的惊恐带来了"姑姑"的大彻大悟。晚年的"姑姑"向丈夫郝大手描述想象之中引流的胎儿，让他捏成泥人，焚香祭拜，祈愿祷告。《蛙》再现了"姑姑"愈来愈强烈的不安和自责，甚至产生了通灵的幻觉。这意味了女性意识之中的母性正在深刻地觉醒。如果说，城市小资产阶级女权主义更多地关注"性"，亦即更多地关注启蒙主义式的个人解放，那么，乡土女性更为重视"生育"，亦即重视女性在延续香火之中的独特使命。前者时常在落落寡合之中显现出尖锐的风格，后者的温暖、宽厚具有令人依赖的本土品格。

相对于《万家诉讼》《我不是潘金莲》或者《蛙》，贾平凹——又是一个男性作家——的《极花》包含了远为纷杂的线索和内心矛盾。城市文化与贫瘠的乡土、女权主义与阶级话语、男性与女性由于一个妇女拐卖事件出其不意地交会在一起。《极花》之中年轻的女主人公胡蝶从乡村迁入城市，如愿地开始了令人羡慕的城市生活方式。从高跟鞋、小西服到热衷于摄影的大学生和豪华酒店，小资产阶级文化的影子已经开始若隐若现。然而，一个突如其来的变故颠覆了一切梦想：胡蝶应聘一个酒店工作的时候被辗转拐卖到西北的一个偏僻乡村。她被囚禁于一个窑洞长达一百多天，终于回心转意甘为人妇，并且生了一个儿子。一段时间之后，胡蝶抓住偶然的机会打出一个电话，继而被戏剧性地解救返回城市。可是，返回城市的胡蝶丧失了快乐和憧憬而沦为一个笑料。她想念儿子，想念那个窑洞。《极花》留下了一个恍惚的结尾：胡蝶独自乘坐火车重返那个偏僻的乡村；胡蝶仿佛并未离开那个窑洞——她仿佛并未被解救，只是一天又一天地消瘦。这种恍惚显然是内心煎熬的写照：她矛盾地徘徊在城市与乡村之间，徘徊在自己的母亲与自己的儿子之间。《极花》之中那些偏僻乡村的出资者并未被叙述为恶棍，他们仅仅是一些质朴淳厚的农民。没有女性自愿下嫁到如此干涸、如此荒凉的山坳，他们不得不求助于人贩子出此下策。胡蝶之所以逐渐地从内心接纳他们，很大程度上是同情、接受乃至认可了他们的生活情境。这不仅意味了城市与乡村重新衡量，而且，单向的性别标准开始再度与阶级范畴衔接起来——接纳这一家农民的时候，胡蝶身上的乡土血缘无形地瓦解了尖锐的敌意。

　　女性的反抗被形容为历史上"最漫长的革命"，女权主义成为这一场革命之中的最新一幕。许多人似乎觉得，"女权主义"仅仅是一个响亮的文化口号流传于若干时髦的知识女性之间。考察"女权主义"的小资产阶级性质，考察乡土女性反抗父权制的另类聚焦主题，目的是恢复性别反抗与阶级反抗之间复杂的多重关系。"阶级斗争"是阶级话语之中的阶段性内涵；更为普遍的意义上，阶级范畴注视的是生产资料占有形成的阶级地位如何构造出社会的等级关系。的确，性别构造的不平等并非阶级话语的焦点，但是，如果绕开生产资料的占有、财产分配和社会地位问题——如果女性的独立无法与家庭、家族、企业、科学研究、政府机构等各种生产组织和社会组织相互衔接，所谓的"解放"仅仅是一些有限的观念性构想。在这个意义上，性别与阶级必须共同汇聚为宏大的视野。人们必须进入这个视野全面地评估二者相互的关系，继而重新分配二者承担不同的任务。

第九章　性别、女权主义与阶级话语

第十章　青年、代际及其美学破裂

一

1915年，陈独秀为自己主编的《青年杂志》写了一篇发刊词《敬告青年》。发刊词的开篇即是几句富于抒情意味的告白：

> 青年如初春，如朝日，如百卉之萌动，如利刃之新发于硎，人生最可宝贵之时期也。青年之于社会，犹新鲜活泼细胞之在人身。新陈代谢，陈腐朽败者无时不在天然淘汰之途，与新鲜活泼者以空间之位置及时间之生命。人身遵新陈代谢之道则健康，陈腐朽败之细胞充塞人身则人身死；社会遵新陈代谢之道则隆盛，陈腐朽败之分子充塞社会则社会亡。[1]

《青年杂志》很快就易名为《新青年》——"新"是五四时期出现频率最高的一个字眼。发刊词这一段话已经隐含了特殊的期

---

[1] 陈独秀：《敬告青年》，见《独秀文存》第一卷（上），外文出版社2013年版，第1页。

待:"青年"与"新"二位一体,他们是历史前沿最富活力的创造群体,承担了社会的真正希望。很大程度上,这些观点构成了当时青年话语的基本主题。由于险恶的文化氛围,陈独秀绕开了政治议题,这一份杂志声称试图改造中国青年的思想和行为。[1]尽管如此,青年与民族国家兴衰存亡的联系始终存在于视野之内。"自主的而非奴隶的""进步的而非保守的""进取的而非退隐的""世界的而非锁国的""实利的而非虚文的""科学的而非想象(原文作'想像')的"[2]——陈独秀陈述的六个原则针对的是,青年如何自我塑造为民族国家的主人公。

研究表明,18世纪以前,"青春期"的划分尚未明晰。如同"童年"概念一样,"青年"的年龄界定及其固定命名可以追溯至一系列现代观念的运作。"作为社会学和政治学意义的现代'青年'概念,大约是在18世纪70年代以后才出现的。"[3]较之种姓、族群、政党,"青年"之间的彼此认同和内聚力远为薄弱,一个年龄段落的社会群体很少激烈地全面排斥另一些年龄段落的社会群体,所谓的"代沟"仅仅显现为温和的冲突。尽管如此,人们对于青春期的某些特征逐渐形成共识,例如情感骚动、焦虑和混乱,叛逆,心理创伤,恐慌,缺乏足够的责任性,冲击稳固的社会秩序,等等。这些因素同时与阶级、性别、种族混杂在一起产生作用。或许,"青年"的身份概念近似于马克斯·韦伯所说的"地位群体"。按照韦

---

[1] 参见[美]周策纵:《五四运动:现代中国的思想革命》,周子平等译,江苏人民出版社1999年版,第44—46页。

[2] 陈独秀:《敬告青年》,见《独秀文存》第一卷(上),外文出版社2013年版,第3—9页。

[3] 孟登迎:《民间恶魔、身份认同还是仪式抵抗?》,见《通过仪式抵抗:战后英国的青年亚文化》一书总序,[英]斯图亚特·霍尔、托尼·杰斐逊编,孟登迎、胡疆锋、王蕙译,中国青年出版社2015年版,第4页。

伯的分析,某个群体的"生活风格"或者"生活方式"对于社会"地位"的确立具有决定性的作用。[1]

尽管青春期时常与不稳定联系在一起,但是,许多文化观念仍然倾向于正面肯定青年"生活风格"的象征意义。人们认为,青年是社会变革的先锋,青年的旺盛体能与活力、勇敢、创新遥相呼应。援引青年的"生活风格"比拟民族国家的状态、性质,这是五四新文化运动前后流行的意识形态修辞方式。于是,这个相对固定的年龄段落成为一个令人称道的价值单位。梁启超著名的《少年中国说》即是如此。梁启超对于"老大帝国"之称耿耿于怀,他针锋相对地提出了自己心目中的"少年中国":"欲言国之老少,请先言人之老少。"在他看来,老年人因循守旧,忧心忡忡,由于年迈体衰因而保守怯懦,丧失了冲击传统秩序的勇气;相反,少年人瞻望未来,勇于破除成规,他们的内心充满了进取乃至冒险的豪情,志在创造一个新世界。梁启超对于这种比拟的解释是"人固有之,国亦宜然",只不过比拟的语义轴心不再纠缠于古老而漫长的五千年文明史,而是蓬勃的青春激情。[2]

这种比拟隐含的代际关系形成了青年/老人的二元对立,双方互为"他者"。中国古代文化之中,"自古英雄出少年"或者"后生可畏"的主题犹如吉光片羽。孔子说"吾十有五而志于学,三十而立"。除了"少壮不努力,老大徒伤悲""莫等闲,白了少年头,空悲切"的立志与悬梁刺股的发愤,多数人三十岁之前的业绩乏善可陈。而立之年是成熟的标志。儒家的文化秩序之中,"老人"拥有特殊的权威。老马识途,"老朽"并非谦称,而是包含了显而

---

[1] 参见[美]戴维·格伦斯基编:《社会分层》,华夏出版社2005年版,王俊等译,第115、117页。
[2] 梁启超:《少年中国说》,见《梁启超全集》第二册,北京出版社1999年版,第409页。

易见的矜持甚至威严。青年不得不将"老人"视为模仿的偶像,"少年老成"之说是对这种模仿的褒奖。因此,"老人"已经隐含了阶序与辈分的优越感,追溯起来,这种优越感很大一部分源于儒家文化的三纲五常。古典诗词之中的"青年"与"老年"时常形成奇特的张力。"不才明主弃,多病故人疏。白发催年老,青阳逼岁除",年轻之际的长吁短叹是怀才不遇,壮志难酬;年老的时候,感慨韶华易逝,人生如梦,甚至"心在天山,身老沧州"。只有少数英雄才可能享有"烈士暮年,壮心不已"的情怀。对于大多数士大夫来说,"老夫聊发少年狂"也罢,"一事能狂便少年"也罢,青春年少仅仅是一段惆怅的忆念,犹如镜花水月。从"人书俱老"到"庾信文章老更成",老成、老到、老辣甚至形成某种以"老"为轴心的美学范畴。[1]

许多古代戏曲或者小说钟爱的主人公是那些赴京赶考的书生。他们多半在"发乎情,止乎礼义"的规训之下为人处世,温柔敦厚,文质彬彬,很少显示出强悍的乃至带有野性的激进风格。《红楼梦》中的贾宝玉终于拒绝了正统的子曰诗云、仕途经济,但是,他的叛逆隐藏于娇生惯养的公子哥儿习气和卿卿我我的形式之中,并非梁启超期待的那种气宇轩昂的形象。作为一个叱咤风云的革命领袖,毛泽东对于暮气沉沉同时又等级森严的老人文化相当反感:"记得我在小的时候,很不喜欢老人,因为他们是会欺负青年人的,青年人谁没点错误呢?但是你错不得,他们对你是很凶的。一切事情,小孩子和青年人是没有发言权的。中国的青年人受封建家庭封建社会的苦太大了。"[2]显然,一个朝气蓬勃的新兴社会只能寄

---

[1] 参见蒋寅:《作为诗美概念的"老"》,《甘肃社会科学》2016年第3期。
[2] 毛泽东:《吴玉章寿辰祝词》,见《毛泽东文集》第二卷,人民出版社1993年版,第261页。

望于那些破旧立新、敢作敢为的青年。因此，毛泽东对"偻身俯首，纤纤素手，登山则气迫，涉水则足痉"的文弱书生相当不屑。1917年，毛泽东曾经以"二十八画生"为笔名在《新青年》发表《体育之研究》，认为"体育一道，配德育与智育，而德智皆寄于体"。这篇文章开宗明义："国力苶弱，武风不振，民族之体质日趋轻细，此甚可忧之现象也。"孔武有力的体魄与发扬踔厉的精神相互呼应——这也是毛泽东倡导体育的意图："夫体育之主旨，武勇也。武勇之目，若猛烈，若不畏，若敢为，若耐久，皆意志之事。"在他心目中，只有那种"文明其精神，野蛮其体魄"的青年才能承担反叛的重任。[1]换言之，毛泽东的真正兴趣远远超出了狭义的体育运动，他毋宁是借助体育召唤青年的某种强健人格——这种强健人格是古代传统文化所匮乏的。

五四新文学的确造就了一个崭新的舞台。尽管各种局部的文学异动此起彼伏，但是，五四时期的文学革命清晰地画出了一个前所未有的段落。青年不仅开始担任历史的主角，而且接过了文学的旗帜。从鲁迅《狂人日记》的愤懑、《伤逝》的悲凉、《在酒楼上》的沉郁到郭沫若《女神》中呼号咆哮的抒情形象，从郁达夫感伤式的倾诉到冰心、王统照、许地山等人的"问题小说"；更大范围内，从茅盾的《幻灭》《动摇》《追求》，巴金的《家》《春》《秋》到曹禺的《雷雨》《日出》《原野》《北京人》，一批神情各异的青年形象出现在文学地平线上。不论这些青年形象寄身于哪一种情节、意象与思想观念，他们的共同特征是摆脱了古典范畴。摆脱古典范畴的一个标志是抛开温柔敦厚的"中庸"，青春的一切

---

[1] 毛泽东:《体育之研究》，见《毛泽东早期文稿》，中共中央文献研究室、中共湖南省委《毛泽东早期文稿》编辑组编，湖南出版社1990年版，第66、65、71、70页。

摇摆的叛逆

表现——从激进、热烈、坦诚、愤慨到幼稚、失落、感伤、颓废——无不显现于前台，一览无余。

尽管如此，接踵而来的文化场域之中，文学与青年话语的互动很快出现了危机，阶级话语的介入意味另一种视域的出现。这带来了新的历史剧目。

二

《敬告青年》之中，陈独秀痛陈老人文化的"陈腐朽败"，并且向青年发出了战斗的号召："欲救此病，非太息咨嗟之所能济，是在一二敏于自觉勇于奋斗之青年，发挥人间固有之智能，决择人间种种之思想，——孰为新鲜活泼而适于今世之争存，孰为陈腐朽败而不容留置于脑里，——利刃断铁，快刀理麻，决不作牵就依违之想，自度度人，社会庶几其有清宁之日也。青年乎！其有以此自任者乎？"[1]可以从陈独秀相近时期的另一篇论文《东西民族根本思想之差异》中发现，陈独秀所谓的"陈腐朽败"很大一部分寄生于传统的家族观念："东洋民族以家族为本位"——这种观念甚至扩展为宗法社会的政治、道德以及社会制度。他激进地主张冲破家族的桎梏，维护每一个体的权利："社会各人，不相依赖，人自为战，以独立之生计，成独立之人格，各守分际，不相侵渔。"[2]

启蒙主义的个性解放赢得了普遍的响应。围绕《新青年》杂

---

[1] 陈独秀:《敬告青年》，见《独秀文存》第一卷（上），外文出版社2013年版，第2—3页。
[2] 陈独秀:《东西民族根本思想之差异》，见《独秀文存》第一卷（上），外文出版社2013年版，第36、40页。

志的一批现代知识分子分别从不同的角度给予声援。然而，青年/老人的对立结构很快遭到质疑。如果说，青年话语依赖的历史单位是"代"，那么，正像卡尔·曼海姆反复指出的那样，"代这种社会学现象最终基于生死的生物节奏"。对于社会历史来说，"任何生物的节奏都要通过社会性的事件这一中介才能发挥作用：如果对这种重要的形成性因素不加考察，一切事物都直接从生命因素中产生，那么在代问题中原有的丰富潜力就会在问题被解决之时丢失殆尽"。至少在当时，阶级话语构成了最为有力的质疑——曼海姆比较过二者的特征："阶级位置以不断变化的经济和权力的社会结构为基础，代位置的基础则是人类存在的生物节奏——生命的存在与死亡、寿命和年龄增长。"[1]生物意义上"代"如何转换成社会革命的动力？阶级话语对于社会关系的解释填充了生物节奏无法证明的巨大空白。这深刻地改变了青年形象的解读。例如，毛泽东在《沁园春·长沙》中回忆"恰同学少年，风华正茂；书生意气，挥斥方遒。指点江山，激扬文字，粪土当年万户侯"——显然，这一批慷慨激昂的青年不再仅仅谋求个人解放；作为一个特殊的群体，他们加入了社会解放运动。毛泽东指出："'五四'以来，中国青年们起了什么作用呢？起了某种先锋队的作用，这是全国除开顽固分子以外，一切的人都承认的。什么叫做先锋队的作用？就是带头作用，就是站在革命队伍的前头。中国反帝反封建的人民队伍中，有由中国知识青年们和学生青年们组成的一支军队。"[2]毛泽东反复号召知识青年与工农大众结合起来，否则将一事无成。工农大众才是反帝反封建的真正主力军，是否投身于工农大众是

---

[1][德]卡尔·曼海姆:《卡尔·曼海姆精粹》，徐彬译，南京大学出版社2002年版，第80、76、80页。
[2]毛泽东:《青年运动的方向》，见《毛泽东选集》第二卷，人民出版社1991年版，第565页。

青年是否愿意革命的试金石。如果说，"青年"以某个年龄段落为标志，那么，"工农大众"以生产资料的占有和经济地位为衡量尺度。青年与工农大众的结合平台必须转换为阶级地位的相互认可——二者之间乃是阶级的政治联盟，青年必须从个人的解放走向阶级的解放。

20世纪20年代开启的革命语境之中，青年话语与阶级话语出现了持续的复杂纠缠。二者相互合作，同时又相互竞争。青年话语的分析模式注重年龄的优先性，强调"世代"（The Generation）是历史学的最重要概念，甚至认为青年本身即是一个"阶级"；[1]尽管如此，阶级的视野仍然在20世纪之初的气氛之中占据了前台。自由恋爱曾经是个性解放的一个主题分支：一批觉悟的青年冲出家族编织的牢笼，积极主动地追求自己的人生伴侣。传统文化从未允许爱情成为私人事务。婚姻是家庭组织与家族繁衍的形式保证，个人的爱情权利可能对家族权威构成巨大的威胁与挑战。"父母之命，媒妁之言"与自由恋爱之间的激烈冲突是家族与个人的对抗，"父与子"两代人的战争代表了两种势力的角逐。古往今来，文学曾经从各个方位接近爱情主题。五四新文化运动带动的新型气氛之中，许多作家意识到另一种观念的临近。尽管如此，文学的突围屡屡受挫。周作人对于"《玉梨魂》派的鸳鸯胡蝶体，《聊斋》派的某生者体"嗤之以鼻。[2]如果说，《聊斋志异》那些赶考书生的"洞房花烛夜"很大程度依赖于"金榜题名"的功名，那么，《玉

---

[1] 参见[英]格雷厄姆·默多克、罗宾·迈克农:《阶级意识与世代意识》，[英]约翰·克拉克、斯图亚特·霍尔、托尼·杰斐逊等:《亚文化群体、文化群和阶级》，均见《通过仪式抵抗：战后英国的青年亚文化》，[英]斯图亚特·霍尔、托尼·杰斐逊编，孟登迎、胡疆锋、王蕙译，中国青年出版社2015年版，第328、85页。

[2] 参见周作人:《日本近三十年小说之发达》，《新青年》1918年7月第5卷第1号。

第十章 青年、代际及其美学破裂

梨魂》的主人公仍然缺乏冲破封建礼教的勇气。巴金的《家》似乎流露出希望：鸣凤之死终于唤醒了觉民、觉慧兄弟——他们终于意识到"我是青年"，并且决心以青年的身份争取自己的幸福，然而，鲁迅的《伤逝》早就残酷地证明，单纯的青年身份无济于事。《伤逝》的子君曾经以相似的句式声称"我是我自己的"，可是，即使逃离传统文化的监控，在爱的名义之下组建自己的家庭，经济与文化的双重压力仍然迅速摧毁了可怜的两人世界，"子君"不得不自动返回父亲的威权之下。郁达夫《沉沦》宽容地允许主人公栖身海外，性的苦闷并未因为无拘无束的社会环境而得到解除。许多人指出《沉沦》的结尾生硬牵强：主人公没有理由轻率地将性的失败归咎于国家的积贫积弱。尽管如此，这种观点获得了普遍的认可：自由恋爱并非仅仅取决于两情相悦，相宜的社会文化条件才能保证自由恋爱修成正果。不久之后，"革命＋恋爱"的小说风行一时。也许，这个笨拙的文学公式表明了一个愈来愈明显的规律：只有摧枯拉朽的"革命"才能为自由恋爱提供恰当的意识形态；反之，置身于因循守旧的文化环境，任何自由精神——无论是恋爱还是别的什么——都将迅速夭折。换言之，作为个性解放的一个剧目，自由恋爱必须纳入这个时期的历史剧本：阶级政治形成的社会革命。这种历史剧本试图在社会结构的意义上解决问题，而不是依赖启蒙意义上的个性解放。

放弃青年/老人的二元对立而代之以阶级对立的观念，文学史津津乐道的著名例子是鲁迅的思想转变——从进化论转向了阶级论。涉及这个话题的时候，鲁迅《三闲集·序言》之中的几句话得到了反复的引证："我一向是相信进化论的，总以为将来必胜于过去，青年必胜于老人，对于青年，我敬重之不暇，往往给我十刀,我只还他一箭。然而后来我明白我倒是错了。这并非唯物史观的理论或革命文艺的作品蛊惑我的,我在广东,就目睹了同是青年,而分成两大阵营,或则投书告密,或则助官捕人的事实!我的思路因此轰毁,后来便时常用了怀疑的眼光去看青年,不再无条件的敬畏了。"[1]摒弃进化论带来的理论转折是,"青年"一词丧失了启蒙主义的神奇光环,"少年强则国强"这种隐喻结构急剧衰退,"阶级"作为新兴的术语挟带另一套术语大规模进驻理论领域。

迈克尔·布雷克指出了青年考察隐含的两种倾向:"代际分析和结构分析。第一种分析关注的是代与代之间价值观的延续或中断,而第二种分析关注的则是青年与社会阶级、生产方式以及随之而来的社会关系这三者之间的关系。"[2]进化论显然强调老人与青年的差异以及代际递进,并且突出青年构成了跨越历史的主要进步元素。鲁迅如何摆脱进化论的成见从而转向了阶级观念?瞿秋白的阐释举足轻重。撰写《鲁迅杂感选集》序言的时候,他力图清晰地描述鲁迅思想的两个不同阶段。瞿秋白认为:"鲁迅在五四前的思想,进化论和个性主义还是他的基本。他热烈的希望着青年,他勇猛的袭击着宗法社会的僵尸统治,要求个性的解放。"瞿秋白并未否认,鲁迅的尼采主义、个性主义属于"一般的智识分子的资产阶级性的幻想"。然而,由于"城市的工人阶级还没有成为巨大的自觉的政治力量,……这种发展个性,思想自由,打破传统的呼声,客观上在当时还有相当的革命意义"。20世纪20年代中后期,新文化内部出现了分裂:"一方面是工农民众的阵营,别方

---

[1] 鲁迅:《三闲集·序言》,见《鲁迅全集》第四卷,人民文学出版社2005年版,第5页。
[2] [加]迈克尔·布雷克:《青年文化比较:青年文化社会学及美国、英国和加拿大的青年亚文化》,孟登迎、宓瑞新译,中国青年出版社2017年版,第30—31页。

第十章 青年、代际及其美学破裂

面是依附封建残余的资产阶级。"这时，鲁迅"更清楚的见到那种封建式的阶级对抗之外，正在发展着资本和劳动的对抗"。瞿秋白做出的一个重要判断是："正是这期间鲁迅的思想反映着一般被蹂躏被侮辱被欺骗的人们的彷徨和愤激，他才从进化论最终的走到了阶级论，从进取的争求解放的个性主义进到了战斗的改造世界的集体主义。"最清醒的现实主义、"韧"的战斗、反自由主义和反虚伪的精神是鲁迅作为"绅士阶级的逆子贰臣"战斗精神的基本特征。[1]

在许多人看来，鲁迅的转变象征一代知识分子的认识转型。

三

尽管瞿秋白勾勒了鲁迅的思想肖像，再现一个阶级论者自我完成的演变路线，但是，鲁迅从这一幅理论图景领取的阶级身份是"小资产阶级"。认识转型的完成并非证明，认识主体理所当然地晋升为最为先进的阶级——无产阶级。尽管知识分子加青年是革命之中一个醒目的方阵，但是，鲁迅与他所谈论的青年均以小资产阶级的身份从事种种活动。这是一个意义深远的历史定位。"只有同着新兴的社会主义的先进阶级的前进"，这些小资产阶级知识分子才能实现反对剥削制度的理想，从而达到真正的"个性解放"。[2]显而易见，瞿秋白所说的"先进阶级"指的是工农大众和

---

[1] 何凝（瞿秋白）：《〈鲁迅杂感选集〉序言》，见《鲁迅杂感选集》，鲁迅著，瞿秋白编，贵州教育出版社2001年版，第104—116页。

[2] 何凝（瞿秋白）：《〈鲁迅杂感选集〉序言》，见《鲁迅杂感选集》，鲁迅著，瞿秋白编，贵州教育出版社2001年版，第112页。

无产阶级。从青年／老人的进化论预设转入阶级视野，"青年"这个概念必须纳入阶级图谱搜索坐标，重新定位，并且与各种阶级关系——例如，资产阶级、小资产阶级、无产阶级之间各种形式的合作与斗争——彼此协调、磨合。如何设想新的政治图景？毛泽东的《中国革命和中国共产党》一文不仅阐述了诸多社会群体的政治位置，并且对于"知识分子""青年""民众"这些社会身份的阶级标识进行了明确的理论阐述。毛泽东肯定小资产阶级是"革命的动力之一"，是无产阶级的同盟者，同时必须在无产阶级的领导之下获得自身的解放。因此，知识分子、青年与民众的结合亦即小资产阶级投身于无产阶级阵营：

> 知识分子和青年学生并不是一个阶级或阶层。但是从他们的家庭出身看，从他们的生活条件看，从他们的政治立场看，现代中国知识分子和青年学生的多数是可以归入小资产阶级范畴的。数十年来，中国已出现了一个很大的知识分子群和青年学生群。在这一群人中间，除去一部分接近帝国主义和大资产阶级并为其服务而反对民众的知识分子外，一般地是受帝国主义、封建主义和大资产阶级的压迫，遭受着失业和失学的威胁。因此，他们有很大的革命性。他们或多或少地有了资本主义的科学知识，富于政治感觉，他们在现阶段的中国革命中常常起着先锋的和桥梁的作用。辛亥革命前的留学生运动，一九一九年的五四运动，一九二五年的五卅运动，一九三五年的一二九运动，就是显明的例证。尤其是广大的比较贫苦的知识分子，能够和工农一道，参加和拥护革命。马克思列宁主义思想在中国的广大的传播和接受，首

先也是在知识分子和青年学生中。革命力量的组织和革命事业的建设，离开革命的知识分子的参加，是不能成功的。[1]

这是一份权威的政治鉴定。但是，后续的各种理论表述之中，知识分子与青年的特征评价很快与小资产阶级概念缠绕在一起。许多时候，种种"小资产阶级习气"被视为难以去除的文化顽症，许多革命的中坚分子仍然不知不觉地染上这种瘟疫。例如，瞿秋白不仅高度肯定鲁迅阶级意识的形成，同时一度担任无产阶级革命的领袖，然而，他在临终之前写下的《多余的话》之中坦然承认，自己仍然是一个不可救药的小资产阶级知识分子：

> 因为"历史的误会"，我十五年来勉强做着政治工作。——正因为勉强，所以也永久做不好，手里做着这个，心里想着那（原文作"里"）个，在当时是形格势禁，没有余暇和可能说一说我自己的心思，而且时刻得扮演一定的角色。现在我已经完全被解除了武装，被拉出了队伍，只剩得我自己了，心上有不能自已的冲动和需要。说一说内心的话，彻底暴露内心的真相，布尔塞维克所讨厌的小布尔乔亚智识者的"自我分析"的脾气，不能够不发作了。[2]

《多余的话》中，瞿秋白的自我分析几乎涉及小资产阶级知识分子的一切基本特征：热衷于文艺，文人式的感伤、软弱、动摇不定，一知半解的政治兴趣，"中国式的士大夫意识，以及后来蜕

---

[1] 毛泽东：《中国革命和中国共产党》，见《毛泽东选集》第二卷，人民出版社1991年版，第641页。
[2] 瞿秋白：《多余的话》，人民文学出版社1973年版，第1—2页。

变出来的小资产阶级或者市侩式的意识""没落的中国绅士阶级意识""寄生虫式的隐士思想",如此等等。[1]此外,多病衰弱的身体很大程度地磨损了他的革命意志。总之,小资产阶级病毒可能潜入革命肌体内部的各个器官,产生巨大的破坏性。作为革命信念的坚定捍卫者,毛泽东时常对于小资产阶级进行严厉谴责。在他看来,只有沸腾的群众运动才能给这些污泥浊水消毒。脱离工农大众的小资产阶级知识分子往往不知不觉地滑向敌对阵营。因此,肯定了"知识分子"和"青年"的先锋意义之后,他的话锋一转:

> 但是,知识分子在其未和群众的革命斗争打成一片,在其未下决心为群众利益服务并与群众相结合的时候,往往带有主观主义和个人主义的倾向,他们的思想往往是空虚的,他们的行动往往是动摇的。因此,中国的广大的革命知识分子虽然有先锋的和桥梁的作用,但不是所有这些知识分子都能革命到底的。其中一部分,到了革命的紧急关头,就会脱离革命队伍,采取消极态度;其中少数人,就会变成革命的敌人。知识分子的这种缺点,只有在长期的群众斗争中才能克服。[2]

某个时期,当瞿秋白被作为"叛徒"加以讨伐的时候,这一段话被印在《讨瞿战报》的首页。[3]显而易见,这一段话隐含了对

---

[1] 瞿秋白:《多余的话》,人民文学出版社 1973 年版,第 11 页。

[2] 毛泽东:《中国革命和中国共产党》,见《毛泽东选集》第二卷,人民出版社 1991 年版,第 641—642 页。

[3] 参见沈巍:《〈多余的话〉与瞿秋白躯体的历史意象》,见《中国社会科学院近代史研究所青年学术论坛(2008 年卷)》,中国社会科学院近代史研究所编,社会科学文献出版社 2009 年版,第 321 页。

于小资产阶级政治前途的强烈担忧。我想指出进化论转向阶级论之后一个深刻的理论转换：青年话语逐渐黯淡，甚至隐没于阶级话语背后犹如某种残存的遗迹。文学批评亦然。通常的文学想象之中，知识分子、青年与小资产阶级仿佛是交会重叠的形象，三者彼此证明。对于杨沫的《青春之歌》来说，"青春"与成熟的转换绝非生物意义的年龄增长，而是小资产阶级知识分子如何成长为无产阶级革命战士。人们无法将"知识"的因素从小资产阶级形象之中剥离出去，同时，多数人熟悉的小资产阶级文学人物标准的年龄配备为青年。无论是革命激情、冒险风格、公平的追求、正义感还是天真、幼稚、感伤、软弱与动摇，这些特征均为三者共享。当然，理论的转换完成之后，青年话语与阶级话语存在某些微妙的分量差异："青年"语境之中的冒险、盲动、狂热、幼稚通常比"小资产阶级"语境之中的贬义缓和一些。

20世纪50年代之后，阶级图景发生了巨大的改变。大规模血与火的阶级冲突停止了，无产阶级掌握了政权。有趣的是，人们仍然可以看到，许多知识分子的表现与他们的前辈如出一辙。如果说，青年不再面临"失业和失学的威胁"，那么，如何阐述他们的革命激情？所谓的"青春"活力与"小资产阶级作风"形成镜像关系之后，悲剧出现了。

四

王蒙《组织部来了个年轻人》构成了文学史的一个著名事件。小说发表之后引起的激烈争论、毛泽东的介入以及出人意料的评价、王蒙长达二十年的政治厄运，这些情节可以在各种版本的文学史著作中找到详略不等的描述和分析。我重提这一篇小说的意图是阐明一个相对独特的观点：如果说，青年话语是王蒙写作《组织部来了个年轻人》设定的语境，那么，当解读这一篇小说的语境转入阶级话语之后，王蒙已经无法绕开可怕的理论陷阱。

正如王蒙的《青春万岁》迷醉于"青春"主题，《组织部来了个年轻人》的中心词仍然是"年轻人"——当时，"年轻人"是王蒙心目中真正的主人公。林震与刘世吾的冲突是青年与老人两种精神状态的矛盾——虽然刘世吾的生理年龄处于中年范畴，但是，他的内心早已老气横秋。林震精力旺盛，对于工作和生活充满了好奇、憧憬和执拗的追求，刘世吾对于各种不良现象见惯不惊，若无其事，得过且过，无所作为——官僚主义毋宁是这种暮气与不思进取的表征。多年以后，王蒙曾经不无遗憾地提道："我对于小说中两个年轻人走向生活、走向社会、走向机关工作以后心灵的变化，他们的幻想、追求、真诚、失望、苦恼和自责的描写，远远超过了对于官僚主义的揭露和解剖。"[1]尽管如此，当时社会文化气氛中，这一篇小说对于官僚主义的批判才是点燃社会情绪的导火索。

新兴的革命政权体系存在官僚主义吗？疑问很快出现，批评家对于《组织部来了个年轻人》的"真实性"表示异议。李希凡1957年2月9日在《文汇报》发表的评论文章引人瞩目。他的质问是，革命政党的组织之中怎么可能"都是大大小小的官僚主义者"？而且，这种状况的改变只能依靠"一个匹马单枪的'青年英雄战士'的闯入，才能和这个官僚集体进行奋战"吗？这时，阶级话语扑灭了王蒙心目中的青春主题，青年的过剩激情在阶级谱系的解读之中显示出危险的内涵。李希凡提出的结论是：这种文学构思毋

---

[1] 王蒙：《〈冬雨〉后记》，《读书》1980年第7期。

宁说表现了"小资产阶级的狂热的偏激和梦想","按照小资产阶级知识分子的面貌来改造党,改造世界"[1]。某种程度上,这个结论并非臆断——青年的特征与小资产阶级特征高度相似,只不过政治评价体系已经发生了重大改变:革命政权建立之后,小资产阶级的革命性质愈来愈微弱,"右翼"意味愈来愈明显,与危险的资产阶级阵营仅仅一步之遥了。这个意义上,王蒙的"右派"桂冠乃是这种话语转换的必然产物。

也许,毛泽东对于《组织部来了个年轻人》的肯定与官僚主义是否存在的评估有关——20世纪60年代,他甚至试图以远为激烈的革命形式铲除官僚主义体系。尽管如此,恢复青年话语抵抗官僚主义的主题已经到了80年代。放弃"走资本主义道路当权派"的称谓,放弃阶级话语形成的政治论述框架,这是恢复的前提。柯云路的《新星》与蒋子龙的《赤橙黄绿青蓝紫》均在80年代名噪一时。《新星》中的李向南是一个雄心勃勃的年轻政治家,他闯入一个传统势力盘根错节的县城,以县委书记的身份向当地权贵形成的官僚集团发起了挑战;《赤橙黄绿青蓝紫》中的刘思佳是一个桀骜不驯的工人,他的活动范围是一个逐渐陷入困境的钢厂。由于另一个年轻人解净的激励,他从自发的扶危济困转向新型的企业管理,并且大胆地向那些按部就班同时又碌碌无为的领导层发出了挑战。他们之间的身份存在很大差距,但是,青春激情构成了深刻的共性。思想新颖,活力,敢作敢为,激情与冲动,总之,青年话语又回来了。

当然,这时的青年话语拥有远为复杂的内容。青年对阶级话

---

[1] 李希凡:《评〈组织部新来的青年人〉》,《文汇报》1957年2月9日。王蒙《组织部新来的青年人》后更名为《组织部来了个年轻人》。

语的许多命题深感怀疑，同时又无法重建一个公认的价值体系。尽管如此，他们从未完全停止自己的思想探索，即使大部分时间只能跋涉在文化荒漠。"黑夜给了我黑色的眼睛，我却用它去寻找光明"，诗人曾经激愤地喊出"我——不——相——信！"那个年代的某些作品显示，青年的思想探索分别进入了哲学、宗教，还有讳莫如深的爱情，例如靳凡的《公开的情书》，或者礼平的《晚霞消失的时候》。[1] 由于贫瘠的知识储备，这些思想探索仅仅游弋于狭窄的领域，然而，他们的兴趣不是引经据典的学术，而是力图解释身边的生活——生活的锤炼很大程度地滤掉了他们身上幼稚的书生意气。李向南大刀阔斧的改革显现了娴熟的政治手腕；刘思佳那种草莽英雄的感召力溯源于当时的社会氛围：大量塑料语言堆砌的官样文章丧失了人们的信任，那些一本正经的口号甚至不如一个耀眼性格更富魅力。解净的身份与《组织部来了个年轻人》之中的林震一脉相承，但是，她不再复述《拖拉机站站长和总农艺师》的警句，而是混迹于众多底层司机之间，从抽烟、喝酒、骂娘开始，从而与他们息息相通。青年共同体的维持依赖多种复杂元素：真诚，知识，经济利益，能力与才干，包括某些江湖习气，例如慷慨与义气，乃至漂亮的服饰装扮。毋庸讳言，性吸引是青年共同体内部的特殊能量，尽管这种能量有时与集体主义动员形式背道而驰。相对地，阶级话语沿用的那些范畴——例如工人阶级、觉悟、阶级感情、阶级出身等——基本丧失了效力。

青年话语与阶级话语的纠缠造就了另一个领域的舆论波动——知识青年是这个领域的主人公。许多人对于毛泽东的这几

---

[1] 另一些批评家注意到了20世纪80年代初期的"潘晓讨论"，参见杨庆祥：《"潘晓讨论"：社会问题与文学叙事——兼及"文学"与"社会"的历史性勾连》，《南方文坛》2011年第1期。

句话耳熟能详:"世界是你们的,也是我们的,但是归根结底是你们的。你们青年人朝气蓬勃,正在兴旺时期,好像早晨八九点钟的太阳,希望寄托在你们身上。"[1]毛泽东心目中的青年负有阶级的使命——无产阶级革命事业接班人的使命。20世纪60年代后期,毛泽东号召知识青年奔赴乡村定居,这是阻断小资产阶级成员再生产的一个重大措施。贫下中农的再教育有助于将知识青年从小资产阶级知识体系的控制之下抢夺回来。"下乡"与"回乡"两种身份的知识青年大约三千万人参与了这一场社会运动。

考察当年的文学回应可以再度发现阶级话语与青年话语产生的复杂交替。20世纪六七十年代的文化环境之中,相当一部分文学作品并未正式发表而仅仅流传于知识青年内部。如果说,小说再现的日常细节无法绕开当时严厉的文化禁忌,抒情诗语言的跳跃节奏似乎更易于流行。70年代初期,长诗《决裂·前进》和《生活三部曲》以传抄的方式风行一时。《决裂·前进》的诗句展开了一个对话结构:一个归来的知识青年与老友围绕"扎根"乡村分别陈述各自的青春理想。很大程度上,两种人生规划隐喻了无产阶级与资产阶级截然不同的生活观念:"扎根"乡村的意义是"永远革命","彻底埋葬旧世界";逃避乡村的城市生活是充当一个寄生虫,醉生梦死,及时行乐。两种相持不下的结论必将导致两个人的最终"决裂"。人生的意义以及各种励志观点是青年话语的传统剧目,只不过这一切必须由阶级话语重组。《生活三部曲》保持了相似的高亢风格,但是,豪迈诗句的间隙开始流露忧伤、凄凉和迷惘的情调,阶级的壮丽图景之中悄悄地潜入某种个人的心绪,

---

[1] 毛泽东:《在莫斯科大学会见中国留学生时的讲话》,见《建国以来毛泽东文稿》第六册,中央文献出版社1992年版,第650页。

例如惜别、伤感、乡愁、孤独、茫然，如此等等。这些症候可以视为青春期的波动，也可以视为小资产阶级文化的隐蔽回潮。这种状况表明，知识青年并未从内心真正与乡村融为一体。至少在当时，所谓的"再教育"仅仅是繁重的农活，"扎根"的豪情并未彻底淹没一个忧愁的灵魂。

20世纪二三十年代的文学对于那些初涉革命的小资产阶级知识分子给予某种优待——他们的动摇、幻灭、伤感乃至怯懦与自私无不获得宽容的谅解。然而，六七十年代的文学不再纵容小资产阶级感情泛滥。如果文学脱离了阶级话语设定的标准，作家将遭受阶级话语的诅咒和追究。一首所谓的"知青之歌"竟然将下乡插队形容为"在偏僻的异乡""沉重地修理地球"，作者迅速被逮捕，几乎处以极刑。[1]文学与知识青年的结合不得游离"扎根"主题，青春话语对于阶级话语的干扰罪不容赦。当然，这种惩罚只能维持噤若寒蝉的表象。70年代期间，流传于知识青年之间的各种"地下文学"多半是青春话语的变种。由于前途迷茫，消沉的感伤暗流涌动。事实上，80年代之后的"知青文学"方才开始从内心接受和认可农民。这时，多数知识青年已经返回城市定居，内心的接受和认可更像当年插队经验的精神反刍。

阶级话语盛极一时之际，青年话语的种种描述几乎完全泯灭。压抑的解除已经是20世纪80年代的事情。然而，青年话语的恢复并非肃清阶级话语。事实上，纵向的代际关系与横向的阶级关系以各种比例会合，构成各种复杂的、富有弹性的分析模式。

---

[1] 参见杨健：《1966—1976的地下文学》第七章"知青文学"与第五章"'知青歌曲'的泛滥"，中共党史出版社2013年版。

第十章　青年、代际及其美学破裂

五

从《青春万岁》《组织部来了个年轻人》的纯真抒情到《说客盈门》《冬天的话题》《莫须有事件》《风息浪止》《名医梁有志传奇》《一嚏千娇》的尖刻反讽，王蒙的语言风格发生了巨变。个人智慧和杰出的语言天赋之外，历经沧桑积累的各种经验同时是这种语言风格的注释。作为美学意识的一个重要症候，反讽修辞的大面积涌现喻示了20世纪80年代文学的一个重大转折。解放的欢欣仅仅短暂地制造出明亮和乐观，反讽的漫延隐含了瘆人的凉意。言在此而意在彼，二者之间相互颠覆。赞颂或者恭维背后令人尴尬的潜台词尖利地一蜇，反讽是一种冷嘲。相对于据理力争乃至愤慨、抗议，反讽的表面温度业已消退。对手如此强大以至于无法争辩，或者，对手如此愚蠢以至于不屑争辩，反讽不知不觉地开始现身。然而，当刘索拉、徐星、王朔、王小波、李洱这些作家的名字积聚在反讽美学之下的时候，人们还是不得不考虑一个意味深长的问题：为什么不再迷恋青春期的纯真抒情而投向了反讽——尽管他们并没有王蒙式的遭遇？

"上以风化下，下以风刺上，主文而谲谏，言之者无罪，闻之者足以戒，故曰风。"[1]——风者，讽也。但是，由于传统的"诗教"，古典诗词之中的"讽"相对温和，只有少数文人敢于肆无忌惮地放浪形骸，出言不逊，例如竹林七贤。对于大部分古代士大夫来说，效忠朝廷的基本观念决定了内心深处的热忱。相对地，反讽可以更多地追溯至现代主义文化。垮掉的一代，嬉皮士，黑色幽默，波希米亚，塞林格的《麦田里的守望者》，亨利·米勒的《南回归

---

[1]《毛诗正义》，见《十三经注疏》(上册)，[清] 阮元校刻，中华书局1980年版，第271页。

线》和《北回归线》，如此等等。现代主义的反讽显然包含了不驯的叛逆，但是，这种叛逆曾经被形容为"小资产阶级"的狂乱。[1]的确，人们无法从中发现无产阶级的意志和雄心，霍尔等人分析了这种叛逆内部青年话语与阶级话语的复杂混合：

> 中产阶级反主流文化率先对他们自身所属的统治性的"父辈"文化提出了异议。他们的这种脱离主要是在意识形态和文化上的脱离。他们将自己的攻击目标主要指向那些再生产支配性文化——意识形态关系的机制——家庭、教育、媒体、婚姻和性别分工等。这些机制就是制造"依附"、内化思想认同的机器。[2]

20世纪80年代中期，刘索拉《你别无选择》的问世形成了一阵奇异的文学冲击，许多人察觉到小说之中的特殊气息。仓促之间，批评家笼统地将这种冲击形容为"现代主义"的真正登陆。不久之后，徐星的《无主题变奏》再度加盟，反讽的美学意识逐渐明朗。反讽的阴冷显示出拒人千里的表情，一系列传统价值观念遭到了无声的瓦解。如果说，刘索拉与徐星很快退隐，那么，后续登场的王小波再度显示出对于反讽的神往。从"时代三部曲"到《思维的乐趣》《沉默的大多数》，王小波的反讽得心应手。他不再重复"伤痕文学"式的感伤和倾诉衷肠而热衷于冷嘲的姿态。王

---

[1] 参见茅盾：《夜读偶记》，见《茅盾评论文集》（下），人民文学出版社1978年版，第50—62页。
[2] ［英］约翰·克拉克、斯图亚特·霍尔、托尼·杰斐逊等：《亚文化群体、文化群和阶级》，见《通过仪式抵抗：战后英国的青年亚文化》，［英］斯图亚特·霍尔、托尼·杰斐逊编，孟登迎、胡疆锋、王蕙译，中国青年出版社2015年版，第152页。

第十章　青年、代际及其美学破裂

小波兴高采烈地叙述主人公"王二"如何在20世纪60年代压抑的气氛之中制造性狂欢,这种故事的怪异性质业已流露出强烈的反讽意味。当然,即使刘索拉、徐星、王小波的主人公包括了底层的厨师、工人,他们的反讽也带有明显的知识分子趣味。相对地,王朔将反讽的抛洒范围扩大到普通大众。他擅长的是调集"京味"的语言制造反讽修辞。按照王蒙的概括,王朔制造反讽的语言策略是"躲避崇高"——他的叙述出其不意地抽掉"崇高"的立足基座使之头重脚轻。无论是《一半是火焰,一半是海水》《顽主》《玩的就是心跳》《千万别把我当人》,还是电影《甲方乙方》、电视剧《编辑部的故事》,王朔时常制造大字眼、大口号与日常语境之间的不协调,二者的古怪搭配诱使那些一本正经的语义滑稽地扑空。这种尖利的谐趣形成了反讽:

> 没活你不忙,有活你就马上开始忙。你怎么变得这么好吃懒做,我记得你也是苦出身,小时候讨饭让地主的狗咬过,好久没掀裤腿让别人看了吧!
> ——《顽主》

> 同志们呐,这是灵与肉的奉献呵!如果通过我们努力,能使全国人民人人充满尊严、充满骄傲,那么即使我们受到万人唾骂、千夫所指、成为不齿于人类的狗屎堆,也是值得的,也可以笑慰平生。
> ——《你不是一个俗人》[1]

---

[1] 王朔:《顽主》《你不是一个俗人》,见《顽主》,天津人民出版社2007年版,第61、177页。

这些反讽的锋芒无不指向了虚伪。打击虚伪几乎是青年话语的周期性主题。某些伦理道德与社会制度进入僵化与衰朽状态的时候,虚伪通常成为重要特征。众多卫道士装腔作势地谴责了众人的堕落之后,后续的故事往往是隐在幕后从事自己反对的勾当。因此,青年的反抗时常从揭露卫道士的虚伪开始。如果说,王蒙或者王小波、王朔的反讽围绕的是革命名义之下的"伪崇高",那么,另一批小说的反讽开始向日常现实的纵深延伸。从洪峰的《瀚海》与《奔丧》、李洱的《寻物启事》与《午后的诗学》、陈建功的《鬈毛》到格非的《欲望的旗帜》,导师与父亲集中地充当了反讽的对象。虚伪的权威在反讽的嘲弄之下几乎体无完肤。

反讽的风格如此犀利,以至于这种修辞迅速地成为一个特殊的语言部落。然而,当反讽从青年话语转入阶级话语之后,人们感到了意外的贫乏。虚伪的揭露并非虚伪土壤的铲除,反讽止于讥刺而缺乏持续的批判。许多时候,谴责虚伪的仅仅是常识和快感,反讽的尖利多半依赖某种个人的生存姿态:不甘平庸,正直与豪爽,波希米亚气质,蔑视世俗的成功标准,复述"年轻时不是左派没良心,年老时还是左派没脑子",另一些叛逆迅速地滑向"反社会",例如逃离家庭,放纵性与毒品,如此等等。反讽不惮将矛头对准叙述主体,自我挖苦——叙述主体并不愿意承担正面价值的化身。反讽可能让父辈颜面尽失,但是,反讽者不愿意也无法提供继任的导师和父亲。哲学意义上的反讽指向了形而上学,指向了固定的成规,并且不断地提出另一种观察世界的视角,然而,单纯的反讽修辞仅仅在遣词造句之间显露语言的利刃而无法实现更为激进的意图。换言之,反讽修辞的狭窄视域无法承担改善社会图景的义务;语言的攻击快感消散之后,迷惘的内心无法与改造社会、历史、世界的观念相遇：

> 如果人们不愿意表露出过于强烈的攻击性，那么，反讽是一个适中的形式。反讽首先意味着疏离和不合作。挣脱了历史气氛的迷惑之后，反讽时刻找得到撬开这个世界的裂缝。这个世界不再迷人，不再发出强大的召唤。进入后抒情时代，反讽表示的是一批过来人的失意。遥远的苍穹不再传来激动人心的神谕，世间已经看不见令人景仰的巨人，总之，这个世界再也没有什么可以让人纵声歌唱。后现代主义气息四处弥漫，皈依或者忠诚变得如此陌生。怎样都行，一切都无所谓，又有什么必要洒出一腔热血英勇献身？[1]

反讽显示的独异生存姿态显示了小资产阶级文化的渊源，人们至少可以从冷嘲热讽背后发现一个异于芸芸众生的主体。尽管如此，反讽的犀利锋芒并未在青年话语内部持续扩张，相反，真正的故事开始向另一个方向发展。这时，那种躁动的、激情的、不无天真的小资产阶级形象开始转向四平八稳的中产阶级。

六

20世纪80年代，一批后来被冠名为"新写实主义"的小说引起了大范围的关注，例如池莉的《烦恼人生》《不谈爱情》《冷也好热也好活着就好》，或者刘震云的《一地鸡毛》《单位》。许多批评家认为，这些小说不加掩饰地展示了日常现实的粗粝、琐

---

[1] 南帆：《无名的能量》，人民文学出版社2012年版，第348页。

碎、无聊，的确"一地鸡毛"。当"现实主义"被解释为高大的英雄从容地驾驭历史时，这些小人物的家长里短获得了"新写实主义"之称。如果说，80年代同台竞技的"先锋文学"与"寻根文学"无不显现出某种高蹈的文化追求，那么，"新写实主义"令人唏嘘的主题是，物质生活的强大压力与小人物的无奈。当时或许没有多少人料到，财富、市场、消费形成的意识形态在文学内部持续膨胀，直至开始深刻地修正青年话语。

对于文学来说，反讽的转向是一个意味深长的动向。不长的时间里，反讽的阴冷迅速地被兴致勃勃的"无厘头"所替代——据说周星驰是这种修辞的创始人。相对于反讽，"无厘头"的哄堂大笑很大程度地与社会现实脱钩了。周星驰的鬼脸与夸张的戏谑仅仅是单纯的逗乐，一种轻松的、缺乏内涵的喜剧开始广泛流行。哈哈一笑的娱乐或者放松被视为不可或缺的精神保健操。社会历史的不公、失衡以及满腔热忱的改造逐渐收缩为一个遥远的话题，娱乐消除精神紧张有助于再造一个稳定的主体维持既有的秩序。如同电子游戏、明星八卦或者各种花边趣闻，喜剧——乃至文学整体——不就是召唤快乐与忘却烦恼吗？这种观点在青年话语之中如此盛行，以至于"寓教于乐"几乎成为一个迂腐的教条。我曾经在分析《大话西游》时指出：

《大话西游》的叙述主体、故事的主人公以及观众已经融为一体。周星驰跳出来卖力地耍了个把戏，周围笑成一片，这时不存在高下贵贱之分。人们用笑声解读主人公的辛酸和尴尬，同时表示多方面的相互认同。换言之，这种笑声制造的是共同体的气氛，讽喻或者批判收敛了锋芒。隐没在黑暗的电影院里，放声大笑，陶然忘机，这时，社会结构或者意识形态、善或者恶、"左"翼或者"右"翼——诸如此类描述历史状况的概念均被暂时屏蔽。[1]

显然，这种喜剧仅仅是浮动于生活边缘的文化泡沫，不再如同传统文学那般内在地嵌入社会历史，试图改变什么、批判什么或者倡导什么。内在地嵌入社会历史的仅仅是财富，即使作家也这么认为，例如郭敬明。尽管许多批评家对郭敬明不屑一顾，但是，这个作家的小说发行量雄辩地证明了他的号召力。郭敬明众多拥戴者的年龄表明，他的文学表述在青年话语内部占有特殊的份额——据说，对于郭敬明剽窃行为的斥责仍然无法动摇"粉丝"们铁一般的崇拜。郭敬明说了些什么？这是《小时代》的开始：

> 翻开最新一期的《人物与时代》，封面的选题是《上海与香港，谁是未来的经济中心》——是的，北京早就被甩出去八条街的距离了，更不用提经济疯狂衰败的台北。……
>
> 每一天都有无数的人涌入这个飞快旋转的城市——带着他们宏伟的蓝图，以及肥皂泡般五彩斑斓的白日梦想；每一天，也有无数的人离开这个锋利而冷漠的石头森林——摩天大楼之间，残留着他们的眼泪。
>
> 拎着 Marc Jacobs 包包的年轻白领从地铁站嘈杂的人群里用力地挤出来，踩着十厘米的高跟鞋飞快地冲上台阶，她们捂着鼻子从衣衫褴褛的乞丐身边翻着白眼跑过去。
>
> 写字楼的走廊里，坐着排成长队的面试人群，每隔十分钟

---

[1] 南帆：《五种形象》，复旦大学出版社 2007 年版，第 111 页。

摇摆的叛逆

就会有一个年轻人从房间里出来，把手上的简历扔进垃圾桶。

星巴克里无数的东方面孔匆忙地拿起外带的咖啡袋子推开玻璃门扬长而去。一些人一边讲着电话，一边从纸袋里拿出咖啡匆忙喝掉；而另一些人小心地拎着袋子，坐上在路边等待的黑色轿车，赶往老板的办公室。与之相对的是坐在里面的悠闲的西方面孔，眯着眼睛看着 *Shanghai Daily*，或者拿着手机高声谈笑着。[1]

这是郭敬明描述的时代肖像。许多作家不惮使用"时代"一词作为作品的标题，例如《启蒙时代》《黄金时代》。郭敬明赋予上述时代肖像的定语是"小"，这显示了他对于这个时代的想象方式。《小时代》围绕林萧、顾里、南湘、唐宛如四个年轻的女性展开了一系列眼花缭乱的恋爱。她们分别与各自的恋爱对象编织成一张复杂的关系网络，情愫暗生与移情别恋抛出了一个又一个小悬念。尽管如此，这张关系网络并未持续扩张，继而延展到各个层面的社会纵深；各种卿卿我我犹如若干年轻人自行组织的穿梭游戏，直到一场突如其来的火灾销毁了一切。或许，与社会历史脱钩的爱情循环即是"小时代"的含义之一。郭敬明竭力为他的主人公营造一个塞满名牌商品的上海：包、服饰、化妆品、香水、手机以及各种日常用品，这些 logo 仿佛是步入上流社会的标志。郭敬明的 logo 癖好遭到许多批评家的尖刻嘲笑。按照精神分析学的观点，这种癖好或许恰恰是某种匮乏的想象性补偿。也许，文学始终包含了想象性补偿的成分。我所关注的是，《小时代》构思出来的想象性补偿不仅远离陈独秀、鲁迅、茅盾，同时与王蒙乃

---

[1] 郭敬明：《小时代 1.0 折纸时代》（修订本），长江文艺出版社 2013 年版，第 10—11 页。

至刘索拉、徐星、王小波形同陌路。

当然，郭敬明的名牌与上流社会仅仅是某种"白日梦"，许多人清晰地意识到这种"白日梦"的虚幻，例如杜拉拉。《杜拉拉升职记》由李可的同名小说分别改编为电视连续剧与电影，女主人公杜拉拉赢得了许多人的敬重。她凭借个人才能应聘进入外企，历经各种职场磨炼，终于志得意满，从一个普通的销售助理晋升经理。杜拉拉的栖身之地是一个与郭敬明的描述迥然相异的上海。她不得不节衣缩食，兢兢业业地为父亲的手术费和小户型的寓所积攒每一个铜板。杜拉拉的成功可以视为众多白领丽人的范本：勤勉、诚恳、忍辱负重、察言观色，精心平衡各个上司的势力，和悦地迎合所有的客户，小心翼翼地周旋于忌妒的同事之间，总之，规矩、经验与尽职尽责是杜拉拉循序渐进的主要原因。相对于那些激情洋溢的革命斗士或者玩世不恭的嬉皮士，一个标准版本的中产阶级形象顺利诞生。对于杜拉拉来说，小资产阶级文化的残留物只剩下喝咖啡、健身房锻炼与商业英语，叛逆的种子已经窒息。阉割这些年轻人个性的不仅是沉重的物质负担，同时包含关于物质的意识形态。杜拉拉显然接受了外企设置的文化秩序，她的理想是进入这种文化秩序谋求一席之地。可以想象，杜拉拉的愿景是更高的管理职位，更为丰厚的收入，一个体面的家庭，这些因素有助于杜拉拉有朝一日融洽地步入郭敬明所描述的上海。这个意义上，《杜拉拉升职记》与《小时代》属于同一个序列。当然，并不是所有的年轻人都能像杜拉拉一样成功，只不过失败逐渐与反抗丧失了联系——据说那些不得不跌出中产阶级阵营的年轻人形成了一个被称为"佛系青年"的部落，他们"风轻云淡"的人生姿态毋宁说显明了失意的无奈。

摇摆的叛逆

自从诞生之日开始,青年话语的一个重要主题即是拒绝平庸。续写青年话语的时候,阶级话语展开的宏大叙事是,小资产阶级必须投身工农大众缔造历史的阶级壮举,以真正的战士形象摆脱庸人与市侩习气。"回首往事,他不会因为虚度年华而悔恨,也不会因为碌碌无为而羞愧……"保尔·柯察金的名言终于获得了实现的正当形式。激情以及力比多正在年轻的躯体内部持续积累,但是,二者不再储存于"青春期叛逆"的条目之下,而是转换为社会革命的能量。这种宏大叙事包含了五四新文学以来一系列青年形象积累的历史期待。然而,反讽制造了一个美学破裂,另一条历史脉络愈来愈明显。杜拉拉的温顺形象代表了中产阶级的安分守己和循规蹈矩,按照亨利·列斐伏尔的评价,"消极"的中产阶级没有自己的形式、价值和文化创造。[1]对于列斐伏尔这种"左"翼思想家来说,中产阶级及其市场、商品、消费制造的文化空间很难赢得好感。中产阶级文化如何构思青年话语的另一章?这是一个待续的理论故事。

---

[1] 参见〔法〕亨利·列斐伏尔:《日常生活批判》第三卷《从现代性到现代主义》,叶齐茂、倪晓晖译,社会科学文献出版社2018年版,第669页。

第十一章　家族与家庭：观念的交织

一

1907年，鲁迅在《摩罗诗力说》中发出深沉的喟叹："今索诸中国，为精神界之战士者安在？有作至诚之声，致吾人于善美刚健者乎？有作温煦之声，援吾人出于荒寒者乎？"鲁迅心目中，"摩罗诗派"是这种战士的代表人物——"今则举一切诗人中，凡立意在反抗，指归在动作，而为世所不甚愉悦者悉入之"[1]。从拜伦、雪莱、普希金到密茨凯维奇、裴多菲，《摩罗诗力说》推荐和介绍了一批风格近似的欧洲诗人。他们曾经集合在浪漫主义的美学口号之下。"摩罗"为梵文的音译，意指佛教传说之中专事破坏的魔鬼。显然，鲁迅力图转借这个概念召唤摧枯拉朽的浪漫主义幽灵。

何谓浪漫主义？正如以赛亚·伯林在《浪漫主义的根源》中所抱怨的那样，"浪漫主义"是一个令人迷惑的概念："关于浪漫主义的著述要比浪漫主义文学本身庞大，而关于浪漫主义之界定

---

[1] 鲁迅：《摩罗诗力说》，见《鲁迅全集》第一卷，人民文学出版社2005年版，第102、68页。

的著述要比关于浪漫主义的著述更加庞大。这里存在着一个倒置的金字塔。浪漫主义是一个危险和混乱的领域,许多人身陷其中,迷失了,我不敢妄言他们迷失了自己的知觉,但至少可以说,他们迷失了自己的方向。"[1]这种状态从另一面证明,人们可以从不同的视角阐释浪漫主义的特征:哲学的、美学的、历史主义的,如此等等。尽管伯林倾向于描述浪漫主义的历史渊源,但是,他曾经提到,另一些人更乐于将浪漫主义形容为一种特殊的"精神状态"。[2]这种"精神状态"毋宁是鲁迅的期待——他期待浪漫主义精神以"狂飙突进"之势席卷寂静的旷野,带来惊世骇俗的剧烈震荡。

如果说,欧洲的浪漫主义呼啸地挣开了古典主义的枷锁,那么,鲁迅构思的"摩罗诗力"很大程度地指向了中国古典文化的传统气质:节制、内敛、保守、谨慎。许多时候,这些气质是儒家文化人格理想的投射。儒家文化称道的是彬彬有礼、谦恭忍让的君子形象。"仁"或者"礼"是儒家文化的基本目标,但是,儒家子弟必须以坚忍——而不是张狂——的姿态抵近这个目标,譬如"克己复礼"。"己"是一个蒙受贬义的概念,伟岸而醒目的自我并非儒家文化的赞许对象。儒家文化内部往往缺乏特立独行的人物,夸父那种不顾一切地追逐太阳的性格过于嚣张,牢骚满腹的屈原被后世儒生讥为"露才扬己"。[3]为人处世必须谨言慎行、兢兢业业,能言善辩、夸夸其谈是一种可疑的浮夸品质。"士不可

---

[1][英]以赛亚·伯林:《浪漫主义的根源》,吕梁、洪丽娟、孙易译,译林出版社2008年版,第9页。

[2]参见[英]以赛亚·伯林:《浪漫主义的根源》,吕梁、洪丽娟、孙易译,译林出版社2008年版,第13页。

[3]参见[汉]班固:《离骚序》,见《楚辞补注》,[宋]洪兴祖撰、白化文等点校,中华书局1983年版,第49页。

第十一章 家族与家庭:观念的交织

以不弘毅",儒家文化推崇"讷于言而敏于行",重要的是,"刚毅木讷,近仁"。判断与鉴定社会事务的时候,儒家子弟遵奉不偏不倚的中庸哲学,石破天惊的极端思想迹近异端——过犹不及。这种人格理想很快转换为"乐而不淫,哀而不伤"的美学观念,委婉雅致,欲说还休,最为标准的诗歌风格被定义为"思无邪",《毛诗序》强调"发乎情,止乎礼义"。所以,钱锺书认为:"在中国诗里算是'浪漫'的,和西洋诗相形之下,仍然是'古典'的;在中国诗里算是痛快的,比起西洋诗,仍然不失为含蓄的。"[1]鲁迅对于这种小心翼翼的姿态深为厌倦。他讥讽地说:"惟诗究不可灭尽,则又设范以囚之。如中国之诗,舜云言志;而后贤立说,乃云持人性情,三百之旨,无邪所蔽。夫既言志矣,何持之云?强以无邪,即非人志。许自繇于鞭策羁縻之下,殆此事乎?然厥后文章,乃果辗转不逾此界。"[2]鲁迅心目中,儒家文化的传统紧箍咒构成了人格的全面抑制。

相当长一个时期,儒家文化为中国古代社会占统治地位的意识形态,规约传统士大夫的言行举止,为人处世,指引他们接受朝廷的筛选,参与社会管理,从政为官。然而,正如许多人已经指出的那样,中国古代文化存在另一个源远流长的主题:超然与隐逸。相对于儒家文化的积极入世,超然与隐逸犹如以出世的精神安慰士大夫之中的失意者——由于各种原因,他们无法赢得朝廷权力体系的接纳与赞赏。抒发怀才不遇的无奈之后,许多士大夫开始转向另类的思想:他们陆续对老庄佛禅表现出特殊兴趣。这些思想派别内涵各异,它们的共同特征是逾越儒家文化覆盖的

---

[1] 钱锺书:《中国诗与中国画》,见《七缀集》,生活·读书·新知三联书店2002年版,第16—17页。
[2] 鲁迅:《摩罗诗力说》,见《鲁迅全集》第一卷,人民文学出版社2005年版,第70页。

范围，敞开另一种生活与另一种价值理念。某些时候，老庄佛禅可能托付于更具草根气息的"渔""樵"。"白发渔樵江渚上，惯看秋月春风。一壶浊酒喜相逢，古今多少事，都付笑谈中。"无论是春风秋月还是浊酒笑谈，无不暗示出对于朝廷权力体系的疏离乃至不屑。这显然包含了反抗的意向。然而，这是一种冷寂的叛逆。冷寂的叛逆只能以退隐江湖的方式独善其身，鲁迅渴望的是一种强大而炽烈的反抗：呐喊的主体既是独立的个人，同时会聚成一个倔强的群落——"摩罗诗力"隐喻了他们的内在激情。

鲁迅当然无法预料，开创现代浪漫主义文学的领衔人物竟然是他所不屑的郭沫若。从"脓血污秽着的屠场"、"悲哀充塞着的囚牢"、飞奔地狂叫着吞噬一切的"天狗"到"力的绘画，力的舞蹈，力的音乐，力的诗歌，力的律吕"，[1]郭沫若的《女神》完整地显现了"摩罗诗力"的诸多特征。高声地诅咒污秽的宇宙，歌颂冲决陈规陋习的伟力，推出一个睥睨四方、遨游世间的"自我"，一个熊熊燃烧的浪漫主义形象从天而降。显然，这些绚丽而夸饰的诗句无法点燃鲁迅的内心。鲁迅更多地倾心浪漫主义的傲视庸人、独立不羁。相对于郭沫若的狂放与浮夸，鲁迅显现的是冷嘲与怀疑。他不适合扮演热烈的歌者，宁愿充当暗夜的乌鸦。鲁迅肯定意识到，空泛的绚丽而夸饰不可能真正撼动盘根错节的传统社会。

面对盘根错节的传统社会，鲁迅远非那么乐观。阿Q、闰土或者九斤老太、祥林嫂、爱姑显然无力承担"摩罗诗力"的理想，那么，那些获得各种新知熏陶的知识分子能否突围？这个疑问令人揪心。鲁迅的《藤野先生》如此描述日本的"清国留学生"肖

---

[1] 郭沫若:《女神》，见《郭沫若全集》文学编·第一卷，人民文学出版社1982年版，第37、54、72页。

第十一章　家族与家庭：观念的交织

像："头顶上盘着大辫子，顶得学生制帽的顶上高高耸起，形成一座富士山。也有解散辫子，盘得平的，除下帽来，油光可鉴，宛如小姑娘的发髻一般，还要将脖子扭几扭。实在标致极了。"[1]几乎无法想象，一批高擎长矛的猛士可能从这种形象之中诞生。事实上，鲁迅的小说并未塑造出成功地带动历史的战士形象。《狂人日记》与《长明灯》出现了不屈的叛逆者，然而，他们并非振臂一呼的领路人而是令人侧目的"疯癫者"。《药》中的革命者仅仅借助市井的传说显现一个侧影，吞下了人血馒头的民众没有兴趣追究他为什么牺牲。《孔乙己》迂腐不堪，《一件小事》不过一丝微光，《在酒楼上》的吕纬甫终于退回了"子曰诗云"，《幸福的家庭》中的青年作家不得不在斤斤计较的讨价还价之中编织白日梦，《高老夫子》的主人公既不学无术又道貌岸然，《孤独者》的魏连殳被无形而沉重的舆论谋杀。《伤逝》的主人公试图甩开传统家庭，建立一个属于自己的新型空间。然而，支持这种新型空间的爱情梦幻如此脆弱，以至于迅速地被冷漠的社会不动声色地摧毁。相对于改造国民性这种宏大的主题，鲁迅的小说更多地显现了一批铩羽而归的知识分子。

为什么这一批知识分子无所作为？一种举足轻重的解释是，他们的启蒙工作并未立足于撬动社会结构的理论支点：阶级。

二

20世纪20年代末，许多作家已经对"阶级"的观念耳熟能详。尽管如此，回忆中国现代文学史的一批经典之作可以察觉，

---
[1] 鲁迅：《藤野先生》，见《鲁迅全集》第二卷，人民文学出版社2005年版，第313页。

摇摆的叛逆

作为一个社会学范畴，"家"——家庭或者家族——存留于文学之中的烙印远为深刻。修身、齐家、治国、平天下——"家"是儒家文化构思个人与社会相互衔接的一个不可忽略的段落。如果说，"阶级"观念开启了崭新的理论视野，那么，从伦理秩序、社会构造到劳动生产的经济组织，"家"更像传统的遗物。阶级观念开始改变作家解剖与想象世界的方式，然而，"家"所制造的复杂纠葛仍然是作家铭心刻骨的人生经验。相对于阶级关系，"家"的内部包含了亲人之间头绪多端的情感旋涡——这几乎是文学独享的内容。

西方的现代主义文学出现了一批形单影只的人物形象，他们仿佛处于孤立的原子状态——精神分析学的"弑父"情结仅仅象征性地简单挪用家庭的框架。家族与家庭的衰落是现代主义文学的一个社会学原因。然而，回溯20世纪上半叶的中国现代文学，"家"如同一个坚固的社会单元内在地嵌入人物的性格特征、命运轨迹以及各种戏剧性冲突。从鲁迅的《狂人日记》、曹禺的《雷雨》、巴金的《家》到路翎的《财主底儿女们》，"家"的丰富内涵压缩于作品的各种褶皱之中。"家"可能是一副沉重的枷锁，也可能是一个令人依恋的情感回归轴心；可能是漂泊的游子魂牵梦萦的故乡符号，也可能是令人失望的促狭空间交换各种飞短流长。父亲的白发、母亲的皱纹、兄弟姐妹的温情无不意味着"家"所给予的情感庇荫，然而，另一些时刻，这一切可能转换为令人生畏的负担乃至情感镣铐，甚至窒息投身于广阔天地的激情与冲动。许多作品之中的祖父、父亲、兄长成为威严与权力的表征，叛逆者试图冲出重重叠叠的大宅院时，他们不仅要破除传统伦理之中的"孝道"，而且忌惮刺痛亲人的感情。相对于清晰的阶级对立，家

第十一章　家族与家庭：观念的交织

庭内部的决裂往往带有痛苦的情感纠缠。例如，巴金的《家》中，手无缚鸡之力的高老太爷并非依赖暴力驾驭这个大家庭，子孙们毋宁说匍匐在长辈和亲人的情感重压之下。隐忍的兄长觉新既是一个受虐者，也是一个施虐者，施虐的资本恰恰是他的隐忍。梅表妹、瑞珏以及弟弟不愿意为难这个软弱的人物，以至于高老太爷的旨意可以借助觉新实现。很大程度上，"家"的矛盾制造了许多阶级矛盾无法包含的细节内容。

作为文学想象的彼此呼应，这个时期的文学出现了某种隐约的共识：知识分子投身社会革命之际，"家"往往成为必须跨越的首要障碍物。不论丁玲的《莎菲女士的日记》、萧红的《呼兰河传》或者茅盾的《蚀》三部曲，传统的"家"往往成为一个不言自明的负面因素。解放个性，自由地追求爱情；抛开沉闷乏味的日子，勇敢地踏入崭新的生活，卷入波澜壮阔的革命运动——无论如何，他们的行动无不具有一个潜在的前提：冲出传统的家庭。庸俗的家庭躯壳无法孵化理想。驻守家庭如同驻守一具冰冷的传统僵尸。王安忆的《考工记》补上了《家》《财主底儿女们》《青春之歌》视而不见地放弃的另一个角落：主人公陈书玉性格平庸，缺乏足够的冲动乃至自恋；与革命洪流失之交臂之后，他安分守己地退回幽暗的大宅院。漫长而激荡的岁月里，他无声无息地与这一幢大宅院彼此厮守，终于共同消磨成历史的"活化石"。

冲出传统家庭耗尽了主人公的勇气，他们几乎无力对付后继的社会压力。许多作品带给人们相似的感觉：作家擅长细腻地描述主人公与传统家庭各种形式的相互冲突，他们向往的爱情犹如传统家庭的颠倒镜像；然而，脱离了家庭、爱情主题之后的情节相对松弛乃至乏味。许多时候，阶级并未作为另一个引擎助推后续情节的展开；进入宽阔的社会洪流，知识分子很快丧失了主角的位置，他们不再担当更大范围社会关系的组织者。正如毛泽东在《新民主主义论》中指出的那样，新民主主义阶段的革命领导者由无产阶级承担，知识分子毋宁是被组织的对象。阶级与革命的社会图景之中，知识分子的视角不再是作品的视角，例如《太阳照在桑干河上》或者《暴风骤雨》。知识分子的主角意识——不论是有意的还是无意的——同时受挫，他们的精神显示出某种不适、茫然、力不从心乃至被动或者低落的状态。对于再现知识分子成长史的作品而言，"家"或者阶级构成的情节组织隐然地可以划分为两个段落，前者往往比后者成熟。

摆脱传统家庭的束缚，知识分子那种激进而冲动的精神显然属于浪漫精神。卡尔·施米特在《政治的浪漫派》中说过，历史上或者空间上遥远的现实时常被浪漫主义当成"逃避当前现实的手段"。例如，他们想象的中世纪往往"只是反抗平凡、反抗当前现实的一张王牌，利用它的意图是否定现在"。[1] 拒绝与庸俗妥协，不愿意陷入平凡、琐碎，陈陈相因的沼泽，不愿意在无聊、刻板之中循规蹈矩地耗尽生命，许多知识分子追求的是值得以身相许的人生。这种情况之下，审美成为浪漫派的特殊表征。《政治的浪漫派》的再版前言指出：审美与艺术的绝对化是浪漫派制造的一场畸变。审美占有一切形式，继而分散于各种私人领域之中：

> 自从有了浪漫派，艺术哪里还有社会性？其结局要么是"为艺术而艺术"，要么是极尽附庸风雅和波西米亚之能事，要么变成了为私人兴趣的艺术消费者服务的私人艺术生产者。

---

[1] [德] 卡尔·施米特：《政治的浪漫派》，冯克利、刘锋译，上海人民出版社2004年版，第74页。

从社会学角度看,这个审美化的普遍过程,仅仅是以审美手段把精神生活的其他领域也私人化。当精神领域的等级体制瓦解时,一切都变成了精神生活的中心。然而,当审美被绝对化并被提升到顶点时,包括艺术在内的一切精神事物,其性质也发生了变化,成了虚假的东西。从这里可以找到浪漫派那些看似极为复杂的大量矛盾最简单的解释。[1]

按照这种观点,浪漫派力图以审美改造个人生活,将个人从令人厌倦的俗世之中拯救出来。摆脱传统家庭可以视为这个拯救计划的组成部分。然而,如果阶级观念揭露出,令人厌倦的俗世包含了各种政治与经济的不公,阶级构成了这些不公的一个重要源头,并且衍生为一系列文化观念,这时,浪漫派的审美不可能完成一个彻底解决的社会学方案。普列汉诺夫曾经对浪漫主义表示不满。在他看来,浪漫主义只能抵制与批判资本主义文化而对于庇护经济剥削的社会关系无能为力。浪漫主义"不反对资产阶级的社会关系,只想使资产阶级制度不再产生庸俗的资产阶级习气而已"。普列汉诺夫具体地解释说:

> 浪漫主义者和他们周围的资产阶级社会之间确实是不协调的。当然,这种不协调对资产阶级的社会关系并没有丝毫危险。浪漫主义集团的成员就是那些年轻的资产者,他们一点也不反对这种社会关系,但是同时却对资产阶级生活的腐化、无聊和庸俗感到愤怒。他们那么强烈地迷恋的新艺术,是他们借以躲开这种腐化、无聊和庸俗的一个避难所。……当资

---

[1] [德]卡尔·施米特:《政治的浪漫派》,冯克利、刘锋译,上海人民出版社2004年版,第14页。

摇摆的叛逆

产阶级在社会上占据统治地位的时候，当资产阶级的生活不再从解放斗争的火焰中得到温暖的时候，新的艺术就只能是：把对资产阶级生活方式的否定加以理想化。浪漫主义的艺术也就是这样的理想化。浪漫主义者对资产阶级的中庸和持重所采取的否定态度，不仅表现在他们的艺术作品中，甚至还表现在他们自己的外貌上。……离奇古怪的服装，也像（原文作"象"）长头发一样，被年轻的浪漫主义者用来作为对抗可憎的资产者的一种手段了。苍白的面孔也是这样的一种手段，因为这好像（原文作"象"）是对资产阶级的脑满肠肥的一种抗议。[1]

根据浪漫派与资产阶级社会关系之间的温和矛盾，那一批热衷于浪漫主义精神的知识分子通常被纳入小资产阶级范畴。尊重个人的内心、个人的激情，依赖一己之力独立于浑浑噩噩的芸芸众生，谋求个人生活的价值与意义而无视解放全人类的阶级使命，这些浪漫主义的典型标志犹如小资产阶级意识形态的产物。小资产阶级痛恨资产阶级的庸俗与市侩哲学，但是，尖锐的文化批判背后，他们仍然与资产阶级共享相同的社会关系。这种隐秘的共谋遭到了无产阶级革命者的严厉谴责。革命领袖不断地敦促小资产阶级脱离资产阶级社会关系，从而将立场转移到工农兵阵营。这当然不是一个轻松的故事。未来的日子里，知识分子遭遇到种种意想不到的政治与文化考验。

---

[1]［俄］普列汉诺夫：《艺术与社会生活》，见《普列汉诺夫哲学著作选集》第五卷，曹葆华译，生活·读书·新知三联书店1984年版，第828、825—826页。

第十一章　家族与家庭：观念的交织

三

许多人承认，杨沫的《青春之歌》成功地将家庭与阶级统一于革命逻辑之上。主人公林道静由于逃婚离家出走，历经曲折与余永泽建立了小家庭。然而，她不甘于充当一个花瓶式的主妇，而是渴望投身革命的洪流——这时，她结识了革命的领路人卢嘉川，并且冲破了余永泽的阻挠而成为坚定的革命战士。《青春之歌》设置了一段重要的情节：一次交谈之中，林道静恳求卢嘉川介绍她参加红军，她不愿意平庸地虚度一生，她的抱负是在战场上成为一个视死如归的英雄。然而，卢嘉川犀利地指出，这种英雄式的幻想只不过是试图逃避个人的平凡生活。[1]这显然是一次深刻的触动，林道静开始认识到，革命的目标并非个人境遇，而是解放全体劳苦大众。因此，革命工作并非满足个人的浪漫情怀，可能琐碎而平庸；只要属于革命行动的组成部分，革命者必须义无反顾地给予承担。对于林道静来说，这种观念标志着脱离浪漫派而开始成为无产阶级革命队伍的一员，"从寻找个人出路而走上了革命的道路"[2]。

《青春之歌》的出版产生了很大的反响，激烈的争论接踵而至。《青春之歌》的政治倾向或者历史图景的描述并未制造多少分歧，争论的焦点是小说流露的某种气息——按照一个批评家的表述，这是"一些与工农群众不相适应的知识分子'调调'"，[3]更为标准的术语称为"小资产阶级情调"。诸多否定的观点之中，郭开

---

[1] 参见杨沫:《青春之歌》第十三章，作家出版社1960年版。
[2] 杨沫:《再版后记》，见《青春之歌》，作家出版社1960年版，第628页。
[3] 赵鹰:《"青春之歌"是小资产阶级的自我表现吗？》，《中国青年》1959年第3期。

的《略谈林对道静的描写中的缺点》一文令人瞩目。作者对于《青春之歌》的严厉谴责很大程度地围绕着小资产阶级概念展开："书里充满了小资产阶级情调，作者是站在小资产阶级立场上，把自己的作品当作小资产阶级的自我表现来进行创作的。"温情主义，虚荣，鄙视劳动人民，个人主义，这种人物竟然不可思议地赢得了共产党员的称号。郭开也提到了卢嘉川对于林道静的教诲，但是，他认为林道静并未悔改，她冒险贴标语、散发传单的行动毋宁是个人英雄主义的复发。[1]

郭开的谴责引起了不少反弹。一些批评家曾经从各种视角为《青春之歌》鸣不平。尽管如此，郭开否定小资产阶级的观点还是对杨沫形成了相当的压力。修改《青春之歌》的时候，杨沫首先考虑的即是"林道静的小资产阶级感情问题"：

> 林道静原是一个充满小资产阶级感情的知识分子，没参加革命前，或者没有经过严峻的思想改造前，叫她没有这种感情的流露，那是不真实的；但是在她接受了革命的教育以后，尤其在她参加了一段农村阶级斗争的革命风暴以后，在她经过监狱中更多的革命教育和锻炼以后，再过多地流露那种小资产阶级追怀往事的情感，那便会损伤这个人物，那便又会变成不真实的了。所以小说的后半部在这些方面有了不少的变动。[2]

《青春之歌》的争论表现为一场相对集中的风波。事实上，郭

---

[1] 参见郭开：《略谈对林道静的描写中的缺点》，《中国青年》1959年第2期。
[2] 杨沫：《再版后记》，见《青春之歌》，作家出版社1960年版，第626—627页。

第十一章　家族与家庭：观念的交织

开的观点并非空穴来风。20世纪50年代之后，批评实践对于小资产阶级的文学表现形成了越来越清晰的共识，否定的口吻越来越强硬。大约相近的时间，人们可以从文学批评之中发现相似的理论代码，例如"个人英雄主义"。曲波的《林海雪原》富于传奇性，小分队与土匪之间的斗智斗勇引人入胜，然而，批评家感到主人公少剑波的表现过于神奇——他们表示异议的术语是"个人英雄主义"。当然，《林海雪原》中少剑波与白茹暧昧的爱情也引起了不满，尽管批评家仅仅语焉不详地表示，这种爱情的描写"气味太陈旧"。[1]不久之后，围绕欧阳山的《三家巷》与《苦斗》形成的争辩之中，所谓的爱情遭到了唾弃。批评家认为，主人公周炳陷入各种爱情纠葛和生活琐事，革命历史仅仅是抽象的陪衬。他恨不得一天十二时辰面对恋人，革命的意义仿佛在于讨好女人，爱情至上的观念背后暴露出一个小资产阶级的灵魂。他是革命队伍之中的小资产阶级分子，摇摆不定；革命高潮的时候狂热轻浮，革命低潮的时候消极厌世。[2]总之,《青春之歌》《林海雪原》或者《三家巷》《苦斗》带动的种种争论仿佛表明，小资产阶级的反面形象已经在批评家的论述之中逐渐定型。

如果说，张扬个性、傲视世俗的浪漫主义冲动曾经带动一批知识分子挣开传统礼教的束缚，那么，时过境迁，这种激情意外地演变为负面的文化资产。很大程度上，"个人"与"阶级"的对立构成了演变的主要原因。无产阶级的使命是解放全人类，这意味着阶级的战斗；小资产阶级仅仅追求个性解放，斗争往往诉诸个人形式。打碎家庭的枷锁之后进入阶级大搏斗阶段，个人形式

---

[1] 参见何其芳：《我看到了我们的文艺水平的提高》,《文学研究》1958年第2期。
[2] 参见佐平：《小资产阶级的自我表现》,《文艺报》1964年11月8日第10号。

立即显出了渺小的一面，甚至成为阶级的绊脚石。考察20世纪50年代至70年代的中国文学，如下几种小资产阶级情调的表现时常触怒文学批评：

其一，"知识"往往被视为小资产阶级思想的温床。相当长一段时间，除了贵族与资产阶级家庭，只有小资产阶级才能为子女提供接受完整教育的经济条件；同时，课堂传授的知识体系注重文化传统和学科架构而轻视劳动实践之中的运用，因此，无产阶级对于来自书本的知识抱有戒心。知识分子——操控这些知识的主体——通常作为小资产阶级的代表人物出现。小资产阶级的固执、迂腐、过度的自尊与不通世故等"酸溜溜"的情绪无不直接或间接地与"知识"联系起来。

其二，多愁善感的内心世界。一个源头不明的共识是，粗犷的工农兵大众未曾也不屑于拥有一个幽深而细腻的内心世界。他们的精神领域充满明亮的阳光。20世纪60年代，一些批评家对于工农大众之中的"中间人物"表现出特殊的兴趣，"中间人物"的复杂性尤为适合文学分析——所谓"不好不坏、亦好亦坏、中不溜儿的芸芸众生"，例如《创业史》之中的梁三老汉。尽管这些"中间人物"精于盘算，细密的心思如同一个杂货铺，但是，他们并未被纳入小资产阶级形象之列。小资产阶级分子的内心世界包含了经济利益的权衡，同时又远远超出经济利益。从身世感叹、怜悯同情、自怨自艾到贪生怕死的"一分钟动摇"[1]，小资产阶级分子

---

[1] 参见《文艺报》资料室：《十五年来资产阶级是怎样反对创造工农兵英雄人物的？》，《文艺报》1964年第11、12期合刊。文中指出，有人在《文艺报》与《人民戏剧》上撰文说，可以写革命英雄人物在敌人的严刑与利诱面前产生"一分钟动摇"，否则英雄人物则成了"神"。这种观点显然是写"小资产阶级"的主张。

第十一章　家族与家庭：观念的交织

的内心纤弱、古怪、深邃、柔软多汁同时又敏感病态，以至于可以藏匿种种资产阶级的不洁病菌。这种内心世界时常遭受工农大众的尖刻嘲笑，知识分子往往将不健康的情绪寄托于文学艺术之中，阴阳怪气，甚至冷嘲热讽。

其三，除了文学艺术，多愁善感的内心世界渴求的另一个出口即是爱情以及婚姻。小资产阶级分子往往信奉爱情至上的观念，传宗接代的附属心理成为神圣之物。爱情至上显然与个人主义仅仅一墙之隔。如同私有财产，爱情是个人的专属用品，不可分享、出让和赠送。浪漫主义曾经借助爱情的名义从传统礼教手中夺回个人的权利，然而，个人的权利迅速地在阶级大搏斗之中构成一个刺眼的障碍。爱情与婚姻组成的二人世界向阶级共同体关闭。汹涌澎湃的革命洪流之中，这个不透明的堡垒令人忧虑。两个人之间的缠绵恩爱乃至生死不渝会不会削弱阶级指令的传导？二人世界内部是否存在某些政治无法抵达的死角？作为一个牢固的经济单元，婚姻构成的家庭是否天然地倾向于维护个人利益？如果爱情的双方政治态度存在差异甚至相互对立，阶级的使命与炽烈的男欢女爱将在一个狭小的空间展开复杂的博弈。"才下眉头，却上心头"，防范爱情制造的政治背叛甚至比防范对手的利诱更为困难，前者所遭受的谴责也远远不如后者，例如宗璞的《红豆》；许多时候，阶级仇恨无法击溃跨阶级的爱情，例如张爱玲的《色，戒》。由于阶级仇恨与跨阶级的爱情形成的对决毫无胜算，一些作品干脆在批判小资产阶级情调的名义之下绕开如此麻烦的情感纠葛。譬如，革命样板戏《红灯记》《沙家浜》《智取威虎山》等一律删除涉及爱情与婚姻的情节。

其四，过分显眼的个性以及独特的个人风格。尽管《钢铁是怎样炼成的》乃至《牛虻》的主人公拥有特殊的魅力，但是，强大的个性时常让批评家挠头。当个性的逻辑溢出了阶级形象的预设时，所谓的"魅力"就会成为理论无法消化的负担。不言而喻，即使模范的正面人物也不可能亦步亦趋地按照抽象的阶级公式举手投足，革命事业也不是按照事先设计的蓝图施工。然而，批评家无法接受公式与蓝图之外的历史景象，他们再度使用"个人英雄主义"指责摆脱理论控制的性格，游离于阶级的个人性格显然只能判给小资产阶级范畴。

上述几种观念显然相互交织，彼此呼应，构成隐约而坚固的模式。由于这种模式的存在，批评实践之中的小资产阶级概念不仅拥有具体的内容，而且构成了判断的依据。

四

20世纪70年代末至80年代初，恢复个性、个人风格乃至个人魅力的名誉成为文学的一个醒目的主题。蒋子龙的《乔厂长上任记》曾经风靡一时，那一位大刀阔斧地从事企业改革的"乔厂长"声名远扬。某些陷于困境的企业甚至上书，要求指派一个"乔厂长"到任。尽管乔光朴的外表——火力十足的眼睛、肌厚肉重的阔脸——吻合传统的工人阶级形象，但是，这个人物成功的主要原因是：由于普遍的改革吁求，"乔厂长"的性格特征与广泛的期待高度默契。相对地，如果某种个性远离公众视野，甚至形同"怪癖"，这个人物是否拥有栖身之地？刘心武的《我爱每一片绿叶》提出了这个问题。一名优秀教师的生活习惯与众不同，这导致了集体的敌意。疏离集体是小资产阶级知识分子的典型表征。不愿

第十一章　家族与家庭：观念的交织

意亲密无间地融入集体即是蔑视集体,这种观念可能在恶劣的政治气氛之中孵化出严重的后果。"我爱每一片绿叶"的寓意是,只要参与大树的光合作用,每一片绿叶都具有存在的理由。虽然《我爱每一片绿叶》明显地保留了当年的浅白和粗糙,但是,作家的思索切中肯綮。

这种寓意赢得了广泛的认同。人们很快接受了个性的观念,同时,小资产阶级概念逐渐式微。"知识"的意义与民族复兴联系起来,内心世界获得了承认——几经曲折,"意识流"的叙述方式终于获准上市。不出所料,"爱情"以最快的速度成为最为耀眼的主题,一些小说甚至不惮直接将这个词镶入标题,例如《爱情的位置》《被爱情遗忘的角落》《爱,是不能忘记的》,如此等等。许多迹象显示,文学之中的"个人"形象逐渐丰满起来。

然而,这是一个隐蔽的理论转换:撤销对于小资产阶级的指控并非召回一个浪漫派的主体,重启冲击传统礼教的"摩罗诗力"。人们的观念是,知识、内心世界或者爱情毋宁是普通人的正常权利。事实证明,摧毁传统礼教的时候,阶级斗争的力量远远超过了浪漫派的个人主义;这种力量如此之大,以至于可能以异化的方式剥夺个人的正常权利。这时,另一批诗人不再继承浪漫主义的豪迈风格,他们以低沉的音调指出这个问题,并且表示了坚定的决心。北岛的《宣告》慨然宣称,"在没有英雄的年代里 / 我只想做一个人"[1]。舒婷在《一代人的呼声》中写下这么几句:

我绝不申诉
我个人的遭遇。

---

[1] 北岛:《宣告》,见《朦胧诗选》,阎月君等编选,春风文艺出版社1985年版,第15页。

错过的青春,

变形的灵魂。

无数失眠之夜,

留下来痛苦的回忆。

我推翻了一道道定义;

我砸碎了一层层枷锁;

心中只剩下

一片触目的废墟……

但是,我站起来了,

站在广阔的地平线上,

再没有人,没有任何手段

能把我重新推下去。[1]

文学史赋予这一批诗歌一个奇怪的命名——"朦胧诗"。一些批评家迅速在这些诗歌背后察觉某种"新的美学原则":"与其说是新人的崛起,不如说是一种新的美学原则的崛起。"至少在当时,孙绍振的表述惊世骇俗:

他们不屑于作时代精神的号筒,也不屑于表现自我感情世界以外的丰功伟绩。他们甚至于回避去写那些我们习惯了的人物的经历、英勇的斗争和忘我的劳动的场景。他们和我们五十年代的颂歌传统和六十年代战歌传统有所不同,不是

---

[1] 舒婷:《一代人的呼声》,见《朦胧诗选》,阎月君等编选,春风文艺出版社1985年版,第62—63页。

第十一章 家族与家庭:观念的交织

直接去赞美生活，而是追求生活溶解在心灵中的秘密。[1]

孙绍振意识到，这种美学原则的出现源于"人的价值标准"发生了重要的改变。"社会"没有理由成为人的对立面，"异化"的现象必须结束。这种观念卷入了围绕人道主义旷日持久的争论，"异化"概念的重现很大程度上涉及马克思《1844年经济学—哲学手稿》的再研究。由于长期担任党内理论家并且负责文艺管理工作，周扬充分认识到这个问题的理论分量。他在纪念马克思逝世一百周年之际发表长篇论文《关于马克思主义的几个理论问题的探讨》，专门论述了"马克思主义与人道主义的关系"。周扬"不赞成把马克思主义纳入人道主义的体系之中，不赞成把马克思主义全部归结为人道主义；但是，我们应该承认，马克思主义是包含着人道主义的"。他具体地解释道：

> 在马克思主义中，人占有重要地位。马克思主义是关心人，重视人的，是主张解放全人类的。当然，马克思主义讲的人是社会的人、现实的人、实践的人；马克思主义讲的全人类解放，是通过无产阶级解放的途径的。马克思把费尔巴哈讲的生物的人、抽象的人变成了社会的人、实践的人，从而既克服了费尔巴哈的直观的唯物主义，并把它改造成实践的唯物主义；又克服了费尔巴哈的以抽象的人性论为基础的人道主义，并把它改造成为以历史唯物主义为基础的现实的人道主义，或无产阶级的人道主义。[2]

---

[1] 孙绍振：《新的美学原则在崛起》，《诗刊》1981年第3期。
[2] 周扬：《关于马克思主义的几个理论问题的探讨》，《人民日报》1983年3月16日。

作为一种方法,"关心人""重视人"并非贴上抽象的人性标签,而是将人物置于实践构成的社会关系网络,考察历史潮流赋予的动机、欲望、性格特征以及必然命运。这个意义上,悬浮于社会历史之上的性格标本仅仅是一个概念拼凑的理论幻影。然而,"关心人""重视人"必须始终包含这种理想:只有不断地关注"人的价值",解放全人类的目标才能具体地转换为每一个历史步骤。周扬坦率地承认,他曾经在这个问题上发表过一些不正确的观点;这种忏悔式的口吻显明,相当一段历史时期,漠视"人的价值"带来了严重的后果。

孙绍振的"崛起"遭到了严厉的批判,周扬的观点遭到了相当程度的非议。[1] 批判与非议的焦点仍然是,强调"人的价值"可能怂恿危险的个人主义,无视社会条件限制的"个人"将会膨胀为狂妄的自我中心主义者。对于文学来说,"小我"与"大我"的持续辩论表明,抑制个人的过度活跃始终是文学批评内部的一个强大势力。

事实上,那些个性张扬的主体并没有走多远。或许没有多少人想到,浪漫、独来独往、落拓不羁或者超凡脱俗所遇到的相当一部分阻力不是来自政治观念,而是来自世俗社会。世俗社会各种密集的关系如同蜘蛛网缠住了他们的手足,没有人可以轻易地甩下。作为各种社会关系的生产机构和汇聚节点,家庭重新显示了出其不意的作用。张承志的许多小说反复出现一个强悍而孤独的男子汉形象。他风尘仆仆地奔走于北方的黄土高坡或者辽阔的草原,只身投入雄伟的河山,游历于底层人民之间,感悟北方民

---

[1] 参见徐庆全:《关于周扬文章风波的记忆》,《湘潮》2008 年第 12 期。

第十一章　家族与家庭：观念的交织

族的开阔襟怀。耐人寻味的是，这个男子汉所遇到的大部分阻力源于家庭，例如《大坂》中独自驻守家中的妻子，《北方的河》中年迈的母亲。《北方的河》存在一个朦胧未明的爱情，这种关系的中止很大程度上由于隐约的担忧：那个身心俱疲的女记者渴望未来的日子能够靠上一副坚强的肩膀，然而，那个时刻出征的研究生从未按照家庭支柱的形象塑造自己。他们只能在家庭之外相互吸引，家庭时常成为世俗对于浪漫的羁绊——一个无法任意抛下的坚硬躯壳。

许多女性作家心目中，那些爽朗、坚硬的男子汉形象时常显现出庸俗小市民无法比拟的魅力——他们往往志在四方，富于进取精神，然而，当这一批男子汉被塞入家庭形式，令人钦慕的魅力迅速变质，以致很快毁弃"寻找男子汉"的呼声。张辛欣的《在同一地平线上》表明，纳入家庭形式的"男子汉"仿佛出现一个意外的反转。妻子事业有成的时候，丈夫身上那种咄咄逼人的"孟加拉虎"气质转而成为自私。张辛欣的《我在哪儿错过了你》与《我们这个年纪的梦》一直围绕"家庭"徘徊不去——家庭的屋檐之下，女性能否始终温柔地承受那些昂扬而坚定的强悍男子汉？人们可以看到，从张洁的《方舟》《祖母绿》到林白的《一个人的战争》、陈染的《私人生活》，失望正在使两性共同组织的家庭形式成为一个愈来愈稀薄的影子。

儒家文化所推崇的"家"曾经在五四新文学运动之中遭受重创，个性解放裹挟的浪漫主义激情击溃了传统的家族架构，新型的家庭形式被定义为爱情主导的自愿结合；然而，这种家庭形式再度在阶级斗争的波涛之中颠簸不已。阶级观念强有力地揳入家庭，重组父子、母子尤其是重组夫妻关系。阶级观念的差异导致家庭破裂的例子比比皆是。20世纪70年代末期，所谓的"伤痕文学"——例如卢新华的小说《伤痕》——即是从修复阶级观念损毁的家庭形式开始。云谲波诡的政治风云之中，家庭的稳定功能得到深入人心的强调。当然，这个意义上的家庭通常被视为情感的归宿。

然而，情感归宿的家庭观念很快遭到挑战。浪漫精神之后的家庭形式迫使人们重估家庭的意义。如果说，儒家文化与阶级观念分别在伦理与政治的意义上定义家庭，那么，重估更多地在经济学与社会学层面展开描述。

五

这曾经是一种普遍被接受的观念："爱"和"工作"分别在各自的领域运作。家庭是一个私人领域，这个空间由"爱"主管，经济合同或者工资待遇的谈判发生于家庭之外的社会领域。20世纪70年代，女权主义开始拒绝作为意识形态的"爱"，家庭是经济体系之中遭受遮蔽的组成部分。家务劳动与流水线上的生产一样有权获得报偿，没有理由以"爱"的名义强迫女性关在厨房之中。[1]剥去爱情制造的幻觉，家庭无异于另一个车间，按劳取酬是天经地义的事情，女性承担无偿劳动的历史已经太久了。这个意义上，家庭的稳定功能之中包括了劳动生产组织与经济收入核算的内容。

这种观念简化了家庭的内容。简化不仅因为抽干了家庭内部

---

[1] 参见[美]凯西·威克斯：《打倒爱情：女性主义批判与新的工作意识形态》，李闻思编译，王行坤校，《广州大学学报（社会科学版）》2019年第6期。

第十一章　家族与家庭：观念的交织

的情感汁液——家庭仿佛成为夫妻双方计量劳动收入的争夺战场。事实上，多数家庭不仅存在两性的抗衡，同时存在两性合作——在合作的基础上向社会争取各种利益。池莉的《烦恼人生》或者刘震云的《一地鸡毛》之所以引起广泛的关注，恰恰因为其揭示了家庭内部相互纠结的多种能量。的确，生活之中粗粝的一面暴露了：鸡零狗碎，蝇营狗苟，从抢夺公共厕所坑位、抢夺公共汽车的空间到豆腐馊了、囤积白菜，众多繁杂然而无聊的细节堆积于故事的叙述之间。家庭的框架尽量承接这些细节，以至于不堪重负。家庭内部的男女主人公由于烦恼而矛盾丛生，气氛紧张，然而，他们同时竭力维护家庭的框架，避免破裂与解体。他们只能依赖小小的家庭抱团取暖，安身立命。《烦恼人生》或者《一地鸡毛》中，主人公供职的企业或者机构仅仅构成不无模糊的生活背景。他们奉献上班时间，获得有限的经济收益，这些固定的节目已经不再制造惊喜。有限的经济收益只能维持窘迫的日子，主人公不得不从事双重挣扎：狭窄的家庭内部，他们相互怨恨、斗气同时又相互妥协、扶持——性别之争很大程度地融化于不计其数的摩擦之中；浮出社会水面之际，他们不得不相互团结，同心同德地争取各种利益最大化。

从豆腐、白菜、冰激凌的价格到房租、医药费，家庭清晰地显示出赖以维持的经济指标。经济指标的高低决定了家庭的质量。异性组建家庭，同时也是一个改变出身、跻身另一种生活质量的机会。现今的历史阶段，借助家庭跨越社会阶层成为许多女性重置身份的特殊策略。这时，即将组成的家庭可能拥有的经济指标充当了无可争议的首要标准，情感归宿的含义甚至可有可无。池莉的一篇小说标题即是《不谈爱情》。那些华而不实的爱情更像是扰乱心智的烟幕弹，花楼街出身的女主人公成功地利用爱情花絮晋级一个知识分子家庭。如愿以偿之后，她不惮恢复花楼街粗鄙的言行举止。作为另一种改善生存的积极争取方式，主人公决不会因为虚伪而自责。

分辨率的增大是这一批小说的叙述学特征，家庭内部的众多生活细节密集而坚实。更为重要的是，所有的生活细节无不显示出一种下坠的力量。沉重的生活几乎让人喘不过气，家庭的框架无形地封锁了全部精神出口。陷入粗糙的日常现实，主人公的目光不及三寸，改进居住空间几乎是最为宏大的理想。一切隐秘的梦想俱已烟消云散，没有宏伟的事业蓝图，没有遥远的精神企盼，甚至也没有不伦的畸恋或者充当江洋大盗的邪恶念头。偶尔的好感、温暖、美无不迅速地淹没于不可动摇的生活节奏之中。《烦恼人生》的主人公印家厚听说一首题为"生活"的诗仅有一个字"网"，他欣然和了一个字"梦"。然而，他们是否仍然具有做梦的冲动？如同许多家庭，孩童也是《烦恼人生》与《一地鸡毛》的潜在中心，主人公的忍辱负重仿佛是为了保证下一代的未来。然而，下一代会不会复制他们的黯淡生活？这显然是一个挥之不去的忧虑。历数种种杂碎而烦琐的问题之后，一个对比可能令人吃惊：这些主人公与鲁迅的"摩罗诗力"、茅盾以及"丁玲们"的小资产阶级或者《青春之歌》的林道静已经相去何其遥远。如果说，"家"曾经以反作用的方式推出了一批桀骜不驯、独立不羁的青年，那么，现在的"家"终于让他们平静地安居于世俗之中。

什么时候开始，小资产阶级的激进、神采飞扬或者展示一个多情的内心均已不合时宜？浪漫主义精神对于财富的蔑视遭到了报复性的反弹。开始锱铢必较地计算财富之际，也就是将小资产阶级身份置换为中产阶级之时。雷蒙·威廉斯在解释"布尔乔亚"时指出："'中产阶级'（middle-class）这个翻译词提供了 bourgeois 在 19 世纪前的大部分意涵，它指向同样阶层的人、其生活方式及观念态度。middle-class 所涵盖的意涵就是 bourgeois 及更早的 citizen,cit 及 civil 等词汇所指涉的意涵。"所谓"19 世纪前的意涵"，很大程度上即是"贵族对 the bourgeois（资产阶级）的平庸表示轻蔑。尤其在 18 世纪时，这种轻蔑的态度在哲学家及学术界人士身上表露无遗。他们看不起这种'中产'阶级的狭隘（即使是稳定）生活及浅薄见识"[1]。对于中产阶级来说，工资、职务、房子、汽车、孩子教育以及娱乐和旅游循序渐进罗列于人生途中。除了股票投资这些小规模的冒险，尽量删除多余的冲动。理性不仅有助于安全的人生规划，同时有助于社会稳定——后者是社会对于中产阶级的期待。放弃各种非分之想，关闭种种思想维度，一切诉诸具体的物质和经验，不再为那些看不见或者无法到手的东西浪费想象力，总之，马尔库塞所说的"单向度的人"不仅构成了一套务实的生活目标，同时规范了抵达这种生活目标的行为方式。

石钟山的《激情燃烧的岁月》是试图对中产阶级的家庭主题进行一次文学反击吗？这部小说由于电视连续剧的改编而形成巨大的反响。"父亲"以革命军人的巨大优势迅雷不及掩耳地摧毁了"母亲"的小资产阶级爱情，他的情敌——一个文绉绉的文工团员——毫无还手之力。"父亲"留下的战绩是"母亲"对于情人的终身怀念和三个在责骂之中成长的子女。然而，他的气势和粗暴逐渐对下一代丧失了效力，他们不仅各行其是，甚至走向了反面。

---

[1]〔英〕雷蒙·威廉斯：《关键词：文化与社会的词汇》，刘建基译，生活·读书·新知三联书店2005 年版，第 29、26 页。

摇摆的叛逆

退出历史舞台之后，精神和躯体的衰老终于让"父亲"和"母亲"达成了无奈的和解。《激情燃烧的岁月》设置的回顾性叙述仿佛隐含了作者对于历史的惆怅。批判昔日的专断，还是敬重一往无前的气势？无论如何，可以想象的是，中产阶级不会继续复制"父亲"与"母亲"之间发生的情节。

的确，现今强调的是中产阶级的稳重和勤勉，谦虚谨慎，不骄不躁。当然，不安的力比多并未完全消失，叛逆的激情仍然会在某一个时刻掠过胸口。这种状况并不意外，中产阶级文化已经未雨绸缪，例如金庸的出现。许多年轻的中产阶级分子感激地回忆说，是金庸陪伴他们度过了危险的青春期叛逆阶段。"金庸一边在我们身上植入浪漫主义一边开出青少年修养课，而回头想想，我们这一代可以算是新中国最精神分裂又最有包容力的一代"；"说到底，不是金庸写得有多好，是我们在最好的年纪撞上他"。当然，年龄渐长而步入中产阶级稳定轨道之后，他们会礼貌地离开金庸——"就此别过"。[1] 金庸塑造的英雄大侠仅仅在繁忙的业务工作之余提供短暂的心理安慰，武侠小说并非认识历史和现实的指南——没有多少人会混淆二者。

然而，混淆二者又怎么样？图书推荐会上，一个推荐者将《共产党宣言》和《射雕英雄传》相提并论，并且认为连接二者的是毛泽东的《在延安文艺座谈会上的讲话》。他甚至列举金庸供职的长城电影公司、《大公报》和《商报》（均为"左"翼文化阵地）作为论据。[2] 撤销了历史背景，人们可以在大跨度的跳跃之中构思

---

[1] 毛尖：《就此别过》，《文艺报》2019年10月23日。

[2] 参见《"85后"的日常阅读13 ｜ 傅正：我推荐〈共产党宣言〉和〈射雕英雄传〉》，微信公众号"三联学术通讯"2019年7月31日推送。

第十一章　家族与家庭：观念的交织

各种别出心裁的文化幻象。必须承认,《共产党宣言》和《射雕英雄传》共同显示了济世的情怀;然而,前者论证的是解放全人类依据的历史必然,后者依赖武功盖世的大侠快意恩怨铲尽人间不平事——这些故事无视的恰恰是历史必然。当然,那些金庸的拥趸可以用后现代式的口吻漫不经心地发问:二者的区别重要吗?也许真的不算什么。这种趣闻只不过表明,安居乐业的气氛过于沉闷的时候,不甘寂寞的中产阶级可能暂时改弦易辙,快乐地重温一回小资产阶级的旧梦。

摇摆的叛逆

第五部分　想象的形式与风格

第十二章 虚构：现实主义与乌托邦

一

几乎所有的人都愿意认可文学的虚构性质。这是文学独享的特权。文学虚构摆脱了严厉的道德谴责，与种种可耻的谎言划清了界限。文学被形容为"有独创性地撒谎"[1]，仿佛出众的天才想象可以成为免责的理由。有趣的是，虚构没有赢得广泛的理论关注，文学似乎天经地义地行使这个特权。围绕虚构辩论的充分程度甚至远不如这个概念的对立面：真实。

艾布拉姆斯曾经如此解释 fiction："总体来说，虚构小说是指无论是散文体还是诗歌体，只要是虚构的而非描述事实上发生过的事件的任何叙事文学作品。然而，狭义上的虚构小说仅指散文体的叙事作品（小说和短篇小说），有时也简单地用作小说的同义词。"[2]

---

[1] 参见 [美] M.H.艾布拉姆斯：《镜与灯：浪漫主义论及批评传统》，郦稚牛、张照进、童庆生译，北京大学出版社1989年版，第433页。

[2] [美] M.H.艾布拉姆斯：《文学术语词典》（第七版），吴松江主译，北京大学出版社2009年版，第189页。

不言而喻，虚构隐含的问题始终与真实联系在一起。真实不仅是一种状态，而且是道德与科学肯定的正面价值。无论一种状态的鉴定还是一种价值的肯定，真实是虚构的"他者"。不存在真实，无所谓虚构。文学之所以突破真实的闸门而公开杜撰，恰恰表明存在另一种巨大的渴求。如果说，日常社会曾经制定种种规则避免谎言带来的混乱，那么，这种渴求慷慨地向文学颁发合法虚构的文化证书。很久以前，思想家已经开始论证文学享有这个特权的理由。亚里士多德为之辩护的说辞是："一桩不可能发生而可能成为可信的事，比一桩可能发生而不可能成为可信的事更为可取"[1]；这即是诗人从事的文学虚构。亚里士多德的《诗学》之中，以下几句话几乎是众所周知的名言："诗人的职责不在于描述已发生的事，而在于描述可能发生的事，即按照可然律或必然律可能发生的事。"他甚至认为，以"真实"著称的历史话语不如文学的虚构更具普遍意义："写诗这种活动比写历史更富于哲学意味，更被严肃地（原文作'的'）对待；因为诗所描述的事带有普遍性，历史则叙述个别的事。"[2]

《诗学》的考察对象是古希腊的史诗与悲剧。对于文学来说，虚构涉及的范围远远超出二者。伊格尔顿的《文学事件》认为："虚构是一个本体论范畴，而非首先是一个文学类型。"[3]在他看来，虚构与非虚构之间的区别并不稳定。愈是严格地追溯，二者的界限愈是模糊。[4]无论是哈姆雷特还是阿Q，虚构指涉的对象来自话语

---

[1]［古希腊］亚理斯多德（亚里士多德）:《诗学》，罗念生译，人民文学出版社1962年版，第89—90页。

[2]［古希腊］亚理斯多德（亚里士多德）:《诗学》，罗念生译，人民文学出版社1962年版，第28、29页。

[3]［英］特里·伊格尔顿:《文学事件》，阴志科译，河南大学出版社2017年版，第126页。

[4]［英］特里·伊格尔顿:《文学事件》，阴志科译，河南大学出版社2017年版，第133页。

的制造，这些对象不可能反过来作为外部标准衡量作家的叙述是否"真实"。文学话语并非模仿。"真实"并非相信某种文学叙述的主要理由，重要的是人们"假装相信"（make believe）[1]——如何"假装"依据的是话语内部游戏规则的约定。伊格尔顿形容"虚构叙事将其内部活动投射为一个看似外在的事件"[2]，人们默契地按照对待"真实"的方式对待虚构。虚构叙事根据一套内在逻辑运转，相信什么或者不相信什么与现今的常识存在很大的差距。所谓的"内在逻辑"表明，这一套标准如同某种特殊证件仅仅通行于文本内部。阅读《西游记》的时候，人们毫无戒心地接受神通广大的孙悟空，相信这只猴子可以把金箍棒藏在耳朵里，或者一个筋斗云翻出十万八千里；然而，如果孙悟空含情脉脉地爱上了白骨精，严重怀疑即刻浮现——尽管常识证明，前一个事实的可能性远远低于后一个事实，但是，虚构叙事的内在逻辑支持相反的判断。

　　人们认定虚构是文学的普遍性质，但是，每一种文类拥有的虚构指标远为不同。小说或者戏剧的虚构无可非议，故事以及人物纯属子虚乌有。当然，众多小说类型并非一概而论。行使虚构特权的时候，历史小说不得不打一个很大的折扣。《三国演义》可以虚构关羽、张飞或者赵云的神勇程度，但是，其作者不能擅自将"赤壁之战"挪到唐朝。诗的虚构成分模糊不定。诗人的内心激情如沸，然而，诗人所展示的每一个细节未必货真价实。不能迂腐地调集科学数据衡量诗人描述的山峰高度或者江河的宽阔气象。多数时候，人们不愿意散文染指虚构——介于文学与非文学的中间地带，散文的虚构可能混淆是非。许多人无法接受散文深

---

[1]［英］特里·伊格尔顿：《文学事件》，阴志科译，河南大学出版社2017年版，第125页。
[2]［英］特里·伊格尔顿：《文学事件》，阴志科译，河南大学出版社2017年版，第157页。

第十二章　虚构：现实主义与乌托邦

情怀念一个虚构的兄弟,或者臆造两个名流风趣地晤面。不论这些文类规范是否公平,人们遵循约定俗成的话语规则。通常,这些话语规则独立自主,不会因为金融形势的波动、某些法律条款的颁布或者一场战争的爆发而改变。尽管如此,这些话语规则并未与历史脱节。伊格尔顿表示,他赞同马舍雷的观点,"文类、语言、历史、意识形态、符号学规则、无意识欲望、制度规范、日常经验、文学生产模式、其他文学作品"——诸如此类构成叙事内在逻辑的元素无一不是历史演变的产物。[1] 许多时候,虚构来自这些元素的综合作用。

通常,虚构的精神成本远远超出如实陈述,驱动想象——尤其是大型叙事作品的构思——不得不耗费巨大的内心能量。如果说,虚构叙事并未大规模加入日常语言交流——如果说,虚构叙事仅仅是一种自我指涉,那么,这种状况迫使一个问题显现:为什么虚构?伊格尔顿引用了"述行行为"(performatives)给予解释。这时,语言"不是用来描述世界的,而是强调在言语行动中完成了什么。问候、诅咒、乞求、辱骂、威胁、欢迎、发誓等等都属于这个范畴"[2]。文学的虚构叙事不是再现世界的哪一部分景象,而是力图产生某种实际效果。这时,人们必须重提虚构的渴望——或者换一种相对精确的表述:虚构背后存在的欲望。虚构叙事不仅涉及语言范畴的种种结构、组织、规则,同时涉及心理范畴。

分析表明,虚构往往指向了现实的匮乏——许多时候,现实的匮乏亦即欲望的对象。当现实的匮乏意味着某种渴求受阻的时候,虚构是文学想象制造的替代性满足。向往权势、财富、爱情

---

[1] [英]特里·伊格尔顿:《文学事件》,阴志科译,河南大学出版社2017年版,第158—159页。
[2] [英]特里·伊格尔顿:《文学事件》,阴志科译,河南大学出版社2017年版,第150页。

以及种种传奇性生活,然而,平庸的日常现实从未出现合适的土壤。为什么不利用虚构提供快乐的体验?很大程度上,这即是精神分析学对于文学的解释。从武侠、侦探、惊险、玄幻到宫闱的钩心斗角、霸道总裁眼花缭乱的爱情,大众文学的诸多类型显示出"白日梦"的明显特征。当然,许多人对精神分析学的泛性欲主义表示异议。考察种种文学现象的时候,"性"的聚光灯只能提供狭窄的视野;更为重要的是,这种视野往往舍弃欲望隐含的历史意义从而低估文学的激进内涵。这显然是一种理论损失。在我看来,"社会历史批评学派与精神分析学可能产生的一个结合部位是,虚构背后的欲望能否是富有政治意味的未来诉求——包含了未来历史可能的'乌托邦'?"[1]

如果说,大众文学的"白日梦"更多的是个人境遇的期待,那么,经典文学往往包含远为宏大的境界——虚构背后的欲望积聚了强烈的历史意义。前者热衷于虚构一个人的天生丽质、拥有绝世武功或者继承了万贯家财,后续的所有情节仅仅是这些天然优势令人羡慕的展开;相对地,后者更多地关注这些优势如何形成,如何保持,或者如何消失。换言之,经典文学必须将虚构背后的欲望交付社会历史给予裁决。对于《水浒传》《红楼梦》或者《哈姆雷特》《战争与和平》这些作品来说,每一个主人公的信念、理想乃至小小的人生愿望无不进入既定的历史氛围,接受种种社会关系的权衡。否则,天马行空的虚构不可能获得任何有效的呼应。这时,精神分析学的轴心概念"无意识"必须扩大为社会无意识。"无意识"叛逆仅仅是"快乐原则"带来的冲动;然而,社会无意识掀起的革命能否赢得广泛的回响,历史逻辑构成一个重要的衡

---

[1] 南帆:《文学理论十讲》,福建教育出版社2018年版,序言第4页。

第十二章 虚构:现实主义与乌托邦

量标准。结合弗洛伊德与亚里士多德的术语，社会无意识的浮现必须符合"可然律"与"必然律"。更为特殊的意义上，陶渊明的《桃花源记》或者托马斯·莫尔的《乌托邦》也是如此。众多思想家的对话之中，"乌托邦"已经成为一个举足轻重的概念。"乌托邦"包含理想国的含义。然而，理想国不仅意味现状批判，而且显示出实现的历史可能——否则，"乌托邦"即会成为贬义的"空想"。[1]显然，文学虚构擅长承担这些思想探索，"乌托邦"时常被视为一种文学类型。

从共同奉行的话语游戏规则到精神分析学的欲望与无意识，从社会无意识到历史逻辑，虚构与话语、虚构与社会历史复杂的互动方式逐渐显露出来。返回20世纪的文化语境，虚构内部隐含的反抗与革命成为一个耐人寻味的历史问题。

二

文学史保存了种种相异的虚构模式。至少可以区分两种不同的虚构类型：一种虚构停留于常识范畴，例如，虚构街头的一次邂逅，虚构会议室里的一场辩论或者地铁站的一次跟踪，如此等等。换言之，虚构的状况随时可能发生——尽管并未真正发生。另一种虚构逾越了常识的界限，例如虚构一个鬼魂游荡于村庄，虚构回到明朝与皇帝共进晚餐，虚构火星上的一场化装舞会，如此等等。显然，后者往往被视为典型的虚构，甚至第一句话就开始违背常识——卡夫卡《变形记》的第一句话即是："一天清晨，

---

[1] 参见［英］鲁思·列维塔斯：《乌托邦之概念》，李广益、范轶伦译，中国政法大学出版社2018年版，第一章、第七章。

格里高尔·萨姆沙从不安的睡梦中醒来,发现自己躺在床上变成了一只巨大的甲虫。"[1]

常识并非一批固定的结论,而是不同历史时期大众认可的普遍观念。一个时代的常识可能演变为另一个时代的谬见。古代的相当长一段时期,鬼魂如同一个正常的角色往返于人世与阴间,尽管没有多少人真正看见它们。作家绘声绘色地叙述一个鬼魂报复邻居或者骚扰赶考的书生,没有人抗议这种情节有违常识。即使置身于相同的历史时期,另一个地域的文化空间也可能拥有迥然不同的常识标准。加西亚·马尔克斯曾经表示,拉丁美洲的日常现实之中充满了神奇的事物,但是,欧洲读者的"理性"妨碍了他们的视线,以至于常识获得了"魔幻"的声誉。[2]对于马尔克斯来说,"魔幻"毋宁是文化外来者的惊奇。作为一个矛盾的名词,"魔幻现实主义"的这个名词仿佛压缩了两种观感:一批人目瞪口呆、惊奇不置的魔幻景象,另一批人司空见惯,不足为奇。不同的常识体系决定了他们的视野差异。这种状况表明,常识不仅表现为一套观念和知识;同时,常识划定了日常现实的范围与边界——使用另一套术语描述,这也可以视为历史逻辑的辖区:日常现实隐含了强大的历史必然。

因此,论述文学虚构对于反抗与革命的表现,虚构类型显示了重要的分野。虚构一个大义凛然的警察,虚构一个不惧权势的工人或者小公务员,反抗的故事仿佛发生于不远的地方,带有人

---

[1] [奥地利]弗朗茨·卡夫卡:《变形记》,李文俊译,见《变形记·城堡》,译林出版社2010年版,第3页。

[2] 参见[哥伦比亚]加·加西亚·马尔克斯、普利尼奥·阿·门多萨:《番石榴飘香》,林一安译,生活·读书·新知三联书店1987年版,第46—47页。

第十二章 虚构:现实主义与乌托邦

们熟悉的气息,"常识"或者"现实"展示同时也限制了反抗与革命的历史可能——大义凛然的警察不可能指挥空军和海军联合作战,不惧权势的工人或者小公务员无法施展绝世武功伸张正义。然而,虚构一个至高的神整肃世界秩序,虚构一个"超人"除暴安良,那么,反抗与革命已经超出"常识"或者"现实"的范畴。反抗的对象如此强大坚固,反抗者的一己之力如此渺小脆弱,这时,只有某种超现实力量的协助才能奏效。《窦娥冤》的窦娥无望借助衙门申冤;血溅白练、六月飞雪、三年大旱——三个誓愿的兑现表明,她的冤情感天动地,神灵愿意代为申诉。《三国演义》第六十九回,耿纪、韦晃元宵谋反,事情败露被曹操斩杀于闹市。耿纪临刑之前大声疾呼:"曹阿瞒,吾生不能杀汝,死当作厉鬼以击贼!"这种祈愿放弃了此岸而虚构一场来自幽灵的报复。鲁迅形容"神魔小说"为"神魔皆有人情,精魅亦通世故";[1]事实上,虚构的神魔精魅肩负未竟的人情世故。构思种种奇迹惩恶扬善,犹如文学隐含的宗教情怀。文学虚构打开常识的闸门,大幅度扩大了收贮反抗欲望的空间容量。

按照精神分析学的观点,《西游记》显然可以视为反抗的范例——夸张的文学虚构与欲望的替代性实现。从权力体系、达官贵人到土豪恶霸、流氓阿飞,大众遭受诸多恶势力的欺压,甚至民不聊生。多数时候,大众涣散零落,赤手空拳,无法正面与恶势力抗衡。借助某些民间传说的酿造与启迪,大众之中相当一部分积压的受挫感终于转换为文学虚构的心理能量——一只神通广大的猴子充当了接纳想象的象征形式。作为一个著名的叛逆形

---

[1] 鲁迅:《中国小说史略》第十七篇,见《鲁迅全集》第九卷,人民文学出版社2005年版,第171页。

象,孙悟空从花果山一跃而出。这只猴子肆无忌惮地大闹天宫,尖刻地嘲弄玉皇大帝和众多神仙菩萨,继而挥舞无敌的金箍棒降伏取经途中的各路恶魔。一双火眼金睛的逼视之下,大大小小擅长伪装的白骨精无所遁形。抛开了常识的限制,如此虚构无比解气。凡夫俗子深藏于内心的种种幻梦,孙悟空轻而易举地付诸实施。一卷在手,扬眉吐气的时刻到了。对于大众来说,《西游记》的很大一部分魅力即是:甩下世俗的成规而沉浸于纵横天地的快意之中。

然而,诸如此类的快意迟早会遭到历史逻辑的讥讽,称心如意的背后隐藏了可悲的一面。文学"白日梦"的自欺成分往往超过了实践的意义。幻想只能是幻想,幻想无法攀越历史设置的门槛儿,撬开坚固的社会结构。作为一种衡量,我们——"我们"即是以读者身份栖身于常识的大众——与作品之中主人公的距离是一个特殊的指标。我们与主人公的距离愈大,文学虚构之中逾越常识的幻想成分愈多,付诸实践的意义愈弱。

亚里士多德的《诗学》曾经提道:"喜剧总是模仿比我们今天的人坏的人,悲剧总是模仿比我们今天的人好的人。"[1]诺思罗普·弗莱认为,《诗学》的观点没有获得足够的重视——亚里士多德的"好与坏"似乎陷于某种狭隘的道德观念。按照弗莱的分析,亚里士多德"好"与"坏"两个词——即 spoudaios 和 phaulos——包含重与轻的比喻含义。因此,可以依据作品主人公与我们之间的力量对比区分作品的虚构类型。弗莱的名著《批评的剖析》即是参照对比的梯度概括出若干虚构模式:其一,当主人公是神的

---

[1] [古希腊]亚理斯多德(亚里士多德):《诗学》,罗念生译,人民文学出版社1962年版,第8—9页。

时候，他的优越程度是我们不可企及的。这种故事通常是神话。神话在文学之中具有重要地位，同时又超出文学范畴。其二，如果主人公"一定程度上"比我们优越，这即是浪漫故事（romance）。这时，自然规律仅仅部分奏效，作品之中存在会说话的动物，吓人的妖魔和巫婆，具有奇特力量的护身符，等等。这些作品通常是传说、民间故事、民间童话以及种种派生的文本。其三，主人公的神奇性继续下降——他具有不凡的权威、激情以及表达力量，但是，他必须服从社会评判与自然规律，这即是"高模仿"（high mimetic），这些作品通常是史诗与悲剧。其四，主人公与我们水平相当，这即是"低模仿"（low mimetic），这些作品通常是喜剧与现实主义小说。其五，如果主人公的能力与智力低于我们，甚至让我们产生轻蔑之感，这时，作品进入"反讽"模式。在他看来，一千五百年左右的西方文学按照五种模式顺流而下，目前正处于"反讽"模式阶段。五种模式形成某种神秘的循环，"反讽"之后将重新开启神话模式。弗莱表示，"高"或者"低"并非价值评判，而是描述二者之间对比的尖锐性。[1] 这种概括去除了浪漫主义、现实主义或者现代主义与后现代主义裹挟的历史文化背景，但是，主人公与我们之间的距离显现了美学与历史的另一种有趣的权衡方式。文学形式组织的幻想、欲望或者乌托邦存在于美学的彼岸，我们栖身于历史的此岸。

根据上述文学图谱，中国的武侠小说似乎介于浪漫故事（romance）与"高模仿"（high mimetic）之间。武侠小说是一个特殊的文类。侠客形象可以远溯《史记·游侠列传》、唐代传奇以及

---

[1] 参见［加］诺思罗普·弗莱：《批评的剖析》，陈慧、袁宪军、吴伟仁译，百花文艺出版社1998年版，第1—33页。

《水浒传》。如果说，清代的《三侠五义》《儿女英雄传》沿袭了《水浒传》的说书式叙事风格，那么，相近的时间，林纾、钱基博仍然以文言文记录一些武侠传奇。20世纪20年代之后，武侠小说转向白话文，宫白羽、郑证因、还珠楼主、王度庐、朱贞木等作家均为自立门派的领衔人物。20世纪50年代开始，武侠小说移师香港与台湾地区，金庸、古龙、梁羽生、温瑞安等先后登场，号称"新武侠小说"。"新武侠小说"80年代重返大陆，金庸的声望如日中天。迄今为止，这个文类仍然声势浩大。除了传统的书籍印刷，武侠小说同时在网络小说之中占有相当一部分的份额。

"儒以文乱法，侠以武犯禁"——尚武精神显然是武侠小说的一个重要特征。封建帝国进入末期，朝廷软弱，民众蒙昧，一批志士仁人痛心疾首，他们甚至将尚武精神的匮乏视为这种状况的原因之一。梁启超在《中国之武士道》的"自叙"之中表示，"不武之民族"的称号不啻奇耻大辱。"我神祖黄帝，降自昆仑，四征八讨，削平异族，以武德贻我子孙。"[1] 然而，由于秦汉统治者的反复打击，尚武精神很快中断——他之所以胪列洋洋大观的英雄谱，半是凭吊，半是召唤。很大程度上，这些历史遗迹充当了欲望的寄托。

锄强扶弱、弘扬正义是侠客形象的一个重要内涵。人们熟悉的情节是：身陷困境，歹徒施虐，千钧一发之际，大侠突然降临，高超的武功迅速消弭了危机。尽管传统的武侠是官府的助手——例如《三侠五义》中的展昭等人，但是，侠客绝非标准的公职人员，他们的真正魅力是独往独来的自由精神。义薄云天、惩恶扬善是

---

[1] 梁启超：《中国之武士道》，见《梁启超全集》第五册，北京出版社1999年版，第1383页。

他们的内心意志，而不是唯唯诺诺地奉命行事。甩开国家机器的增援而特立独行，对于行政的繁文缛节不屑一顾，强大的武功是侠客形象之中不可分割的组成部分。新武侠小说倾向于夸大武功的神奇，那些侠客挥掌开山裂石或者飞檐走壁如履平地。尖锐的国族之争时常成为新武侠小说安置情节的舞台，然而，复杂的政治、经济矛盾很少进入这些作家的视野——文学虚构悄悄地把个人身体作为撼动情节的隐蔽支点。一个普遍流行的观念是，身体的经络之间隐藏某种奇异的能量，唤醒这些能量造就无敌的武功，这是"江湖"维持正义与秩序的保证。相对于那些出神入化的"神魔小说"，武侠小说降低了神奇的指数。法力无边的菩萨、神秘的法器或者冥界、龙宫并未出现，武侠小说更多地诉诸种种小概率的幸运事件：偶尔吞下千年雪莲，跌入古墓窥见武功秘籍，无意开启了密室的开关，突然吸走对手身体之中的功力，如此等等。尽管每一个人都拥有一副身体，但是，小概率的幸运事件才是修成正果的必要前提。面临一个善恶分明的二元世界，惊人的武功、不变的侠义心肠与无拘无束的自由精神满足了大众对于正义与安宁的期盼——侠客形象甚至比行政权力与法律体系更具安抚人心的功能。文学虚构提供的梦幻结构蛰伏于眼花缭乱的武侠小说背后，这个文类迄今魅力不衰。

三

尽管大众仍然对神魔小说与武侠小说兴致勃勃，但是，晚清至五四时期，理论的质疑已经此起彼伏。《本馆附印说部缘起》言及文学利用虚构改写世事，令"善者必昌，不善者必亡"，甚至不惜"托迹鬼神","天下之快,莫快于斯"。[1]但是,"托迹鬼神"毋宁说是双刃剑,许多批评家对其嗤之以鼻。梁启超认为,与"状元宰相""佳人才子""江湖盗贼"相似,"妖巫狐鬼"也是小说传播的精神毒素之一:"吾中国人妖巫狐鬼之思想何自来乎?小说也。"[2]邱炜菱表示:"其弊足以毒害吾国家,可不慎哉!"[3]管达如将"神怪"视为小说的一个类别,他的评价显然是负面的——"此派小说,以迎合社会好奇心为主义,专捏造荒诞支离不可究诘之事实",除了制造蒙昧与迷信,对于大众有害无益。[4]"左"翼批评家对于武侠小说的反感更为严厉。郑振铎的观点与精神分析学不谋而合——但是,他尖刻地把大众对于武侠的期盼形容为"根性鄙劣的幻想":"便是一般民众,在受了极端的暴政的压迫之时,满肚子的填塞着不平与愤怒,却又因力量不足,不能反抗,于是在他们的幼稚的心理上,乃悬盼着有一类'超人'的侠客出来,来无踪,去无迹的,为他们雪不平,除强暴。"[5]瞿秋白嘲讽这种心理是"济贫自有飞仙剑,尔且安心做奴才"[6]。茅盾进一步揭示,武侠小说虚构的反抗远非彻底,作家同时还会抬出"清官廉吏,有土而不豪,是绅而不劣,作为对照,替统治阶级辩护"[7]。总之,这些文学虚构只能构成五四

---

[1] 几道(严复)、别士(夏曾佑):《本馆附印说部缘起》,见《二十世纪中国小说理论资料》第一卷,陈平原、夏晓虹编,北京大学出版社1997年版,第26—27页。

[2] 梁启超:《论小说与群治之关系》,见《梁启超全集》第四卷,北京出版社1999年版,第885页。

[3] 邱炜菱:《小说与民智关系》,见《二十世纪中国小说理论资料》第一卷,陈平原、夏晓虹编,北京大学出版社1997年版,第47页。

[4] 管达如:《说小说》,见《二十世纪中国小说理论资料》第一卷,陈平原、夏晓虹编,北京大学出版社1997年版,第400页。

[5] 郑振铎:《论武侠小说》,见《郑振铎全集》第五卷,花山文艺出版社1998年版,第345页。

[6] 瞿秋白:《吉诃德的时代》,见《瞿秋白文集》文学编·第一卷,人民文学出版社1985年版,第377页。

[7] 茅盾:《封建的小市民文艺》,见《茅盾全集》第十九卷,人民文学出版社1991年版,第368页。

第十二章 虚构:现实主义与乌托邦

新文学的前史——五四新文学必须诉诸迥然不同的虚构。

马克思在《路易·波拿巴的雾月十八日》中讽刺地说:"弱者总是靠相信奇迹求得解救,以为只要他能在自己的想象中驱除敌人就算打败了敌人;他总是对自己的未来,对自己打算建树,但现在还言之过早的功绩信口吹嘘,因而失去对现实的一切感觉。"[1]对于神魔小说抑或武侠小说而言,"失去对现实的一切感觉"的表征是,神奇的主人公与烦闷、平庸甚至饱受欺凌的大众生活丧失了联系。这是一个令人气恼的事实。文学虚构提供的美学幻想仿佛魔住了芸芸众生,以至于他们慵懒地身陷其中。除了等待从天而降的拯救,似乎再也没有什么可以做了。然而,对于五四新文学主将来说,文学必须与反抗、革命相互激励,而不是处于分裂状态。陈独秀抨击"贵族文学""古典文学""山林文学",倡导"国民文学""写实文学""社会文学",对于"帝王""权贵""鬼怪""神仙"深恶痛绝;[2]周作人的《人的文学》强调"人道主义为本",极力排斥"迷信的鬼神书类""神仙书类""妖怪书类""强盗书类"——如《水浒传》《七侠五义》《施公案》等,[3]他的《平民文学》进一步解释说:"我们不必记英雄豪杰的事业,才子佳人的幸福,只应记载世间普通男女的悲欢成败。因为英雄豪杰才子佳人,是世上不常见的人。普通男女是大多数,我们也便是其中的一人,

---

[1] [德] 马克思:《路易·波拿巴的雾月十八日》,见《马克思恩格斯文集》第二卷,中共中央马克思恩格斯列宁斯大林著作编译局编译,人民出版社 2009 年版,第 475 页。
[2] 参见陈独秀:《文学革命论》,见《中国新文学大系 1917—1927·建设理论集》,胡适编选,上海文艺出版社 1980 年影印本,第 44、46 页。
[3] 参见周作人:《人的文学》,见《中国新文学大系 1917—1927·建设理论集》,胡适编选,上海文艺出版社 1980 年影印本,第 196 页。

所以其事更为普遍，也更为切己。"[1]文学研究会拒绝将文学视为轻松的消遣品，鲁迅与周作人共同翻译的《域外小说集》聚焦于世界范围内被压迫民族的作品——凡此种种无不显现，五四新文学主将力图组织一个新型美学共同体。这个美学共同体的特征是，大众读者与文学作品的主人公栖身于相近的生活气氛，息息相通，同甘共苦，对于恶势力的压迫同仇敌忾。他们是美学共同体的组织者，五四新文学倡导的白话成为汇聚三者的形式保证。

按照弗莱的标准，这个美学共同体从属于"低模仿"模式，亦即现实主义小说。换言之，现实主义充当了这种美学共同体的展开平台。从生活姿态、是非观念到人情世故，现实主义将文学作品的主人公与大众读者调到相同的美学频道之上。"现实主义"概念拥有复杂的理论脉络，甚至歧义丛生。很大程度上，欧洲版的现实主义作为浪漫主义的对手而出现。相对于浪漫主义的神奇、瑰丽与异域风情，现实主义的朴素、冷静与客观再现始终是一个重要含义。20世纪30年代，一批"左"翼批评家积极翻译和介绍现实主义观点。他们心目中，现实主义不仅显现出异于浪漫主义的表征，而且，现实主义的"客观再现"融入了那个时代的内容。周扬的《现实主义试论》指出：

> 现实主义的文学随着十九世纪市民支配权的确立而开拓了自己的广大的地盘。优秀的现实主义作家，大部分是市民的"不肖子"，被暴富者压碎了的破落户，或是从窒息的氛围气里跳出来的小市民的儿子，他们对于市民社会的现实并不

---

[1] 周作人：《平民文学》，见《中国新文学大系1917—1927·建设理论集》，胡适编选，上海文艺出版社1980年影印本，第211页。

觉得芬芳可爱,他们以其艺术的才能和天才的透彻力,再加上他们所熏染的市民时代固有的科学精神,大胆地描写了社会的缺陷和矛盾,达到了现实的丑恶之暴露的最高峰。英国的惯语把现实主义和对于人生丑恶面的偏爱连结在一起这已由旧现实主义的历史所证实。[1]

按照周扬的观点,这即是所谓的"批判现实主义"。这时,现实主义含义的很大一部分已经从如实、客观的叙事风格转向揭露劳苦大众的悲惨与无助。敦促劳苦大众的觉醒、反抗与革命,"如实、客观"的意义更多地显现为身临其境的感召力。相对宽泛的意义上,那些涉及反抗、革命然而异于现实主义美学风格的作品——例如郭沫若的《女神》以及《屈原》代表的历史剧——也会因为大众读者与文学作品主人公心有灵犀而被广泛接受。

现实主义观点逐渐流行的同时,"阶级"的观念逐渐清晰。在"左"翼批评家看来,"阶级"的对抗显然是现实主义正在遭遇的历史事实。这个历史事实形成的结果之一是,"阶级"观念必须对五四新文学构造的美学共同体重新编码。这时,周作人所谓的"人"或者"平民"被赋予"无产者"的阶级身份——普罗列塔利亚特作为一个响亮的概念隆重登场,无产阶级革命文学成为一个议论纷纷的主题。瞿秋白曾经分析恩格斯如何根据现实主义原则指出哈克纳斯小说《城市姑娘》的缺陷:"作者把工人阶级描写成'消极的群众,不能够帮助自己什么,甚至于并不企图帮助自己。一切企图——要想从那种麻木的穷困之中挽救出来的企图——都是

---

[1] 周扬:《现实主义试论》,见《周扬文集》第一卷,人民文学出版社1984年版,第154—155页。

从外面来的,从上面去的。……'"[1]然而,这时的无产阶级已经到了可以产生自己英雄的时刻。因此,真正的现实主义必须迎来无产阶级作为主角。现实主义构造的美学共同体内部,无产阶级革命文学必将在阶级意义上赢得大众读者的深刻呼应。

四

可是,"阶级"观念的重新编码显示了美学共同体内部一个刺眼的斑点:作家的阶级身份。他们无法跻身无产阶级之列;作为知识分子,多数作家出身于小资产阶级。

相对于无产阶级革命文学,小资产阶级是一个尴尬的身份。小资产阶级的启蒙理想与无产阶级使命存在巨大的差距。这种文化标签不仅遭到"左"翼批评家的持续贬斥,甚至遭到那些埋头写作的作家的冷嘲热讽。阳翰笙认为,小资产阶级意识的残余将"革命的罗曼谛克和个人的感伤主义"遗留于普罗文艺运动之中,阻碍了无产阶级意识的展开;[2]鲁迅轻蔑地将那些见风转舵的作家形容为"翻着筋斗的小资产阶级"——这些时而自称无产阶级作家、时而鼓吹"为艺术而艺术"的家伙如同可笑的变色龙。[3]

然而,茅盾的观点开始显示问题的复杂性。茅盾一方面坚定地赞扬苏联的无产阶级文学,决定"一脚踢开了从前那些幼稚的,没有正确的普罗列塔利亚意识而只是小资产阶级浪漫的革命情绪

---

[1] 瞿秋白:《马克斯、恩格斯和文学上的现实主义》,见《瞿秋白文集》文学编·第四卷,人民文学出版社1986年版,第17页。

[2] 华汉(阳翰笙):《普罗文艺大众化的问题》,见《中国新文学大系1927—1937·文学理论集二》,上海文艺出版社1987年版,第314页。

[3] 鲁迅:《上海文艺之一瞥》,见《鲁迅全集》第四卷,人民文学出版社2005年版,第306页。

的作品"[1]，另一方面，他又在《从牯岭到东京》和《读〈倪焕之〉》中表示，与其在无产阶级革命文学的名义之下制造若干"标语口号文学"，[2]不如根据熟悉的生活经验塑造一些小资产阶级的人物形象，例如叶绍钧的《倪焕之》。这种观点带来轩然大波——这似乎隐含偷天换日之嫌："无产阶级"仅仅充当一个空洞的理论原则，小资产阶级意识更多地盘踞于文学构思的具体环节，例如主人公的挑选、性格与内心，作家的情感倾向，如此等等。尽管小资产阶级游移不定，闪烁多变，缺乏强烈的阶级主张、政治纲领与行动的基本目标，但是，反抗的冲动与犹豫不决的观望恰恰构成了丰富的内心生活。这些内容时常显现为纤细的感觉、驳杂的感受和丰盛的感慨。如果说，"阶级"概念无法辨认如此零碎的含义，那么，这些内容更多地置于"个人主义"的名义之下。对于文学来说，"个人主义"几乎是小资产阶级人物的首要特征。五四新文学之后的众多作品之中，这个类型人物带有很高的辨识度。他们通常出身于知识分子，一卷革命杂志，满腔无名悲愤，或者聚集于校园、广场，或者穿梭于街道、密室，时而夸夸其谈，时而长吁短叹。如果无法汇入真正的革命洪流，他们就时常在"教育救国"或者"科学救国"之类的想象之中蹉跎岁月，任凭宏伟的理想枯萎成一片凋零的落叶。物以类聚，人以群分，这些感觉、感受、感慨的"理想读者"显然是另一些知识分子。这时，现实主义构造的美学共同体出现了分裂——现实主义的"真实"遭到小资产

---

[1] 施华洛（茅盾）:《中国苏维埃革命与普罗文学之建设》，见《茅盾全集》第十九卷，人民文学出版社1991年版，第308页。

[2] 茅盾:《从牯岭到东京》《读〈倪焕之〉》，见《茅盾全集》第十九卷，人民文学出版社1991年版，第187—188、212页。

摇摆的叛逆

阶级的接管乃至劫持，知识分子重新充当美学共同体的主角。由于教育与文化程度的差异，由于迥然不同的生活经验，无产阶级的底层大众再度后退，他们的反抗与革命仅仅被视为知识分子身后若干遥远的背景材料。的确，作家无法脱离熟悉的经验而任意臆造，然而，严厉的质问来自另一个方向：为什么作家始终逗留于小资产阶级的暧昧氛围而迟迟无法投身于气势磅礴的无产阶级阵营？

相当长的时间里，这恰恰是"左"翼批评家抛出的质问。当然，"左"翼批评家的知识分子身份隐含相似的烦恼。正如茅盾遭遇的矛盾：他们对于小资产阶级意识的清算时而表现为激烈的批判，时而表现为痛苦的磨合，甚至出现几丝同情。尽管如此，这个结论愈来愈明朗：作家必须意识到无产阶级与小资产阶级之间的鸿沟，并且坚定地将立场、观点、情感倾向转移过来。譬如，冯雪峰曾经以丁玲为例论及作家的阶级身份，并且指出小资产阶级意识的危害："谁都明白她乃是在思想上领有着坏的倾向的作家。那倾向的本质，可以说是个人主义的无政府性加流浪汉（Lumken）的智识阶级性加资产阶级颓废的和享乐而成的混合物。她是和她差不多同阶级出身（她自己是破产的地主官绅阶级出身，'新潮流'所产生的'新人'——曾配当'忏悔的贵族'）的知识分子的一典型。"冯雪峰写下这一段话的时候，丁玲的小说《水》刚刚发表。事实上，恰恰是《水》开始让冯雪峰刮目相看——他察觉到，丁玲正在洗心革面，逐渐成长为一个"新的小说家"。冯雪峰将阶级观念与认同无产阶级视为成熟的标志："新的小说家，是一个能够正确地理解阶级斗争，站在工农大众的利益上，特别是看到工农劳苦大众的力量及其出路,具有唯物辩证法的方法的作家!"[1]

20世纪40年代,毛泽东发表《在延安文艺座谈会上的讲话》。对于新型美学共同体之中各种元素的基本性质,这一份著名文献按照阶级观念给予界定。《在延安文艺座谈会上的讲话》涉及"文艺工作者的立场问题,态度问题,工作对象问题,工作问题和学习问题",概括地说是"一个为群众的问题和一个如何为群众的问题"。[2]这个历史时期,反抗与革命的任务是清除封建文化与帝国主义反动派,因此,无产阶级不仅依靠"拿枪的军队"战胜敌人,同时还要有一支"文化军队"。[3]文艺家必须首先意识到他们的政治任务。更为具体地说,文艺作品承担了动员、组织和加强"文化军队"的功能。这个任务同时决定了文艺的"工作对象问题,就是文艺作品给谁看的问题"。按照毛泽东的论述,工农兵构成了人民大众的主体,亦即"文化军队"的骨干部分,因此,"我们的文学艺术都是为人民大众的,首先是为工农兵的,为工农兵而创作,为工农兵所利用的"。这个基本原则不仅确认作为读者的工农兵,确认文艺在"普及"与"提高"两种策略之中强调前者,而且确认作为主人公的工农兵——他们同时是文艺作品的"描写对象"。"既然文艺工作的对象是工农兵及其干部,就发生一个了解他们熟悉他们的问题。"[4]然而,一些作家迟迟没有找到感觉。热衷

---

[1] 冯雪峰:《关于新的小说的诞生——评丁玲的〈水〉》,见《冯雪峰全集》第五卷,人民文学出版社2016年版,第62页。

[2] 毛泽东:《在延安文艺座谈会上的讲话》,见《毛泽东选集》第三卷,人民出版社1991年版,第848、853页。

[3] 参见毛泽东:《在延安文艺座谈会上的讲话》,见《毛泽东选集》第三卷,人民出版社1991年版,第847页。

[4] 毛泽东:《在延安文艺座谈会上的讲话》,见《毛泽东选集》第三卷,人民出版社1991年版,第849、863、850页。

摇摆的叛逆

小资产阶级个人主义，关注本阶级的同类，这些作家始终与工农兵形同路人，他们的作品构成了刺耳的杂声。敦促他们转移立场才能维护纯洁的美学共同体，哪怕这是一个旷日持久的工程。作为革命领袖，毛泽东提出了刚性的要求："要彻底地解决这个问题，非有十年八年的长时间不可。但是时间无论怎样长，我们却必须解决它，必须明确地彻底地解决它。我们的文艺工作者一定要完成这个任务，一定要把立足点移过来，一定要在深入工农兵群众、深入实际斗争的过程中，在学习马克思主义和学习社会的过程中，逐渐地移过来，移到工农兵这方面来，移到无产阶级这方面来。只有这样，我们才能有真正为工农兵的文艺，真正无产阶级的文艺。"[1]

作为革命斗争的基本经验，美学共同体的阶级性质获得愈来愈多的强调。无论是作家还是读者，无产阶级身份是不可或缺的护身符。脱离无产阶级队伍将成为千夫所指的"阶级敌人"。与此同时，作品之中的主人公逐渐规范为同一战壕的战友；20世纪六七十年代文艺作品遵奉的"三突出"原则甚至规定，主人公必须由无产阶级的主要英雄人物担任——反面人物乃至"中间人物"担任主人公的现象遭到疾言厉色的批评，甚至成为政治禁忌。无产阶级的阶级感情设立为美学共同体的"公约数"之后，现实主义亦非必要条件。可以从"社会主义现实主义"口号或者"革命现实主义"与"革命浪漫主义"相结合的观点之中发现，真正的中心词是"社会主义"与"革命"，文学毋宁是无产阶级解放事业的一个局部。重启"浪漫主义"表明，无产阶级步入政治舞台中

---

[1] 毛泽东：《在延安文艺座谈会上的讲话》，见《毛泽东选集》第三卷，人民出版社1991年版，第857页。

第十二章　虚构：现实主义与乌托邦

心,文学开始追求宏伟气势与瑰丽想象,兢兢业业的现实主义不够用了。历史远景已经设定,现在是无产阶级的想象从现实跑道上起飞的时刻。所谓的想象无非是即将成为现实的明天。这些想象可能是一些壮观的社会图景,一些崭新的英雄人物,或者一些昂扬的、燃烧的激情。当然,只有无产阶级掌握延展现实的历史逻辑,从而保证"革命浪漫主义"不至于迷失方向从而拐入传统浪漫主义的旧辙。日丹诺夫豪迈地解释说:"我们的文学充满了热情与英雄气概。它是乐观的,同时这种乐观并不是什么动物式的'内在本能的'感觉。它本质上是乐观的,因为它是上升阶级——无产阶级——唯一进步和先进的阶级的文学。"[1] 由于阶级概念的护航,新型美学共同体的文学虚构几乎与历史轨迹相互重叠,现实主义、浪漫主义或者乌托邦几乎构成同一历史轨迹之中先后出现的理论驿站。阶级的徽号神圣而威严。即使存在某些夸张失真,无产阶级文学仍然不可挑战。冒犯者只能在严厉的批判之中身败名裂。

这种状况延续到20世纪80年代。

五

20世纪80年代之后,现代主义的大规模登陆击穿了现实主义与阶级的文学防线。现代主义不仅带来一批晦涩的文学形式,而且热衷于推送一批落落寡合的畸零者。这些主人公游荡于边缘地带,与现代社会格格不入。他们无力主宰生活,只能以自嘲与反

---

[1] [苏联]日丹诺夫:《日丹诺夫论文学与艺术》,戈宝权等译,人民文学出版社1959年版,第9页。

讽表示反击——自嘲与反讽是现代主义文学的显眼标志之一。反抗与革命如火如荼的时刻，这些玩世不恭的性格令人失望。相对于现实主义组织的美学共同体，现代主义文学的主人公毋宁是破坏性的异己。现代社会怎么可能托付给这些人物？这是来自现实主义的诘问。

尽管如此，现实主义与现代主义的争论迅速降温。转入后现代的松弛气氛，二者之间的差异远不如预想的那么严重。的确，现实主义与现代主义代表迥异的文学想象，但是，许多人宽容地表示无所谓。美学仅仅是美学，生活一如既往——现实主义或者现代主义的差异并未深刻地影响上司的脸色或者晚餐的质量。如果说，20世纪之初的五四新文化运动召唤出一批激进的小资产阶级知识分子，他们曾经将文学视为生活的组成部分，那么，21世纪之初流行稳健的中产阶级社会学。中产阶级社会学重视循规蹈矩，波澜不惊，文学的功能仅仅是提供碎片化时间消遣的读物。这些读物浪漫、有趣、奇幻、优雅，同时提前排除撼动生活结构的危险企图。可以悬疑、惊险、激情，可以回肠荡气、血脉偾张、至情率性——但是，没有人愚蠢地谋求将这些因素付诸实践。文学虚构与生活的新型默契获得了普遍认可：之所以怂恿欲望跑到历史逻辑的前面，恰恰因为欲望放弃对于历史的改造。总之，沉浸于不羁想象带来的巨大快感，然后心安理得地奉行既定的秩序。对于中产阶级来说，短暂的精神旅行可以有效地调剂刻板的日常生活，避免单调与重复制造的倦怠。如何规划精神旅行的路线与景观？与其就近寻欢作乐，不如穿越到另一种时空构思别具一格的奇遇——事实上，穿越叙事已经盛行网络小说多年。"网络小说中的'穿越'是指主角由于某种原因（通常是意外事件）到了过去、未来或平行时空。穿越的基本设定能够有效地组织YY叙事，穿越者古今境遇的反差带来戏剧化效果。"[1]古往今来，这一项文学技术已经十分成熟。从古老的《枕中记》《南柯太守传》到吴趼人的《新石头记》、莫言的《生死疲劳》，穿越叙事源远流长。人们既可以选择肉身穿越，也可以选择灵魂穿越。张冠李戴或者借尸还魂均是穿越叙事的常见策略。通常，网络小说鼓励现代社会成员以穿越的方式回溯历史，大清王朝似乎是大部分穿越者乐于落脚的朝代。不论是《梦回大清》《绾青丝》《末世朱颜》还是《迷途》《鸾》，如此之多的网络小说证明，穿越叙事可以视为中产阶级最为青睐的"白日梦"构造机制。"YY"是"意淫"的缩写，这个名词与"白日梦"异曲同工。

中产阶级社会学的一个内在矛盾是，渴望冒险的乐趣，同时，恐惧冒险带来不可预料的结局。从投资冒险、婚姻冒险、择业冒险到追随某一个潮流或者签下某一个订单，不稳定因素可能严重威胁按部就班的生活。穿越叙事包含一个许诺，颠覆性的结局不会难堪地出现。通常，现代人物穿越进入古代带有"先知"意味。他们不仅动用各种现代知识反哺古人，更为重要的是，所有的现实冒险均已上过历史保险。主人公不受"祖父悖论"的困扰，没有人试图修改历史的谜底。因此，所谓的冒险仅仅是制造若干人生波澜，而不是押上自己的命运从事一个生死攸关的豪赌。例如，降落于清宫参与各种爱情游戏的时候，主人公决不会错认哪一个"阿哥"是未来的皇上——这种失误的代价通常是死无葬身之地。鲁迅、丁玲、茅盾、巴金那一批五四作家的主人公倾出一腔热血

---

[1] 邵燕君主编：《破壁书：网络文化关键词》，生活书店出版有限公司2018年版，第263页。

投身于启蒙与解放——哪怕失意与颓废亦非虚伪的敷衍。相对于这些炽热而天真的小资产阶级知识分子，网络小说带有明显的游戏性质。各种情节惊心动魄，但是，观众席存在一个事先划定的安全区域。对于中产阶级文化趣味来说，即使文学虚构也不会尴尬地失控。

当然，穿越叙事表明了现实的匮乏，譬如"女频"网络小说苦苦追求的爱情。至真至纯，相偎相守，心有灵犀，朝朝暮暮——对于现今的世俗社会，这些爱情传奇似乎只能成为一厢情愿的幻想。爱情即是一切——如此夸张的心愿恰恰表明爱情的稀缺。男性中心的功利主义如此强大，批判与谴责无济于事，现实主义组织的阶级共同体令人失望，"阶级"的反抗对于"性别"的苦难视而不见。这时，受挫的欲望只能转移至另一个时空抛头露面。这些欲望存在多少乌托邦的理想主义成分？

帝王的欲望是江山永固与长生不老，乞丐的欲望是丰衣足食与安居乐业，许多网络小说的爱情渴求遗留下清晰的中产阶级印记。辛辛苦苦地奔赴另一个遥远的时空收割爱情——然而，穿越叙事隐藏的若干预设破坏了爱情的"至真至纯"。首先，女主人公通常容颜姣好，甚至倾城倾国。换言之，穿越叙事并未改变以貌取人的传统观念，因此，世俗社会对于她们的蔑视令人费解——容颜难道不是最为有效的通行证？令人难堪的事实似乎是，姣好的容颜未曾在世俗社会兑换到价值相当的家庭形式。家庭通常是中产阶级安放人生的支架。许多女主人公曾经慷慨地表示，荣华富贵如同浮云，理想的家庭形式是由一副宽大的男子汉肩膀撑起来的。灵魂的呵护远比物质财富重要。然而，穿越叙事解放的文学虚构无意地暴露了她们的巨大胃口——女主人公从未穿越到荒山野岭充当一个安详的农妇，或者落入市井贫贱之家缝缝补补一辈子；相反，她们总是迅速赢得一个千金之躯，幸运地成为若干皇室"阿哥"共同的爱慕对象，运筹于宫闱之间，决胜于龙廷之上。总之，围绕于她们周围的"真命天子"英俊潇洒，财力雄厚，并且拥有至高的皇权作为后盾。如果说，男性中心的功利主义遭到了她们的鄙视，那么，穿越叙事如此钟情的"第一家庭"模式毋宁是变本加厉的超级功利主义。

这是否虚伪？——我宁可认为，家庭形式与社会构造的脱节不知不觉地催生如此幼稚的"白日梦"。许多时候，家庭被想象为漂浮于滔滔浊流的孤岛，是女主人公的灵魂栖息地。钩心斗角也罢，邀功争宠也罢，忍辱负重也罢，相夫教子也罢，所有的努力无一不是加固家庭的躯壳。按照"第一家庭"模式构思自己的理想没有什么不对，锦上添花难道不是人之常情？她们无法意识到，皇权所依附的社会只能容忍某种家庭形式。对于那种崇尚功名、崇尚男权的意识形态来说，所谓的爱情往往包含一些危险而疯狂的想法，"不爱江山爱美人"更像大逆不道。18世纪的《红楼梦》已经察觉爱情与皇权笼罩的家庭存在深刻矛盾，"情种"贾宝玉恰恰以"出家"告终，诸多皇亲国戚从未支持他迎娶挚爱的林黛玉。20世纪那一批五四作家拍案而起，慨然为皇权社会以及传统的家庭形式送终。然而，21世纪的网络小说大规模启动穿越叙事，重返大清或者另一些王朝，力图品尝皇权恩泽之下的美妙爱情。这些作家心目中，与其关注历史上的争权夺利，不如说代之以卿卿我我。穿越叙事的动人情节缀满各种历史景观、历史意象与历史知识，同时，坚硬的历史逻辑销声匿迹。前者可以充实"白日梦"的肌理细节，后者与"白日梦"的结构彼此冲突。然而，穿越叙事隐

摇摆的叛逆

藏的企图已经显露无遗：利用文学虚构绕开历史逻辑的限制。

历史回溯是如此，历史远景的注视也是如此。

六

相对于历史回溯，文学对于未来历史远景的注视显然少得多。未来历史远景是革命的重大主题，无数志士仁人愿意为之前赴后继。显而易见，未来历史远景的描述只能由虚构承担。作为一种强烈的期待，这种虚构包含很大的欲望成分，并且抛开了常识的限制。这时，"乌托邦"概念会重新进入视野。

弗·詹姆逊心目中"未来的阐释"是一种"政治行为"："它有助于重新唤醒关于可能的、另外的未来的想象，重新唤醒我们的制度——自以为是历史的终结——必然压制并使之瘫痪的那种历史性。"他对"乌托邦"这个概念深感兴趣。乌托邦可以复活思想之中长期睡眠的部分，犹如复活长期缺乏锻炼而僵硬的肌肉。在他看来，"马克思主义的政治就是一种乌托邦的计划，目的是改变世界，以一种根本不同的生产方式代替资本主义的生产方式"[1]。阐释这些观点的时候，詹姆逊援引了一批科幻小说。这个文类将未来历史远景的想象寄托于哪些因素之上？

达科·苏恩文倾向于把乌托邦纳入科幻小说："严格而准确地说，乌托邦并不是一种类型，而是科幻小说的社会政治性的亚类

---

[1]〔美〕弗雷德里克·詹姆逊：《乌托邦作为方法或未来的用途》，王逢振译，见《科幻文学的批评与建构》，〔美〕詹姆逊等著，安徽文艺出版社2011年版，第102、82页。

型（subgenre）。"[1]或许，亚当·罗伯茨的分辨更为细致。在他看来，科幻文类起源于古希腊小说之中幻想旅行作品，现今表现为三种形式："空间（到其他世界、行星和星系）的旅行故事、时间（到过去或者未来）旅行故事和想象性技术（机械、机器人、计算机、赛博格人以及网络文化）的故事。"乌托邦小说系第四种形式："应该属于科幻小说大类，虽然它以哲学和社会理论作为它的起点。"乌托邦不仅存在空间或者时间的旅行，同时还存在"故事中描绘的'理想'社会与大家所生活的不完美社会之间的隐含对比"。

对于科幻作品来说，科学技术是幻想的酵母。19世纪是奇幻转向科幻的关键时刻：前者源于魔法，后者源于技术。亚当·罗伯茨认为，"科幻小说的诞生不可能早于19世纪，正是因为在19世纪，我们现在所理解的'科学'一词获得了它的文化性认可"[2]。通常的认识之中，"科学"以严谨、客观和精确著称，人们很少意识到，科学技术的未来展望可能成为想象乃至幻想的强大动力。目前为止，太空飞船、机器人、虚拟技术不仅是科学技术的产物，也是批发科幻小说各种想象的销售站点。我想同时指出的是，科幻小说已经返回弗莱所形容的"高模仿"，与神话仅仅一墙之隔。现实主义构造的美学共同体撤出了这个文类。这个世界的多数庸常之辈无法像科幻小说主人公那样乘坐太空飞船与外星人交战，或者遁入虚拟空间摇身一变，充当一个能量惊人的英雄。总之，这些故事再度与读者拉开了巨大的距离，大众甚至没有资格出任微不足道的路人甲或者路人乙。如果说，现实主义构造的美学共同体

---

[1] [加]达科·苏恩文：《科幻小说变形记——科幻小说的诗学和文学类型史》，丁素萍、李靖民、李静滢译，安徽文艺出版社2011年版，第68页。

[2] [英]亚当·罗伯茨：《科幻小说史》，马小悟译，北京大学出版社2010年版，第1—3、15页。

隐含的意图是，大众与主人公一起平等地、齐心协力地按照阶级的理想重塑社会，那么，科幻小说更多地默认另一个前提："科学"愈来愈明显地成为左右历史演变的力量。

有趣的是，这种"科学"时常让人联想到从天而降的神奇魔术——这构成"科幻"小说的"幻想"表征。实验室里各种试管、计算机、电缆或者飞越太空的绚丽图景之所以悬浮如梦，很大程度上因为"科学"对于历史逻辑的依存关系遭到屏蔽。据称，苏联官方曾经发表关于外星生命的一个观点：掌握星际飞行的外星种族必然是共产主义社会，因为资本主义无序竞争导致的内在分裂不可能组织起星际飞行需要的庞大集体劳动。[1]尽管这种观点严重低估了另一种生产方式的成效，但是，至少作者力图恢复"科学"与历史逻辑的联系。另一种观点质疑刘慈欣《三体》中"高等科技与专制社会的配置想象"。作者的追问意味深长：一个如此专制的文明——所谓"长老"的管制显然包括精神活力的限制和生产关系组织方式的规定——能否产生如此发达的科学技术？[2]两种南辕北辙的观点共同涉及科幻小说的一个普遍盲区：某种类型的科学只能诞生于适合的社会条件之中。切断二者的联系，"科学"无异于巫师手中随心所欲的魔具。这个普遍盲区带来的一个症候是，科幻小说之中的"科学"喜怒无常。"科学"是造福人类还是贻害社会？乐观主义与悲观主义见仁见智，相持不下。换言之，"科学"是构造理想的乌托邦还是地狱一般的"恶托邦"，这个悬念远未落地。现实主义美学共同体内部，无产阶级文学积极宣扬本阶

---

[1] 参见[英]亚当·罗伯茨：《科幻小说史》，马小悟译，北京大学出版社2010年版，第235页。
[2] 参见陈舒劼：《"长老的二向箔"与马克思的"幽灵"——新世纪以来中国科幻小说的社会形态想象》，《文艺研究》2019年第10期。

第十二章　虚构：现实主义与乌托邦

级的声音，阶级即是并肩战斗的群体；然而，科幻小说无法信任"科学"以及科学家团体。没有人可以预料，与历史脱钩的"科学"可能架设哪些意外的情节。这种状况一定程度地破坏了苏恩文或者詹姆逊的期待。

相对于神魔小说与武侠小说，同时，相对于历史回溯的文学主题，科幻小说流露出明显的不安。这是投射于历史远景的阴影。文学想象未来的时候，科学并未许诺多少乐观的景象。许多科幻小说之中，情节内部的反面势力即是源于"科学"或者若干乖戾的科学家。作为一个随机的案例，《中国作家》2020年第6期"科幻小说专号"成为我的考察对象。这一期杂志共计刊登13篇科幻小说，中篇小说4篇，短篇小说9篇。从机器人、人工智能、异形生物到平行空间或者数万年、数十万年之后的生活，科幻小说的各种元素一应俱全。我不想分析这些小说的叙事结构或者人物性格特征，而是关注一个特殊主题："科学"扮演的是何种角色？

简单统计可以发现，仅有阿缺的《你听我沉默如诉说》和墨熊的《春晓行动》两部作品将主人公遭遇的困厄归咎于大自然。严格地说，只有《春晓行动》的超级冰河期是大自然的产物，《你听我沉默如诉说》中灾变——一天只能与一个人交谈——的部分原因仍然归咎于人类：人类发往宇宙的信号引来了外星人。它们发现人类过于聒噪，于是转身离去；临行之前将纳米级别的吸音机器人弥散于地球的空气之中，以至于吸收了所有外星人认为多余的声音。这时，更高级别的文明——人类还无法企及的"科学"——成为情节内部的对立因素。另一种意义上的统计表明，仅有彭绪洛、刘琦的《平行空间》和王诺诺的《三灶码头》出现了相对乐观的结局。《平行空间》的主人公在一次高原旅行之中遇险，外星人救活了他，把他安顿在异于社会的另一个平行空间，同时另行复制一个主人公返回家乡。两年之后，主人公脱离平行空间回到现实，并且与另一个自我共同面对毫不知情的家人。再三权衡之后，主人公忍痛离去——他不愿意制造亲人之间的混乱。换言之，"科学"带来的一连串意外激发了主人公崇高的道德。相对地，《三灶码头》略为平淡。一个未来人穿过时间隧道来到20世纪30年代的三灶码头，因为飞行器故障一时无法返回。他预知未来的事情，甚至帮助村民躲过了日本鬼子的残害。这篇小说留下一个温情的结尾：在村庄里一个孩子的帮助下，未来人找到飞行器丢失的零件，排除故障之后顺利返回。

另一些小说的共同特点是，"科学"以各种形式插入主人公的日常生活，点燃他们内心的欲望，某种程度地实现他们向往的目标，继而遗留一个痛苦的，甚至悲剧性的结局。陈楸帆的《剧本人生》、超侠的《偷心特工》、徐彦利的《完美恋人》均涉及爱情生活。"哪个少女不怀春？哪个少男不多情？"对于多数人来说，爱情往往是欲望最为强烈的区域，也是欲望最少获得满足的一个区域。这时，"科学"慷慨地出手干预。然而，事与愿违——芯片、纳米机器人或者"恋爱机器人"并未造就真正的人类感情。相反，一旦贪欲同时膨胀，危险可能意外地降临。宝树的《你幸福吗》犹如一个寓言：各种人造的幸福如此短暂，以至于加剧了日常生活的不幸之感。

郑军的《弗林效应》也可以视为一个大型的寓言：药物或者基因改造人为地提高了儿童的智力，但是，儿童的道德水平和法律意识并未跟上。由于儿童身份的掩护，他们的犯罪更为隐蔽，同时可以轻松地逃离法律的惩罚。《弗林效应》主题的合理延伸是：

第十二章　虚构：现实主义与乌托邦

"科学"愈来愈发达的时候，人类的道德与法律是否已经就绪——为什么如此之多的科学技术成为残害人类的帮凶？例如，意外事件来临的时候，韩松《山寨》之中那些作家的表现令人失望。孙未的《信徒》富有想象力，但是，故事的主题仍然令人担忧：如此高超的视觉技术与宣传操纵仍然接受不正当商业利益的驱使。《章鱼》表明了人类对于大自然不懈的探索兴趣，可是，这种探索显然包含了人类中心主义。

人类中心主义不仅缺乏众生平等的意识，而且，所谓的"人性"时常是一种令人担忧的品质。赵炎秋的《智人崛起》完整地阐述了高度发达的人工智能可能带来的各种问题，尽管这部小说显露出过分的图解倾向。正如许多人担忧的那样，高级智人出现了自我意识。它们追求公民权利，要求享有与自然人同等的法律地位。遭到拒绝之后，高级智人开始谋反，并且由于计划泄露而被歼灭。令人深思的是，高级智人的所有观念——从独立的人格、自尊、同情心到密谋、色诱、怯懦、背叛均与自然人如出一辙。它们几乎可以视为另一个自然人敌对国家的翻版。换言之，作家毋宁说以人类为蓝本想象高级智人——对于高级智人的恐惧，很大程度上是恐惧人类自身的投影。

现今的日常生活之中，人们正在愉快地享用科学技术，然而，"科学"无法提供铺设未来的理想材料。科幻小说之中，"科学"带来了惊险、奇幻与悬念，人们并未如期抵达安宁祥和的空间，相反，读者暗自庆幸的是不必存活于如此酷烈的环境。当然，更多的人对于这种庆幸嗤之以鼻——需要如此认真吗？如同神魔小说、武侠小说或者穿越叙事学，科幻小说不负责生活的实践指南。作为一个文学元素，"科学"承担仿造未来的修辞术，正如宫

摇摆的叛逆

殿、龙袍或者刀剑成为仿造古代的修辞术。由于精致而逼真的包装，娱乐的质量精益求精。娱乐是这个时代的巨大产业，也是科幻小说方兴未艾的原因。这是一个前所未有的文化福利：虚构与"科学"联袂登场——逾越常识的虚构成功地获得了科学话语的认证，从而及时将互联网、芯片、人工智能、基因技术以及形形色色的外星人纳入中产阶级消遣的节目单。

第十二章 虚构：现实主义与乌托邦

第十三章　危险的日常情调

一

20世纪50年代的文化气氛之中,《青春之歌》流露的某种隐秘气息很快引起了普遍的关注。许多人察觉到林道静——小说的女主人公——身上的特殊韵味,并且私下痴迷暗恋;另一方面,这种特殊韵味遭到了批评家的严厉谴责,他们认定的性质是"小资产阶级情调"。林道静的软弱、感伤、狂热、虚荣无一不是小资产阶级分子的表征,而且,当革命风暴愈来愈猛烈的时候,她竟然无所事事地在海滨的沙滩闲逛,拾贝壳或者"整日坐在一块浸在海水里的巨大的岩石上"。[1]大半个世纪之后,当时的许多争论业已成为历史的陈迹。尽管如此,这个谜团并未因为时间的距离而清晰起来:为什么游荡海滨沙滩是小资产阶级的可鄙行为?造访山水又有什么不对?

寄情山水曾经是中国古典文学的一个重要主题。"穷则独善其

---

[1] 参见郭开:《略谈对林道静的描写中的缺点》,《中国青年》1959年第2期。

身，达则兼济天下"，古代的士大夫时常徘徊于庙堂与江湖之间，放浪山水象征了归隐和出世。怀才不遇也罢，窥破世情也罢，山石林泉是士大夫远离权力体系的精神栖居之所。不论是渔樵唱晚还是带月荷锄，这些情趣无不包含了拒绝权力体系奴役的生活姿态。这种姿态甚至逾越古典社会的边界延续到五四新文化运动之后。周作人、丰子恺、梁实秋、林语堂的许多散文随笔无不宣示了悠然自得的闲情逸致。

林语堂在《悠闲生活的崇尚》一文中力图澄清一个观点：悠闲生活并不仅仅是资产阶级有钱人的可耻享乐。一些古代的潦倒文人辞官弃禄，宁可抛开名利而赢得灵魂的自由。然而，这种申辩似乎无效。多数人宁愿认为，食物比审美重要，收入比自由重要。没有富裕，何来悠闲？《儒林外史》第二十九回，两个挑粪汉子收工之后相约饮茶，登雨花台观赏落日——这个奇特的片段之所以被人们反复提及，恰恰因为一个心照不宣的常识：通常的劳苦大众没有如此享受的闲暇，自然风光以及后续的种种美学情趣多半是有闲阶级的所为。所以，成仿吾当年曾经愤慨地斥责鲁迅、周作人等"语丝派"的悠闲风度：

> 他们的标语是"趣味"；我从前说过他们所矜持的是"闲暇，闲暇，第三个闲暇"；他们是代表着有闲的资产阶级，或者睡在鼓里面的小资产阶级。他们超越在时代之上，他们已经这样过活了多年，如果北京的乌烟瘴气不用十万两无烟火药炸开的时候，他们也许永远这样过活的罢。[1]

---

[1] 成仿吾:《从文学革命到革命文学》,《创造月刊》1928年2月1日第1卷第9期。

第十三章　危险的日常情调

当然，这种观念其来有自。凡勃伦的《有闲阶级论——关于制度的经济研究》认为，有闲阶级的标志是拒绝从事低贱的生产性劳动："'有闲'的既有成就所表现的大都是'非物质'式的产物。这类出于既有的有闲的非物质迹象是一些准学术性的或准艺术性的成就，和并不直接有助于人类生活进步的一些处理方式方法方面及琐细事物方面的知识。"[1]凡勃伦列举的例子是语言学、诗歌韵律、家庭音乐、各种竞技与运动比赛等，游山玩水显然是有闲的典型症候。鲍德里亚进一步指出，休闲表明的真实含义是，自由的时间支配与享受，人们没有必要遭受生产性劳动的刚性约束："生产性劳动是低贱的：这种传统从未真正消失。它只是伴随着社会区分的复杂化而被加强了。最终，它似乎成为一种绝对的命令，一种众所周知的公理——甚至存在于中产阶级对劳动的赞扬与对懒惰的谴责之中。"[2]

没有理由粗暴地否决"有闲"的历史贡献。很大程度上，"有闲"成为相当一部分"文明"诞生的必要条件：

> 审美艺术和思辨科学完善人类生活。它们不是必需的——尽管为了美好生活可能需要它们。它们是人类闲暇的产物，是其最美妙的果实。若无闲暇，审美艺术和思辨科学既不可能出现，也不可能结出丰硕的果实。闲暇是专属于人类的，是实用艺术的产品培育起来的。亚里士多德告诉我们："数学之

---

[1] [美]凡勃伦:《有闲阶级论——关于制度的经济研究》，蔡受百译，商务印书馆1964年版，第37页。

[2] [法]让·鲍德里亚:《符号政治经济学批判》，夏莹译，南京大学出版社2015年版，第79页。

所以兴于埃及，就因为那里的僧侣阶级被特许拥有闲暇。"[1]

尽管如此，这种观点忽略了社会分工背后的不公。许多时候，生活必需品——例如粮食——远比"有闲"的文化生产辛苦，而获得的报酬远为低廉。劳苦大众丧失了接受教育的条件，他们甚至没有机会表现文化生产需要的聪明才智。因此，许多人心目中，有闲阶级的存在条件是不劳而获——他们与腐朽的资产阶级仅有一步之遥。因此，林道静轻松漫步于海滨沙滩的时候，奉送一个"小资产阶级"的桂冠并不为过。

这些小资产阶级无疑是城市的儿女。对山水风景的迷恋代表了城市文化的品位。正如雷蒙·威廉斯所言，"劳作的乡村从来都不是一种风景。风景的概念暗示着分隔和观察"[2]。真正的工农大众只能将山水作为生产性工具使用。品鉴山水是一种外部视角，山水成为外来者审美与玩味的对象；这个意义上，两种文化趣味表明的是两种相异的身份，城市显示的是隐蔽的文化优越。《乡村与城市》中，雷蒙·威廉斯进一步阐述了文学热衷"田园诗"的危险性：土地剥离出财富关系组织到风景消费之中，农业生产被私人的静谧、安详所掩盖。雷蒙·威廉斯形容那种人为的风景为"农业资产阶级艺术"。在他看来：

没有农业劳作和劳工的田园风光；树林和湖泊构成的风景，这在新田园绘画和诗歌中可以找到一百个相似物，生产的事实被从中驱除了，道路和通道被树木巧妙地遮蔽，于是交

---

[1] 陈嘉映等译:《西方大观念》，华夏出版社 2008 年版，第 52 页。
[2] [英]雷蒙·威廉斯:《乡村与城市》，韩子满、刘戈、徐珊珊译，商务印书馆 2013 年版，167 页。

第十三章　危险的日常情调

通在视觉上遭到了压制；不协调的谷仓和磨坊被清出了视野；林荫路一直通向远处的群山，在那里没有任何细节来破坏整体的风景……[1]

因此，批评家的谴责背后同时隐含了乡村对于城市文化的批判，这是小资产阶级批判的火力延伸。寒来暑往，春种秋收，种瓜得瓜，种豆得豆，农业文明生产方式造就的价值观念通常拒绝各种来自城市文化的"恶习"：奢侈，浮华，享乐，不切实际的夸夸其谈，还有所谓的"审美"——后面二者常常被视为知识分子的"气质"或者"情调"。对于文学来说，乡村的真淳与城市的肮脏始终是一个若隐若现的传统。李欧梵指出 20 世纪 30 年代的一个奇特的文学现象：尽管许多文学杂志、出版中心以及"乡土"作家无不寄居于上海，但是，"五四以降中国现代文学的基调是乡村，乡村的世界体现了作家内心的感时忧国的精神；而城市文学却不能算作主流。这个现象，与 20 世纪西方文学形成一个明显的对比"[2]。当农村包围城市成为著名的革命策略之后，这个传统赢得了政治的肯定。这时，乡村的工农大众构成了革命主体。浩浩荡荡的革命洪流之中，那些来自城市的进步知识分子之所以是一个刺眼的存在，所谓的"气质"或者"情调"令人反感。他们主动投身于革命，同时，他们对于革命的憧憬以及实践形式与乡村的工农大众存在相当大的距离。青春期激情、来自学潮的革命知识与自以为是的想象时常在真实的革命运动之中受挫，感伤、牢骚和抱怨多半成为受挫之后的普遍心理。不论是丁玲、茅盾的早期

---

[1] [英] 雷蒙·威廉斯：《乡村与城市》，韩子满、刘戈、徐珊珊译，商务印书馆 2013 年版，173 页。
[2] [美] 李欧梵：《现代性的追求》，生活·读书·新知三联书店 2000 年版，第 112、111 页。

小说还是延安时期王实味、萧军的言行，人们可以从这些小资产阶级知识分子身上察觉城市文化的潜在塑造。从 20 世纪 50 年代的《我们夫妇之间》到 60 年代《霓虹灯下的哨兵》，乡村与城市的二元对立构成了不变的叙事背景——城市始终置身于贬义的话语场域之中。批评家的贬斥言辞之中，城市往往散发出纸醉金迷的腐朽气息，城市文化被暗示为小资产阶级的温床。

从风景、有闲阶级、城市文化到小资产阶级，我试图追溯林道静的沙滩与小资产阶级情调之间隐蔽的理论连接。事实上，"林道静们"的日常生活品位——他们的服饰、饮食、待人接物、业余兴趣——无不遵循相似的逻辑遭受监督、贬斥乃至打击。所谓的生活品位，各种琐碎的细节背后存在一个庞大的阶级基础。于是，那种只可意会的"小资产阶级情调"终于成为声名狼藉的众矢之的。

二

现在，我要再度返回这个多少有些意外的事实：所谓的"小资产阶级情调"具有极为顽强的生命力。尽管革命的暴风骤雨势不可当，但是，小资产阶级仅仅暂时地潜伏。只要出现一个小小的间歇，小资产阶级文化趣味立即会破土而出，开始萌芽和生长。文学始终是小资产阶级文化的首要据点。如果说，鲁迅的《伤逝》、丁玲的《莎菲女士的日记》乃至巴金的"激流三部曲"无不显示了启蒙初期的个性解放，那么，当阶级意识成为革命的动员之后，文学知识分子的纷杂思绪扰乱了坚定的阶级立场。感伤，慨叹，彷徨，颓废，犹豫和怜悯，不合时宜的美学追求，因为清高而孤芳自赏，这些文学知识分子的文化性格无法赢得某一个阶级性质的经典表述。他们多半被抛入无产阶级与资产阶级之间的模糊地带——小资产阶级。他们身上具有如此之多无可名状的情绪,似乎只有如此含混的称谓才能接纳。令人惊奇的是,"小资产阶级"的贬称无法彻底遏制文学知识分子的思想出轨。从丁玲的《在医院中》、路翎《洼地上的"战役"》到王蒙的《组织部新来的青年人》、宗璞的《红豆》以及杨沫的《青春之歌》,小资产阶级情调的文学表现不绝如缕。即使在20世纪六七十年代的文化隆冬季节,小资产阶级文化趣味仍在地表之下积累。因此,20世纪80年代,开启另一个文学段落的先锋是来自一批地下诗人之手的"朦胧诗"。尽管存在"我不相信"这种激烈的呐喊,但是,"朦胧诗"的大部分诗句迷茫低回,沉郁忧伤:"沿着鸽子的哨音/我寻找着你/高高的森林挡住了天空/小路上/一颗迷途的蒲公英/把我引向蓝灰色的湖泊"[1];或者,"不是激流,不是瀑布,是花木掩映中唱不出歌声的古井"[2]——这种风格再度证明,文学知识分子"灵魂深处"的小资产阶级王国并未摧毁;那些多余的温柔和感伤仍然盘旋在敌对阶级刀光剑影的缝隙之间。

或许必须难堪地承认,大半个世纪的文化改造运动之中,工农大众并未真正赢得文化领导权——许多声势浩大的批判挟带的是政治与行政的威权。因此,文化规训的成效更多地显现为观念的威慑和滔滔不绝的理论言辞。日常生活之中,那些小资产阶级的文化趣味时常悄悄地复活,无声地俯视工农大众的质朴与简陋。尽管"农村包围城市"的革命策略形成的文化氛围从未过时,但是,那些落户乡村"接受教育"的插队知青仍然在某些方面保持了无

---

[1] 北岛:《迷途》,见《朦胧诗选》,阎月君等编选,春风文艺出版社1985年版,第19页。
[2] 舒婷:《呵,母亲》,见《朦胧诗选》,阎月君等编选,春风文艺出版社1985年版,第46页。

形的美学优势,例如发型、步态、外套的领子款式或者裤管尺寸。韩少功的长篇小说《日夜书》如此描述当年插队知青的特殊装束:

> 操一口外地腔的,步态富有弹性的,领口缀有小花边但一脸晒得最黑的,或脚穿白球鞋但身上棉袄最破的,肯定就是知青仔了。他们坚守一种城市的高贵(小花边、白球鞋等),又极力夸张一种乡村的朴实(最黑的脸、最破的棉袄等),贵族与乞丐兼于一身,有一点自我矛盾的意味,似乎不知该把自己如何打扮。[1]

这种装束力图传达的首要信息是,拒绝乡村农民的服装美学认同。虽然城市遗弃了插队知青,但是,无论是铿锵的革命言辞、近于颓废的日常举止还是保留了城市痕迹的服饰风格,多数知青仍然有意地与农民的鄙俗拉开距离。他们的内心并未被乡土文化真正征服。事实上,只要乡村的位置稍稍后撤,小资产阶级的文化趣味就会以十倍的热情卷土重来。王安忆的小说《冷土》细腻地再现了乡土文化与城市的较量以及此起彼伏。女主人公刘以萍是一个来自乡村的工农兵学生,学业结束之后,她终于如愿地定居于一个小城市。这时,城市生活既是她向乡土文化炫耀的资本,也是她脱胎换骨的无形屏障。尽管刘以萍逐渐熟悉了面霜、发乳、洗发精、香皂、花露水等诸多城市用品,但是,骨子里的"土气"还是让她久久伤神。费尽周折嫁给城里的一个孱弱的教师,她并未获得真正的满足。婚礼上那个活跃的伴娘如此轻易地夺走了丈夫的目光,城市造就的文化修养和开朗性情是刘以萍竭力模仿同

---

[1] 韩少功:《日夜书》,上海文艺出版社2013年版,第100页。

第十三章 危险的日常情调

时又无法企及的。相对于城市的开放、自信、多元，那些风格保守的乡土文化常常自惭形秽，甚至溃不成军。《冷土》展示了城市挫败乡土文化的一个简单片段。刘以萍考虑为自己的约会配备一件呢子外套，她向同屋一个女记者——一个城市的职业女性——询问如何选择呢子外套的颜色：

> 小邵正坐在桌子前梳头，她打算请小邵作作参谋：
> "小邵，我想买呢子外套，你说什么颜色好看？"
> "黑的。"小邵不假思索地肯定地说。
> 黑的？刘以萍就是不喜欢黑的。她联想到大刘庄上小姊妹日思夜想的黑灯草绒外套。不，她不能穿黑的。"除了黑的呢？"她又问。
> 这次，小邵认真地思索了一会儿，然后说："还是黑的好。"
> 刘以萍不吱声了，她决定独立自主。[1]

刘以萍按照自己的心意买了一件花格子的呢子外套，鲜艳夺目。然而，她很快后悔了。城市的服装美学显然垂青黑色的呢子外套，夺目的鲜艳恰恰显示了城市的异己形象。这个文化误判的代价是损失一个月的生活费用。如果说，《冷土》表明了乡土文化进入城市之后如何遭受不动声色的驱逐，那么，20世纪90年代之后，乡土文化的自身开始解体。年青一代的农民大规模涌入城市务工，乡村迅速空心化。乡土文化丧失了实践的主体，乡村的公共空间仅仅留下城市符号的拙劣模仿。许多人很快想到了贾平凹

---

[1] 王安忆:《冷土》，见《尾声——王安忆中短篇小说集》，四川人民出版社1983年版，第81—82页。

的《秦腔》。《秦腔》的清风街曾经有那么多的人痴迷秦腔,这种唱腔就是一个地域欢乐与痛苦的全部寄托。然而,对于乡村的年青一代来说,这种乡土文化几乎完全丧失了魅力。一条高速公路如同脐带将乡村连接到城市的躯体,后者不仅送来了酒楼和商店,而且送来了流行文化。尽管少数年轻的本土演员仍在扮演传统的守护者,但是,大面积的衰败无可避免。我曾经指出,《秦腔》之中的乡土文化似乎到了不堪一击的那一天——城市的胜利似乎轻而易举:"清风街的地盘里,秦腔的对手不过是一个外来的流行歌爱好者。然而,就是那种'软不沓沓的'[1]、吊死鬼寻绳'的曲调却征服了许多人。年轻人的心目中,流行歌似乎代表了文明、时尚和光怪陆离的大城市文化。爱的代价、失恋、牵手、你是我最苦涩的等待——这些浅显的辞句和主题谁都能听明白。"[2]

城市的文化复辟再度抛出一个愈来愈尖锐的问题:尽管小资产阶级文化趣味屡遭重创,为什么工农大众无法取而代之,积极承担美学先锋的使命?

三

迄今为止,工农大众的工作伦理尚未生产出一套成熟的美学——这种美学不仅可以摧枯拉朽一般地清除小资产阶级文化趣味,而且可以提供一套独具一格的审美观念以及经典之作。

按照鲍曼的观点,所谓的工作伦理存在一个前提:"人类为了获得生存与快乐所必需的事物,必须去做那些被他人认为有价值

---

[1] 软不沓沓的,应作"软不塌塌的"。
[2] 南帆:《找不到历史——〈秦腔〉阅读札记》,《当代作家评论》2006年第4期。

并值得为此支付报酬的事情"[1]。这个前提似乎天经地义。然而，马克思主义政治经济学即是在这个天经地义的前提背后发现了剩余价值的重大秘密。流水线上的辛勤劳动，大规模的商品交换，剩余价值的产生，公然的或者不动声色的剥削，资本家在公平的名义之下攫取财富，无产阶级逐渐沦为赤贫——当他们一无所有的时候，这个阶级共同体将愤然而起，挣脱自己身上最后的锁链，推翻资产阶级政权，充当历史的主人。无论具体的步骤多么曲折，这都将是必然实现的前景：始于日常的普通劳动，终于革命造就的新型政治。

相对地，美学从未产生如此清晰的理论前景。大多数工农大众爽朗、乐天、通达、坚忍，一定范围的集体劳动形成了他们的合作精神。从房屋建筑、服饰装束到戏曲演唱、年画剪纸，工农大众的普遍格调是大红大绿，高亢明亮。然而，这种美学范式仅仅停留于过往的历史。当今，工人阶级的"大老粗"风格和贫下中农吃苦耐劳的形象无法真正地跨越某种文化门槛儿，转换为权威的美学标准。换言之，工农大众尚未拥有强大的文化自信。相对于文人雅士的浅吟低唱，工农大众的美学无法赢得真正的制高点。按照皮埃尔·布尔迪厄的观点，无论是家庭出身还是学院教育，工农大众尚未赢得足够的文化资本。他们不仅是经济上的弱者，而且，他们的文化观念始终无法登上发言的讲坛，征服听众。

作为一个革命领袖，毛泽东发表的《在延安文艺座谈会上的讲话》力图将这种文化自信赋予工农大众。这一份革命文献不仅认为，"我们的文学艺术都是为人民大众的，首先是为工农兵的，为工农兵而创作，为工农兵所利用的"，而且，必须创立和完善工

---

[1] [英]齐格蒙特·鲍曼：《工作、消费、新穷人》，仇子明、李兰译，吉林出版集团有限责任公司2010年版，第35页。

摇摆的叛逆

农大众独特的审美观念。知识分子有义务"提高"工农大众的专业水平，但是，这种"提高"必须拒绝资产阶级和小资产阶级的立场，"而是沿着工农兵自己前进的方向去提高，沿着无产阶级前进的方向去提高。而这里也就提出了学习工农兵的任务"。然而，相当长的时间里，这个命题的实践并未如同预料的那么成功。工农大众无力造就一大批自己的艺术家——作为阶级的儿子，这些艺术家拥有执行本阶级审美观念的能力；另一方面，那些知识分子迟迟无法摧毁灵魂之中的小资产阶级王国，他们总是情不自禁地将自己的出身烙印打在作品之上，"顽强地表现他们自己"。[1] 乡村劳作的挑担、挥锄或者开镰收割水稻曾经作为绘画素材或者舞蹈动作的原型，沸腾的车间或者欢乐的田野一度是诗歌或者散文的时髦，然而，这些尝试大部分乏善可陈。大部分作品无法摆脱僵硬的"概念化"或者"公式化"，艺术家按照概念的预设千篇一律地构思故事的起承转合，甚至充当虚假的意识形态伪饰。例如，20世纪50年代风靡一时的"大跃进民歌"曾经因为伪造的乐观而饱受诟病。某种程度上可以说，工农大众对于自己生产的文化产品并没有太大的兴趣。许多时候，他们宁可沉醉于古老的地方戏曲，重温那些帝王将相或者书生小姐的老故事。

工农大众与小资产阶级格格不入的症结是什么？布尔迪厄从社会学的调查数据之中发现，大众美学"是建立在肯定艺术和生活的连续性的基础上，这种肯定意味着形式服从于功能"[2]。相反，

---

[1] 毛泽东：《在延安文艺座谈会上的讲话》，见《毛泽东选集》第三卷，人民出版社1991年版，第863、859—860、875页。

[2] [法]皮埃尔·布尔迪厄：《区分：判断力的社会批判》（上册），刘晖译，商务印书馆2015年版，第7页。

第十三章 危险的日常情调

那些文化贵族倾向于阻断艺术和生活的联系,"无关利害"的审美静观是他们有闲、高雅、学识以及艺术禀赋的证明。这一切无不追溯至高贵的出身和良好的教养。然而,对于拥有"文以载道"悠久传统的中国知识分子来说,康德式的审美观念仅有微弱的影响。许多人曾经提到一个生动的例子:郁达夫的《沉沦》。那个忧郁、感伤的主人公一面在唯美的气氛之中诵读华兹华斯或者海涅的诗集,一面将所有的不如意——尤其是他的性苦闷——归咎于国家的贫弱。换言之,对于《沉沦》的主人公乃至对于郁达夫这一批五四新文学的作家来说,审美并非某种超然的品位——审美是与个人生活的解释联系在一起的。

我试图重新锁定这个关键词——"个人"。会聚在五四新文学旗帜之下的作家普遍接受了个性解放的观念。"我是我自己的",文学是冲破封建家族桎梏的激越号角。这时,各种富于抒情意味的个人形象出现在文学地平线上。浪漫主义狂飙运动带来了郭沫若《女神》那种高蹈超迈的抒情主人公,他们呼风唤雨,激情四溢;另一方面,一大批纤弱、忧郁、感伤的知识分子形象联袂而至,他们时常长吁短叹,怨恨命运不公,理想幻灭,或者因为失恋的痛苦而几近自杀。浪漫型或者感伤型的个人形象如同小资产阶级的文化标志。然而,短暂的文学青春期结束之后,工农大众对于浪漫型或者感伤型的个人形象表示出莫大的反感或者鄙视。在我看来,这个节点显示出小资产阶级与工农大众之间重大的美学差异:如何处理作品之中的个人形象。

由于缺乏强大的阶级背景,小资产阶级仅仅是一种零散的聚合——没有哪一种共同的经济利益将他们组织为一个富有进取精神的整体。许多时候,他们形影相吊,寂寞地咀嚼一己的小小悲欢，他们的清高与猥琐往往是同一枚硬币的两面；用鲁迅在《一件小事》里的话说，他们的"皮袍下面"藏了一个"小"字[1]。相形之下，恰恰由于一无所有，恰恰由于缺乏剩余的个人财富，无产阶级追求的是阶级的整体。当觉悟的无产阶级将拯救人类视为不可推卸的历史使命时，"个人"范畴由于舍弃了私利而逐渐淡隐。无论是相似的经济状况、革命的政治信念还是崇高而远大的理想，这个阶级共同体拥有坚不可摧的凝聚力。从一无所有到大公无私，这种雄伟的阶级形象没有给卿卿我我的个人形象保留足够的空间。

然而，迄今为止，这种雄伟的阶级形象仅仅是一个理论的存在。许多无产阶级的阶级成员并不符合这些理论词句的标准。这时，工农大众美学不得不面对一个令人苦恼的问题：如何以各种日常细节充实雄伟的阶级形象？无产阶级的总体经验是否取缔了个人的一切——不可重复的个人经历、难于分享的内心秘密、汹涌的激情或者无名的惆怅？信念坚定地认可一个遥远的阶级归宿之后，个人的多愁善感就是一个可耻的罪过吗？从阶级政治的范畴抛入美学领域，这个问题并未得到令人信服的处理。

这时，工农大众推崇的美学类型可能显露出狭窄或者空洞的一面。粗犷、刚健、明朗、质朴，工农大众展示的美学类型常常与集体形象联系在一起。抒集体之情，设置复数的叙述者，一个公共的视角，一批人共同担任舞台的主人公，如此等等。音节嘹亮的长诗，"啊——"的咏叹包含了按捺不住的激情，聚光灯下的英雄从来没有犹豫和彷徨，獐头鼠目的阶级敌人不堪一击——即

---

[1] 鲁迅：《一件小事》，见《鲁迅全集》第一卷，人民文学出版社 2005 年版，第 482 页。

第十三章　危险的日常情调

使偶尔涉及男欢女爱的主题，边陲之地民歌的爽朗和泼辣堪为标本。当然，还有轰轰烈烈的劳动。这时的劳动仅仅保存一个主题：豪迈。豪迈通常是集体劳动的伴随物。场面宏大，众声喧哗，个人的内心纵深仿佛被彻底铲除，疲累、艰辛以及各种小小的哀怨迅速淹没在壮观的气势之中。巨大的集体面具不由分说地覆盖了卑微的个人，集体往往形成超出个人相加总和的强悍风格。现今一个有趣的例子即是风行的广场舞。形成一个集体之后，那些慈眉善目的"大妈"对于公共空间"清静权"的诉求轻蔑地嗤之以鼻。所谓的"清静"以及相近的"素雅""含蓄""精致""恬淡"无非一套造作的装腔作势，可鄙的小资产阶级个人主义不足挂齿。换言之，各种围绕个人形象的纷繁枝节被慷慨地删除干净。

人们当然听到了强烈的质问：抛开了个人形象，所谓的历史是否完整？一个由优质革命分子组成的阶级共同体与腐朽、垂死的没落阶级对垒，胜负的历史结局必然不存在任何悬念。然而，如果理论许诺的社会远景迟迟未兑现，以往的叙述可能遗漏了什么。个人形象的缺席是否历史叙述的缺陷？例如，回避个人经验的集体劳动仅仅制造出某种空心的高亢。集体场面结束之后，劳动者个体的生活体系远远超出了"豪迈"的范围，甚至恰好相反。简单的表象再现之后，这种贫乏的美学无法走得更远。

作为历史的领跑者，政治经济学叙述了无产阶级的阶级形象。对于工农大众美学来说，延续和扩展政治经济学的故事需要另一批饱满的性格。如果作家无法在社区或者乡村的众多角落发现这些形象，那么，那些小资产阶级专注的个人形象撤走之后，文学上的空白会特别显眼。

四

我曾经反复提到小资产阶级与中产阶级的复杂纠缠：二者是同一批社会成员分裂出来的两种形象。各种主题纷繁的理论故事之中，二者时常混为一谈。共同的经济地位形成了等量齐观的社会学效果。然而，在我看来，二者之间的最大差异即是显现于美学与日常情调之中。

无论是小资产阶级还是中产阶级，二者的辨识无不依赖周边的参照坐标——左边的底层工农大众和右边的资产阶级分别勾出了明确的边界。毛泽东发表于20世纪20年代的《中国社会各阶级的分析》认为，中产阶级与小资产阶级并非同一批社会成员，他们的经济状况依次递减。中产阶级靠近"右"翼，与资产阶级毗邻而居；小资产阶级靠近"左"翼，是工农革命的后备力量。时至今日，二者之间经济状况的差距已经没有太大的意义，或者可以说，他们已经属于相近的收入区域。因此，我更倾向于认为，"小资产阶级"或者"中产阶级"两个概念从属于不同的理论叙述脉络。各种理论叙述脉络分别展示社会成员不同的精神切面。

工农大众、中产阶级、资产阶级的递进式排列多半是政治经济学叙述。各个阶级在经济发展之中的位置、作用和经济追求决定了他们不同的文化性格。中产阶级往往梦想加入"高尚"的资产阶级行列，进入富庶阶层，兢兢业业的工作和按部就班的经济积累是他们的常规手段。很大程度上，他们的文化性格与他们的经济地位一样乏味，保守、平稳、谨慎和企求安全成为精神面貌的基本表征，以至于马尔库塞曾经轻蔑地将他们形容为"单向度的人"。事实上，布尔迪厄的《区分：判断力的社会批判》对于小资产阶级的某些分析毋宁说指的是中产阶级。布尔迪厄发现，他们拘谨而刻板地遵循各种美学教程，对于资产阶级文化权威毕恭毕敬，生怕因为某种错误而遭受嘲笑，甚至被抛到无知的工农大众之列。[1]某些时候，他们可能突然对于贵族和资产阶级共同守护的价值体系表示不屑。按照布尔迪厄的解释，这种叛逆仍然是曲折的归顺——他们仍然企望纳入资产阶级，叛逆仅仅由于这种企望暂时受阻："既在经济上享有特权又被（暂时）排斥出经济权力现实的资产阶级少年，有时以一种对同谋的拒绝来反对他们不能真正据为己有的资产阶级世界，这种拒绝在审美或唯美主义倾向中找到了其特别的表达。"[2]

相对地，工农大众、小资产阶级、资产阶级的递进式排列如同"阶级"范畴绘制的文化图谱。这一幅文化图谱描述了他们之间相异的文化趣味或者美学理想。通常认为，小资产阶级可怜地栖身于两大阵营之间一个无所适从的狭小缝隙，摇摆于资产阶级的诱惑和无产阶级的感召之间。如果没有来自"左"翼的火力拦截，他们很快会可悲地堕落，投入资产阶级文化的怀抱。现今看来，这一幅文化图谱存在某种程度的失真。许多时候，小资产阶级文化意外地显示出充当主角的性格，甚至制造出种种柔软的或者激进的文化攻势。如果说，工农大众拥有的粗犷美学无法彻底清除无孔不入的小资产阶级情调，那么，另一些时刻，小资产阶级还可能抛开温情脉脉的面纱，放肆地亵渎资产阶级文化体系，例如

---

[1] 参见［法］皮埃尔·布尔迪厄：《区分：判断力的社会批判》（下册）第六章，刘晖译，商务印书馆2015年版。

[2] ［法］皮埃尔·布尔迪厄：《区分：判断力的社会批判》（上册），刘晖译，商务印书馆2015年版，第90页。

摇摆的叛逆

现代主义文化的崛起。作为现代主义文化的组成部分，人们不仅可以看到绘画、音乐、文学的巨变猛烈地挑战艺术史的经典体系，同时还可以发现来自西方年轻知识分子各种乖张言行制造的一系列冲击，例如罢课、游行、吸毒、性解放、嬉皮士风格，如此等等。

作为一个社会学家，丹尼尔·贝尔的《资本主义文化矛盾》倾向于将现代主义文化的崛起叙述为资本主义文化内部的断裂和矛盾。在他看来，资本主义经济领域的组织形式与现代主义文化标榜的"自我"脱节了。16世纪的时候，西方文化之中的"自我"一方面造就了野心勃勃的企业家，另一方面造就了放浪不羁的独立艺术家，二者合力开拓了现代西方世界。然而，两种冲动很快形成了对立。"资产阶级企业家在经济上积极进取，却不妨碍它成为道德与文化趣味方面的保守派。资产阶级的经济冲动力被导入高度拘束性的品格构造，它的精力都用于生产商品，并形成一种惧怕本能、自发和浪荡倾向的工作态度。"这种态度遭到了"现代主义的激烈实验型个人主义"的憎恶与猛烈攻击。"这些艺术大师都乐意开创新的经验，同时又痛恨资产阶级的生活。"[1]尽管许多"左"翼批评家认为，所谓的现代主义是小资产阶级颓废情绪的发作，这种反抗只有个人主义的愤怒而缺乏阶级分析的基础，但是，人们不得不承认，现代主义秉持另类的文化形象对资产阶级表示了严重的不恭。

无论贝尔的解释是否完整，人们至少可以察觉，小资产阶级文化远非仅仅徘徊于工农大众与资产阶级之间首鼠两端；小资产

---

[1] [美]丹尼尔·贝尔：《资本主义文化矛盾》，赵一凡、蒲隆、任晓晋译，生活·读书·新知三联书店1989年版，第63、64页。

阶级文化策动的革命可能剧烈地干扰甚至颠覆文化梯度的传统想象。某些时候，小资产阶级文化形象的体积远远超出了它所占有的经济份额。这再度证明了经济与文化之间复杂的双重性。文化意义上的小资产阶级往往不那么安分，这个区域产生的文化冲动可能远远超出经济诉求的范畴，从而对文化秩序的整体形成巨大的冲击波。这显示了小资产阶级非凡的文化扩张性。

五

作为20世纪80年代的文学序幕，"朦胧诗"的文学风格仿佛成为一个预示。这个历史段落的文学饱满多汁，诗意盎然，带有很强的抒情性质。这时，小资产阶级情调的回潮是一件预料之中的事情——尽管这个概念似乎销声匿迹。王蒙、张贤亮这些饱经沧桑的作家开始坦然地表露他们的诗人气质，《海的梦》《布礼》《蝴蝶》《唯物论者启示录》名噪一时。与此同时，另一批作家——例如汪曾祺、张洁、王安忆、铁凝——提交了一批内向型的作品，唯美清新，细腻温婉。许多人觉得，这种气氛犹如五四新文学的重温。

然而，进入20世纪90年代，市场、消费、物质主义和大众娱乐联合造就了另一代作家。从漫长的禁欲主义文化跨入奢华与享乐，速度之快出人意料。王蒙的革命情结与郭敬明的"小时代"之间，想象的隔阂并不存在。五四新文化运动时期，年青一代的时髦是手执《新青年》，投入地争论人生的意义以及自由和革命；一个世纪左右的轮回，他们的手中已经换成了时尚杂志，Louis Vuitton、Gucci、Prada这些名牌才是津津乐道的谈资。诸多迹象表明，多数激进的小资产阶级业已转换为世俗的中产阶级。"宁可在宝马车里哭而不在自行车上笑"——这种通俗的格言的确是不少人的心声。

　　嗅觉灵敏的文学很快察觉社会风向的改变。作为一种症候，小资产阶级文化倾心的审美浪漫主义愈来愈稀薄，中产阶级的物质欲望逐渐增加了密度。同时，城市理所当然地应声而出。如果说，王安忆的《流逝》仅仅将物质与城市的片段编织于人生感喟之中，那么，繁华的上海意象业已成为《长恨歌》的一个重要角色。中产阶级的倾向甚至迅速渗入中国版的现代主义文学。如果说，20世纪80年代中期刘索拉《你别无选择》中那一群疯疯癫癫的音乐学院学生力图打开的是僵化的精神枷锁，那么，到了90年代末期，卫慧《上海宝贝》出示的文化反抗姿态明显带有矫揉造作的意味。尽管这部小说老练娴熟地制造出颓废气息，但是，这种现代主义的经典元素时常被堆砌的西方文化意象和不无炫耀的英文商标所败坏。亨利·米勒的《北回归线》《南回归线》——《上海宝贝》声称的崇拜偶像——那种呼啸而来的冲击并未如期出现。《上海宝贝》无法模仿米勒对于西方文化秩序的彻底蔑视。《上海宝贝》默认的前提是，西方文化和英文意味着高贵、教养和文化资本，富裕的名牌商品显示了上海情不自禁的优越。对于女主人公倪可来说，抽雪茄的父亲和忧心忡忡的母亲远非争论的对手，她的美貌和文学天才折服了周围所有的人，倪可遭遇的考验仅有一个：要么是阳痿的、令人怜爱的苍白少年，要么是富有的、性机器一般的德国情人——事实上，她始终奔走于两者之间，仅仅在事后遭受某种轻微的内心煎熬。没有各种社会关系的痛苦纠缠，没有"娜拉走后怎样"的经济威胁，这种耳熟能详的故事仅仅是一个中产

第十三章　危险的日常情调

阶级的性游戏。将这种游戏与亨利·米勒式的桀骜不驯相提并论，显然是张冠李戴。

不过，当另一个"上海宝贝"出现的时候，甚至连情欲的疯狂也消失了——我指的是安妮宝贝。在她的《告别薇安》之中，几个人物更像晃动在互联网上的轻淡魅影。他们多半是生活无虞的公司白领，然而胸腔里跳动一颗寂寞的心。公司的业务无法耗尽年轻躯体里的能量，他们只能在单调的日子里寻访自己的知音。上海这个繁华的城市并没有为他们提供合适的社交场所。除了地铁站或者咖啡店的偶然艳遇，这些年轻人只能在互联网上碰运气。当然，躯体内部的情欲似乎没有足够的耐心。互联网上的知音还没有现身之前，性对象已经迫不及待地就位。莽撞的开始往往缺乏如意的结局。情欲消退之后，两个人之间的距离不可弥合。怀孕和婚姻作为情欲的后续枷锁终于出现的时候，悲剧不可避免地发生了。他们心目中，公司和互联网组织起来的社会关系不足以负担家庭的重量。《告别薇安》一开始就闪烁着两种性质相异的文化符号。"林"与"薇安"首先必须完成自己的小资产阶级文化形象，他们利用帕格尼尼、海明威这些文化符号相互叩问与试探，避免与那些粗俗的小市民相互混淆；标识中产阶级身份和品位的商品品牌是不动声色地引入的：

> 我知道你肯定是喜欢穿棉布衬衣的男人。你平时用蓝格子的手绢。你只穿系带的皮鞋，从不穿白袜子。你不用电动剃须刀。你用青草味道的香水。你会把咖啡当水一样的喝。但是你肯定很瘦。[1]

---

[1] 安妮宝贝：《告别薇安》，南海出版公司2002年版，第4页。

摇摆的叛逆

"林"与"薇安"网恋的后续对话之中,中产阶级的形象在各种外文标注的咖啡、酒吧、冰激凌、香水、棉布服装中——这种嗜好与《上海宝贝》异曲同工——逐渐清晰。根据商品的品牌辨认一个人的身份,这肯定比根据哲学或者音乐修养简单。某种研究曾经认为,亚洲的文化习惯是"以物取人":个人的气质与才能远不如服装或者手提包的牌子能说明问题——这也是名牌流行的主要原因:"亚洲人在寻找新的社会阶层标识体系,所以他们迷恋名牌,用身上的名牌展示自我价值,在某些特定产品领域,他们痴迷于某个特定品牌,认为它能帮助自己彰显身份地位。"[1]一些时候,这种状况与拜物教乃至恋物癖仅有一步之遥。然而,《告别薇安》中,真正显示他们中产阶级身份的是如下这个片段——"林"在地铁站遇到一个心仪的清纯女子,他们不时相聚喝一杯咖啡。她是"林"心目中网恋对象的化身。然而,某一天"林"突然无意地看到了这个女子身后一个特殊的富裕男人:

  他说,不要欺骗我。告诉我。那个男人。
  她迅速地抬起头。她的眼睛镇定地看着他。
  她说,你想知道些什么。她平静地看着他。我从没有想过欺骗你。如果你要知道。我可以告诉你。我和那个男人同居已经有三年。他永远也不会离婚。但是他帮我维持我想要的物质生活。
  你自己为什么不可以。你有工作,有自己的思想。
  你以为我有谋生的资格吗。她冷笑。我什么都没有。我

---

[1][印]拉哈·查哈、[英]保罗·赫斯本:《名牌至上》,王秀平、顾晨曦译,新星出版社2010年版,第63页。

只是想这样生活下去。不想贫穷。也不想死。

他看着她。他对自己说,一切都正常。是的。这个世界可以有足够多的理由,让我们产生对生命的欲望。不想贫穷。不想死。只是他心中感觉失望。

只是失望。[1]

但是,失望的"林"迅即放弃了愤怒而表示接受,所谓的爱情不能冒犯生活之中的财富守则。"林"的真正网恋对象拒绝相见,这是中产阶级的明智。如果说,20世纪二三十年代许多的小资产阶级毅然决然地投身革命和投身恋爱,那么,现在的中产阶级必须谨慎地控制游戏,避免逾越规则从而导致不可收拾的危险局面。也许,现在的小资产阶级——他们的昵称是"小资"——文化的确仅仅是一种无伤大雅的情调,若有若无地飘拂于几本流行的文化名著或者小剧场的实验戏剧之间,或者熨帖地融入各种日常生活细节。年轻的知识分子不再过分焦虑和不安,事实上,这一代人的躯体内部业已换上中产阶级的芯片,运转安全,性质稳定,没有多少人还会为那些遥远而渺茫的故事血脉偾张,彻夜不眠,哪怕是情欲激起的冒险精神。也许不久之后的某一天,"小资产阶级"这个概念很快风化,演变为无伤大雅的花边和纹饰,既没有人为之自鸣得意,也没有人尖刻地大声批判。

六

小资产阶级逐渐向中产阶级演变。启蒙主义的潮汐已经退去,

---

[1] 安妮宝贝:《告别薇安》,南海出版公司2002年版,第16页。

他们热衷于精雕细琢自己的小日子而不再迷恋各种宏大的文化构思，甚至连尖刻地嘲笑过他们的对手也开始沉寂。市场与消费不仅重塑了小资产阶级，同时也深刻地改造了工农大众。如果说，乡土文化仅仅剩下赵本山式的戏谑取悦大众传媒，那么，工业文明似乎从未产生足够的美学贡献。20世纪80年代，蒋子龙的《乔厂长上任记》仿佛隐含了某种雄浑铿锵的节奏：铁腕的改革英雄、温婉的知识女性、气魄非凡的领导干部与机器的轰鸣共同组成了浪漫交响曲；然而，90年代谈歌的《大厂》带来了一个讽刺。《大厂》不仅再现了一个工厂的瓦解和沉没，而且暗示了《乔厂长上任记》美学风格的破产。当然，《大厂》的失败并未形成另一种悲怆的美学。相对于乡土文化的悠久传统，工业文明的美学意义可有可无。

这种单调的气氛之中，格非的小说《隐身衣》与张猛执导的电影《钢的琴》之所以触动了我，一个事实无疑是最为重要的原因：这个历史段落三十多年的时间里，工农大众的美学不仅仍然阙如，而且，中产阶级文化性格已经开始接手这一项工作。换言之，工农大众的文化趣味正在接受中产阶级的收编。

格非的《隐身衣》是一部充满悬念的小说，情节紧张，玄机四伏，神秘而诡异。一个失业工人依靠制作某种尖端音乐器材为生，然而，他生活的每一个角落都与高雅的西方古典音乐无法兼容。妻子外遇，离婚，母亲病逝，姐姐催讨住房，朋友分手——为了筹钱购买乡村的一所农家院栖身，他终于卷入了一个离奇的故事。一个神秘的富翁订购了一套尖端的音乐器材，尚未付清全部款项就原因不明地坠楼自尽。追讨余款的时候，他结识了富翁的遗孀——一个遭受严重毁容的女子。富翁的遗孀无法偿还这一笔余款，而是邀请他入住远郊的城堡。他们同居多时并且有了一

第十三章　危险的日常情调

个女儿之后,某一天这一笔余款突然打入他的账号。与他的胆战心惊不同,富翁的遗孀心安理得。这多少改变了这个工人对于世界的观感:"如果你不是特别爱吹毛求疵,凡事都要去刨根问底的话,如果你能学会睁一只眼闭一只眼,改掉怨天尤人的老毛病,你会突然发现,其实生活还是他妈的挺美好的。不是吗?"[1]

《隐身衣》没有解释,为什么这个失业工人——他父亲也是一个无线电修理工——具有如此渊博同时又如此精湛的音乐修养。相对于各种艺术门类,音乐修养不仅被视为一种天赋,而且资费昂贵。很大程度上,这也是中产阶级崇拜音乐的重要原因。如果不是为一个中产阶级分子套上失业工人的服装,那么或许要承认,这个瞧不上梅艳芳、刘德华而仅仅接受西方古典音乐的失业工人似乎比中产阶级还要中产阶级。《隐身衣》的另一个有趣话题是第一人称叙述。我并非苛刻地挑剔,这个失业工人偶尔会流露出知识分子的口吻——我企图证明的是,第一人称如何有助于使《隐身衣》成为一部哥特式小说。由于"我"的狭小视角,城堡里的许多怪异情节得到了许可。哥特式神秘的一个特征即是,某些突兀的事件不需要严谨的因果关系。《隐身衣》的哥特式风格曾经赢得盛赞。[2]然而,这个故事还能有哪些不同的发展方向?没有政治与行政的威权护航,工农大众的美学仅有微弱的光芒。许多时候,他们不得不依附中产阶级的美学叙述自己的故事——只有哥特式的传奇才能掩盖二者的生硬衔接而产生的不协调。

对于张猛导演的电影《钢的琴》来说,这种不协调暴露得十分彻底。也是失业工人,也是妻子外遇,也是离婚,也是音乐。

---

[1] 格非:《隐身衣》,人民文学出版社2012年版,第188页。
[2] 参见欧阳江河:《格非〈隐身衣〉里的对位法则》,《新京报》2012年5月26日。

为了积累晋升到中产阶级的文化资本，这一对离婚夫妻的女儿加入了刻苦的音乐训练。这时，提供一部真正的钢琴成为双方争夺女儿的关键筹码，女儿的父亲为之进行了不懈的努力。在周边一批工友——工人阶级的传统情义——的帮助下，一架钢铁铸造的钢琴终于诞生了：钢的琴。影片的结束镜头是，女儿在一个废弃的车间里演奏这一架钢琴，音调悠扬，那些满脸风尘的工友伫立于四周侧耳倾听。《钢的琴》的影片镜头掠过一系列破败的工业景象。死寂的厂房和车间，锈迹斑斑的机器，即将炸毁的烟囱，衰朽不堪的工人宿舍，几个工人在北方的隆冬里为一个葬礼夸张地卖力演奏。女儿的父亲艰窘度日，他不仅要到郊外的冰窟里炸鱼，回到屋里，他还要为女儿织毛裤。交织于这些景象之中，高贵的钢琴协奏曲如此刺耳。如果说，那些俄文演唱的俄罗斯民歌具有某种不合时宜的欢悦，那么，钢琴如同一个矛盾的焦点。无论是人物之间的情感纠纷还是影片的美学风格，这个来自18世纪欧洲皇室和贵族社会的昂贵乐器都与东北失业工人的日子不存在有机联系。如同一个专横插入的外来怪物，钢琴与其说象征了理想，不如说是一个异己。我并不是论证《钢的琴》出现了某种"失真"——我企图表明的是，工农大众没有独特的美学，他们的美学追求很快滑入了中产阶级设计的固定轨道，尽管不一定有人专门考证过钢琴如何逐渐成为西方中产阶级家庭的文化饰物。那些工人倾心的音乐是中产阶级的文化道具，不存在令人担忧的美学危险。

  阶级概念诞生的一个理论结果是，追溯各种美学观念或者美学情调与若干社会共同体经济地位的联系。从宫廷资助的音乐家，教会资助的画家、雕塑家或者吟风弄月的士大夫，美学背后的经济来源终于浮现。当然，二者之间并非立竿见影的直线对应，仿佛每一个阶级无不拥有独一无二的美学财富。事实上，经济源头借助众多复杂的中介渗透于美学，交织于风格、修辞、叙述与描写乃至各种日常细节的感知。哪怕提到现代主义与后现代主义的区分，作家或者艺术家的经济阶层认同与两种美学范式之间的呼应仍然是一个富有内涵的话题。文学史或者艺术史时常显明，"雅"的美学倾向来自经济地位较高的社会阶层，"俗"的粗犷、泼辣、质朴、耿直更多植根于底层社会。知识分子时常摇摆于二者之间。庸俗的市侩哲学引起强烈反感的时候，他们力图摆脱依附于传统的精致、纤弱而向往流淌于底层社会的浪漫、自由、率真、无拘无束；然而，所谓的浪漫、自由、率真、无拘无束会不会在他们手里遭到扭曲，或者再度积累成固定的程式？这时，一个理论预设不可或缺——底层社会的不竭活力将会持续转换为新的能量。

五四新文化运动带来的认识是，工农大众的独特美学象征了底层社会的不竭活力。如果说，白居易的"老妪能解"仅仅解释为一种美学个性，那么，工农大众的美学建构业已显现为一个宏大的文化目标。作为生产性劳动者，工农大众首先与古典士大夫美学趣味划清界限，继而挥戈指向小资产阶级知识分子。必须承认，后者远比前者复杂，深刻地纠缠于现代社会的诸多矛盾之中。工农大众必须成为文学的主角，这种观念业已获得普遍的认可；然而，仅有少数工农大众可能亲手写出自己的故事——习焉不察的普遍状况仍然是，身为知识分子的作家以及批评家以作者或者庇护者的角色为之代言。知识分子沿袭的文学传统以及美学观念无法与工农大众完全吻合，某些时候甚至存在相当的距离。因此，工农大众的美学建构涉及三个方面的统一：作者身份、作品的内容和文学表述形式；即工农大众作为作者完整展示自身的经历与经验，并且拥有异于古典士大夫与小资产阶级知识分子的文学表述形式。显而易见，理想的局面迄今尚未显现，各种尝试仍在持续，某些尝试甚至陷入周而复始的理论循环。例如，这一段时间的"非虚构写作"再度倡导生产性劳动者坦陈自己的故事，若干专业人士甚至愿意无偿提供指导。尽管一些作者脱颖而出，尽管他们的经验不同凡响，然而，批评家仍然运用种种传统的概念、范畴给予肯定，譬如"节制的语言""风趣和幽默""令人回味与沉思""动用了小说的写作手法"，如此等等。显而易见，这些生产性劳动者并未拥有一套自身美学为基础的文学表述形式。否则，专业人士又有什么资格充当教练？一些生产性劳动者公开表示，他们的写作目的是依赖文学的成功改换身份，摆脱底层的工作岗位——这种理论故事再度显现出自我解构的矛盾意味。

"非虚构写作"并非某种从未面世的秘密武器。将"非虚构写作"的率真或者带有公共属性的主题作为"他者"诟病文学的精致、雅训、矫情，这种批评并不公平。现代文学拥有开阔的空间。五四新文学诞生之日开始，率真与公共属性的主题始终是题中应有之义，只不过真正的美学承担者仍然是作为代言人的知识分子。大同小异的评语曾经反复重现，但是，现今的语境将精致、雅训、矫情定位为"中产阶层读者"的趣味。[1]这种表述显明，围绕工农大众的独特美学产生的众多论争并未退化为一个无关痛痒的理论遗址，而是作为漫长的理论故事仍在幕后持续，尽管登场演出的概念术语带有明显的季节特征。如果工农大众的独特美学始终阙如，相似的论争将在相似的轨道上一次又一次重演。

---

[1] 参见项静：《自述与众声：非虚构文学中的素人写作》，《学术月刊》2023年第5期。

第十三章　危险的日常情调

第十四章　大众、民族形式与抒情

一

现代文学史记载了20世纪30年代与40年代两场引人瞩目的论争，论争的主题分别是"大众文艺"和"文学的'民族形式'"。两场论争的时间距离接近十年，但是，某些焦点一脉相承。显而易见，"大众"是贯穿二者的关键词。"大众文艺"力图解决的问题是，文艺如何获得通俗的形式，从而在更大范围唤醒大众；"文学的'民族形式'"论争发生于抗战时期，提出"民族形式"的首要意图是广泛动员大众投身于抗击日本侵略者的斗争。不言而喻，一个隐蔽的事实构成了两场论争的前提：流行于这个时期报刊的众多文学作品并未真正赢得大众，成为脍炙人口的名篇传诵一时。

一种不无模糊的舆论认为，相当一部分作者故作高雅，挟洋自重，小资产阶级文化趣味阻止知识分子与大众亲密无间地打成一片。他们所热衷的文学形式往往新奇古怪，晦涩难解，与大众普遍的认知水平格格不入。尽管这种观点广为流传，更为具体的理论描述却付诸阙如。一些批评家抱怨作者的拗口叙述与大众的日常口语风格迥异,然而,他们并未专注地从文类、叙事话语、修辞的意义上概括和分析这种文学形式的基本特征。从弥漫的文化趣味到相对固定的文学形式,曲折而复杂的沉淀包含众多因素的相互交会并且形成稳定的关系。一时之间,理论描述无法洞悉每一个节点的内在构造。因此,批评家只能宽泛地贬抑小资产阶级情调而无法进入符号组织和文本的肌理。

首先,"大众文艺"的激烈争辩并未正面显现这种文学形式的理论肖像。事实上,这一批知识分子充当的是论辩话语的"他者"——他们所热衷的文学形式始终作为否定的对象而存在。换言之,人们只能利用各种批评言论的贬斥想象这种文学形式的若干特征。例如,郭沫若在《新兴大众文艺的认识》之中指出,知识分子的阶级身份与无产阶级大众存在严重的文化隔膜:

> 从事无产文艺运动的青年,无论是全世界上的那一国,大抵都出自智识阶级(这理由让有空闲的学者去讨究)。智识阶级的通病始终不免的是一个高蹈,不管它是青色的高蹈,白色的高蹈,或者是红色的高蹈,总而言之是高蹈。
>
> 红色的高蹈派在中国也很不少,一篇文章中满纸都是新式的"子曰诗云",一篇文章中,满纸都是新式的"咬文嚼字"。柏拉特特拉柏的,你不知道他在那彩云头里究竟唱的是什么高调,而那高调是唱给甚么人在听![1]

如果说,人们可以从郭沫若所批评的"高蹈"之中窥见这种

---

[1] 郭沫若:《新兴大众文艺的认识》,《大众文艺》1930年3月1日第2卷第3期,见《中国新文学大系1927—1937·文学理论集二》,上海文艺出版社1987年版,第282页。

文学形式的一个侧影,那么,瞿秋白对于这种文学形式的勾勒来自他的拒绝——大众"不需要"什么:

> 诗和小说并不一定是高妙不可思议的东西,什么自由诗,什么十四行的欧化排律,什么倒叙,什么巧妙的风景描写,这些西洋布钉和文人的游戏,中国的大众不需要。至于戏剧,那更不必说。无聊的文明新戏,也曾经做过一时期的革命宣传工具。现在所要创造的是真切的做戏,真正的做戏,把脚本,把对白,把布景,都首先要放在大众的基础上![1]

相对瞿秋白所说的自由诗、倒叙、风景描写,阳翰笙的否定以更为清晰的理论语言涉及更为具体的文学形式层面:

> 第一,在结构上应该反对复杂的穿插颠倒的布置。
> 第二,在人物的描写上应该反对静死的心理解剖。
> 第三,在风景的描写上应该反对细碎繁冗不痒不痛的涂抹。[2]

如何辨识知识分子崇尚乃至激赏而大众深感隔膜的文学形式?颠倒的结构、静止的心理和琐碎的风景描写——这是"大众文艺"论争提供的有限信息。时隔多年,"文学的'民族形式'"

---

[1] 史铁儿(瞿秋白):《大众文艺和反对帝国主义的斗争》,《文学导报》1931年9月28日第1卷第5期,见《中国新文学大系1927—1937·文学理论集二》,上海文艺出版社1987年版,第329页。

[2] 寒生(阳翰笙):《文艺大众化与大众文艺》,《北斗》1932年7月20日第2卷第3、4期合刊,见《中国新文学大系1927—1937·文学理论集二》,上海文艺出版社1987年版,第391—392页。

论争迅速触及相近的问题，但是，人们的认知相差无几。或许由于"民族形式"与文化传统联系，古典文学与民间形式在论争之中频繁露面。诗词格律、章回体小说或者唱本、大鼓词、莲花落、弹词共同显示的是大众熟悉什么。相对地说，知识分子属意的对象仍然隐而不彰。

相对于"大众文艺"论争，一批新的问题卷入"文学的'民族形式'"论争，诸如五四新文学成就的评判，"民族形式"是战时的权宜之计还是意义深远的美学转型，中国气派与古典文学形式，"欧化"或者"西化"的影响，民间形式是否构成"民族形式"的源泉，如此等等。如果说，"大众文艺"论争之中的大众与知识分子显示了阶级的区隔，那么，"文学的'民族形式'"论争更多地将区隔设定为"民族"与西方。[1]可以从喧哗众声之中发现，鲁迅的丰富性时常成为辩论必须小心绕开的暗礁。20世纪40年代初期，鲁迅的文学声望已经获得普遍的肯定，他无疑是"中国气派"公认的文学范例。然而，人们不得不坦率地承认，大众对于鲁迅的认识相当有限——"现在中国人真正能读得懂鲁迅的作品的，实在不能算多；而现实——特别是抗战的现实——却迫切地要求我们能供给比鲁迅作品更容易读的作品，以便于感召无数的大众到抗战中来。"[2]另一方面，"我们决不否认鲁迅先生对中国古文学的深湛的修养，但如果说鲁迅先生的小说的成功，是由于他的对

---

[1] 汪晖以"民族形式"为中心词概括这些论争涉及的问题："我把这些问题大致归纳为：地方形式与民族形式、旧形式与民族形式、民间形式与民族形式、大众文化与民间形式、民族形式与国际主义、民族形式与文化领导权问题。"（汪晖：《地方形式、方言土语与抗日战争时期"民族形式"的论争》，见《汪晖自选集》，广西师范大学出版社1997年版，第342—343页。）

[2] 陈伯达：《关于文艺的民族形式问题杂记》，《文艺战线》1939年4月16日第1卷第3期，见《中国新文学大系1937—1949·文学理论卷二》，上海文艺出版社1990年版，第119页。

古文学的修养,则便是不可置信之谈了"[1]。无论是五四新文学意义的评估、"民族形式"的裁定还是知识分子与大众围绕文学形式形成的分歧,鲁迅的丰富性及其声望迫使人们不得不行使相对复杂的衡量方式。

相对复杂的衡量同时表明,"民族形式"并未制定一个固定的标准,无法预知"到了什么时候,什么程度,民族形式才算形成"[2]。很大程度上,"民族形式"是一种历史建构的产物。作家的想象方式、领悟力、修养、独创性仅仅是问题的一面;事实上,文化传统、大众的接受水平、普遍的教育程度、外来文化等共同参与"民族形式"的建构。由于这些因素及其配置方式的持续波动,"民族形式"不可能静止于某一个时间刻度,成为固定的金科玉律。根据这种观念,郭沫若曾经间接地为五四新文学辩护。既然种种因素变动不居,那么,没有理由蔑视大众,不相信大众有朝一日可以与知识分子比肩而立:

> 文艺究竟要通俗到怎样的程度才可以合格,本没有一定的标准,不过我们还有一件事情值得注意的,便是不可把民众当成阿木林,当成未开化的原始种族。民众只是大多数不认识字,不大懂得一些莫测高深的新名词、新术语而已,其实他们的脑细胞是极健全的,精神状态是极正常的,生活经验是极现实而丰富的,只要一经指点,在非绝对专门的范围之内,没有不可以了解的东

---

[1] 莫荣:《还是生活第一》,《现代文艺》1940年6月25日第1卷第3期,见《文学的"民族形式"讨论资料》,徐迺翔编,知识产权出版社2010年版,第266页。

[2] 桂林诸家:《戏剧的民族形式问题座谈会》之欧阳予倩发言,《戏剧春秋》1940年12月1日第1卷第2期,见《文学的"民族形式"讨论资料》,徐迺翔编,知识产权出版社2010年版,第399页。

西。……中国民族并不是阿木林,不是原始种族,要说新文艺的形式是舶来品,老百姓根本不懂或者不喜欢,那不仅是抹杀新文艺,而且是有点厚诬老百姓的。问题是要让老百姓有多多接近的机会。我决不相信老百姓看电影没有看连环画那样感兴趣,我更不相信老百姓听交响曲以为没有锣鼓响器那样动人。从前我们都有一种成见,以为话剧的吸引力决赶不上旧剧,但据近年来在都市上的话剧演出的情形和各种演剧队在战区或农村中的工作成绩看来,话剧不及旧剧的话是须得根本改正的。群众是要教训,要知识,要娱乐,而且是饥渴着的,只是我们没有充分的适当的东西给他们。他们饥不择食,渴不择饮,只要你给他们任何东西,他们都肯接受。一向只是拿些低级的享乐给他们罢了,并不是他们只配享那些低级的东西,也并不是他们毫无批判能力。没有高级的东西同时给他们,使他们发生比较,自然表现不出批判能力出来。[1]

如果"民族形式"不存在预设的标准,那么,这是一个合理的想象:未来的大众有望接受五四新文学引入的种种文学形式——郭沫若提到电影／连环画、话剧／旧剧作为例证。尽管如此,这种观点仿佛隐含了某些背道而驰的意味——仿佛与发动论争的初衷存在某种差距。有趣的是,郭沫若使用了"高级"与"低级"的形容修饰二者。对于知识分子来说,贬抑"高级"的文学形式是否隐含了某些操斧伐柯的犹疑?相当长的时间里,这些犹疑沉淀为某种铲除不尽的无意识。

---

[1] 郭沫若:《"民族形式"商兑》,重庆《大公报》1940年6月9—10日,见《文学的"民族形式"讨论资料》,徐迺翔编,知识产权出版社2010年版,第262页。

第十四章　大众、民族形式与抒情

二

之所以力图从两场论争之中还原知识分子热衷的文学形式，一个重要意图是建立文化趣味、阶级与文学形式三者的联结——一个阶级的生活方式如何繁衍为文化趣味，继而在美学观念的催化之下酿造出特殊的文学形式？至少在当时，"阶级"概念已经卷入文学，成为一个举足轻重的指标。梁实秋曾经企图将文学从"阶级"手中抢回来，声称"好的作品永远是少数人的专利品"[1]。所谓的"少数人"超然不群，无视"阶级"的边界。然而，他的观点遭到了鲁迅等"左"翼作家的痛击。[2]作为"大众文艺"与"民族形式"的对立面，知识分子热衷的文学形式无法摆脱"阶级"的根源——事实上，两场论争已经有意无意地将这种文学形式抛入小资产阶级阵营。自以为是地鄙薄大众，蔑视"民族形式"而言必称希腊，这一切无不显现出资产阶级的文化渊源，或者为贫乏的小资产阶级提供安慰剂：

> 文学——就连一切艺术——应该是属于大众的，应该属于从事生产的大多数的民众的。可是从来这大多数的民众，因为生活条件所限没有和文学接近的机会。文学从来只是供资产阶级的享乐，不然便是消费的小资产阶级的排遣自慰的工具。[3]

---

[1] 参见梁实秋：《文学是有阶级性的吗？》，《新月》1929年9月10日（愆期至12月）第2卷第6、7期合刊，见《中国新文学大系 1927—1937·文学理论集二》，上海文艺出版社1987年版，第247页。

[2] 参见鲁迅：《新月社批评家的任务》《"硬译"与"文学的阶级性"》《"丧家的""资本家的乏走狗"》，见《鲁迅全集》第四卷，人民文学出版社2005年版，第163—164、199—227、251—254页。

[3] 郑伯奇：《关于文学大众化的问题》，《大众文艺》1930年3月1日第2卷第3期，见《中国新文学大系 1927—1937·文学理论集二》，上海文艺出版社1987年版，第286页。

摇摆的叛逆

如果说，五四新文化运动之后，文学的启蒙使命业已深入人心，那么，为什么"大众化"迟迟无法取得理想的成效？在阳翰笙看来，"艺术至上主义者"与"半艺术至上主义者"的观念成为巨大的障碍。归根结底，这种观念必须追溯至作家的小资产阶级身份：

> 为什么会有这样的观念发生？这不能简单的解释成为由于对"大众化"问题的不理解，我们必须着重的指出：这样的观念的发生，恰好足以说明我们的作家还只是一些小资产阶级，同时我们的组织也还未打破"研究团体"的性质，还说不上已经大众化！[1]

与"大众文艺"的论争相仿，"文学的'民族形式'"论争之中"民族形式"的对手仍然烙上了清晰的小资产阶级印记：

> 新文艺形式是畸形发展的都市的产物，所以对于畸形发展的大学教授，银行经理，舞女政客，以及其他"小布尔"的表现是不错的；然而拿来传达人民大众的说话，心理，就出毛病。这固然可以归因于新文艺作者的不接近大众生活，而形式的反拨作用也不能否认。[2]

---

[1] 寒生（阳翰笙）：《文艺大众化与大众文艺》，《北斗》1932年7月20日第2卷第3、4期合刊，见《中国新文学大系1927—1937·文学理论集二》，上海文艺出版社1987年版，第396—397页。

[2] 黄绳：《当前文艺运动的一个考察》，《文艺阵地》1939年8月16日第3卷第9期，见《文学的"民族形式"讨论资料》，徐迺翔编，知识产权出版社2010年版，第45—46页。

人们甚至可以从论争之中发现另一些更为尖锐的观点：不存在抽象的"民族形式"，真正的"民族形式"恰恰是占主导地位阶级主宰的形式。因此：

> 在新形势之下，这种支配关系变化了，产生了新的矛盾的因素，这就是半封建的旧文艺和布尔乔亚的新文艺的对立。而又由于十月革命和苏联文学的直接间接的影响，这种初生的矛盾又发生了变化，复杂化而且深刻化了：一方面是"土娼文艺"（这是说得玩玩的）和买办文艺，一方面是民族革命的大众文艺；而布尔乔亚文艺蝙蝠一般穿插于其间。这里，主要的已经不是旧形式与新形式的对立，而是一些反动文艺与一些革命文艺的对立了。[1]

相当长一段时间，文学形式成为令人迷惑的研究对象。文学形式的美学功能及其起源迟迟未能获得完整的揭示。20世纪的文学研究倡导文学形式与语言学的联结，"新批评"、形式主义、结构主义无不显示出这种倾向。然而，进入社会历史批评学派的视域，文学形式的考察范围远远超出了相对固定的语言符号体系。追溯文学形式的社会历史根源涉及众多远为庞杂的因素，某些因素之间的因果关系模糊不定，甚至停留于若有若无的混沌状态。从语言表述、娱乐习俗的演变、传媒体系、多种艺术门类的交织、经济财富的数量到社会工作时间表、阶级与阶层文化、教育程度、

---

[1] 蒋天佐：《论民族形式与阶级形式》，《奔流文艺丛刊》1941年1月15日第1辑《决》，见《文学的"民族形式"讨论资料》，徐迺翔编，知识产权出版社2010年版，第436页。

生产关系与社会关系、哲学观念，巨大的历史潮汐不断重组各个社会层面，某些重组或深或浅地投射于文学形式——诸多环节之间的路线图时隐时现，并且存在很大的变量。尽管如此，文学研究从未放弃各种视角的积极探索。例如，弗朗哥·莫莱蒂的《布尔乔亚——文学与历史之间》力图将"布尔乔亚"的文化趣味与叙事学相互印证。莫莱蒂引述了罗兰·巴特《叙事作品结构分析导论》中的一对范畴给予展开：核心与催化。

巴特曾经划分叙事之中两类不同功能的话语单位："就功能类而言，每个单位的'重要性'不是均等的。有些单位是叙事作品（或者是叙事作品的一个片断）的真正的铰链；而另一些只不过用来'填实'铰链功能之间的叙述空隙。我们把第一类功能叫做主要功能（或叫核心），鉴于第二类功能的补充性质，我们称之为催化。"[1] 所谓的"主要功能"或者"核心"，指的是情节内部决定后续叙事沿着哪一个方向延展的枢纽，所谓的"催化"指的是一个枢纽与另一个枢纽之间各种相对次要的描写。张三出门与李四晤面，这种情节通常是叙事的"主要功能"或者"核心"，晤面之前的梳妆打扮或者晤面地点的风景再现则是"催化"。莫莱蒂干脆使用两个更为清晰的术语代替"主要功能"或者"核心"与"催化"——"转折点"（turning points）与"填充物"（fillers）。

巴特仅仅对"主要功能"或者"核心"与"催化"进行单纯的形式功能甄别，莫莱蒂却对于"转折点"与"填充物"的转换给予社会历史的分析——19世纪的小说之中，"填充物"为什么骤然增多？莫莱蒂的观点是，大量"填充物"进入小说表明了布尔

---

[1] [法]罗兰·巴特：《叙事作品结构分析导论》，张寅德译，见《叙述学研究》，张寅德编选，中国社会科学出版社1989年版，第14页。

乔亚的生活转型，这种叙事给作家带来了巨大的乐趣。莫莱蒂分析了19世纪布尔乔亚的现实：不再沉浸于诸如革命或者战争这些重大历史事件，中产阶级——这是莫莱蒂心目中布尔乔亚的主要构成——置身于社会的中间状态。对于他们说来，不可摆脱的日常生活显现了现实的全部重量。布尔乔亚逐渐接受了市场赋予的合理化精神，精打细算地权衡各种日常的经济收支。这时，贵族的激情与悲剧以及平民的喜剧渐行渐远，真实、精确、客观地再现日常生活成为普遍的美学追求。既然不存在那么多支配人生的"转折点"，"填充物"的分量必然急剧增加。[1]

或许，对于这种观念来说，五四新文学如同一个另类的续篇。五四时期风云激荡，启蒙与革命遽然拉开了大幕。众多知识分子对于平庸的中产阶级充满了蔑视，他们以小资产阶级的激进姿态投入新的历史。这必然召唤另一种美学风格。如果说，真实、精确、客观是莫莱蒂心目中的现实主义，那么，对于五四时期的作家来说，"现实主义"的主要含义转向了不加掩饰地勇敢展示底层大众的疾苦。饥饿、灾难、燃烧的战火与流离失所是底层大众可悲的日常生活。相对于布尔乔亚均衡、稳定的精神状态与19世纪小说对于日常生活的接纳，五四时期知识分子热衷的文学形式具有一个显眼的美学特征：抒情。

抒情传统之于中国文学现代性的命题业已赢得特殊的关注。王德威认为，没有理由将"抒情"仅仅归结为西方浪漫主义，中国古典文学的抒情传统恰恰"致力化解"西方浪漫主义的主体和个人。查尔斯·泰勒、霍克海默与阿多诺、雷蒙·威廉斯对于启蒙

---

[1] 参见 Franco Moretti. *The Bourgeois: Between History and Literature*. London & New York: Verso. 2013. "II. Serious Century", pp. 67–100.

摇摆的叛逆

运动与现代主体的阐述仅仅显示了抒情与西方文化的联系,正如王德威所说的那样:

> 这些论说都促使我们进一步思考现代主体"情"归何处的意义。需要强调的是,既以西方启蒙运动、浪漫主义为基准,这些论说每每在个人、主体、自我等意义上做文章。相形之下,只要对中国文学、思想传统稍有涉猎,我们即可知晚清、"五四"语境下的"抒情"含义远过于此。"抒情"不仅标示一种文类风格而已,更指向一组政教论述,知识方法,感官符号、生存情境的编码形式,因此对西方启蒙、浪漫主义以降的情感论述可以提供极大的对话余地。[1]

如果说,这种观点力图围绕抒情文学传统形成一个开阔的文学对话语境,那么,我更倾向于注视一个相对狭窄的主题:抒情、小资产阶级文化与文学形式之间起伏的脉络。显然,五四时期以来的抒情诗仅仅是"抒情"的表征之一,小说——叙事话语的标准文类——同时显现了抒情的到访:第一人称大量涌现,独白小说、日记体小说与书信体小说兴盛一时,如此等等。因此,我更愿意转向普实克的论点:"我希望把握这一时期文学的某些复杂特征,这些特征可以概括地称之为'主观主义和个人主义'。在我的理解中,这两个词强调的是创作者的艺术个性以及对于艺术家个

---

[1] [美]王德威:《"有情"的历史:抒情传统与中国文学现代性》,见《抒情传统与中国现代性:在北大的八堂课》,生活·读书·新知三联书店2010年版,第5页。

人生活的专注。"[1]普实克回溯了中国古典文学的抒情传统；在他看来，现代主体的诞生是抒情传统获得延续的重要原因。显然，普实克仅仅提出一个简单的概括，但是，他所说的"主观主义和个人主义"时常被视为典型的小资产阶级文化趣味。这种文化趣味造就的抒情形成了知识分子与文学形式之间的特殊呼应。

三

普实克如此解释他的论断："一个现代的、自由的、自决的个体，自然只有在打破或抛弃这些传统的观念习俗以及滋养了它们的整个社会结构之后才有可能诞生。因此，中国的现代革命首先是观念的革命，是个人和个人主义反抗传统教条的革命。"[2]当然，所谓的"现代个体"并非单薄的概念，他们的独立意识往往追溯至社会文化支持。首先，他们具有稳定的经济来源。这既可能显现为相对富裕的家境，也可能显现为维持体面生活的个人收入。其次，稳定的经济来源可以资助个人接受高等学府的教育，他们往往拥有知识分子身份。最后，如果稳定的经济来源提供了中产阶级的生活条件，那么，摆脱了传统文化钳制之后，知识赋予的开阔视野以及活跃的心智塑造了他们的小资产阶级文化性格。这种文化性格包含多愁善感、纤细忧伤的内心与敏锐、犀利、异于流俗的哲思兴趣。换言之，知识开拓了所谓的"内心深度"。对于他们来说，

---

[1] [捷克]亚罗斯拉夫·普实克：《中国现代文学中的主观主义和个人主义》，见《抒情与史诗——中国现代文学论集》，[美]李欧梵编，郭建玲译，上海三联书店2010年版，第1页。

[2] [捷克]亚罗斯拉夫·普实克：《中国现代文学中的主观主义和个人主义》，见《抒情与史诗——中国现代文学论集》，[美]李欧梵编，郭建玲译，上海三联书店2010年版，第2页。

抒情倾向几乎是一种不可遏制的渴求,重要的是,普遍的抒情如何改变了文学形式?

中国古典文学的抒情风格内敛节制、引而不发。"乐而不淫,哀而不伤"显然是这种风格的写照。作为一种稳定悠长的气韵,这种风格内在地融入古典诗词格律。"诗言志,歌永言,声依永,律和声。八音克谐,无相夺伦,神人以和。"[1]徐复观认为,所谓的"克谐"即是"和":"就'和'所含的意味,及其可能发生的影响言,在消极方面,是各种互相对立性质的消解。在积极方面,是各种异质的谐和统一。"儒家先哲看来,音乐的"和"具有弥合社会成员的功能:聆听音乐可以带来君臣、父子、长幼之间的和睦。[2]诗词的格律、音调通常追求一种抑扬顿挫的和谐配置。所谓"夫五色相宣,八音协畅,由乎玄黄律吕,各适物宜。欲使宫羽相变,低昂互节,若前有浮声,则后须彻响。一简之内,音韵尽殊;两句之中,轻重悉异。妙达此旨,始可言文"[3]。诸多错落的音节在呼应、回荡之中构成一个协调的整体,这是格律期待的理想效果——"异音相从谓之和,同声相应谓之韵。"[4]儒家文化甚至认为,格律、音调的和谐与否象征了国运的兴衰:"治世之音安以乐,其政和;乱世之音怨以怒,其政乖;亡国之音哀以思,其民困。"[5]许多时候,古典诗词格律内含"和"的意味与匀称交融的情景关系构成浑然

---

[1]《尚书正义·虞书·舜典》,见《十三经注疏》(上册),[清]阮元校刻,中华书局1980年版第131页。

[2] 徐复观:《中国艺术精神》,华东师范大学出版社2001年版,第10页。

[3] [梁]沈约:《宋书·谢灵运》,见《宋书·第6册·卷67·列传第27》,中华书局1974年版,第1779页。

[4] [梁]刘勰:《文心雕龙·声律》,见《文心雕龙注释》,[梁]刘勰著,周振甫注,人民文学出版社1981年版,第365页。

[5]《毛诗正义》,见《十三经注疏》(上册),[清]阮元校刻,中华书局1980年版,第270页。

第十四章 大众、民族形式与抒情

的整体。很大程度上,"和"与匀称即是古典美学的特殊品质。

沿袭抒情名义的同时,"现代个体"的抒情恰恰打破了这种古典规范。胡适《建设的文学革命论》中提到"八不主义"的第五条即是针对诗词格律:"五,不重对偶:——文须废骈,诗须废律。"[1]只有废除严谨的格律,奔放的抒情主体才可能登场,譬如郭沫若的《女神》:"我效法造化底精神,我自由创造,自由地表现我自己。我创造尊严的山岳、宏伟的海洋,我创造日月星辰,我驰骋风云雷雨";"我飞奔,我狂叫,我燃烧。我如烈火一样地燃烧!我如大海一样地狂叫!我如电气一样地飞跑!……我便是我呀"[2],显然,这种抒情风暴隐喻了甩开枷锁之后自由解放的精神状态。郭沫若之后,不论徐志摩、冰心还是戴望舒、艾青,诗词格律的躯壳再也没有复活。这意味着文学形式的一个巨大震荡:"现代个体"的汹涌激情冲垮了古典抒情的整饬和温婉,诉诸另一种更为率真的新诗形式。迄今为止,新诗形式是一个争执不休的题目,许多人认为新诗形式丧失了传统的魅力。他们期待一定程度地恢复音律的规范,有韵而顺口,易记而能唱,重新参考民歌与古典诗词的文学形式,如此等等。[3]尽管如此,这些倡议并未在新诗的

---

[1] 胡适:《建设的文学革命论》,《新青年》1918年4月15日第4卷第4号,见《胡适文集》第二卷,北京大学出版社1998年版,第44页。

[2] 郭沫若:《女神》,见《郭沫若全集》文学编·第一卷,人民文学出版社1982年版,第22、54—55页。

[3] 参见鲁迅、毛泽东的观点。鲁迅在《致蔡斐君》一文中说:"诗须有形式,要易记,易懂,易唱,动听,但格式不要太严。要有韵,但不必依旧诗韵,只要顺口就好。"(鲁迅:《致蔡斐君》,见《鲁迅全集》第十三卷,人民文学出版社2005年版,第553页。)毛泽东多次发表具体的诗学观点,亲自参与讨论。"诗当然应以新诗为主体,旧诗可以写一些,但是不宜在青年中提倡,因为这种体裁束缚思想,又不易学";新诗要"精炼、大体整齐、押韵";"诗要用形象思维";"将来趋势,很可能从民歌中吸引养料和形式,发展成为一套吸引广大读者的新体诗歌";分别参见毛泽东《致臧克家等》、臧克家《精炼·大体整齐·押韵》和毛泽东《致陈毅》,均见《中国现代诗论》(下编),杨匡汉、刘福春编,花城出版社1986年版,第68、158、197、198页。

历史之中留下明显的印记。对于古典诗词格律以及士大夫的吟风弄月,小资产阶级文化趣味不屑一顾;新民歌曾经在20世纪50年代兴盛一时,继而铩羽而归。至少在目前,聚集于新诗领域的多数诗人仍然倾心于这种观念:诗句的韵律节奏并非僵硬地依附某种外在形式,而是内在地呼应情绪的即时起伏。如果说,从传统的士大夫到激进的小资产阶级知识分子存在某种内在意识的彻底转换,那么,转换的标记不仅显现为新型抒情,并且重铸文学形式——重铸抒情诗。

相形之下,抒情成分的膨胀对于小说产生了远为复杂的冲击。相对于志怪、传奇、笔记等类型,章回小说更为典型地代表了中国古典小说形成的叙事话语。章回小说源于宋元时期"讲史"的话本,明显带有"讲故事"的特征。迹象表明,章回小说之中作为口述者的叙事人隐含诸多超出通常想象的意义。本雅明在《讲故事的人》之中表示:讲故事的人拥有具体可感的形象——农耕时代或者手工业生产时期,讲故事是一种共同参与的现场活动。讲故事的人之所以拥有特殊威望,他们往往保持一种集体经验,一种朴素的、同时几乎公认的生活观念,因而很快赢得了听众的信任。相对地说,西方意义上的小说是"个人"的。如同卢卡奇的《小说理论》所认为的那样,小说的出现意味了超验意义的家园已经破碎,个人不得不承担自己的命运——"小说的诞生地是孤独的个人"。如果说,西方小说很大程度地与印刷文化联系在一起,那么,讲故事从属于口口相传的文化传统。因此,"一个讲故事的人总是扎根于人民的,而且首先是扎根于工匠们当中"[1]。20世纪40年代,赵

---

[1] [德]瓦尔特·本雅明:《讲故事的人》,张耀平译,见《本雅明文选》,陈永国、马海良编,中国社会科学出版社1999年版,第295、308页。

树理曾经在相似的意义上得到了肯定。赵树理不关心是否写出了标准意义上的"小说",他对于自己作品的定位即是"故事"。赵树理时常借鉴评书,"说—听"模式不仅提供了众多农民喜闻乐见的通俗作品,同时按照农民习惯的传统形式阐发公共义理。[1]章回小说以口述的方式"讲史",讲故事的人与听众之间对于忠奸善恶、恩怨情仇通常具有强大的共识,波澜起伏的情节毋宁是持续地证实这种共识。因此,小说的主人公往往显现为一个固定的形象,他们的基本使命是尽职地完成预定的故事。多数人物的性格缺少曲折的成长、成熟乃至形成多维的层面,缺少复杂微妙的内心矛盾,从而形成福斯特所谓的"浑圆人物"。尽管如此,听众通常不愿意怀疑这些人物的真实性——口述的叙事人比书写文字叙事人擅长制造"似真"的幻觉。王德威曾经专门考察中国古典小说模仿"话本"的"说话"修辞形成何种叙事功能。在他看来,"意义"与"形式"的假设与一个真实的口述叙事人同时存在,二者将无形地分享叙事人自身带有的"真实"。这种虚拟的真实不知不觉地压抑了意义的多元诠释:

> 藉着隐含在有限的时间、空间中意义不假外求的特性,口说文字将书写文字的复杂性削减至最低。正如许多人以为我们对一切事物的知觉(perception)可以促使我们与现存的真实(reality of present)直接沟通一般,口说文字"似乎"也比书写篇章更接近真实。但我们却没有想到它其实贬抑了诠释的过程,进而牺牲了意义的多元性。当古典话本小说试图在

---

[1] 赵勇对于赵树理"说—听"模式的意义讨论甚详,参见赵勇:《讲故事的人或形式的政治——本雅明视角下的赵树理》,《文学评论》2017年第5期。

摇摆的叛逆

478

一奇幻题材上加诸一写实的情境时,此一特有的"似真"叙述方式已开始作用,使得我们相信说话人的直接话语是一种真实复又诚恳的沟通形式。因此,所谓"真实"的第一个层面即为说话人而非故事本身,更何况说话人在意识形态及心理层面上都足以成为一个令人信服的参考章法。当读者参与和说话人沟通的模拟情况时,好像他不只接受语言临场传达状况的有效性,并且也分享说话人所感觉到的"真实"视景。[1]

与薄伽丘和乔叟作品之中讲故事的主角不同,古典小说之中的说话人与描述对象之间保持了"适中的距离"(middle distance)。因此,"中国的说话人与其说是具体化的个人,倒不如说他代表着一种集体的社会意识"[2]。这些分析显示出章回小说的一个重要特征:口述的叙事人具有双重的"通俗"意味——讲故事是前现代令人向往的文学形式,一种不可多得的文化享受;声音——包括模拟声音的"说话"修辞——制造了共同的现场感,并且以"真实"的方式唤起人们的信赖。于是,某种集体性的经验、意义与价值观念借助声音组织的文学共同体获得不断的重温。

然而,现代抒情带有的强烈个性破坏了这种古老的文学共同体。五四新文学带来的一个重大变化是,第一人称的"我"不再是转述他人故事的工具,而是担任情节的主角。一些小说之中,人物的心理活动、独白、意识流可以视为抒情的另一种形式。大

---

[1] [美]王德威:《"说话"与中国白话小说叙事模式的关系》,见《想像中国的方法:历史·小说·叙事》,生活·读书·新知三联书店1998年版,第84页。

[2] [美]王德威:《"说话"与中国白话小说叙事模式的关系》,见《想像中国的方法:历史·小说·叙事》,生活·读书·新知三联书店1998年版,第85页。

量的抒情成分远远脱离了集体经验，某些时候带有先知先觉的意味，例如鲁迅的某些小说。说话人现场口述的公共性诉诸公众的即时理解，相对而言，许多独一无二的思绪必须由精微细腻的文字书写承担。人们无法想象，鲁迅的《狂人日记》《药》《故乡》《伤逝》《高老夫子》《在酒楼上》可以配置一个口述的叙事人，也无法想象郁达夫的《沉沦》、丁玲的《莎菲女士的日记》、沈从文的《边城》以章回小说的形式出现。显然，章回小说的终结不可能简单归因于抒情的介入，但是，人们至少可以察觉文学史重心的整体性转移：小资产阶级个人主义抒情的兴盛表明了一个新型的文学阶段开始；古典文学的形式体系迅速地没落，五四新文学引导另一批文学形式络绎登场。

然而，剧烈的历史错动之中，这种文学形式能否弥合大众与知识分子之间的距离？

四

若干年之后，普实克《〈中国现代文学研究〉导言》中对于抒情的表述似乎出现了一定程度的差异。他对五四新文学的概括进行了稍许修正：

> 就其内在品质以及与现实的关系而言，这场文学变革的特征可以概括如下：在旧文学中占据主导地位的抒情性——为了审美目的而创作的散文，以及戏剧，都具有一种特殊的抒情品质——现在被史诗性所取代，因为连现代话剧也更接近叙事，而不是抒情。这本身就意味着对现实的态度的改变。

摇摆的叛逆

在过去，对现实的观察、体验、冥思，都具有典型的抒情性；而现在，对现实的忠实反映、描写和分析，成为了现代散文的主要目的。[1]

普实克认为，"文学的目的不再是对现实的沉思默想，享受对现实的观照和品味，而变成了去熟悉现实、理解现实，从而认识它的规律。这就是新文艺的现实主义的基础"[2]。很大程度上，这即是普实克所说的"史诗性"。小资产阶级个人主义抒情对于内心活动的浓厚兴趣仅仅局限于狭小的方寸之域，以至于可能阻挠宏大史诗的展开。文学史可以证明，这种状况曾经遭受反复诟病，尽管每一次诟病的名目远为不同：这种状况可能被形容为小资产阶级与无产阶级的分歧，也可能被形容为知识分子与工农兵大众的差距；当大众拥有民族的名义时，小资产阶级知识分子往往被纳入"西方"的谱系——五四新文学的确存在诸多西方文化的渊源。文学修辞的意义上，抒情的重大"缺陷"是，缺乏传统史诗的通俗性——这种通俗性很大一部分可以溯源于口述的叙事人——与强大的集体经验。

相对于哲学以及社会学或者法学，文学对于"个别"的关注始终是一个令人苦恼的理论负担。哲学力图阐述普遍真理，社会学或者法学的描述对象是具有普遍意义的"社会人"，然而，文学再现如此具体的人物，甚至栩栩如生地复制他们脸上的皱纹或者

---

[1]［捷克］亚罗斯拉夫·普实克：《〈中国现代文学研究〉导言》，见《抒情与史诗——中国现代文学论集》，［美］李欧梵编，郭建玲译，上海三联书店2010年版，第39页。

[2]［捷克］亚罗斯拉夫·普实克：《〈中国现代文学研究〉导言》，见《抒情与史诗——中国现代文学论集》，［美］李欧梵编，郭建玲译，上海三联书店2010年版，第40页。

第十四章　大众、民族形式与抒情

言谈的口吻。对于大众来说,社会角落的某一个人物又有什么理由赢得众目睽睽的位置?同时,为什么是"这一个"而不是"那一个"?许多时候,文学批评试图依赖"典型"范畴建立解读机制。"典型"隐含的理论承诺是,一个文学人物携带了众多同类社会成员的共性信息,譬如,一个农民的"典型"、一个马车夫的"典型"或者一个资本家的"典型"显示了千百个农民、马车夫或者资本家的共性。一旦这些共性被视为阶层或者阶级的表征,文学人物之间的戏剧性故事构成了社会图景的寓言,甚至显示了历史的轨迹。这时,文学即是历史——"史诗"概念包含了文学与历史的双重内涵。尽管这种解读机制存在种种缺陷,但是,人们可以察觉"个别"与社会历史之间相互联结的逻辑架构。这个意义上,文学人物的性格、言行乃至种种日常细节无不沐浴在历史规律的普遍意义之中,犹如种种感性显现是黑格尔绝对理念的哲学反射。

"典型"显然更为适合戏剧或者小说的叙事分析。人物的持续行动组成了情节,众多角色的戏剧性冲突如同压缩版的历史图景。错综纠缠的社会关系之网内部,"典型"犹如汇聚种种线索的网节。然而,抒情无法构成如此完整的图景。零散的情绪与哲思片段常常来自突如其来的感兴,或者来自某种景象或者意象的临时感召。抒情具有很大的即兴成分,起伏飘忽,强弱不均。一些批评家使用"典型情绪"的概念作为衡量的依据,但是,这种仿造并不成功。严格地说,"典型"指的是各种社会关系塑造的特殊性格,他们的行动再度巩固了这些社会关系。然而,人物的内心波动远比行动密集,各种情绪与哲思并非源于稳定的社会关系。相对于纷杂的内心,社会关系之网的网眼太大。一个盖世英雄可能出现迷惘的一刻,一个弱者可能产生壮怀激烈的一瞬,一个吝啬的守财奴或

摇摆的叛逆

许闪过悲天悯人的短暂一念，一个凶残的刽子手或许曾经涌出一阵感伤……总之，阶级、阶层、社会集团、经济利益的决定性作用显现于相对完整的历史段落以及人生段落，心弦的奇妙拨动来自更为灵巧的指尖。人们可能争辩说，"诗史"的概念表明，抒情也能抵达历史。然而，如果将"诗史"解释为以诗的语言记录历史，那么，这仅仅是流行于诗人内部的衡量准则。展示开阔的历史景象，小说与抒情诗不可同日而语。

这并非证明，内心的种种波动来自某一个神秘的渊薮。相反，大部分内心波动可以溯源于社会历史的酿造——只不过社会学提供的分析概念无法描述半径如此之短的曲线弧度。许多时候，批评家使用"大我"与"小我"分辨抒情的不同性质。"大我"通常指民族、国家、社会共有的悲欢，"小我"意味着一己私情。强大的诗人抒放"大我"之豪情而捐弃"小我"之哀愁。然而，强烈明朗的感情往往彼此相似，幽怨怅惘各有各的原因。事实上，口号与标语——另一种激烈的抒情形式——可以承担相当一部分集体感情，音色洪亮，音量充沛。然而，诗学的修辞体系如此复杂曲折，以至于那些强烈明朗的感情时常觉得多余乃至累赘。强烈明朗往往迹近于单调，幽怨惆怅通常显示出复杂的路径。文学史的统计显示，吟咏凄凉孤寂、感叹身世飘零的名篇数量远远超过了壮美激昂、乐观积极的欢声笑语。因此，仿造韩愈的名言可以认为：壮阔之辞难工，愁苦之音易好。如同许多人指出的那样，毛泽东诗词慷慨豪迈，气宇轩昂，"雄关漫道真如铁，而今迈步从头越"；然而，大多数诗人无法同时拥有远大的革命襟怀与杰出的文学才能，如此雄浑的抒情形象寥寥无几。如果说，许多知识分子的"内心深度"以及多愁善感、纤细忧伤可以追溯至小资产阶

第十四章 大众、民族形式与抒情

级文化——如果说，他们的成长与成熟沉浸于知识造就的想象而远离田野或者厂房那些质朴的大众，那么，孤独的冥想、体验乃至灵魂拷问带来的抒情往往是徘徊于一个小圈子的"小我"。

那些无法纳入史诗传统的抒情具有什么意义？这个问题如鲠在喉。很长一段时间，文学批评仅仅赋予一个草率的否决："向隅而泣"的小资产阶级悲观主义令人鄙视。相对于粗犷的生产劳动乃至炮火连天的战斗，思绪万千、感慨喟叹犹如过度发达的文化带来的副作用。与孔武有力的形象相互匹配的是洪亮的歌喉，而不是寻寻觅觅的浅吟低唱。然而，尽管众多批评家冷嘲热讽，这种抒情仍然屡禁不绝，例如20世纪70年代末至80年代初的"朦胧诗"。"朦胧诗"的诗学修辞深奥艰涩，抒情的独异性质是一个重要原因。众多"朦胧诗"的抒情无法重叠或者化约为一个普遍的形象。文学批评曾经在另一个意义上阐述"朦胧诗"与历史的联系——"新的美学原则崛起"表明，一种与众不同的美学观念正在进入社会视野，悄悄地掀开历史的一角。迄今为止，"朦胧诗"已经获得了文学史的肯定，然而，隐秘的理论困惑仍然悬而未决：从外部世界转入内心，抒情始终包含令人不安的美学倾向。

相对于抒情诗的伤春悲秋，更为意味深长的表征是，叙事话语内部——特别是中短篇小说——抒情成分的增加。熟悉章回小说叙事话语的大众对于连篇累牍的心理描述缺乏耐心，西方小说或者俄罗斯小说推崇的"内心深度"以及"心灵辩证法"令人厌倦。大众更乐于接受的叙事模式是，诸多角色面目清晰，性格稳定，他们各司其职，始终如一地奔赴预定的人生目标与情节结局。尽管鲁迅抱怨《三国演义》"显刘备之长厚而似伪，状诸葛之

摇摆的叛逆

多智而近妖"[1]，但是，大众乐于按照这种方式辨认和巩固历史人物的道德面貌。20世纪50年代，托尔斯泰等一批俄罗斯文学大师的人物塑造享有愈来愈高的声誉，暗流纵横的内心领域被视为人物性格不可分割的组成部分；作为这个时期的长篇小说标杆，《红日》《红旗谱》《红岩》《创业史》开始自觉地平衡情节叙事与心理描述。如果说，莫莱蒂形容19世纪小说的"填充物"指的是日常生活的物质性细节，那么，抒情成分显现为种种心理性细节。总结《红旗谱》写作经验的时候，梁斌表示，他力图"摸索一种形式，它比西洋小说的写法略粗一些，但比中国的一般小说要细一些"[2]——很大程度上，"粗"指的是大刀阔斧的纵向叙事，"细"不仅增添了外部世界描写的密度，同时兑入众多内心活动。然而，强烈的抒情气息骤然涌入小说，这个文学动向的再度出现已经到了20世纪70年代末和80年代。批评家曾经以"向内转"的概括形容这种状况。[3]如同五四时期，人道主义的再启蒙造就了另一个抒情时代。抒情时代的标志是活跃的叙述主体：

> 很大程度上，"新时期文学"的抒情基调可以追溯至"朦胧诗"，但是，这不是全部来源。作为一个乐曲的开始，"朦胧诗"音调低沉感伤，北岛、舒婷、江河无不流露出种种遗留的硕重叹息；然而，"新时期文学"很快就转向了高亢的激情。这种抒情远远超出了诗的范畴而广泛分布各种文类。人们不仅发现了众多或明或暗的抒情修辞，更为重要的是，抒情成

---

[1] 鲁迅：《中国小说史略》，见《鲁迅全集》第九卷，人民文学出版社2005年版，第135页。
[2] 参见梁斌：《漫谈〈红旗谱〉的创作》，见《创作经验漫谈》，人民文学出版社1979年版，第61页。
[3] 参见鲁枢元：《论新时期文学的"向内转"》，《文艺报》1986年10月18日。

为"新时期文学"整体风格的重要组成部分。从蒋子龙、刘心武、王蒙、张贤亮到从维熙、谌容、冯骥才,他们的小说之中时常出现某些情不自禁的抒情片断:咏叹、反省、感慨、愤懑、讥讽或者犀利的生活评论。总之,人们可以从各种恩怨情仇的情节背后察觉一个格外活跃的叙述主体。[1]

对于小说叙事话语来说,抒情修辞的增加削弱了情节的传奇性和严谨程度,诸多人物不再紧张地锁扣于戏剧冲突的起伏,不再仅仅扮演一个完成情节的行动角色,种种情绪与哲思仿佛在人物的周围形成一圈多余的光晕。汪曾祺将这种状况形容为"小说的散文化"。在他看来,散文化的小说去除了严酷现实"原有的硬度";汪曾祺喜欢以"水"的自然流动比喻文学形式:"散文化小说的最明显的外部特征是结构松散",这种结构容纳的感情是"静静的",如同他的《受戒》或者《大淖记事》。[2]考察表明,这种抒情倾向迄今并未衰退,而是构成了一批年轻作家景仰的传统。[3]

无论是沈从文的《边城》、以孙犁为首的"荷花淀派"还是汪曾祺,批评家通常以"诗意"的名义给予肯定。然而,当抒情的源头显示为一个人的内心乃至无意识的时候,许多批评家感到了不安。从民族、国家、阶级、性别到善与恶、真与伪、美与丑,人们拥有众多的概念衡量社会历史,评判种种行为。然而,这些

---

[1] 南帆:《"新时期文学":美学意识、抒情与反讽》,《文艺争鸣》2018年第12期。
[2] 参见汪曾祺:《小说的散文化》,见《晚翠文谈新编》,汪曾祺著,范用编,生活·读书·新知三联书店2002年版,第32—36页。
[3] 参见谢有顺:《"70后"写作与抒情传统的再造》,《文学评论》2013年第5期。

概念对于内心世界常常失效。内心世界既狭小又宽阔，云谲波诡，甚至深不可测。这里发生了什么？——所有的人意识到一个巨大秘密，所有的人都无法直接表述。精神分析学的问世对于心理的认识形成了巨大的冲击，弗洛伊德或者拉康迅速跻身举世瞩目的思想家之列。按照他们的描述，心理结构内部欲望与无意识的意义甚至超过了理性。也许，这同时给文学批评带来了迷惑：快乐原则、现实原则、恋母情结以及压抑、无意识如何与经济地位、阶级意识、革命觉悟相互衔接？两套观念之间的理论陷阱令人生畏。

20世纪70年代末至80年代初，王蒙是涉入内心世界的先锋。他陆续发表了《夜的眼》《春之声》等一批带有"意识流"意味的小说。在他看来，既没有理由对西方小说的心理描写过度崇拜，也没有理由"武断地、洋洋得意地宣布中国小说的民族特色就是没有心理描写"。他曾经如此为"意识流"申辩——革命者的"意识流"仍然保持了令人景仰的革命性质："如果作家是一个很有头脑、很有思想、很有阅历（生活经验）的人，如果革命的理论、先进的世界观对于他不是标签和口头禅，不是贴在脸上或臀部的膏药，而早已化为他的血肉，他的神经，他的五官和他的灵魂，那么，哪怕这第一声，也绝不是肤浅的和完全混乱完全破碎的。"[1]然而，持续的争论表明，许多批评家似乎不愿意认可这种观点。"革命"无法概括全部心理内容，众多传统的概念范畴无法完整地捕获意识的闪烁波动。精神分析学的观念恰恰相反：人物的外在言行与内心世界并非互为镜像，某些时候甚至构成了颠倒的伪装——施蛰存的《石秀》是一个有趣的文学案例。施蛰存截取《水浒传》

---

[1] 王蒙：《关于"意识流"的通信》，《鸭绿江》1980年第2期。

之中石秀帮助杨雄捉奸的段落加以改写。作者将石秀叙述为性变态者，他对于杨雄的妻子潘巧云垂涎多时，碍于杨雄的情义而犹豫不决。发现潘巧云与裴如海的奸情之后，石秀的报复欲覆盖了性欲；杀戮潘巧云的时候，嗜血的隐秘欲望获得了满足……《石秀》的奇异在于，作者完整地将变态心理注入石秀形象而未曾改变《水浒传》提供的基本情节。于是，一个义薄云天的英雄被悄悄地置换为不无猥琐的小人。如果内心世界收藏许多不可知的颠覆性能量，那么，鲁莽地开启潘多拉魔盒可能带来巨大的危险。这时，文学可能突然摆脱人们熟悉的社会学概念或者道德伦理，严重干扰阶级谱系预设的社会历史图景。

为什么一批作家始终对于内心世界兴趣不衰？他们能持续地从自己的意识深部发现超常的内容吗？迹象表明，这是众多小资产阶级知识分子擅长的活动区域。置身于模糊暧昧的阶级地带，他们的左顾右盼、患得患失与迷惘感伤、犹疑不决时常借助抒情倾泻于文学。那些闪烁波动的心理碎屑淹没了阶级地标，以至于文学成为一叶无法定位的孤舟。或许，这才是知识分子热衷的文学形式令人恼火的隐秘原因。

五

1907年至1908年，王国维的《人间词话》与鲁迅的《摩罗诗力说》分别发表，古典式的"境界"与浪漫主义的叛逆激情相互交会，并驾齐驱。从郭沫若、徐志摩、郁达夫、汪静之、冰心到艾青、胡风、何其芳，抒情成为一个显眼的文学潮汐。21世纪之初，"抒情"一词再度活跃起来。文学研究试图将"抒情"作为文学现代性的特殊范畴——"抒情"成为现代主体建构的表征。[1]这种观点驱使人们反思一个问题：内心世界——抒情的源头——的文学意义。阶级意识无法化约纷杂的喜怒哀乐，阶层、财富、族群以及种种社会关系只能有限地投射于深邃的内心世界。批评家对于精神分析学的"无意识"将信将疑，许多时候，这个问题无法解释的那些部分搁置于"小资产阶级"的贬称背后，无人问津——世界范围内，"左"翼文学阵营似乎习惯地将过于丰富的内心世界归咎于小资产阶级身份。

20世纪80年代，一批作家不约而同地对内心世界显示出特殊的兴趣，众多带有"意识流"意味的小说纷至沓来。如果王蒙可以视为始作俑者，后续的探索队伍相当庞大。作为现实主义叙事话语的一个异己，这些小说带来激烈的争论。尽管如此，一系列理论症结并未获得足够的辨析。李陀的《七奶奶》是一篇标准的"意识流"小说。《七奶奶》严格地保持主人公的主观视角，小说的内容包含心理逻辑组织的各种意识碎片：对于煤气罐的恐惧，儿时的回忆，力不从心的身体感觉，厌恶与咒骂儿媳妇，如此等等。然而，如果察觉到主人公仅仅是一个普通的市井人物，那么，《七奶奶》遗留的一个理论问题是，所谓的内心世界是否那一批小资产阶级知识分子的专利？换言之，过于丰富的内心世界是小资产阶级尚未完成改造的心理残余，还是知识分子与大众共享的形式——只不过"七奶奶们"毫不逊色的内心世界遭到了某种文学观念的屏蔽？进入文学形式层面，这个问题可能延伸为另一个理论分歧：所谓的"意识流"叙事是现代主义文学孤芳自

---

[1] 参见[美]王德威：《"有情"的历史：抒情传统与中国文学现代性》，见《抒情传统与中国现代性：在北大的八堂课》，生活·读书·新知三联书店2010年版，第29—36页。

赏的某种伎俩，还是表现大众的文学体系内部一个遭受忽视的组成部分？

完成《七奶奶》之后，李陀似乎不再垂青"意识流"。相反，他对于著名的"意识流"大师弗吉尼亚·伍尔夫表示不满："她的作品里的每一行字都是对中产阶级社会的肯定，都是对中产阶级身份的迷恋和自恋。"[1]"意识流"并非开阔的历史脉络，而是返回自我幽深的曲折小径；尴尬的经济地位甚至制造出中产阶级的历史恐惧症：历史脉络无从左右，可以信赖的仅仅是一己的内心。一种观点相信，现代主义祈求隐入内心，从而抛弃乏味的资产阶级的物质社会："这些作家相信病态心理是他们的最可靠的避难所。"[2]面对光怪陆离的物质表象，坚守自己的内心即是拒绝共谋。现今看来，这种设想业已破产。"意识流"从未撼动资本主义文化体系。然而，如果"伍尔夫们"的"意识流"丧失了尖锐意义而沦为中产阶级个人主义的表征，"七奶奶们"的"意识流"意味着什么？李陀对于中产阶级与文学形式之间的呼应关系具有犀利的洞察。一个批评家认为，李陀的长篇小说《无名指》过于"滥情"，如同款式老气的时装，如今"小资"的暗冷美学是"白衬衫和声色不动"。李陀的反驳是，所谓的暗冷美学更像资本控制的某种文化品位类型。有趣的是，抵制这种文化品位的时候，李陀不再显露出专注于内心世界的兴趣。他宁可师法古典小说《红楼梦》：注重日常细节乃至人物的神态与肖像，捕捉微妙的情绪波澜，编织密集的因果网络，如此等等。这一套叙事话语曾经为那些擅长"精

---

[1] 李陀、毛尖：《一次文化逆袭：对谈〈无名指〉》，《南方文坛》2018年第5期。

[2] ［匈］盖·卢卡契（乔治·卢卡奇）：《现代主义的意识形态》，李广成译，见《现代主义文学研究》（上），袁可嘉等编选，中国社会科学出版社1989年版，第150页。

致阅读"的读者带来莫大的乐趣。[1]然而，如此耐心的，甚至是学术的"精致阅读"是否更适合纳入另一种布尔乔亚趣味？——显而易见，那些号称"精致阅读"的"小众"即是知识分子。当然，这里的"布尔乔亚趣味"不存在贬义，而是表明与文学史上不断出场的普罗大众相去遥远。

的确，资本与市场大面积渗入了文化，激进的小资产阶级很大程度地转换为循规蹈矩的中产阶级。这时，"意识流"所叙述的那个内心世界还有意义吗？这个理论话题不仅涉及文学史反复争论的大众、民族、知识分子，同时与抒情、史诗、现代性等诸多概念存在相互交织。当然，摆脱种种不无夸张的争论词汇有助于重绘相对稳定的理论坐标。

谈论现代性与抒情传统的关系时，王德威论述了三个富有潜力的命题："兴与怨""情与物""诗与史"[2]。"遵四时以叹逝，瞻万物而思纷。悲落叶于劲秋，喜柔条于芳春。心懔懔以怀霜，志眇眇而临云。"[3]——正如众多古代批评家反复阐述的那样，物我感兴是中国古典抒情的起始。然而，物我感兴与史诗叙事的衔接并未完成，即景会心的瞬间顿悟无法完整地显现叙事包含的时间长度与因果转换。始于19世纪的现代主义包含了接续这个主题的企图：相对于现实主义的再现叙事，现代主义对于内省的关注企图开拓抒情主体的内在空间——许多人认为，内省的关注是现代主

---

[1] 参见李陀、毛尖：《一次文化逆袭：对谈〈无名指〉》，《南方文坛》2018年第5期。
[2] 参见[美]王德威：《"有情"的历史：抒情传统与中国文学现代性》，见《抒情传统与中国现代性：在北大的八堂课》，生活·读书·新知三联书店2010年版，第44—63页。
[3] [晋]陆机：《文赋》，见《文赋集释》，[晋]陆机撰，张少康集释，上海古籍出版社1984年版，第14页。

第十四章　大众、民族形式与抒情

义的基本特征之一。[1]

1924年，布勒东的《超现实主义宣言》受到了弗洛伊德的启示，认为人们的内心深处蕴藏某些非凡的力量，神秘的梦境与文学写作如出一辙[2]；不久之后，弗吉尼亚·伍尔夫在《论现代小说》中描述了堆积在内心无数琐屑的或者奇异的印象，在她看来，作家的责任是"揭示内心火焰的闪光"[3]。萨洛特《怀疑的时代》一文肯定了乔伊斯、普鲁斯特和弗洛伊德，"了解内心独白中一点不外露的秘密细流和心理活动的无限丰富，还有无意识这个几乎尚未开拓的广阔领域"。塑造人物已经不是现代小说的义务，再现人物的心理构成了文学的前沿，她把人物的心理形容为"一种如血液似的无名物质"，"一种既无名称又无轮廓的稠液"。[4]这些观点来源不一，视角各异，但是，作为共享的背景，现代主义促进了这些观点的相互激发。内心世界闪烁不定，波动的意识似水长流，批评家专门考察了不无极端的内心世界叙述——"意识流"，诸如内心独白，内心分析，感官印象，等等。[5]更大范围内，所谓的内省倾向深刻地改造了文学形式——例如，小说出现了两方面意味深长的改变：

---

[1] 参见［英］马尔科姆·布雷德伯里、詹姆斯·麦克法兰：《现代主义的名称和性质》，见《现代主义》，［英］布雷德伯里、麦克法兰编，胡家峦等译，上海外语教育出版社1992年版，第3—38页。

[2] ［法］布勒东：《第一次超现实主义宣言》，丁世中译，见《未来主义 超现实主义 魔幻现实主义》，柳鸣九主编，中国社会科学出版社1987年版，第240—262页。

[3] ［英］弗吉尼亚·伍尔夫：《论现代小说》，见《论小说与小说家》，瞿世镜译，上海译文出版社1986年版，第9页。

[4] ［法］娜塔丽·萨洛特：《怀疑的时代》，林青译，见《新小说派研究》，柳鸣九编选，中国社会科学出版社1986年版，第33、39页。

[5] 参见［美］梅·弗里德曼：《"意识流"概述》，朱授荃译，见《现代主义文学研究》（上），袁可嘉等编选，中国社会科学出版社1989年版，第515—536页。

在某些最重要的作家笔下，小说中自我剖析的描写手法显著增加；对于结构和构思策略的着迷也在增长，小说骤然变得更富于"诗意化"，因为它变得更为关注文本与形式的精确，对于散文作为大众文体的松散性越来越感到不安。这一切都导致了写作技巧的彻底革命和对于形式的高度重视；其后果至今仍在这两个方面对我们产生影响。一方面是在写小说时，刻意追求形式完美，语言灵活和构思巧妙，而不依赖于连接性和模仿；另一方面是暴露内在的晦涩和属于同一现象的艺术危机，这与一个艺术和历史的根本问题有关，即如何通过词语的有效排列来理解现实本身，并使得这一小说的传统素材显得更为可信。[1]

弗洛伊德的精神分析学显然是一批作家的理论后援。尽管许多作家并未详细地研习精神分析学的复杂体系，但是，以"无意识"概念为轴心的深度心理学为文学带来了巨大的启示。一个切近同时又无法目视的巨大领域出现了，文学深感兴趣——这个领域或许包含了涉及性格的诸多奥秘。本我与超我，恋母情结，阉割恐惧，弑父与压抑体系，无意识如同冰山大部分隐在水面之下，弗洛伊德对于心理结构的描述很大程度地成为"真实"的标准。由于心理真实地再现如此困难，以至于许多人忽略了另一个问题：何种意义的"真实"——这种真实是历史文化的产物，还是来自生理结构？

---

[1] [英]约翰·弗莱彻、马尔科姆·布雷德伯里：《内省的小说》，见《现代主义》，[英]布雷德伯里、麦克法兰编，胡家峦等译，上海外语教育出版社1992年版，第367页。

第十四章　大众、民族形式与抒情

通常意义上，文学关注的是前者，后者更多地托付给另一些学科，例如医学，或者生物学。如果弗洛伊德描述的心理结构如同身体的生理器官始终不变，那么，如此伟大的发现一次就够了。这种发现很快会逸出文学与历史的视野，转向身体认知与疾病诊疗的依据。事实上，文学对于内心世界的再现往往包含一个隐蔽的承诺：作家注视的是一个与社会历史保持对话的心灵。一方面，社会历史塑造了这个心灵，而且，这种塑造从未止歇；另一方面，心灵同时加入了社会历史的延续与再生产。因此，内心世界与社会历史形成一个文化有机体。即使作家根据内心世界的特殊逻辑组织镜像式的意识连续体，内心世界与社会历史的互动仍然是不可放弃的前提。这是文学活力长盛不衰的原因——包括文学形式的持续演变。作为现实主义文学的坚定卫士，卢卡奇并不满意现代主义文学与社会历史的对话方式。卢卡奇认为，内心世界与社会历史无法纳入同一个频道——他对乔伊斯的杰作《尤利西斯》的批评是："这些感觉和记忆材料不断振动的形态，及其强大力场——但是无目的、无方向——所引出的却是一种静态的史诗结构，这反映出一种信念，认为事物的性质基本是静态的。"在他看来，文学再现的社会历史必须具有"远景透视"。[1]不无反讽的是，卢卡奇"远景透视"的相当一部分内容已经落空，他甚至无法预料自己的政治境遇。另外，抒情抛出的问题是，文学视野之中的社会历史是否只有一种存在方式？能否聚焦一种微型景观：社会历史的沉淀物如何与所谓的"自我"形成复杂的化合？

作为一个古老的文学概念，"史诗"享有崇高的威望。然而，

---

[1]［匈］盖·卢卡契（乔治·卢卡奇）:《现代主义的意识形态》，李广成译，见《现代主义文学研究》(上)，袁可嘉等编选，中国社会科学出版社1989年版，第138、153页。

这个概念不再专门指称文学史曾经出现的某种文类,而是象征性地泛指文学对于历史独特而深刻的展示。当"现代性"构成了历史描述的一个关键概念之后,哪些开拓性的文学形式有助于探索隐伏于表象之下的新型的历史可能?这是"史诗"概念遭遇的挑战。更为宽泛的意义上,这个问题时刻敲击文学的神经。一些不甘平庸的作家拒绝心安理得地享用种种现成结论,"抒情"及其拥有的文学形式再度获得提名。当然,理论的考察接踵而至,大众、民族形式、小资产阶级或者中产阶级构成了理论考察之中令人瞩目的争论旋涡。无论哪些结论赢得认可,这是一个共同接受的前提:回溯抒情、内心世界、文学形式之间的曲折脉络,真正的意图并非重返文学史,而是收集、汇聚与开拓未来的文学资源。

第十四章 大众、民族形式与抒情

第十五章　后现代与二次元

一

文学史可以证明，20世纪80年代文学不仅带来一个期盼已久的复兴，并且充实了强大的现实主义美学范式。作为一种自觉的理论观念，现实主义美学范式来自五四新文学传统。五四时期的许多作家坚定地与各种保守腐朽或者游戏狎邪的主题划清界限，开始专注而紧张地探索历史和人生——"为人生的文学"显然是一种宽泛的现实主义精神。80年代文学力图恢复"为人生"的真挚信念。不久之后，"现代主义"试图从另一个层面介入"为人生"的文学信念，继而与"现实主义"构成旷日持久的争辩。二者的分歧很大一部分涉及文学与社会、历史、民族国家或者文学与自我、大众的关系，哲学式的思考时常成为争辩双方共享的前提与方法。总之，当时的文化沉浸于不言而喻的严肃气氛，轻佻的逗乐无人响应，缺乏思想的消遣或者戏谑令人鄙视。

20世纪80年代的现实主义美学范式之中，许多人很快意识到王朔展示的异质因素。尽管《一半是火焰，一半是海水》或者《过把瘾就死》流露出对于爱情的执念，但是，王朔的独异特征毋宁是强烈的反讽，例如《玩的就是心跳》《顽主》《一点正经没有》《你不是一个俗人》。某些场合，王朔被视为"痞子文学"的代表人物——这个贬称不仅由于王朔小说的主人公类型，同时还缘于半是尖刻半是嬉闹的叙事话语风格。王朔擅长挖苦调笑，揶揄嘲讽，尖利有余而激愤或者深邃不足，油嘴滑舌更像一种炫技式的口才表演。一个接一个的反讽编织成一层薄薄的语言帘子，掀开帘子空无所有。他不惮以自嘲的方式将自己列为反讽对象，他人甚至无从下手反戈一击。

反讽修辞存在多个不同的引申方向。首先，反讽式的批判隐含一个正面的价值体系。嬉笑怒骂背后居高临下的语言姿态表明，人们已经意识到肯定的观念是什么。因此，积极阐述肯定什么是反讽的一个引申。反讽的另一个引申是仇恨。当冷嘲热讽的语言不足以承载愤怒指数的时候，另一套更为激烈的辞令应声而出。人们丧失了调侃与正话反说的耐心，怒火中烧的愤慨必须诉诸远为强硬的表述。反讽的第三个引申方向是戏谑。冷嘲热讽通常带有相当的喜剧成分，尽管并非哄堂大笑而是不屑的嘲弄。如果说，不屑暗示了反讽隐含的智力优越感，那么，戏谑之趣可能由于一个小小的语言拐弯而炽烈地燃烧起来，以至于乐不可支的气氛迅速抛开了反讽的智慧含量。智慧含量骤减的一个特征是，人们的笑声并非来自一个巧妙的思想顿挫，而是源于外力的挤压——用力过度的迹象屡见不鲜。这时，我愿意提到赵本山与周星驰。

一个出入于小品舞台，一个活跃于电影银幕，对于大众文化来说，赵本山与周星驰均为炙手可热的重量级人物。他们的喜剧表演赢得了广泛的声誉。尽管东北方言与粤语相去甚远，但是，赵本山与周星驰共同追求强烈、火爆、夸张乃至癫狂的语言风格。赵本山的诸多小品针砭时弊、抨击世俗，但是，反讽"言在此而意在彼"的迂回结构似乎削弱了直击的快感。若干广为流传的赵本山名言远比反讽强烈，例如"上顿陪，下顿陪，终于陪出了胃下垂；先用盅，后用杯，用完小碗儿对瓶吹""你这样开车不合格，长得都违章了"；另一些时候，他的俏皮话陷于单纯的滑稽和嬉闹而抛开了针砭或者抨击，譬如"脑袋大，脖子粗，不是大款就伙夫""干掉熊猫，我就是国宝！""不吃饱哪有力气减肥啊？"如此等等。喜剧美学表明，喜剧的笑声隐含俯视和矫正对象的意向。相对地，俏皮话仅仅显现为机智的语言修辞。机智的错动与出其不意的衔接带来莞尔一笑，意义的刻痕并未在笑声熄灭之后浮现与留存。如果说，机智在赵本山喜剧之中举足轻重，那么，周星驰更多地表露出强制性"搞笑"的倾向。插科打诨，装疯卖傻，胡言乱语，故作天真，甚至不惜扮出一张鬼脸——许多笑声的获取诉诸身体表演而不是机智的转换。这种修辞时常被称为"无厘头"，即粗俗、莫名其妙或者混乱与肆无忌惮。无论是内在的机制还是风格与效果，这些笑声与反讽的距离已经很远了。

  无论是王朔的京味嘲讽、赵本山的东北乡土幽默还是周星驰的港式"无厘头"，戏谑与嬉闹逐渐淹没了反讽的尖锐与智慧含量。许多时候，这种状况可以视为一种文化症候：欢愉的轻型文化开始大面积流行。思想缩水，理论简化，深邃、缜密逐渐成为令人厌烦的品质；经济学仅仅涉及家庭开支，法律仅仅负责离婚财产分割咨询，哲学和诗转入幕后，交响乐或者小剧场话剧成为某个小众圈子的身份标签，小报、互联网、手机大规模主宰大众的文化生活。从明星八卦、搞笑段子、"超女"歌手、鸡汤短文到动漫绘本、电子游戏、脱口秀、短视频,众多品种的轻型文化蔚为大观。轻型文化不仅形式轻盈,更重要的是内容轻松。无论是小清新、小情调、小惊险、小机智还是哗然的爆笑,人们可以清晰地察觉另一个文化段落的分界线。严肃、深刻、忧患意识或者沉重的历史如同远去的雷声,现在是投身于游戏和收获笑声的时候了。

规劝那些80年代文学的拥戴者接受轻型文化诚非易事。20世纪上半叶的苦难、革命、战争与社会运动已经转换为一种普遍的文化性格,许多人始终保持内心的紧张感。他们熟知"生于忧患,死于安乐"的古训与各种现代励志名言,如果肩上的重量突然消失,人生仿佛空空如也。很大程度上,这种文化性格与现实主义美学范式互为知音。文学必须再现宏伟历史,宣谕人生意义,接续伟大的传统,展示某种复杂的、不无晦涩的结构形式,否则,又有什么必要聚精会神地研读再三?他们心目中,沉溺于安逸、快活和享乐令人鄙夷乃至令人不齿。尽管王朔、赵本山、周星驰开始构造另一种叙事风格,但是,轻型文化的大规模扩张由年青一代给予完成。

历史文化的意义上,"代"的界定通常依据文化观念的内在转换。许多场合,"年青一代"的开端指的是1980年之后出生的"80后"。"80后"以及他们的后续梯队由于相似的文化性格而被概括为一个文化共同体:"城市的、独生子女的、现代消费的,最后,也是最重要的,属于互联网新媒体的。"[1]显而易见,堆放于身边的80年代文学与他们的经验、文化趣味——与他们身上"代"的标记——格格不入。独生子女隐含的另一个社会事实是,这一代人拥有20世纪迄今最为安定的生活环境。20世纪80年代之后,社

---

[1] 江冰等:《酷青春:80后青年亚文化的生成与影响》,人民出版社2017年版,前言第1页。

会财富急剧增加,生活条件持续改善,与此同时,大部分家庭慷慨地将各种资源集聚于独生子女。现实主义美学范式持续关注的温饱主题丧失了昔日的分量,闯荡"广阔天地"不再是这一代人的典型经历;从城市到大部分乡村,攻破高考关隘成为青春期设立的唯一目标。居住条件的改善与令人窒息的繁重课业造就了许多"宅男""宅女",课业之外的文学一律充当放松身心的精神保健操——除了发自肺腑的笑声,很少人还有余裕接受严肃的文学启迪,从而考虑历史的真相或者人生真谛。由于无暇涉猎多种复杂的文化类型,流行而轻松的动漫、科幻、电子游戏填充了大部分课余时间,并且转换为普遍的文化趣味,甚至沉淀为某种无意识。这个历史阶段恰恰是各种电子传播媒介全面碾压纸质媒介的转折期,他们对于电视、电脑、互联网、手机运用的影像符号远为熟悉,寄居于文字符号的传统经典遭到了冷落。闯过了高考关隘之后,这些文化趣味的影响并未消失——他们很少像父辈那样围绕篝火纵谈一部文学经典或者理论名著,周末火锅聚餐之后的消遣节目多半是歌厅K歌。当然,所谓"文化趣味"通常弥漫于业余的日常生活,而不是干预他们的专业水准。事实上,"年青一代"专业工作的质量并未下降,我力图表明的仅仅是——他们之间由于文学的启迪而改变人生志向的人远远少于父辈。

这种状况如何潜在地塑造他们?一些意味深长的迹象正在逐渐显现。无论是相对于五四青年还是他们的父辈,这一代人形成了独有的精神气质。这一代人的知识储备、文化修养以及见识、视野可能远远超出前人;另一方面,这一代人与五四青年的激情、冲动以及他们父辈探索人生的复杂思考渐行渐远。某种程度上,他们将流畅地进入中产阶级的轨道,周边的众多因素有形无形地协助巩固这种社会地位和文化趣味。

所谓中产阶级至少包括职业、家庭、教育程度、经济收入、朋友圈以及一套相对固定的价值观念——他们的娱乐存在哪些特征？不驯的力比多能否找到一个合适而安全的出口？这时，我想转向他们的审美，考察他们的文化趣味形成哪些特殊的美学意识。

二

晚清至五四时期的文化潮汐隐含了古典社会与现代性之间的激烈冲突。一系列观念的剧烈震荡造就初具规模的现代文化，包括现代"文学"概念的建构与完成。先秦至晚清，尽管诗、词、文、赋、传奇、小说、杂剧陆续登场，但是，概括性的总称迟迟未曾出现——古代汉语的"文学"一词泛指各种博杂的人文知识，而不是描述某个独立的学科。置身于哲学、政治学、经济学、历史学、新闻学以及各种自然科学，"文学"的诞生来自复杂的理论运作，现代知识的重组、教育体系的改变与新型传媒体系的崛起构成不可或缺的文化条件。[1] 作为现代"文学"的重要特征，叙事文类进入文化舞台中心与白话文运动的兴起均是影响深远的重大事件。无论是现代"文学"概念的确立还是文学形式的转型，这种状况不仅呼应了美学意识的急剧裂变，同时为未来的美学意识敞开广阔的空间。

如果说，儒、释、道的各种观念曾经在中国古典美学意识之中留下不可磨灭的烙印，那么，如同许多人指出的那样，启蒙与革命促成了现代"文学"美学意识的重大转折。从梁启超对小说

---

[1] 参见南帆：《文学：概念建构与娱乐主题的沉浮》，《学术月刊》2021年第1期。

寄予的厚望，陈独秀、胡适发起的"文学革命"，鲁迅"铁屋子"里的"呐喊"到毛泽东《在延安文艺座谈会上的讲话》提出的一系列革命文学主张，人们可以清晰地看到，迥异于中国古典文学的美学意识越来越强大。尽管如此，启蒙与革命仍然沿袭了古典美学意识的两个特征，并且赋予新的历史使命。

首先，古典美学意识对于审美愉悦的关注完整地承传至五四新文学。不论是孔子的"兴、观、群、怨"之说，《毛诗序》的"动天地，感鬼神，莫近于诗"，还是梁启超阐述小说与"群治"关系时提出的"熏""浸""刺""提"，中国古代思想家曾经从不同的维度描述审美愉悦的意义。显然，五四新文学接受并且重新阐释了这些论断——周作人在《中国新文学的源流》中表示："文学是用美妙的形式，将作者独特的思想和感情传达出来，使看的人能因而得到愉快的一种东西。"[1] 美学意识之所以异于严谨的理性思辨，文学之所以异于哲学、经济学、社会学等另一些学科，审美愉悦以及带动的心理能量是一个不可替代的标志。当然，从"兴、观、群、怨"开始，古典美学意识从未单纯地逗留于审美愉悦的心理区域。审美愉悦时常被解释为真理的诱人躯壳，观念的登堂入室是尾随审美愉悦的另一个"悟道"阶段。沉溺于审美愉悦而放弃真理的启迪犹如买椟还珠。因此，古典美学意识的另一个特征是，强调和引申审美愉悦包含的观念寓意，告诫人们不要迷惑于炫目的美学光芒从而遗忘了真正的内涵。"诗言志""文以载道"也罢，"彩丽竞繁，而兴寄都绝"的感叹或者"文章合为时而著，歌诗合为事而作"的主张也罢，古代作家经世致用的思想观念完整进入现代美学意识，并且与启蒙、革命一拍即合。传统的"志""道"转

---

[1] 周作人：《中国新文学的源流》，华东师范大学出版社1995年版，第2页。

换为现代的人道主义或者阶级反抗，二者之间的美学意识既泾渭分明，又一脉相承。

由于经世致用的强大传统，"为艺术而艺术"的主张并未追随现代"文学"概念的建立而大面积流行。尽管康德的学说或者某些现代艺术主张或显或隐地成为"为艺术而艺术"的后援，但是，古老的文化传统与激进的历史语境均未提供足够的空间。封建帝国衰朽不堪，内忧外患带来普遍的焦虑，救亡图存是众多志士仁人共同关注的主题，这时，"为艺术而艺术"往往被视为奢侈而无聊的文化游戏，甚至是逃避现实的可耻之举。相反，从"文以载道"到批判现实主义，种种"为人生"的文学观念被编织为完整的理论谱系，理论谱系的内在逻辑跨越了美学意识转折制造的古典与现代之间的鸿沟。

经世致用的强大传统同时对娱乐作品的快感形成强烈的排斥。尽管娱乐构成了古代文学的一个主要主题，尽管这个主题是现今大众文化与市场消费相互合作的基础，但是，古今的思想家几乎从未表示肯定。古代思想家的非议往往是，娱乐作品无助于修身立志，陶冶人格，相反，娱乐的轻佻风格可能腐蚀深邃的心智，消遣的诱惑不啻玩物丧志。现代思想家对于娱乐作品的批评显示出更为开阔的视域。一种观点认为，许多娱乐作品歪曲了历史真相，那些欺骗性的情节犹如消磨革命斗志的美学麻醉剂；来自精神分析学的观点进一步指出，相当一部分娱乐作品构成的"白日梦"毋宁是欲望的象征性满足；另一些思想家——例如法兰克福学派——对于娱乐作品与市场消费的大规模合作深为不满。在他们看来，由于资本的操纵，市场体系与美学、个性、激情乃至解放的理想格格不入。五四新文学运动之后，无论来自启蒙阵营还是来自革命阵营,娱乐作品始终代表了美学意识之中的低级趣味。

经世致用的观念通常表明,文学不仅提供正确的世界认知,改变一个人的理想信念,同时,审美愉悦带来的内心激情可能带动一个人投身革命。这构成改造世界的前提。从投身什么、坚信什么到蔑视什么、拒绝什么,美学意识具有撼动个人命运的作用。换言之,文学、世界、读者三者共同镶嵌于一个互动结构。然而,轻型文化撤出了这个结构。高考关隘成为年青一代的主攻目标,娱乐作品成为精神调剂的首选。很大程度上,这被视为文学的首要功能。如果说,那些纳入课程体系的经典文学不再提供审美愉悦而成为枯燥的考试科目,沉重的哲学内涵或者费解的象征寓意毋宁是令人厌倦的训诫和反复背诵的文字,那么,娱乐作品负责快乐的一刻:惊险、曲折、爆笑、感官刺激。当然,许多人对于娱乐作品的精神依赖并未随着高考关隘的远去而消逝。相反,生活分割为工作与业余两大部分的时候,娱乐作品理所当然地接管了后者。人们默认的观念是,娱乐作品的精神按摩有助于恢复心智疲劳,这是重新投入工作的必要条件。一个巨大的文化断裂悄然完成。文化鸿沟的这一边,启蒙与革命已经成为遥远的往事,年青一代的美学意识正在给娱乐作品腾出更大的空间,并且为之大声疾呼,伸张权利。

尽管如此,我仍然对于"爽"这个概念的登场深为惊异。没有曲折的理论脉络,没有深奥的概念内涵,"爽"所形容的即是摒除各种深意的直接快感,犹如炎炎夏日的冰镇啤酒:

> "爽",特指读者在阅读网络小说时获得的爽快感和满足感。"爽文"就是在这种读者本位的模式下创作的网络小说,

而小说中最好看、最有趣的高潮部分或为实现高潮而固定下来的套路被称为"爽点"。"爽"也是网络小说的一个基本特征，因此也有人将网络小说统称为"爽文"。[1]

作为一个正式学科，"美学"诞生于 18 世纪——学科创始人鲍姆加登的一个重要意图是，论证感性的意义：感官印象、想象、虚构不再是混乱的初级认知，而是另一种可以与理性相提并论的洞察世界方式。"美学"之所以被称为"感性学"，审美愉悦之所以与孤立的感官激动不同，恰恰由于超越感官快感的深刻内涵。"寓教于乐"表明，美学意识的快感内含古代的"道"，或者现代的"启蒙""革命"。然而，"爽"这个概念干脆利索地切除快感的所有历史内容，仅仅剩余一个简单的快感装置，譬如持久压抑之后痛快淋漓的报复，含辛茹苦之后从天而降的巨额财富，九死一生之际意外的大权在握，如此等等。这些情节拒绝历史逻辑的审核，仅仅追求柳暗花明制造出"爽"的感觉。尽管简单的分析即可揭示"爽"所隐含的"白日梦"结构，但是，相当多的作家与读者乐此不疲。他们并未期待文学的创新增添什么，而是在一次又一次的重复之中清空枯燥的课业或者乏味工作遗留的倦怠之情。

"爽文"并非一个孤立的文体，而是与一批近似的文学、艺术彼此呼应，例如 ACGN。ACGN 之中的 N 为 novel，更多地指"轻小说"（Light Novel）。ACGN 几个字母的缩写组合表明，Animation（动画）、Comic（漫画）、Game（游戏）与"轻小说"业已汇成一个整体。对于年青一代来说，这些带有明显日本风格的亚文化曾经是他们课余最为熟悉的读物。陪伴他们步入青春期的同时，这

---

[1] 邵燕君主编：《破壁书：网络文化关键词》，生活书店出版有限公司 2018 年版，第 227 页。

第十五章　后现代与二次元

些读物不可避免地转换为特殊的美学意识。尾随"爽"或者"爽文""爽点",另一些新概念渐为人知,从而成为这种美学意识的标志。

三

首先提到的两个新概念是"酷"与"萌"。

"酷"是英文 cool 的汉语译音。作为一个新兴的概念,百度百科的解释具有重要的参考意义:

> Cool 本来是冷的意思,20 世纪 60 年代开始成为美国青少年的街头流行语,初期是指一种冷峻的、冷酷而个性的行为或态度,后来泛指可赞美的一切人和物。70 年代中期,这个词传入台湾,被台湾人译成"酷",意思是"潇洒中带点冷漠",90 年代,它传入大陆,迅速取代了意思相近的"潇洒"一词,成为青少年群体中最流行的夸赞语。……虽然"酷"是"好"的意思,但青少年心目中的"酷"跟传统意义上的"好"是不同的。他们如果称赞一个人"酷",那么这个人或者在衣着打扮,或者在言行举止,或者在精神气质上肯定是特立独行、充满个性的,绝不是老一辈人所欣赏的那种纯朴热情、循规蹈矩的"好","特立独行,充满个性"正是"酷"的精髓所在,也是当代青少年青睐和欣赏"酷"的真正原因所在。[1]

上述的简约梳理显明了"酷"与传统美学意识的差异。传统

---

[1] 参见百度百科"酷"词条下的"词语含义",网址:https://baike.baidu.com/item/%E9%85%B7/9035663?fr=ge_ala。

提供的参照坐标愈密集，这个概念的内涵愈清晰。"酷"显然包含骁勇善战，但是，《三国演义》中的关羽、张飞、赵云或者《水浒传》中的林冲、鲁智深、李逵并非"酷"的经典形象。这些人物缺乏冷峻气度与独往独来的作风。"酷"的原始形象包含一些穿黑皮夹克与骑摩托车的街头青年，隐约沉淀某种工业社会机械的钢铁风格，那些带有乡土气息的英雄好汉——例如金庸《射雕英雄传》中的郭靖、洪七公或者莫言《红高粱》中的"我爷爷"——均无法纳入"酷"的人物谱系。这并非放弃古典英雄。相反，一些动漫或者电子游戏推出了众多"酷"的古典英雄人设，例如《秦时明月》中的卫庄、《火影忍者》中的宇智波鼬、《鬼泣》中的但丁。他们服饰独异，不苟言笑，手中的兵器威力超凡。相似的意义上，哪吒、蝙蝠侠或者《黑客帝国》中的尼奥是"酷"，阿喀琉斯、岳飞或者福尔摩斯不是"酷"。不言而喻，"酷"通常是胜利者的形象，失败者不足以言其风格，而且，"酷"意味了绝对的胜利，丝毫无须谋略或者计策的协助。艺高人胆大——高超的武艺与强大的自信造就了"酷"的潇洒。眼花缭乱的搏杀一剑封喉，"酷"的孤胆剑客径直离去而不屑转身补一刀；复仇的特种兵扔出打火机点燃毒品仓库，"酷"的真正男人绝不因为身后的剧烈爆炸而回首张望。

"酷"是否存在固定的性别背景？这时，"男性气质"很快成为考察对象。按照 R. W. 康奈尔的分析，所谓的"男性气质"并非本质主义的规定，而是拥有复杂的综合来源，包括阶级身份、经济责任、职业与工作环境、性角色及其符号、体育运动、政治和历史，等等。[1]如此宏观的视域之中，"酷"与男性专属美学主题

---

[1] 参见［美］R. W. 康奈尔：《男性气质》，柳莉等译，社会科学文献出版社2003年版。

之间的联系模糊而间接。尽管如此，人们仍然觉得，"酷"通常依附于男性形象。无论是电影还是动漫，某些女性角色也可能带有"酷"的风格。然而，这恰恰由于她们的服饰装束和神态动作吸收了男性特征，例如紧身武打行头与身手矫健的英姿。

目前为止，"酷"的形容对象往往是服饰、神情、形象造型乃至行事风格。"酷"的分析单位小于完整的个人形象——"酷"既可能显示正面人物的特征，也可能表现反面角色的风度，可以是崇高的卫士，也可以是残忍的杀戮者。进入故事情节，"酷"的意义暧昧不明。更大的范围，"酷"并未成为某种亚文化的特殊标记。如果说，20世纪60年代西方文化的摩登族、光头党、朋克等曾经以惊世骇俗的服饰和行为方式挑战正统文化霸权，召唤尖锐的叛逆体验，构建某种越轨的亚文化从事"仪式反抗"，[1]那么，"酷"并未蕴含如此激进的文化使命。许多时候，"酷"止于造型风格而缺乏进一步实践的意义。搏杀之际的造型追求被称为"耍酷"，这是危险的游戏。严谨、专注和实用技术是搏杀的守则，华而不实的"耍酷"可能暴露致命的破绽。从这个意义上可以说，所谓的"酷"来自纸面或者屏幕，犹如脱离实际的美学空想。尽管存在某些经验原型，但是，轻型文化之中"酷"的大规模流行更像受挫的自尊制造的象征性满足——令人瞩目的造型追求甚至超过击败对手的胜利。很大程度上，轻型文化之中的"萌"与"酷"相反，有趣的是，二者的来源殊途同归——"萌"显示的路线更为清晰。

---

[1] 参见［英］斯图亚特·霍尔、托尼·杰斐逊编：《通过仪式抵抗：战后英国的青年亚文化》，孟登迎、胡疆锋、王蕙译，中国青年出版社2015年版；［美］迪克·赫伯迪格：《亚文化：风格的意义》，陆道夫、胡疆锋译，北京大学出版社2009年版。

摇摆的叛逆

溯源"萌"的语义,考据相对充分:

"萌"的这种新用法来自日本御宅族对日文词语"萌え"（moe）的使用。而关于"萌え"的语源，获得最广泛接受的一套说法认为，"萌え"是由它的同音词"燃え"变化而来的。20世纪80年代，日本的御宅族会用"燃え"来形容自己因动漫游戏中的美少女角色而产生的爱欲充盈——"仿佛整个人都燃烧了起来"——的情感状态。由于日文电脑系统在输入片假名时会智能识别汉字，当使用者输入"もえ"（moe）的时候，系统排序会将"萌え"列在"燃え"之前，而很多御宅族也是觉得"萌え"这个说法同样具有非常强的表现力，因此，自20世纪80年代末以来，"萌え"在御宅族的交流中逐渐取代"燃え"，成为一个更为常用的词语，并且随着御宅族文化的流行，由日本传播到了世界各地，于是便有了二次元爱好者在中文语境下所使用的"萌"。[1]

由于各种场合的频繁使用，现今的"萌"业已具有更为宽泛的含义:"萌"可能是一种可爱的表情，一种有趣的形象造型，"萌"的形容对象可以超出人物而包括动物、植物乃至机械或者房屋。在我看来，上述考据之中的两个要点意味深长:首先，尽管"萌"的美少女形象隐约地包含情色的意味，但是，这是一种来自弱者的美学意识。"萌"存在示好、示弱的含义，譬如"卖萌"。从怪异大叔、肉食动物到宇宙飞船，人们均可发掘"萌"的元素。铁血精神与丛林法则始终是主宰历史的强大势力，"萌"的美学意识

[1] 邵燕君主编:《破壁书:网络文化关键词》，生活书店出版有限公司2018年版，第23—24页。

第十五章　后现代与二次元

悄悄吹来了另类的气息。唇枪舌剑乃至战火硝烟之间，"萌"的表情试图占有一席之地。弱者并非咄咄逼人的征服，而是以怜爱悦人。其次，考据之中"御宅族"一词的反复出现表明，"萌"的始源来自游戏设计。所谓的"宅男""宅女"——"御宅族"一词的字面延伸——的活动范围与20世纪60年代西方文化那些啸聚街头的"摩登族"已经大相径庭。纸面与屏幕之外，"萌"可能撬开的空间极为有限——这种美学意识只能徘徊于社会历史之外。也许，"80后"短暂而简单的历史无法支持更为宏大的想象？

令人惊奇的是，社会历史的排斥并未降低"御宅族"的热情。轻型文化公开表示，不再依赖社会历史作为想象的资源。轻型文化的研究显然意识到后现代文化的基本特征：社会历史作为某种"宏大叙事"遭到了屏蔽。如果说，传统叙事提供的故事往往分享社会历史的内在逻辑——这种状况被形容为"消费宏大叙事"，那么，轻型文化已经找到正式的替代物：数据库。

> 数据库消费就是指在宏大叙事解体之后，使故事得以成立的新模式：无数萌要素构成一个庞大的数据库，萌要素的组合构成角色，进而生成故事，人们不再消费故事背后的宏大叙事，转而消费这一数据库。[1]

所谓的"萌要素"既包括外部形象造型，也包括性格特征。"数据库"储存"萌要素"的全部资料，并且根据各种故事模式实行不同的搭配与组织。虽然"萌要素"与故事模式的数量有限，但是，

---

[1] 王玉玊:《萌要素与数据库写作——网络文艺的"二次元"化》，见《文化研究（第40辑/2020年春）》，陶东风执行主编，社会科学文献出版社2020年9月，第71—72页。

正如结构主义对于角色叙事功能的总结,二者之间的若干组合模式业已填满文化消费市场。对于文化生产来说,"数据库"正在成为一个万能的庞大资源。这是一个得到普遍认可的观念:现实主义美学范式的后援是社会历史。一方面,社会历史始终是一个开放的领域,存有无数的可能;另一方面,历史逻辑同时限定了每一个时代存有的可能——先秦时期无法研制高速列车,唐宋年间无法想象互联网。然而,"数据库"信息摆脱了历史督察而任意组合。轻型文化按照各种欲望配置信息组织图像,这些配置方案不再接受历史逻辑的干预、修正、肯定或者否决。"数据库"擅长生产种种安抚人心的故事,不论是惊险曲折还是情意绵绵。尽管"数据库"提供的想象与起伏幅度远远超出现实主义美学范式,但是,这些情节显然是新型的"信息茧房"。"信息茧房"的基本功能即是,显现的内容恰恰是读者期待看到的——哪怕这种期待仅仅隐藏于无意识。这些情节不会溢出纸面或者屏幕,迫使桌子面前的主体反思什么,继而改变什么。由于"数据库"不动声色的精心呵护,人们徜徉于"萌要素"构造的空间,享受虚幻的悲欢离合。这种状况遗留的问题是:离开纸面或者屏幕的时候,那些"御宅族"还能认出身后的社会历史吗?

四

"酷"或者"萌"是年青一代美学意识的标识性概念。事实上,一批谱系相近的概念已经广为人知,例如"古风""耽美""腐""虐""奇幻""白莲花""代入感""渣""奇葩",如此等等。很大程度上,这些概念的密集出现表明,年青一代美学意识的内在构造正在发生深刻的变异。调查显示，这些概念多半渊源于动漫。少年至青春期课余读物对于美学意识的塑造远比预料的深刻。一份对于"00后"思维方式的调查报告显示，动漫的影响清晰可见：

> "00后"成长在受到日本二次元文化、美国好莱坞文化熏陶的开放背景下，同时我国传统文化及以此为元素创作的视频、动漫作品对他们影响也较大。据腾讯2019年发布的《00后研究报告》显示："00后"的"二次元热爱排行榜"中，超级英雄前六位分别是：超人、雷神、葫芦娃、孙悟空、蝙蝠侠、哪吒；动漫作品前三位是：《熊出没》《海贼王》《死神》；小众兴趣前五位则是：古风、潜水、滑板、街舞、日语。"00后"喜爱的流行文化中，美国好莱坞文化与日本二次元文化占据较重地位。近年来，好莱坞主要依靠"漫威"和"DC"两大漫画公司改编制作的超级英雄题材影视作品，在世界范围内大量"圈粉"，我国也不例外。……日本二次元文化中亚文化类型则更为丰富，如"萌"、"热血"和"御宅"，这三个亚文化特征常在"00后"自我认知关键词列表中高频出现。[1]

正如"萌要素"那样，这一批概念积聚于"数据库"，成为持续生产动漫作品依赖的基本传统。许多人觉得，动漫作品不乏引人入胜的情节与形象独异的人物，动漫的特殊作品？电子游戏甚至提供互动模式。尽管这一批概念缺少社会历史的强大依据，但

---

[1] 杨雄：《"00后"群体思维方式与价值观念的新特征》，《人民论坛》2021年第10期。

摇摆的叛逆

是，来自纸面与屏幕的夸张想象为什么不能充当美学意识的首要资源？如此之多的人沉浸于电子游戏的乐趣而不能自拔——难道这不是表明，电子游戏存在某些社会历史所缺乏的内涵？文学考察又有什么理由傲慢地视而不见，自以为是地将动漫和电子游戏贬为无聊的低劣之作？如果放纵一下想象，为什么电子游戏不能成为社会历史的蓝本？

的确，这种挑战性的质问不可避免——例如，简·麦戈尼格尔即是将通常的观念颠倒过来——她的著作即名为《游戏改变世界》。她提到了一个令人震惊的数字："总的来说，全球每周花在游戏上的时间已经超过30亿小时。"如果游戏毫无意义，全世界的玩家为什么如此慷慨地浪费自己的时间和精力？麦戈尼格尔的建议是，不要固执地纠结何谓游戏、何谓现实，前者的设计恰恰会弥补后者的不足。《游戏改变世界》显然赞同这种观点："根据游戏工作的结构形式来创造现实中的工作，以给人们带来更多的幸福。游戏教给我们如何创造机会，从事自由选择的挑战性工作，不停地发挥出我们能力的极限。这些经验教训可以移植到现实当中。我们面临的最紧迫的问题，如抑郁、无助、社会疏离及自己做什么都无关紧要的感觉，都可以通过将更多的游戏性工作结合到日常生活中来有效解决。"[1]论证游戏改变世界的意义时，麦戈尼格尔概括了游戏的四个特征：目标、规则、反馈系统和自愿参与。然而，人们很快发现，这些论证和概括并非那么充分。无论科学研究、教学还是各种行政事务，许多工作均具有上述四个特征。尽管如此，人们并未体验与游戏相似的快乐。厌倦、沮丧、失望寻常可见，人们无法产生愈挫愈勇的信心和激情。游戏结构与社会历史之间

---

[1] [美]简·麦戈尼格尔：《游戏改变世界》，闾佳译，浙江人民出版社2012年版，第7、38页。

的差距在哪里？二者是否存在借鉴的可能？——如果企图有效地索回诱人的30亿小时，这是必要的前提。

熟悉美学史的人可以指出，席勒的《审美教育书简》对于游戏持有相似的评价。许多时候，他心目中的游戏与审美相互重合。席勒认为，古希腊那种古典的均衡已经消亡。社会历史不仅形成各种分工，同时构造出民族国家："只要一方面由于经验的扩大和思维更确定因而必须更加精确地区分各种科学，另一方面由于国家这架钟表更为错综复杂因而必须更加严格地划分各种等级和职业，人的天性的内在联系就要被撕裂开来，一种破坏性的纷争就要分裂本来处于和谐状态的人的各种力量。"[1]换言之，繁杂的分工和相异的职业驱使人们片面地发展某种能力。如果享受与劳动或者手段与目的产生了分离——如果一个人仅仅是整体内部一个孤立的小碎片，那么，他无法从这种工作之中获得真正的乐趣。席勒将游戏冲动——许多时候亦即审美——视为弥合这种分离的策略。游戏制造了各种快乐的王国，产生强大吸附力，[2]这即是麦戈尼格尔所形容的"自愿参与"。显然，远在18世纪的席勒已经陈述了相近的旨趣：将游戏作为抵制工作异化的资源。

尽管如此，席勒同时意识到，诞生了分工、职业、民族国家的社会历史是一个远为庞大的系列，坚硬的历史逻辑绝非个人意志所能控制："人从感官的轻睡中苏醒过来，认识到自己是人，环顾四周，发现自己已在国家之中。在他还未能自由选择这个地位

---

[1]［德］弗里德里希·席勒:《审美教育书简》，冯至、范大灿译，北京大学出版社1985年版，第29页。

[2] 参见［德］弗里德里希·席勒:《审美教育书简》，冯至、范大灿译，北京大学出版社1985年版，第十四、十五封信以及第151页。

摇摆的叛逆

之前,强制就按照纯自然法则来安排他。"[1]如果说,个人意志、个人情趣隐秘地转换为游戏设计,以至于游戏玩家产生前所未有的"自我"与"主人公"之感,那么,进入社会历史,个人的渺小与无力感扑面而来。《游戏改变世界》乐观地评估了游戏情节的参与方式可能多大程度地引入社会历史,然而,二者之间无法通约的层面并未获得清晰的揭示。游戏允许反复尝试,一次失利绝不意味丧失后续的机会;相似的失利发生于社会历史内部,人们可能偿付巨大的代价,甚至是鲜血与生命;游戏的成败仅仅涉及荣誉和自我评价,社会历史之间的成败小则涉及个人待遇,大则改变千百万人的命运。《游戏改变世界》的许多推荐者不约而同地指出这本著作的思想潜力:"更加明智的办法是用游戏中学到的经验改造世界,即'游戏化',让我们的世界和游戏一样引人入胜!""游戏将不仅是游戏,它可能是我们未来生活的全部图景。"[2]《游戏改变世界》的一个有趣例子是《家务战争》——这一款游戏的玩家因为虚拟的积分而抢夺枯燥累人的家务。这可以复制成功吗?目前为止,"内卷"一词正在年青一代盛行,各种焦虑的叙述涉及择业、学历、职务竞争或者子女教育培训。能否尝试以游戏的设计改造这些素材,从而赋予择业等乐趣横生的游戏性质?太不严肃了——这种构思可能遭受严重怀疑,游戏与社会历史之间的差距似乎从未缩小。《游戏改变世界》断言,现实已经破碎;可是,游戏从未顺利地接管腾出来的空间——所有的人都迅速意识到二者之间的深刻鸿沟。

---

[1] [德]弗里德里希·席勒:《审美教育书简》,冯至、范大灿译,北京大学出版社 1985 年版,第 16 页。

[2] [美]简·麦戈尼格尔:《游戏改变世界》,闾佳译,浙江人民出版社 2012 年版,第 1、2 页。

第十五章 后现代与二次元

五

迄今为止的诸多事实证明：游戏并未对于世界的改变形成特殊贡献；更大范围内，普遍的轻型文化是否带来了普遍的欢悦？情况恰恰相反。轻型文化与社会历史之间的巨大落差隐藏了巨大的失望。人们可以发现，互联网空间颓丧文化的出现构成了一个奇特的症候。

多数考察认为，互联网空间的颓丧文化始于2016年。《我爱我家》剧照里的"葛优躺"、Matt Furie 绘画作品 Pepe the frog 里的悲伤蛙、动画片《马男波杰克》中过气的波杰克或者《感觉身体被掏空》的演唱节目均为颓丧文化的著名表情。碌碌无为或者劳而无功是颓丧文化表述的主要情绪。颓丧文化往往将主人公设立为地位卑微、能力单薄的小人物。他们曾经胸怀梦想，斗志昂扬，然而，坚硬的现实轻而易举地摧毁了他们的勤勉和努力。他们的无效工作从未获得上司的青睐，他们的低下收入与标准的中产阶级家庭条件存在巨大的距离。令人沮丧的是，他们对于勤勉和努力的意义产生了严重的怀疑。"你全力做到最好，不如人家随便搞搞"，如果失败已经事先注定，兢兢业业毋宁是徒劳的奋斗。与其相信各种空洞的励志名言或者虚伪的"心灵鸡汤"，不如尽早窥破世情。号称"永不言败"犹如自我欺骗，他们的遭遇更像"不战而败"。反正走不到理想的终点，不如就地坐下，以放弃的姿态换取无忧无虑的轻松——"葛优躺"即是这种状况的形象表征。

"颓丧文化"的网络表白不足为奇，尽管这些天南海北的著名表情只能依赖互联网完成组合。"颓丧文化"的独异特征是：放弃反抗。或许可以说,"颓丧文化"的反抗性仅仅显现为——终于将放弃反抗的意愿大声说出来了。从"士不可以不弘毅,任重而道远"到"天将降大任于斯人也,必先苦其心志,劳其筋骨,饿其体肤",从《牛虻》《钢铁是怎样炼成的》到《老人与海》,不同源头的文化传统共同鄙视软弱无为的性格。社会普遍传播的人生信条是:艰难困苦,玉汝于成。无论来自哪一个方面的考验,知难而进是成功者的基本品格。哪怕屈从于怯懦、愚钝、懒散,许多人仍然伪装顽强进取的姿态迎合这种人生信条。的确,现代主义文学不屑于维护如此正统的文化观念。一批神情恍惚或者愤世嫉俗的"零余人""局外人"形象陆续登场,他们以无奈、反讽、嘲弄、亵渎对待传统的资产阶级文化。尽管如此,现代主义文学的内在紧张与焦虑从未真正消除,即使卡夫卡也无法心安理得地躲进自己的软弱而绕开一切责任。相对地,"颓丧文化"迅速放弃坚持乃至挣扎。短暂的交锋之后,许多人显示了惊人的坦率和消极:我失败了,不想反抗了。现在,我要躺下了。

我要躺下了——网络空间流行的"佛系文化"显然是"颓丧文化"的呼应,所谓"佛本是丧"。[1]当然,这种"佛"仅仅是一个象征性的挪用。"风轻云淡,不争不抢",与其说修炼之后看破红尘,不如说挑选另一种轻松的处世方式。退一步未必海阔天空,但是,退一步可以安稳睡觉。另一些人曾经将"佛系文化"与后现代的"怎样都行"相提并论。"怎样都行"曾经包含对于"宏大叙事"的对抗。然而,"佛系文化"不存在如此复杂的理论考察。分辨"宏大叙事"与所谓"星丛式"的小叙事显然是过于操劳的理论工作。

---

[1] 参见邵燕君主编:《破壁书:网络文化关键词》,生活书店出版有限公司2018年版,第438页。

第十五章 后现代与二次元

"'丧'的流行始于'小确丧'。'小确丧'出自2016年7月14日微信公众号'新世相'推出的同名文章,意为'微小而确定的不幸',专指能毁掉幸福感但又微不足道的小事,如头发掉进汤里、橡皮在纸上留下污渍、明明定了闹钟却无法起床等。"[1]意味深长的是,"颓丧文化"的源头追溯的确与"小"和"确"联系在一起。再度提到"内卷"的时候可以察觉,人们的大部分苦恼源于中产阶级标准的陷落。学历、职场、收入、子女教育的无序竞争带来了普遍的无奈。出人头地众望所归,穷困潦倒颜面何在?温饱被踢出了年青一代的视域之后,公平、自尊、体面的社会地位日益增加权重。职务晋升难道不是可贵的进取精神吗?购房难道不是合理的诉求吗?避免自己的后代输在起跑线上难道不是必要的责任吗?这些目标形成的各种争夺、比较、衡量消耗了他们的大量心血,收获的是众多感慨乃至无望的叹息。"内卷"难道是一个合理的局面?这个问题理所当然浮出水面。然而,我想指出的是,社会学分析紧锣密鼓地开始的时候,精神分析学正在快速后退。如果说,社会学分析证明"颓丧"的原因如此确切,那么,精神分析学会不会证明"颓丧"缺乏精神深度?

显然,这里的精神分析学并非指弗洛伊德的学说,而是指异于社会学谱系的人文精神考察。对于文学来说,后者显然是更为熟悉的主题。鲁迅曾经寂寞地在绍兴会馆抄古碑,他的苦恼是如何启蒙大众;王蒙成为少年布尔什维克之后,精神探索是他孜孜不倦的文学使命;北岛、舒婷、江河或者王安忆、张承志、莫言、贾平凹、张炜、韩少功的文学追求远非一致,但是,他们的作品无不留下精神搏斗的深刻痕迹;徐星的《无主题变奏》夸张地说:

---

[1] 邵燕君主编:《破壁书:网络文化关键词》,生活书店出版有限公司2018年版,第435页。

"我搞不清楚除了我现有的一切以外,我还应该要什么。我是什么?更要命的是我不等待什么。"[1]熟悉现代哲学的人明白,精神目标的重设恰恰是现代性遗留的重大问题。格非的《春尽江南》中,诗人谭端午提前进入后现代状态。他放弃了乌托邦理想与各种物质利益,龟缩在寓所聆听古典音乐,剩下的事情就是抛出几句机智的牢骚。然而,如果将谭端午与"江南三部曲"中《人面桃花》的革命家秀米、《山河入梦》的县长谭功达联系起来,家族的历史轨迹将为这个形象注入各种令人感叹的内涵。相对地,"颓丧文化"不再追溯曲折的历史脉络或者幽深的精神渊薮。社会学分析已经囊括一切:是非分明,一览无余。中产阶级精神状况的特征即是平面化,种种芜杂的思辨、探索、拷问、反省乃至另类的生活选择已经作为多余的杂质陆续删除。

匆匆忙忙地将平面化的精神状况归结为轻型文化的产物肯定过于草率。然而,人们没有理由否认,轻型文化缺乏深度。通常,动漫作品的善恶观念清晰无误,坚定不移。数据库配置的二次元形象不会传来未来的历史信息,及时地通知"黑暗王国的一线光明";电子游戏之中对决的角色也不会产生怜悯的一念,甚至化敌为友。也许,所谓"颓丧文化"或者"佛系文化"仅仅流行于某一个沉闷的区域,另一些活跃的区域风格迥异,甚至"战斗力爆表",例如"饭圈文化"。"'饭圈文化'源于日韩,可以理解为以对某一偶像的迷恋为纽带,在社交媒体和现实生活中形成的群体文化"——"饭圈文化"的兴起显然必须追溯至年青一代的生活环境:

---

[1] 徐星:《无主题变奏》,见《无主题变奏》,作家出版社1989年版,第1页。

追星活动是未成年人彰显个性、追求潮流的重要手段。未成年人对新鲜事物充满好奇，对各类新兴文化产品具有很强的包容性，这为其理解和参与追星活动创造了前提条件。当代未成年人多为独生子女，在日常生活中多缺少陪伴，孤独感更为强烈，而互联网成为填补这一空缺的重要媒介。借助网络，艺人和各类文娱节目深入未成年人的业余生活，为未成年人所熟悉。艺人在文娱节目等公共空间中的形象光鲜亮丽、语言和行为富于个性，契合了未成年人表达情感、彰显个性的需要。[1]

轻型文化之中，"粉丝"的偶像崇拜是一个醒目的现象："'00后'偶像主要是虚拟形象、明星艺人及网红等，与此形成对照的是，父母、老师及科学家等作为偶像的占比很低，排行倒数位序。由此看来，'00后'心目中明星偶像一定程度上替代了传统权威地位，扮演了引导、励志角色，成为他们学习、模仿对象物。"[2] "饭圈文化"表明了偶像崇拜强烈的倾向性——无论是肯定某一个偶像还是排斥另一个偶像，"粉丝"时常显现出非理性的激情。他们往往痴迷某一个偶像的所有活动：不仅追逐偶像的艺术表演，而且疯狂地馈赠钱财、礼物，尾随偶像的行踪，忌妒乃至攻击偶像的性伴侣，如此等等；另一方面，他们可能对于偶像的竞争对手发起人身攻击，搜索并且披露对方的隐私甚至造谣漫骂。这些痴迷与人身攻击往往超出个人言行演变为大规模的无原则辩护或者野蛮的语言围殴。相对于如此激烈的形式，"饭圈文化"对于偶像的夸张表扬

---

[1] 季为民：《警惕"饭圈"乱象侵蚀青年一代价值观》，《人民论坛》2021年第10期。
[2] 杨雄：《"00后"群体思维方式与价值观念的新特征》，《人民论坛》2021年第10期。

苍白而贫乏，甚至不知所云。很大程度上，二者的失调与"颓丧文化""佛系文化"如出一辙。

偶像的无原则辩护是"饭圈文化"的一个特殊怪象。即使某些偶像演艺低劣，甚至暴露出严重的道德缺陷，众多"粉丝"仍然不离不弃，文过饰非，进而在辩护之中无理取闹。置身于日常社会现实，众多"粉丝"秉持正常的是非观念；然而，"饭圈文化"的偶像崇拜制造了不可思议的认知混乱。上述状况很大程度上源于某种无意识：作为两个性质迥异的系列，文化游戏与日常社会生活互不关联。文化游戏不负责解释社会历史，也不负责证明乃至改造"粉丝"的个人生活。这时，"为人生的文学"被轻蔑地视为一个遥远的口号。

的确，轻型文化是中产阶级娱乐规划的重要组成部分，也是庞大文化市场之中一个效益可观的产业链。然而，某些时刻，年青一代置身的生活可能突破中产阶级的稳定躯壳，进而提出种种尖锐的问题。这时，轻型文化可能突然暴露出无能和浮浅。事实上，这些问题业已向许多年青一代的作家发出挑战。这些作家之中的相当一部分共同集合在"新概念"作文的旗帜之下，自我、青春期和叛逆性格的组合曾经制造出炽烈的文学燃烧。尽管如此，如同许多文学前辈经历过的那样：青春期的特殊能量消失之后，耀眼的火焰仅仅剩下少许可怜的灰烬。现在是自我和叛逆接受历史洗礼的时候了——事实上，许多作家正在跨出独生子女所获得的特殊庇荫，仿佛是穿越青春期的又一次文学开始。对于他们来说，察觉坚硬的历史存在与拒绝作为轻型文化的美学俘虏几乎是同一件事情。然而，如何铸造年青一代真正倾心的文学，甚至演变为另一种美学意识？一切刚刚开始。

第十五章　后现代与二次元

后　记

《摇摆的叛逆》围绕"小资产阶级"这个变化多端的概念展开。"小资产阶级"首先是一种社会学的划分，但是，这个概念很快成为贬称，不仅形容某些不良的形象、作风乃至团体派系，并且长期驻扎在文学批评以及美学领域。西方文学批评史之中，小资产阶级并非一个举足轻重的范畴。这个概念从社会学进入五四时期一批文学知识分子的视野，革命的历史背景制造了二者之间的联系。革命领袖的经典著作之中，小资产阶级是阶级阵营划分与区隔的一个标识；当无产阶级与资产阶级演变为两个决战的阶级大阵营时，双方之间的小资产阶级摇摆不定，显示出多面的阶级性格。意味深长的是，五四时期的文学知识分子恰是从属于小资产阶级，包括许多"左"翼文学知识分子。

小资产阶级概念之所以长盛不衰，之所以可以在文学批评以及美学领域成为推波助澜的关键词，这种状况证明了其强大的历史功效。五四新文化运动以来的众多论述之中，这个概念成为四面八方交会的一个中心枢纽，承担各种理论转换。从启蒙、革命、知识分子、个人主义、工农兵大众、无产阶级与资产阶级到乡村与城市、文学语言、民族形式、抒情与内心世界、通俗与高雅，这些中国现代历史叙事或者文学批评之中的高频词汇无一不和小资产阶级概念互为关联。这个概念的杀伤力一直维持到20世纪80年代后期。前一段时间，沉寂多时的"小资产阶级"再度露面，只不过已经从贬称改为昵称"小资"。"小资"指的是某些年轻人的生活情调，譬如钟情于精致的服装品位或者苦涩的咖啡，精心饲养一只猫或者定期从事园林修剪，等等。总之，生活情调仅仅构成现实边缘一圈装饰性花边，而不是主宰生存的经济来源或者人生信念。作为"小资"的多余后缀，"阶级"一词遭到删除，这些年轻人无法体会数十年前"阶级"一词拥有的分量。

小资产阶级概念的另一个对应概念是中产阶级。如果说，前者在革命的历史背景之中带有激进文化的意味，那么，后者成为现代社会稳定的中坚。社会学家纷纷表示，中产阶级比例愈高，剧烈的社会动荡愈少。扩大中产阶级成为某种务实的社会追求。按照经济收入划分，小资产阶级与中产阶级大约是同一批人，但是，二者的文化指向迥然相异。这种状况很大程度上取决于历史背景强调了什么。

我对于小资产阶级概念的兴趣已经持续很长时间。2007年出版的著作《五种形象》中，"小资产阶级：压抑与叛逆"一章开始正式讨论这个概念，并且初步瞻望了这个概念背后巨大的文化旋涡。又过了十年，《摇摆的叛逆》方才真正动笔。与我的另一些著作相似，《摇摆的叛逆》的写作断断续续，中途插入各种另外的主题与作品，以至于多条线索的写作同时进行。

这本著作的大部分章节曾经以论文的形式在学术刊物发表，汇聚成书的时候，重新进行了资料的补充与文字修改。这本著作获得出版，需要致谢的机构与学术同行很多，不再逐一列出。

南 帆

2023年8月19日